FUTURO !

La Grande Paura   (2.032-2.064)

La rinascita   (2.065-2.547)

Marte   (2.033-2.232)

Wender   (2.030-2.074-e...)

La guerra delle Multinazionali   (2.548-2.560)

La nuova Terra   (2.560-3.113)

L'attesa   (3.113-18.123)

La "Preistoria"   (18.123-42.928)

Controllo   (18.123-72.944)

L'ultimo Governo   (51.928-51.945)

Le colonie   (48.516-72.931)

70.000 anni dopo !   (72.928-72.944)

Sunset   (72.931-72.944)

La grande paura

1 (2.032 meno 32 anni)

Nel 2.032 avevo 25 anni! Vivevo in Svizzera e studiavo fisica quantistica e astronomia all'Università di Zurigo con un certo successo.

Avevo elaborato diverse teorie inerenti la composizione e le proprietà di alcune particelle subatomiche nonché una rivoluzionaria tesi sulle nanomacchine e la possibilità di usarle per potenziare il cervello umano e le avevo pubblicate. Queste teorie mi avevano creato non poche difficoltà nell'ambito universitario poiché sembrava che contraddicessero, almeno in parte, i postulati Einsteiniani, però avevano destato curiosità presso il CERN di Ginevra che ne aveva richiesto una copia.

Comunque i miei studi continuavano, intervallati da rari momenti di "relax" che passavo regolarmente insieme a Leila, anch'essa studentessa di fisica.

Un giorno Leila venne a trovarmi nella mia camera, poco più di uno sgabuzzino, dove vivevo attorniato da computer e vari aggeggi che avevo accumulato.

"Jorghe!" Mi chiamò "vi è una strana agitazione presso il Centro Universitario, andiamo a vedere?"

"Arrivo Leila!" Risposi, felice di poter abbandonare i miei studi per uscire con la mia compagna.

Ci amavamo! Non sapevo se il nostro amore sarebbe durato, ma non potevo neppure immaginare di vivere senza di lei e questo sentimento appariva condiviso.

Io ero alto un metro e ottanta, bruno di capelli, occhi marroni, carnagione scura; nel complesso... molto normale! Forse un po pazzo a causa delle mie strane idee.

Lei era l'opposto: bionda, occhi verdi, carnagione chiara, alta un metro e settanta.

Avevamo la stessa età e ci eravamo conosciuti quando entrambi entrammo in Università; fummo subito attratti l'uno all'altra, cominciammo a frequentarci e fu amore!

Uscii, un bacio frettoloso e la presi per mano, quindi ci recammo presso il Centro Universitario.

Là trovammo molta confusione, studenti e professori insieme e un grande vociare.

Non si capiva niente ma poi arrivò il rettore in persona, la sua sola presenza fu sufficiente a zittire tutti!

In quel momento non ce ne rendevamo conto, ma la nostra vita, la vita di tutti, stava per essere stravolta per sempre!

Il rettore, un uomo di sessant'anni normalmente molto attempato, ma quel giorno appariva quasi spaventato, si armò di un microfono e cominciò:

"Voi tutti sapete che da tempo si teorizza sulla possibilità che un grosso meteorite possa colpire la Terra e sulle conseguenze di un simile impatto!" Un brusio percorse tutta la sala! "In passato" continuò il rettore con voce spenta, quasi fosse rassegnato a qualcosa di troppo grande anche per un uomo come lui "siamo ormai certi che questo evento sia avvenuto almeno due, forse tre volte, con conseguenze catastrofiche per la vita del nostro pianeta. Eventi minori sono stati registrati anche recentemente, per esempio ricordo il meteorite caduto in Siberia poco più di cento anni fa.

Si teorizza che l'evento detto "Diluvio Universale" descritto dalla Bibbia e praticamente da tutte le religioni e la scomparsa della mitica Atlantide possano essere stati causati da un meteorite che ha formato l'attuale Mar Nero e il Mar Caspio. Però questa è ancora solo una teoria.

Per certo sappiamo che 250 milioni di anni fa un grosso meteorite caduto in Antartide cancellò ogni forma di vita sulla Terra!

L'effetto della caduta di quel meteorite fu catastrofico! Venti a mille km. l'ora, tsunami che alzarono il livello degli oceani con ondate alte oltre i 500 metri e un inverno causato dalle polveri sollevate dall'impatto che durò almeno 300 anni!

A tutto questo si aggiunsero terremoti devastanti che cambiarono la conformazione dei continenti e risvegliarono tutti i vulcani della Terra! Nulla sopravvisse a quell'impatto ma dopo ben venti milioni di anni la vita si ristabilì imperiosamente e apparvero i dinosauri!

Ormai tutti sanno che 65 milioni di anni fa cadde, formando il Golfo del Messico, un meteorite di dieci chilometri di diametro che causò la scomparsa dei dinosauri e del 76% delle specie viventi, favorendo lo sviluppo dei mammiferi e la comparsa della specie umana.

Ebbene, siamo stati informati dai dirigenti delle Fondazioni di Wender che studiano la possibilità di raggiungere le stelle, quindi da fonte assolutamente attendibile e certa, che un meteorite denominato "MX15" sta puntando sulla Terra! "MX15" è grande come tutta l'Europa! L'impatto sarà diecimila volte più catastrofico di quello registrato con la scomparsa dei dinosauri! Niente! Assolutamente niente potrà sopravvivere ad una simile catastrofe! E' la condanna a morte di tutte le specie viventi sulla Terra!"

Per qualche istante vi fu silenzio, pareva che la notizia avesse ammutolito tutti i presenti.

Poi... l'inferno! Un caos indescrivibile dal quale uscì la voce imperiosa del mio professore di astronomia, il Dottor Eduard Forester, un luminare conosciuto e apprezzato ovunque. Riuscì faticosamente a zittire il pubblico e domandò al rettore:

"Signore, siamo veramente certi che "MX15" colpirà la Terra? Oltre alle Fondazioni, si hanno altri riscontri?"

"Si! Ne siamo certi, l'asteroide colpirà la Terra!" Rispose il rettore "Tutti i principali governi ne erano già al corrente da tempo. Gli osservatori più importanti lo hanno monitorato con estrema attenzione ma, per ordine dei governanti, non hanno informato il pubblico. Si riteneva, infatti, inutile creare panico. Si è creato uno "staff" di persone che stanno studiando la possibilità di bombardare "MX15" nel tentativo di deviarlo poiché non c'è nessun dubbio che colpirà la Terra! Ma i lavori vanno a rilento anche per le divisioni interne ed esterne dei vari governi che possono essere interessati ad un bombardamento atomico. Per questo motivo, considerando la lentezza del programma previsto per deviare l'asteroide e i continui litigi e difficoltà che si sono create all'interno dei vari governi, Wender ha deciso di informare tutti nella speranza che l'opinione pubblica possa smuovere finalmente il progetto ed eliminare i troppi ma... se... e "top secret" che bloccano il progetto."

"Ma da quanto tempo si conosce questo evento e quando colpirà la Terra? Si sa anche dove colpirà? Possibile che non si sia avvertito il pericolo già da molti anni, la fascia degli asteroidi è ben monitorata dagli osservatori di tutto il mondo!" Chiese ancora il Dottor Forester.

"Non ho tutti i dati a disposizione dottore!" Rispose il rettore "Sicuramente è già da qualche anno che i governi sono a conoscenza del pericolo ma, cosa vuole, sembra siano più interessati a mantenere il loro "status quo" o a farsi la guerra l'uno contro gli altri, sia economica che militare, piuttosto che cercare di intervenire concretamente per il bene del mondo! Non sono quindi a conoscenza di quando il pericolo sia stato evidenziato, Wender sostiene che già nel 1990 si conosceva il pericolo, ma non ho certezze nel merito e neppure le Fondazioni a quanto ne so. Pare che "MX15" sia stato colpito da una cometa di passaggio o, forse da un altro asteroide, deviandolo verso l'orbita terrestre, ma anche di questo non abbiamo certezze. Però si sa quando colpirà la Terra: l'evento avverrà alla fine del 2.064, si ritiene fra dicembre 2.064 e gennaio 2.065, fra poco più di 32 anni! Impossibile prevedere esattamente dove colpirà, gli astronomi pensano che sarà possibile saperlo più o meno un anno prima dell'impatto. Lei stesso, Dottor Forester, potrà studiare questo aspetto dell'evento anche se potrebbe essere irrilevante. Se non si troverà una soluzione in tempo, anche se colpisse agli antipodi, la vita è destinata ad estinguersi!"

Fu tutto! Altri fecero migliaia di domande ma il rettore aveva ormai detto ogni cosa, niente altro di nuovo poteva aggiungersi a questa terrificante notizia.

Avevamo l'impressione di vivere un sogno, o meglio, un incubo!

"Amore!" Sbottò Leila "Comunque abbiamo 32 anni davanti a noi, più della vita che abbiamo vissuto!"

"Vero" risposi fra il serio e il faceto, forse per stemperare la tensione che aggrediva tutti noi "a pochi è concesso vedere e vivere "Armagheddon"!"

Poi aggiunsi abbracciando Leila: "ma la vita non sarà più la stessa, quando tutti si renderanno conto che siamo alla fine sarà il caos. Il mondo impazzirà! Amore mio, dobbiamo fare qualcosa, in qualche modo dobbiamo prepararci se non alla fine almeno ad affrontare i prossimi eventi. Il mio

Professore di astronomia mi ha sempre dato fiducia, mi sembra una persona a posto e con molte idee, proviamo a parlargli."

Quindi si accostarono al Dottor Forester.

"Dottore" lo apostrofai "vorremmo parlarle in privato."

Forester restò un attimo in silenzio quindi:

"Raggiungetemi nel mio alloggio fra un'ora." Disse quasi bruscamente e se ne andò!

L'appartamento di Forester assomigliava molto al suo inquilino. Decisamente un locale dove viveva uno scapolo incallito, disordine indescrivibile, carte ovunque, computer (ne aveva uno anche in bagno!), libri e quant'altro! Non si capiva bene dove dormiva poiché anche il letto era pieno di strani aggeggi e di carte astronomiche! Forester era sui cinquant'anni, capelli brizzolati e troppo lunghi, quanto al vestito si capiva che erano anni che non veniva stirato!

Ero già stato diverse volte nel suo appartamento per confrontarmi con lui che non lesinava consigli e informazioni.

Quando arrivammo trovammo la porta aperta, chiedemmo il permesso di entrare e ci rispose con un ringhio che, forse, voleva dire "si entrate!"

Era al telefono con qualcuno, non capivo bene con chi parlava e neppure cosa diceva poiché rispondeva al suo interlocutore con gli stessi grugniti con cui ci aveva invitato ad entrare. Attendemmo pazientemente per quasi mezz'ora la fine della sua telefonata poi ci apostrofò: "Sedete!"

Dove sedersi era un bel dilemma, ma, in qualche modo, riuscimmo a trovare uno spazio comune su una poltrona solo parzialmente libera.

Quindi, senza lasciarci il tempo di spiegare perché volevamo parlargli, ci anticipò:

"Tutto quanto ci ha spiegato il rettore è confermato! Fra poco più di trent'anni sarà la fine! Tutti i miei collaboratori sono all'opera, hanno già individuato "MX15" e la sua orbita. Arriverà, non ci sono dubbi, arriverà puntualissimo!"

"Ma si potrà fare qualcosa prima del suo arrivo?" Chiesi.

"Non credo, comunque occorrerà studiare bene anche cosa fare in concreto! Il progetto di cui ci ha accennato il rettore: un bombardamento atomico atto a deviare l'asteroide, è fattibile, ma la mia paura è la reazione del pubblico! Da un lato i governi hanno fatto bene a nascondere la cosa, anche se appare triste dirlo! L'opinione pubblica potrebbe influenzare negativamente i governi, ci possiamo aspettare sommosse, rivoluzioni, forse la guerra! Innanzitutto dobbiamo prepararci a questo!"

"Come possiamo prepararci?" Chiese Leila.

"La nostra Nazione dovrebbe essere relativamente al sicuro, almeno spero, quindi per prima cosa dobbiamo studiare attentamente il fenomeno, qui all'Università abbiamo tutto quello che ci occorre. Ho già contattato diversi osservatori sia pubblici che privati e il Centro Spaziale Europeo che potrà fornirci i dati rilevati dai suoi satelliti. Dobbiamo costituire una rete informatica qui all'Università per acquisire e studiare tutti i dati che ci verranno inviati, per questo ho bisogno di collaboratori preparati, ben affiatati e discreti, sarà bene, se non sarà indispensabile, non divulgare le conclusioni a cui arriveremo. Per questo compito voi siete perfetti! Accettate?"

E' quello che volevamo! Accettammo con entusiasmo.

Forester aveva fatto le cose per bene, in meno di due settimane avevamo a disposizione ampi locali dell'Università che erano stati forniti di tutte le apparecchiature più moderne. Grazie a computer sofisticatissimi eravamo in contatto con il resto del mondo e, tramite il Centro Spaziale Europeo, anche con lo spazio!

"MX15" fu subito individuato. Era gigantesco! Un ammasso di rocce spaventoso e senza alcun dubbio la sua orbita lo avrebbe portato a collidere con la Terra. Grazie a sofisticati spettrometri ne individuammo la composizione: ferro, nickel e quant'altro. Tutto materiale durissimo!

Iniziammo a studiare che effetto avrebbe avuto un bombardamento atomico, contattammo lo "staff" intergovernativo che stava preparando il progetto di bombardamento, ma si rifiutarono di darci informazioni! Arrivammo alla conclusione che con un'adeguata angolazione, le bombe atomiche avrebbero deviato l'asteroide dalla sua orbita in modo sufficiente ad evitare l'impatto. Ma il Dottor

Forester ci gelò!

"Per deviare sufficientemente "MX15" occorre bombardarlo entro un tempo massimo di cinque anni! Dovrebbero lanciare un migliaio di missili fra tre anni, infatti occorreranno circa due anni per raggiungerlo! Un simile progetto deve essere attuato dagli Stati Uniti, l'Europa, la Federazione Russa e la Cina insieme, una sola nazione non può farcela! Credete seriamente che lo faranno?" Restammo in silenzio, poi Forester riprese: "Pensate solo all'immenso impatto politico ed economico di un simile progetto, risorse che devono essere tolte dai "budget" dei vari governi già fin troppo impegnati a cercare di risolvere le loro crisi economiche interne. Per di più i governi sono impegolati in piccole guerre ma costosissime, il terrorismo, interessi di frontiera etc.. Voi lo sapete meglio di me. Dove vanno a trovare i soldi e la volontà politica per lanciare mille missili in un delicatissimo "rendezvous" lontanissimo da noi dove non è possibile fare errori?"

Continuavamo comunque a studiare l'evento, cercavamo almeno di capire dove avrebbe colpito, ma i nostri sforzi risultavano vani, era ancora troppo lontano e le variabili erano numerose. Sarebbe certamente piombato sulla Terra, ma dove? Era impossibile stabilirlo con certezza!

Era ormai un anno e mezzo che lavoravamo con Forester. I notiziari parlavano spesso di "MX15" ma sembrava che la cosa non interessasse più di tanto. Da tempo si teorizzava sulla possibilità che un meteorite colpisse la Terra con risultati catastrofici, ma sotto sotto la gente pensava a questo evento come troppo fantasioso, fantascientifico, e comunque l'opinione pubblica riteneva che, magari all'ultimo momento, si sarebbe trovata una soluzione.

Un giorno Forester ci invitò non al Centro che era stato organizzato in Università e dove praticamente ormai abitavamo, ma nella sua caotica abitazione.

Senza preamboli Forester ci disse:

"Vi vogliono al CERN di Ginevra! Tutti e due! Mi spiace dover fare a meno di voi ma a quanto pare alcune folli idee di Jorghe hanno interessato quel Centro, inoltre sanno della vostra collaborazione attiva con me qui all'Università e vogliono avvalersene. Il CERN è sicuramente mille volte meglio attrezzato del nostro Centro Operativo. Da parte mia resterò in contatto con Ginevra, come con tutti gli altri Centri e Osservatori e vi informerò di eventuali novità."

Il CERN era l'Organizzazione Europea per la Ricerca Nucleare (*Conseil Européen pour la Recherche Nucléaire*), era il più grande laboratorio al mondo di fisica delle particelle. Si trovava al confine tra Svizzera e Francia alla periferia ovest della città di Ginevra nel comune di Meyrin.

"Dobbiamo pensarci un momento Dottor Forester." Risposi, "Qui abbiamo i nostri studi, dobbiamo laurearci, prepararci un futuro e siamo anche entusiasti del lavoro che facciamo con lei al Centro Universitario."

"Certo!" Rispose "Pensateci, avete dieci minuti buoni per decidere! Valutate anche a cosa vi servirà una laurea nel prossimo futuro! Forse sarà utile per farvi mettere al muro da qualche fanatico e fucilare! Quanto al vostro lavoro, sarà sicuramente molto più proficuo e utile al CERN piuttosto che qui!"

Dieci minuti? Io e Leila ci guardammo, poi all'unisono:

"Ok! Accettiamo Professore!"

Fare i bagagli era un problema! Non potevamo certo portarci i 25 computer che avevamo fra me e Leila... Forse... una decina?

Finì che ne portammo due e qualche vestito di ricambio, magari anche lo spazzolino da denti e poi partimmo!

Il CERN era qualcosa di gigantesco! Un labirinto di uffici, laboratori, cubicoli dove secondo loro avremmo dovuto dormire, ma si capiva che per la mentalità locale il nostro appartamento sarebbe stato un laboratorio! Comunque un cubicolo ce lo diedero, uno per tutti e due, perfetto! Ci aveva accolto una signorina molto compunta e seria, fu lei a indicarci il nostro cubicolo! Ci diede un'ora per sistemarci poi ci accompagnò in un ufficio.

Là ci posero mille domande, ci fotografarono, presero le impronte digitali e la retina (eravamo in carcere?), poi ci fecero attendere in una sala d'aspetto e infine ci diedero un "pass". Sarebbe servito per entrare e uscire dal CERN, anche se a dire il vero, uscire non era poi molto necessario, all'interno c'era tutto, anche un supermarket fornitissimo!

Quindi tornò la signorina che ci aveva accolto e ci accompagnò in un altro ufficio dove ci abbandonò definitivamente.

Qui trovammo un signore molto anziano seduto dietro un'ampia scrivania che ci invitò a sedere. "Buongiorno!" Disse salutandoci "Mi chiamo Andrea Soliman, sono direttore di un progetto correlato agli indirizzi del CERN che, come sapete, studiano gli effetti delle particelle subatomiche, ma non solo! Lei Jorghe Marchal ha idee che ci hanno incuriosito molto e lei signorina Leila Chevalier è stata estremamente preziosa al Centro Universitario costituito dal Dottor Forester per valutare gli effetti dell'evento detto "MX15". Siete molto giovani, entrambi di 26 anni, e molto, permettetemi di dirlo, "affiatati". Ci spiace di avervi distolto dai vostri studi e dalla collaborazione con il Dottor Forester, ma desideriamo approfittare della vostra intuizione e preparazione per affrontare la crisi che stiamo per vivere."

Leila fu pronta a replicare:

"Ci rendiamo conto, Dottor Soliman, che la situazione ha aspetti straordinari, ma noi non siamo neppure laureati, non posso essere troppo sicura di avere una preparazione sufficiente, francamente sono piuttosto frastornata!"

"Come lei ha appena affermato, signorina Chevalier, siamo entrati in una realtà straordinaria." Rispose Soliman "Nessuno può dirsi realmente preparato a quanto stiamo vivendo. La vostra preparazione si svilupperà sul campo e avrete a disposizione le migliori menti del CERN, nonché tutte le informazioni che potranno esservi di qualche utilità. Ma è sopratutto la vostra intuizione e l'approccio che darete al problema che ci sarà veramente utile. Avrete dei sottoposti, la maggior parte laureati, ma prenderanno disposizioni da voi e da voi soltanto. Se non sarò soddisfatto lo saprete, ma ho studiato molto attentamente il vostro comportamento e le vostre idee, sono certo che non mi deluderete!"

Istintivamente intervenni: "No! Dottor Soliman, non la deluderemo, non nascondo di avere paura di tutto questo, ma sono le nostre vite, le vite di tutti, in ballo! Faremo il possibile e miracoli non possiamo aspettarcene, ma non la deluderemo!"

"Bene Marchal, ci credo! Rendetevi conto che per ora la gente dorme! Non reagisce, ma non sarà sempre così. Questo evento sta già cambiando le nostre vite, nulla potrà più essere come prima! Anche il CERN sta cambiando, oltre alla nostra normale attività inerente lo studio delle particelle subatomiche, abbiamo costituito diverse nuove e importanti sezioni:

La sezione "Psicologica" che dovrà affrontare gli eventi che seguiranno alla prevedibile reazione dell'opinione pubblica.

La sezione "Astronomica" che seguirà passo passo "MX15", direttamente collegata al laboratorio del Dottor Forester che avete brillantemente organizzato.

La sezione "Biologica" per valutare ogni possibilità di sopravvivenza anche di esseri unicellulari.

La sezione "Operativa" che studierà gli effetti della caduta dell'asteroide: tsunami, terremoti, eruzioni vulcaniche, polveri nell'atmosfera, piogge calde, venti, etc.. Anche con lo scopo di valutare la possibilità di costruire rifugi sotterranei o altro, nonché studiare gli effetti della caduta in vari punti del pianeta in quanto non sappiamo dove finirà l'asteroide quando arriverà sulla Terra. Voi siete vitali anche a causa delle vostre capacità intuitive e fungerete da collegamento fra tutte queste sezioni. Per farlo avrete a disposizione un ben attrezzato laboratorio e una decina di collaboratori alle vostre dipendenze. Ogni mese mi fornirete una relazione compiuta su tutta l'attività sia vostra che delle varie sezioni. A fianco del vostro laboratorio ne abbiamo costituito un altro più grande con trenta collaboratori, allo scopo di studiare meglio le implicazioni derivate dalla tua teoria, Marchal, inerente le nanomacchine e le loro applicazioni al cervello umano. Troveremo dei volontari, dovrete arrivare a interventi concreti, non abbiate alcun scrupolo, qualunque cosa accadrà sarete protetti. Le nanomacchine potrebbero essere una soluzione di sopravvivenza, ricordatevelo!

Al CERN sono anche interessati alla tua teoria inerenti alcune particelle subatomiche, quindi dovrete anche collaborare con gli scienziati del settore ma questo non deve impegnarvi troppo, dovrete semplicemente confrontarvi e discutere il problema con loro, nulla di più!"

Soliman tacque, eravamo piuttosto frastornati, domandai ingenuamente: "E' tutto?"

"Si! E' tutto! Attendete un momento."

Prese il telefono e parlò con qualcuno, dopo qualche minuto entrò un giovane, si presentò:

"Salve! Mi chiamo Arnold, queste sono le documentazioni relative a tutte le sezioni ed ai laboratori del CERN". Disse consegnandoci numerosi faldoni piuttosto corposi, poi continuò "Mi permetto di consigliarvi di studiarle con attenzione, vi è anche la mappa del CERN così non rischiate di perdervi in questo enorme labirinto! Finché non vi stancherete di me sarò la vostra guida, domandatemi quello che volete senza problemi. Ora, se volete seguirmi, vi accompagno al nostro e vostro laboratorio."

Salutammo Soliman che ci diede appuntamento al mese successivo quando avremmo dovuto portare la nostra prima relazione, quindi ci accodammo ad Arnold.

Il CERN era veramente immenso, laboratori e uffici ovunque, seguendo Arnold scoprimmo che aveva tre lauree: Fisica, Antropologia, Chimica! Ed era un nostro sottoposto!

Arrivammo al laboratorio: ci apparve immenso, già ci pareva grande quello del Centro Universitario ma qui ci sarebbe stato almeno dieci volte! Computer dell'ultima generazione! Collegamenti con tutto il mondo! Carte astronomiche, c'era tutto! Scoprimmo che c'erano anche delle brandine, frigoriferi, cucina e toilette! Evidentemente quando dicevano che la nostra casa era il laboratorio non scherzavano!

Arnold ci presentò gli altri nostri collaboratori: quattro uomini e cinque donne, parità completa! Erano tutti piuttosto giovani e tutti laureati!

Non nego che eravamo piuttosto intimiditi ma Leila non si perse d'animo, si sedette ad una scrivania e cominciò a studiare con attenzione le documentazioni che Arnold ci aveva consegnato. Non mi restò che imitarla. Arnold restò con noi rispondendo alle eventuali domande o dubbi che ci venivano in mente. Occorsero quattro giorni per capirci concretamente qualcosa, giorni e notti! Restammo in laboratorio tutto il tempo e con noi anche Arnold cui avevamo chiesto di farci anche da fattorino e aveva recuperato le nostre cose che avevamo lasciato nel cubicolo. Quel cubicolo ormai poteva solo servirci per... fare l'amore! Niente altro! Arnold era molto simpatico e disponibile, non si offese affatto di dover fare il fattorino, anzi! Ci preparò lui stesso litri di caffè e ci preparò anche da mangiare. Gli altri collaboratori andavano e venivano, restavano in contatto con le varie sezioni e ci portavano le documentazioni inerenti l'attività delle sezioni stesse, incrementando così il nostro lavoro.

Adiacente al nostro laboratorio vi era quello adibito allo studio delle nanomacchine. Mi apparve immenso! Era diviso in numerose stanze, tutte perfettamente attrezzate, non mancava un vasto centro medico atto a fare qualsiasi tipo di operazione. Anche qui brandine e quant'altro ma inserite in un vero e proprio vasto appartamento. Conoscemmo i trenta collaboratori fra cui vi erano dieci medici e professori di medicina di alto livello e altrettante infermiere.

Dopo quattro giorni cominciammo a capirci qualcosa e potevamo diventare anche noi operativi! Visitammo personalmente tutte le sezioni, il personale era cortese e disponibile; imparammo presto che non era indispensabile continuare ad andare personalmente nelle sezioni, potevano farlo, se necessario, i nostri collaboratori e comunque bastava accedere ad un computer per parlare con i vari responsabili, conoscere gli eventuali risultati, avere un confronto di idee e dare disposizioni cui obbedivano prontamente!

Spesso, a mezzo computer, contattavamo il "nostro" Professor Forester che ci teneva informati su tutta la sua attività. Attraverso di lui potevamo anche scandagliare lo spazio extraterrestre e il famigerato "MX15"!

I nostri interventi nelle varie sezioni non apparivano determinanti, più che altro fungevamo da collegamento e relazionavamo mensilmente su ogni cosa al Dottor Soliman.

L'impegno più importante appariva quello inerente il vasto laboratorio adiacente al nostro, dove studiavamo intensamente la teoria delle nanomacchine, arrivando infine a produrle. Non mancai di confrontarmi numerose volte con gli scienziati del CERN che lavoravano agli enormi acceleratori di particelle subnucleari.

Passarono così due anni quando il Dottor Soliman convocò noi e tutti i responsabili delle nuove sezioni e due scienziati. Ci trovammo in una vasta sala circolare, pareva una classe universitaria. Da una parte eravamo noi seduti in attesa, dall'altra il Dottor Soliman insieme ad alcuni collaboratori con alle spalle un vasto schermo collegato ad un sistema computerizzato.

Uno dei collaboratori di Soliman iniziò a parlare:

"Vi abbiamo contattato perché ormai è ora di fare il punto sulla grave situazione in cui ci troviamo ed eventualmente cambiare o migliorare il nostro approccio al problema nonché iniziare, se possibile, ad operare in senso pratico e concreto. Il Dottor Soliman relazionerà sull'attività svolta finora. Se desiderate intervenire, a qualsiasi titolo e per qualsiasi motivo, fatelo senza indugio e senza problemi, capite che qualsiasi contributo può essere di importanza vitale! Ringraziamo tutti voi per l'impegno che avete dimostrato. Do ora la parola al Dottor Soliman."

"Si! Grazie a tutti, ma purtroppo non basta! Penso che non basterà mai!" Intervenne un po mestamente Soliman. Tacque per un buon minuto poi iniziò la sua relazione con voce più sostenuta: "Desidero analizzare uno per uno i risultati ottenuti dalle varie sezioni anche grazie ai consigli spesso preziosi di Jorghe e Leila, nonché in relazione a quanto sta accadendo fuori dal CERN. Iniziamo per ordine: innanzitutto la situazione mondiale esterna al CERN e il comportamento attuale di "MX15".

La popolazione resta, nel complesso, piuttosto indifferente alla notizia ormai diffusa capillarmente dell'arrivo di "MX15". Anche i notiziari cominciano a parlarne sempre meno. Si è più interessati ai problemi economici, sempre più gravi, al terrorismo ed alle varie guerricciole che stanno dissanguando le capacità economiche dei governi. La "Guerra Fredda" è nuovamente una realtà. Il cosiddetto "Mondo Occidentale" e la Federazione Russa si guardano con estrema diffidenza e nuovamente i missili intercontinentali armati con bombe atomiche sono puntati sui due blocchi. In Medio Oriente è guerra aperta fra Israele, la Palestina e fra le varie nazioni islamiche che combattono fra di loro. Guerre civili si riscontrano su tutta l'area africana del mediterraneo. Etiopia ed Eritrea sono in guerra aperta. Altre guerre civili appaiono qua e là in Africa e Sud America. India e Pakistan sono in gravissima tensione. Cina e Giappone si fronteggiano con scaramucce sempre più pericolose, le due Coree sono in guerra! Insomma, un disastro! In questa situazione il programma relativo ad un bombardamento di "MX15" appare irrealizzabile!

Ma qualcosa di nuovo c'è! L'unica entità che appare estranea a questo caos è quella inerente le Fondazioni di Wender. Forse perché sono Istituzioni private assolutamente apartitiche, forse anche perché hanno sempre mantenuto ottimi rapporti con tutte le "Grandi Potenze", continuano a prosperare e nessuno osa toccarle. Le loro sedi si sono spostate in Australia, forse l'unica Nazione ancora relativamente tranquilla, anche se la loro alleanza con gli Stati Uniti l'ha messa nel mirino della Federazione Russa." Fece una pausa, poi: "Slim vi relazionerà sulle attività delle Fondazioni, almeno su quello che ci è dato conoscere!" Disse indicando un altro dei suoi collaboratori.

Slim intervenne:

"Wender, il capo delle Fondazioni, non interagisce con il programma di bombardamento di "MX15"!" Un brusio venne dalla sala. Poi continuò:

"No! Le Fondazioni non faranno nulla per fermare l'asteroide, ne per salvare la vita sulla Terra! Speravano che informando il mondo della catastrofe imminente si sarebbe fatto qualcosa di concreto, ma Wender si rende conto che le Nazioni sono troppo occupate in guerre e dispute economiche e l'opinione pubblica appare inerte, quindi ha abbandonato ogni possibile programma o intervento per evitare il disastro. Secondo lui solo i governi della Terra possono e devono agire, ma è arrivato alla conclusione che non faranno nulla di concreto, almeno, non faranno in tempo!..." Tacque un momento, poi riprese: "Ma le Fondazioni non sono rimaste inerti! Wender ha profuso tutti i mezzi a sua disposizione per colonizzare Marte!" Tutti noi saltammo in piedi! Marte? Incredibile! "Si Marte!" Continuò Slim "Sapete che è il pianeta più promettente, anche se vi sono spaventosi problemi per poter vivere lassù in modo autonomo, ma pare che le Fondazioni siano comunque decise a colonizzarlo. Oltre sei mesi fa hanno inviato ben 200 sonde, anzi, potremmo più che altro dire, grossi contenitori, su Marte. Non ci è dato conoscere bene cosa effettivamente contengono, ma pare vi siano generatori atomici, vere e proprie centrali nucleari, moduli abitativi, laboratori, cibo, forse animali e piante! Questi fanno sul serio!"

"E uomini?" Intervenne Leila. "No! Per il momento non ci risulta che abbiano inviato esseri umani su Marte ma appare ovvio che lo faranno presto! Non conosciamo il programma delle Fondazioni, ma sta già accadendo da qualche tempo qualcosa di assolutamente straordinario del quale si parla pochissimo! Sulle nostre teste vi sono migliaia di moduli satellitari, continuamente da Cape Kennedy, Baikonur, le zone centrali della Cina, la Guyana francese e forse anche dall'India, partono navette, missili orbitali di tutto! Sulle nostre teste Wender sta costruendo qualcosa di immenso che servirà a colonizzare Marte! Questo è quanto! Se avete domande, altrimenti ridò la parola al Dottor Soliman."

Intervenne il responsabile della sezione "Psicologica": "Ma se riusciranno a colonizzare Marte chi ci andrà?"

"Non lo sappiamo, né conosciamo il numero di persone che potranno trasferirsi su Marte."

"Una volta che l'opinione pubblica si renderà conto del reale pericolo, possiamo attenderci terribili sommosse e forse altre guerre solo per poter avere un posto fra i coloni di Marte! Dobbiamo senz'altro prepararci a questo!"

"Probabilmente ha ragione, senza dubbio anche le Fondazioni si aspettano qualcosa di simile, ma non abbiamo sufficienti informazioni nel merito."

Intervenni anch'io chiedendo: "Ma le Fondazioni non potevano invece fare qualcosa qui sulla Terra, non so, rifugi sotterranei o altro? Non è troppo limitato e dispersivo inviare pochi coloni su Marte?"

"Potrebbe anche avere ragione, a quanto pare Wender non sembra credere che qualcosa sulla Terra possa sopravvivere e, in effetti, se non si farà nulla per fermare "MX15" non si può escludere che il pianeta stesso collassi su se stesso. Gli studi della sezione "Operativa" non lo escludono. Inoltre occorre ricordare che uno degli obiettivi di Wender è la conquista delle stelle, per lui Marte potrebbe essere un primo obiettivo, una specie di "rampa di lancio"!"

Fu la volta del responsabile della Sezione "Astronomia": "Ma è assurdo! Pensare di arrivare alle stelle è assolutamente assurdo! Wender è fuori di testa!"

"Penso che lei abbia ragione, ma è questo uno degli obiettivi primari di Wender, potrà essere pazzo ma sicuramente è l'unico che sta facendo qualcosa di concreto!"

Il responsabile della sezione "Operativa" ci informò: "Posso confermare che è possibile, a causa dell'impatto dell'asteroide, che la Terra collassi o addirittura si spacchi in due. Se "MX15" cade sulla faglia del Pacifico per il pianeta è finita! Non sappiamo dove cadrà ma Wender deve aver meditato che è meglio essere prudenti e abbandonare il pianeta deve essere stata la soluzione ottimale secondo lui e francamente mi sento di condividerla."

Non ci fu nessun altro intervento, anzi la sala piombò in un silenzio preoccupato. Allora Slim diede la parola al Dottor Soliman.

"Ora vorrei passare finalmente ad analizzare i lavori fatti dalle varie Sezioni, vorrei vicino a me Marchal e Chevalier che mi aiuteranno in questa analisi. Non ci fermeremo qui, le varie sezioni dovranno divenire concretamente operative, Signori! E' il momento di fare qualcosa!"

Ci accostammo al Dottor Soliman un po timidamente, ma sentivamo in lui una forte decisione!

3 (2.035 meno 29 anni)

Soliman era il nostro capo, da lui dipartivano tutte le direttive del CERN, prese un grosso faldone pieno di dati e informazioni che avevamo preparato io e Leila in precedenza. Eravamo al suo fianco pronti a coadiuvarlo in ogni cosa. Restò un poco in silenzio guardando le carte che aveva davanti poi Soliman iniziò la sua relazione concludendo con le nuove direttive:

"Signori andiamo per gradi, innanzitutto la sezione "Psicologica" il cui compito primario è prevedere ed affrontare gli eventi che seguiranno all'attesa reazione dell'opinione pubblica. La sezione ha stigmatizzato che il solo fatto di vivere in Svizzera ci può, almeno in parte, proteggere. L'opinione pubblica attualmente resta inerte, anche piuttosto incredula, in parte fatalista, dopo tutto mancano ancora diversi anni alla cosiddetta "Fine del Mondo". Ma presto le cose cominceranno a cambiare. Si vorrà pretendere di sapere dove cadrà l'asteroide e sarà inutile far notare che non si saprà fino all'ultimo anno. La sezione prevede con certezza l'avvento di due fattori: guerre civili nelle principali Nazioni, che attualmente sono immuni da questo fatto, e... una guerra nucleare! Tutto questo prima della caduta di "MX15"! Quindi il pericolo più immediato non sarà l'asteroide ma le bombe atomiche che, invece di essere usate per deviare "MX15", saranno usate contro noi stessi! La sezione prevede questo evento entro i prossimi vent'anni, vanificando quindi ogni possibilità di intervento per salvare la Terra!"

Intervenne Leila: "Ritengo che l'attività delle Fondazioni risveglierà l'opinione pubblica molto prima e che ogni cosa verrà accelerata, vent'anni sono troppi, la fine verrà molto prima!"

Il responsabile della sezione confermò questa analisi possibile.

"La sezione suggerisce" riprese Soliman "di concentrarsi solo sull'opinione pubblica del Paese che ci ospita, "bombardandola" di informazioni e organizzando riunioni a livello cittadino per spiegare l'evento. Insomma l'idea è quella di cercare di creare con la Svizzera una specie di "isola" che sappia affrontare la cosa con maturità e consapevolezza, facendo leva anche sull'ideale di neutralità di questo Paese. Ho già dato disposizioni in merito, i componenti della sezione incontreranno fra pochi giorni tutti i sindaci del Paese e i responsabili ministeriali, verranno riuniti qui, preparate immediatamente un programma da presentare loro e iniziate al più presto ad attuarlo. Una parte della Sezione dovrà, in contemporanea, studiare l'effetto che avrà l'attività delle Fondazioni sull'opinione pubblica mondiale e la possibile accelerazione degli eventi previsti ipotizzata dalla signorina Chevalier. Relazionerete direttamente a me sulla vostra attività. Marchal e Chevalier avranno altri compiti."

Restai perplesso, non ne sapevo niente, ma preferii non intervenire in quel contesto.

Poi Soliman continuò:

"La sezione "Astronomica" sta seguendo l'attività di "MX15", direttamente collegata al laboratorio del Centro Universitario diretto dal Dottor Forester. Sappiamo quindi che l'asteroide sta proseguendo la sua corsa verso la Terra senza nessun intoppo. Conosciamo perfettamente la sua composizione e la sua grandezza. Potremmo ancora essere in grado di deviarlo, ma occorrerebbe un intervento immediato, fra soli sei mesi sarà troppo tardi! Però non tutto è perduto, si è studiata molto attentamente la composizione e la conformazione dell'asteroide, l'idea principale è del Dottor Forester dietro suggerimento di Marchal; è arrivato alla conclusione che è senz'altro possibile, con un bombardamento adeguato effettuato da un minimo di 1.200 bombe termonucleari in un punto ben prestabilito che è stato individuato con assoluta precisione, spezzare e distruggere l'asteroide. Se tutto questo verrà fatto entro i prossimi cinque anni, molte parti di "MX15" si allontaneranno dalla Terra, non tutte però e l'impatto sarà ugualmente catastrofico ma non tale da annichilire tutta la vita sul nostro pianeta. Più si aspetta maggiori saranno i danni sulla superficie terrestre e sarà sempre più improbabile che parti dell'asteroide si allontanino dalla Terra! Però questa soluzione permetterà la sopravvivenza almeno di una piccola parte della vita e anche dell'umanità. Inviate immediatamente queste informazioni in modo dettagliato a tutte le potenze terrestri in grado di intervenire! Inoltre informate l'opinione pubblica e un vostro rappresentante parteciperà all'incontro con i notabili svizzeri che presto verrà organizzato, relazionando su questa possibilità. Anzi tutte le sezioni inviino un loro rappresentante a questo incontro. Man mano che "MX15" si avvicinerà alla

Terra, calcolate le differenziali causate dal suo avvicinamento in relazione ad un bombardamento atomico atto a spezzarlo, valutate inoltre in quante parti potrà dividersi e quante si allontaneranno dalla Terra, sempre in relazione al suo avvicinamento. Ogni tre mesi inviate questi calcoli e le vostre conclusioni ben documentate alle potenze della Terra che possono intervenire: Stati Uniti, Federazione Russa, Cina, India, Europa attraverso la Sede di Bruxelles, anche il Brasile e informate pure le Fondazioni, dopo tutto loro qualche informazione ce l'hanno data, possiamo ricambiare e poi... non si sa mai! Quando scoppierà la guerra totale continuate ad inviare ugualmente queste informazioni, non fermatevi mai! Anche voi, come tutte le sezioni, relazionerete regolarmente sulla vostra attività direttamente nel mio ufficio."

Fece una pausa per bere un bicchiere d'acqua, poi continuò:

"La sezione "Biologica" sta valutando ogni possibilità di sopravvivenza anche di esseri unicellulari. Siete arrivati a diverse possibili conclusioni: Molto dipende da dove colpirà l'asteroide ma, immaginando che la Terra non subisca un collasso totale (in pratica non venga spezzata in due e non esca dalla sua orbita) nel qual caso nulla potrebbe sopravvivere, neppure il più insignificante ameboide, la sezione prevede che la vita marina, nelle sue forme più semplici, resisterebbe e quindi, nel corso di un minimo di dieci milioni di anni, la vita sul pianeta rifiorirebbe! Ritiene anche possibile che alcuni esseri unicellulari, sopratutto quelli che è possibile trovare nelle grotte più profonde, potrebbero sopravvivere e favorire un ritorno della vita. Non esclude a priori la possibilità che anche esseri pluricellulari possano sopravvivere, quanto ad animali e piante più complessi la sezione è certa che non resisteranno all'impatto! Un vostro studio piuttosto approfondito è arrivato alla conclusione che potrebbe, in termini teorici, sopravvivere una comunità complessa (quindi anche esseri umani) situata in ambiente protetto nella Fossa delle Marianne e in altre fosse molto profonde poste qua e là negli oceani. Questo a patto che l'asteroide colpisca lontano da questi insediamenti sottomarini. L'idea, però, appare assolutamente irrealizzabile, sia per i costi estremamente elevati, sia per la complessità di un simile progetto. Suggerisco comunque di informare di questo progetto, relazionandolo attentamente evidenziando la sua fattibilità con dati adeguati, le quattro Nazioni che mi pare siano più promettenti e potenzialmente meglio preparate nel merito: La Francia, l'Italia, l'Australia (anche per la sua vicinanza alla Fossa delle Marianne) e la Nuova Zelanda. Non limitatevi all'invio dei dati inerenti questo progetto, ma insistete e cercate di convincere i relativi governi ad operare in tal senso, inoltre seguite passo passo i progressi relativi. Infine d'ora in avanti collaborerete direttamente con Marchal e la Chevalier nel progetto inerente le nanomacchine con l'obiettivo di inserirle nel cervello umano e, forse, arrivare a far sopravvivere in questo modo una parte dell'umanità."

Così aveva scoperto "le sue carte", sapevo cosa ci aspettava, un progetto impossibile scaturito dalla mia mente malata!

"La sezione "Operativa" studia gli effetti della caduta dell'asteroide!" Continuò imperterrito. "In relazione a dove "MX15" cadrà ritenete che vi saranno implicazioni diverse ma risultati analoghi, se cadrà negli oceani ci aspettano tsunami giganteschi, parte dell'oceano dove avverrà la caduta si prosciugherà per poi essere nuovamente inondato dai mari e oceani prospicienti. Ma non tutta l'acqua tornerà, molta si disperderà nell'aria provocando piogge torrenziali su tutto il pianeta per un periodo di almeno vent'anni, un "Diluvio Universale" in piena regola! Inoltre le piogge saranno piene di polveri acide e calde che uccideranno tutte le eventuali forme di vita superstiti. Le onde saranno alte da 500 a 1500 metri, a seconda di dove cadrà l'asteroide. Le calotte polari fonderanno nel giro di poche ore! La temperatura dell'acqua arriverà all'ebollizione. La conformazione dei continenti cambierà. In questa situazione costruire habitat in fondo all'oceano sarà totalmente inutile, ma vale la pena farlo ugualmente.

Nel caso, invece, che "MX15" cada su un continente, avremo un sollevamento di polveri che raggiungerà la stratosfera, esisterà comunque una possibilità di sopravvivenza negli eventuali habitat costruiti nelle fosse oceaniche. In ambedue i casi avremo un "inverno" che durerà non meno di 1.000 anni, venti caldi che percorreranno tutto il pianeta ad una velocità di 1.500 km. l'ora, terremoti devastanti e tutti i vulcani della Terra esploderanno, semplicemente esploderanno! I continenti cambieranno completamente conformazione. Saremo chiusi fra l'incudine e il martello, cioè da venti e piogge caldissime e un inverno freddissimo. Non durerà molto, presto il freddo prenderà il sopravvento costituendo una glaciazione su tutto il pianeta. La vostra valutazione prevede l'estinzione totale di ogni specie vivente sulla Terra, forse solo alcuni microrganismi potranno sopravvivere. Nel caso degli habitat sottomarini, se l'asteroide non cadrà in un oceano, potranno forse sopravvivere a condizione che resistano ad un aumento della temperatura ambientale di 80 gradi, sia pure per poco tempo e che abbiano un'autonomia di almeno 1.000 anni! A tutto questo si aggiunge il probabile spostamento dell'asse terrestre e dell'orbita! Lo spostamento dell'asse dipenderà molto da dove cadrà "MX15", potrà essere minimo oppure molto accentuato causando un cambiamento delle stagioni piuttosto drastico che però avrà un impatto concreto solo dopo circa 1.000 anni. L'orbita verrà deviata e diventerà più ellittica. Quindi si allungherà l'anno di circa tre mesi e anche le stagioni diverranno più lunghe, in particolare avremo inverni più freddi mediamente di 15 gradi ed estati più calde in proporzione. Perderemo la Luna che si trasformerà in un piccolo pianeta a se stante ma comunque abbastanza vicino a noi (in termini astronomici). Si allontanerà ad una distanza di venti milioni di chilometri da noi e proseguirà il suo cammino girando intorno al sole. Le maree quindi diverranno insignificanti, comunque la Luna non creerà ulteriori problemi alla Terra. Avete stigmatizzato la possibilità di creare rifugi sotterranei.

Avete quindi individuato alcune montagne atte a questo scopo e diverse grotte sotterranee che potranno essere utili, tutti siti lontani da zone sismiche, anche se valutate comunque che il sisma coinvolgerà anche questi siti per cui i rifugi dovranno essere molto profondi e estremamente resistenti. Avete i progetti completi per questa possibile soluzione, ovviamente a patto che l'asteroide colpisca lontano da questi rifugi e che gli stessi abbiano una completa autonomia per almeno 1.000 anni!

Comportatevi ora come nel caso della sezione "Biologica", fornendo tutti i dati alle seguenti Nazioni: Brasile, Cile, Perù, Bolivia, Germania, Sud Africa, Spagna e Malesia. Come nel caso della sezione "Biologica" insistete e seguite passo passo gli eventuali interventi di queste Nazioni. Quando parteciperete all'incontro con i notabili della nostra Nazione, proponete anche a loro questo progetto e insistete anche presso l'opinione pubblica svizzera perché venga realizzato.

Ed ora a voi che siete il cuore del CERN! Dovrete sospendere la vostra normale attività! Non sarà possibile fermare completamente il complesso dei ciclotroni ma da questo momento dovrete individuare al vostro interno coloro che potranno essere disgiunti dai vostri progetti e metterli a disposizione, insieme a tutto l'apparato scientifico, di Marchal e della Chevalier. Mi rendo conto che è un colpo duro per voi, ma fra pochi anni del CERN non resterà più nulla, non credo che riusciremo a salvare qualcosa del nostro mondo, sono piuttosto pessimista, ma almeno proviamoci! Per finire a voi Marchal e Chevalier! Tutti i vostri sforzi, coadiuvati da tutti coloro che ho indicato, dovranno indirizzarsi nel progetto delle nanomacchine. Avete fatto diversi progressi in tal senso. Le nanomacchine sono ormai una realtà. Avrete dei volontari, ora dovrete inserirle nei loro cervelli! Insieme agli scienziati del CERN dovrete potenziare le nanomacchine con elementi subatomici. Chissà, se non sopravviviamo noi, potrebbero sopravvivere esseri completamente diversi da noi ma che comunque avrebbero la nostra eredità!

Con questo ho terminato, Slim consegnerà a tutti voi le nuove direttive scritte, da questo momento non possiamo più teorizzare, si passa ad un'azione pratica e concreta!"

Disse guardandomi negli occhi!

Slim consegnò anche a noi le nuove direttive, mai come in quel momento compresi che il mondo stava cambiando e, forse, stava per finire!

Io e Leila ci ritirammo nel nostro cubicolo dove ormai andavamo molto raramente, ma sentivamo il bisogno di avere una certa "privacy" un po per studiare le nuove direttive, un po per stare fra noi! Le nuove direttive erano chiarissime, anche con l'aiuto della sezione "Biologica", avremmo dovuto usare cavie umane! Niente animali o altro, ma esseri umani! Inoltre, insieme agli scienziati del CERN, dovevamo potenziare le nanomacchine e ridurle ad elementi subnucleonici!

Pazzesco!

"Leila" le dissi "come sarà il nostro futuro? Come potremo portare avanti questo diabolico progetto? Amore, mi sento sperduto, ho paura!"

"Anch'io ho paura mio Jorghe," rispose stringendosi a me "non so cosa faremo, come vivremo! Sai, quando arriverà la fine saremo quasi vecchi!"

"Si! Ma la fine potrebbe arrivare molto prima dell'asteroide, potremo sopravvivere? Avremo mai una vita normale?"

"No caro! La "vita normale" non esiste più, ma possiamo comportarci come se qualcosa esistesse ancora, dobbiamo sperare in un futuro, che altro ci resta da fare?"

"Hai ragione tesoro." Le risposi accarezzandole il viso "Ti amo! Questa è la cosa più importante, il nostro amore!"

"Anch'io ti amo dolce Jorghe! Ti adoro, tu sei la mia forza! Se ci amiamo allora niente ha veramente importanza, avvenga quel che avvenga ma saremo insieme... sempre!!"

"Si Leila, saremo sempre insieme e caschi pure il mondo ma noi saremo insieme! Ma cosa potremo fare dolce Leila, come possiamo attuare un simile progetto che mi appare impossibile e che probabilmente non porterà da nessuna parte!"

"Jorghe, iniziamo con questo progetto, mettiamoci tutte le nostre forze, senza pietà, senza scrupoli, forse il nostro futuro dipende anche da questo, se avremo un futuro, dobbiamo essere spietati, niente deve fermarci! So che è dura, lontano da tutti i nostri principi, ma non è più il momento di tentennare, questa è una vera guerra amore mio! Una guerra per cercare di sopravvivere ad un evento cui neppure il più piccolo insetto potrà sopravvivere! Forse non avremo alcun futuro, ma dobbiamo tentare, ad ogni costo e una volta che questo maledetto progetto sarà avviato, sposiamoci amore mio! Dobbiamo vivere! Dobbiamo affrontare "Armagheddon" senza paura, sposiamoci mio tesoro!"

Non sembrava la mia solita Leila, pareva un'altra, più matura, decisa a tutto, una guerriera! La baciai con passione e, mentre facevamo l'amore, le sussurrai: "sarò tuo marito amore mio, qualunque cosa accada sarò tuo per sempre!"

Avevamo paura, una paura folle! Ma eravamo insieme ed insieme affrontammo la nostra paura! Sapevamo ormai che non ci sarebbe stato un futuro per noi, ma chissà, forse per altri...

Avevamo 29, 30 anni da vivere, forse, perché sentivamo che la guerra totale non era lontana, ma decidemmo di sfruttare a fondo ogni giorno, ogni istante della nostra vita!

Non c'è niente di più che della consapevolezza di una fine imminente per far venire la voglia di vivere, di vivere intensamente ogni momento!

Nonostante il nostro terribile impegno, riuscivamo sempre più spesso a trovare uno spazio per noi. Facevamo l'amore nel nostro piccolo cubicolo, andavamo in giro per il Centro e spesso uscivamo. L'atmosfera fuori dal CERN ci appariva irreale. Ginevra era bellissima, sapevamo che sarebbe scomparsa e questa consapevolezza ci stringeva il cuore. Facevamo spese spesso inutili, andammo al cinema e a teatro. Visitammo numerosi ristoranti. Ma l'atmosfera appariva pesante. Il CERN aveva fatto un buon lavoro, gli Svizzeri sapevano ed erano coscienti di quanto stava accadendo e, in qualche modo si stavano preparando. Nei caffè, nei bar, non si parlava d'altro: La guerra, l'asteroide, la fine...

Stavano scavando le montagne per costruire rifugi impossibili! E poi chi sarebbe andato in quei rifugi? Di tutto questo sentivamo discutere praticamente ovunque. Per un momento pensammo di cercare anche noi un posto in quei rifugi ma poi Leila mi fece notare che probabilmente sarebbero stati inutili, solo delle tombe per alcuni illusi e che comunque lei aveva parenti in Svizzera, come poteva ignorarli? Meglio affrontare "Armagheddon" guardandolo dritto in faccia!

Ne convenni!

Non ignorammo il nostro inquietante programma, anzi, cercammo di realizzarlo con tenacia e professionalità, dovrei dire anche con molto cinismo.

"Armagheddon" stava arrivando, ma noi lo avremmo affrontato a viso aperto, fieramente!

Il progetto folle cui ci trovammo invischiati, presto si suddivise in due parti complementari e altrettanto importanti. Io mi occupai principalmente delle caratteristiche delle nanomacchine studiando insieme agli scienziati del CERN come ridurle a particelle subatomiche e indirizzarle secondo il nostro interesse. Leila, coadiuvata dai Professori di medicina e dalle infermiere del laboratorio, affrontò principalmente l'aspetto medico: l'inserimento nel cervello umano delle nanomacchine che dovevano potenziare e rendere autonomo il cervello stesso anche dal resto del corpo. Sarebbe stato possibile inserire un cervello potenziato in un sistema computerizzato? A questa domanda cercammo di rispondere io e Leila insieme, sempre coadiuvati dagli scienziati. Ma teorizzare non bastava, occorreva arrivare a risultati pratici e concreti!

Incontrai spesso il Professor Rendall, un luminare nel campo dello studio delle particelle subnucleari, di fatto il maggior responsabile della "normale" attività del CERN. Con lui ed i suoi collaboratori mi confrontai ed elaborammo diversi esperimenti. Non potevo nascondere che di fronte a questo straordinario personaggio, ma anche ai suoi collaboratori, mi sentivo particolarmente intimidito. Ero il più giovane, non avevo lauree e, in confronto a loro, apparivo ignorante come una talpa! Mi era piuttosto difficile dare consigli e tanto meno ordini, ma la mia compagna mi spronava sempre, grazie a lei andavo avanti come un toro infuriato!

Avevamo già prodotto le nanomacchine, funzionavano molto bene. Le loro funzioni erano fra le più disparate, ma perché fossero attive dovevano essere inserite in un cervello organico. Inoltre... erano troppo grandi (in realtà erano piccolissime, pochi micron, ma non bastava).

"Professor Rendall" dissi in uno dei nostri numerosi confronti "dobbiamo cercare di far funzionare delle particelle subnucleari come le nanomacchine!"

"Impossibile Jorghe!" Mi rispose "Non ne siamo in grado neppure lontanamente, ma, forse, possiamo usare alcune particelle nucleari (dimentica di usare particelle più piccole!) per stimolare le nanomacchine."

"Ma non possiamo cercare di ridurre le nanomacchine almeno a pochi gruppi atomici?"

"Non lo so, possiamo cercare di usare alcuni nostri apparati per studiare la struttura atomica delle nanomacchine, quando avremo analizzato questa struttura magari potremmo cercare di replicarla in piccolo raggruppando alcuni atomi utili a questo scopo. Possiamo tentare!"

"E se usassimo il ciclotrone?" (Questo era il vero "cuore" del CERN. Lungo due chilometri, un acceleratore di particelle fantastico che aveva analizzato particelle subnucleari che neppure immaginavamo!)

"No Jorge! Non ci serve per questo scopo, dobbiamo usare apparecchiature diverse. Il ciclotrone può essere usato per individuare particelle nucleari atte a stimolare le nanomacchine, niente di più!"

Così iniziammo, o meglio, gli scienziati iniziarono, io non ero in grado di aiutarli, due programmi diversi: uno per analizzare la struttura atomica delle nanomacchine ed eventualmente cercare di "copiare" questa struttura a livello nucleare. L'altro programma sarebbe stato utilizzato solo a compimento del primo e sarebbe stato usato l'enorme ciclotrone del CERN per ricercare particelle nucleari che fossero in grado di stimolare le nanomacchine secondo le varie esigenze. Temevo che gli scienziati avrebbero mal digerito l'abbandono dei progetti cui stavano lavorando in precedenza, ma non fu così, anzi si dimostrarono particolarmente entusiasti nell'affrontare il nuovo programma. Spesso sentivo le loro rimostranze "E' impossibile! Non riusciremo mai!" Ma continuavano con sempre maggior impegno in quel progetto "impossibile"!

Alla fine riuscirono almeno in parte. Le nanomacchine erano ridotte ad un importante agglomerato di atomi. Erano ancora piuttosto grosse e spesse ma di più non si poteva fare! Il ciclotrone del CERN finì per produrre ben cinquanta diverse particelle atomiche che avrebbero stimolato in modo diverso le nanomacchine. Per utilizzarle occorreva un apparato esterno, non era possibile inserirle direttamente in un cervello. Diverso il caso delle nanomacchine, era possibile inserirne ben cinque milioni all'interno di un cervello umano e, con un grosso apparato esterno, potevamo stimolare e potenziare quel cervello.

A questo punto si doveva tentare!

Costruimmo l'apparato esterno direttamente nel nostro laboratorio, era grande come quattro armadi! Furono prodotte le nanomacchine che, inserite in un apposito contenitore, vennero anch'esse portate nel laboratorio. Occorreva un volontario! Dovevamo inserire nel suo cervello un piccolissimo (come un capello) filo collegato al grosso apparato esterno. Da lì avremmo inviato le particelle atomiche che dovevano stimolare le nanomacchine. Il cervello del volontario doveva essere aperto per poter inserire le nanomacchine nei punti corretti!

Leila e i suoi Professori di medicina, avevano predisposto ogni cosa. Il cervello doveva essere protetto e alimentato continuamente. Fecero le cose per bene!

La prima cavia umana volevo essere io stesso ma Soliman me lo proibì drasticamente, ma fu soprattutto Leila a farmi rinunciare. "Stiamo lottando per avere almeno una parvenza di futuro Jorge!" Mi disse "Abbiamo promesso di sposarci, se va male... non voglio pensarci, ma se va bene cosa vado a sposare: un computer?"

"Ma potrò sempre essere reintegrato nel mio corpo, amore mio!"

"Ci credi veramente?"

No! Non ci credevo!

Così ci trovammo quasi costretti ad un cinismo che non ci apparteneva, ma dovevamo tentare, tentare di tutto, a qualsiasi costo!

Venne un volontario! Era giovane, sui trent'anni! Non apparteneva al CERN, arrivava da Zurigo. Parlai a lungo con lui, gli chiesi cosa l'aveva spinto a darsi volontario per un esperimento così pericoloso e se era al corrente di tutte le implicazioni del caso.

"So tutto Jorghe!" Mi rispose "forse morirò, o forse no! Ma cosa ci aspetta nei prossimi anni? Una morte certa! Voglio tentare qualcosa e se andrà male... forse sarò stato utile per altri tentativi!"

Ero ad un tempo commosso e ad un tempo sorpreso per il suo realismo, francamente lo condividevo!

L'esperimento riuscì solo in parte. Le nanomacchine funzionarono perfettamente e il soggetto fu in grado di aumentare in modo considerevole le capacità del suo cervello. Ci parlò:

"Amici, è incredibile! Tutti i miei ricordi, anche quelli più nascosti, sono alla mia portata, ho una capacità visiva straordinaria e sento rumori anche molto lontani. Grazie amici miei, mi avete dato qualcosa di straordinario, io stesso ho difficoltà a descriverlo!"

A questo punto dovevamo fare in modo che il cervello del nostro amico si integrasse in una vera e propria consolle computerizzata. Per farlo dovevamo togliere il suo cervello dal corpo, continuando ad alimentarlo, e inserirlo nella consolle che, grazie alle nanomacchine, sarebbe stata in qualche modo il suo corpo. Anche questa fase parve riuscire. Tutto sembrava funzionare a meraviglia, il nostro volontario appariva quasi felice quando improvvisamente il cervello morì! Non aveva dato nessun segnale premonitore, semplicemente morì! Non capivamo perché ma morì! Io e Leila, ma non solo noi, scoppiammo in pianto!

Non volevo continuare, assolutamente no! Ma alla fine furono fatti altri tre tentativi. Solo uno riuscì, ma anche quello non per molto, visse una settimana! Non sapevamo perché il cervello cedeva così improvvisamente. L'ipotesi più probabile fu che il cervello acquisiva troppe informazioni completamente nuove, insomma subiva una specie di cortocircuito. Per ovviare a tutto questo occorreva aumentare la capacità organica del cervello stesso. Non eravamo in grado di farlo ma Soliman diede ordine all'apparato medico di studiare anche questa possibilità, nel contempo l'apparato scientifico del CERN doveva cercare un modo per ridurre ai minimi termini l'apparato che forniva le particelle atomiche che dovevano stimolare le nanomacchine.

A quel punto noi ci sentivamo inutili! Era passato un anno da quando avevamo iniziato questo folle progetto, era tempo di sposarci!

Ne parlammo a Soliman che ci diede un permesso di tre mesi ma, in cambio, voleva essere nostro padrino! Invitammo anche il Dottor Forester e molti collaboratori del CERN.

Vennero i parenti di Leila (io non avevo parenti, solo qualche amico che invitai, ma pochi vennero, forse frenati dalla catastrofe imminente), sua madre, suo padre, zii e amici.

Ci sposammo in Chiesa, a Ginevra. Fu una cerimonia bellissima, Leila era semplicemente meravigliosa!

Eravamo felici, avevamo dimenticato quegli orribili esperimenti e quel futuro nero e nebuloso che ci attendeva.

Ma alla cerimonia vennero anche due personaggi che non conoscevamo e che nessuno aveva invitato. Ci apparivano inquietanti, come una piccola nuvola nera in un cielo luminoso e sereno! Per tutto il tempo della cerimonia restarono in disparte, solo dopo la fine del pranzo di nozze si avvicinarono a noi. Si presentarono:

"Scusate per la nostra intrusione, io mi chiamo Henry e il mio compagno Andry. Rappresentiamo le due Fondazioni, quelle di Wender per intenderci, abbiamo bisogno di parlarvi" Disse uno di loro. Eravamo da un lato stupiti: le due Fondazioni? Dall'altro anche un po seccati!

Leila rispose un po piccata:

"Se non vi dispiace potremo parlare domani, oggi, come vedete, siamo piuttosto occupati!"

"Ce ne rendiamo conto" rispose Andry "ma purtroppo il nostro tempo è molto limitato, è importante effettuare subito un incontro privato con voi; è importante per noi ma penso anche per voi, vedrete, non ci vorrà molto tempo!"

Eravamo piuttosto seccati da questa intrusione, ma si trattava delle Fondazioni, forse era meglio assecondarli, non si può mai sapere! Così ci ritirammo in una saletta, ci accomodammo tutti sulle ampie poltrone che conteneva e attendemmo di sapere cosa diavolo volevano proprio il giorno delle nostre nozze!

"Sapete certamente che Wender ha costituito due Fondazioni" esordì Henry "una, che io rappresento, con lo scopo di allungare la vita umana, di arrivare a sconfiggere la morte! L'altra, rappresentata qui da Andry, con lo scopo di raggiungere le stelle! Secondo Wender questi due obiettivi devono essere complementari."

"Si lo sappiamo!" Risposi "ma mi sembra che tutto questo sia fuori della realtà, assolutamente irrealizzabile, inoltre attualmente mi pare che Wender stia spendendo tutte le sue risorse per colonizzare Marte e sfuggire all'asteroide che sta puntando sulla Terra!"

"E' vero" rispose ancora Henry con enfasi "ma Wender non ha affatto dimenticato lo scopo ultimo delle Fondazioni, per questo siamo qui! Certo i nostri obiettivi vi sembrano irrealizzabili, fantastici e probabilmente rasentano la follia, ma queste sono le Fondazioni! Forse siamo folli, ma un giorno... riusciremo!"

Non replicai, Leila chiese:

"Allora diteci, perché siete qui?"

Henry: "Conosciamo tutta la vostra attività, sia al Centro Universitario, sia al CERN, i vostri responsabili ci hanno informato di tutto. Inoltre Jorghe, Siamo molto interessati alle tue teorie!"

"Si! Ricordo bene! Al CERN mi avevano avvertito che la nostra attività veniva relazionata anche a voi." Risposi.

Sempre Henry: "La Fondazione che rappresento è particolarmente interessata a quanto avete ottenuto con le nanomacchine, desideriamo avvalerci della vostra esperienza nel merito. Niente esperimenti, state tranquilli, solo teoria e studio!"

Intervenne Andry: "Da parte nostra siamo molto interessati alla tua teoria relativa alle particelle subatomiche ed alla formulazione secondo la quale alcune di esse non si possono rilevare perché viaggiano a velocità infinita. Abbiamo un Centro più grande del CERN con un ciclotrone di sei chilometri, dove potrai effettuare tutti gli esperimenti che desideri! Nessuno ne è a conoscenza e desideriamo la massima discrezione da parte di entrambi, attualmente non è nel nostro interesse informare il mondo delle nostre attività. Inevitabile che sappiano che stiamo per colonizzare Marte, ma meglio non si sappia altro."

Restammo a bocca aperta! Stavamo sognando?

Leila, come sempre, fu la prima a riprendersi e chiese:

"Ma dove avete tutto questo?"

Andry rispose: "In una località nel nord-ovest dell'Australia. Ci permettiamo di chiedervi di trasferirvi là al più presto. I dirigenti del CERN non avranno nulla da obiettare, ma non devono conoscere ne dove andrete ne cosa farete. Potete mantenere i contatti con parenti e amici ma non dovete dare loro informazioni. Sappiamo che volete fare il viaggio di nozze, vi chiediamo di farlo in

Australia e di ridurre ad un mese la vostra vacanza."

"Ma le Fondazioni sono due e due sono gli scopi per i quali volete la nostra collaborazione, dovremo dividerci in due?" Obiettai.

Sempre Andry rispose: "No, le due Fondazioni hanno entrambe Sede nella stessa località, questo anche a causa della crisi che stiamo vivendo, abbiamo già costituito uffici e laboratori in un'unica palazzina dove lavorerete. Ebbene accettate?"

Che potevamo dire, accettammo e scoprimmo così che dovevamo partire con loro la sera stessa! Era compito delle Fondazioni informare il CERN. Saremmo andati al loro Centro in Australia e da lì avevamo a disposizione macchina, aereo, autista, pilota e prenotazioni nei migliori alberghi australiani. Un mese di libertà! Dovevamo fare i bagagli entro sera e ci sarebbero venuti a prendere!

Questo fu il nostro approccio con le Fondazioni di Wender. Avevano raccolto il migliore personale possibile, avevano i più grandi scienziati del pianeta e dimostravano un'efficienza straordinaria, inoltre non potevamo negare che... ci trattavano molto bene!

Salutammo tutti, la nostra partenza non sembrò stupire più di tanto, evidentemente pensavano che eravamo impazienti di andare in viaggio di nozze e... di restare soli. Non deludemmo il loro pensiero.

Racimolammo rapidamente le nostre cose e la sera ci portarono all'aeroporto di Ginevra. La cena e la nostra prima notte di nozze la passammo in aereo!

La sede delle Fondazioni era semplicemente immensa! Una città intera ci sarebbe stata comodamente! Ci portarono in una palazzina, era tutta solo per noi! Ci sistemammo e poi scoprimmo di avere a disposizione macchina con autista e aereo. Visitammo buona parte dell'Australia sostando nei migliori alberghi! Fu un mese meraviglioso. Avevamo dimenticato ogni cosa, tutte le nostre preoccupazioni, il futuro inquietante, c'eravamo solo noi e i paesaggi straordinari di quella meravigliosa Nazione! Eravamo spensierati, felici! Non dimenticherò mai quel periodo meraviglioso, ma... finì!

Rientrammo nella nostra palazzina presso le Fondazioni e iniziammo il nostro nuovo lavoro. Per sei mesi fu solo teoria, come ci avevano detto, ma poi avrei dovuto iniziare a lavorare con il loro immenso acceleratore di particelle. Leila continuava ad operare nel campo delle nanomacchine teorizzando, insieme ad alcuni dei maggiori scienziati della Terra, il loro impiego nel cervello umano. Ma nel frattempo Leila rimase incinta!

Eravamo felici ma anche preoccupati. Che futuro avrebbe avuto nostro figlio? Anzi, avrebbe mai avuto un futuro? Nella migliore delle ipotesi avrebbe vissuto 27 anni! Ma Leila sperava sempre in un miracolo!

Un anno dopo il nostro arrivo presso le Fondazioni nacque Steve! Leila era al settimo cielo e anch'io, dimenticammo tutte le preoccupazioni. Mia moglie chiese un anno di aspettativa per curare il piccolo Steve, fu accontentata, ma non solo, portarono madre e figlio ad incontrare i nonni ed i parenti, restò lontana da me ben tre mesi.

Nel frattempo io fui impegnato a lavorare con l'immenso ciclotrone della Fondazione. Cercavamo qualcosa di impossibile! Una particella che viaggiava a velocità infinita come è possibile anche solo trovarla, figuriamoci poi riuscire ad analizzarla e magari fermarla!

Ma gli uomini della Fondazione erano veramente fuori di testa e continuarono, insieme a me, a provare in tutti i modi possibili. Venni informato che proprio in Australia, molti anni addietro, avevano trovato una particella detta "tachione" che viaggiava ad una velocità superiore a quella della luce. Incontrammo gli scienziati australiani, alcuni parevano scettici, altri accettavano il fatto che, più che altro casualmente, la particella era stata rilevata. Conoscevo la "leggenda" dei tachioni, ma la consideravo poco più di una favola. Però si sposava perfettamente con la mia teoria, quindi, coadiuvati dagli scienziati australiani, cominciammo a cercarla. Non la trovammo, ma ci andammo molto vicini. Infatti il ciclotrone aveva rilevato alcune attività anomale, forse i tachioni erano passati di là! Steve compì il primo anno di vita. Organizzammo una piccola festa cui parteciparono molti scienziati delle Fondazioni e i genitori di Leila che le Fondazioni avevano cortesemente invitato e accompagnato al Centro.

Quello stesso anno arrivarono i primi uomini su Marte! La realtà del momento ci piombò addosso!

5 (2.039 – 2.040 meno 24 anni)

Erano partiti proprio l'anno in cui era nato Steve, ma nessuno sembrava saperlo, solo gli uomini delle Fondazioni che però non ci avevano informato. Ma quando arrivarono su Marte tutto il mondo ne venne a conoscenza. Erano tre uomini e tre donne, trovarono i duecento giganteschi contenitori (in realtà 198, fummo informati che uno non era mai arrivato e un altro si era disintegrato durante l'atterraggio) con tutto quello che poteva servire per il loro sostentamento e mettere la colonia in assoluta autonomia! Altri tre uomini e tre donne erano già partiti, da lì a sei mesi sarebbero arrivati anche loro. Incredibile, l'uomo era sbarcato su un altro pianeta e aveva tutta l'intenzione di restarci! Questa straordinaria impresa non poteva essere ignorata. La popolazione mondiale cominciò a rendersi conto che la fine stava realmente avvicinandosi e che i governi non facevano nulla per evitarla occupati com'erano da problemi economici, da guerre sparse qua e là nel mondo e da tensioni internazionali che a quel punto arrivarono a limiti insostenibili.

Scoppiarono feroci moti insurrezionali, si capiva ormai che le Fondazioni stavano colonizzando Marte allo scopo di sottrarsi ad "Armagheddon", alla fine del mondo! Ma chi sarebbe andato su Marte? I governi non davano risposte, la tensione era altissima! L'Australia e la lontana Svizzera dove il CERN era intervenuto per tempo anche per evitare una rivolta inutile e dannosa, sembravano immuni da tutto questo, ma l'Australia viveva una forte tensione causata dall'alleanza con le potenze occidentali che avrebbero potuto coinvolgerla in una terribile guerra con la Federazione Russa e forse anche la Cina. Il Governo Australiano fece una mossa a sorpresa e si ritirò dall'alleanza dichiarando la propria neutralità, ma sarebbe bastato? Su isole appartenenti all'Australia restavano basi americane con armi e missili atomici, l'Australia tentò di farle ritirare ma gli Stati Uniti fecero capire chiaramente che non lo avrebbero fatto, anzi, se l'Australia insisteva l'avrebbero considerata alleata della Federazione Russa e quindi nemica!

Feroci moti insurrezionali scoppiarono in tutta l'Europa, solo la Svizzera ne era immune. Così anche in Sud America, Messico, Stati Uniti, Tutta l'Asia mentre l'Africa e il Medio Oriente erano comunque occupati a massacrarsi a vicenda! Il tentativo del CERN di coinvolgere alcune Nazioni per la preparazione di rifugi sottomarini e sotterranei fallì miseramente!

La tensione era alle stelle, i governi cercavano di tranquillizzare la popolazione, ma inutilmente, nessuno voleva cedere e presto le maggiori potenze avrebbero reagito sicuramente con una guerra spaventosa!

Leila preoccupata per la probabile guerra totale imminente, chiese di trasferire in Australia i suoi parenti e amici. Accettarono solo per i loro genitori che comunque sapevano dove era la loro figlia e se stavano con loro veniva garantita meglio quella discrezione sulla loro attività voluta dalle Fondazioni. Arrivarono appena in tempo poiché pochi giorni dopo la loro partenza tutti i voli civili vennero interrotti! Volare era divenuto troppo pericoloso, terroristi di ogni tipo si erano armati di missili antiaereo e non lesinavano ad usarli!

Nel frattempo noi continuavamo il nostro lavoro, ma eravamo distratti dagli eventi esterni. Avevamo paura per il piccolo Steve! Le Fondazioni vivevano tranquillamente, gli australiani non davano problemi e la popolazione mondiale non incolpava le Fondazioni quanto piuttosto i loro stessi governi. Però finimmo per notare che all'esterno del Centro vi erano numerosi uomini armati, arrivarono anche elicotteri da combattimento e carri armati! Una preoccupazione in più ma fummo informati che era tutta gente delle Fondazioni, ci veniva però sconsigliato di uscire dal Centro, la zona pareva tranquilla ma era bene non correre rischi!

L'Italia si divise in tre parti! Il nord e il sud si staccarono dichiarando una propria inutile indipendenza, il centro tornò sotto il controllo del Papato! Tutte le Chiese cercavano invano di tranquillizzare i fedeli, ma la rabbia prese il sopravvento. Spagna, Portogallo, Francia, Germania, Gran Bretagna, tutti i Paesi dell'est Europa, nonché Olanda e Danimarca erano in rivolta contro i loro governanti. Una stima ufficiosa parlò di due milioni di morti! Nella Federazione Russa si era instaurato "il pugno di ferro" che riuscì a contenere ogni velleità di rivolta! Negli Stati Uniti si stava restaurando la vecchia Confederazione Sudista, ma non fecero in tempo... Tutto il Sud America e tutta l'Africa erano percorsi da terribili guerre civili. Il Medio Oriente era diventato un vero mattatoio. Pakistan e India erano in guerra aperta e così per le due Coree. Cina e Giappone erano in guerra, per il momento guerre convenzionali ma non meno disastrose! Era il caos!

Nel frattempo altri tre uomini e tre donne arrivarono sani e salvi su Marte! Pareva che le vicende del mondo non interessassero più di tanto Wender e le sue Fondazioni. Però qualcosa di nuovo accadde: centinaia di uomini cominciarono a spianare una vastissima zona non lontana dal Centro: stavano costruendo uno spazioporto! Wender riteneva che era impossibile continuare ad utilizzare le strutture delle grandi potenze, dovevano essere autonomi! Furono fulminei e, nei pressi, nacque come dal nulla una gigantesca fabbrica dove si assemblavano missili interplanetari! In realtà erano grandi navette che dovevano trasportare mezzi, laboratori, parti delle enormi navi interplanetarie che un giorno sarebbero partite per Marte! Fummo messi a conoscenza che stavano assemblando venti navi dotate, tra l'altro, di ogni mezzo possibile per colonizzare il pianeta lontano. Mi chiedevo: "avrebbero fatto in tempo?"

Era il 2.040! Mio figlio Steve compiva tre anni! Tutto cominciò fra il Pakistan e l'India, vennero lanciate le prime bombe atomiche! Bastarono poche ore e le due Nazioni ne uscirono distrutte sia fisicamente che psicologicamente! Il padre di Leila alla notizia ebbe un infarto! Morì prima di sapere che tutto il mondo stava autodistruggendosi!

Gli Stati Uniti d'America e l'Europa incolparono la Federazione Russa rea, secondo loro, di aver fomentato questa guerra. La Russia rispose lanciando i primi missili intercontinentali armati di bombe termonucleari. La Cina ne approfittò e lanciò a sua volta atomiche sul Giappone, due bombe atomiche nordcoreane furono sufficienti ad annichilire i loro fratelli del sud.

Europa e Stati Uniti reagirono pesantemente. Bombe atomiche e le famigerate bombe all'idrogeno furono lanciate su tutto il territorio della Federazione Russa, sulla Cina, sulla Corea del Nord e "per sbaglio" (ma era uno sbaglio?) sul Medio Oriente e l'Africa del Nord. Israele era risparmiata ma lanciò a sua volta bombe atomiche sull'Iran che riuscì a rispondere con lo stesso metodo!

Era guerra totale! La Federazione Russa praticamente non esisteva più, ma esistevano ancora i loro sottomarini! Attaccarono con le loro bombe atomiche: Europa, Stati Uniti, Canada, Messico, Sud America, Africa e quel poco che restava dell'Asia. Due bombe atomiche esplosero in Australia, ma per fortuna lontano dal nostro Centro! Anche i sottomarini americani ed europei esistevano ancora e risposero allo stesso modo!

A quel punto non restava più nulla!

Ricordavamo le peggiori estrapolazioni fatte al CERN, non erano nulla in confronto alla realtà! "MX15" avrebbe trovato ben poco da fare al suo arrivo! Ma noi incredibilmente eravamo ancora vivi! Le Fondazioni non erano state minimamente toccate da tutto questo. Cosa importava loro di una guerra nucleare, avevano il loro obiettivo e solo questo era importante. Wender continuava implacabile il suo programma atto a colonizzare Marte e non dimenticava affatto gli scopi primari delle due Fondazioni, quindi il nostro lavoro doveva continuare senza interruzione!

Fummo messi a conoscenza che anche la Svizzera non era stata risparmiata. La guerra l'aveva colpita indirettamente, il "fall-out" atomico, le radiazioni delle bombe lanciate nei Paesi vicini, era arrivato anche là. Il CERN era stato chiuso e anche la nostra Università!

Era andata bene! La popolazione umana risultò "solo" dimezzata!

Soliman e Forester erano sopravvissuti, ma ambedue finirono per ritirarsi a vita privata, vuoi per la troppa tensione, vuoi per l'età ormai avanzata.

Il mondo era distrutto, pareva impossibile una ricostruzione, la gente era disperata, apatica, i governi non esistevano più!

Dal nostro Centro cominciarono a partire le prime navette, destinazione l'orbita terrestre. Ci chiedevamo quale immenso lavoro stessero facendo le Fondazioni sopra le nostre teste! Partivano cinque navette al giorno e ne ritornavano altrettante! Assistemmo a due terribili incidenti, la gente delle Fondazioni moriva per un progetto incredibile, ma non si fermarono mai!

Anche noi non ci fermammo, continuavamo il nostro lavoro. Leila accudiva suo figlio aiutata dalla madre e continuava a teorizzare insieme a ben otto scienziati di prim'ordine sui sistemi producibili con le nanomacchine. Venne a sapere che tutti i suoi parenti e amici in Svizzera erano sopravvissuti, avrebbe voluto andare ad incontrarli ma era impossibile!

Da parte mia continuavo alacremente il mio lavoro all'immenso ciclotrone e un giorno:
"Jorghe!" Mi chiamò il Dottor Jungh, un luminare nel campo del subatomico! "Abbiamo qualcosa!"
Non era la prima volta che venivo messo in allarme inutilmente, mi avviai stancamente alla Sede del ciclotrone ed entrai nel vasto laboratorio munito di decine di computer e varie diavolerie che monitoravano l'attività subatomica dello stesso ciclotrone. Là trovai il Dottor Jungh che mi indicò una chiara traccia su uno dei monitor. Avevo ormai imparato l'uso e l'utilità di quei monitor e sapevo "leggere" i risultati riportati. Si! Vi era una traccia impossibile!
"Cosa pensa che sia Dottor Jungh?" Chiesi un po emozionato!
"Jorghe, può essere una sola cosa, una traccia rilasciata da particelle che viaggiano ad una velocità superiore a quella della luce, guarda qui!" Disse indicando un altro monitor "il valore della massa risulta intraducibile! E guarda qui, la traccia appare anch'essa intraducibile se non in un solo modo: velocità infinita! Avevi ragione!"
"Jungh," dissi, dimenticando ogni rispetto per un uomo 15 anni più anziano di me e con sei lauree! "potrebbero essere?..." Non finii la frase ma il Dottor Jungh mi anticipò "tachioni? Si! Potrebbero essere loro!"
"L'esperimento è riproducibile?" Chiesi. "Si!" Mi rispose, "possiamo riprodurlo ma non so se otterremo lo stesso risultato."
"Facciamolo subito!" Sbottai.
Nei sei giorni, e notti (nessuno riusciva più a dormire!), che seguirono furono effettuati diciotto ripetizioni dell'esperimento, sei di esse diedero risultati positivi e quattro diedero una registrazione più compiuta, erano veramente i leggendari tachioni!
Ora sapevamo come riprodurli, ma cosa ce ne facevamo?
Erano particelle assolutamente sfuggenti, ora c'erano, un millesimo di secondo (anzi molto meno) non c'erano più! Come usarli? Come analizzarli? Era impossibile, lo stesso gigantesco ciclotrone non riusciva a darci risposte! I tachioni esistevano, potevamo produrli, ma restavano un mistero impenetrabile.
Si poteva solo teorizzare: Che massa avevano? Massa infinita o misurabile? A che velocità si muovevano? Velocità infinita o misurabile? Tutto restava solo nell'ambito delle ipotesi e il comportamento di queste infinitesimali particelle rendeva impossibile qualsiasi analisi. Nel 30% dei casi riuscivamo a produrle, ma di fatto da dove diavolo venivano?
Come spesso accade una scoperta scientifica portava più domande che risposte!
All'atto pratico sembrava che non servissero proprio a niente ma ci attendeva una sorpresa:
Ci chiamarono, io e Leila insieme, dovevamo andare in una palazzina adiacente alla nostra, là avremmo incontrato Wender in persona! Voleva conoscerci e parlarci! Voleva conoscerci e parlarci!
Dire che eravamo emozionati era poco!
Il capo supremo e realizzatore delle Fondazioni e di un programma grandioso come la colonizzazione di Marte, voleva parlare con noi! Wender spesso appariva più un mito che altro, a volte ci si chiedeva se esistesse veramente, ebbene era là e ci stava aspettando!
Ci accompagnarono fino alla porta di un ufficio poi ci lasciarono. Bussammo timidamente.
"Avanti!" Ci rispose una voce. Entrammo, l'ufficio era piccolo, due poltrone di fronte ad una normalissima scrivania, alle sue spalle Wender, ma allora esisteva davvero! Ci apparve un uomo massiccio di circa 55 anni, si alzò e cordialmente ci strinse la mano e invitò ad accomodarci. Lui si sedette davanti a noi usando la stessa scrivania come sedia! Una persona affabile, ci sentimmo subito a nostro agio.
"Voi sapete quali sono i nostri obiettivi, conosco i risultati da voi ottenuti." Esordì "Ritengo il vostro lavoro molto importante. Tu Leila, insieme ai tuoi collaboratori, stai sviluppando una teoria straordinaria sull'uso e utilità delle nanomacchine e tu Jorghe hai finalmente sintetizzato le particelle tachioniche!"
"E' vero Signore!" Intervenni. "Ma all'atto pratico non saprei proprio cosa farne dei tachioni, sono troppo sfuggenti, riusciamo solo a riprodurli ed a registrare le loro traccie!"
"E dici poco!" Intervenne Wender. "Jorghe, ma ti rendi conto che hai bypassato i postulati di Einstein?"

Era vero! Ammutolii!

"Ora sappiamo" continuò Wender, "con assoluta certezza che la velocità della luce non è un ostacolo insormontabile! Quanto all'atto pratico, abbi pazienza, forse dieci, cento, mille o diecimila anni ma alla fine impareremo ad usarli!"

Dire che Wender pensava alla lontana era poco, se poi si vedeva come era ridotta la Terra e all'imminente arrivo di "Armagheddon", allora Wender appariva come un visionario, ma un visionario con "i piedi per terra" che stava colonizzando alla faccia di tutti e del più grande disastro vissuto dall'umanità un altro pianeta!

Wender continuò: "Leila! Sai cosa potremo fare un giorno con le nanomacchine? L'hai compreso bene?"

"Cosa intende Signore?" Rispose Leila.

"Lasciate perdere il Signore, mi da fastidio, chiamatemi Wender per me va benissimo! Leila le nanomacchine ci danno la concreta possibilità di sconfiggere la morte! Ci hai mai pensato?"

Eravamo stupefatti! Non avevamo stigmatizzato a sufficienza quello che stavamo facendo, ma Wender aveva ragione! La velocità della luce non era più un ostacolo insormontabile anche se sa il Signore come superarla fisicamente, e neppure vivere in eterno era impossibile!

Avevamo aperto un "Vaso di Pandora" che avrebbe cambiato tutti i postulati cui eravamo abituati! Wender restò a lungo a chiacchierare con noi, ci descrisse compiutamente l'immenso sforzo che si stava facendo per colonizzare Marte, fummo a conoscenza che il progetto aveva purtroppo prodotto numerosi incidenti anche mortali.

"Abbiamo perso quasi duecento persone, degli eroi che hanno combattuto una vera guerra per poter giungere a colonizzare Marte, là stabiliremo la nostra Sede. Non resteremo in Australia, il sito non è sicuro, con l'arrivo di "MX15" qui non resterà niente, è bene che lo sappiate anche voi!" Ci informò Wender. Tutto questo aumentò le nostre preoccupazioni, dove andremo, cosa faremo? Ma non le esternammo, non era certo ne il momento ne il caso.

Ci relazionò anche sulla situazione della Terra martoriata dalla guerra atomica.

"Abbiamo un programma atto a bonificare le aree terrestri contaminate dalle radiazioni e un nostro settore studierà come curare le persone colpite dal "fall-out", ma tutto questo potrà avvenire solo dopo aver stabilito la nostra Sede su Marte e se resterà ancora qualcosa da salvare qui sulla Terra." Ci disse.

"Ma pensate di fare in tempo prima dell'arrivo dell'asteroide?" Chiesi.

"Si Jorghe! Abbiamo calcolato bene i tempi, incidenti avvengono e possono ancora avvenire ma ti assicuro che niente ritarderà il nostro programma!"

Mentre guardavo Wender compresi che aveva ragione, ce l'avrebbero fatta!

Parlò con noi del più e del meno per quasi tre ore e poi ci congedò.

L'incontro con il "Grande Capo" cambiò completamente la nostra visione delle cose: quindi i due limiti estremi che sbarravano la via dell'umanità non erano poi così impossibili da bypassare! La velocità della luce e la morte si potevano sconfiggere, non saremo noi a farlo, ma sapevamo che poteva essere fatto. Inoltre non potevamo restare in Australia! "MX15" avrebbe spazzato via il nostro Centro, ma dove andare? Non esisteva nessun posto sicuro su tutto il pianeta che tra l'altro era già mezzo distrutto! Ancora la solita domanda: che futuro avrà nostro figlio?

Come già accaduto al CERN, il nostro ruolo sembrava come sfumato. Avevamo ottenuto molto ma ora spettava agli scienziati continuare sulle basi delle nostre scoperte e cercare di arrivare a risultati pratici. Ma era un lavoro lentissimo e troppe risorse venivano deviate per arrivare in tempo a colonizzare Marte. In pratica tutto pareva come "congelato", certo si continuava la ricerca, ma appariva chiaro che l'impulso più importante sarebbe stato dato solo dopo che le Fondazioni si sarebbero stabilite su Marte.

Io e Leila cominciavamo a chiederci: dove andare? Cosa fare?

Leila voleva tornare in Svizzera, bastava stare lontani dalle zone dove aveva colpito il fall-out, gli svizzeri le avevano ben delimitate, avremmo potuto vivere a Berna, immune dalle radiazioni, oppure in qualche baita di montagna. I rifugi scavati nelle montagne non erano ancora pronti, la crisi mondiale aveva rallentato i lavori, ma non si erano fermati. Il problema di fondo era: come approvvigionare questi siti per un periodo di mille anni? Sembrava un ostacolo insormontabile! Tornare in Svizzera era ancora impraticabile, anche con l'aiuto delle Fondazioni non avremmo potuto farlo, ma forse col tempo sarebbe stato possibile!

Continuammo così la nostra attività presso le Fondazioni ma, in realtà avevamo ben poco da fare. Ci dedicammo molto a nostro figlio Steve che, anche grazie alle cure della nonna, cresceva forte e bello! Notammo che l'attività allo spazioporto ed alla vicina fabbrica era sempre più intensa, direi febbrile! Passarono così due anni quando incontrammo nuovamente i due personaggi che ci avevano letteralmente rapiti il giorno delle nostre nozze: Henri ed Andry! Sembravano passati mille anni da quel giorno felice e spensierato, era incredibile pensare che erano passati solo sette anni! Li avevamo incontrati altre volte ma sempre di sfuggita, questa volta vennero da noi e come mille (o sette?) anni prima chiesero di parlare con noi.

Henry ci salutò cortesemente e ci disse:

"Nel mondo cominciano ad apparire alcuni segnali di ripresa e una sia pur circoscritta voglia di ricostruire qualche cosa. Le Fondazioni desiderano favorire questi segnali e appoggiarli, non potremo fare molto, il nostro progetto ha una priorità assoluta, ma qualche cosa faremo."

Intervenne Andry: "Sappiamo che avevate chiesto di rientrare in Svizzera con vostro figlio e la madre di Leila, allora non era possibile, oggi intendiamo aiutarvi. Il vostro lavoro qui procede lentamente e il progetto Marte ormai sta inglobando quasi tutte le nostre risorse e le altre attività si stanno fermando. Riprenderanno solo quando saremo stabilmente sistemati su Marte."

Henry continuò: "Abbiamo un compito per voi, la Svizzera è stata relativamente risparmiata dalla guerra, solo le radiazioni atomiche l'hanno colpita in zone ben delineate che gli svizzeri hanno individuato con precisione. In quella Nazione il CERN aveva iniziato un progetto per costruire rifugi all'interno delle montagne. Un progetto quasi irrealizzabile poiché dopo l'arrivo dell'asteroide, se quei rifugi resisteranno, occorreranno ben mille anni prima che possano essere abbandonati, ma non possiamo escludere qualche miracolo per cui invitate i responsabili di quel Paese a continuare questo progetto anche se non sarà possibile renderli autonomi per lungo tempo. Avrete credenziali del CERN che, anche se non esiste più, ha comunque una forte rilevanza in Svizzera, inoltre avrete il nostro appoggio, sarete muniti di un apparecchio radio con il quale potrete comunicare con me, relazionare sui progressi e le difficoltà. Che ne pensate?"

Risposi io per entrambi: "Ovviamente siamo ben felici di avere questa opportunità, ma come arriveremo in Svizzera? Sappiamo che tutti gli aeroporti sono inagibili!"

"Non in Svizzera!" Rispose Andry "L'aeroporto di Berna è perfettamente funzionante, sarà nostra cura avvertire i controllori di quell'aeroporto del vostro arrivo. Partirete con un aereo da carico militare, è già pronto per voi e sarà rifornito in volo, se volete potrete partire domani stesso!"

Così fu! Avvertimmo mia suocera che saltò su dalla gioia! Preparammo in fretta i nostri bagagli, Henry ci diede la radio trasmittente alcuni consigli e delle perfette credenziali del CERN. Ci caricarono sull'aereo e sorvolando un pianeta distrutto arrivammo in Svizzera!

Dall'alto sembrava sempre la stessa: montagne innevate, città e villaggi, mucche al pascolo. Torrenti impetuosi e infine Berna! Pareva di essere tornati indietro nel tempo, la città era come sempre era stata! Negozi, cinema, teatri, le piazze, i monumenti, gente per la strada, automobili! Sembrava che non fosse accaduto niente. Fummo accolti all'aeroporto da alcuni funzionari, controllarono le nostre credenziali poi ci fecero salire su una macchina. Avevamo a disposizione un'auto con autista e un bel appartamento nel centro della città! Tutto meraviglioso, tutto normale ma... all'interno dell'appartamento trovammo un lungo questionario: indicava le zone della Svizzera dove non potevamo recarci a causa delle radiazioni, tra queste vi erano Zurigo e Ginevra! Il 23% del territorio era inagibile, era andata ancora bene! Era vietato nel modo più assoluto utilizzare a qualsiasi titolo le acque dei laghi e dei torrenti. Vietato pescare e mangiare pesce; le probabilità che fossero contaminati dalle radiazioni erano altissime. Non solo, in caso di pioggia dovevamo rifugiarci in qualche abitazione, bar o altro, non si doveva restare esposti alla pioggia per nessuna ragione! Non finiva qui: periodicamente, ogni mese, dovevamo recarci in centri attrezzati ben indicati sul questionario, dove avrebbero monitorato il nostro stato fisico alla ricerca di un eventuale accumulo radioattivo nel nostro corpo! Il questionario terminava sottolineando che solo l'acqua pubblica poteva essere utilizzata, infatti arrivava da faglie sotterranee molto profonde e veniva controllata ogni ora! A causa di questi controlli poteva accadere, anche se raramente, che l'acqua venisse improvvisamente chiusa per cui si consigliava di fare delle scorte immagazzinandole in contenitori ermeticamente chiusi. Nei villaggi l'acqua pubblica spesso non c'era, passavano però due volte al giorno dei camion cisterna dove gli abitanti potevano approvvigionarsi utilizzando sempre contenitori ermeticamente chiusi. Infine due dati inquietanti: un milione e duecentomila svizzeri erano deceduti a causa delle radiazioni e, ogni mese, si registravano da venti a cinquanta nuovi decessi!

Normalità addio!

Decidemmo comunque di "godere" della città per un paio di giorni e tutti e quattro la girammo in lungo e in largo vistando anche i numerosi ritrovi e ristoranti. Per nostra fortuna non piovve mai! Anche per il cibo vi erano problemi, come già avevamo saputo per l'acqua! Scontato che non si poteva mangiare pesce, ma anche gli altri alimenti avevano forti delimitazioni. Verdura e frutta poteva essere coltivata solo ed esclusivamente in serre ben controllate, la carne pareva non avere problemi ma tutto il cibo messo in vendita veniva continuamente monitorato per evidenziare eventuali tracce radioattive. Tutto ciò aveva fatto aumentare i prezzi del 100% causando non pochi problemi alla popolazione. In Svizzera esisteva ancora il franco, ma era svalutato del 50%. L'economia mondiale era distrutta, nella maggior parte delle Nazioni (Se si poteva ancora parlare di Nazioni!) il denaro esisteva ancora ma con una svalutazione spesso pesantissima! Negli Stati Uniti, se si voleva mangiare in un buon ristorante (comunque difficile da trovare) occorreva spendere un milione di dollari! Coloro che avevano una forma di lavoro ricevevano stipendi solo parzialmente proporzionati. Nella maggior parte del mondo vigeva più che altro lo scambio merci, oppure scambio di favori o, infine, scambio di lavori. L'oro prendeva il posto del denaro quasi ovunque, anche in Svizzera si usava spesso l'oro e gli scambi (sopratutto nei villaggi di campagna). L'oro, oppure prodotti preziosi, pietre preziose e similari, venivano usati per le rarissime e controllatissime importazioni o esportazioni.

Passati quei due giorni di "normalità" io e Leila ci alzammo di buonora, lasciammo nostro figlio alle cure della nonna che appariva felice di essere tornata nella sua Svizzera. La sua casa era in collina, in un piccolo villaggio, purtroppo era all'interno delle aree proibite!

Puntammo, piuttosto dubbiosi, verso il Parlamento, infatti Henry ci aveva consigliato così. Aveva ragione, le nostre credenziali fecero miracoli! In pochissimo tempo ci condussero in un ufficio dove trovammo un anziano signore che ci disse:

"Vi stavamo aspettando, io rappresento il Governo, mi chiamo Adolf Reinard e sarò il vostro collegamento fra il Governo e i responsabili che si stanno occupando dei rifugi scavati nelle montagne. Sappiamo bene che è un'impresa disperata e non sappiamo proprio come approvvigionarli per mille anni! Ma qualcosa deve essere fatto!"

"Signor Reinard" dissi "forse non sarà necessario approvvigionare i rifugi per lungo tempo, anzi direi di rinunciarvi anche perché impossibile! Ma i rifugi devono essere completati in tempo, prima che arrivi "MX15"!"

Reinard ci diede "carta bianca" e organizzò in pochissimo tempo una riunione con i responsabili della costruzione dei rifugi.

La riunione avvenne due giorni dopo in una località lontana da Berna. Ci recammo sul posto dove incontrammo tre persone: due donne e un uomo: Sheila, Sandro e Anna.

Ci relazionarono sull'andamento dei lavori. La guerra totale aveva rallentato la costruzione dei rifugi ma ora erano pronti a ricominciare di buona lena. I rifugi erano sei, tutti scavati alla base di alte montagne. Gli scavi erano tutti terminati, ora si trattava di consolidare le strutture interne e immagazzinare tutto quello che poteva essere utile per renderli in perfetta autonomia e isolati dall'esterno. Questo preoccupava molto i tre, forse potevano arrivare ad avere un'autonomia di cinque, sei anni, non di più anche considerando il poco tempo che rimaneva prima dell'arrivo dell'asteroide, ma certamente non per mille anni!

Io intervenni: "L'importante è finire i rifugi in tempo! Cercheremo di renderli autonomi per due anni soltanto! Ma dovremo anche inserire nei rifugi macchine pesanti chiuse ermeticamente e tutti i mezzi necessari per permettere ai sopravvissuti di uscire all'esterno in un ambiente infernale. Suggerisco anche di fornire maschere e bombole di ossigeno, nonché rilevatori di radiazioni. Dovrete avere depuratori d'acqua e filtri per l'aria. Generatori di corrente e quant'altro, studieremo insieme le dotazioni necessarie."

Sheila ci informò: "Abbiamo fatto di più, abbiamo pronti sei generatori atomici, qualcosa di simile ai motori atomici dei sottomarini nucleari. Verranno inseriti tutti nei rifugi, quindi l'energia non mancherà, per le macchine dovremo immagazzinare quintali di gasolio, ma può essere fatto!"

Leila chiese: "Quante persone potranno entrare nei rifugi?"

Rispose Sandro: "Ogni rifugio potrà ospitare da 5 a 7.000 persone, non siamo riusciti a fare di più! Però non sappiamo quali criteri adottare per scegliere i rifugiati!"

"Valuteremo insieme, in prossimi incontri, quali saranno i criteri." Risposi. "Ma fateci sapere quante persone lavorano per la costruzione dei rifugi, compresi voi, gli impiegati, segretarie etc." Fu la volta di Anna, una giovanissima ragazza di soli 23 anni: "Il programma complessivo prevede l'intervento di circa 10.000 lavoratori, se aggiungiamo i parenti più prossimi, i figli etc., penso, anche se il dato è approssimativo, che arriveremo a 50.000 persone!"

"Troppe!" Sbottai! "Anche se è dura, calcolate il numero dei lavoratori e solo dei loro figli e mogli o mariti, escludete i genitori e qualsiasi altro parente o amico. Fateci sapere il numero complessivo e se è accettabile saranno fra i prescelti ad entrare nei rifugi. Però in ogni rifugio dovrà essere presente una nutrita equipe medica e ovviamente si dovrà inserire un vero e proprio ospedale ben attrezzato. Occorre tenere conto anche di questo. In ogni rifugio dovrete individuare gli elementi migliori per fungere da responsabili. Insomma dei capi! Niente democrazia, non possiamo permettercela. Se, come spero, sarà possibile far entrare altre persone, cercate fra le coppie giovani, anche con figli, che abbiano una buona cultura e una preparazione avanzata a livello di studio e di capacità di sopravvivenza. Non abbiate alcun scrupolo ne pietà, anche questo non possiamo permettercelo!"

Intervenne Leila: "Gli svizzeri sono molto preparati, ma possiamo egualmente prevedere delle sommosse, chiederemo al Governo una protezione armata, speriamo non sia necessario che sia troppo numerosa, ma, per evitare problemi, anche i militari dovranno poter accedere ai rifugi insieme ai loro figli e alle mogli o ai mariti. Sarà bene non informarli di questo immediatamente, ma in un secondo tempo quando i lavori saranno in fase avanzata."

"Perché non informarli subito?" Chiese Anna.

"Abbiamo avuto il tempo di studiare i vari problemi inerenti alla conduzione dei rifugi, molto tempo!" Dissi. "Quanto sto per dirvi deve assolutamente restare tra noi, siamo d'accordo?"

I tre annuirono con decisione!

"Nessuno dei politici, parlamentari, notabili etc. entrerà nei rifugi!"

Seguì un minuto di silenzio, poi i tre annuirono con forza!

"Siamo d'accordo! E penso di parlare per tutti!" Affermò Sheila!

Leila intervenne: "Quanto a noi... non lo sappiamo! Decideremo all'ultimo momento, forse verremo con voi o forse no! Ci penseremo!"

Così terminò la prima riunione, ne seguirono altre, visitammo i rifugi. I lavoratori, dopo aver appreso che anche loro avrebbero usufruito dei rifugi, accelerarono la costruzione degli stessi mettendoci un'attenzione nuova e direi professionale! Ora sapevamo che tutto sarebbe andato per il meglio, i lavori avanzavano rapidamente e i rifugi vennero presto dotati di ogni mezzo utile ad un'autonomia di due anni e mezzi pesanti e sofisticati per poter affrontare l'inferno che avrebbero trovato all'esterno. Sarebbe bastato? Penso di no, ma meglio di niente!

I militari che dovevano difendere i rifugi vennero informati a tempo debito che anche loro ne avrebbero usufruito e delle implicazioni causate dall'esclusione dei politici. I parenti più stretti dei militari furono i primi ad entrare nei rifugi. Anche se le strutture non erano ancora pronte decidemmo di farli entrare, sarebbero stati "accampati" fino alla fine dei lavori.

Nel frattempo il mondo cominciava a reagire. La gente era ancora frastornata dal disastro, la vita era durissima ma cominciava timidamente una ricostruzione. Innanzitutto si delimitarono le aree colpite dalle bombe e dalle radiazioni, città come New York, Washington, Los Angeles, Cleveland, Mosca, Berlino, Milano, Toronto e tante altre, non esistevano più! San Francisco, Boston, Brasilia, Marsiglia, Birmingham, Tel Aviv, Mumbai, Melbourne e tante altre città erano inagibili a causa delle radiazioni.

La ricostruzione era favorita sopratutto da privati discretamente aiutati dalle Fondazioni e da alcune Società Multinazionali sopravvissute al disastro.

I vecchi governi non esistevano praticamente più, ma cominciavano a formarsi dei comitati spontanei che cercavano di regolarizzare i lavori e di dare almeno una parvenza di ordine al caos che li circondava. Fummo informati da Henry che in molti di questi comitati erano presenti membri delle Fondazioni, ci disse anche che il loro programma di colonizzazione del pianeta Marte proseguiva inesorabilmente e che ormai erano sicuri di fare in tempo!

Gli anni passavano e il lavoro nei rifugi proseguiva senza intoppi quando nel 2.049 la mamma di Leila morì nella sua svizzera all'età di 71 anni. Si spense così semplicemente, pareva non volesse più vivere! Per noi fu un duro colpo, Leila aveva già perso il padre, ora restavo solo io e il piccolo Steve! Si dedicò al figlio a tempo pieno, toccava a me continuare a seguire i lavori per la costruzione dei rifugi.

Intanto il mondo cominciava a svegliarsi. La ricostruzione proseguiva e il denaro cominciava ad avere un suo valore. I comitati che si erano formati divennero una parvenza di governo, si diedero delle leggi e si organizzarono numerosi gruppi di volontari che aiutavano nella ricostruzione, distribuivano equamente le poche risorse e mantenevano l'ordine.

Adolf mi convocò diverse volte per conoscere l'andamento dei lavori e finì per chiedermi quali criteri sarebbero stati seguiti per scegliere i rifugiati. Cercai di restare nel vago e gli dissi che avremmo deciso comunque all'ultimo momento per evitare sommosse o peggio! L'argomentazione era valida per cui Adolf non ebbe nulla da obiettare.

Eravamo nel 2.050, nostro figlio Steve compiva 13 anni!

Tornavano i nostri dubbi e le nostre paure! Che futuro attendeva Steve? Ci sarebbe stato un futuro?

"Jorghe, amore mio" mi disse Leila "secondo te dovremo anche noi entrare nei rifugi?"

"Ci ho pensato a lungo tesoro!" Risposi. "Dobbiamo farlo, so che è un tentativo disperato, ma dobbiamo farlo per Steve! E' nostro dovere dare a nostro figlio una possibilità, anche se molto remota, deve avere almeno una possibilità!"

"Quando arriverà "MX15" Steve sarà grande, è un bravo figliolo, conosce già la verità su tutto, sa cosa accadrà. Studia alacremente e non da problemi. E' sano e si è adeguato perfettamente al mondo attuale, certo meglio di noi che abbiamo conosciuto quello che c'era... prima!" Disse Leila. Fece una pausa poi continuò: "Sarà lui stesso a decidere! Quanto a noi... non so! Sono dubbiosa. Andare nei rifugi mi sembra quasi che sia come tradire la mia gente, la mia Svizzera! Cosa faremo Jorghe?!"

Aveva le lacrime agli occhi!

"Non so!" Risposi sommessamente accarezzandole il viso. "Cara, neppure io lo so! Ma di una cosa sono certo, qualsiasi decisione prenderemo io sarò con te, vicino a te per sempre amore mio!"

Il mondo si stava realmente svegliando! Le popolazioni superstiti obbedivano alle direttive dei comitati all'interno dei quali uomini delle Fondazioni continuavano ad intervenire fattivamente. Ma ancora i comitati non potevano dirsi un vero e proprio governo. Tutto era cambiato e la gente voleva che il mondo finalmente abbandonasse definitivamente le vecchie beghe e gli antichi rancori per unirsi non solo per ricostruire le Nazioni ma sopratutto per affrontare quella che ormai ovunque veniva chiamata "**La Grande Paura!**"

Infatti tutti ormai definivano così "MX15", La Grande Paura! Armagheddon!

Questa volta il popolo trovò facile riscontro in quelle che erano le uniche organizzazioni che avevano un qualsiasi titolo per poter arrivare ad un vero e proprio governo.

I comitati cominciarono un complicato e faticoso dialogo fra di loro. Il percorso per arrivare a qualcosa di concreto, pareva arduo e difficile, ma La Grande Paura sarebbe arrivata e proprio la paura era un forte deterrente che aiutava il dialogo!

Molti ritenevano che occorreva tornare ad un ruolo democratico, ma il disastro in cui si trovava tutto il pianeta e quello ancora peggiore che doveva arrivare convinsero che si era in una situazione di estrema emergenza e che un eventuale governo doveva essere guidato da persone capaci e preparate piuttosto che da politici sia pure illuminati e votati dalla popolazione ma comunque non sufficientemente preparati. Se ci sarebbe stato un futuro allora si poteva ripensare alla democrazia, ma... ci sarebbe stato un futuro?

Le discussioni e li incontri continuavano, spesso in modo febbrile. Ci si confrontava sia sui problemi della ricostruzione in corso, sia sulle idee spesso divergenti, sia sui problemi d'ordine economico. Ma si doveva arrivare ad una conclusione. La gente lo pretendeva, così pure l'emergenza in atto, La Grande Paura anche!

Le soluzioni furono diverse ma con molte similitudini. I comitati divennero una specie di parlamento che elesse al suo interno i tecnici che avrebbero guidato le nuove Nazioni. Coloro che sarebbero stati i nuovi governanti sentivano il peso di quanto era avvenuto e di quanto ancora doveva accadere. Si può affermare che sentivano vergogna per un mondo parzialmente distrutto dai governi che li avevano preceduti, anche se loro non ne avevano responsabilità diretta! Questo avvenne in tutto il mondo!

Non fu facile, occorsero ben cinque anni di discussioni, confronti e altro perché si formasse la prima nuova Nazione! Si denominò "Confederazione Asiatica!". Nei due anni seguenti, anche sull'esempio di quella prima grande Confederazione, nacquero: il Governo Nord Americano, che comprendeva gli Stati Uniti, il Canada, l'Australia, la Nuova Zelanda e il Messico. Gli Stati Uniti d'Europa che si unirono alla Russia, poi la Confederazione Africana, quella dei Fratelli Mussulmani, il Nuovo Brasile, l'India allargò i suoi confini verso alcune Nazioni dell'ex Asia Sovietica riunendosi con il Pakistan, il Bangladesh e Sri Lanka.

Erano sette grandi Nazioni e, finalmente, erano in perfetto accordo tra di loro, pronte ad accelerare la ricostruzione e ad affrontare finalmente "La Grande Paura"!

Si formò una commissione che rappresentava i sette nuovi governi mondiali con un doppio intendimento: favorire e accelerare la ricostruzione e affrontare finalmente uniti la terribile minaccia di "MX15". Si mise allo studio il progetto originale: bombardare l'asteroide!

Ma per farlo vi erano molti problemi da risolvere. Innanzitutto sarebbe stato sufficiente un bombardamento atomico per deviarlo? Era passato troppo tempo, "La Grande Paura" stava arrivando, era troppo vicina. Si comprese presto che non era più possibile deviarlo!

Sembrava non vi fosse via d'uscita quando il rappresentante del Governo degli Stati Uniti d'Europa produsse un vecchio studio sul merito: arrivava da Bruxelles che era stata miracolosamente in parte risparmiata dalla guerra. Era un vecchio documento del CERN nel quale la sezione "Astronomica" di quella organizzazione dava un'estrema possibile soluzione. Era stato il "nostro" Dottor Soliman a ordinare di inviare quella documentazione a tutti i governi del tempo e di aggiornarla periodicamente. Un documento vecchio di 24 anni ma quanto mai attuale! L'idea era del Dottor Forester, il nostro vecchio anfitrione dell'Università, e anche mia! Infatti si conosceva perfettamente la composizione, la struttura, praticamente tutto dell'asteroide. Si era arrivati alla conclusione che era senz'altro possibile, con un bombardamento adeguato effettuato da un minimo di 1.200 bombe termonucleari in un punto ben prestabilito che era stato individuato con assoluta precisione, spezzare e forse distruggere l'asteroide. In questo modo si ipotizzava che forse parti di "MX15" potessero deviare e allontanarsi dalla Terra, non tutte però e più si aspettava minori erano le possibilità che parti dell'asteroide si allontanassero dal nostro pianeta. Il documento conteneva gli estremi per calcolare con precisione sia l'angolo di impatto sia le probabilità che parti di "MX15" non cadano sulla nostra testa. Era troppo tardi! L'Asteroide sarebbe comunque arrivato! La sola possibilità era quella di non farlo arrivare intero: di spezzarlo! Ma per farlo occorrevano ben 1.200 bombe atomiche e 1.200 missili che fossero in grado di raggiungerlo!

Raggruppare in un solo missile più testate nucleari era rischioso, lo studio prevedeva che ogni missile portasse una sola bomba, prevedeva anche la possibilità che il 10% dei missili non raggiungesse l'obiettivo prefissato, ma era possibile spezzare l'asteroide se si colpiva nei punti indicati dal documento stesso!

Il problema era gigantesco! Dove procurarsi 1.200 bombe atomiche e altrettanti vettori?

Il mondo era allo stremo, forse era possibile, ma quanto tempo sarebbe stato necessario e quante risorse che occorreva distogliere dalla ricostruzione!

Mancavano solo cinque anni! Troppo pochi!

La commissione intergovernativa chiese aiuto alle Fondazioni: invano! Le Fondazioni avevano il loro programma per colonizzare Marte e non intendevano distogliersi da questo obiettivo. Si pregò, si minacciò, si cercò di far leva sul senso di umanità degli uomini delle Fondazioni, quando Wender inviò un documento durissimo dove, tra l'altro, scriveva:

"Avevamo da tempo avvertito i governi, inutilmente! Avete distrutto mezzo mondo! Come osate chiederci qualche cosa? Nostri uomini sono tra di voi per consigliarvi, aiutarvi, far rinsavire, se mai sarà possibile, il mondo! Sono sempre stati tra voi! Persone di prim'ordine che abbiamo distolto dal nostro programma per aiutarvi! Ora tocca a voi e se non sarete in grado di salvare qualche cosa di quello che è rimasto del pianeta, meglio così! Noi ce la faremo, ma senza di voi! Se al contrario riuscirete a salvare qualcosa, una volta che noi ci saremo ben stabiliti su Marte, allora e solo allora vi aiuteremo! I nostri uomini sono ancora fra voi, seguite i loro consigli e le informazioni che potranno darvi, più di questo non intendiamo fare e non osate ne minacciare, come vostra abitudine, ne pregare, non osate!"

Vi era una sola possibilità, immettere tutti i mezzi, tutti gli sforzi possibili e anche impossibili che potevano essere messi in campo per arrivare a bombardare l'asteroide. La ricostruzione doveva aspettare, se non si fermava "La Grande Paura" non ci sarebbe stato niente da ricostruire!

I sette nuovi governi si misero all'opera, le Fondazioni indicarono loro i siti dove potevano procurarsi il materiale adatto. Una nuova guerra era iniziata, era una guerra contro un nemico spietato, senz'anima, ma era il nemico di tutti!

Serviva tempo! Ma il tempo mancava, il mondo intero si rimboccò le maniche, tutti, a loro modo, parteciparono, occorreva fare presto!

I rifugi in Svizzera erano quasi completati! Sapevamo che altri progetti analoghi erano stati portati avanti in altre aree del globo ma, con la guerra, o furono distrutti oppure abbandonati, ora tutti gli sforzi erano indirizzati ad avere i mezzi per bombardare "MX15" e nessuno pensava a costruire dei rifugi, solo noi!

Le aree abitative dei rifugi erano state ultimate, così come gli ospedali, i centri di comando, le riserve di gasolio, i generatori atomici, le riserve d'aria e di acqua, etc.. Mancavano ancora parte delle derrate alimentari che sarebbero dovute servire per un minimo di due anni, vestiti di ricambio e quant'altro. Anche le cucine dovevano essere ancora completate.

Ogni giorno arrivavano camion pieni di materiale, non ci fermavamo mai!

Una parte dei lavoratori avevano espletato i loro compiti. Insieme ai loro figli e congiunti cominciarono ad occupare le aree a loro destinate all'interno dei rifugi, unendosi alle famiglie dei militari. Coloro che già vivevano nei rifugi dovevano essere completamente autonomi fino a quando i rifugi stessi sarebbero stati chiusi.

Erano posti alla base di alte montagne dove si erano scavati profondi tunnel in fondo ai quali avevano costruito i rifugi veri e propri chiusi da pesanti ed ermetiche porte d'acciaio. Ogni entrata ai rifugi era bloccata da ben sei porte assolutamente ermetiche. Anche l'entrata ai tunnel era bloccata da due gigantesche porte d'acciaio! Una bomba atomica non li avrebbe neppure scalfiti, ma "La Grande Paura" era molto peggio di una "semplice" bomba atomica!

Venne scelto l'apparato medico, professori di medicina, scienziati, biologi vennero invitati, insieme ai loro congiunti più stretti, ad entrare nei rispettivi rifugi sia per prendere confidenza con l'ambiente, sia per averli finalmente a disposizione. Anche loro, come gli altri, dovevano essere completamente autonomi fino alla chiusura dei rifugi, prevista sette giorni prima dell'arrivo di "MX15".

Un anno prima dell'impatto si poteva conoscere il luogo dove sarebbe caduto. Se era in Svizzera potevamo tranquillamente abbandonare i rifugi, sarebbero serviti solo come tomba!

Tutta questa attività non poteva passare inosservata, Adolf mi convocò!

"Signor Marchal" Esordì "so che alcuni sono già all'interno dei rifugi, avete deciso quali criteri usare per occuparli?"

Mi aspettavo ovviamente questa domanda, ma diventava sempre più difficile dare risposte logiche, comunque ci provai:

"Pensiamo di premiare coloro che hanno lavorato alla costruzione dei rifugi stessi, inoltre abbiamo inserito una equipe medica e scientifica che riteniamo indispensabile avere a disposizione. Per il resto pensiamo a coppie giovani e di cultura elevata, ma, come le avevo anticipato, desideriamo attendere l'ultimo momento prima di agire in tal senso."

"Avete certamente valutato di inserire l'apparato politico della Nazione, immagino!" Disse!

"Occorrerà fare una seria valutazione nel merito e forse lei stesso potrà farla." Risposi diplomaticamente.

Adolf appariva perplesso, comunque annuì:

"D'accordo Marchal, ma a questo punto occorre fare presto, le farò avere questa valutazione in pochi giorni e confido che le persone che le indicherò verranno immediatamente inserite nei rifugi!"

Avevo guadagnato un po di tempo, ma non troppo, presto "i nodi sarebbero venuti al pettine"! Durante le mie numerose visite ai rifugi mi soffermavo spesso a guardare il paesaggio intorno, le verdi colline dove pascolavano le nostre mucche, le alte montagne sempre innevate, la tranquillità di quei luoghi. Un giorno, mentre guardavo silenziosamente tutto questo, mi si avvicinò uno dei militari che dovevano difenderci, un colonnello di mezza età:

"Jorghe!" Ormai tutti mi conoscevano e mi chiamavano per nome. "presto tutto questo non esisterà più! Si stringe il cuore a pensarci! Niente più prati, niente più uccelli che cantano al mattino, niente fiori!..."

"Avete ragione!" Sussurrai. "Non ci sarà più nulla, sapesse quante volte ci ho pensato! Noi sappiamo com'era, dobbiamo fare in modo che i nostri figli e i figli dei nostri figli, lo sappiano! Sappiano quanto l'uomo è stato incosciente! Potevamo fermare tutto questo ma abbiamo preferito distruggere noi stessi! Coloro che ci seguiranno, se esisterà ancora qualcuno che potrà farlo, dovranno saperlo, dovranno vedere com'era il mondo: i prati, i fiori, gli uccelli, le mucche al pascolo, dovranno saperlo!"

Il colonnello, un duro militare pronto a uccidere, aveva le lacrime agli occhi: "Si!" Disse. "Dovranno saperlo, dobbiamo farlo capire, che altro ci resta se non la memoria?"

L'apparato militare che circondava i rifugi non era uno scherzo. I politici avevano perfettamente recepito il potenziale pericolo e non avevano lesinato mezzi. I militari non erano molti (anche su nostra richiesta), ma erano dotati di armi avanzatissime, carri armati pesantemente blindati ed elicotteri da combattimento. Certo i politici non immaginavano che questo formidabile apparato potesse essere là per difenderci proprio da loro! I familiari dei militari erano ormai "al sicuro" nei rifugi, li avrebbero difesi con tutte le loro forze!

Mia moglie Leila continuava a seguire nostro figlio, ma Steve era ormai già grande e la madre poteva dedicarsi ad altro, ricominciò quindi a seguirmi e a coadiuvarmi nel mio lavoro presso i rifugi. Eravamo nel 2.060, nostro figlio aveva 23 anni! C'era un aspetto nella sua vita che preoccupava un poco la madre: Steve non aveva una ragazza fissa, solo alcune avventure di breve durata. Sembrava volesse attendere l'arrivo dell'asteroide prima di cercare una vera compagna, sempre se ci fosse stato ancora qualcuno da trovare!

Ne parlammo con lui:

"Steve" esordì Leila "alla tua età io e tuo padre eravamo già insieme e innamorati, tu sembra quasi che fugga davanti alla possibilità di unirti con qualcuno, tu sei un bel ragazzo, hai tutto quello che può importare ad una fanciulla, ma non hai mai provato un vero sentimento per una donna?"

"Mamma!" Rispose. "Capisco bene la tua preoccupazione. Si non voglio avere legami! Non è il momento! Non posso e non voglio permettermi di dovermi preoccupare per qualcuno, già ci siete voi per i quali ho molte preoccupazioni, cosa farete? Non mi avete mai detto nulla in proposito! Da parte mia se sopravviverò, cosa di cui dubito molto, allora forse penserò all'amore, ma ora no! Io stesso non so cosa farò, se avrò un futuro oppure... niente! Così... vivo alla giornata, certo studio, mi preparo ad un possibile anche se improbabile futuro, ma preferisco passare i miei momenti liberi nei club insieme a qualche ragazza facile e senza pensieri! Scusate se sono così, voi avete vissuto un altro tempo, io devo adeguarmi a questo!"

Non me la sentii di dargli torto!

Le Università non esistevano più, erano sostituite da scuole che potrei definire "di vita"!

Steve studiò scienze, biologia, letteratura e imparò tre lingue, ma poi entrò in quelle scuole: là si insegnava a sopravvivere, anche con poco e nelle situazioni più estreme. Si insegnava metallurgia, falegnameria, meccanica e... a sopravvivere!

Ero ben contento che Steve seguisse questi corsi. Appariva evidente che nostro figlio si stava preparando, ammetteva che probabilmente tutto sarebbe stato inutile, ma non escludeva nulla. Voleva tentare di vivere! Aveva in questo una forza e una volontà straordinarie. Era importante anche perché quel tipo di scuola gli faceva comprendere com'era la natura, gli animali, le piante, i corsi d'acqua, i paesaggi. Steve avrebbe ricordato!

Da parte nostra non avevamo ancora preso nessuna decisione. Entrare nei rifugi? Ci pareva di entrare nella nostra tomba! Un giorno ormai lontano avevamo deciso di affrontare "Armagheddon" insieme, mano nella mano, guardandolo negli occhi! Nostro figlio Steve aveva compreso e ammirava il nostro coraggio! Da parte sua pensava di entrare in uno dei rifugi e spronava anche noi a farlo, eravamo ben contenti che nostro figlio avesse preso quella decisione... ma noi... non sapevamo!

Portammo Steve a visitare i rifugi, tra l'altro avrebbe anche dovuto decidere in quale rifugio andare!

La mia Leila glielo domandò: "Dove andrete voi!" Rispose, ma noi dove saremmo andati?

Vi era una baita in alta montagna, in basso si stagliava un paesaggio meraviglioso, vi erano ancora gli stambecchi! Vi andammo spesso, pensai: "*perché non qui?*" La notte, con il cielo limpido si vedevano milioni di stelle! Con la nostra fortuna *quel giorno* sarebbe piovuto o forse nevicato! Ma quando maledizione arriverà l'asteroide?! Mi domandavo!

Eravamo quasi impazienti, stanchi forse di aspettare un evento che appariva inevitabile e poi, dove sarebbe caduto? L'attesa e la mancanza di questa informazione cominciavano a snervarci!

Si facevano ipotesi, se cadrà nell'oceano... oppure in un deserto o in Siberia, oppure in Sud America... o... in Europa!...

8 (2.061 – 2.063 meno 1 anno)

Ci convocò nuovamente Adolf! Ormai non potevamo più nascondere i nostri intendimenti. Nessun politico sarebbe entrato nei rifugi! In accordo con i tre responsabili della costruzione dei rifugi, decidemmo di non andare all'incontro, ci accompagnarono, insieme a nostro figlio, in uno dei rifugi. Anna, uno dei tre responsabili, ci disse: "Non importa quello che deciderete, ma le vostre vite sono importanti, resterete qui fino all'ultimo poi farete quello che volete!"

Io e Leila eravamo perplessi ma ci rendevamo conto che all'interno dei rifugi eravamo perlomeno protetti da quasi certe ritorsioni da parte dell'apparato politico della nostra Nazione. Però ci chiedevamo se saremmo riusciti a uscire dal rifugio! Mancavano ancora molte derrate alimentari e altro materiale, nonostante si cercasse di fare presto, non era ancora completato lo stoccaggio necessario. Si doveva completarlo, ad ogni costo e quindi alla fine forse saremmo potuti uscire. Ma le ritorsioni governative non si fecero attendere! Scoprimmo che ci veniva preclusa ogni possibilità di acquisire il materiale ancora mancante. Anche pagando tutti si rifiutavano di consegnarci la merce.

Chiamai furioso quel colonnello con cui avevo parlato tempo prima:
"Colonnello!" Esordii. "E' triste dire certe cose, ma in questi anni ho imparato ad essere cinico. Non fa parte del mio carattere ma in una situazione di estrema emergenza dobbiamo agire con fermezza e senza remore di alcun tipo, ne conviene?"

Il colonnello tacque un minuto poi rispose: "Si! Ne convengo in pieno, mi dia i suoi ordini!"
Ordini? Non pensavo di arrivare a questo punto, ma mia moglie Leila in un tempo che pareva lontanissimo mi aveva insegnato a non avere pietà! Quindi ordinai! "Con parte dei suoi uomini e magari anche mezzi pesanti, accompagni coloro che devono approvvigionare il rifugio e prendete quello che serve anche con la forza!"

Informai i tre responsabili dei rifugi e da ogni parte si agì allo stesso modo!

In un primo momento non vi furono molti problemi, il colonnello si fece accompagnare anche da un carro armato! Nessuno ebbe niente da obiettare! La stessa cosa avvenne per gli altri rifugi, ma poi... una delle nostre colonne fu pesantemente attaccata, vi furono tre morti! Si ritirarono presso il rifugio dal quale dipendevano aiutati da due elicotteri armati.

Era scoppiata la "guerra dei rifugi"!

L'apparato politico svizzero ci mise contro l'opinione pubblica affermando che pochi e scelti solo da noi avrebbero potuto trovare la salvezza nei nostri rifugi. La cosa tragica era che dicevano la verità! Non fu semplice, anzi! Il nostro apparato militare reagì molto pesantemente! Qualsiasi assembramento nei pressi dei rifugi veniva disperso con la forza delle armi. Molti civili morirono! Poi arrivarono i soldati ma le nostre difese erano impenetrabili, vi furono perdite da ambo le parti ma gli attaccanti ebbero la peggio! Non vi furono attacchi aerei, avrebbero potuto compromettere i rifugi stessi. La mentalità svizzera per fortuna prevaleva, a che sarebbe servito distruggere quello che si voleva conquistare?

Poi qualcosa cambiò! Fui io che volli costituire una radio e una televisione. Trasmettemmo su tutte le frequenze, nessuno in Svizzera poteva dire di non essere stato informato. Spiegammo le nostre ragioni, innanzitutto che era corretto che coloro che si erano sfiancati per costruire i rifugi ne potessero usufruire, così come i militari che ci difendevano. Spiegammo che era anche indispensabile avere a disposizione tecnici, ingegneri, medici e scienziati ben preparati. Informammo che tutte queste persone avevano dovuto abbandonare amici e parenti, solo i congiunti più stretti erano con loro. Infine, e questa era la vera bomba, che avevamo ancora spazio per tremila persone, spiegammo che ritenevamo corretto dare questo spazio a coppie giovani che avrebbero avuto maggiori possibilità di sopravvivenza e che non c'era spazio per i politici ma solo per i giovani!

Questa campagna di informazione ebbe un successo insperato! Ancora una volta la mentalità svizzera ci aiutava. I soldati inviati per contrastarci, si ritirarono, i politici tuonavano ma nessuno li ascoltava più!

Li scontri erano durati quasi un anno, vi erano stati da ambo le parti più di duemila morti che pesavano molto sulla mia coscienza! Dovevamo rimpiazzare quattrocento militari, non fu difficile! Ma non ce la sentimmo di escludere i parenti dei soldati morti per noi, che restarono nei rifugi. Occorse ancora un anno per completare l'approvvigionamento dei rifugi, non avemmo problemi anche se i convogli continuavano ad essere scortati dai militari, dopo di che... c'erano ancora duemila posti per completare la popolazione che avrebbe tentato di sopravvivere!

I possibili candidati erano centinaia di migliaia! Chiesero a noi di prendere una decisione, ci rifiutammo!

Si formò allora una commissione presieduta dai tre responsabili dei rifugi: Anna, Sheila e Sandro. Francamente non so quale fu il loro criterio di scelta, non volevamo neppure saperlo, ma alla fine il "quorum" era completato!

Noi vivevamo sempre in un rifugio insieme a nostro figlio. La vita là dentro non era male, avevamo a disposizione una persona che provvedeva al nostro approvvigionamento e a quello di altri, non dovevamo usufruire delle riserve accumulate nel rifugio. L'energia non mancava, un generatore atomico funzionava a meraviglia e poteva fornire energia anche per i mille anni inizialmente previsti, quindi potevamo usare tutta l'energia che volevamo. Diverso il caso dell'acqua, quella del rifugio non si poteva usare, allora occorreva fornirsi da cisterne che un giorno si e un giorno no arrivavano al rifugio. Le porte erano ancora aperte, quindi, quando tutto si calmò, potevamo uscire tranquillamente, ma, per farlo, occorreva percorrere un tunnel lungo cinque chilometri! Comunque all'interno del rifugio vi era una straordinaria tranquillità. Presto facemmo amicizia con molti rifugiati e ci recavamo insieme a loro nelle varie sale d'intrattenimento. Fungevano anche da bar ma questa funzione era preclusa fino a quando il rifugio fosse stato chiuso, quindi spesso portavamo con noi bibite o altro che avevamo acquistato all'esterno. In quel rifugio viveva anche Anna, uno dei responsabili, e notammo un sempre maggior interesse nei suoi confronti da parte di nostro figlio, Anna aveva ben diciassette anni più di Steve ma questo pareva non fosse un ostacolo e anche lei mostrava interesse. Chissà...

Anna era naturalmente destinata ad essere il capo del rifugio, era nata nella Svizzera di lingua italiana e dimostrava un'energia insospettabile. Presto chiese a nostro figlio di coadiuvarla nel suo lavoro, cosa che Steve fece con molto impegno e grande entusiasmo.

Capodanno! Si organizzò una grande festa, tutti i residenti collaborarono, il penultimo capodanno! La gente appariva allegra ma un velo di tristezza permeava la grande sala dove ci eravamo riuniti. Comunque fu una bella notte! In realtà nel rifugio notte e giorno avevano poco senso, ma per noi era la notte di Capodanno! Dalle pareti usciva musica e canzoni allegre. Molti ballavano, anche Anna e Steve che ormai stavano quasi sempre insieme. Invitai la mia splendida Leila a ballare, a mezzanotte ci baciammo a lungo!

Qualche giorno dopo Steve ci disse:

"Mamma, Papà, se non vi dispiace vorrei trasferirmi nell'appartamento di Anna. Sapete che collaboro con lei e vivere insieme sarebbe certamente più produttivo."

"Più produttivo in che senso?" Domandai.

Steve sembrò un po imbarazzato, poi: "Beh!...Direi in tutti i sensi Papà!"

Dispiacerci? Ne eravamo ben contenti, finalmente nostro figlio dimostrava un sentimento importante per una donna! Quindi acconsentimmo felici e nostro figlio andò a vivere con Anna. Steve aveva ormai quasi 26 anni, era ora che avesse finalmente una compagna fissa, un amore vero!

Però quando restammo soli ci sentimmo molto tristi!

"Amore" mi disse la mia dolce Leila "Usciamo di qui!"

"Dove vorresti andare tesoro?" Le chiesi.

Andiamo in quella baita in alta montagna, qui ormai non serviamo più, trasferiamoci là e aspettiamo il nostro momento! Abbiamo ormai 56 anni, abbiamo vissuto mille avventure, abbiamo fatto molto, l'Università, il CERN, le Fondazioni, i rifugi! Siamo sopravvissuti ad una guerra terrificante, è ora di andare!"

"Ok Leila! Ma non ora! Siamo in pieno inverno, la baita sarà isolata e in queste condizioni è molto difficile raggiungerla, aspettiamo la primavera tesoro!" Le dissi in modo pratico. Tre quattro mesi ancora poi avremmo abbandonato il rifugio. Avevamo dunque deciso, La Grande Paura ci avrebbe trovato insieme, felici e liberi! Avevamo fatto di tutto per nostro figlio e ora toccava a lui! Aveva una sia pur piccola possibilità, forse avrebbe avuto un futuro insieme ad Anna... forse!

Infine la primavera arrivò ma non fu la sola ad arrivare!

Giunse anche Henry!

L'uomo della Fondazione non ebbe difficoltà ad entrare nel rifugio e chiese di incontrarci insieme a Steve.

Anche Anna volle essere presente, per cui ci incontrammo nel suo ufficio.

Henry era molto invecchiato, aveva ormai superato i settant'anni! Lo salutammo con commozione e lo abbracciammo. Si vedeva che anche lui era commosso. Chiedemmo notizie del suo compagno Andry, era morto! Niente di drammatico, più anziano di Henry aveva ceduto alla vecchiaia! Poi chiesi: "quali notizie amico mio?"

"Ho molte cose da dirvi, ma partiamo con ordine: Sapete che fra circa un anno e mezzo arriverà "MX15"!" Annuimmo.

"E' tempo di prepararci," continuò, "Il programma di Wender è terminato, presto tutti noi partiremo per Marte! Tutti gli uomini delle Fondazioni presenti sulla Terra si stanno recando al nostro Centro in Australia e da là si recheranno in orbita per salire sulle navi che ormai sono tutte pronte. La partenza è prevista per la fine dell'anno ma dobbiamo già cominciare ad imbarcarci!"

Nostro figlio Steve sbottò: "Così presto?"

"Certo Steve!" Rispose Henry. "E' giunto il tempo e partendo alla fine dell'anno troveremo Marte più vicino alla Terra, impiegheremo un anno per arrivare e chissà quanto tempo per rendere operative e sicure le nostre nuove case. Nel frattempo arriverà l'asteroide! Cercheremo di fare presto a sistemarci, ma saranno comunque necessari diversi anni, poi faremo il possibile per aiutare i superstiti sulla Terra."

"Ma... pensi che ci saranno superstiti?" Chiesi un po perplesso.

"Si amico mio! Non siamo in grado di sapere quanti saranno e dove, ma qualcuno potrà sopravvivere. Il motivo è semplice. Le sette nuove Nazioni sono riuscite a completare il progetto indicato da te e dagli uomini del CERN atto a bombardare "MX15". Non è più possibile deviarlo dalla sua rotta, ma si può spezzarlo! Ben 1.200 missili armati di testate nucleari sono partiti, colpiranno l'asteroide fra due mesi e allora si conoscerà il risultato. Comunque andrà, anche grazie ai mezzi messi a disposizione da noi, siamo certi che verrà spezzato in diverse parti. Probabilmente non tutti i missili colpiranno, ma sicuramente saranno in un numero sufficiente. Le parti dell'asteroide continueranno comunque la loro corsa, ma l'effetto sarà meno distruttivo del previsto!"

Anna gli chiese: "Siete già in grado di sapere dove cadrà?"

"Solo in parte." Rispose. "Si saprà con certezza solo fra circa otto mesi, ma è stato possibile fare un'estrapolazione parziale sicuramente esatta: colpirà l'emisfero nord della Terra, non sappiamo dove ma sarà l'emisfero nord!" Ammutolimmo! Sarebbe probabilmente caduto vicino a noi!

Henry continuò: "Ho una proposta per voi! Sono autorizzato a chiedervi di venire insieme a noi su Marte! Tu Jorghe, tu Leila e tu Steve, potete partire insieme a me e affrontare l'avventura di Marte diventando parte attiva delle Fondazioni!"

La sua proposta non ci coglieva impreparati, anche noi avevamo pensato a questa possibilità, ma molto dipendeva da nostro figlio Steve!

"Steve!" Dissi. "Tu cosa ne pensi? E' una straordinaria opportunità!"

Steve tacque un momento poi rispose: "Papà, non lascerò mai Anna. Nessuno meglio di te e della mamma può capirmi, io e Anna ci amiamo in modo molto profondo, qualunque cosa accada la affronteremo insieme!"

Henry intervenne: "Posso chiedere che anche Anna venga con noi, sono certo che acconsentiranno!"

Ma fu la stessa Anna ad escludere questa possibilità: "Non voglio lasciare questa comunità, la responsabilità del rifugio è tutta sulle mie spalle, certo potrei delegare altri, ma sento che sarebbe come una specie di tradimento. Se Steve vuole assolutamente partire lo capirò, ma io vorrei restare al mio posto, avvenga quello che deve avvenire!"

Steve rispose immediatamente: "Noi restiamo, sappiamo che il pericolo piomberà facilmente sulle nostre teste, ma tu stesso Henry affermi che qualcuno si salverà! No! Noi restiamo qui, voi mamma e papà invece penso che dovreste partire, sicuramente potete dare ancora molto alle Fondazioni e, da lassù, potrete ricordarvi di noi e accelerare l'aiuto promesso."

Henry ci guardò, intervenne la mia Leila: "No Henry! No figlio mio! Noi restiamo. Questo è il nostro Paese, la nostra gente, noi restiamo, lo abbiamo deciso da tempo. Usciremo dal rifugio e affronteremo insieme La Grande Paura. Io e mio marito, insieme alla nostra gente!"

"Prima di lasciare il rifugio attendete almeno di conoscere il risultato del bombardamento!" Propose Anna. "D'accordo, aspetteremo ancora due mesi, poi partiremo." Le dissi.

Henry ci lasciò commosso, sapevamo che non ci saremmo rivisti mai più! Salutandolo gli dissi: "Henry, non dimenticateci, fate presto, avremo molto bisogno di voi!"

"Stai tranquillo Jorghe!" Rispose quasi fra le lacrime, "Non vi dimenticheremo mai!"

Prendemmo accordi per fare in modo che le Fondazioni mantenessero i contatti con nostro figlio fino alla loro partenza per Marte e anche dopo,... se ci sarà un dopo.

Così arrivò l'estate, piena di sole, calda, con i suoi meravigliosi profumi. Tutti gli uomini delle Fondazioni erano partiti con le navette e si erano stabiliti sulle astronavi che sarebbe andate su Marte. Ci sentivamo un po orfani, sapendo che sulla Terra non era rimasto nessun uomo delle Fondazioni. Ma sarebbero comunque stati utilissimi in orbita attorno alla Terra per monitorare le vicende dell'asteroide.

Le testate nucleari portate dai missili lanciati dalla Terra raggiunsero "MX15"!

Quasi tutti i missili arrivarono puntuali. Se ne persero solo tre, dispersi nello spazio, altri due non esplosero ma 1.195 testate nucleari colpirono con estrema precisione!

Sapevamo che era troppo tardi per deviarlo, ma non per spezzarlo! Così fu! Le Fondazioni ci informarono che l'asteroide era stato spezzato in 36 parti! Tutte però continuavano inesorabili ad avvicinarsi alla Terra, l'avrebbero colpita puntualmente il 30 dicembre 2.064, vigilia di Capodanno! Non si sapeva ancora dove, ma sarebbe stato nell'emisfero nord, dove tutti noi vivevamo!

L'estate imperava, non volevamo attendere l'autunno, ci preparammo a lasciare per sempre il rifugio, i nostri nuovi amici, Anna, nostro figlio...

Ci limitammo a salutare Anna e Steve.

"Restate! Restate maledizione, ho bisogno di voi!" Disse fra le lacrime nostro figlio!

"Lo sai Steve, tocca a voi, noi abbiamo fatto il nostro tempo. So che non ci deluderete e sono certo che ce la farete! Non dimenticateci, non dimenticate com'è la Terra, i fiori, i prati, le montagne, i colori della vostra Patria. Non dimenticatelo mai!"

Prendemmo accordi per rimanere in contatto fino al giorno in cui il rifugio sarebbe stato chiuso.

La mia dolce Leila quasi non riusciva a parlare. Li abbracciammo e guardammo i loro occhi umidi per l'ultima volta!

Arrivammo alla baita, il tempo era splendido, non una nuvola. Dall'alto della montagna dove eravamo sembrava di poter abbracciare tutta la Terra!

Nella baita non eravamo soli, oltre al proprietario e alla sua famiglia vi erano una ventina di clienti. Alcuni di loro erano solo di passaggio ma altri sarebbero restati ad attendere la fine come noi! Non erano tutti anziani, vi erano anche sei giovani che avevano deciso di trascorrere là gli ultimi momenti di vita! Tutti ci riconobbero, non ci eravamo resi conto fino a qual punto eravamo diventati famosi! Ci accolsero con vero entusiasmo ma quando seppero che intendevamo anche noi restare là restarono stupefatti. Eravamo i maggiori artefici della costruzione dei rifugi, l'idea era nostra, come possibile che proprio noi rinunciassimo ad una sia pur labile possibilità di sopravvivenza?

Leila cercò di spiegarsi: "Abbiamo fatto molto, è vero, ma ora tocca ad altri, noi ci ritiriamo e non vogliamo restare intrappolati come topi! Vogliamo guardare la morte in faccia, insieme, per sempre! Vogliamo avere la possibilità di salutare il nostro vecchio mondo, quel mondo che ci ha generato, che ha fatto nascere il nostro amore, quel mondo pieno di fiori, del canto degli uccelli, del brusio della neve, quel mondo che amiamo e che scomparirà forse per sempre. Vogliamo salutarlo io e Jorghe, mano nella mano, insieme per sempre!"

Tutti tacquero, forse erano ancora perplessi ma si vedeva la commozione nei loro occhi!

Ultimo capodanno! La baita era coperta dalla neve, eravamo isolati ma stavamo benissimo, non mancava nulla. Il paesaggio appariva irreale: un bianco abbagliante ovunque! Non volevamo pensare ad altro. Pochi giorni dopo arrivò un messaggio dal rifugio dove viveva nostro figlio Steve: "Sappiamo dove "MX15" colpirà! E' diviso in 36 frammenti che cadranno sicuramente nel nord dell'Oceano Atlantico, non lontano dalla Groenlandia! Non sarà lontanissimo da noi ma cadendo nell'oceano i danni dovrebbero essere più limitati!"

Limitati! Pensai. Mera illusione! Ma certo qualcuno poteva salvarsi, nostro figlio poteva farcela! Passavamo le nostre giornate girando intorno alla baita, volevamo assaporare ogni istante, ogni momento degli ultimi giorni del nostro meraviglioso pianeta. Giocavamo con la neve come due bambini, poi al caldo del camino sempre acceso della baita.

Venne la primavera con i suoi prati verdi, i suoi fiori, il cinguettio degli uccelli...

Noi eravamo troppo alti, sotto di noi apparivano rocce, più in basso gli abeti maestosi, i prati, il meraviglioso paesaggio svizzero! A volte, fra le rocce, saltava uno stambecco!

Non ci allontanammo mai molto dalla baita, era la nostra ultima casa!

Steve ogni tanto ci aggiornava sulla situazione del rifugio, ormai era tutto pronto, la gente si era integrata splendidamente e Anna governava il rifugio perfettamente. Steve e Anna si amavano alla follia, e nostro figlio la aiutava in tutti i modi possibili.

Dal resto del mondo le notizie erano estremamente scarse. I sette governi si erano consolidati perfettamente e collaboravano senza problemi di alcun tipo fra di loro.

Quella commissione intergovernativa che aveva brillantemente espletato il suo compito atto a bombardare "MX15", non era stata sciolta, anzi! Era stata ben consolidata e ora fungeva da collegamento fra tutti i sette governi, quasi una specie di O.N.U. ma con poteri estremamente maggiori!

In previsione della caduta dell'Asteroide, si era trasferita in Australia, nella speranza che la distanza dal luogo dell'impatto potesse servire a farla sopravvivere e quindi a cercare di continuare il suo importantissimo compito.

Ma la ricostruzione era completamente ferma! La causa derivava dal fatto che in precedenza tutte le risorse umane furono dirette al programma di bombardamento dell'asteroide. In seguito la gente si era resa conto che costruire qualcosa prima dell'impatto nell'Atlantico dei 36 frammenti di "MX15" era una mera perdita di tempo. Aspettavano! Aspettavano tutti! Noi, i nostri compagni, la gente dei rifugi, la popolazione mondiale! Era tutto come sospeso in attesa della Grande Paura!

Alla fine del 2.063, pochi giorni prima della nostra ultima festa di Capodanno, Wender e le fondazioni, ignorando le iniziative governative, partirono con venti gigantesche navi interplanetarie: 40.000 coloni!

Non era gente qualunque, erano tutti impiegati delle due fondazioni, scelti fra le migliori menti mondiali, ben addestrati e... tutti sognatori!

Arrivò l'autunno con i suoi colori, giallo, rosso e meravigliosi tramonti! Sembrava che anche il mondo volesse salutarci.

Steve inviava spesso messaggi drammatici: "Venite con noi! Non abbandonateci!" Ma la decisione era presa! Non volevamo abbandonare nostro figlio, ma era impensabile lasciare la Terra al suo destino!

Poi... la prima neve! Sapere che la fine sarebbe arrivata con l'inverno, un po ci rattristava! Ma la natura seppe ricompensarci con paesaggi da sogno!

Dicembre! Avremmo festeggiato il Natale, l'ultimo Natale, poi... più niente!

Il venti dicembre 40.000 coloni delle Fondazioni arrivarono sani e salvi su Marte! L'uomo stava colonizzando un altro pianeta!

Tre giorni dopo giunse l'ultimo messaggio di Steve e di Anna: "Addio Papà, addio mamma!" Piangemmo come bambini! Subito dopo tutti i rifugi chiusero le loro porte!

Nella baita eravamo in 26. Si erano unite a noi altre persone, altri se ne erano andati.

La notte del 29 dicembre nessuno dormì, restammo tutti nel grande salone riscaldato dal camino, poi: l'ultima alba!

La notte aveva nevicato ma all'alba c'era uno splendido sole. La Terra voleva salutarci come si deve, neppure una nuvola!

Facemmo un'abbondante colazione come se fosse un giorno qualunque, poi tutti uscimmo all'aria aperta. Qualcuno, fra il serio e il faceto, si domandava se saremmo riusciti ad arrivare al pranzo. Non ci arrivammo! Alle 10,46 del mattino i trentasei frammenti di "MX15" caddero nell'Oceano Atlantico, non lontano dalla Groenlandia, esattamente come era stato previsto!

La Grande Paura era arrivata!

L'area colpita era estremamente vasta, in realtà affermare che caddero nel nord Atlantico era un po un eufemismo! Vero che diversi frammenti finirono nell'oceano vicino alla Groenlandia, ma gli altri superarono il tropico avvicinandosi molto all'equatore! Però tutti caddero nell'oceano.

Alcuni (pochi) erano relativamente piccoli, grandi "solo" come un'alta montagna. Altri erano giganteschi, alcuni avrebbero potuto contenere la Svizzera intera, altri potevano contenere tutta la Francia!

Il bombardamento non fu uniforme, parti dell'asteroide caddero sullo stesso punto, quasi volessero aggiungere danno al danno già fatto!

Il risultato fu terrificante, forse peggiore anche delle previsioni più pessimistiche!

Il solo passaggio dei frammenti fu sufficiente a smuovere l'aria producendo un vento fortissimo che correva verso est, verso di noi! Arrivarono con un terrificante rumore di tuono che fu ascoltato fino oltre duemila chilometri di distanza, rompendo vetri e timpani!

L'oceano sembrò prima implodere su se stesso per poi esplodere giungendo fino alla stratosfera e quell'acqua... era calda, anzi bollente!

Sopratutto là dove diversi frammenti avevano colpito il medesimo punto, si sollevò il fondo marino lanciando nell'aria miliardi di tonnellate di fango e detriti! Lo spostamento d'aria produsse un vento di duemila chilometri l'ora e quel vento portava fango bollente e acqua a cento gradi!

Il polo nord si sciolse in meno di cinque minuti sollevando le acque di ben sei metri e aggiungendosi ad uno tsunami con onde alte 1.200 metri che correva in tutte le direzioni: nord, sud, est e ovest!

Tutto il mondo tremò in forza dell'impatto, le faglie si mossero e si sollevarono allontanando i continenti, ma non di molto, però in modo sufficiente a produrre terremoti terrificanti. Un fenomeno analogo fu prodotto dai vulcani. Alcuni di loro erano spenti da migliaia di anni ma, improvvisamente, anche loro vomitarono fuoco, ceneri, lava... Le polveri sollevate da migliaia di vulcani in improvvisa eruzione si unirono al fango e all'acqua bollente che il vento distribuiva su tutto il globo.

Della Groenlandia non rimase più nulla, scomparve dalla faccia della Terra l'Islanda. Irlanda e Gran Bretagna resistettero ma tutte le città costiere scomparvero in un attimo, la stessa fine fece Londra!

Le Nazioni europee poste a ovest furono ridotte ad una pianura bollente. Parigi in qualche modo si salvò ma era anche lei ridotta ad un ammasso informe di detriti. L'Italia c'era ancora ma il mare era penetrato profondamente. Più o meno tutte le Nazioni fecero la stessa fine.

L'organizzazione intergovernativa posta in Australia si salvò miracolosamente, ma anche quella Nazione era ridotta ad una pianura bollente. I sette governi no! Non si salvò nessuno!

Noi aspettavamo in cima alla nostra montagna.

Ascoltammo il boato suscitato dal passaggio dei frammenti. Eravamo lontani quindi il rumore si sentiva forte ma non troppo, come una specie di ringhio possente! Fu però sufficiente per farci capire. Baciai il mio amore per l'ultima volta, guardai i suoi meravigliosi occhi verdi, non l'avevo mai amata così tanto! Presi la mia Leila per mano e guardammo verso ovest.

A mezzogiorno, quando già qualcuno pensava che avremmo potuto pranzare, arrivò un vento fortissimo, era difficile restare in piedi, sollevava la neve, ci appoggiammo ad una roccia per resistere a quella forza. Intorno a noi la neve turbinava, sembrava di essere immersi in una tempesta di neve! Poi... Fu come un pugno in faccia! La forza del vento aumentò improvvisamente, il bianco scomparve, tutto era nero, non si vedeva niente, sentii un forte calore, strinsi forte la mano del mio amore poi... ebbi appena il tempo di pensare: *"Ora tocca a te figlio mio!"*

La Rinascita

(2.065-2.547)

1

Anna e Steve aspettavano... Il rifugio era stato chiuso ermeticamente ormai da una settimana, Steve non sapeva più nulla dei suoi genitori, si chiedeva se avessero qualche possibilità di sopravvivenza là in quella baita in alta montagna dove si erano ritirati, ma ne dubitava. Per fortuna c'era Anna che gli stava sempre vicino. Arrivò il giorno tanto atteso. Come da un segnale silenzioso la maggior parte dei rifugiati si recarono nelle numerose sale comuni. Steve invece stava nell'ufficio di Anna, insieme a lei, da là avevano la possibilità di monitorare l'esterno e, quando sarebbe stato possibile, comunicare con li altri rifugi e anche le lontane Fondazioni ormai giunte su Marte.

Si era a metà mattina quando la montagna che li proteggeva tremò! La Grande Paura era arrivata! I monitor esterni improvvisamente si oscurarono. Non erano stati danneggiati, semplicemente all'esterno tutto era nero. I sensori registrarono un vento di oltre mille chilometri l'ora! Ma non li colpiva direttamente, il rifugio era stato scavato a est della montagna, il vento arrivava da ovest, si poteva dire che a loro arrivava solo una "brezza" di centoottanta chilometri l'ora, ma il turbinio dell'aria portava all'entrata del rifugio acqua e fango bollenti e detriti di ogni genere, per questo l'esterno appariva nero! La montagna continuò a tremare per quasi due ore, poi cessò! Il vento e la nera pioggia continuarono in modo incessante ma loro ce l'avevano fatta! Erano sopravvissuti alla Grande Paura, ma all'esterno cosa era accaduto, esisteva ancora qualcosa?

Ci volle una settimana prima che Anna e Steve potessero comunicare con qualcuno. Gli altri rifugi non rispondevano poi: "Qui Ingrid! Siamo vivi!"

"Ingrid!" Rispose Anna che aveva passato notte e giorno alla radio. "Finalmente qualcuno! Avete subito danni?"

"No nessun danno, siamo solo un poco frastornati, ma credo anche voi!"

"Avete notizie dagli altri rifugi?" Chiese Anna.

"No Anna, mi spiace, nessuna notizia, temo che siamo rimasti solo in due!"

"Cercheremo di contattare le Fondazioni su Marte, abbiamo un canale aperto con loro e potranno darci informazioni. Attendiamo di parlare con loro prima di tentare qualcosa. Anche voi aspettate, vi terremo informati e quando sarà possibile ci uniremo, nel frattempo Ingrid continua a cercare di contattare gli altri rifugi, non si sa mai!" Anna era passata al comando senza indugio!

I sopravvissuti dei due rifugi erano 11.000 e avevano scorte per quasi due anni. Era andata bene!

Ci vollero tre mesi per poter prendere contatto con le Fondazioni su Marte! Nel frattempo Ingrid aveva continuato a lungo a cercare di contattare gli altri quattro rifugi, ma non ci fu nessuna risposta e alla fine aveva rinunciato, era ormai evidente che o non erano sopravvissuti oppure avevano avuto danni molto gravi!

Steve finalmente riuscì a parlare con le Fondazioni, ma restò deluso, gli spiegarono che stavano ancora lavorando a tempo pieno per sistemarsi sul pianeta, comunque una loro sezione stava monitorando la Terra, avrebbero chiamato loro stessi appena avessero dati sufficienti.

In effetti non fu necessario attendere molto tempo, dopo solo due settimane le Fondazioni presero contatto! Furono quindi informati che alcune delle peggiori previsioni non si erano realizzate: l'asse terrestre e l'orbita erano rimaste intatte. Però la distruzione era quasi totale, vi erano sopravvissuti qua e là, difficile stimarne con esattezza il numero ma l'umanità superstite si avvicinava ad un miliardo, un numero considerevole considerando le premesse. In effetti l'emisfero sud del pianeta e soprattutto agli antipodi rispetto alle zone dove erano caduti i frammenti dell'asteroide, avevano sofferto meno. Diverse persone si erano rifugiate in caverne e alcuni ce l'avevano fatta! Altri erano stati protetti dalle montagne. Erano ridotti male, si poteva facilmente prevedere che molti sarebbero morti per le ferite riportate, per gli stenti e per la fame. Piogge acide e calde spazzavano ancora il pianeta, tornado un po ovunque, fango e detriti dappertutto ma si stava calmando, la Terra reagiva!

Però consigliavano di non correre troppi rischi e di aspettare ancora almeno sei mesi prima di uscire. Anna informò Ingrid di ogni cosa e si apprestarono ad attendere, sarebbero usciti in autunno, se esisteva ancora l'autunno!

Così fecero e uscirono con i mezzi pesanti e pressurizzati guidati dai militari che, ad ogni buon conto, erano armati! Anna aveva chiesto ad Ingrid di attendere ancora, appena possibile l'avrebbero raggiunta. Lei restò nel rifugio, uscì Steve accompagnato non solo dai militari ma anche da diversi esperti che lo avrebbero aiutato a comprendere meglio la situazione.

Aprirono le grandi porte d'acciaio una ad una. L'emozione era forte! Quindi entrarono nel lungo tunnel che dal rifugio arrivava all'uscita vera e propria. Era pieno di detriti e fango! Evidentemente le porte che dal tunnel si aprivano verso l'esterno, avevano ceduto. Per fortuna le porte del rifugio vero e proprio avevano tenuto!

Avanzarono lentamente, cinque chilometri per arrivare all'uscita! Poi, in fondo, un debole chiarore!

Le porte erano state scardinate, il fango e i detriti si erano posati sul terreno innalzandolo di più di un metro, ma i cingolati lo attraversarono senza grandi problemi e... furono fuori!

Il cielo era grigio ma il sole riusciva a far trasparire un po di luce. Il paesaggio era desolante! Fango e detriti ovunque, i prati erano scomparsi, gli alberi sradicati. Cadeva ancora una debole pioggia e faceva freddo! Solo quattro cinque gradi e l'autunno era appena cominciato!

Il vento, da questa parte della montagna, era debole, dall'altra parte soffiava ancora a quasi 100 km l'ora. Steve era in contatto continuo con Anna e Ingrid relazionando ogni cosa. I suoi messaggi venivano registrati per poter informare la popolazione superstite e le lontane Fondazioni. Avanzarono lentamente, avevano l'ordine di raggiungere i quattro rifugi che non davano segni di vita, Steve intendeva fare anche una deviazione verso la montagna dove si erano stabiliti i suoi genitori. Gli altri rifugi erano lontani, considerando anche la conformazione del terreno, si prevedeva che avrebbero impiegato almeno un mese per espletare il loro compito, ad ogni buon conto avevano scorte per tre mesi! Erano usciti con dieci cingolati pesanti ognuno dei quali conteneva, fra militari ed esperti, quindici persone. Un piccolo esercito di 150 uomini e donne. Steve si era sistemato nel cingolato di testa.

Il fango non era sicuro! Era come marciare sulla neve, si potevano trovare buche o crepacci, occorreva procedere con molta attenzione inoltre detriti e rocce costringevano spesso a lunghe deviazioni. Avanzarono faticosamente in un paesaggio desolato, il vento era forte ma non infastidiva più di tanto i loro mezzi. Niente alberi, niente verde, solo nero e grigio. Arrivarono là dove era situato un piccolo villaggio, non c'era più niente. Steve ordinò una sosta e, insieme a tre militari e altrettanti esperti, uscì dal cingolato. Tutti indossavano tute protettive e portavano maschere a ossigeno. Parevano degli alieni! Gli esperti presero campioni del fango, dell'aria e della debole pioggia che continuava a cadere. Il vento era forte, difficile camminare. Steve percorse tutta l'area dove una volta vi era un ridente villaggio, non c'era nulla, solo fango e detriti! Un militare lo chiamò: "Steve!" urlò "Vieni a vedere!"

Vi era uno scavo nel fango, non molto profondo; vi era poco ma si capiva che doveva esserci stato un negozio di alimentari. Qualcuno aveva cercato del cibo!

Steve disse: "Ci sono dei sopravvissuti! Dobbiamo cercarli!" Il militare ne convenne!

Non trovarono altro e rientrarono stanchissimi nel cingolato.

Steve relazionò sulla sua scoperta ma Anna gli disse parlando alla radio:

"Steve! Occorre dare priorità ai quattro rifugi che ancora non danno segni di vita, anche là potrebbero esserci dei superstiti e potremmo anche trovare scorte di cibo e altro che ci saranno utilissimi. Se nel vostro viaggio incontrate dei superstiti, accoglieteli, ma non perdete tempo a cercarli, non ora, verrà fatto in un secondo tempo."

Steve, sia pure a malincuore, obbedì. I cingolati potevano contenere altre dieci persone ognuno, stringendosi anche venti! Per cui era possibile raccogliere al massimo duecento altri eventuali superstiti. Mentre viaggiavano li esperti analizzarono i loro campioni. Il fango... era fango! La sola caratteristica diversa derivava dal fatto che il 70% della sua composizione arrivava dal mare! Quindi era salato ed era anche caldo, circa 40 gradi, qualche mese prima doveva essere stato bollente, allo stato liquido o addirittura gassoso, ma la temperatura esterna lo stava lentamente raffreddando. Il calore e il sale certamente non potevano favorire la crescita della vegetazione! L'aria era respirabile, nessun problema e la debole pioggia era acqua leggermente salata, la sua temperatura era di cinque gradi, pioggia fredda ma non avrebbe dato nessun problema. Tutto fu relazionato ad Anna e Ingrid.

Infine arrivarono al primo rifugio da monitorare. La montagna dove era stato scavato, era crollata su se stessa. L'entrata al lungo tunnel che portava al rifugio vero e proprio, era ostruita. Avevano previsto questa eventualità ed erano attrezzati per effettuare uno scavo. Il lavoro sarebbe stato lungo, quindi Steve e altri due cingolati si allontanarono per visitare la montagna dove si erano stabiliti i suoi genitori, non era lontana! Gli altri scesero, a gruppi, dai loro mezzi per visitare a piedi i dintorni. Il vento era forte ma sopportabile, non erano necessarie le maschere che avevano messo durante la prima uscita, bastava una tuta impermeabile.

Steve giunse alla montagna, il cuore batteva forte, potevano essere sopravvissuti? Ma si capì immediatamente che non era possibile, anche a occhio nudo si poteva vedere la cima della montagna: la baita dove vivevano i genitori di Steve non c'era più, la cima del monte, dove prima c'era la baita, era stata spazzata via, come tagliata da un coltello!

Steve chiamò subito la sua Anna, piansero come bambini!

Tornarono al rifugio, nei dintorni non avevano trovato nulla, solo il solito fango, lo scavo era terminato, il lungo tunnel era pieno di detriti e rocce, impossibile procedere con i cingolati senza scavare ancora, inoltre le pareti del tunnel erano pericolanti. Occorreva proseguire a piedi e con molta attenzione. Steve chiese dieci volontari, uno per ogni mezzo. Furono scelti otto militari e due esperti, Steve andò con loro. Occorreva percorrere cinque chilometri con estrema attenzione! Alla fine arrivarono all'entrata del rifugio, le porte non c'erano più! Sembrava che un tornado avesse percorso il tunnel usandolo come un imbuto, per poi infuriare all'interno del rifugio. Non si era salvato niente: detriti e fango ovunque. Avanzarono all'interno del rifugio, tutto era distrutto, non c'era nulla da recuperare. Trovarono alcuni cadaveri mezzi sepolti nel fango, ma pochi. Sembrava che il tornado avesse lanciato le persone verso il fondo del rifugio. Cercarono ancora di avanzare ma furono bloccati da rocce e detriti e dai due esperti che misurarono radiazioni molto pericolose! Occorreva tornare indietro rapidamente! Evidentemente il tornado aveva distrutto anche il generatore atomico che ora emetteva radiazioni! Impossibile sperare che vi fosse qualche sopravvissuto ne cercare di recuperare qualcosa!

Faticosamente tornarono verso i cingolati ma, prima di entrare, furono misurate le radiazioni cui erano stati sottoposti. Era andata bene, si erano ritirati in tempo ma, la prossima volta, avrebbero dovuto indossare tute per proteggersi da eventuali altre radiazioni.

Steve era depresso, relazionò ad Anna e Ingrid, nessun superstite! Anna trasmise:

"Vai avanti amore mio! Troverete dei superstiti, non cedere! Se trovate anche un solo superstite il vostro intervento sarà fondamentale e importantissimo e tu sai che vi sono altri sopravvissuti! Prosegui fino all'altro rifugio, ti amo!"

Così fecero ma fu anche peggio! Semplicemente la montagna dove era situato il rifugio non c'era più! Al suo posto una pianura piena del solito fango e detriti. Non c'erano neppure le rocce che avevano composto una fiera montagna, il vento le aveva portate lontano!

Puntarono sul terzo rifugio! Durante il loro cammino un militare notò sul terreno tracce inconfondibili, tracce del passaggio di un gruppo di uomini. Secondo il militare erano tracce fresche, sicuramente cinque uomini! Steve ordinò di seguirle. Avrebbero deviato dal loro percorso ma non di molto. Ad un certo punto le tracce divennero più profonde, erano vicini! Steve ordinò di fermare i cingolati, uscirono per proseguire a piedi. Steve insieme a sei esperti fra cui tre medici, preceduti da dieci militari seguirono le tracce.

Si avvicinarono ad alcune rocce quando una freccia svettò vicino ad un militare, subito i soldati imbracciarono le armi puntandole verso le rocce, ma Steve ordinò:

"Fermi! Formate un quadrato dietro di me, andrò avanti da solo!"

Steve, protetto dai militari che sostavano dietro di lui, avanzò tenendo le mani vuote ben in alto. Si avvicinò alle rocce quando un uomo uscì allo scoperto armato di arco e freccia che puntava contro Steve. Quest'ultimo si fermò mostrando le palmi delle mani vuote e disse:

"Siamo amici, sopravvissuti come voi, non abbiamo nessuna intenzione ostile." L'uomo aveva capelli molto lunghi e una folta barba, portava vestiti pesanti e logori, guardò attentamente Steve e i militari dietro di lui, quindi, sempre puntando l'arco verso Steve disse:

"Evidentemente venite da lontano, dite di non avere intenzioni ostili ma ci state seguendo e siete armati!" Steve rispose:

"Siamo i sopravvissuti di uno dei rifugi costruiti nel nostro Paese, stiamo cercando altri sopravvissuti, abbiamo cibo, calore, vestiario, tutto quello che può servire. I militari sono per nostra protezione, siamo appena usciti dal rifugio e non sappiamo cosa troveremo. Unitevi a noi, l'umanità deve tornare a vivere!"

L'uomo si mise a ridere e disse: "Tu sei pazzo! Tornare a vivere e come, dove? Non vedi cosa c'è intorno a te?"

"Certo!" rispose Steve "Ma nel rifugio sono rimasti mezzi sufficienti e persone decise a ricominciare, i miei genitori sono morti per questo, per non farci dimenticare com'era il mondo; abbiamo tentato di sopravvivere e ci siamo riusciti, dobbiamo far rivivere quel vecchio mondo, siamo qui per questo, ma dobbiamo essere uniti!"

"Chi erano i tuoi genitori?" Chiese l'uomo.

"Leila, mia madre, e Jorghe, mio padre! Sono stati i maggiori artefici della costruzione dei rifugi ma non hanno voluto venire con noi! Hanno atteso la fine insieme, non hanno voluto abbandonare la loro terra!"

Tanto bastò per convincere l'uomo, abbasso l'arco e chiamò i suoi compagni: due donne e due uomini. Le loro armi primitive erano state ricavate da pezzi di metallo e fil di ferro ma apparivano molto efficienti. Steve domandò loro:

"Come avete fatto a sopravvivere alla Grande Paura e in seguito come avete vissuto, perché vi siete armati?" Serghey, uno degli uomini sopravvissuti, rispose per tutti:

"Quando è arrivato "MX15" ero in casa! Sentii il tremore della terra e mi rifugiai in cantina. Non so come riuscii a salvarmi, la casa venne spazzata via ma la cantina resistette. Là avevo cibo e... vino! Per molto tempo non potevo uscire ma, grazie al vino, ero piuttosto allegro! In seguito uscii dalla cantina e trovai i miei compagni. Prima eravamo in sei, uno di noi è morto ucciso da altri uomini che presero tutto quello che aveva! Allora ci siamo armati! Vi sono gruppetti di persone che sopravvivono rapinando e uccidendo coloro che vanno trovando, si sono dedicati al cannibalismo! Grazie alla mia fortunata cantina avevamo cibo per molto tempo, ma per ogni evenienza abbiamo cercato anche dove sapevamo esistevano supermarket e negozi di alimentari. Qualcosa abbiamo trovato ma non molto. Per l'acqua abbiamo un metodo di desalinizzazione e filtrazione della pioggia, non è molto sofisticato ma fortunatamente l'acqua ormai è poco salata. Gli altri miei compagni si sono salvati, come me, in modo fortunoso: Silvia si trovava in un anfratto presso una montagna, grazie a Dio sul lato est! Riportò una frattura al braccio e numerose scottature ma guarì anche se sono rimasti i segni della pioggia acida e calda. Roger" disse indicando l'uomo con cui Steve aveva parlato "si era rifugiato in una grotta dal quale è uscito magro come un chiodo e assetato, lo abbiamo trovato mezzo morto disteso nel fango e lo abbiamo rifocillato. Andrea non parla!" Disse indicando un giovane di forse vent'anni. "E' stato lui a trovarci, ci ha seguito a lungo poi, finalmente, ha trovato il coraggio di farsi vedere. Portava con se alcune scatolette di carne, non sappiamo dove le abbia trovate, non ha mai detto una sola parola, conosciamo il suo nome perché lo ha scritto nel fango! Infine Anita, crede di essere stata miracolata. L'ha presa il vento e l'ha fatta volare, svenne e poi si ritrovò sepolta nel fango bollente. L'abbiamo trovata con ustioni su tutto il corpo ma sopravvisse, ha ragione a credere nei miracoli!"

Steve pensò a quel villaggio dove avevano trovato un piccolo scavo, chiese se fossero stati loro, negarono anche se non potevano sapere se fosse stato Andrea. Erano veramente ridotti male. Furono fatti salire su due cingolati attrezzati con un piccolo ambulatorio e là furono lavati, rifocillati e iniziarono le prime cure. I medici erano parzialmente ottimisti, le cicatrici lasciate dalle ustioni, almeno in parte, sarebbero scomparse ma l'intervento risolutivo poteva essere effettuato solo con le attrezzature del rifugio. Spiegarono loro quale era il loro compito e chiesero di avere pazienza, non sarebbero rientrati prima di averlo espletato. Compresero!

2

Dovevano visitare altri due rifugi prima di rientrare. Steve relazionò ogni cosa ad Anna e Ingrid che esultarono! Anche fuori dei rifugi vi erano dei sopravvissuti, questa ne era la prova definitiva! Per il momento erano solo cinque, ma ne sarebbero certamente arrivati altri. Ingrid propose che, dopo aver espletato la loro missione, i nuovi superstiti venissero portati da lei, il suo rifugio sarebbe stato più vicino. Anna ne convenne.

Arrivarono senza particolari intoppi al terzo rifugio. Sembrava intatto! Le porte che racchiudevano la galleria erano chiuse, la montagna era parzialmente franata ma, almeno in apparenza, non aveva danneggiato il tunnel. Ma il problema era: come facevano ad entrare? Vi era un solo modo, usare esplosivo! I militari prepararono l'esplosione, erano dubbiosi ma che altro potevano fare? Alla fine le due porte cedettero, il tunnel pareva sgombro, avanzarono con tre cingolati. Lentamente si avvicinarono al rifugio vero e proprio, trovarono le porte sbarrate ma intatte. Nei pressi della prima porta vi era una specie di citofono, occorreva avere un codice ma Steve lo conosceva. Non si capiva se vi fosse ancora energia, l'illuminazione del tunnel non funzionava, comunque provò ugualmente a comporre il codice e si apprestò ad attendere. Non accadeva nulla, allora pensò di usare nuovamente l'esplosivo, i militari cominciarono a predisporre l'esplosione quando: la porta si aprì! Vi era un uomo, appariva piuttosto malconcio, dietro di lui altre porte si erano aperte e si vedeva l'interno del rifugio illuminato debolmente. Steve si avvicinò presentandosi e salutandolo poi chiese: "Siete sopravvissuti? Ce l'avete fatta! Perché avete impiegato tanto tempo ad aprire le porte e non avete risposto ai nostri segnali?"

"Io sono Alexander." Rispose. "Il rifugio è distrutto! Siamo sopravvissuti solo in 380, tutti gli altri sono morti! Abbiamo pochissima energia, il generatore atomico è pesantemente danneggiato. Il rifugio è come imploso, solo poche parti sono rimaste agibili! Il nostro sistema di comunicazione è stato distrutto. Ho atteso prima di aprire perché anche il sistema di apertura delle porte è danneggiato, ho dovuto aprirle quasi manualmente. Per fortuna avete il codice esatto, il nuovo capo del rifugio ha notato il segnale e mi ha inviato qui. Fuori com'è? Non abbiamo informazioni ed abbiamo paura ad uscire."

Steve lo informò sulla situazione poi fu chiamato da un suo collaboratore che, con voce concitata urlò: "Dall'esterno ci avvertono che sta arrivando un poderoso tornado e punta proprio su di noi!" Steve corse al cingolato e si mise in comunicazione con l'esterno: "Quanto può essere pericoloso?" Chiese. "Abbastanza per danneggiare e forse distruggere i nostri cingolati!" Fu la risposta. Steve ricordava bene come era stato conciato l'altro rifugio proprio da un tornado. L'effetto "a imbuto" causato dal tunnel avrebbe potuto addirittura rinforzare il tornado stesso che poteva colpire il rifugio già pesantemente danneggiato come una mazza poderosa. Pensò un attimo poi chiese: "C'è tempo per sfuggire al tornado?"

"Forse!" Fu la risposta, ma Steve capì che per i sopravvissuti del rifugio il pericolo era troppo grande. Se non avessero abbattuto le poderose porte del tunnel, forse ce l'avrebbero fatta, ma così... Allora diede ordine: "Entrate tutti con i cingolati nel tunnel, dopo di che fate franare le pareti in modo da bloccare l'entrata, quindi venite qui in fretta ed entrate con tutti i cingolati nel rifugio!" Il rischio era notevole, avrebbero potuto trovarsi in trappola ma Steve non se la sentiva di abbandonare i sopravvissuti. Entrò nel rifugio con i tre cingolati, senza troppi complimenti ampliarono l'entrata per far passare anche gli altri mezzi che presto sarebbero arrivati, nel frattempo Alexander corse ad informare il suo capo. Quest'ultimo si chiamava Francis, incontrò subito Steve e gli disse: "Sostituisco Sheila, la nostra responsabile, purtroppo è morta, devo avvertire la gente? C'è qualcosa che possiamo fare?"

Steve si rattristò nel sapere che Sheila non ce l'aveva fatta, l'aveva conosciuta, era uno dei tre responsabili per la costruzione dei rifugi, rispose: "Non fate niente, limitati ad avvertire la gente di quanto sta accadendo e del nostro arrivo. Se tutto andrà bene potremo imbarcare quasi duecento di voi, gli altri attenderanno ma non molto, si sono salvati due rifugi e uno è abbastanza vicino, darò disposizione che vengano a prendere coloro che dovranno ancora restare, nel frattempo individua 195 persone che porteremo con noi." Quindi informò Francis della situazione all'esterno, mentre lo faceva si udì un rumore ovattato. Avevano bloccato l'entrata del tunnel. I cingolati arrivarono a piena velocità ed entrarono nel rifugio, quindi chiusero le pesanti porte d'acciaio e attesero.

Il tornado arrivò, fortissimo! Smosse la frana che avevano prodotto per bloccare il tunnel e l'effetto "a imbuto" si replicò ma il vento aveva perso molta della sua forza. Colpì comunque come un maglio la porta più esterna del rifugio ma senza provocare gravi danni.

Steve imbarcò tutti quelli che poteva, Francis restò con coloro che avrebbero dovuto attendere altri soccorsi. Vi erano molte scorte alimentari e altro, occorreva recuperarle, se ne sarebbero occupati coloro che restavano. I mezzi pesanti del rifugio, invece, risultarono distrutti dall'implosione, erano inutilizzabili. Steve diede ordine di recuperare ogni cosa possibile, informò Anna e Ingrid e chiese a quest'ultima di inviare quaranta mezzi cingolati (ogni rifugio ne aveva in dotazione cinquanta) per recuperare i superstiti e il materiale rimasto. Il rifugio era pericolante e il "colpo di maglio" del tornado lo aveva evidenziato, era molto pericoloso restare là! Meglio fare presto. Anna, in accordo con Ingrid, disse a Steve di puntare subito verso il rifugio di Ingrid per lasciare tutti i superstiti, solo dopo avrebbero continuato in direzione dell'ultimo rifugio. Quindi ripartirono e scoprirono che il tornado, smuovendo le pietre con le quali avevano ostruito l'entrata del tunnel, aveva fatto loro un favore!

Puntando verso il rifugio di Ingrid incontrarono i quaranta cingolati che dovevano raccogliere gli altri superstiti e il materiale rimasto.

Steve finalmente arrivò con non poca emozione al rifugio di Ingrid. Si abbracciarono commossi. I superstiti accolti da Steve vennero fatti sbarcare e Ingrid li fece finalmente sistemare in modo adeguato. I residenti del rifugio fecero a gara per ospitarli e il reparto medico ricoverò tutti coloro che ne necessitavano.

Steve e i suoi compagni furono invitati a fermarsi almeno una settimana, ma avevano fretta di ripartire, potevano esserci altri superstiti, comunque decisero di fermarsi a riposare tre giorni.

L'ultimo rifugio: le poderose porte del tunnel semplicemente non c'erano più, impossibile capire dove fossero. Il tunnel era agibile, anche se faticosamente, ma non vi era energia. Steve entrò con tre cingolati. Avanzarono con circospezione quando Steve, con la coda dell'occhio, intravvide un movimento improvviso. Ordinò immediatamente l'alt!

Steve e quattro militari scesero, la ricerca non durò a lungo, tremante in un angolo un bambino! Aveva forse nove anni, magro e terrorizzato. Steve chiamò a se tre donne di cui una era psicologa. Con molta pazienza lo tranquillizzarono e riuscirono ad attirarlo all'interno di un cingolato. In seguito si seppe che il bimbo, all'arrivo della Grande Paura, era stato messo dai suoi genitori all'interno di un pozzo! I genitori avevano chiuso ermeticamente il pozzo che però era dotato di una scaletta di ferro e si poteva aprire dal suo interno. Il pozzo era molto stretto e il bimbo vi restò una settimana, poi si azzardò a uscire. Trovò una situazione infernale, corse via, la sua casa non c'era più ma sapeva che nelle vicinanze c'era il rifugio. Trovò l'entrata del tunnel senza le porte e si nascose là. Era sopravvissuto cacciando e mangiando topi e scarafaggi! Quelli sopravvivevano a tutto! Beveva l'acqua salmastra. Si capiva che aveva una volontà straordinaria! Quel bambino si chiamava Albert! Aveva cercato il rifugio vero e proprio ma non esisteva più, la montagna si era "adagiata" su di esso, schiacciandolo come una noce. Non c'era più niente!

Era il rifugio di Sandro che avevano edificato insieme ad Anna e Sheila sotto la direzione di Jorghe e Leila. Anche Sandro non c'era più, restava solo Anna!

Steve tornò senza intoppi e senza altre sorprese al suo rifugio e, dopo due mesi, abbracciò finalmente Anna! Non avevano figli e decisero di adottare il piccolo e caparbio Albert che da quel giorno visse con loro. Albert andava alla scuola del rifugio ma nei momenti liberi, invece di giocare con i suoi coetanei, preferiva l'ufficio della madre. Là si informava di tutto e imparava a conoscere le apparecchiature.

Nel frattempo Anna e Ingrid iniziarono un doppio programma: la ricerca di altri sopravvissuti, sotto la responsabilità di Steve, e il tentativo di bonificare un'area esterna. Per quest'ultima incombenza misero in campo tutte le forze dei loro esperti e inviarono diversi cingolati alla ricerca di un'area adatta. Le lontane Fondazioni su Marte vennero informate di ogni cosa, quindi Anna venne a sapere che stava per partire una spedizione verso la Terra! Erano cento navette munite di materiali e mezzi tecnici avanzatissimi. Ognuna di loro trasportava dieci uomini delle Fondazioni e una sarebbe atterrata presso il rifugio di Anna! Sarebbero arrivate dopo un anno, occorreva attendere ma finalmente le Fondazioni di Wender si muovevano!

Steve attraversò buona parte della Svizzera raccogliendo alla fine oltre 60.000 superstiti. Troppi per i due rifugi! Fra di loro anche alcuni di quegli uomini ridotti allo stato più selvaggio che si erano dati al cannibalismo! Non tutto andò liscio. Vi furono scontri. Un militare morì e due "civili" furono feriti. Furono costretti ad uccidere 28 persone!

Steve restò lontano quasi un anno, la maggior parte dei superstiti marciò a piedi puntando verso le zone che si stavano bonificando. Anna aveva dato ordine di ripulire una vasta area dal fango e dai detriti e di spianarla. Furono edificati moduli abitativi utilizzando tutto quanto si riusciva a trovare di utile fra i detriti. Si scavarono pozzi e si trovò acqua potabile esente da radiazioni. Fu scavato un sistema di fognature. I moduli abitativi erano ben fatti, complessivamente una città per oltre 70.000 abitanti, anche i rifugiati potevano usufruirne. Non tutti però, Anna e Ingrid volevano che comunque restasse un nutrito gruppo di persone all'interno dei rifugi. Grazie ai due possenti generatori atomici fu convogliata energia in tutta la città che fu chiamata Ginevra! Il problema vero era il cibo! Occorreva bonificare vaste aree e ricominciare a seminare! Nei rifugi erano stoccati sementi di ogni tipo, anche fiori che cominciarono ad abbellire Ginevra. Ma la gente era affamata, non c'era tempo, finché finalmente arrivò la navetta delle Fondazioni!

Erano sempre rimasti in contatto con Anna che aveva fatto preparare uno spiazzo nei pressi della città, la nuova Ginevra! In pratica quasi un piccolo spazioporto! Fu lì che atterrò la navetta. Emozionati Anna, Steve, Ingrid e l'onnipresente piccolo Albert andarono ad accogliere gli uomini delle Fondazioni. Scesero in otto, due restarono nella navetta, sei donne e due uomini, Steve non riconosceva nessuno di loro. Indossavano una strana divisa ed erano chiaramente armati. Una delle donne si accostò a Steve e lo abbracciò! "Sappiamo chi sei." Disse evidentemente anche lei emozionata. "Il figlio di due grandi eroi: Leila e Jorge, non li dimenticheremo mai!" Fece una pausa poi si rivolse ad Anna e a Ingrid: "Complimenti! ce l'avete fatta! E tu chi sei?". Disse rivolgendosi al piccolo Albert. Anna quasi non riusciva a parlare ma faticosamente spiegò che Albert era loro figlio e come lo avevano trovato.

Poi Ingrid disse: "Avete fatto un lungo viaggio, venite a riposarvi."

"Non è necessario cara Ingrid, è un anno che ci riposiamo, io sono Sceila, comandante della navetta, questi" disse indicando i suoi compagni, "sono i miei collaboratori. Due uomini rimarranno a turno nella navetta per comunicare con Marte e con le altre navette che stanno atterrando sulla Terra. Piuttosto andiamo in un luogo tranquillo, abbiamo molte cose da discutere."

Così li accompagnarono in una delle abitazioni della città che fungeva da ufficio. Si accomodarono tutti in una vasta sala, le Fondazioni, informate da Anna, conoscevano tutti i loro tentativi ed i loro progressi. Offrirono loro da bere e accettarono tutti volentieri poi Sceila iniziò:

"Abbiamo i mezzi per bonificare il terreno, non sarà necessario togliere il fango, basterà eliminare i detriti, facendo questa operazione cercate di recuperare tutto quello che può essere utile: ferro, legname etc.. Sul fango dovrete aspergere un prodotto che abbiamo sintetizzato su Marte, nella navetta ne abbiamo stoccato diverse tonnellate, inoltre vi forniremo la formulazione per poterlo produrre voi stessi. Purtroppo non siamo ancora in grado di bonificare le aree colpite da radiazioni, ma ci stiamo lavorando. Sappiamo che avete sementi e mezzi agricoli. Comunque vi forniremo altre sementi compresi gli alberi e fiori. Vi portiamo anche insetti, dovrete liberarli solo quando i fiori saranno ben attecchiti."

"Insetti?" Sbottò Ingrid che sperava di essersene finalmente liberata!

"Si, insetti, sono fondamentali per riportare il pianeta a vivere! Ma non solo insetti, abbiamo embrioni di quasi tutti gli animali precedentemente presenti in Svizzera. Vi insegneremo a farli crescere una volta che l'ambiente lo permetterà! La Svizzera siete voi e voi la riporterete alle sue origini!"

"E il resto del pianeta?" Chiese Steve.

"Altre navette sono scese sulla Terra." Rispose Sceila. "In Australia è sopravvissuto il Comitato intergovernativo, rifonderanno le sette nazioni. In altre aree abbiamo trovato gruppi di sopravvissuti che stanno cercando di organizzarsi in qualche modo, li aiuteremo come aiuteremo voi. Non subito ma presto intendiamo aprire delle nostre succursali qui sulla Terra. Il pianeta tornerà a vivere ma ci vorrà tempo, molto tempo! Tutto questo, però ha un prezzo! Dovrete innanzitutto, una volta che sarete riusciti a recuperare almeno il 50% della vostra Nazione, costruire una succursale per noi. Abbiamo già individuato l'area per noi ottimale e vi forniremo i progetti per realizzarla, tenete conto che sarà grande come una città! Questa succursale dovrà restare per sempre a nostra disposizione gratuita e sarà territorio delle Fondazioni, extra nazionale! Qui sarà la nostra sezione più importante che coordinerà le altre sezioni che costruiremo sul pianeta. Inoltre quando bonificheremo le aree radioattive dovrete pagare a noi una cifra equivalente allo zero virgola cinque per cento del vostro prodotto interno lordo. In Svizzera dovrete formare un governatorato che dipenderà dagli Stati Uniti d'Europa che si riformeranno. L'indipendenza e la neutralità del vostro Paese finiranno! Questo è il nostro programma di recupero, chiediamo molto ma diamo anche molto, accettate?"

Seguì un lungo silenzio, poi Anna parlò per tutti: "E' vero, chiedete molto ma date anche molto, la concreta possibilità di rivedere i nostri prati, i fiori, le mucche al pascolo, tutto questo val bene il prezzo che ci chiedete. Ho solo una perplessità: domandate una parte del nostro prodotto interno lordo, ma come potremo pagarlo?"

"Se gli Stati Uniti d'Europa si saranno rinsaldati, allora vi sarà una valuta e pagherete con quella, altrimenti pagherete in natura con i vostri prodotti o, infine un misto delle due cose. Vedrete che non sarà difficile, ma ci vorrà molto tempo, lavoro e pazienza."

"Usate lo stesso metodo anche nelle altre zone dove siete atterrati, sempre chiedete un prezzo?" Chiese Steve. "Sempre! Il nostro impegno e il nostro lavoro vanno pagati!"

Non occorse poi molto tempo per recuperare il 50% del territorio, passarono quarantadue anni. Anna non fece in tempo a vedere il verde della sua Svizzera, Steve sì! Suo figlio Albert era il nuovo Governatore e fu lui a far iniziare i lavori per la Sede terrestre delle Fondazioni.

Il progetto era gigantesco e prevedeva anche un enorme spazioporto, un aeroporto, decine di magazzini di stoccaggio, palazzi, abitazioni, uffici e quant'altro! Albert si rese conto che per realizzarlo avrebbe dovuto mettere in campo quasi tutte le risorse del suo Paese e questo non piaceva a tutti! Ma le argomentazioni di Albert erano forti, senza le Fondazioni la Svizzera avrebbe impiegato forse secoli per risorgere, inoltre vi era la promessa che avrebbero recuperato le aree ancora radioattive! Albert e suo padre Steve avevano unito tutti i sopravvissuti: ottocentomila persone che divennero presto un milione e mezzo! Sì! Il prezzo era alto ma la Svizzera stava risorgendo!

Occorsero venticinque anni per completare i lavori e un anno dopo giunsero da Marte le Fondazioni in forze non più con navette ma con gigantesche astronavi interplanetarie!

Trasportavano materiali, mezzi avanzatissimi e ottomila fra donne e uomini!

La capitale terrestre delle Fondazioni sarebbe stata in Svizzera, Albert ne poteva essere orgoglioso anche se triste perché suo padre Steve aveva raggiunto la sua Anna, non aveva potuto vedere la vera potenza delle Fondazioni di Marte!

Nel frattempo vaste aree del pianeta erano state bonificate, la stima iniziale delle Fondazioni relativa a circa un miliardo di sopravvissuti si rivelò esatta.

Due navette erano atterrate in Australia, una aveva il compito di ricercare i sopravvissuti ed iniziare un programma di bonifica, l'altra ricercò i componenti della commissione intergovernativa che si riteneva si fossero salvati.

Li trovarono e li riunirono all'interno della stessa navetta che già ospitava trenta uomini delle Fondazioni il cui scopo era quello di ricostituire i sette governi terrestri!

Il comandante della navetta era un ufficiale delle Fondazioni di circa quarant'anni: Novem Serghey. Cominciò subito ad illustrare il loro programma: "Dobbiamo instaurare nuovamente i sette governi della Terra, sappiamo che nessuno di loro è sopravvissuto ma voi li rappresentate. All'interno delle sette grandi Nazioni stiamo bonificando delle aree dove sorgeranno le vostre nuove Sedi, ognuno di voi si recherà nella rispettiva Sede e, con il nostro appoggio, prenderà il potere e inizierà a riformare le Nazioni! La Terra risorgerà!"

Così fecero e dopo poco più di un anno le nuove Sedi governative erano pronte. Su suggerimento delle Fondazioni e con il loro aiuto cominciarono a raccogliere i superstiti. Si formarono due grandi sezioni governative: una che avrebbe continuato l'opera di bonifica e il recupero del territorio con l'aiuto dei superstiti delle varie zone interessate, l'altra che doveva coordinare i superstiti stessi e rinforzare l'opera dei vari governi in formazione. Non si agì in forma democratica, non era ancora il tempo per poterlo fare, l'emergenza continuava, ma si ricercarono esperti dei vari settori.

Si iniziò a ricostruire le città! L'aiuto delle Fondazioni aveva un prezzo, una volta che i governi ed i rispettivi Stati si fossero consolidati, dovevano lasciare alle Fondazioni lo 0,6% del prodotto interno lordo, sia in forma monetaria o con valori quali l'oro o pietre preziose, sia con derrate alimentari o altro, ma il prezzo doveva essere pagato, in cambio le Fondazioni, appena ne fossero state in grado, oltre all'aiuto già fornito, avrebbero bonificato anche le aree radioattive. Occorsero ben due anni perché si costituissero i nuovi governi "tecnici", a quel punto le Fondazioni richiesero di sottoscrivere un documento che garantisse loro il pagamento, i governi non poterono far altro che accettare!

Nella loro Sede in Svizzera erano arrivate gigantesche navi interplanetarie delle Fondazioni, portando materiale e quant'altro. Sulla Terra arrivarono complessivamente, in anni successivi, quasi 20.000 uomini delle Fondazioni!

Fu ricostituito il Comitato Intergovernativo con rappresentanti dei sette governi e Novem Serghey in rappresentanza delle Fondazioni. Loro scopo era coordinare i lavori delle rispettive Nazioni su tutto il pianeta! La sede del Comitato fu costruita in Svizzera che a quel tempo era la Nazione più progredita! Albert aveva superato gli ottant'anni e un altro governatore l'aveva sostituito. Dopo tre anni il Comitato divenne operativo.

Occorreva proseguire la gigantesca opera di bonifica, coltivare i campi, raccogliere gli animali superstiti e far crescere gli embrioni degli animali portati dalle Fondazioni, ricostruire le città e le industrie! Un lavoro gigantesco!

Si era nell'anno 2.206, Salis Mbongo era il Presidente del Comitato Intergovernativo, il 27% della Terra era stato bonificato, in quei luoghi, al posto del fango salato e dei detriti ora c'erano prati verdi, boschi e foreste ma ancora molto doveva essere fatto! Alcune città erano state ricostruite altre erano nate quasi spontaneamente: nuove città per un nuovo mondo! L'industria però andava a rilento, alcune multinazionali sopravvissute al disastro avevano iniziato un pesante programma industriale, ma era ancora poco. Solo le multinazionali del petrolio avevano successo ma le Fondazioni cercavano di convincere i governi ad utilizzare l'energia atomica al posto del petrolio e avevano fornito progetti per costruire centrali sicure ed efficienti, ma mancavano ancora i mezzi per poterlo fare.

Salis Mbongo ricevette la richiesta di un abboccamento con alcuni rappresentanti delle Fondazioni. Si incontrarono nella vasta sala dove il Comitato si riuniva abitualmente.

Come loro abitudine le Fondazioni non si persero in convenevoli e uno di loro esordì:

"Signor Presidente, le Fondazioni sono ora in grado di bonificare le aree ancora inagibili a causa delle radiazioni, chiediamo il permesso di agire!"

Salis restò un attimo interdetto, sapeva di questo programma ma non credeva potesse essere realizzato così presto! Poi rispose:

"Come intendete procedere, dovremo fornire mano d'opera e mezzi e se si, cosa vi serve? Inoltre ditemi qual'è il vostro prezzo? Sappiamo che le Fondazioni non fanno nulla per niente!"

"Il prezzo è già stato stabilito con i vostri predecessori." Rispose l'uomo delle Fondazioni. "Dovrete fornirci in moneta e materiali lo 0,6% del vostro attuale prodotto interno lordo." Ed esibì copia di un vecchio documento. Salis lo studiò attentamente e poi annuì. "Cosa vi serve?"

"Solo il vostro permesso al resto penseremo noi, nel frattempo provvedete al pagamento." Fu la risposta.

"Dovrò informare i governi ed avere il loro benestare!"

"Bene fatelo subito, intendiamo procedere al più presto!"

Salis restò solo, poi convocò una riunione d'urgenza del Comitato informando di ogni cosa. I rappresentanti delle varie Nazioni informarono immediatamente i rispettivi governi. Tutti accettarono escluso il Governo Nord Americano! Questi obiettarono che erano stati troppo pesantemente colpiti sia dalla guerra sia dall'asteroide e che non potevano permettersi di spendere troppe risorse! Le aree colpite in quella Nazione erano molto vaste, le avrebbero semplicemente evitate!

Salis informò i rappresentanti delle Fondazioni che chiesero un ulteriore colloquio con lui, ma questa volta non da solo, desideravano la presenza di tutto il Comitato!

Si riunirono tutti nel salone dove già Salis aveva incontrato gli uomini delle Fondazioni, vennero in divisa e armati ed esordirono senza mezzi termini:

"Gli accordi presi in passato non possono essere considerati carta straccia! O tutti voi accettate oppure noi ritireremo il nostro aiuto e appoggio su tutta la Terra! Avete 48 ore per darci una risposta!" Quindi se ne andarono!

Era un vero e proprio ultimatum! Il Comitato rimase interdetto e preoccupato! Che conseguenze avrebbe potuto avere un rifiuto? Potevano essere anche più gravi di quanto era stato detto! Serpeggiò la paura!

Si decise di inviare alla Sede del Governo Nord Americano una loro delegazione. Qualche aeroporto già funzionava, partirono immediatamente.

Una volta arrivati chiesero un incontro urgente con il Presidente e lo informarono sulle intenzioni delle Fondazioni sia palesi sia forse nascoste!

Poteva forse scoppiare un'altra guerra? E come potevano resistere contro le formidabili Fondazioni di Marte!

Il Presidente andò in collera!

"Come si permettono questi arroganti di minacciarci!" Sbottò!

Salis precisò: "Signore, non ci hanno minacciato direttamente ma se anche soltanto venisse a mancare il loro aiuto sarebbe un disastro! Il territorio è ben lontano da essere agibile, abbiamo bonificato, grazie alle Fondazioni, solo una parte del pianeta, e poi..." Aggiunse diplomaticamente: "Pensi alla possibilità di recuperare San Francisco, Boston e tante altre meravigliose città, nonché di aumentare sensibilmente le aree della vostra Nazione ora impraticabili. Gli altri sei governi, magari con qualche timida protesta, hanno tutti accettato, se voi rifiutate sarà un danno per il mondo intero! Ci viene richiesto un pagamento ma guadagneremo molto di più una volta che le radiazioni saranno scomparse!"

Il Presidente rimase pensieroso poi: "Ma pensate seriamente che siano in grado di farlo? Ci chiedono un pagamento immediato senza essere certi del risultato!"

"Fino ad ora le Fondazioni sono sempre state di parola, non abbiamo certezze, è vero, ma penso proprio che ce la faranno!" Rispose Salis.

"Ci scommette la testa?" Disse il Presidente.

Salis restò un attimo in silenzio, poi: "Sì! Signor Presidente, mi ci gioco la carriera, senza alcun dubbio!"

Due giorni dopo erano nuovamente a colloquio con i rappresentanti delle Fondazioni e li informarono che tutte le Nazioni avevano accettato. Le Fondazioni diedero loro un questionario nel quale si evidenziava come avrebbero dovuto pagare quanto richiesto e si relazionava sul programma di bonifica.

Occorsero cinque anni per recuperare tutti i territori colpiti dal "fall-out" atomico, quindi nuovamente un rappresentante delle Fondazioni si recò in colloquio da Salis.

"La informiamo," disse "che le Fondazioni si ritirano dalla Terra, resterà solo la nostra Sede in Svizzera che potrete contattare in caso di bisogno. D'ora in avanti dovete andare avanti da soli, avete tutte le informazioni per procedere al recupero globale del pianeta, potete farcela, non avete più bisogno di noi. Restano solo due problemi!"

Salis era interdetto, le Fondazioni se ne andavano, perché? E quali erano i problemi irrisolti?

L'uomo delle Fondazioni rispose: "Noi abbiamo i nostri programmi, intendiamo procedere solo in quelli, qui abbiamo già fatto abbastanza! Il primo problema è inerente alle vostre esigenze energetiche. Ne abbiamo già parlato diverse volte: avete i progetti per costruire efficientissimi generatori atomici e, da quelli, anche motori atomici. Ci rendiamo conto che per voi è ancora presto ma dovrete, un giorno, realizzarli! Non cedete alle lusinghe delle multinazionali del petrolio, i motori atomici sono la risposta del futuro prossimo! Una volta realizzati questi progetti, indirizzatevi verso lo spazio, contattate la nostra Sede in Svizzera, vi aiuteranno, ma non restate legati alla Terra, avete visto cosa accadde con "MX15"! Non sottovalutate, come hanno fatto i vostri predecessori, la ricerca spaziale. Noi abbiamo astronavi interplanetarie, anche voi un giorno dovrete averle!"

Il colloquio finì, Salis restò a lungo pensieroso, tutto quanto era stato detto aveva il sapore di un ordine, ma come biasimarli? Oltre a tutto probabilmente avevano ragione!

Relazionò di tutto ai rappresentanti governativi, ma senza enfasi, che, a loro volta, si recarono direttamente presso i rispettivi governi per comunicare loro ogni cosa.

Ora dovevano farcela da soli! Salis si sentiva quasi orfano ma provava anche una vera sferzata di energia, ora toccava a loro!

Ma c'era ancora moltissimo da fare, le zone recuperate erano ancora troppo poche, le industrie pochissime e scarsamente efficienti, pochi ospedali e malattie che falciavano la popolazione. Le risorse alimentari erano ancora scarse e i governi erano costretti a razionarle, così era stato anche per l'acqua potabile ma l'intervento delle Fondazioni che avevano eliminato ogni residuo di radioattività permetteva ora di utilizzare al meglio tutta l'acqua. Iniziò quindi un gigantesco lavoro per rendere efficiente la rete idrica. La gente, nonostante gli stenti, progrediva e molti ritornarono nelle aree che erano state interdette a causa del fall-out. La possibilità di recuperare quelle zone e quello che restava delle città prima inagibili portò ovunque un'ondata di ottimismo!

Nel 2.250 nessuno più aveva problemi con l'acqua, si poteva finalmente pescare, molti ritornarono nei mari e negli oceani dove ritrovarono pesci e quant'altro.

Il mare aveva in parte resistito ma vi erano state mutazioni, alcune positive, altre decisamente negative: squali grandi come balene, piovre gigantesche e molte altre spiacevoli sorprese. L'umanità non aveva più navi, solo piccole imbarcazioni fatte da volenterosi in modo artigianale. Affrontare il mare era quasi un suicidio, sarebbero occorse grandi navi per poter riconquistare gli oceani!

I sommergibili, atomici e no, e così tutte le grandi navi e imbarcazioni, erano stati spazzati via all'impatto dell'asteroide!

Grazie anche all'aiuto delle Fondazioni vi erano aeroporti in tutte le aree più importanti ma pochissimi aerei donati dalle Fondazioni stesse. Alcuni governi erano riusciti a costruire qualche aereo ad elica, ma comunque erano molto pochi e venivano per lo più utilizzati dagli stessi governanti o da membri delle multinazionali.

I poli si stavano riformando e i mari lentamente ritirando. Le stagioni erano ancora instabili, il cielo difficilmente appariva azzurro, imperava ancora il grigiore delle polveri sollevate dall'impatto dell'asteroide. La temperatura mediamente era ancora cinque, sei gradi in meno del normale, ma la Terra stava reagendo!

Nel 2.263 la Confederazione Asiatica varò la prima grande nave! Era dotata di tutti i mezzi per la pesca, nonché frigoriferi, salatori, affumicatori per conservare il pescato. Un gigante con 300 uomini a bordo fra esperti, pescatori e anche militari il cui compito principale sarebbe stato quello di difendere la nave dagli attacchi dei mostri marini che ci si attendeva di incontrare. La nave era pesantemente armata, cannoni, missili e siluri. Al suo interno un centro medico e un vasto laboratorio. La comandava uno dei pochissimi superstiti giapponesi: Lee Sagamura. Il compito principale del capitano era aprire la strada alla riconquista degli oceani. Doveva fare il giro del mondo, senza dimenticare i ghiacci del nord e dell'Antartide, infatti la grande nave era corazzata e dotata di mezzi rompighiaccio. Avrebbe dovuto tenersi in continuo contatto con il Centro Operativo dal quale erano partiti, situato a nord-est della Cina, relazionando sul suo viaggio, tutto sarebbe stato condiviso con i sette governi della Terra.

Cicloni e tifoni erano piuttosto frequenti, spesso anche terremoti e tsunami, la nave avrebbe dovuto essere in grado di affrontarli!

Un compito immane li attendeva, degno dei primi grandi navigatori che oltre 700 anni prima avevano esplorato gli oceani e circumnavigato il mondo.

Partirono in febbraio, nevicava e la visibilità era ridottissima, ma la nave era dotata di tutti i mezzi possibili, radar e sonar compresi, per una navigazione anche alla cieca.

La rotta che la nave doveva seguire, salvo gravi intoppi, l'avrebbe portata dapprima verso sud, sud-ovest, avrebbero monitorato l'Oceano Indiano, poi dovevano risalire l'Atlantico, entrare nel Mediterraneo e nel Mar Nero. Impossibile navigare nel Mar Rosso divenuto impraticabile per le grandi imbarcazioni. Quindi doveva dirigersi verso nord, raggiungere il pack, circumnavigarlo (in quel periodo era possibile a causa dello scioglimento dei ghiacci) ed entrare nell'Oceano Pacifico. Puntare nuovamente verso sud per arrivare all'Antartide, per poi tornare a nord ovest e rientrare in Cina.

In pochi giorni arrivarono presso le coste delle due Coree. Si sapeva che le due nazioni, dopo essersi distrutte a vicenda, non avevano retto all'arrivo di "MX15", il territorio era stato bonificato completamente dalle Fondazioni ma non vi erano superstiti!

Il mare continuava ad essere molto agitato, Sagamura portò la nave nei pressi di quello che restava del suo Giappone: poche isole dove si erano trovati solo 850 superstiti! Impossibile per loro continuare a vivere in quelle isole, quindi erano stati trasferiti dalle Fondazioni in Cina. Il mare si stava lentamente ritirando e Sagamura aveva la segreta speranza che un giorno il Giappone sarebbe risorto!

Entrati nel Mar della Cina le acque si calmarono; Sagamura diede ordine di gettare le reti per fare una prima pescata. Il risultato fu copioso, i pesci abbondavano, ma alcune specie erano del tutto sconosciute. Vennero portate in laboratorio dove si scoprì che molte erano altamente tossiche, altre invece erano molto promettenti.

Entrarono senza particolari intoppi ne sorprese nell'Oceano Indiano quando:

"Comandante!" Chiamò concitatamente il marconista, "stiamo rilevando col sonar un grande oggetto che dal fondo del mare punta nella nostra direzione, è molto veloce!"

"Quanto grande?" Chiese Sagamura. "E' difficile stabilirlo con esattezza, ma ha una lunghezza non inferiore a trenta metri!" Fu la risposta. "Può essere una balena?" Chiese ancora il Comandante. "Può essere qualunque cosa Signore!"

Sagamura diede l'allarme, era possibile un impatto, gli uomini si prepararono e i militari erano pronti.

L'oggetto si rivelò un enorme pesce che saltò fuori dell'acqua ad un centinaio di metri da loro. Nonostante le dimensioni appariva innocuo, con grandi occhi e denti che servivano più che altro a brucare piuttosto che a mordere. Una specie di enorme mucca acquatica. Ma non era solo!

Dietro di lui uno squalo gigantesco! Non era stato rilevato dal sonar forse perché nascosto dalla sua preda. Era lungo ben venti metri e decisamente minaccioso! Sagamura diede l'ordine ai militari di abbattere lo squalo. Occorsero dieci cannonate per eliminarlo, nel frattempo la sua preda ne aveva approfittato per dileguarsi. Accostarono alla nave l'enorme squalo e parti di esso furono analizzate in laboratorio, la sua carne era ottima! Sagamura diede ordine di prendere solo poche parti dello squalo e immagazzinarle, poi riprese in fretta la navigazione, infatti temeva giustamente che il loro intervento avrebbe attirato altri predatori.

Non fu il solo incontro: furono attaccati da calamari giganti e serpenti di mare, trovarono strani giganteschi polipi che però badavano ai fatti loro.

Il monitoraggio degli oceani continuava, la nave dovette affrontare uno tsunami con onde alte quindici metri, nell'Atlantico lottarono contro la furia di un ciclone e nel Pacifico dovettero zigzagare per evitare pericolosi tornado. Il monitoraggio dei mari ghiacciati portò la sorpresa di trovare giganteschi banchi di ottimo pesce ma gli uccelli marini erano rarissimi e pinguini, orsi bianchi e foche erano scomparsi. Le Fondazioni avevano portato embrioni anche di questi animali ma non si erano ancora stabiliti nei loro habitat naturali.

Sagamura tornò in Cina dopo ben cinque anni, la sua relazione risultò fondamentale per convincere i sette governi a costruire grandi navi per la pesca che potevano assicurare importanti riserve alimentari per tutto il mondo, e riconquistare finalmente i mari della Terra!

4

Grazie al viaggio di Sagamura si iniziò a sfruttare il mare che appariva incredibilmente ricco. Le grandi navi erano poche, ci sarebbe voluto tempo perché la pesca potesse finalmente dare il suo fondamentale contributo a sfamare il mondo! Tutte quelle navi dovevano essere armate per affrontare i nuovi leviatani degli oceani. Balene, capodogli, delfini e orche erano scomparsi. Potevano essere recuperati grazie agli embrioni forniti dalle Fondazioni ma non era una priorità governativa, inoltre sarebbero probabilmente stati annientati dai nuovi mostri del mare. Molte piccole imbarcazioni non esitavano ad affrontare il mare attirate dalla sua pescosità ma correndo rischi spaventosi e molte volte non rientravano a terra.

I ghiacci dell'estremo nord e del sud si stavano riformando e i mari si stavano ritirando! Occorreva recuperare le terre emerse e accelerare la riconquista del territorio. I sette governi decisero di fare uno sforzo comune!

Il nuovo progetto di recupero iniziò nell'anno 2.282 sotto la responsabilità di un sol uomo: Giorgio Evangelista!

Giorgio doveva coordinare un immenso lavoro che coinvolgeva tutto il pianeta!

La trasformazione del fango ancora sparso sulla maggior parte del mondo in terreno fertile e l'eliminazione o recupero dei detriti procedeva, sia pure lentamente! Molte aree furono semplicemente ripulite per costruire città e villaggi. Ma un giorno Giorgio ricevette una chiamata proveniente dal nord del Brasile:

"Signore! Abbiamo un problema molto grave! Nella zona dove un tempo sorgeva la Foresta Amazzonica abbiamo trovato nel fango strane piccole piante e funghi mai visti! I laboratori hanno analizzato ogni cosa, le piante sono tossiche e molto pericolose, dotate di piccolissime spine velenosissime, alcuni lavoratori che le hanno accidentalmente toccate sono morti! Quanto ai funghi alcuni sono eduli, altri velenosi, niente di speciale basta conoscerli. Abbiamo raccolto i funghi eduli per trapiantarli in altre aree, senza il fango muoiono rapidamente. Chiediamo il permesso di costruire delle serre con riserve di fango per poterli coltivare."

"Certamente! Procedete senza problemi, possono anche loro essere una buona riserva alimentare, c'è altro?" Rispose Giorgio.

"Purtroppo si! Abbiamo iniziato a sradicare le piante ma ci siamo fermati. Ogni volta che togliamo una pianta dal fango scaturiscono milioni di insetti mai visti le cui punture sono altamente irritanti e a volte anche mortali! Ma non finisce qui, molti lavoratori punti dagli insetti si sono ammalati, febbre altissima e bubboni che ricordano la peste cui segue la morte! Non abbiamo ancora trovato alcun antidoto per combattere questa peste che, per fortuna, non è contagiosa! Abbiamo allora pensato di bruciare le piante stesse e con loro gli insetti ma questi ultimi sono molto resistenti. Per proseguire abbiamo bisogno di pesanti tute protettive e maschere a ossigeno. Molti insetti sono piccolissimi, occorre una protezione completa!"

Giorgio restò un momento soprappensiero, poi: "Non vedo altra soluzione che ritirarci fino al momento in cui potremo avere un numero sufficiente di tute. Sospendete i lavori fino a nuovo ordine."

Quindi inviò queste informazioni ovunque, se avessero visto strane piante dovevano lasciarle stare e fermarsi!"

La sua circolare fu una fortuna, in ben 328 siti furono trovate quelle piante maledette!

Occorsero cinque anni per avere un numero sufficiente di tute protettive e bruciare tutte le piante e gli insetti!

Ma i guai peggiori per Giorgio vennero dal recupero delle zone liberate dal mare!

Gli uomini vissero con grande emozione il ritorno di parte dell'area dove sorgeva Venezia, ma della città restava solo il ricordo!

Così anche in tutte le altre zone costiere liberate dal mare, non c'era più nulla! Però almeno si poteva ricostruire e recuperare terreno fertile!

Ma pericoli inimmaginabili attendevano gli uomini che operavano in quelle zone!

Tutto iniziò, con diverse modalità, in due aree del pianeta.

Furono due terribili calamità che coinvolsero, quasi nello stesso periodo, inizialmente il Governo Nord Americano, in particolare l'Australia, e la Confederazione dei Fratelli Mussulmani in Marocco!

Nord-est dell'Australia, là dove sorgeva la Grande Barriera, il più importante agglomerato corallifero del pianeta, inizialmente tutto appariva annientato! Col tempo però, si riformarono molto rapidamente le barriere coralline, ma... i coralli non erano gli stessi!

Avevano una capacità riproduttiva rapidissima ed erano molto grandi, evidentemente una nuova mutazione! I polipetti dei coralli erano venti volte più grandi dei loro predecessori e lanciavano spore ovunque che arrivavano fino al terreno! Finché erano in mare si limitavano a creare nuovi coralli, ma erano altamente urticanti e avvelenavano l'acqua. I pesci "normali" non sopravvivevano però erano sorte nuove specie armate di spine e aculei velenosi estremamente pericolosi. La Grande Barriera era risorta ma non era più il meraviglioso paradiso di un tempo, era un inferno!

Le spore che giungevano sul terreno non erano inerti! Cercavano inutilmente di riprodursi ma facendolo avvelenavano la terra rendendola inservibile e, morendo, rilasciavano nell'aria un virus virulento e mortale!

Lo stesso problema si replicò in seguito in numerose aree del pianeta!

Giorgio si rese conto che vi era un solo modo per fermare il fenomeno, distruggere i coralli! Ma come? Nel frattempo il virus si diffondeva ovunque per via aerea, i laboratori non riuscivano a trovare un vaccino ne a curare gli ammalati che morivano a migliaia!

Ma questa non fu l'unica calamità!

Ovest del Marocco! L'Oceano Atlantico si stava ritirando e si ricominciavano a vedere le spiagge, quasi come era un tempo. Gli uomini lavoravano nei pressi delle spiagge per recuperare i terreni rilasciati dal mare quando:

"Mohamed! Cos'è quello?" Gridò Fatima, uno dei sovraintendenti ai lavori indicando qualcosa che usciva dall'oceano.

Mohamed si avvicinò e restò stupefatto! Sembrava un grosso e flaccido coccodrillo con la testa di un rospo, aveva almeno tre metri di lunghezza e sembrava tastare il terreno con una lunga lingua! Nonostante l'aspetto non sembrava pericoloso, comunque Fatima ordinò a tutti di sospendere i lavori e chiamò un gruppo di poliziotti che vivevano nelle vicinanze.

"Non so cosa diavolo sia," Disse Fatima al capo della polizia che era rapidamente sopraggiunto, "Ma ad ogni buon conto abbattetelo, poi ci penseranno i nostri esperti."

Poche fucilate furono sufficienti ma lo strano animale prima di morire lanciò un grido acuto, appena udibile dall'orecchio umano, ma che fu sentito fino in fondo al mare dai suoi simili!

Nel frattempo Fatima e Mohamed avevano chiamato via radio un equipe di biologi che arrivarono in pochi minuti. Si accostarono all'animale ma proprio in quel momento sorsero dal mare una quindicina di suoi simili e, questa volta, non avevano affatto un'aria pacifica. Nonostante la mole e la forma piuttosto tozza, furono rapidissimi e con le lunghe lingue uccisero in pochi secondi quei poveri biologi. I poliziotti non attesero altro e cominciarono a sparare, fu una carneficina!

Ma non finiva lì, avevano chiamato altri loro simili che giunsero a centinaia! Fatima ordinò immediatamente di ritirarsi.

Relazionò della cosa a Giorgio che rispose:

"Dovete assolutamente recuperare uno di quegli animali, dobbiamo sapere di cosa si tratta e fino a che punto possono essere pericolosi!"

Fatima tornò sul luogo insieme ad un folto gruppo di militari pesantemente armati ma non trovò animali vivi, solo i cadaveri dei loro compagni che si stavano rapidamente decomponendo rilasciando nell'aria una puzza indescrivibile!

Raccolsero dei campioni e uno degli animali più intatto degli altri.

I risultati delle analisi in laboratorio portarono a diverse conclusioni, una delle quali drammatica! Si trattava di anfibi, se non attaccati erano innocui, erano un poco come gli avvoltoi del mare, si cibavano di pesci, piante e altro già morti e in avanzata decomposizione, non importa se nel mare oppure a terra. Ma, quando morivano, rilasciavano nell'aria un composto microbico alla lunga mortale! In mare questo composto moriva rapidamente ma a terra, se trovava un animale superiore, proliferava rapidamente uccidendo il suo ospite. In tutta quella zona l'unico animale superiore facilmente raggiungibile era l'uomo!

La morte non avveniva immediatamente ma dopo quindici giorni di incubazione. Fatima e Mohamed non furono risparmiati, così pure i poliziotti, i lavoratori ed i militari. Morirono tutti e infettarono altre persone.

Per un colpo di fortuna solo in quell'area furono trovati questi anfibi.

Giorgio ordinò di sterminarli, forse la sua fu una reazione emotiva esagerata, ma l'ordine fu eseguito, però la malattia continuava a prosperare e anche in questo caso non si trovava alcun rimedio! Giorgio ordinò la quarantena per tutto il Marocco, ma non era pensabile di condannare a morte tutta quella gente!

Giorgio aveva davanti tre problemi dei quali due apparivano insolubili: eliminare le nuove formazioni coralline era fattibile, ma non si riusciva a trovare alcun rimedio per le terribili malattie che si stavano rapidamente propagando. Presto fu chiaro che anche la quarantena in Marocco non aveva dato risultati. Nel giro di solo sei mesi morirono nove milioni di persone!

Restava una sola possibilità: le Fondazioni!

Così Giorgio chiese di incontrare uno dei responsabili ai più alti livelli della Sede Terrestre delle Fondazioni, in Svizzera.

Fu ricevuto in un semplice ufficio, aveva davanti a se una giovane ragazza di forse 22 anni. Giorgio non poteva non chiedersi se questa era veramente uno dei capoccioni delle Fondazioni, ma comunque non aveva scelta.

Informò di ogni cosa la ragazza e, sia pure con qualche perplessità, le consegnò una dettagliata relazione scritta e audiovisiva.

La giovane gli disse: "Non si preoccupi, io rappresento le Fondazioni e, nel caso specifico, ho pieni poteri e la capacità di intervenire. Studieremo la sua relazione poi la contatteremo!"

Tutto qui! Un Giorgio sempre più preoccupato e perplesso tornò al suo lavoro.

Tre giorni dopo le Fondazioni lo chiamarono e invitarono nuovamente presso di loro.

Tornò nello stesso ufficio dove era già stato e ritrovò la giovane che, senza troppi preamboli, gli disse: "Abbiamo bisogno di avere campioni dei coralli in tutte le loro forme e le loro spore, campioni degli animali che avete stupidamente ucciso e colture del virus e delle formazioni microbiche, appena li avete a disposizione portateli in questo laboratorio." Diede a Giorgio una informativa dove veniva indicato il luogo dove doveva portare quanto richiesto, era in una zona delimitata, ovviamente anche gli uomini delle Fondazioni non volevano correre rischi.

Occorsero altri tre giorni per portare quanto richiesto, poi... solo attendere!

Giorgio attese tre mesi! Nel frattempo la gente moriva e non si sapeva più che fare! Infine fu richiamato dalle Fondazioni, nuovamente dalla giovane ragazza:

"Il virus portato dai coralli morirà nel giro di poche settimane ancora, non può vivere a lungo, è una specie acquatica e non abbiamo sintetizzato un vaccino utile, possiamo però ritardare con appositi farmaci il decesso di coloro che sono infettati fino alla morte del virus stesso. Il problema è che il virus continua a tornare e lo farà fino a quando esisteranno i coralli mutati!"

"Allora cosa possiamo fare?" Chiese Giorgio sempre più preoccupato.

"La prima cosa da fare è ritardare il decesso di coloro che sono già stati infettati, possiamo sintetizzare i farmaci necessari, consegnarveli ed insegnarvi a produrli voi stessi, ma questo ha un prezzo!" Rispose la ragazza.

"Cosa volete?" Chiese un Giorgio esasperato!

"Non molto," rispose "dieci miliardi di crediti!" Il credito era la nuova moneta messa in circolazione in tutto il pianeta.

"Vedrò cosa posso fare!" Rispose Giorgio. "E i coralli? Si può intervenire in qualche modo?"

"Certo! Basta rimettere nelle aree interessate i coralli originari!" Fu la risposta.

Giorgio era esterrefatto! Quella ragazzina lo stava prendendo in giro! "Ma lei chi è?" Sbottò! "Come può fare una simile affermazione, qual'è la sua autorità? Voglio conferire con i più alti responsabili e subito!"

La giovane rispose freddamente: "Mio caro! Il mio nome è Alice Sneider e sono il Direttore della

Fondazione Alfa, quella che si occupa di allungare la vita e scoprire i segreti della morte! Noi siamo più consoni ad affrontare i problemi che avete esposto! Il mio grado è secondo livello, non si faccia impressionare dalla mia età, qui ho pieni poteri! O me o nessuno, decida lei!"

Giorgio tacque pensieroso, poi chiese: "E l'altro problema?"

"Non lo abbiamo ancora risolto, la nostra equipe medica e lo staff dei biochimici ci stanno lavorando, confido che ce la faranno ma se non fosse così dovremo contattare Marte e chiedere se vogliono occuparsene nel qual caso dobbiamo aspettarci di attendere almeno due anni prima di arrivare ad una soluzione concreta!"

"Lei ha detto che occorre reinserire il sistema corallifero di un tempo, ma come possibile? E come potranno eliminare le mutazioni attuali?"

"Lo faranno!" Rispose Alice. "Lei sottovaluta la forza della Terra, dovrete semplicemente impiantare nelle aree infestate embrioni già cresciuti e attecchiti, poi i vecchi coralli faranno il resto. Abbiamo valutato che non ci vorranno più di tre anni per eliminare le mutazioni e con loro anche il virus e i pesci mutati che attualmente vivono nelle nuove formazioni coralline, nel frattempo i nostri farmaci terranno in vita, anche se sarà una vita da ammalati cronici, le persone infettate. Potete farlo senza il nostro aiuto e questo consiglio è gratis!"

Giorgio era molto perplesso ma che altro fare? Convinse i governi a pagare quanto richiesto dalla Fondazione e diede disposizioni di far crescere ed attecchire gli embrioni dei vecchi coralli che, insieme a migliaia di altri embrioni, le Fondazioni avevano consegnato loro molti anni prima. Una volta che i vecchi coralli della Terra furono pronti uomini muniti di pesanti tute si apprestarono ad impiantarli in tutte le aree infestate dalle mutazioni.

In un primo momento sembrava non accadesse nulla ma poi, lentamente, i biologi marini scoprirono che Alice aveva ragione! Tre anni dopo risorgevano le splendide barriere coralline di un tempo! I piccoli polipetti erano cresciuti a tempo di record semplicemente cibandosi delle spore delle mutazioni che avevano dato loro la forza per uno sviluppo rapidissimo!

Nel frattempo, dopo circa un anno dall'ultima visita, Alice convocò nuovamente Giorgio:

"Abbiamo trovato un vaccino utile per bloccare la coltura microbica, vi costerà altri dieci miliardi di crediti!" Esordì!

"Ma voi non fate mai nulla per niente?" Chiese Giorgio.

"Mai!" Fu la laconica risposta.

Le due crisi si risolsero ma i morti in tutto il pianeta furono 18 milioni!

Superate queste calamità Giorgio si dimise, altri avrebbero portato avanti il programma intergovernativo!

Vi fu una conseguenza collaterale finalmente positiva: i deserti non esistevano più! Al loro posto sarebbero sorti prati verdi, immense oasi, foreste pluviali! Tutto ciò a causa del fango che trasformandosi in terra fertile aveva permesso non solo il recupero delle zone che già in passato erano state coltivate oppure ospitavano boschi e foreste, ma anche delle aree che un tempo apparivano impraticabili!

Dopo 50 anni questa gigantesca operazione di bonifica si concluse, nel 2.332 era stato recuperato tutto il territorio costiero e l'80% della Terra poteva rinascere!

Mancava ancora qualcosa ma ci avrebbero pensato gli abitanti delle aree limitrofe, il più era fatto. I governi diedero disposizione di far crescere e attivare tutti gli embrioni consegnati dalle Fondazioni. Si usò molta prudenza nel ripopolamento dei mari, i mostri mutanti imperavano, ma si delimitarono alcune zone protette per far crescere e prosperare gli antichi abitanti degli oceani. Una volta che fossero stati sufficientemente numerosi sarebbero stati immessi in tutti gli oceani e si sperava che riuscissero a trovare un sufficiente equilibrio per poter sopravvivere.

Nel 2.365 la Terra era stata recuperata. Prati verdi, coltivazioni, frutteti, boschi, fiori, foreste, animali, insetti! Tutto era come un tempo, anzi meglio! La popolazione era aumentata nonostante gli stenti passati. Per la prima volta i sette governi potevano guardare al futuro!

5

Le stagioni si erano ristabilite e il cielo non era più grigio! Le città erano state ricostruite, così le strade, gli aeroporti, ogni cosa! Le poche fabbriche cominciarono a sfornare automobili con motori a scoppio che usavano ancora benzina. La popolazione mondiale era quintuplicata arrivando a cinque miliardi. Le industrie erano ancora poche e per lo più appannaggio di società multinazionali. Occorreva dare un forte impulso al mondo industriale ora che se ne aveva finalmente la forza e la possibilità.

I sette governi favorirono l'imprenditoria privata, le materie prime non mancavano e finalmente le industrie ricominciarono a rifiorire un po ovunque.

Nel 2.420 il mondo industriale era all'apice. Fabbriche di ogni tipo erano sorte in tutto il mondo. Le multinazionali avevano il controllo di buona parte delle industrie, le strade si riempirono nuovamente di automobili e i cantieri navali lavoravano a pieno ritmo. Ripartirono i grandi transatlantici e le navi da crociera. La pesca era abbastanza sicura e dava i suoi frutti. Ormai il mare era conquistato e così anche l'aria! Aerei a reazione venivano assemblati dalle grandi fabbriche delle multinazionali e risorsero le Compagnie Aeree.

Le Fondazioni, attraverso la loro Sede in Svizzera, si prodigarono per sconfiggere le vecchie e nuove malattie, in dieci anni eliminarono anche il raffreddore! Per ogni malattia eliminata chiedevano un compenso che veniva regolarmente pagato!

Nel 2.435 rappresentanti della cosiddetta Fondazione Beta (che si occupava di ricerca spaziale) chiesero e ottennero di incontrare i sette Presidenti dei governi terrestri.

Le Fondazioni proposero ai governi (dietro pagamento) di acquisire i progetti per realizzare generatori nucleari e motori atomici sicuri da utilizzare per costruire le prime navi interplanetarie terrestri. Motori che, con il tempo, potevano essere adattati agli aerei, alle navi e anche alle automobili. I governi erano dubbiosi in relazione all'idea di utilizzare ancora l'atomo ma le Fondazioni fecero notare che non erano state le bombe atomiche a falciare la Terra ma l'uso sconsiderato che ne avevano fatto i governi che li avevano preceduti e che inoltre erano state proprio le bombe atomiche a salvare il pianeta. Senza di esse "MX15" sarebbe piombato sulla Terra con tutta la sua potenza e niente e nessuno sarebbe sopravvissuto. Le Fondazioni incitarono i governi a costruire navi interplanetarie con motori atomici, non bombe nucleari, anzi non volevano certo che i terrestri si dotassero di armi atomiche, per farne che? Ancora guerre? Inoltre insistettero molto perché si iniziasse una seria ricerca spaziale con l'obiettivo di far si che i terrestri fondassero colonie e costruissero basi su altri pianeti e sulla Luna.

I governi furono allettati all'idea, in realtà non digerivano molto l'egemonia spaziale delle Fondazioni, inoltre erano interessati a ripristinare la rete satellitare che aveva monitorato la Terra prima del disastro.

Così si iniziò a favorire la ricerca spaziale. Nacque una specie di gara fra le sette Nazioni, il primo satellite fu lanciato con successo dall'India ma presto seguirono tutti gli altri. Erano per lo più satelliti meteorologici e per telecomunicazioni, i vettori però erano ancora alimentati da carburante, le sette Nazioni infine accettarono di acquisire dalle Fondazioni i progetti per ottenere motori e generatori atomici e si costruirono le prime navi spaziali!

Erano mezzi formidabili, grazie alla nuova propulsione potevano espletare numerose missioni. Dapprima furono assemblate piccole navette che riempirono l'orbita terrestre di satelliti per la ricerca e il monitoraggio del pianeta sottostante e dello spazio esterno, poi il Governo Nord Americano iniziò un nuovo programma: non una navetta ma una vera e propria gigantesca nave interplanetaria chiamata, forse per un ricordo nostalgico, Enterprise! La nave era troppo grande per poter partire o atterrare su un pianeta, per cui doveva essere assemblata direttamente nello spazio in orbita intorno alla Terra e avrebbe trasportato navette atte all'atterraggio sui pianeti. Scopo della nave era l'esplorazione spaziale nonché studiare la possibilità di costruire basi sulla Luna. Occorsero tre anni per completare questo mostro lungo ben 200 metri, enorme per le capacità dei terrestri di allora. Poi finalmente la nave partì, portava la bandiera di tutti i sette governi terrestri! Era comandata da un canadese: Clint Forghet. Prima tappa: la Luna!

La grande nave raggiunse presto l'orbita lunare quando il Comandante Clint ricevette una comunicazione, arrivava dal satellite!

"Comandante, qui la base lunare delle Fondazioni, vi diamo il benvenuto!"

"Grazie!" Rispose Clint. "Intendiamo ricercare una zona dove possa essere possibile impiantare una base terrestre, avete obiezioni?"

"Niente affatto Comandante! Noi occupiamo una zona ristretta nei pressi del Mare della Tranquillità, vi chiediamo solo di ricercare una zona lontana da qui per evitare che il nostro traffico spaziale possa crearvi problemi."

Così fecero! Clint ordinò ad una navetta di impiantare alcuni moduli abitativi in un'area situata nella faccia nascosta della Luna, là sarebbe sorta la base lunare dei terrestri. In accordo con i governi terrestri, già prima della partenza di Clint si era deciso di costruire una base per tutte le sette Nazioni, sia per limitare i costi, sia per dare un segnale comune: era la Terra intera che affrontava lo spazio!

Espletato questo compito Clint contattò la base lunare delle Fondazioni:

"Intendiamo visitare Marte, potete avvertirli e chiedere loro dove potremo far atterrare le nostre navette?"

"Certamente!" Fu la risposta. "Sarete contattati al più presto! Buon viaggio!"

Per raggiungere Marte la nave terrestre avrebbe impiegato sei mesi, la metà del tempo rispetto alle prime navi che le Fondazioni avevano inviato sul pianeta per colonizzarlo. Marte, in quel periodo, si sarebbe trovato più vicino alla Terra, anche questo fattore, oltre ai nuovi motori atomici, riduceva il tempo che avrebbero impiegato per arrivare sul pianeta.

Durante il lungo viaggio Clint fu contattato dalle Fondazioni che diedero le coordinate per l'atterraggio delle navette. La nave terrestre avrebbe rappresentato tutte le Nazioni del pianeta madre!

Giunsero a Marte senza particolari problemi, la nave si mise in un orbita stazionaria quindi Clint si mise in contatto con l'astroporto che gli era stato indicato durante il viaggio.

Fu con una certa emozione che Clint si accostò alla radio:

"Qui Enterprise, parla il Comandante Clint Forghet in rappresentanza del pianeta Terra. Chiediamo il permesso di atterrare con una nostra navetta!"

La risposta non si fece attendere: "Permesso accordato Enterprise, atterrate quando volete, vi aspettiamo!"

La navetta atterrò in un grande spiazzo vuoto, ma una sorpresa li attendeva! Uscì il Comandante insieme a dieci collaboratori tutti muniti di tute e respiratori, alcuni mezzi motorizzati si avvicinarono a loro dove salirono per essere accompagnati presso un grande edificio non lontano.

Una volta arrivati passarono attraverso alcune camere stagne e poi furono invitati a togliere le tute e le maschere a ossigeno. A quel punto entrarono in un vasto salone dove si trovarono davanti un impeccabile picchetto d'onore!

Si avvicinarono alcune persone, uno di loro chiese: "Il Comandante Clint Forghet?"

"Sono io Signore!" Rispose Clint tendendo la mano, ma quel signore non volle stringere quella mano, lo abbracciò commosso! Poi: "Sono John Burton, rappresento le Fondazioni, vi stiamo aspettando da molto tempo!"

Quindi li accompagnò verso una tribuna, il picchetto si mise sull'attenti, nei pressi vi erano molte persone evidentemente attirate dal loro arrivo!

John si avvicinò ad un microfono e disse:

"A nome di tutti i membri delle Fondazioni diamo il benvenuto ai terrestri! Finalmente sono giunti fino a noi, siamo orgogliosi di aver potuto contribuire almeno in piccola parte al loro successo. Mai come ora la Terra può dirsi risorta, ma non solo! La Terra progredisce rapidamente e ha già raggiunto risultati ben superiori al passato! Congratulazioni terrestri, la vostra caparbietà, il vostro impegno, il vostro lavoro ha salvato il pianeta, madre di noi tutti. Comandante Forghet, amici terrestri, uomini dell'Enterprise, voi rappresentate la Terra intera: non più guerre, mai più!"

Clint era frastornato, commosso rispose:

"Signori! Amici delle Fondazioni, non sono abituato a fare discorsi, posso solo dirvi grazie! Siamo

giunti sul vostro pianeta, un sogno per noi terrestri, siamo qui insieme ai voi, nostri fratelli!"
In seguito i terrestri scoprirono che le strutture delle Fondazioni erano quasi tutte scavate in profondità nel suolo marziano. Si trovarono in una vera e propria città sottoterra dove vennero alloggiati. Avevano a disposizione una guida e automobili con piccoli motori atomici! Inoltre venne dato loro un mezzo di comunicazione per contattare l'Enterprise e il permesso di far scendere gli uomini in franchigia. Clint stabilì dei turni in modo che tutti potessero scendere sul suolo di Marte. Vennero anche organizzate escursioni per visitare almeno i dintorni del pianeta. Ebbero una settimana di riposo dopo di che Clint fu invitato ad un incontro con John e altri responsabili delle Fondazioni. I terrestri erano oggetto di molta curiosità, spesso la gente li fermava per parlare con loro, furono anche intervistati e il loro contributo venne visionato ovunque su Marte. Infine Clint e i suoi collaboratori vennero accompagnati in una sala ovale posta molto al di sotto della superficie dove incontrarono nuovamente John e altri. Vi era un tavolo anch'esso ovale pieno di cibarie di vario tipo, alcoolici, vini e quant'altro!
Un modo estemporaneo per quello che poteva ben definirsi un incontro storico!
John iniziò dicendo: "Cari amici, io sono discendente degli artefici delle Fondazioni, siamo felici di avervi qui oggi, speriamo che vogliate farci visita spesso, sarete sempre accolti con grande piacere!"
Clint rispose: "Vi ringraziamo, ci avete accolto magnificamente, non lo dimenticheremo mai! Ho una curiosità, spero di non essere indiscreto, ma cosa ne è stato di Wender? Sulla Terra non se ne sa nulla e spesso vengono fatte mille supposizioni."
"Non lo sappiamo neppure noi!" Rispose John. "Siamo solo a conoscenza che Wender diede disposizioni ad una nostra sezione posta sugli asteroidi, ma non sappiamo quali fossero e le persone che vi hanno lavorato avevano ordine di non dare informazioni, obbedirono alla lettera e non ci informarono mai di nulla!"
Clint continuò: "E' nostra intenzione stabilire, con il tempo, una nostra base su Marte. Abbiamo già fatto una richiesta analoga ai vostri rappresentanti sulla Luna dove abbiamo individuato un sito apposito, volete suggerirci dove possiamo stabilirci su Marte senza creare intoppi o problemi?"
John restò un momento in silenzio poi, gelando gli astanti, dichiarò senza mezzi termini:
"Marte è nostro! Tutto il pianeta! Qui non potete stabilire nessuna base! Tuttalpiù potete avere un ambasciatore che rappresenti tutta la Terra, uno solo per tutti! Se lo desiderate vi metteremo a disposizione uno stabile all'interno di una delle nostre città! Dimenticate Marte! Avete gli asteroidi e un intero Sistema Solare, nessuna obiezione se stabilirete una base sulla Luna, ma su Marte è escluso!"
Clint tacque a lungo, pensò alla possibilità di insistere ma le parole decise e la fredda dichiarazione di John lo sconsigliarono.
In seguito individuarono lo stabile dove avrebbe potuto insediarsi un ambasciatore che rappresentasse tutti i sette governi terrestri. In accordo con i responsabili delle Fondazioni furono lasciati dieci uomini volontari ad occupare lo stabile e preparare il futuro arrivo dell'ambasciatore. Restarono un intero mese poi ripartirono salutati con tutti gli onori.
Otto mesi per tornare a casa, infatti nel frattempo l'orbita di Marte si era allontanata dalla Terra. Le notizie riportate non piacquero molto ai sette governi, comunque fu eletto un ambasciatore unico che sei mesi dopo partì alla volta del lontano pianeta.
Non partì con l'Enterprise, infatti tutti i sette governi avevano posto in orbita numerose navi interplanetarie. Partì con la nave "Fiore" della Confederazione Asiatica. Altre navi si apprestarono a portare i mezzi necessari per assemblare la prima base terrestre sulla Luna. Si era cominciato a pensare alle Fondazioni come ai "marziani", loro erano i "terrestri"!
La base lunare era enorme, vi erano rappresentate tutte le sette Nazioni e conteneva non uno ma ben dodici spazioporti.
Occorsero sei anni per ultimarla, dopodiché si riprese l'esplorazione dello spazio con l'intento di creare nuove basi umane nel sistema solare!
Clint, a suo tempo, aveva relazionato anche sulle efficientissime e pulitissime automobili marziane dotate di piccoli motori nucleari!
Forse incitato da questa relazione fu il Nuovo Brasile il primo a fornirsi di generatori atomici. In

seguito tutte le altre Nazioni lo imitarono e gli Stati Uniti d'Europa iniziarono la costruzione di navi, automobili ed aerei dotati di motori a propulsione atomica!

Questi mezzi erano ancora pochi, la maggior parte delle automobili, degli aerei e delle grandi navi, continuavano ad essere alimentati con carburanti forniti dalle grandi multinazionali, ma era chiaro che qualcosa stava cambiando e che la loro egemonia energetica, col tempo, era destinata ad avere un importante ridimensionamento.

L'iniziativa del Nuovo Brasile e degli Stati Uniti d'Europa fece si che le Fondazioni improvvisamente reagissero.

Tutto iniziò attraverso la loro Sede in Svizzera, furono aperte piccole società un po ovunque e uomini delle Fondazioni entrarono, come consiglieri, in tutti i sette governi della Terra.

Furono ben accolti poiché portavano migliaia di nuove innovazioni, scoperte, invenzioni, prodotti e progetti industriali che avrebbero migliorato la vita dell'umanità intera. Tutto questo veniva consegnato solo ai governi e ad alcune piccole fabbriche, sarebbe stata poi loro cura sfruttarle al meglio.

In cambio le Fondazioni, come sempre, richiedevano un pagamento: denaro ma anche permessi per fondare piccole società ovunque che avrebbero costituito proprio con il denaro pagato dagli stessi governi.

Si stava creando lentamente una rete capillare delle Fondazioni su tutta la Terra!

Nel frattempo tutte le Nazioni seguirono la strada aperta dal Nuovo Brasile e dagli Stati Uniti d'Europa dotandosi di generatori atomici che, dopo dieci anni, li liberarono da qualsiasi fabbisogno energetico.

La conquista dello spazio continuava. L'interdizione che bloccava la costruzione di basi su Marte non piaceva ai governi terrestri, tanto più che erano costretti ad espandersi verso lo spazio esterno rispetto al sole. Infatti Venere e Mercurio erano inavvicinabili!

Ma decisero di bypassare Marte e furono costruite basi umane su diversi asteroidi. Anche le Fondazioni erano nella fascia degli asteroidi che transitavano fra l'orbita di Marte e quella del grande Giove, ma la fascia era enorme e c'era spazio per tutti.

Molti satelliti di Giove erano stati occupati dalle Fondazioni che non gradivano altre presenze, ma Giove aveva ben 67 satelliti e la Terra non avrebbe avuto alcuna difficoltà a colonizzarne alcuni. Le navi terrestri avevano posto un'importante base su Mathilde, uno dei più grandi asteroidi, trasformandolo in una vera e propria stazione spaziale con numerose navette e tre grandi navi interplanetarie.

Nel 2.489 due di queste navi: la "Sole nero", della Confederazione Asiatica, comandata da Lee Yang, una giovane e rampante cosmonauta e la Camerco, della Confederazione Africana, comandata da Mylene Meepà partirono in direzione di Giove con l'intenzione di mettere base sul suo satellite Amaltea. Nel sistema solare Amaltea era l'oggetto caratterizzato dalla colorazione rossa più intensa, addirittura più evidente rispetto a Marte, dovuta all'abbondanza di zolfo proveniente dal vicino satellite di Giove Io e ad altre sostanze non ghiacciate. Aveva un diametro di circa 200 km, la sua superficie appariva pesantemente craterizzata; risultavano particolarmente evidenti i crateri Pan, ampio circa 100 km e profondo almeno 8 km, e Gea, il cui diametro era pari ad 80 km e la cui profondità era all'incirca doppia rispetto a quella di Pan ed era il luogo che venne prescelto per costruire la grande base terrestre. Le dimensioni di questi crateri erano molto grandi se raffrontate con quelle dell'intero satellite.

Altre formazioni geologiche di rilievo erano Lyctos Facula e Ida Facula, che si innalzavano fino a 20 km rispetto alla superficie circostante.

Le due navi erano gigantesche, lunghe quasi 400 metri l'una, contenevano ogni cosa necessaria per stabilire una base permanente. Complessivamente trasportavano circa mille fra uomini e donne dei quali trecento erano destinati a restare su Amaltea.

Dovevano attraversare la fascia di asteroidi e quindi puntare sul satellite. Avevano molte informazioni sulla rotta da seguire e sulle caratteristiche dello spazio in quell'area. Informazioni prese da osservazioni dirette e fornite dalle Fondazioni, ma per loro era comunque un'avventura che le avrebbe portate verso l'esterno, verso il gigante del sistema solare: Giove!

6

La Camerco e la "Sole nero" lasciarono Mathilde e si inoltrarono nella fascia, viaggiavano lentamente e appaiate in quello che era per loro uno spazio sconosciuto e irto di pericoli. Si trovarono presto circondate da una fitta polvere che colpiva gli scafi che però erano pesantemente schermati. Più pericolose le meteoriti che viaggiando a velocità fantastiche potevano danneggiare le navi, gli asteroidi erano il maggior pericolo, ma venivano facilmente avvistati anche a causa della loro grandezza. Tutto sembrava procedere per il meglio quando Mylene Meepà, comandante della Camerco, ricevette una comunicazione dalla "Sole Nero":

"Comandante, siamo stati colpiti da un grosso meteorite, rileviamo danni ingenti presso l'apparato motore, dobbiamo fermarci!"

"Non riuscite a procedere fino ad uscire dalla fascia? Fermarsi qui è pericoloso!" Rispose Mylene.

"I motori non rispondono, non abbiamo alternative, occorre fermarsi e procedere alle riparazioni, voi potete proseguire, ci incontreremo fuori dalla fascia."

"No!" Trasmise la Comandante Mylene. "Proseguiremo insieme, ci fermiamo anche noi e controlleremo continuamente lo spazio, inoltre invieremo anche nostri tecnici per accelerare le riparazioni!"

Uscire all'esterno in quelle condizioni era estremamente pericoloso, si poteva essere colpiti da piccole meteoriti e le polveri potevano danneggiare le tute. Le comandanti presero accordi precisi. Sarebbero usciti dieci tecnici da entrambe le navi e cinque altri astronauti col compito di verificare che non accadessero incidenti.

Nonostante la loro prudenza un tecnico della "Sole Nero" trasmise con voce concitata:

"Sono colpito, maledizione, sto perdendo aria!" Fu subito soccorso ma riuscirono a portare all'interno della nave solo un cadavere!

Le riparazioni continuarono ugualmente e le navi poterono ripartire.

Gli astronauti avevano preso molte delle antiche tradizioni marinaresche. Dopo qualche ora si fermarono nuovamente. La Comandante della Camerco trasbordò nella Sole Nero. In un grande salone della nave si stava onorando il tecnico deceduto alla presenza di buona parte dell'equipaggio e delle due Comandanti. Un picchetto d'onore stava sull'attenti. Lee Yang, Comandante della Sole Nero, esordì: "Onore a Frei Mong, nostro amico e prezioso collaboratore morto per fare il proprio dovere, morto per aprire la strada dello spazio interplanetario alla Confederazione Asiatica, alla Terra intera! Tanti lo hanno preceduto, tanti hanno donato le loro vite per raggiungere un obiettivo esaltante, meraviglioso, per dare alla Terra onore e gloria!"

Dal picchetto d'onore si levò un forte fischio e la bara che conteneva il povero tecnico fu liberata nello spazio!

Finalmente le due navi uscirono dalla fascia, ora potevano puntare in piena velocità verso Giove! Sarebbe occorso ancora un anno e mezzo prima di giungere nei pressi di quel gigante!

Il viaggio proseguiva monotono e senza intoppi e finalmente:

"Comandante, Giove in vista! Davanti a noi" Fu comunicato a Mylene, la Camerco aveva preceduto la Sole Nero avvistando ad occhio nudo il pianeta!

Si accostarono con prudenza, Giove era un vero gigante ed aveva una forza di attrazione formidabile, inoltre era circondato da quattro anelli di ghiaccio, polveri e meteoriti, occorreva starne lontano! Ricercarono la loro meta Amaltea e presto la trovarono.

Le due comandanti diedero ordine a due navette di sorvolare il satellite e ricercare la zona migliore per costruire la base umana.

Presto ritornarono, si instaurò una conversazione via radio fra Mylene e Lee e si decise su quale sito procedere.

Occorse un altro anno per rendere efficiente la base, venne installato un grande generatore nucleare, dopo di che le grandi navi ripartirono per tornare su Mathilde.

Durante il viaggio di ritorno contattarono la base situata sull'asteroide. Là era rimasta una terza nave appartenente all'India. Portava un equipaggio ridotto al minimo indispensabile e cento tecnici che avrebbero sostituito un uguale numero fra coloro che erano rimasti sul satellite, iniziando una rotazione che avrebbe permesso a coloro che vivevano nella base gioviana di sostenerne meglio l'onere. Non tutti sarebbero stati sostituiti, molti decisero di trasferirsi definitivamente su Amaltea! Inoltre la nave caricava ogni sorta di materiali, cibo, acqua, scorte di ossigeno e quant'altro potesse servire al personale installato sulla nuova base umana.

La Terra poteva ben dire che dopo aver subito il più grande disastro che il pianeta ricordi, si era rialzata, era rifiorita ed ora, partendo dal nulla, era arrivata a conquistare lo spazio interplanetario! I governi terrestri, forti delle numerose innovazioni fornite dalle Fondazioni, iniziarono in proprio la produzione di automobili, navi ed aerei a propulsione atomica! Infatti erano entusiasti del successo dei motori a propulsione nucleare inseriti nelle navette e nelle grandi navi interplanetarie. Già nel 2.501 erano nate navi interplanetarie da crociera che viaggiavano in direzione della Luna, di Marte, dove le Fondazioni permettevano e anzi favorivano il turismo, gli asteroidi e Amaltea! Queste crociere venivano proposte a prezzi abbordabili, ma nacque anche un altro fenomeno: l'industria e lo sfruttamento dello spazio! La fascia di asteroidi era una preziosa ed invitante miniera, i governi terrestri ne favorirono lo sfruttamento ed erano molti i lavoratori che si recarono là. Anche sui satelliti di Giove si iniziò un proficuo sfruttamento, vi era di tutto, metalli, minerali, gas! Molti studiosi approfittarono delle navi da crociera per approfondire le conoscenze sullo spazio interplanetario. Era nata una fiorente industria dello spazio!

Nella zona fra la fascia e i satelliti di Giove sorsero fabbriche e industrie che, sfruttando le risorse locali, cominciarono a costruire ed assemblare piccole navette atte ad avere un equipaggio di quattro, cinque persone che venivano perlopiù utilizzate da ricercatori, minatori che lavoravano in proprio, scienziati, società sorte nella fascia e avventurieri!

Questi piccoli mezzi spaziali venivano più che altro affittati ma a volte anche venduti. Non mancavano richieste specifiche per avere navette personalizzate. Erano nate le automobili dello spazio! Presto si cominciò a costruire navette più grandi, come quelle utilizzate dalle navi interplanetarie ed anche queste ultime finirono per essere messe in cantiere dalle società sorte nella fascia, facilitando così la cantieristica spaziale che non doveva più essere privilegio della Terra. Soprattutto nell'area dei satelliti gioviani si fu in grado di assemblare motori e generatori atomici che venivano forniti ai vari cantieri e alle nuove basi terrestri che sorgevano un po ovunque.

Presto fu necessario costruire piccole e grandi navi cargo, indispensabili per trasportare i minerali scavati dai minatori, il gas e l'acqua trovati sui satelliti di Giove, nonché materiali, cibo e tutto quello che serviva per la vita nello spazio!

Sui satelliti gioviani sorsero vere e proprie serre dove si coltivava, si allevavano animali e vennero inserite grandi vasche per la coltura di alghe utili a fornire ossigeno.

Sull'esempio delle Fondazioni, i governi terrestri stavano imparando a rendere autonome le basi, le società e le colonie che si erano stabilite nello spazio.

La base lunare era diventato un importante spazioporto, dalla quale si partiva verso l'esterno del sistema solare. Vi erano alberghi, supermarket, stanze per coloro che vivevano stabilmente sulla Luna e una piccola ma efficiente sede delle Fondazioni che, nonostante avessero sul satellite una loro grande base, chiesero e ottennero un piccolo spazio anche nell'area dei terrestri.

Anno 2.519, Sachmo e Anastasia stavano esplorando un'area poco frequentata della fascia.

Sachmo era un ragazzo di colore di 26 anni originario del centro America, alto, muscoloso e con un carattere decisamente molto accomodante. Anastasia era alta quasi come il suo compagno, anche lei ben piazzata e molto energica, aveva un carattere per nulla accomodante, al contrario di Sachmo! Era originaria della Kamchatka, all'estremo nord-est della Federazione Russa. Si erano conosciuti su Mathilde e avevano progettato di unire le loro forze per affittare una piccola navetta atta a esplorare la fascia di asteroidi. Con un po di fortuna speravano di trovare qualche interessante giacimento minerario facile da scavare per il quale richiedere una concessione.

Attraversare la fascia, soprattutto in una zona poco conosciuta, era molto pericoloso, vi erano agglomerati di polveri che conveniva aggirare, piccole meteoriti che potevano causare danni anche molto gravi e gli asteroidi! Anastasia era un provetto pilota e procedeva con molta prudenza ma anche con decisione. Nel contempo Sachmo, quando si approssimavano ad un asteroide, usava spettrometri e apparecchiature sofisticate che avevano acquistato utilizzando buona parte dei loro risparmi, con lo scopo di valutare la consistenza mineraria del luogo.

Esploravano la zona già da un mese senza ottenere un valido successo, le loro scorte stavano rapidamente esaurendosi, erano piuttosto esasperati!

"Sachmo!" Esordì Anastasia. "Non possiamo continuare così, fra poco saremo costretti a rientrare su Mathilde senza aver ottenuto niente!"

"Continuiamo fino all'ultimo Anastasia!" Rispose Sachmo. "Non possiamo tornare a mani vuote, saremmo rovinati e non ci resterebbe altro da fare che farci assumere come minatori da qualche Società!"

"Vero!" Disse Anastasia. "Non dobbiamo fallire, voglio entrare nelle nubi di polvere, là nessuno è mai andato! E' l'unica possibilità che ci resta!"

"Sei matta? Se roviniamo la navetta rischiamo grosso!"

"Dobbiamo farlo Sachmo! Coraggio! Mettiamoci le tute e leghiamoci ai seggiolini, proprio davanti a noi c'è una nube, voglio entrarci!"

Si accostò con molta prudenza alla nube, la visibilità esterna era molto ridotta, dovevano usare le strumentazioni per proseguire. Sachmo monitorava lo spazio alla ricerca di un asteroide, ma non trovarono niente!

Uscirono dalla nube con qualche difficoltà, i motori andavano a singhiozzo. Anastasia si fermò.

"Sachmo, occorre liberare i motori, evidentemente la polvere deve essere penetrata, dobbiamo eliminarla!"

Sachmo, già pronto con la tuta che per prudenza avevano indossato in precedenza, prese vari attrezzi e si collegò alle spalle un piccolo motore che poteva permettergli di muoversi liberamente nello spazio; quindi entrò nella camera stagna e uscì all'esterno. Anche Anastasia entrò nella camera stagna, tenendosi in costante comunicazione con il compagno pronta ad intervenire in caso di necessità.

Sachmo lavorò alacremente e a lungo, infine i motori vennero liberati, stava per rientrare quando urlò dal dolore: "Anastasia! Mi ha colpito alla caviglia un piccolo meteorite. Perdo sangue e pressione, cavolo fa un male d'inferno!"

"Resisti Sachmo arrivo!" Anastasia uscì in fretta e aiutò il compagno a rientrare. Solo una cosa aveva salvato Sachmo: il sangue! Uscendo copiosamente dalla ferita aveva parzialmente bloccato lo strappo della tuta. Il meteorite che l'aveva colpito doveva essere veramente molto piccolo ma aveva trapassato la caviglia da parte a parte, peggio di un proiettile, ma la fuoruscita di sangue era stata sufficiente a salvarlo!

Anastasia si prodigò subito a curare il compagno. Innanzitutto gli diede un antidolorifico, infatti Sachmo continuava a urlare dal dolore. Si calmò! La ferita aveva reciso un tendine ma aveva risparmiato l'osso, Anastasia lo curò come poteva fermando il sangue, ma sarebbe stato necessario tornare su Mathilde per fornire cure adeguate, sicuramente non poteva camminare ma in assenza di peso la cosa non era molto grave!

"Cosa facciamo? Torniamo? Fra l'altro le nostre scorte sono appena sufficienti per il rientro! Cosa facciamo Sachmo?" Chiese la sua compagna evidentemente rassegnata alla sconfitta!

Ma fu Sachmo a darle forza!

"Non ancora! Ho dato il mio sangue per questa spedizione, proviamo ancora! Vi è un'altra nube di polveri lontana da noi, la puoi vedere sugli schermi a poppa della nave. Proviamo ancora là, se non troviamo niente rientreremo!"

"Ma le scorte non basteranno!" Obiettò Anastasia!

"Pazienza, vorrà dire che rientreremo un po' magri!" Fu la laconica risposta.

Anastasia puntò sulla seconda nube, era più piccola rispetto a quella che avevano già esplorato. Vi entrò con molta circospezione e iniziarono l'esplorazione.

Questa volta furono fortunati!

"Anastasia, fermati davanti a quell'asteroide, ho delle strane rilevazioni!"

Si accostarono all'asteroide, era piccolo, non più di due chilometri di diametro, quasi completamente circolare, come una piccolissima luna.

Le rilevazioni di Sachmo apparivano assurde, allora decise: "Atterriamo sull'asteroide, vedi là c'è

uno spiazzo, è piccolo e circondato da crateri ma sufficiente per la nostra navetta!"
L'atterraggio non era affatto facile, la navetta, anche se non era molto grande, stava appena appena in quell'area che era circondata da piccoli ma pericolosi crateri. Anastasia riuscì a superare se stessa e alla fine atterrarono!
Uscirono all'esterno, Sachmo, grazie alla gravità praticamente nulla, non ebbe difficoltà e comunque la sua compagna pensava a portare tutte le apparecchiature necessarie. Non era sufficiente un monitoraggio esterno, Sachmo voleva effettuare uno scavo per acquisire una "carota" dalle profondità dell'asteroide.
Aiutato da Anastasia riuscì ad avere quel prezioso campione. Rientrarono nella navetta dove Sachmo lo analizzò con attenzione: metalli molto pesanti, uranio allo stato puro, anzi più pesante e produttivo dell'uranio terrestre e tutto il nucleo del piccolo asteroide era composto allo stesso modo! I due gridarono, cantarono, ballarono! Con il loro campione rientrarono smagriti e macilenti su Mathilde. Ottennero la loro concessione, ce l'avevano fatta!
Come loro tanti cercavano fortuna nello spazio, pochi riuscivano, ma la ricerca continuava!
L'atomo ormai veniva utilizzato ovunque, quasi tutte le imbarcazioni avevano motori spinti dal nucleare. Anche molti aerei vennero forniti dei nuovi motori mentre le automobili dotate di piccoli generatori atomici erano ancora relativamente poche. I motivi erano molteplici: innanzitutto cambiare automobile aveva dei costi che pochi potevano permettersi, certo che quei costi col tempo venivano ammortizzati non avendo spese per acquistare il carburante e inoltre quei piccoli motori non avevano alcuna necessità di subire revisioni e non subivano rotture, però il costo iniziale frenava i possibili acquirenti. La gente spesso si chiedeva: cosa sarebbe accaduto in caso di incidente? Tutti i motori, anche quelli delle navi interplanetarie, avevano al loro interno un sistema di sicurezza formidabile che, nel caso di un grave impatto, automaticamente spegneva la reazione atomica in meno di un secondo. Questo sistema aumentava i costi e quindi le difficoltà da parte della gente comune di acquistare le nuove automobili, inoltre pochi si fidavano di questo sistema di sicurezza, le Multinazionali, interessate a continuare ad avere una certa egemonia nel campo energetico, fomentavano questi dubbi sventagliando lo spettro delle radiazioni che in passato avevano causato troppe morti!
Ma le sette Nazioni nel 2.530 decisero di comune accordo di favorire la sostituzione delle vecchie automobili a benzina o gasolio con le nuove fornite di piccoli motori atomici. Addirittura imposero a tutti i trasportatori di rottamare i vecchi camion per sostituirli con quelli nuovi. L'85% dei costi venivano sopportati dai vari governi!
Anche nel caso delle piccole automobili si operò in modo analogo e i governi anticipavano i relativi costi, però in quel caso era un prestito senza interessi che i cittadini dovevano rendere con basse rateazioni mensili.
La ragione per effettuare questi interventi non era solo inerente ad avere mezzi più sicuri ed efficienti, ma anche per evitare quell'inquinamento che in passato aveva creato non pochi problemi ed all'insistenza delle Fondazioni.
Nonostante questo le Multinazionali continuavano a mantenere importanti zone del mercato controllando ancora una parte del fabbisogno energetico.
Riscaldamento ed elettricità venivano forniti per il 70% da generatori atomici, ma le Multinazionali mantenevano ancora un buon 30%, inoltre continuavano una campagna discriminatoria nel confronti dell'atomo!
Si ricostruirono le ferrovie! Tutti i treni erano spinti dal nucleare. Fu un lungo lavoro e le linee ferroviarie non avevano più quella distribuzione capillare di un tempo, ma avevano comunque una straordinaria efficienza e vennero usate sia per il trasporto di passeggeri che di merci.
Nel 2.547 la rete ferroviaria era praticamente completata. L'umanità era soddisfatta e stava ormai dimenticando quel terribile passato che i loro avi avevano affrontato.
Le sette Nazioni tornarono alla democrazia e dopo tanti secoli furono indette le elezioni per nominare i nuovi governanti.
Non più guerre. Non più incomprensioni, almeno così si pensava!

Marte

(2.033-2.232)

1

Tutto cominciò nel 2.033! Wender, che aveva costituito le due Fondazioni, comprese che i governi di allora erano troppo impegnati in beghe interne ed esterne e non avrebbero fatto in tempo a fermare "MX15"; inoltre l'opinione pubblica, nonostante fosse stata avvertita del terribile pericolo che correva la Terra, appariva inerte.

Le Fondazioni non erano in grado di operare in tempo per bombardare l'asteroide e deviarlo, allora Wender cambiò programma! Tutte le loro risorse dovevano essere utilizzate per un solo scopo: trasferirsi su Marte prima che arrivi "MX15" e colonizzare il pianeta!

Un'idea pazzesca per quel tempo, ma perfettamente in linea con i loro progetti che tendevano a conquistare lo spazio interplanetario e poi... le stelle!

Inizialmente Wender chiese l'appoggio della NASA in America, l'Ente Spaziale Europeo, la Città delle Stelle della Russia e l'Ente dello Spazio Cinese coinvolgendo tutti questi enti nel suo progetto. Ebbe anche la collaborazione dell'India, ma presto quest'ultima rinunciò.

Furono inviati in orbita attorno alla Terra i primi moduli, inizialmente senza equipaggio umano ma, in seguito, la presenza dell'uomo divenne indispensabile per assemblare piccole navette e migliaia di moduli satellitari che partivano continuamente da Cape Kennedy, Baikonur, le zone centrali della Cina e la Guyana francese. Wender stava costruendo qualcosa di immenso che doveva servire a colonizzare Marte!

Era uno sforzo gigantesco e molti pensarono che fosse inutile: impossibile stabilirsi su Marte! Ma Wender la pensava diversamente. Diede l'incarico di costruire i vettori che sarebbero dovuti arrivare sul pianeta rosso alla Fondazione Beta, il cui scopo era la conquista dello spazio e delle stelle! Dovevano quindi inviare su Marte i moduli e le navi interplanetarie che stavano già iniziando ad assemblare nell'orbita terrestre e fornire la futura colonia di efficienti e sicuri generatori atomici.

La Fondazione Alfa, il cui scopo era allungare la vita umana fino a sconfiggere, se possibile, la vecchiaia e la morte, doveva invece occuparsi del sostentamento dei futuri coloni che avrebbero dovuto essere completamente autosufficienti; inoltre occorreva che immagazzinassero embrioni di tutte le specie animali e vegetali della Terra, un lavoro immane! In seconda istanza la Fondazione Alfa avrebbe dovuto studiare le malattie che affliggevano l'umanità fino ad eliminarle!

Wender e i suoi più stretti collaboratori sovraintendevano a quell'immane progetto!

Era qualcosa di straordinario di cui, in un primo tempo, si parlava pochissimo. Le Fondazioni non avevano un particolare interesse a far conoscere i loro programmi e la loro attività. Niente di segreto, ma neppure pubblicità non richiesta!

Tutto doveva essere fatto velocemente ma anche professionalmente. Coloro che lavoravano in orbita erano tutti uomini delle Fondazioni. Un lavoro pericoloso e non mancarono incidenti anche gravi!

Hans Ordenmaster partì insieme ad altri cinque astronauti da Baikonur. Avevano con loro molte attrezzature utili nello spazio e l'incarico di assemblare parti di un cargo che doveva partire di lì a poco per Marte.

Il loro vettore arrivò presto nei pressi del cargo spaziale. Hans e quattro suoi compagni uscirono nello spazio e iniziarono il lavoro di assemblaggio. Tutto procedeva normalmente quando un attrezzo sfuggì dalle mani del povero Hans. Quest'ultimo cercò di recuperarlo ma nel farlo la sua tuta si impigliò ad una sporgenza del cargo. Hans istintivamente tirò e ruppe la tuta. Morì in pochi secondi!

Fu il primo martire per la conquista di un altro lontano pianeta, ma, purtroppo, non fu l'ultimo! Il lavoro procedeva su diversi fronti, da un lato si cominciavano a costruire ed assemblare venti giganatesche navi interplanetarie, dall'altro si costruivano moduli "cargo"!

Nel 2.035 partirono 200 navi senza equipaggio e completamente automatizzate, più che altro grossi contenitori, i cosiddetti "cargo", destinazione Marte! A quel tempo occorreva circa un anno per arrivare sul pianeta rosso, ogni sei mesi per ben dieci anni ne partirono altrettanti! Contenevano vere e proprie centrali nucleari, moduli abitativi, laboratori, cibo, embrioni di animali e di piante, serre, alghe per la produzione di ossigeno, mezzi di locomozione, escavatori, trivelle, cisterne d'acqua, strumenti ed ogni cosa potesse essere utile ai coloni.

Dei primi "cargo" ne arrivarono 198, uno si disperse nello spazio e un altro si era disintegrato durante l'atterraggio, ma questa prima esperienza insegnò molto agli uomini della Fondazione Beta, al punto che su un totale di ben 4.000 spedizioni, solo altre tre andarono perdute!

Il progetto era molto complesso, tanti piloti ed eroi morirono in incidenti di varia natura, ma Wender era inflessibile, non si fermarono mai!

Nel 2038 partì una piccola nave con tre uomini e tre donne a bordo: Anna Messinger, Herika Slamer, Fiona Berlinguer, Adriano Sisto, Ennio Gonzales e il comandante Walter Salazar!

L'emozione era forte, partivano per una destinazione sconosciuta per non più tornare, abbandonavano la Terra per sempre!

Il viaggio era lungo ma la nave era stata dotata di tutti i comfort possibili, sia pure in un ambiente molto ristretto. Dai loro schermi si vedeva il pianeta madre allontanarsi, bellissimo, bianco-azzurro. Diventava sempre più piccolo... Davanti a loro li aspettava il pianeta rosso! La loro destinazione era una vasta area posta a sud dell'equatore, sarebbero arrivati durante la lunga primavera marziana, non sarebbe stato troppo freddo!

Marte era un pianeta desertico, assolutamente arido, con un'atmosfera irrespirabile, grande circa la metà della Terra e con una massa decisamente inferiore, il peso di un uomo era circa un terzo rispetto alla Terra. Il suo anno era lungo quasi il doppio rispetto a quello terrestre e vi erano stagioni come quelle terrestri ma anch'esse lunghe il doppio a causa dell'inclinazione del suo asse. Il giorno e la notte, invece, avevano praticamente la stessa durata che si riscontrava sulla Terra.

L'acqua non mancava, anzi! Ne aveva moltissima, sia pure allo stato ghiacciato. Le Fondazioni avevano un programma per sciogliere e canalizzare l'acqua proveniente dai poli e dal permafrost, per il momento gli uomini su Marte avrebbero dovuto utilizzare le riserve d'acqua inviate con i "cargo", ma appena possibile gli astronauti potevano già lavorare per canalizzare l'acqua che stazionava in ghiacciai sotterranei nei pressi dell'area dove sarebbero atterrati.

Fiona stava scandagliando lo spazio quando: "Walter!" Gridò. "Marte in vista!"

Il comandante corse subito al monitor di Fiona poi chiamò i compagni dicendo:

"Ragazzi ci siamo! Eccolo là, un occhio rosso che ci guarda, stiamo arrivando! Ennio riduci subito la velocità! Dobbiamo avvicinarci con attenzione e metterci in orbita per trovare il punto di atterraggio. Anna verifica le coordinate!"

Un anno di ozio in assenza di peso aveva rallentato parecchio la reattività degli astronauti, ma... quell'occhio rosso fece miracoli! Subito agirono, aiutati da mesi di addestramento, e si prepararono all'avvicinamento al pianeta.

Marte ingrandiva rapidamente, ormai era sotto di loro, una nuova casa! Ennio portò la nave in un'orbita stazionaria, Fiona esplorava il pianeta, Herika monitorava lo spazio circostante, ad un certo punto chiamò i suoi compagni:

"Guardate! Phobos sulla destra!"

Phobos e Deimos erano i due piccoli satelliti di Marte. Nel loro avvicinamento avevano lasciato alle spalle il piccolo Deimos, ma Phobos appariva ben visibile. Vi erano anche alcuni asteroidi catturati dal sistema gravitazionale del pianeta, e tre satelliti artificiali funzionanti, inviati anni prima dalla NASA, che orbitavano attorno a Marte: il Mars Odyssey, il Mars Express e il Mars Reconnaissance Orbiter, per cui occorreva molta attenzione da parte di Herika per evitarli. I sei astronauti erano eccitati, tutto era nuovo e meraviglioso! Anna aiutò Ennio a portare la nave sulle giuste coordinate, infine Adriano indicò il punto di atterraggio.

Anche da quell'altezza si notavano le navi "cargo" atterrate in quella zona. Loro avrebbero dovuto scendere proprio vicino a quelle navi che li avevano preceduti. Altre navi "cargo" sarebbero arrivate ma era previsto che atterrassero ben lontane da quel punto.

Ennio e Walter, il comandante, iniziarono la difficile manovra di avvicinamento, poi puntarono sul pianeta! Accesero i retrorazzi e... furono su Marte!

Fu il comandante Walter Salazar il primo a scendere sul suolo di Marte, seguito da tutti gli altri! Nelle navi "cargo" avrebbero trovato tutto quanto necessario per la loro vita, moduli abitativi, ossigeno, piccoli generatori d'energia, macchinari, cibo, acqua, vestiti e quant'altro. Il loro primo compito era evidentemente quello di sistemarsi nelle nuove case portate dalle navi automatiche. Poi avrebbero dovuto effettuare una breve esplorazione dei dintorni e, in seguito, dovevano preparare il terreno per accogliere altre 200 navi "cargo" partite dopo di loro il cui arrivo era previsto entro due mesi e degli altri sei astronauti, già partiti dalla Terra, che sarebbero giunti da lì a sei mesi. Espletate queste mansioni più urgenti, dovevano sistemare in luogo adatto una vera e propria piccola centrale nucleare che avrebbe fornito tutta l'energia necessaria. Altre centrali sarebbero arrivate in seguito, le Fondazioni volevano avere una quantità enorme di energia! Infine dovevano iniziare a sistemare le serre che, una volta divenute operative, avrebbero rifornito con colture di alghe per ottenere ossigeno, nonché piante e animali che avrebbero trovato a livello embrionale nelle navi "cargo". Si prevedeva che questo ultimo impegno sarebbe stato completato grazie all'aiuto degli altri astronauti che erano in viaggio.

Si apprestavano quindi ad iniziare il loro lavoro ma trovarono subito una difficoltà! La sabbia aveva parzialmente coperto buona parte delle navi "cargo", evidentemente vi era stata una tempesta! Erano fenomeni periodici ma particolarmente violenti. Le tempeste di sabbia potevano estendersi su una piccola zona così come sull'intero pianeta. Solitamente si verificavano quando Marte si trovava prossimo al Sole e aumentavano la temperatura atmosferica del pianeta per una sorta di effetto serra. In effetti faceva relativamente caldo, la temperatura si aggirava intorno ai 18 gradi, molto per Marte. Si poteva prevedere che sarebbe aumentata ancora. Le temperature variavano dai -140 gradi degli inverni polari a 20 gradi dell'estate equatoriale. La forte escursione termica era dovuta anche al fatto che Marte aveva un'atmosfera sottile (e quindi una bassa pressione atmosferica) e una bassa capacità di trattenere il calore del suolo. Una differenza interessante rispetto al clima terrestre era dovuta alla sua orbita molto eccentrica. Infatti Marte era prossimo al periastro quando era estate nell'emisfero meridionale (e inverno in quello settentrionale) e vicino all'afastro nella situazione opposta. In conseguenza c'era un clima con una maggiore escursione termica nell'emisfero sud rispetto a quello nord che era costantemente più freddo. Le temperature estive dell'emisfero meridionale potevano essere fino a 30 gradi più calde di quelle di un'equivalente estate in quello nord. Per questa ragione, nonostante il terreno dell'emisfero sud fosse più accidentato a causa dei numerosi crateri da impatto che vi si trovavano, le Fondazioni avevano privilegiato quelle zone per iniziare a stabilire le loro basi.

La topografia di Marte presentava una dicotomia netta tra i due emisferi: a nord dell'equatore si trovavano enormi pianure coperte da colate laviche mentre a sud la superficie era segnata da grandi altipiani e da migliaia di crateri.

Le astronavi erano atterrate nella zona cosiddetta Phoenicis Lacus, nei pressi del vulcano Arsia Mons che aveva dei ghiacciai sotto un sottile strato di rocce. Il ghiaccio poteva essere una fonte di acqua per la colonizzazione del pianeta, appena possibile gli astronauti avrebbero iniziato gli scavi per raggiungere il ghiaccio sotterraneo e, grazie ai generatori atomici di cui erano dotati, avrebbero sciolto l'acqua e l'avrebbero canalizzata.

La Fondazione Beta aveva previsto l'eventualità che una tempesta di sabbia poteva creare problemi, infatti la nave dei sei astronauti era dotata di alcuni piccoli escavatori. Si apprestarono quindi ad un duro lavoro per liberare le navi "cargo". Si chiedevano però come affrontare eventuali altre tempeste, non potevano certo passare il loro tempo a scavare la sabbia! Liberarono tutti i "cargo" in una settimana durante la quale vissero ancora all'interno della loro nave.

Ogni "cargo" portava un contrassegno attraverso il quale gli astronauti potevano conoscerne il contenuto, quindi non ebbero difficoltà a trovare i moduli abitativi. Questi moduli dovevano essere profondamente ancorati, Adriano aveva studiato la conformazione del terreno e aveva trovato una zona rocciosa all'interno di un cratere non lontano. Doveva essere stato un piccolo vulcano, non un cratere da impatto, poiché le sue pareti si alzavano sopra la superficie di Marte, poteva anche essere una barriera contro le tempeste di sabbia, anche se non sufficiente.

In un altro "cargo" trovarono semoventi, escavatori, cingolati etc.. Grazie a questi mezzi trasferirono due grandi moduli abitativi nel cratere, furono rapidamente assemblati e collegati fra di loro. Per due terzi li interrarono completamente nella roccia. Primo esempio sulle intenzioni delle Fondazioni che intendevano costruire le loro basi sopratutto in profondità, sotto il suolo di Marte. Le nuove abitazioni furono fornite di ogni cosa necessaria: aria, acqua, cibo, etc.. Sarebbero state autonome per quasi un anno terrestre, fino all'autunno di Marte!

Gli astronauti avevano già effettuato numerose escursioni nelle vicinanze, ma ora si apprestarono, grazie ai cingolati pressurizzati che avevano estratto dalle navi "cargo", ad una esplorazione più completa. Partirono con tre cingolati dotati di numerose attrezzature che potevano risultare utili. Per prima cosa esplorarono il vulcano Arsia Mons. Con le trivelle che avevano portato con loro presero una "carota" estraendola dalle profondità delle pareti esterne del cratere. Infatti pensavano di poter trovare acqua ghiacciata, e così fu! Monitorarono una vasta area del vulcano, fermandosi a scavare altre "carote". La conclusione fu che nelle viscere del vulcano vi era un enorme bacino d'acqua! Ma non finiva lì! Vi erano sette ingressi di caverne sui fianchi del vulcano. Le dimensioni di questi ingressi variavano da 100 a 252 metri in larghezza e la loro profondità era compresa tra i 70 e i 100 metri. Queste caverne potevano essere utilizzate in futuro per stoccare materiali e macchinari!

Si spostarono quindi in direzione di un altro vulcano: il Pavonis Mons. Anche là effettuarono molte trivellazioni ed arrivarono alla medesima conclusione: l'acqua non era un problema! Il tempo passava e sopraggiunse la notte marziana. Si fermarono per riposare, il cielo era perfettamente sereno e pieno di stelle, Fiona e il suo compagno Ennio, indossarono le tute e decisero di uscire per ammirarle meglio. Fiona cercava la Terra in quell'incredibile agglomerato di stelle. Poi:

"Eccola Ennio! Guarda è là! Una meravigliosa stella luminosissima, la nostra Terra!"

Ennio rispose: "Amore mio, la nostra Terra ora è questa! Hai visto i vulcani! Quante meraviglie ancora ci attendono! Questo cielo stellato possiamo vederlo solo da qui mio tesoro! Un giorno questo pianeta fiorirà, noi non lo vedremo ma... un giorno!" Tacque per qualche minuto ammirando la volta celeste, poi:

"Guarda Fiona! Là sulla destra: Phobos! Sembra una piccola patata schiacciata in mezzo! L'hai visto?"

"Si Ennio! E' piccolo e poco luminoso, molto meno della Luna, ma... è carino! E Deimos, l'altro satellite, lo vedi?"

"No, è troppo piccolo e lontano, potremmo vederlo come una stella fioca, ma penso che la luce delle altre stelle e di Phobos rendano molto difficile trovarlo ad occhio nudo."

Fiona sospirando disse: "Sai che Phobos è la maggiore delle due lune. Misura poco più di 26 km nel suo punto più largo. E' roccioso dalla forma irregolare, segnata da numerosi crateri, quello di Stickney copre quasi metà della larghezza complessiva di Phobos dandogli quella forma a patata! E' carino! La superficie del satellite riflette solo il 6% della luce solare che lo investe, per questo è così fioco. Ricorda la struttura delle meteoriti penso che le lune siano state catturate dal campo gravitazionale di Marte. L'asse più lungo dei satelliti punta sempre verso il pianeta madre mostrandogli così, come la Luna terrestre, solo una faccia! I due satelliti hanno un'orbita circolare prossima all'equatore, per questo da qui è facile vederli. Guarda bene Ennio, Phobos è due terzi più piccolo della Luna!"

"E' vero Fiona! Ma è curioso, sembra di vivere in una fiaba! Deimos è la luna più esterna, ha una forma più regolare rispetto a Phobos. E' relativamente vicina a Marte, la sua distanza media è poco più di 23.000 km. Ma è piccola, solo 15 km nella sua sezione più lunga, per questo è difficile vederla ad occhio nudo."

"E gli asteroidi che preoccupavano tanto Herika?" Chiese Fiona.

"Ah quelli!" Rispose il suo compagno. "Gravitano intorno a Marte degli asteroidi troiani. I più importanti sono sei: Eureka ed altri indicati con sigle alfanumeriche. Difficile vederli, ma con un po di pazienza è possibile!"

"Avremo tempo tesoro, ora sono stanca, andiamo a dormire, domani ci attendono altre avventure!"

2

Il giorno dopo gli astronauti puntarono verso Noctis Labyrinthus. Si trattava di un insieme di intersezioni di numerosi canyon. Qui non dovevano cercare acqua, ma piuttosto dovevano effettuare un'attenta analisi del suolo alla ricerca di eventuali metalli, certo il ferro non mancava! Ma potevano trovare anche altri utili minerali. "E' meraviglioso!" Fu il commento di Anna.

Infatti i canyon apparivano all'intersezione di mille colori! Non solo la solita colorazione rossa del pianeta, ma grigio, viola, giallo, una miriade di sfumature diverse, come un castello fiabesco! Certamente i minerali non sarebbero mancati!

I sei esploratori puntarono infine verso Zumba Crater attraversando antichissimi canali formati dalla lava. Qui trovarono grandi depressioni (chiamate fosse), causate da materiale caldo contenente ghiaccio. Le fosse erano formate dal calore del vapore che precipitò all'esterno uscendo dai gruppi di pozzi contemporaneamente. Facile per gli esploratori trovare l'acqua, ma in quantità minore rispetto ai ritrovamenti precedenti, probabilmente a causa dell'intensa evaporazione subita anticamente che doveva averne disperso la maggior parte nell'atmosfera. Decisero che quel bacino d'acqua sarebbe stato utilizzato per produrre ossigeno. Infatti in una nave "cargo" vi era un macchinario appositamente studiato per produrre ossigeno dall'acqua, altri sarebbero giunti in seguito, con tutta quell'acqua i coloni potevano diventare completamente autosufficienti!

L'esplorazione di Phoenicis Lacus era terminata, i sei astronauti rientrarono lentamente alla loro base. Avrebbero voluto continuare ma molti compiti ancora li attendevano, Marte con i suoi misteri e le sue meraviglie doveva attendere!

Il loro impegno successivo era quello di delimitare una vasta zona non lontana dalla loro base in previsione dell'arrivo delle altre navi "cargo". Già 200 sarebbero giunte da lì a poco, ma dovevano arrivarne molte altre. L'area doveva essere enorme e dotata di radiofari per segnalare alle navi automatiche le rispettive zone di atterraggio.

Si diedero da fare, usarono i loro escavatori e spianarono un'area grande come una città! Poi sistemarono migliaia (tante erano le navi "cargo" che dovevano ancora arrivare) di segnalatori, ognuno con un codice ben preciso per ogni nave, permettendo un atterraggio ben coordinato. Fecero appena in tempo!

Due mesi dopo il loro arrivo su Marte, all'alba, ruggirono ben 200 navi automatiche che giungevano trionfanti dalla Terra!

I sei astronauti uscirono a guardare il loro arrivo, era qualcosa di imponente e terrificante allo stesso tempo! Tutte atterrarono senza alcun problema e spensero i motori!

Walter, davanti a tanta potenza, commentò ammirato e stupito: "Ora ne sono certo! Marte è nostro!"

Dopo poco più di tre mesi era previsto l'arrivo di altri sei loro compagni, dovevano accoglierli come si deve! L'habitat era già pronto e fornito di ogni cosa, a differenza di loro avrebbero già trovato una casa! Occorreva solo predisporre uno spiazzo adeguato per il loro arrivo e per quelli che seguiranno. Un vero e proprio piccolo spazioporto! Grazie alle nuove navi "cargo" appena arrivate, avevano tutto il materiale occorrente. Impiegarono due mesi per rendere operativo il piccolo spazioporto, compresa una torre di controllo, radar e quant'altro poteva servire per monitorare l'area e lo spazio circostante. Prima di atterrare i sei nuovi compagni avevano due compiti molto particolari: innanzitutto dovevano mappare il pianeta seguendo diverse orbite. Avevano a bordo un telescopio molto sensibile che avrebbe fornito immagini come se si fosse ad un'altezza di soli 50 metri, inoltre con strumentazioni adeguate dovevano ricercare nel sottosuolo di Marte eventuali importanti giacimenti metalliferi e acqua ghiacciata. Questi strumenti non erano adeguati per trovare piccole riserve d'acqua o metalli, anche se non per questo meno importanti, però servivano per creare la mappatura delle riserve del pianeta. Ogni cosa sarebbe stata registrata e computerizzata. Inoltre avevano il compito di accostarsi a Phobos e assemblare sul satellite una stazione automatica collegata allo spazioporto costruito su Marte. Il suo scopo era quello di controllare ogni movimento nello spazio vicino e lontano dal pianeta, sia dei pianeti come Giove, sia delle meteoriti, sia degli asteroidi e ogni corpo spaziale in avvicinamento e individuare e facilitare la rotta e l'atterraggio delle future navi spaziali. Solo dopo aver espletato questi compiti avrebbero potuto finalmente atterrare sul pianeta rosso!

Con l'arrivo di altre navi "cargo" e di altri astronauti, era previsto che su Phobos sorgesse una vera e propria base spaziale, anche Deimos sarebbe stato utilizzato e il piccolo spazioporto assemblato da Walter ed i suoi compagni doveva diventare un immenso porto. Doveva ricevere venti grandi navi interplanetarie con tutti i coloni delle Fondazioni che anni dopo sarebbero arrivati dalla Terra!

Nel frattempo Walter ed Herika sarebbero stati addetti alla torre di controllo, pronti a seguire l'arrivo dei loro compagni e aiutarli nell'avvicinamento a Phobos ed il successivo atterraggio.

In attesa di questo evento, i sei astronauti si apprestarono ad un compito molto delicato: assemblare una vera e propria piccola centrale nucleare e per farlo dovevano trovare un luogo adatto. L'area di Phoenicis Lacus dove si erano stabiliti, come buona parte dell'emisfero sud del pianeta, a differenza dell'emisfero nord, era molto "craterizzata". In genere crateri causati dalla caduta di meteoriti o asteroidi ma anche molti vulcani anche se questi ultimi erano più che altro una caratteristica dell'emisfero nord. Era la regione più antica del pianeta e che aveva subito il maggior numero di impatti, anche se molto meno della Luna. In effetti Marte era relativamente piccolo e quindi, anche se la fascia di asteroidi era molto vicina, attirava più raramente altri corpi celesti.

Nella loro ricerca gli astronauti trovarono un piccolo cratere in una zona rocciosa priva di sabbia. Per la prima volta usarono l'esplosivo e abbatterono le pareti del cratere spianando tutta l'area. Sul fondo scavarono liberando uno spiazzo molto profondo. Là iniziarono il delicato lavoro di assemblaggio della Centrale Nucleare. Non dovevano temere radiazioni, la Fondazione Beta aveva schermato perfettamente la Centrale, ma vi erano apparecchiature molto delicate che occorreva sistemare a dovere. Una volta completata la Centrale scavarono molto in profondità una "traccia" fino a raggiungere la loro base, nonché lo spazioporto e la vasta area dove atterravano le navi "cargo". Sul fondo della "traccia" depositarono i cavi che dovevano trasportare energia, quindi chiusero la "traccia" usando cemento rinforzato che avevano recuperato dalle "cargo". Non finiva qui! Costruirono in profondità un centro di smistamento dell'energia, vi fecero arrivare i cavi. Da questo centro si potevano smistare altri cavi interrati per portare energia ovunque fosse necessaria. Fu con grande emozione che staccarono dalla loro "casa" il piccolo generatore ausiliario e la collegarono alla Centrale già in funzione! Avevano finito in tempo, i loro colleghi erano arrivati!

"Qui Marte, vi parla il Comandante Walter Salazar." Trasmise dalla torre di controllo, con malcelato orgoglio! "Benvenuti! Avete fatto buon viaggio?"

"Un po noioso Comandante!" Fu la risposta. "Sono Serghey Tolsten, chiediamo il permesso di inserirci in orbita stazionaria."

Serghey era il Comandante della nave appena arrivata, Walter rispose prontamente:

"Permesso accordato, vi invio le coordinate che vi aiuteranno a mappare Marte."

Walter e i suoi compagni avevano già studiato quale percorso orbitale avrebbe dovuto fare la nuova nave per studiare il pianeta e inviarono i dati al Comandante Serghey che si apprestò immediatamente ad inserirsi nell'orbita indicata.

L'equipaggio, oltre al Comandante, era formato da Michel Hardy, Matilde Johnson, Mary Rosen, Frederick Smith e Goffredo Morelli.

Frederick prese il posto del Comandante e, aiutato dai dati inviati dalla torre di controllo, fece seguire alla nave le orbite a loro suggerite. Michel aveva il compito di seguire con attenzione la mappatura del pianeta, infine Matilde monitorava costantemente lo spazio per evitare eventuali incontri indesiderati. Anche dalla Torre su Marte venivano seguite con attenzione le manovre della nave e si controllava attentamente lo spazio circostante.

Iniziarono sorvolando Phoenicis Lacus, Michel avvertì i compagni: "Guardate!" Disse. "Si vede chiaramente la torre di controllo e lo spazioporto, là le serre e guardate quel grande spazio con le navi "cargo"!" Gli astronauti erano emozionati e stupiti nel vedere tutto questo. Non riuscirono a scorgere le loro "case" né la Centrale, parzialmente interrate, ma, anche se non le riconoscevano, videro diverse costruzioni.

Nei pressi di Phoenicis Lacus trovarono il vecchio cratere di Mare Tyrrhena con il grande vulcano Tirreno Mons, uno dei più antichi, il più grande cratere di quell'area era Herschel. Licus Vallis e

Ausonia Montes erano altre caratteristiche importanti di quella zona. Non lontano ecco Terra Cimmeria una grande regione del pianeta, copriva 5.400 km nella sua più ampia estensione. Vi erano condensazioni di vapore acqueo che vennero debitamente registrate. Là vi era acqua! Quell'area era una parte importante della craterizzazione dell'emisfero meridionale. Nei pressi era atterrato anni prima il Rover Spirit della NASA! In Terra Cimmeria videro numerosi canali situati su pendii ripidi, soprattutto nelle pareti dei crateri. In un lontano passato vi scorreva l'acqua che ora venne registrata sotto forma di ghiaccio non molto in profondità. Nei pressi Michel trovò un deserto sahariano con molte dune di sabbia, si sarebbe aspettata di vedere una carovana di dromedari! L'ultima regione situata nelle vicinanze della base era Hellas Planitia, o Bacino Hellas, Michel la controllò con molta attenzione, era il secondo maggiore cratere d'impatto di Marte. Si poteva scorgere bene anche dalla Terra come una regione di colore uniforme a causa dell'elevata albedo prodotta dal sollevamento costante di polveri causato dai venti comuni in quell'area. Il bacino era gigantesco, Michel e i suoi compagni lo ammirarono stupefatti e meravigliati! Era profondo oltre sette chilometri, più profondo del bacino polare lunare di oltre tre chilometri, e si estendeva per circa 2.300 km da Est a Ovest. La differenza di altezza tra la cima dei rilievi e il fondo del bacino era di circa 9.000 m. La grande profondità del bacino (7.152 m) spiegava la differenza di pressione, sul fondo c'era un valore più alto del 89% rispetto alla pressione del sistema geodetico di riferimento di Marte. Una tale pressione favoriva la presenza di acqua allo stato liquido. Comunque venne rilevata acqua ghiacciata in tre crateri della parte orientale corrispondenti a depositi sotterranei profondi rispettivamente 250, 300 e 450 metri. L'acqua fu rilevata anche presso il cratere Terby, al bordo settentrionale del bacino. A questo punto, molto soddisfatti per i rilevamenti positivi che avevano effettuato, Michel ed i suoi compagni si allontanarono dall'area dove era stata costruita la loro base per sorvolare le altre zone di Marte. Videro meraviglie straordinarie, mapparono tutto il pianeta. Era la loro nuova patria! Dopo sei giorni avevano finalmente concluso questo lavoro. Serghey e i suoi compagni segnalarono alla base marziana che erano pronti per l'avvicinamento a Phobos. Walter ed Herika monitorarono costantemente le manovre della nave che presto si accostò al satellite. Serghey agganciò la nave presso il grande cratere centrale di Phobos quindi ordinò ai suoi compagni di uscire e staccare due grossi moduli che erano stati saldamente ancorati all'esterno prima di lasciare l'orbita terrestre. Un modulo conteneva il Centro di Controllo Spaziale, dotato anche di una copiosa riserva di aria, acqua, cibo e tutto quanto necessario per il futuro sostentamento del personale che si sarebbe stabilito sul satellite. Al momento avrebbe funzionato automaticamente ma il programma delle Fondazioni prevedeva di trasformare Phobos, e in seguito anche Deimos, in vere e proprie stazioni spaziali. Il secondo modulo conteneva una Centrale Nucleare che avrebbe servito energia praticamente per sempre! Ancorarono saldamente e in profondità sia il Centro di Controllo, sia la Centrale che fu presto collegata al Centro permettendo di metterlo in funzione in modo che cominciasse a monitorare lo spazio ed a inviare i dati alla torre di controllo su Marte già predisposta a riceverle. Per Walter, che stazionava sempre nella torre, fu come aprire gli occhi sull'universo! I monitor furono accesi e arrivarono migliaia di informazioni coordinate da ben 40 computer collegati fra loro! Neppure una pulce poteva passare inosservata! I lavori durarono tre giorni, gli astronauti erano molto affaticati ma tutto procedeva per il meglio e stavano finalmente rientrando nella nave per poter procedere all'atterraggio su Marte quando Mary ebbe un collasso improvviso e cadde su se stessa! Subito i compagni la soccorsero e la portarono al sicuro. Le tolsero la tuta riscontrando che non aveva subito alcun danno ma Mary era in coma! Goffredo, che era anche un po il medico del gruppo, diagnosticò un fortissimo stato di stress dovuto al lungo viaggio in assenza di peso ed all'improvviso gravoso impegno che l'aveva esaurita, inoltre era stata colpita da una forma di "mal dello spazio". Si conoscevano le possibili conseguenze di un prolungato soggiorno nello spazio, ma mai si erano evidenziate in modo così drammatico. Goffredo suggerì al Comandante di informarne la Terra in modo che potessero studiare e ridurre il fenomeno anche in vista di un esodo massiccio verso Marte. Tutto questo aveva ridotto la povera Mary ad uno stato comatoso profondo, venne informata la base marziana, rispose Herika: "Abbiamo in un "cargo" un ambulatorio completo, direi un vero e proprio ospedale, non l'abbiamo ancora messo in opera perché fino ad ora non è stato necessario, nella nostra nave vi è infatti una piccola clinica sufficiente per le nostre esigenze. Mary potrà essere curata e sorvegliata nella clinica della nave fino a quando avremo reso operativo l'ospedale, dopo la trasferiremo là dove potrà recuperare le forze e uscire dal coma. Ora pensate solo ad atterrare, la vostra casa vi aspetta!" Walter fornì le coordinate di atterraggio che avvenne senza alcun intoppo!

I nuovi arrivati trovarono pronta la loro residenza, erano emozionatissimi! Walter e i suoi compagni avevano preparato una festa! Liquori, vino, un bel rinfresco e musica! Fu un momento di grande gioia per tutti, funestato però dall'incidente occorso a Mary che era stata sistemata nella piccola clinica. Insieme a lei restavano Goffredo e Michel che si avvicendavano in turni prestabiliti e le prestavano le prime cure per rinforzarne l'organismo; ma Mary continuava a restare in coma! Tutti si prodigarono per rendere operativo al più presto l'ospedale ancora inserito nella nave "cargo". Lavorarono a tempo di record e, dopo dieci giorni l'ospedale era pronto! Era dotato di tutte le migliori attrezzature, un vasto laboratorio, sale per effettuare operazioni anche delicate, medicinali e tutto il necessario. Mary venne trasferita insieme a Goffredo e Michel che presero letteralmente possesso dell'ospedale! Gli altri dieci astronauti iniziarono, come da programma, ad estrarre le serre dalle navi "cargo". Spianarono una vasta zona di terreno e le impiantarono saldamente. Erano otto serre, altre sarebbero arrivate successivamente. Dovevano anche recuperare l'acqua, un lavoro lungo e molto duro! Occorreva scavare una profonda canalizzazione che dai due vulcani, dove l'acqua ghiacciata trovata nel sottosuolo era abbondante, sarebbe arrivata alla loro base e alle serre. Impiegarono più di un mese per concludere. Non molto forse, ma erano dotati di escavatori potentissimi e di macchinari all'avanguardia che facilitavano il lavoro. Grazie all'enorme riserva di energia prodotta dalla Centrale Nucleare, sciolsero l'acqua contenuta in profondità nei bacini vulcanici e la convogliarono nelle canalizzazioni. Avevano acqua da vendere! Una serra fu subito adibita alla coltura delle alghe grazie alle quali, con appositi macchinari, avrebbero avuto tutto l'ossigeno e azoto necessario! A quel punto cominciarono ad occuparsi degli embrioni di piante e animali preparati dalla Fondazione Alfa. Li trovarono in diverse navi "cargo", non dovevano estrarli tutti, avevano l'ordine di conservarne la maggior parte, forse un giorno sarebbero serviti alla Terra! Impiantarono così nelle altre serre colture di ortaggi, quindi alberi da frutta e del pollame che aveva minori necessità di attenzione. Per fare di più occorreva che giungessero altri coloni, loro erano ancora troppo pochi e lavoravano intensamente in turni di 18 ore! Estrassero dalle "cargo" i macchinari atti alla produzione di ossigeno dall'acqua e li portarono presso le fosse di Zumba Crater. Ancora dovettero scavare in profondità e costruire una lunghissima canalizzazione per portare l'aria così ricavata alle serre e alla loro base.

Erano passati altri tre mesi, erano entrati nell'estate marziana, la temperatura era addirittura piacevole, sui 25 gradi! Sapevano che in inverno sarebbe collassata fino a cento gradi sotto zero e forse anche di più, ma ora … si stava bene! Arrivarono altre 200 navi "cargo" e la Terra li informò che sarebbero partite altre sei navi con 36 nuovi coloni, ma seppero anche che dopo di queste non ci sarebbero state altre partenze di uomini, solo le navi "cargo". Far partire altre navi era troppo dispersivo, dovevano cavarsela da soli, le Fondazioni intendevano fare il massimo sforzo per completare in tempo le venti grandi navi interplanetarie e con queste colonizzare il pianeta! Con i nuovi arrivi dovevano fare il possibile per prepararsi ad accogliere 40.000 coloni! Sarebbero stati solo in 48 per far atterrare centinaia, migliaia di navi "cargo", certo dovevano passare ancora anni prima che arrivassero i coloni, ma accogliere 40.000 persone era un lavoro enorme! Comunque avevano i loro ordini e avrebbero fatto il possibile e anche l'impossibile!

Mary, debolissima, si risvegliò dal coma!

Accanto a lei c'era Goffredo. Mary, con voce flebile, chiese:

"Dove siamo Goffredo?" "Su Marte tesoro! Rispose l'amico fieramente!"

L'uomo era arrivato su un altro pianeta!

3

Sulla Terra tutto questo non poteva più passare inosservato, la gente cominciava a porsi delle domande e ad avere paura! Chi sarebbe andato su Marte? Quali criteri di scelta? Cosa stavano facendo i governi? Nacquero feroci moti insurrezionali, i governi cercavano di tranquillizzare gli animi ma inutilmente. Le Fondazioni furono risparmiate da tutto questo, forse anche perché si riteneva che potessero essere utili alla gente che incolpava i loro governanti di inerzia, interessati più che altro ad affrontare le loro beghe interne ed esterne e occupati in numerose guerre sparse qua e là nel mondo. La tensione era altissima! Wender, per continuare il suo programma, rinunciò all'aiuto delle istituzioni governative. Era diventato troppo pericoloso anche se le Fondazioni si erano tenute equidistanti rispetto alle tensioni mondiali, ma già da qualche tempo avevano costituito una base importante in Australia. Wender vi fece costruire un grande spazioporto, fabbriche e industrie dove venivano assemblate le navette e i componenti delle grandi navi interplanetarie da mettere in orbita. Ogni giorno in continuazione le navette partivano e atterravano dall'Australia, l'orbita terrestre era occupata da migliaia di moduli! Si dovevano costruire in fretta almeno venti navi interplanetarie e dovevano essere molto grandi! Serviva quasi un anno per arrivare su Marte, a causa dell'eccentricità della sua orbita la sua distanza dalla Terra all'opposizione poteva oscillare fra 100 e 56 milioni di chilometri. Solo Mercurio aveva un'eccentricità superiore nel Sistema Solare. Quindi occorreva calcolare con attenzione il momento della partenza sia delle prime navi automatiche, sia delle navette con equipaggio umano e sopratutto delle navi interplanetarie che avrebbero trasportato tutti i coloni. Queste ultime dovevano essere molto spaziose, portare il maggior numero di persone possibile e materiali di ogni genere, apparecchiature, di tutto! Marte doveva essere autosufficiente! Navi così grandi non potevano partire dalla Terra, dovevano essere assemblate in orbita.

Le Fondazioni non dimenticarono i problemi della Terra, ma il loro obiettivo primario restava la futura colonizzazione di Marte. Non potevano fare molto in quel periodo caratterizzato da moti insurrezionali, guerre e tensioni fra i vari blocchi, ma guardarono con molta attenzione alla Svizzera, fornirono idee e consigli nella speranza che, dopo l'imminente disastro, si salvasse qualche cosa.

Scoppiò una terrificante guerra nucleare! Il mondo ne uscì distrutto e il peggio doveva ancora arrivare. La guerra non colpì le Fondazioni che si erano rifugiate in Australia, Nazione che risultò parzialmente risparmiata. Wender continuò implacabile con il suo programma.

I governi superstiti rinsavirono improvvisamente, il pericolo era troppo grande! La popolazione mondiale sopravvissuta dalle conseguenze della guerra e delle radiazioni era quasi dimezzata! Il disastro era terrificante e i governi cedettero le loro sovranità e si unirono per scongiurare un disastro ancora più grande. Si formarono così sette grandi Nazioni che costituirono una commissione per mettere in atto il progetto originale: bombardare MX15! Ma era tardi! Si era nel 2063, mancavano meno di due anni all'impatto, l'asteroide era troppo vicino non si poteva più deviarlo! Riuscirono solo a spezzarlo in 36 parti che continuarono il loro inesorabile cammino verso la Terra!

Wender e le fondazioni ignorarono le iniziative governative e, alla fine di quello stesso anno, partirono le venti navi interplanetarie ormai ultimate e con loro 40.000 coloni!

Non era gente qualunque, erano tutti impiegati delle due fondazioni, scelti fra le migliori menti mondiali, ben addestrati e... tutti sognatori! Dopo più di un anno di viaggio le venti enormi navi interplanetarie arrivarono su Marte insieme a oltre 400 navette che in precedenza avevano fatto la spola fra la Terra e la sua orbita , ognuna aveva un equipaggio di tre uomini e tre donne. Una di queste navette portava Wender e la sua compagna! Si trasferirono su Marte per non più tornare quasi 43.000 persone! All'alba del 2064 il pianeta fu colonizzato! Poco prima era arrivato MX15! Il progetto era stato molto complesso, era costato la vita di ben 548 uomini e donne delle Fondazioni! Tanti piloti ed eroi erano morti in incidenti di varia natura, ma Wender era stato inflessibile, non si erano mai fermati!

Nel frattempo i 48 astronauti già presenti su Marte avevano continuato a ricevere la navi "cargo" e, nei pressi della loro base, iniziarono a penetrare all'interno del suolo del pianeta scavando grandi gallerie che scendevano molto in profondità. Infatti il progetto prevedeva di costruire una grande città nel sottosuolo. Altre sarebbero state costruite in seguito, questa era la prima e doveva poter ospitare non meno di 40.000 persone!

Giunsero ad una profondità di duemila metri, consolidarono le pareti e, grazie al materiale inviato dalle navi "cargo", le fornirono di grandi ascensori utili sia per i coloni, sia per trasportare materiale. A questo punto scavarono un'immensa area dove sarebbe sorta la città. La pressurizzarono e vi convogliarono l'energia e l'acqua. Erano solo in 48, alcuni dovevano occuparsi delle serre, altri della torre di controllo dove monitoravano continuamente lo spazio, altri infine dovevano ricevere le navi "cargo" e smistare il materiale immediatamente utile. Complessivamente arrivarono quasi 4.000 navi "cargo", non potevano certo costruire anche una città! Le Fondazioni lo avevano previsto ed avevano inviato migliaia di tende e piccoli moduli abitativi che avrebbero potuto accogliere i coloni, avrebbero pensato loro a costruire una città! Portarono tutto questo nell'immensa aerea sotterranea ed edificarono anche sei grandi capannoni, tre dei quali furono stipati di cibo e generi di prima necessità, gli altri tre restarono vuoti, sarebbero serviti ad accogliere almeno parte del materiale che sarebbe arrivato insieme ai coloni. Nella futura città inserirono anche quindici serre, ma solo una venne resa operativa con una coltura di alghe produttrici di aria respirabile, le altre dovevano essere utilizzate dai nuovi arrivati; loro non potevano occuparsi anche di curare altre 14 serre!

Questi 48 coraggiosi astronauti ormai avevano espletato i compiti più urgenti e importanti e cominciavano ad essere piuttosto anziani. Non mancava ancora molto all'arrivo dei coloni e quindi decisero di prendersi un periodo di vacanza! Di Marte conoscevano bene solo l'area dove avevano costruito la loro base e quelle immediatamente adiacenti, non era poco ma Marte era grande! Il pianeta, anni prima, era stato mappato perfettamente dalla seconda nave, sapevano dove andare! Inoltre il loro viaggio poteva ben dirsi una vera e propria esplorazione, ogni cosa sarebbe stata registrata e poteva essere molto utile a Wender ed ai suoi compagni! Univano quindi l'utile al dilettevole. Conoscevano bene il terribile inverno marziano e le tempeste di sabbia comuni all'inizio della primavera. Ma se a sud era primavera, a nord era autunno, comunque meglio di niente e decisero di partire a metà primavera. Non potevano andare tutti, si divisero in due gruppi di 24 persone l'uno. Il secondo gruppo sarebbe partito l'anno successivo e, dopo un altro anno, sarebbero arrivati i coloni!

Al primo gruppo appartenevano anche i componenti delle prime due spedizioni, presero 12 cingolati e si inoltrarono in aree ancora sconosciute!

Giunsero presto alla misteriosa Valles Marineris, un gigantesco canyon, lungo 5.000 km., largo 500 km. e profondo 5 – 6 km.! Il canyon attraversava il pianeta all'altezza dell'equatore, la sua presenza costituiva un vero e proprio sfregio sulla superficie marziana, e non era chiaro cosa potesse averlo prodotto. La struttura di questo canyon era tale da far sembrare minuscolo il Grand Canyon americano. L'equivalente terrestre sarebbe un canyon che partendo da Londra arriva a Città del Capo, con una profondità dell'ordine dei 10 km. Questo canyon aveva una considerevole importanza per la struttura di Marte, e non era classificabile con casi noti sulla Terra.

Gli astronauti erano intimiditi da tanta grandiosità, era qualcosa di assolutamente assurdo e incredibile, un mistero fiabesco! Discesero sul fondo del canyon e, grazie alle loro strumentazioni, rilevarono numerosi e variegati giacimenti metalliferi. Non trovarono acqua ma qui potevano sorgere grandi industrie!

Visitarono anche un altro importante canyon la Ma'adim Vallis. La sua lunghezza era di 700 km., la larghezza 20 km. e raggiungeva in alcuni punti una profondità di 2 km. Per quanto fosse grandioso era nulla in confronto a Valles Marineris, ma poteva essere un buon punto di partenza per scavare in profondità e costruire nuove città sotterranee.

Decisero quindi di puntare verso l'attrazione più significativa del complesso naturale marziano: il gigantesco Monte Olimpo, la montagna degli Dei!

Il Monte Olimpo era il re dei vulcani di tutto il sistema solare e, come la maggior parte dei vulcani, si trovava nell'emisfero nord del pianeta, là era inverno!

Dai 18 gradi riscontrati alla loro partenza ed i 15 trovati all'equatore, ora dovevano fare i conti con la realtà di Marte! Avevano già superato numerosi inverni con temperature vicine agli 80 gradi sotto lo zero, raramente e per poco tempo anche fino a 100 gradi sotto zero ma non avevano mai affrontato il vero inverno quello dell'emisfero settentrionale!

Presto la temperatura cominciò ad abbassarsi rapidamente, arrivarono in vista dell'enorme montagna con 120 gradi sotto zero, pieno inverno! Durante la stagione invernale l'abbassamento della temperatura provocava una condensa del 25-30% dell'atmosfera che formava spessi strati di ghiaccio d'acqua o di anidride carbonica solida (ghiaccio secco).

Fiona commentò: "E' qualcosa di meraviglioso, Marte, il nostro pianeta è straordinario, guardate quelle formazioni ghiacciate, sembrano sculture!"

Frederick che odiava il freddo commentò via radio: "Hai ragione, è stupendo, ma... preferirei il caldo delle nostre serre!"

Anna, Walter, Fiona, Matilde e Angela (uno degli ultimi astronauti) decisero di uscire per ammirare quelle formazioni più da vicino. Per farlo dovevano indossare le stesse tute che servivano per spostarsi nel vuoto dello spazio. Una volta fuori ne approfittarono per analizzare le strutture: era tutto ghiaccio secco, l'aria di Marte solidificata. Molte erano grandi, molto più di un uomo, sembrava di passeggiare in un giardino incantato!

Si fermarono a lungo per poi proseguire verso il vero "mostro" di Marte: il Monte Olimpo! Era la formazione geologica più notevole del pianeta. Il vulcano più grande del sistema solare (alto 27 Km.), con una base di 600 Km.! Era molto simile ai vulcani a scudo delle isole Hawaii, originatisi dall'emissione per lunghissimo tempo di lava molto fluida.

"E' incredibile!" Fu il commento di Walter che era rimasto a bocca aperta dinanzi a questo vero e proprio "mostro" geologico!

Gli esploratori si avvicinarono timidamente al vulcano, dalla base non si realizzava come la montagna fosse immensa! Con i cingolati risalirono faticosamente il pendio. Impiegarono due giorni ad arrivare alla cima! Da lì poterono ammirare l'enorme cratere, sembrava non finire mai! Non erano sufficientemente attrezzati per discendere nel fondo del cratere, occorreva predisporre una spedizione apposita, non vollero correre troppi rischi e rinunciarono sia pure con riluttanza.

Tutto l'emisfero nord era caratterizzato dalla presenza di imponenti vulcani. Qui, in un lontano passato, l'attività vulcanica era stata molto intensa! Uno dei motivi per i quali tali giganteschi edifici vulcanici erano presenti dipendeva dal fatto che la crosta marziana era priva della mobilità delle placche tettoniche. Questo significava che i "punti caldi" da cui saliva in superficie il magma battevano sempre le stesse zone del pianeta, senza spostamenti nel corso di milioni di anni di attività. La ridotta forza di gravità aveva certamente agevolato la lava, che su Marte aveva un peso di poco superiore a quello dell'acqua sulla Terra. Questo rendeva possibile una più facile risalita dal sottosuolo e una più ampia e massiva diffusione sulla superficie.

Lasciarono a malincuore il Monte degli Dei e puntarono sul polo nord!

La calotta polare era composta principalmente da acqua ghiacciata ricoperta da circa un metro di anidride carbonica solidificata. La sovrapposizione del ghiaccio secco (l'anidride carbonica) sopra quello dell'acqua era dovuta al fatto che il primo condensa a temperature molto più basse e quindi successivamente a quello dell'acqua in epoca di raffreddamento. Il polo presentava dei disegni a spirale causati dall'interazione del calore solare e la sublimazione e condensazione del ghiaccio. La sua dimensione variava a seconda delle stagioni. Non esisteva un polo magnetico, il magnetismo era assente su Marte! Come il polo sud, il polo nord era un'enorme riserva d'acqua che avrebbe potuto riempire l'intero pianeta! Le Fondazioni avevano un programma di canalizzazioni che avrebbero raggiunto i due poli risolvendo definitivamente sia il problema dell'acqua che quello dell'aria respirabile!

Gli esploratori si avventurarono con molta circospezione all'interno dell'area ghiacciata. Come sulla Terra potevano trovare profonde voragini e crepacci nascosti dal ghiaccio. La temperatura era bassissima: 148 gradi sotto lo zero! Il paesaggio fiabesco con enormi statue di ghiaccio alte come grattacieli! Monitorarono l'ambiente e poi si ritirarono, troppo pericoloso continuare con i cingolati!

Rientrarono allo loro base e, dopo una settimana di riposo, puntarono verso sud!

Marte presentava circa 43.000 crateri da impatto con un diametro superiore a 5 Km., la maggior parte era nell'emisfero sud, a nord imperavano sopratutto i vulcani!

Nell'emisfero boreale vi era un cratere circa quattro volte più grande del Monte Olimpo ma senza la grandiosità di quest'ultimo: il Bacino Polo Sud-Aitken. Gli esploratori puntarono su di esso! Erano in viaggio da sei giorni quando:

"Guardate, cos'è quello?" Gridò Mary!

I compagni videro come una lontana nube rossiccia con sfumature grigiastre, non capivano di cosa si trattasse! La nube cominciò ad ingrandire e ad avvicinarsi rapidamente.

"Una tempesta di sabbia! Presto cerchiamo una zona alta e rocciosa, dobbiamo ancorarci! Avvertì concitatamente Serghey.

"Sulla destra!" Gridò alla radio Ennio. "Guardate un cratere abbastanza grande, proviamo a raggiungerlo!"

"Sempre che non ci raggiunga prima la tempesta!" Commentò Goffredo. Infatti la nube ingrandiva sempre di più e occupava buona parte del cielo!

Portarono rapidamente i cingolati all'interno del cratere, il fondo era roccioso ma c'era il rischio che la sabbia potesse ricoprirlo e con lui anche i cingolati. Però la tempesta era già sopra di loro, fecero appena in tempo ad ancorarsi saldamente alle rocce e... tutto diventò nero! Il vento soffiava a 400 Km. l'ora, per fortuna erano parzialmente riparati dalle pareti del cratere ma i cingolati, seppure ancorati, facevano fatica a tenere! La sabbia vorticava intorno a loro, non si vedeva nulla! Queste tempeste potevano durare giorni, anche mesi, gli esploratori non avevano tutta questa autonomia e chiedere aiuto alla base sarebbe servito solo a mettere in pericolo anche i loro compagni! A differenza dell'emisfero nord, a sud era estate! La temperatura era vicina ai venti gradi sopra zero. Caldo torrido per Marte! In quella stagione il ghiaccio d'acqua o di anidride carbonica sublimava causando grandi sbalzi di pressione e conseguenti tempeste con venti fortissimi! Questi fenomeni stagionali trasportavano al loro passaggio grandi quantità di polveri, sabbia e vapori d'acqua che generavano grandi cirri che però non erano stati notati in tempo dagli esploratori. La tempesta durò una settimana e causò il ribaltamento del cingolato di Serghey e Matilde! I due non subirono danni, riuscirono a resistere fino al passaggio della tempesta ma il loro mezzo era irrecuperabile. Gli esploratori pensarono allora di rientrare ma Serghey e Matilde li rassicurarono, volevano continuare! Salirono sul cingolato di Goffredo e Michel quindi, anche se un po ammaccati, proseguirono!

Giunsero infine al Bacino Polo Sud-Aitken, nonostante l'enorme grandezza non dava una grande impressione probabilmente proprio a causa di un fenomeno erosivo dovuto alle tempeste abbastanza comuni in quell'area.

Gli esploratori allora puntarono al polo sud!

Le sue caratteristiche erano identiche a quelle del polo nord, solo un po più piccolo e con una temperatura ambientale in quel periodo estivo di "soli" 45 gradi sotto lo zero! Inoltre lo strato di anidride carbonica, sovrapposto a quello dell'acqua, era di ben otto metri, non troppo per un successivo sfruttamento.

Preoccupati per l'incidente occorso a Serghey e Matilde, decisero di non proseguire oltre, comunque soddisfatti rientrarono alla base. L'anno successivo i loro compagni avrebbero ripercorso le loro stesse orme!

Avevano visto molte meraviglie, altre erano da scoprire ma non potevano visitare tutto Marte! Però compresero che il loro pianeta era stupendo! Potevano essere orgogliosi della loro nuova casa, della loro Patria: Marte!

4

I coloni erano finalmente in viaggio con le loro venti imponenti navi interplanetarie scortate da oltre 400 navette con Wender in testa! Un esodo biblico per una nuova terra, per conquistare un intero pianeta! Ogni nave aveva anche al suo interno ben cinquanta navette utili all'atterraggio su Marte. Infatti non era previsto che le navi interplanetarie scendessero sul pianeta, occorreva fare la spola con le navette in dotazione nonché quelle che scortavano il convoglio. Avrebbero dovuto portare sul pianeta rosso sia i coloni sia l'enorme massa di materiali di ogni tipo trasportata dalle navi.

Il viaggio era lungo, circa un anno! I coloni sapevano che poco dopo il loro arrivo l'asteroide sarebbe caduto sulla Terra. Forse la loro patria d'origine sarebbe scomparsa!

Il convoglio era preceduto dalla navetta di Wender che viaggiava insieme alla sua compagna: Nimba e a quattro astronauti (Haston Hulme, Meredith Johnson, Alphons Mirrò e Adriana Sanchez). Una volta lasciato il sistema Terra-Luna il viaggio si presentava noioso, per passare il tempo Wender studiò, forse per la millesima volta, i programmi preparati dalle Fondazioni Alfa e Beta e da lui coordinati. Fra i numerosi progetti e impegni atti alla colonizzazione di Marte, ve n'erano due piuttosto diversi: Fra tutti i coloni ne erano stati scelti 50 che, con le navette in dotazione, sarebbero scesi su Phobos dove era funzionante il poderoso Centro di Controllo Spaziale! Il loro primo impegno era quello di monitorare la Terra e di valutare quali danni avrebbe prodotto "MX15", se vi fossero dei superstiti e una qualsiasi organizzazione, se vi era una qualsiasi possibilità di recuperare il pianeta e cercare di comprendere se i sette governi terrestri erano ancora almeno parzialmente operativi. In seguito dovevano contattare, se vi erano sopravvissuti, la Svizzera che si riteneva meglio organizzata per affrontare il disastro, e dare loro tutte le informazioni acquisite. I 50 coloni sarebbero stati sostituiti in turni di sei mesi, ma chi voleva poteva decidere di restare e visitare Marte solo nei periodi feriali.

Il secondo progetto prevedeva di costruire uno spazioporto e una base spaziale sul piccolo Deimos! Per questo impegno erano stati scelti 150 coloni che avrebbero portato sul satellite tutte le attrezzature necessarie. Questa volta non avrebbero utilizzato le navette ma una delle navi interplanetarie già adibita a questo scopo. Innanzitutto dalla nave dovevano sbarcare su Marte tutti gli altri coloni e il materiale stivato. Solo dopo i 150 astronauti potevano accostare la grande nave a Deimos ed iniziare i lavori. Tutte le altre navi e parte delle navette, una volta espletati i loro compiti, era previsto che si collegassero tra di loro formando una specie di grande base spaziale dalla quale, in caso di necessità, potevano staccarsi rapidamente. Avrebbero mantenuto al loro interno un equipaggio composto da sessanta uomini che dovevano immettersi in orbita sincrona nelle vicinanze di Deimos.

Nelle grandi navi interplanetarie la vita procedeva oziosamente, solo gli scienziati della Fondazione Alfa erano impegnati a monitorare e preparare gli embrioni di piante e animali che sarebbero stati utilizzati su Marte nonché quelli che si sperava sarebbero stati utili a ripopolare la Terra.

La navetta di Wender precedeva tutte le altre, e fu là che dopo 24 anni con grande emozione si avvistò Marte e fu Meredith, come un copione già scritto, a dire le stesse parole di un tempo! "Ragazzi ci siamo! Eccolo là, un occhio rosso che ci guarda, stiamo arrivando! Haston riduci subito la velocità! Dobbiamo avvicinarci con attenzione e metterci in orbita per trovare il punto di atterraggio. Adriana verifica le coordinate! Alphons mettiti in contatto con il convoglio, avvertili e, appena pronte, fornisci i dati per l'orbita. Appena puoi cerca Phobos!"

Meredith era emozionatissima, aveva le lacrime agli occhi! Quasi non ci credeva ma Marte era là, davanti a loro, e ingrandiva sempre più! Anche Wender e Nimba non riuscivano a trattenere l'emozione, si accostarono ai monitor e guardarono con meraviglia quell'occhio che diventava sempre più grande.

"Cavolo!" Sbottò Wender. "Ce l'abbiamo fatta!"

In quella arrivò improvvisa e inaspettata una trasmissione. Fu Alphons, che era già in comunicazione con il convoglio, a riceverla, diceva:

"Qui torre di controllo di Marte, benvenuti amici! Marte vi aspetta! Inviamo le coordinate per l'immissione in orbita ed i successivi atterraggi, sono più di vent'anni che vi aspettiamo, ve la siete presa comoda!"

Wender prese il microfono e rispose:

"Cosa volete, avevamo da preparare una grande festa! Qui parla Wender, sono onorato per la vostra accoglienza ed efficienza, ci risparmiate molto lavoro! Purtroppo dovremo ancora rompervi le scatole ma, una volta atterrati saremo noi a lavorare! Tutti qui vi abbracciano!"

La trasmissione, grazie alla prontezza di riflessi di Alphons, fu udita da tutto il convoglio! Marte dava a tutti il benvenuto!

Occorse molto tempo per calmare gli animi e avere a disposizione una radio che non fosse una babele di interventi, saluti, pianti, risa...

Era il venti dicembre 2.063 quando i primi coloni scesero su Marte!

Impiegarono quasi un mese per sbarcare e trasportare l'immensa quantità di materiale che avevano portato con loro. Sul pianeta rosso trovarono già una base ben organizzata, occuparono l'area scavata per loro e subito iniziarono la costruzione della sede delle Fondazioni e della città.

Furono accolti con grande emozione dai 48 astronauti che li avevano preceduti. Wender volle abbracciarli uno per uno! Erano ormai anziani, diedero tutte le informazioni ai nuovi coloni che li sostituirono. Il loro impegno era finito! Avevano acquisito pieno diritto a riposarsi ed a fare quello che volevano in piena libertà! Dopo pochi giorni gli uomini delle Fondazioni prepararono una grande festa, alla presenza di Wender e della sua compagna Nimba, per quelli che erano considerati da tutti come eroi! Le Fondazioni non li avrebbero mai dimenticati e una targa commemorativa venne apposta in quella che sarebbe diventata la prima città marziana!

Nella mattinata del 30 dicembre, mentre le Fondazioni continuavano alacremente le manovre di sbarco, cadde sulla Terra MX15!

Già prima di iniziare lo sbarco su Marte gli uomini delle Fondazioni si erano trasferiti su Deimos e su Phobos. Per ordine di Wender già il 30 dicembre cominciarono a monitorare la Terra! Occorse diverso tempo per cominciare a comprendere cosa era rimasto del loro pianeta madre.

Nei mesi successivi Phobos cominciò a ricevere segnali dalla Terra, provenivano dalla Svizzera! Verso la metà dell'aprile terrestre decisero di rispondere, non avevano ancora completato il monitoraggio della Terra, chiesero ancora un po di tempo. All'inizio del mese di maggio avevano tutte le informazioni necessarie e contattarono finalmente i superstiti nel rifugio costruito in Svizzera!

Consigliarono loro di attendere ancora sei mesi prima di uscire dal loro rifugio e li informarono della situazione che si era creata sulla Terra. Marte non avrebbe dimenticato sua madre!

Nel frattempo lo sbarco era completato e le navi interplanetarie si erano assemblate nei pressi di Phobos.

Grazie ai 40.000 coloni, sotto la diretta supervisione di Wender, i lavori per edificare una vera e propria città nel sottosuolo del pianeta, procedevano alacremente. Serpeggiava ovunque grande entusiasmo, partirono diverse spedizioni e iniziarono a canalizzare le immense riserve d'acqua contenute all'interno dei poli. Presto acqua e aria non sarebbero più state un problema!

Nei dintorni della città sotterranea vennero costruite ben tre centrali nucleari e sorsero 80 nuove serre illuminate grazie all'enorme riserva di energia fornita dalle centrali. Furono cresciuti gli embrioni forniti dalla Fondazione Alfa e le serre vennero occupate da bovini, ovini, caprini e ogni tipo di ortaggi, legumi, frumento, orzo e quant'altro! Per i pesci occorreva ancora attendere che venissero completate le canalizzazioni per l'acqua. Edificarono piccole industrie alimentari che fornirono carne, latticini, formaggio, ogni cosa! Marte era completamente autosufficiente.

Presto sorsero abitazioni per tutti, uffici, nonché grandi laboratori destinati alle Fondazioni Alfa e Beta, si doveva riprendere l'impegno iniziale per il quale erano state costituite le Fondazioni: ritardare e sconfiggere la morte, le malattie e la vecchiaia e conquistare le stelle!

Alcuni laboratori vennero adibiti allo studio di Marte e per trovare il modo di aiutare la Terra. Wender diede l'ordine di costruire industrie esterne utilizzando i giacimenti metalliferi del pianeta, occorreva ottenere navi interplanetarie sempre migliori e basi nel sistema solare! Grazie all'esplorazione di coloro che li avevano preceduti sapevano dove andare: Valles Marineris, il gigantesco canyon che attraversava il pianeta all'altezza dell'equatore!

Anche Wender volle partecipare alla spedizione su Valles Marineris. Erano 700 uomini, scesero sul fondo dell'immenso canyon e cercarono un sito adatto per edificare nel sottosuolo una seconda città, una città industriale! Trecento uomini si dedicarono a questo compito, gli altri erano minatori e cominciarono ad estrarre i metalli che potevano essere utili. Un piccolo gruppo, insieme a Wender, si accinse ad effettuare una spedizione capillare per conoscere a fondo l'immenso canyon. Fra di loro scienziati e studiosi che volevano capire come poteva essersi formato questo mostro assurdo! Si prevedeva che il loro viaggio sarebbe durato fra i cinque e i sei mesi!

Spesso si fermavano per scavare "carote" dalle profondità e dalle pareti del canyon. Viaggiavano con grandi mezzi cingolati all'interno dei quali vi erano anche attrezzatissimi laboratori dove gli scienziati effettuavano le loro analisi sulle "carote", sia per ricercare metalli, sia per cercare di comprendere come si era formato Valles Marineris. Durante l'esplorazione trovarono potenziali miniere di numerosi e diversi metalli. Di per sé anche questo era un mistero, da dove provenivano quei ricchi giacimenti e come si erano formati? Per quanto riguardava il canyon la spiegazione meno assurda pareva quella di una specie di mare antichissimo che aveva formato quel gigante. Furono rinvenute alcune tracce che sembrava avvalorassero questa ipotesi, ma l'acqua dove era finita? Il canyon appariva completamente privo di acqua anche in profondità, ma la sua stessa struttura confermava la possibilità che fosse stato scavato dall'acqua! Se questa era una risposta allora le domande aumentavano, Valles Marineris continuava ad essere un mistero per tutti! Era passato più di un mese quando incontrarono vicino ad una parete tutta una serie di grotte che sembravano intersecarsi fra di loro. Non erano facilmente visibili perché nascoste fra i massi. Si poteva immaginare che dall'alto cadesse in passato un'enorme cascata d'acqua che, trovando delle rocce più "tenere", aveva scavato tutte quelle grotte e, nel contempo, aveva scagliato in basso grossi massi che avevano ostruito parzialmente l'entrata delle stesse grotte. Gli scienziati trovarono evidenti tracce di erosione che poteva essere benissimo stata causata dall'acqua.

Wender chiamò la base e ordinò l'invio immediato di una navetta che doveva fermarsi in cima al canyon in prossimità della supposta cascata, dovevano quindi studiare l'area nella speranza di avere qualche risposta. I suoi compagni avrebbero voluto entrare immediatamente nelle grotte, ma Wender li frenò, prima voleva conoscere i risultati delle analisi al suolo che dovevano effettuare in cima al canyon. Nel frattempo, grazie ad apposite sonde, mapparono le grotte. Già in passato si erano trovate conformazioni simili presso il vulcano Arsia Mons ma, quando monitorarono queste grotte dovettero ricredersi, era qualcosa di molto diverso! Innanzitutto in Arsia Mons vi era acqua ghiacciata in profondità, tant'è vero che era già stata canalizzata e convogliata presso la loro base, inoltre le entrate in quelle grotte erano molto larghe: 100-200 metri e la profondità non superava i 100 metri. Qui avevano ben 98 grotte, con entrate molto strette, massimo 4-5 metri di larghezza, inoltre scendevano rapidamente verso il basso per una lunghezza che variava fra i 4 e 15 Km.! Le differenze non finivano qui, tutte queste 98 grotte intersecavano fra di loro per unirsi ad una profondità di quattro Km. e formare una sola grande grotta che finiva in uno spiazzo largo ben 120 Km. e profondo sette! Wender diede ordine di prepararsi per l'esplorazione delle grotte. Dovevano andare a piedi e portare con loro tutto l'occorrente per una spedizione di due settimane almeno, avrebbero seguito il percorso di una delle grotte che appariva più rapido per raggiungere l'intersezione. Alcuni di loro sarebbero rimasti con i cingolati e dovevano comunque studiare le conformazioni esterne. Nel frattempo la navetta era arrivata e aveva studiato il terreno in cima al canyon. Comunicarono di non aver trovato niente di strano, la composizione del terreno appariva assolutamente normale, nessuna traccia di acqua o di canali anzi, al contrario! Per una lunghezza di sei Km. verso l'interno e due Km. in parallelo con il canyon, il terreno appariva stranamente liscio, come stirato! Poche e piccole rocce e un po di polvere. Questa fu l'unica stranezza rilevata che faceva solo porre altre domande. Wender ordinò alla navetta di rientrare e, insieme ai suoi compagni, si apprestò ad entrare nelle grotte.

L'entrata era stretta ma poi la grotta si allargava ed era facile procedere. Avevano portato con loro numerose torce elettriche che attaccavano alle pareti ogni venti metri in modo di avere una illuminazione costante, utile anche per eventuali future esplorazioni. Il terreno era privo di rocce e di sabbia, in alcuni punti sembrava quasi un pavimento. Spesso si fermavano per dare la possibilità ai geologi di raccogliere campioni ed effettuare le loro analisi. Ancora trovarono numerose tracce che segnalavano la presenza di metalli ma niente che potesse far pensare al passaggio di acqua. La grotta ogni tanto curvava cambiando direzione, al terzo Km. la prima vera sorpresa!

"Qui vi sono strane tracce, sembra quasi... ma non è possibile!" Commentò uno dei geologi.

"Cosa non è possibile?" Domandò un collega.

"Uranio! Uranio allo stato puro e pare anche molto pesante!"

Wender e gli altri si accostarono: era proprio un giacimento ricchissimo di uranio, assurdo! Wender decise che, finita l'esplorazione delle grotte, avrebbero informato un gruppo di minatori che dovevano recarsi sul luogo e iniziare l'estrazione dell'uranio. Quindi proseguirono e, come previsto, al quarto Km. trovarono l'intersecazione di tutte le altre grotte che si riunirono formandone una sola. Lo spettacolo era straordinario, le grotte intersecavano tutte insieme nello stesso punto. Erano già ad una profondità molto importante: tre Km. sotto la superficie di Marte. Impossibile proseguire a piedi, Wender e i suoi compagni decisero di tornare, avrebbero atteso i minatori che, con i loro pesanti mezzi, potevano allargare la grotta per permettere ai cingolati di passare, quindi sarebbero entrati nuovamente e avrebbero continuato l'esplorazione.

Occorse un'altra settimana per poter proseguire, Wender e i suoi compagni entrarono in forze nella grotta con i loro cingolati e mezzi pesanti. Arrivarono nuovamente all'enorme intersezione dove si divisero, alcuni di loro dovevano esplorare l'immensa camera dove si riunivano tutte le grotte. Wender aveva anche fatto arrivare altri minatori e scienziati il cui compito era quello di esplorare a piedi tutte le altre grotte.

Entrarono nella grande grotta che si era formata unendo tutte le altre. Era immensa! Larga non meno di otto Km. proseguiva per 11 Km. fino ad una profondità di sette Km.! Anche qui non trovarono ne rocce ne sabbia e neppure tracce d'acqua. Dopo tre Km. un'altra incredibile sorpresa. Fermarono i cingolati e scesero per ammirare qualcosa di impossibile!

"Wender!" Chiamò uno dei geologi. "Guarda!" Sembrava di essere all'interno di una fiaba assurda: Dalle pareti facevano capolino smeraldi, rubini e mille pietre preziose che, illuminate dalle torce elettriche, facevano pensare ad un castello incantato! I geologi stimarono che la preziosa miniera avesse uno spessore di due Km. all'interno della roccia! Non sapevano più cosa pensare! L'incredibile fenomeno proseguì per quattro Km., poi cessò improvvisamente. A questo punto potevano aspettarsi qualunque cosa: miniere d'oro? D'argento? Ma non trovarono altro. Infine arrivarono in fondo all'immensa grotta. L'area nel quale finiva la grotta era gigantesca e quasi perfettamente circolare formando uno spiazzo che stimarono largo 120 Km! Qui potevano costruire dieci città!

Con pazienza Wender, i geologi, minatori, esploratori e scienziati al seguito, esplorarono le pareti, ma non trovarono nulla di significativo, mancavano anche i giacimenti metalliferi che avevano trovato quasi ovunque nelle grotte. Alcuni esploravano il terreno. Uno di loro chiamò i compagni con voce concitata: "Venite qui presto! Cosa cavolo sono quelli?"

Wender e i suoi si avvicinarono, erano quasi al centro dell'immenso anfiteatro.

I geologi guardarono cosa aveva trovato il loro compagno, frastornati lasciarono il posto ad alcuni scienziati.

Wender disse: "Sono quelli che penso?" Uno degli scienziati rispose: "Dovremo analizzarli ma... se fossimo sulla Terra non avrei alcun dubbio: sembrano proprio fossili! Resti pietrificati di... qualcosa!" Esplorarono i dintorni con estrema attenzione, in alcuni punti effettuarono con estrema prudenza degli scavi. Portarono alla luce ben 600 reperti! Restarono sul sito un mese ma non trovarono altro. I reperti furono inviati alla base dove avrebbero potuto studiarli meglio.

Wender e compagni continuarono ad esplorare il canyon, non vi furono altre sorprese, ma continuarono a trovare un po ovunque ricchi giacimenti metalliferi. Wender decise che, una volta completata la città presso la loro base, ne avrebbero costruita un'altra sfruttando le grotte. Nel frattempo arrivarono dalla base le conclusioni sui reperti. Confermavano che erano resti fossilizzati. Resti di una specie sconosciuta: Un rettile che camminava eretto, alto circa 2 metri!

5

Marte si presentava come un mistero assurdo. Non fu mai compreso come si era formata l'immensa Valles Marineris, ne tanto meno come e perché vi fossero così tanti metalli e... pietre preziose! Le ipotesi erano tante e la più accreditata restava la cascata d'acqua, ma niente di provato e conclusivo. Ma il mistero più grande restarono i fossili! Il rettile fu ricostruito perfettamente, aveva mani umane, con cinque dita e un pollice. Una scatola cranica un po più grande rispetto a quella dell'uomo, corte unghie alle mani ed ai piedi, per il resto la sua costituzione non doveva essere molto dissimile da quella umana, ma era un rettile, anzi, un dinosauro! Impossibile una datazione precisa, ma sicuramente non meno di 40 milioni di anni addietro! Si poteva pensare che fosse possibile trovare resti simili in altre zone di Marte, ma non fu mai trovato niente altro, solo su Valles Marineris! Tutto questo faceva sorgere mille domande, ma non vi furono mai risposte, solo... leggende!

Vi era un altro sito interessante, il canyon Ma'adim Vallis. La sua lunghezza era di 700 km., la larghezza 20 km. e raggiungeva in alcuni punti una profondità di 2 km. poteva essere un buon punto di partenza per scavare in profondità e costruire nuove città sotterranee. Wender ordinò di esplorarlo ma questa volta non vi furono sorprese. Anche qui sarebbe sorta in profondità una città delle Fondazioni. Wender decise che, una volta costruita la città di Valles Marineris, si scavasse ancora più a fondo per inserire laboratori e una delle sedi principali delle Fondazioni. Wender non partecipò all'esplorazione di Ma'adim Vallis, voleva che fossero riprese al più presto le ricerche per le quali aveva costituito le due Fondazioni e che si iniziasse a costruire altre basi nel Sistema Solare. Nel frattempo erano passati due anni, la costruzione della prima città di Marte e delle canalizzazioni che dai poli e da altre aree fornivano acqua erano ultimate.

Le Fondazioni non avevano dimenticato la Terra, nel 2.066 cento navette partirono per il pianeta madre, una si recò in Svizzera con dieci uomini e donne a bordo, un'altra in Australia con 30 uomini e donne a bordo allo scopo di incontrare quello che restava del Comitato intergovernativo, le altre 98, ognuna con 10 uomini e donne a bordo si recarono in varie zone della Terra dove alcuni sopravvissuti cercavano di organizzarsi. In totale sarebbero arrivati da Marte 120 uomini e donne delle Fondazioni. Nel 2.067 sbarcarono sulla Terra!

Grazie alle analisi effettuate nei laboratori svizzeri, la Fondazione Alfa aveva potuto studiare il fango che la caduta dell'asteroide aveva sparso per tutta la Terra e avevano prodotto una particolare coltura microbica che avrebbe letteralmente "mangiato" il fango trasformandolo in terra fertile. Intendevano cedere grandi quantità di queste colture nonché fornire le istruzioni per poterle produrre in proprio. Inoltre volevano cercare di organizzare i gruppi dei superstiti e aiutare il Comitato Intergovernativo che si era salvato in Australia per riformare i sette governi della Terra e quindi iniziare a riorganizzare quello che restava del pianeta.

Una navetta atterrò in Svizzera, la zona dove i superstiti si erano meglio organizzati. Avevano costruito una piccola città: Nuova Ginevra, e anche uno spazioporto per permettere alla navetta delle Fondazioni di atterrare agevolmente. Qui le Fondazioni diedero loro le colture microbiche e annunciarono che, anche se non erano ancora riusciti ad ottenere un successo valido, le Fondazioni Alfa e Beta stavano lavorando per arrivare ad una bonifica completa delle aree colpite dalle radiazioni a causa della insensata guerra nucleare che aveva preceduto la caduta di "MX15". Appena fossero riusciti sarebbero venuti in forze. Inoltre consegnarono ovunque embrioni di animali e piante e sementi ed insegnarono come svilupparli. La Terra doveva rifiorire!

La politica delle Fondazioni di Wender era molto dura, tutto aveva un prezzo, niente veniva fornito gratuitamente. Si chiedeva molto ma veniva dato molto di più! In Svizzera, che era meglio organizzata, fra le altre cose chiesero di costruire una vera e propria piccola città, con case, uffici, laboratori e un vasto spazioporto. Doveva diventare la loro Sede Terrestre e doveva essere indipendente, territorio delle Fondazioni!

L'incontro con i terrestri fu particolarmente commovente. Si abbracciarono con forte emozione da ambo le parti! Si! Gli abitanti di Marte non avevano dimenticato i loro fratelli sulla Terra!

Altre navette atterrarono qua e là per cercare di organizzare meglio e aiutare i gruppi dei superstiti sparsi sul pianeta. A tutti vennero fornite le colture microbiche, gli embrioni e le sementi. Una navetta con trenta astronauti atterrò in Australia e incontrò il Comitato Intergovernativo della Terra. Il comandante della navetta era un ufficiale delle Fondazioni di circa quarant'anni: Novem Serghey. Cominciò subito ad illustrare il loro programma: "Dobbiamo instaurare nuovamente i sette governi della Terra, sappiamo che nessuno di loro è sopravvissuto ma voi li rappresentate. All'interno delle sette grandi Nazioni stiamo bonificando delle aree dove sorgeranno le vostre nuove Sedi, ognuno di voi si recherà nella rispettiva Sede e, con il nostro appoggio, prenderà il potere e inizierà a riformare le Nazioni! La Terra risorgerà!"

Così fecero e dopo poco più di un anno le nuove Sedi governative erano pronte. Su suggerimento delle Fondazioni e con il loro aiuto cominciarono a raccogliere i sopravvissuti. Si formarono due grandi sezioni governative: una che avrebbe continuato l'opera di bonifica e il recupero del territorio con l'aiuto dei superstiti delle varie zone interessate, l'altra che doveva coordinare i superstiti stessi e rinforzare l'opera dei vari governi in formazione. Non si operò in forma democratica, non era ancora il tempo per poterlo fare, l'emergenza continuava, ma si ricercarono esperti dei vari settori. Nel 2.135, grazie ad Albert, il Governatore locale, la Sede in Svizzera era pronta. Il progetto era gigantesco, prevedeva anche un enorme spazioporto, un aeroporto, decine di magazzini di stoccaggio, palazzi, abitazioni, uffici e quant'altro! Uno sforzo immenso per i superstiti e Albert dovette superare molte obiezioni ma, alla fine riuscì! Un anno dopo giunsero da Marte le Fondazioni in forze non più con navette ma con gigantesche astronavi interplanetarie! Trasportavano materiali, mezzi avanzatissimi e ottomila fra donne e uomini!

La capitale terrestre delle Fondazioni sarebbe stata in Svizzera. Nel frattempo vaste aree del pianeta erano state bonificate, si stimava che fossero sopravvissuti circa un miliardo di esseri umani in tutto il pianeta. Col tempo gli uomini delle Fondazioni presenti sulla Terra divennero ben 20.000! Piccole Sedi, uffici e società controllate dalle Fondazioni sorsero un po ovunque.

Nel 2.211 le Fondazioni dopo aver bonificato le zone radioattive, lasciarono la Terra. In realtà le Fondazioni avevano comunque mantenuto, in modo molto discreto, le loro piccole sedi e società sparse per il mondo, ma non in modo ufficiale. In caso di crisi i terrestri potevano solo contattare la Sede in Svizzera.

Nel frattempo Marte prosperava, Venivano costruite città sotterranee, strade che le collegavano, gigantesche industrie!

Gli studi per i quali erano costituite le Fondazioni erano proseguiti alacremente. Wender aveva dato nuove disposizioni: occorreva stabilire delle basi spaziali avanzate nella fascia degli asteroidi, scavare miniere e costruire una particolare nave interplanetaria. Partirono grandi navi e piccole navette. Erano dotate di importanti macchinari e trasportavano scienziati, esploratori e minatori. Il convoglio era comandato da Moses Hellans, un capace astronauta dell'età di cinquant'anni. Insieme ad alcuni tecnici, aveva un ordine ben preciso e... segreto, inerente quella particolare nave che le Fondazioni avevano progettato con assoluta discrezione. Ma la prima cosa da fare era raggiungere la fascia, trovare degli asteroidi adatti, costruire le loro basi, le miniere, le industrie e le fabbriche! Decollarono da Deimos e dopo due anni di viaggio le navi entrarono circospette nella fascia, Moses inviò in avanscoperta una quindicina di navette allo scopo di trovare altrettanti asteroidi che potessero fungere da basi spaziali e da miniere. Nel frattempo il resto del convoglio restò in vigile attesa all'interno della fascia. Dopo quindici giorni tutte le navette avevano espletato i loro compiti, Moses si mosse e ordinò che tre asteroidi venissero utilizzati come basi spaziali: Cerere, con un diametro di 1.000 km sarebbe diventato la Sede locale delle Fondazioni; Vesta, con un diametro sui 500 km doveva contenere un grande astroporto ed Eros un asteroide del sistema solare. L'orbita di Eros lo portava periodicamente molto vicino alla Terra; aveva forma irregolare con dimensioni di $34,4 \times 11,2 \times 11,2$ km, in passato vi si era posata una sonda spaziale: la NEAR Shoemaker della NASA. L'asteroide era adatto per il progetto segreto di Wender, era abbastanza grande per potervi costruire una base, un'industria, una fabbrica, nel sottosuolo era ricco di minerali e transitava vicino alla Terra. Moses inviò sul posto una delle navi interplanetarie appositamente attrezzata per quel progetto, quindi si accinse a sovraintendere agli altri impegni: otto asteroidi dovevano diventare delle vere e proprie miniere, tre dovevano contenere fabbriche e industrie e altri tre sarebbero diventati astroporti e basi spaziali delle Fondazioni.

I lavori iniziarono e proseguirono febbrilmente, forse troppo! Vi furono diversi incidenti dei quali tre mortali, ma Moses era un duro, appositamente scelto da Wender, uno spaziale con grande esperienza, non arretrava mai davanti alle difficoltà che poteva incontrare, aveva i suoi ordini, niente poteva spaventarlo o fermarlo!

Diana era un minatore, aveva 32 anni! In precedenza aveva lavorato su Marte nelle miniere di Valles Marineris, quando le era stato proposto di lavorare nella fascia aveva accettato con entusiasmo, era partita insieme a molti colleghi viaggiando in una grande nave interplanetaria. Una volta arrivati furono sbarcati in un asteroide minerario: 63 Ausonia la cui composizione era una miscela di silicati, ferro e nichel.

Usarono dell'esplosivo per spianare un'area e immediatamente assemblarono le loro abitazioni parzialmente interrate. Quindi fu la volta di una piccola centrale nucleare e dei magazzini che dovevano contenere scorte di aria, acqua, cibo e i pesanti macchinari a loro necessari. Vi era anche un piccolo laboratorio e un'infermeria. Espletarono questo compito a tempo di record, l'ordine era di fare presto e bene! Diana e gli altri erano abituati a lavorare con tute e respiratori ma, salvo alcuni che avevano lavorato su Phobos e Deimos, non erano soliti a muoversi in totale assenza di peso. Occorreva fare molta attenzione, non sarebbe stato difficile fare un salto troppo lungo e trovarsi lontano dall'asteroide nello spazio profondo e, in effetti anche a causa delle fretta, accadde due volte a dei colleghi di Diana; furono comunque presto recuperati da una navetta, ma non era stata una bella esperienza! Ultimati i preparativi si accinsero a scavare l'asteroide e iniziarono l'estrazione. Il minerale veniva stoccato in un'area apposita per poi essere trasferito in una nave "cargo" che lo avrebbe portato alle industrie che si stavano costruendo nella fascia.

Le tute dei minatori erano potenziate e stratificate. Nel vuoto uno strappo nella tuta voleva dire la morte, per questo i minatori, più esposti di altri a questo tipo di incidente, avevano pesanti tute fatte a strati. In queste condizioni muoversi non era facile, e si doveva fare presto!

L'asteroide, nel punto dove avevano iniziato l'estrazione, aveva un diametro di quattro Km. Diana scavò un tunnel lungo ben tre Km. poi i suoi colleghi cominciarono ad allargarlo ogni duecento metri. Diana si mise a lavorare nell'ultimo slargo, a tre Km. di profondità. La vena metallifera era ricchissima e Diana, con alcuni colleghi, iniziò a recuperare il minerale a tempo di record convogliandolo verso l'esterno, quando il tunnel "implose" su se stesso!

Diana aveva scavato per tre Km., restavano solo 1.000 metri per raggiungere l'esterno dall'altra parte dell'asteroide, troppo pochi! I colleghi di Diana si salvarono a stento, lei invece era troppo in profondità occupata com'era a scavare il minerale e si trovò intrappolata fra le rocce. Subito arrivarono i soccorsi, ma occorreva procedere con estrema cautela per evitare altri crolli. Diana era ferita gravemente ma la sua radio funzionava. Non fecero in tempo! La donna, prima di morire, disse: "Ragazzi, fate con calma, io me ne sto andando, dite a Wender che sono stata orgogliosa di lavorare per le Fondazioni, peccato! Chissà quante avventure mi sto perdendo...."

Era dura! Quelle parole erano state registrate, Wender ricevette la registrazione e... pianse!

Presto le tre basi spaziali furono pronte e con loro giganteschi spazioporti. Le industrie andavano a pieno ritmo grazie al lavoro dei minatori e così anche le fabbriche che iniziarono a costruire navette, navi "cargo" e gigantesche navi interplanetarie, molto più grandi ed efficienti delle venti navi usate dai coloni per l'esodo su Marte e... il progetto segreto di Wender!

Era il 2.074, sulla Terra, su Phobos, su Deimos, su Marte e nella fascia degli asteroidi fu inviato un messaggio: "Sono Wender!" Iniziava così. "Avete fatto un meraviglioso lavoro, state conquistando Marte! Presto aiuteremo la Terra, ma il nostro vero progetto ora, come non mai, deve continuare e svilupparsi: la Fondazione Alfa un giorno arriverà a sconfiggere la morte e la Fondazione Beta ci porterà alle stelle! Io e Nimba abbiamo ormai più di novant'anni, troppi! Abbiamo bisogno di una vacanza! Non cercateci, non ci troverete! Grazie a tutti voi abbiamo vissuto mille avventure, grazie amici! Ho dato disposizione per formare un Comitato di dodici persone che mi sostituirà in tutto e per tutto. Quattro componenti del Comitato sono stati scelti fra i migliori esponenti della Fondazione Alfa e altri quattro dalla Fondazione Beta, i due gruppi vengono presieduti dal responsabile generale delle rispettive Fondazioni. Partecipa al Comitato il Dottor Engand Augusth come consulente scientifico. Mi sostituisce a tutti gli effetti Rina Sander! Tutti sono tenuti ad ascoltare ed obbedire alle disposizioni che Rina vorrà dare. So che intende costruire nuove basi nel sistema solare, sono certo che lo farete e che le Fondazioni conquisteranno presto tutto il sistema. So anche che non dimenticherete la Terra. Addio amici!" Wender e Nimba scomparvero, non si seppe più nulla di loro!

Rina era giovane, solo 34 anni, ma aveva un'energia straordinaria ed una capacità decisionale e di coordinamento unici all'interno del Comitato. Sembrava sorta dal nulla! Si fecero mille illazioni su di lei: Era la figlia di Wender? Una parente? La sua carnagione faceva pensare alla prima ipotesi: figlia di Wender e Nimba che era originaria dell'Africa Equatoriale. Rina non diede mai nessuna conferma e molte leggende nacquero su di lei ed i suoi supposti genitori.

Ma Rina aveva idee molto chiare: le Fondazioni assunsero un carattere militare, divise (non sempre obbligatorie) e armi nonché i gradi che venivano definiti con la terminologia: "livello". Si partiva dal primo livello o livello uno che riguardava solo i membri del Comitato, fino ad arrivare al più basso che era il livello otto. Con la stessa terminologia venivano identificate le ordinanze, da uno a otto secondo l'importanza, nonché le aree dove sorgevano uffici, laboratori etc.

La Sede permanente delle Fondazioni era stabilmente costituita su Marte dove restò sempre.

Rina diede un fortissimo impulso alle ricerche proprie delle Fondazioni che, nel frattempo, avevano parzialmente risolto il problema dell'ibernazione!

Diede il via alla colonizzazione del Sistema Solare facendo costruire basi spaziali, astroporti etc. Inoltre non dimenticò la Terra fornendo, nei limiti del possibile e senza togliere risorse alle Fondazioni, un grande aiuto attraverso la Sede permanente in Svizzera.

Tutti la temevano e la rispettavano!

Immediatamente il Comitato diretto da Rina si attivò per consolidare le basi extra planetarie, le miniere e gli astroporti nella fascia degli asteroidi. Con il passare degli anni nella fascia sorsero sei nuove basi extra planetarie con altrettanti astroporti su Lutetia, Kleopatra, Šteins, Gaspra, Ida con un diametro medio di circa 32 km e la sua luna Dactyl, e il grande Pallade! Furono aperti ben 80 altri siti minerari fra cui spiccava quello di Ausonia ricco di silicati, ferro e nichel. Su altri 16 asteroidi divennero operativi siti industriali e fabbriche. Ma la straordinaria forza delle Fondazioni si evidenziava negli astroporti! Grandi navi interplanetarie, navette, navi "cargo", di tutto! Era qualcosa di grandioso!

Nel complesso le Fondazioni finirono per colonizzare e sfruttare fra il 2.070 e il 2.102 ottantotto asteroidi come siti minerari, diciannove per fabbriche e industrie e nove divennero grandi basi spaziali con i relativi astroporti.

Nello stesso periodo i satelliti di Marte: Phobos e Deimos cambiarono completamente faccia e divennero a loro volta delle basi interplanetarie importantissime. In particolare Deimos fu trasformato nel più grande astroporto delle Fondazioni.

2.080: Rina diede l'ordine di fondare una base spaziale sulla Luna!

Partirono venti immense navi interplanetarie, complete di macchinari, attrezzature, navette, navi "cargo" ed ogni cosa utile allo scopo.

Miguel era imbarcato nella "Medison", una delle navi che puntavano verso la Luna. Stava tornando in vista della Terra, l'aveva lasciata quando era bambino ma la ricordava bene! I fiori, gli odori, le strade di Barcellona, la gente... Sapeva che la sua città non esisteva più, ma la Terra era ancora là! Non era come la ricordava dai filmati visti in televisione, ora, vista dalla Luna, appariva come un disco biancastro chiazzato di marrone, solo pochi spiragli facevano intravvedere l'azzurro di un tempo!

Miguel Herrera era un ufficiale della Fondazione Beta di quinto livello, un ottimo matematico e astronomo. Il suo primo compito consisteva nel trovare e indicare al convoglio un sito adatto per fondare la grande base lunare. Insieme a tre compagni trasbordò su una navetta e iniziò ad esplorare il satellite dall'alto. In realtà lo conosceva bene, ma solo attraverso le carte astronomiche ed i video che aveva studiato con attenzione durante il lungo viaggio da Deimos. Ma ora voleva una conferma visiva. Circumnavigò più volte il satellite poi chiese di atterrare nel "Mare della Tranquillità".

Scese dalla navetta ed esplorò a lungo la zona poi diede l'ok! Quello era il sito giusto! Inviò le coordinate per far atterrare le navette e le navi "cargo", imbarcate sulle venti navi interplanetarie, che presto arrivarono e cominciarono a sbarcare uomini e materiali.

Forse nella sua decisione vi era un pizzico di nostalgia: Nel lontano 1965 la sonda spaziale Ranger 8 si schiantò in questa regione, dopo aver inviato con successo a Terra 7.137 fotografie della superficie della Luna negli ultimi 23 minuti della sua missione. Il Mare della Tranquillità era stato anche obiettivo del primo allunaggio mai compiuto dall'uomo da parte del modulo lunare dell'Apollo 11, nel 1969. Il punto preciso di contatto con il suolo lunare, situato alle coordinate 0,8° N, 23,4° E, era stato soprannominato Tranquillity Base per essere poi ufficialmente chiamato Statio Tranquillitatis, i tre crateri minori situati poco più a nord erano stati chiamati Aldrin, Collins ed Armstrong in onore dei tre astronauti che componevano la missione.

Mare era un termine utilizzato in esogeologia per designare diverse configurazioni morfologiche presenti sulla superficie della Luna. Il termine era stato scelto a causa del colore scuro che contraddistingueva queste regioni dai territori circostanti; si trattava in verità di pianure basaltiche, originatesi da antiche eruzioni di materiale incandescente seguite all'impatto con asteroidi particolarmente massicci. Il sito scelto da Miguel era perfetto!

Il 16% della superficie lunare era ricoperta da mari, più numerosi nell'emisfero rivolto verso la Terra che non sulla faccia nascosta, dove sono più piccoli e meno evidenti.

Non era compito di Miguel sovraintendere ai lavori, ma doveva esplorare il satellite. Salì su un cingolato insieme ad una giovane pilota: Sandra Tresci, e si allontanarono dal sito. La Luna era molto craterizzata, molto più di Marte, praticamente tutti crateri da impatto, ma si sapeva che esistevano anche formazioni vulcaniche. Il paesaggio appariva piuttosto monotono, solo il disco bianco-sporco della Terra rompeva la monotonia.

"Guarda Miguel," Disse Sandra. "Chissà come se la cavano i superstiti, tornerà mai come un tempo?"

"Penso di si! Ce la faranno, devono farcela! Tu la ricordi?" Rispose.

"Si, mi ricordo, ero ancora piccola, vivevo a Mykonos, una piccola isola della Grecia... Mykonos non c'è più, ma mi ricordo: il mare azzurro, trasparente, le case bianche, i mulini. Ricordo!"

Proseguendo la loro esplorazione non trovarono nulla di particolare, il satellite era poverissimo di minerali, non valeva la pena estrarli, poi:

"Miguel! Là davanti a noi!"

"Che cavolo! Sembra una piccola nuvola! Avviciniamoci." Rispose Miguel.

"Non è una nuvola, ma un piccolo sbuffo di fumo, direi una fumarola che sbuca dal terreno." Commentò Sandra.

"Hai ragione, usciamo per vederla più da vicino."

Era veramente una piccola fumarola, la prova che c'era ancora attività vulcanica sulla Luna. Presero diverse misurazioni nonché campioni e temperatura del terreno, poi proseguirono la loro esplorazione. La Luna era tutt'altro che 'morta': c'era del magma sotto la crosta che era semplicemente troppo denso per risalire e provocare eruzioni vulcaniche. Accostarono al cratere Tycho di origine vulcanica dove trovarono antiche colate di lava e grandi massi anch'essi di origine vulcanica.

Trovarono ancora qualche traccia di attività vulcanica ma niente di particolarmente significativo, se non alcune evidenti antiche formazioni laviche. Visitarono la cosiddetta faccia nascosta: La particolarità di questa faccia era quella di avere una morfologia molto più accidentata: ricca di crateri e con molto meno mari lunari. Questo perché non essendo "protetta" dalla presenza del pianeta Terra, poteva essere più facilmente raggiunta da oggetti provenienti dallo spazio, in particolare i meteoriti. Tra i mari presenti (più piccoli di quelli della faccia visibile), visitarono il Mare Moscoviense, il Mare Ingenii, le parti nascoste del Mare Orientale e del Mare Australe. Per contro tra i numerosissimi crateri esplorarono l'Apollo che vantava ben 520 km di diametro. I mari lunari rappresentavano solo il 2,5% della sua superficie rispetto al 31,2% della faccia visibile. Poi rientrarono al "Mare della Tranquillità" dove i lavori proseguivano febbrilmente.

6

Le Fondazioni finirono per costruire una grande base lunare con un immenso astroporto e... la armarono pesantemente. Rina Sander aveva seguito con molta attenzione le vicende terrestri, trovava che la Luna fosse un po troppo vicina alla Terra e lei non si fidava affatto dei terrestri! Fin da quando aveva iniziato la sua attività, la Fondazione Beta aveva studiato con molta attenzione la possibilità di utilizzare l'energia nucleare. Si era quindi dotata di Centrali ad energia atomica via via sempre più sicure e piccole, fino a risolvere definitivamente il problema. Quindi le Fondazioni avevano costruito centrali sulla Terra, su Marte e su tutte le basi extra planetarie. Da tempo erano in grado di costruire motori ad energia nucleare, nel 2.090 Rina diede il via ad un grande progetto: dotare tutte le navi interplanetarie, le navette, le navi "cargo" etc. di motori spinti dall'atomo. La Fondazione Beta fu incaricata di provvedere. I nuovi motori erano molto più efficienti e sicuri dei precedenti spinti da reazioni chimiche, inoltre raddoppiavano la velocità delle navi!

Ma non si fermarono qui, in tutti i veicoli: semoventi, automobili, autocarri, cingolati e quant'altro, vennero inseriti piccoli ed eterni motori ad energia nucleare! In soli cinque anni tutte le navi interplanetarie furono fornite del nuovo motore, in altri cinque anni fu completata la sostituzione per tutti i veicoli!

L'ultima straordinaria iniziativa di Rina Sander fu una incredibile avventura che iniziò nel 2.097! Rina fece allestire una grande spedizione: cinquanta nuove navi interplanetarie, quattrocento navette e seicento navi "cargo", tutte dotate di propulsione a energia nucleare. Con loro sarebbero partiti 50.000 uomini, molti giovanissimi guidati da alcuni veterani delle Fondazioni. Più di quanti erano partiti dalla Terra! Le navi erano dotate di grandi attrezzature e materiali di ogni tipo. La spedizione fu allestita nei grandi astroporti della fascia, destinazione: Giove e i suoi 67 satelliti! Quest'ultimo era il più grande pianeta del sistema solare, una stella mancata, un vero mostro! La sua massa corrispondeva a 2,468 volte la somma di tutti gli altri pianeti messi insieme. Era classificato, al pari di Saturno, Urano e Nettuno, come gigante gassoso. Era dotato di quattro piccoli anelli ma, sopratutto, aveva grandi satelliti con abbondanza di minerali, gas e acqua! Le Fondazioni volevano approfittare di tutto questo: costruire altre basi interplanetarie con i loro astroporti, scavare miniere, costruire fabbriche e industrie. Vi era anche un progetto per sfruttare le riserve d'acqua e, grazie alla Fondazione Alfa, cercare di utilizzarle anche per una vera e propria acquacoltura, a questo scopo le navi avevano anche imbarcato sommergibili a propulsione nucleare!

Puntualmente la spedizione partì, muovendosi con circospezione finirono per lasciare alle loro spalle gli asteroidi. Era uno sforzo immenso, mai le Fondazioni avevano profuso tanti mezzi, tanti uomini per un solo obiettivo, neppure quando dovevano colonizzare Marte! Dopo due lunghi anni di viaggio, davanti a loro Giove, la grande avventura stava per cominciare!

La gigantesca colonna era comandata da Adriano Regan, un anziano spaziale di 59 anni, originario del Brasile. Aveva lasciato la Terra all'età di 26 anni e già a quell'epoca era pilota di navette. Quasi tutti i suoi sottoposti avevano meno di trent'anni, nessuno di loro aveva conosciuto la Terra! Rina Sander aveva scelto Regan per la sua grande esperienza e aveva scelto bene!

L'avvicinamento a Giove procedette senza problemi ma con grande prudenza. La forza di attrazione del gigante era molto pericolosa e occorreva starne lontani anche per evitare la sottile cintura di anelli che lo circondava. Il pianeta possedeva un debole sistema di anelli planetari, il terzo dopo quello di Saturno e quello di Urano.

Il sistema di anelli consisteva principalmente di polveri, silicati. Era suddiviso in quattro parti principali: un denso toro di particelle noto come anello di alone; una fascia relativamente brillante, ma eccezionalmente sottile nota come anello principale; due deboli fasce più esterne, detti anelli Gossamer, che prendevano il nome dai satelliti il cui materiale superficiale aveva dato origine a questi anelli: Amaltea (anello Gossamer di Amaltea) e Tebe (anello Gossamer di Tebe). Potevano essere pericolosi, era bene starne lontani. Regan inserì la flotta in orbita stazionaria, ben lontana da Giove e dai suoi anelli. Quindi ordinò a cinquanta navette di esplorare lo spazio ed i satelliti. Innanzitutto dovevano trovare il luogo più idoneo per stabilire la Sede gioviana delle Fondazioni.

Nell'attesa di conoscere i risultati dell'esplorazione Adriano Regan e l'equipaggio potevano ammirare la Grande Macchia Rossa ben visibile sulla superficie di Giove. Si trattava di una vasta tempesta anticiclonica, posta a 22° sotto l'equatore del pianeta, che durava da almeno 300 anni. Era la più grande tempesta del sistema solare. Misurava 24–40.000 km da ovest ad est e 12–14.000 km da sud a nord. La macchia era sufficientemente grande da contenere due o tre pianeti delle dimensioni della Terra.

Dopo parecchio tempo le navette ritornarono e fecero rapporto sulle loro esplorazioni.

Il Comandante Adriano Regan suddivise la grande flotta in sei sezioni secondo le loro competenze. Sarebbero rimaste in continuo contatto con lui che le inviò ad occupare i satelliti a loro assegnati. Ogni sezione veniva preceduta dalla navetta esploratrice e ne seguiva le coordinate. Adriano Regan con le sue navi doveva occuparsi della base gioviana delle Fondazioni, ma occorreva anche costruire un grande astroporto, siti minerari, fabbriche e industrie.

Per la Sede gioviana delle Fondazioni la scelta apparve subito ovvia: Ganimede! Il principale satellite naturale del pianeta Giove e il più grande dell'intero sistema solare; oltre 5.000 km. di diametro! Superava per dimensioni (ma non per massa) lo stesso Mercurio. Ganimede completava un'orbita attorno a Giove in poco più di sette giorni ed era in risonanza orbitale con Europa ed Io rispettivamente. Composto principalmente da silicati e ghiaccio d'acqua, era totalmente differenziato con un nucleo di ferro fuso. A circa 200 km. di profondità vi era un oceano di acqua salata compreso tra due strati di ghiaccio. La superficie ganimediana presentava due principali tipi di terreno: le regioni scure, antiche e fortemente craterizzate, formate 4 miliardi di anni fa, che coprivano un terzo della luna e le zone più chiare, di formazione leggermente più recente, ricche di scoscendimenti e scarpate che coprivano la restante parte. Nelle zone chiare il terreno presentava delle striature risultato dell'attività tettonica attivata dal riscaldamento mareale. Ganimede era l'unico satellite del sistema solare con un campo magnetico proprio, sostenuto dai movimenti convettivi all'interno del nucleo di ferro fuso.

Il satellite si componeva principalmente di silicati e ghiaccio d'acqua; presentava una crosta ghiacciata che scivolava su di un mantello di ghiaccio più tiepido, ospitava uno strato di acqua liquida.

Inoltre aveva una tenue atmosfera di ossigeno!

Fu là che si diresse Adriano Regan. Avevano anche un batiscafo con il quale, un giorno, speravano di esplorare l'oceano interno. Per farlo avrebbero dovuto scavare un tunnel per ben 200 Km., un'impresa ardua, ma le Fondazioni non conoscevano limiti! Nel frattempo pensavano comunque di scavare un pozzo, alla maniera dei pozzi petroliferi, per arrivare all'oceano di acqua salata, prendere campioni e inserire piccolissimi sensori. Più in superficie l'acqua non mancava. Era ghiacciata ma, come su Marte, poteva essere sciolta grazie all'energia fornita dalle Centrali Nucleari ed essere utilizzata per bere e per produrre ossigeno anche in grande quantità. L'atmosfera del satellite era già a base di ossigeno, ma troppo tenue per le esigenze umane, l'idea era quella di immettere altra aria nell'atmosfera e creare quindi una nuova piccola Terra. Con grandi Centrali avrebbero cercato di riscaldare il pianeta. Un progetto grandioso!

Un'altra sezione doveva occuparsi dei siti minerari, partì per costruire un enorme sito industriale e minerario in direzione di Io.

Il satellite era composto prevalentemente di rocce silicee e non di ghiaccio d'acqua, con un diametro di oltre 3.000 km. e una sottile atmosfera composta principalmente da diossido di zolfo.

Come gli altri satelliti di Giove e la Luna terrestre, la rotazione di Io era in sincronia con il suo periodo orbitale e pertanto il satellite mostrava sempre la stessa faccia a Giove. Moltissimi i vulcani attivi: oltre 400! Si trattava del corpo più geologicamente attivo del sistema solare. A differenza dei vulcani terrestri, i vulcani di Io emettevano zolfo e biossido di zolfo.

Su Io si contavano tra 100 e 150 montagne con un'altezza media di circa 6 km, ma con un massimo di 17,5 km. A differenza di molti altri satelliti del sistema solare esterno, che sono in genere costituiti di ghiaccio d'acqua, Io era principalmente costituito di rocce silicee che circondavano un nucleo di ferro fuso o di solfuro di ferro, non possedeva praticamente acqua.

Gran parte della superficie del satellite era caratterizzata da estese pianure ricoperte di zolfo e biossido di zolfo ghiacciato.

Mancava completamente di crateri a causa della fortissima attività vulcanica che ne trasformava continuamente il territorio. La superficie di Io era giovane almeno quanto quella della Terra. Nel complesso un bel inferno! Ma era sicuramente l'ideale per lo scopo cui era destinato.

La terza sezione aveva un compito particolare! Si diresse verso Europa che era l'obiettivo principale della Fondazione Alfa! Là avrebbero costruito una piccola città e da là sarebbero partiti alcuni dei sommergibili a propulsione nucleare imbarcati nelle grandi navi interplanetarie!

Europa era il quarto satellite naturale del pianeta Giove per dimensioni ed uno dei più massicci dell'intero sistema solare con un diametro superiore a 3.000 km.

Aveva una tenue atmosfera composta di ossigeno. Di tutti i satelliti naturali del sistema solare, solo altri sei (Io, Ganimede, Callisto, Titano, Encelado e Tritone) possedevano un'atmosfera apprezzabile.

L'aspetto della superficie di Europa, quasi completamente liscia e priva di crateri da impatto, era causato da un suo costante rimodellamento, ad opera di un oceano di acqua allo stato liquido che si trovava al di sotto dei suoi ghiacci. Una immensa crosta ghiacciata simile al pack dei mari polari della Terra!

La temperatura superficiale si aggirava intorno a 150 gradi sotto lo zero all'equatore e 220 gradi sotto lo zero ai poli, cosicché il ghiaccio superficiale era permanentemente congelato, ma al di sotto della crosta raggiungeva temperature ben più elevate per via del calore prodotto dall'interazione mareale con Giove. Questo fenomeno, sebbene non vistoso come quello in atto su Io, era in grado di mantenere allo stato liquido gli strati interni di Europa.

La caratteristica più notevole della superficie di Europa era una serie di striature scure che attraversavano, incrociandosi tra di loro, l'intero satellite. Le bande più larghe raggiungevano circa i 20 km con dei bordi leggermente scuri, striature regolari, e una banda centrale di materiale più chiaro. Questa caratteristica era prodotta da una serie di eruzioni vulcaniche di acqua o geyser, un effetto simile a quello visibile nelle dorsali oceaniche terrestri.

Un altro tipo di formazione presente su Europa erano delle lenticulae circolari ed ellittiche. Molte erano cupole, alcune erano buche e diverse erano punti scuri e lisci. Altre avevano una superficie confusa o ruvida. Le cime delle cupole erano parte delle antiche pianure che le circondavano.

Al di sotto della crosta ghiacciata di Europa si trovava uno strato di acqua liquida. Su nessun altro corpo del sistema solare (ad eccezione della Terra, e in stati molecolari su Marte) esistevano così grandi giacimenti d'acqua allo stato liquido. L'oceano sotterraneo era composto di acqua salata ed aveva una temperatura prossima allo zero fornendo condizioni ambientali favorevoli allo sviluppo di forme di vita elementari simili a quelle individuate sulla Terra nei ghiacci antartici a oltre 4 chilometri di profondità.

I più grandi crateri erano circondati da cerchi concentrici riempiti con ghiaccio fresco relativamente liscio; la crosta esterna di ghiaccio solido era spessa approssimativamente 10 − 30 km, e l'oceano liquido sottostante era profondo circa 100 km. La vita esisteva in questo oceano al di sotto del ghiaccio, in un ambiente simile a quello delle sorgenti idrotermali presenti sulla Terra nelle profondità dell'oceano o sul fondo del Lago Vostok, in Antartide.

Europa era un ambiente abitabile! Il progetto delle Fondazioni era, per certi versi, simile a quello che volevano mettere in atto per Ganimede rendendo tutto il satellite adatto alla vita degli esseri umani. Ma su Europa si andava oltre! Una volta che il satellite fosse reso finalmente abitabile la Fondazione Alfa intendeva esplorare e sfruttare il suo grande oceano salato!

Una quarta sezione della grande spedizione comandata da Adriano Regan si diresse verso Tebe che doveva diventare il più importante astroporto delle colonie gioviane. Tebe aveva un diametro superiore a 100 km, la superficie di Tebe era piuttosto scura e di colore rossastro. Vi era una sostanziale asimmetria tra i suoi due emisferi: quello anteriore era 1,3 volte più brillante di quello posteriore. L'asimmetria era causata dall'alta velocità e frequenza degli impatti che avevano portato in superficie del ghiaccio.

La superficie di Tebe era altamente craterizzata e presentava quattro crateri da impatto le cui dimensioni erano confrontabili con il raggio del satellite stesso. Il più vasto di questi crateri: Zethus, con un diametro di circa 40 km, era situato sulla faccia opposta rispetto a Giove ed era qui che le grandi navi si soffermarono per costruire il grande astroporto!

La quinta sezione si diresse su Elara, un satellite di oltre 50 km di diametro dove dovevano sorgere grandi industrie e fabbriche.

Infine la sesta sezione aveva il compito di portare i minatori sui satelliti scelti per l'estrazione: Ananke, Leda ed Adrastea, con un diametro fra 10 e 50 km, che furono utilizzati come siti minerari. Fu su Elara che avvenne l'incidente!

La grande nave interplanetaria comandata da Silvio Montanari faceva parte di un convoglio di otto navi come la sua, accompagnate da navette e navi cargo dovevano mettere base su Elara fornendo riserve d'acqua, cibo, aria, un astroporto dove le navi "cargo" avrebbero portato il minerale estratto su Ananke, Leda ed Adrastea e quindi iniziare a costruire la zona industriale. Silvio si accostò al satellite con l'intenzione di favorire lo sbarco degli astronauti e dei materiali che la sua nave trasportava. Improvvisamente il suo secondo: Scery Hel Nasy, urlò:

"Comandante, guardi a poppa! La nave di Master ci viene addosso!"

Il Comandante si attaccò subito alla radio, ma era già troppo tardi, una seconda nave interplanetaria colpì la poppa, la nave di Silvio era troppo vicina all'asteroide, vi piombò sopra come un sasso! L'altra nave non subì seri danni e si allontanò subito dal disastro.

La grande nave di Silvio cadde pesantemente su un cratere che la spezzò in tre tronconi. Il Comandante ed i suoi diretti sottoposti morirono immediatamente, tutta la prua era distrutta, nessuno fra coloro che vi si trovava sopravvisse. Nel centro della nave l'ufficiale Salon Mitra, una giovane di 24 anni i cui avi erano originari di Calcutta, ebbe la presenza di spirito di chiudere tutti i boccaporti. In quel modo condannò a morte 47 suoi compagni ma salvò se stessa ed altri 280 coloni! A poppa, colpita dall'altra nave, scoppiò un incendio presto domato dai superstiti, i motori non avevano subito alcun danno ma, grazie ai sistemi di sicurezza che impedivano qualsiasi fuoriuscita di radiazioni, erano inutilizzabili. In quell'area sopravvissero in 89, altri 26 morirono nell'incendio o a causa dell'impatto. Adriano Regan fu avvertito immediatamente e diede ordine di recuperare i superstiti. Subito i soccorritori sbarcarono su Elara: nel troncone di prua trovarono solo morti! A poppa riuscirono a recuperare i 63 coloni sopravvissuti, 47 di loro furono ricoverati in infermeria! Nel centro dove ve ne erano ben 281 trovarono grosse difficoltà! Tutte le camere stagne erano inutilizzabili e il settore dove erano state stipate le tute era anch'esso completamente distrutto! Inoltre la zona era pesantemente fessurata e l'aria stava rapidamente fuoriuscendo. Il capo dei soccorritori: Alì Rabsen, riuscì a mettersi in comunicazione con Salon Mitra: "Signore!" Esordì. "Qual'è la situazione? Dobbiamo assemblare una camera stagna, riuscite a resistere?" La risposta di Salon non si fece attendere: "Difficile dirlo, l'aria sta uscendo rapidamente, non credo che potremo resistere più di venti minuti ancora, forse mezz'ora!" Alì, preoccupato, trasmise: "Non ce la facciamo Salon! Troppo poco! Abbiamo bisogno di quasi due ore!" Tutte le comunicazioni arrivavano anche al Comandante in capo Adriano Regan che intervenne: "Salon, sono Adriano Regan, dobbiamo cercare insieme una soluzione! Alì, dovete farcela massimo in un'ora, datevi da fare!" Salon intervenne: "Capo, anche un'ora è troppo, moriremo!"

"No!" Rispose deciso il Comandante. "Non morirete, te lo prometto! La vostra infermeria è in funzione?"

"Si signore!"

"Allora vai a prendere tutto il cloroformio che riesci a trovare e tutti i sonniferi: dovete dormire! Non state tutti insieme, dividetevi in zone diverse, cercate di sparpagliarvi il più possibile e poi, cloroformio in abbondanza e sonniferi per tutti. Vi voglio addormentati entro cinque minuti!" Salon comprese, chissà, forse... Diede subito gli ordini e letteralmente di corsa i superstiti obbedirono, non ce la fecero in cinque minuti, ma dopo otto minuti erano tutti addormentati, non sapevano se si sarebbero mai risvegliati! Si risvegliarono, Il Comandante aveva mantenuto la sua promessa! Espletati i suoi compiti Adriano Regan inviò un rapporto completo alla base di Cerere, sapeva che di lì a poco sarebbero partite altre navi, altri coloni, la conquista di Giove era iniziata! Il Comandante ed i suoi 50.000 compagni sarebbero rimasti sui satelliti gioviani che erano ormai diventati la loro casa!

7

Nel 2.104 Rina Sander, ormai anziana, decise di farsi sostituire al comando del Comitato dalla giovanissima Rishta Yerima, di soli 27 anni.

Rishta non intraprese nuove avventure, le Fondazioni avevano necessità di consolidare le conquiste effettuate e, inoltre, proseguivano incessantemente nei loro compiti primari. Quindi Rishta Yerima preferì occuparsi di dare nuovo slancio nella colonizzazione di Marte e delle basi interplanetarie.

Così le basi gioviane con le loro miniere e le loro fabbriche, come quelle della fascia, dei satelliti marziani e della Luna migliorarono di molto la vita degli spaziali che le abitavano e che vi lavoravano e la loro efficienza arrivò ai massimi livelli.

Ma Rishta diede molta attenzione sopratutto alla colonizzazione di Marte.

Nel pianeta rosso erano sorte 26 città! La maggior parte erano città sotterranee, altre erano state costruite in superficie ma proseguivano sottoterra, infine alcune erano solo in superficie protette da grandi cupole. Ma le città più importanti erano quattro e prendevano il nome dalla località dove erano state edificate: innanzitutto Phoenicis Lacus il cui sito era stato preparato dai primi coraggiosi astronauti e che aveva accolto i coloni provenienti dalla Terra. La città era costruita su due livelli: uno in superficie dove, nel luogo dove i primi astronauti avevano edificato i loro moduli abitativi, c'erano molte abitazioni e le serre, ora protette da una grande cupola. Fuori dalla cupola, ma collegata ad essa da un passaggio sotterraneo, vi era la Torre di Controllo e il più vasto astroporto delle Fondazioni. All'interno della cupola vi era una grande piazza dalla quale si poteva accedere agli ascensori che portavano alla città sotterranea. Questa era situata a duemila metri di profondità, rispetto alle altre città non era molto grande ma, nei pressi, vi erano coltivazioni, tre centrali nucleari, fabbriche, allevamenti, un importante centro sportivo e un grande lago alimentato dalle acque provenienti da Arsia Mons, Hellas Planitia, e il cratere Terby. Il lago era ricco di pesci e, intorno, vi era un parco meraviglioso. La zona era meta degli abitanti che vi si recavano nei momenti di libertà.

L'aria era assicurata dalle installazioni effettuate presso le Fosse di Zumba Crater.

Tutte le città erano illuminate grazie alle centrali nucleari. Attraverso vari accorgimenti la luce aveva le stesse caratteristiche del sole visto dalla Terra. Vi era un ciclo di giorno e notte, ma la notte non era mai completamente buia.

La città di Ma'adim Vallis sorgeva alla base del canyon omonimo. Anch'essa era stata costruita alla profondità di duemila metri, ma se si aggiungevano anche i duemila metri del canyon risultava rispetto alla normale superficie di Marte ben quattro Km. più in basso! In "superficie" (nel fondo del canyon) vi era una installazione attraverso la quale si poteva accedere alla città sotterranea, nei pressi si era spianato il terreno per permettere alle navette di atterrare. Su Marte l'atmosfera era troppo rarefatta, non potevano volare ne aerei ne tanto meno elicotteri, quindi si usavano le navette. Una strada lunga otto Km. raggiungeva la parete del canyon e vi si trovavano grandi sollevatori e ascensori che portavano alla cima dove, coperto da una cupola, vi era un centro di accoglienza. Da là partiva la strada che collegava la città alle altre. Un'altra strada attraversava il canyon per tutta la sua lunghezza di 700 km. Aria e acqua erano assicurate dalle grandi installazioni situate ai due poli che le fornivano ovunque su Marte grazie ad una fitta rete di canalizzazioni.

Tutte le città, nonché le fabbriche, le industrie, le miniere, gli astroporti e le numerose installazioni e centrali sparse per tutto il pianeta, erano collegate a mezzo strade. Occorrevano mezzi pressurizzati per percorrerle e squadre di operai erano sempre all'erta per tenerle efficienti e libere dalla sabbia spesso portata dalle tempeste. Quando le città o le varie installazioni erano sufficientemente vicine, erano collegate da metropolitane sotterranee.

La più grande città era Valles Marineris. Questa era un'immensa metropoli che sfruttava le profonde intersezioni delle sue 98 grotte che finivano ad una profondità di sette Km. nella grande camera perfettamente circolare larga ben 120 Km.! La metropoli occupava un'area di 70 Km., a venti Km. di distanza, collegata con treni, strade e metropolitane, vi era un'altra città, più piccola, chiamata Aliens, forse in onore dei resti impossibili che erano stati trovati in quel luogo e che erano conservati in un piccolo museo all'interno della stessa città. L'immensa camera era stata spianata, fornita di ben cinque centrali nucleari, giardini, parchi, centri sportivi etc.. Al centro della città di Valles Marineris da un alto grattacielo si accedeva in profondità per ben altri due Km. ai più importanti laboratori e centri di ricerca delle Fondazioni, nonché uffici e una serie di ciclotroni di cui uno esteso per ben 90 Km. e apparecchi sperimentali. Le 98 grotte furono allargate e spianate. Le loro entrate chiuse da grandi porte pressurizzate. Tutta la gigantesca area era stata fornita di aria prodotta dalle centrali polari e di acqua proveniente anch'essa dai poli. In ben 86 grotte erano sorte industrie, fabbriche e miniere che formavano a loro volta numerose altre piccole città. In Valles Marineris vi era la più importante estrazione di uranio delle Fondazioni, nonché... pietre preziose e tutti i minerali che si potevano desiderare. All'uscita, sul fondo del grande canyon di Valles Marineris, vi era una grande strada percorsa continuamente da mezzi pesanti pressurizzati e in vari punti del canyon erano sorte fabbriche, industrie e miniere. Valles Marineris era collegata alle altre città e installazioni delle Fondazioni a mezzo di profonde gallerie pressurizzate che portavano in superficie. Due astroporti completavano quel quadro straordinario!

La quarta città era Terra Cimmeria! Qui vi era la sede principale del Comitato. La città era costruita in superficie, protetta da una grande cupola, ma si estendeva anche in profondità divisa però in otto livelli protetti da guardie armate. Per passare da un livello all'altro occorreva un permesso particolare. Ogni livello conteneva centri abitativi, uffici, laboratori etc.. L'ultimo livello si trovava due Km. sottoterra ed era la sede del Comitato, il vero cuore delle Fondazioni!

Aria e acqua venivano fornite grazie al ghiaccio che si trovava facilmente nella stessa area, senza quindi dipendere da siti lontani o dai poli.

Rishta Yerima consolidò e sviluppò tutto questo, su Marte si stava formando una civiltà erede della Terra ma con obiettivi e strategie completamente nuove. Le Fondazioni avevano mezzi immensi anche grazie all'appoggio che aveva dato e continuava a fornire alla Terra. Un aiuto mai disinteressato. I loro studi avanzati portarono a migliaia di scoperte, all'estinzione di tutte le principali malattie ed a risultati collaterali che vennero ceduti (dietro compenso) ai sette governi della Terra, arricchendo sempre di più le Fondazioni e permettendo loro uno sviluppo socioeconomico notevole in tutti i campi, nonché la colonizzazione non solo di Marte ma anche di parte del Sistema Solare ma soprattutto in relazione ai loro compiti primari.

Rishta Yerima restò fino al 2.158, quindi fu la volta di Anton Malenke di 25 anni. Anton seguì con estrema attenzione il lavoro della Fondazione Alfa che cercava i segreti della vita e della morte e della Fondazione Beta che aveva come obiettivo la conquista delle stelle!

Le principali basi extra planetarie, i siti minerari più importanti, le zone dove si erano stabilite le fabbriche e le industrie: la Luna, Phobos e Deimos, le basi nella cintura degli asteroidi e dei satelliti gioviani, divennero delle vere e proprie città, in parte coperte dalle cupole e in parte sotterranee. Sopratutto sui satelliti gioviani nacquero numerose città spesso collegate fra loro da tunnel e strade. Ma Anton non si limitò a questo, aveva un sogno e per oltre quarant'anni lavorò per realizzarlo: Saturno!

Nel 2.201 dalle basi interplanetarie di Giove partiva finalmente la più grande e importante spedizione mai realizzata dalle Fondazioni! Centoventi grandi navi interplanetarie con al seguito 1.500 navette, 1.800 navi minerarie e ben 3.000 navi "cargo". Un equipaggio di 128.000 uomini e donne con l'obiettivo di colonizzare i satelliti di Saturno! La comandava lo stesso Anton Malenke che volle partecipare in prima persona a questa grande avventura! Le analogie con l'antica conquista dei satelliti gioviani erano molte, solo l'imponenza di questa nuova spedizione la rendeva diversa!

La partenza del convoglio venne trasmessa in tutte le basi extra planetarie delle Fondazioni, nonché su Marte, la Luna e sulla Terra presso la Sede in Svizzera. Il popolo delle Fondazioni salutò Anton ed i suoi con grandi ovazioni! Erano tutti sognatori convinti che un giorno avrebbero conquistato anche le stelle! Il poderoso convoglio si mosse dolcemente dai grandi astroporti gioviani, presto lasciò il grande pianeta alle spalle per inoltrarsi nello spazio profondo.

Anton aveva anche un altro obiettivo, fra Giove e Saturno orbitavano diversi asteroidi detti "Centauri". Fra di loro era interessante Chirone che aveva un diametro superiore ai 100 km. Anton intendeva costituire su Chirone una piccola base ed un astroporto. Una nave era attrezzata per

questo scopo e 200 volontari rimasero sull'asteroide. Quindi Anton proseguì nella sua avventura.
Dopo un viaggio di cinque anni giunse in vista della più grande meraviglia del Sistema Solare: Saturno!

Da lontano il gigantesco pianeta sembrava proprio un piccolo gioiello, man mano che la spedizione si avvicinava rivelava la sua straordinaria bellezza. Anton Malenke e tutto l'equipaggio potevano vederlo attraverso i grandi monitor, Saturno era meraviglioso con i mille colori della sua atmosfera gassosa, ma i sui anelli non potevano evitare di far rimanere tutti a bocca aperta!

Anton voleva vederlo da vicino, quasi poterlo toccare con mano, ma lo avrebbe fatto in seguito con una piccola navetta, non poteva mettere a rischio il convoglio ne la sua grande nave interplanetaria.

Saturno era il sesto pianeta del Sistema solare in ordine di distanza dal Sole ed il secondo pianeta più massiccio dopo Giove. Saturno, con Giove, Urano e Nettuno, era classificato come gigante gassoso, con un raggio medio 9,5 volte quello della Terra e una massa 95 volte superiore a quella terrestre. Il pianeta era composto per il 95% da idrogeno e per il 3% da elio a cui seguivano gli altri elementi. Il nucleo, consistente in silicati e ghiacci, era circondato da uno spesso strato di idrogeno metallico e quindi di uno strato esterno gassoso.

Le velocità dei venti nell'atmosfera di Saturno poteva raggiungere i 1.800 km/h, significativamente più veloci di quelli su Giove, anche se leggermente meno veloci di quelli che spiravano nell'atmosfera di Nettuno. Aveva 16 anelli più uno enorme che si trovava alla periferia, in un'orbita inclinata di 27° rispetto al piano del sistema dei sette anelli principali. Era composto di ghiaccio e di polvere allo stato di particelle alla temperatura di -157 °C. Pur essendo molto esteso questo anello era rilevabile solo nello spettro infrarosso, perché non rifletteva la luce visibile. La massa dell'anello cominciava ad una distanza di circa 6 milioni di chilometri dal pianeta e si estendeva fino a 11,9 milioni di chilometri. Anton doveva fare molta attenzione!

Come già era accaduto in passato per colonizzare i satelliti gioviani, Anton Malenke diede l'ordine a trecento navette di esplorare i 62 satelliti saturniani, nel frattempo il convoglio sarebbe rimasto in orbita stazionaria ma a prudente distanza da Saturno. Alcune navette dovevano ricercare i satelliti migliori per costituire basi interplanetarie e astroporti, altre avevano il compito di trovare fra i satelliti i più adatti siti minerari e altre ancora avrebbero dovuto valutare quale sviluppo sarebbe stato più idoneo fra gli stessi satelliti.

Dopo ben due mesi le navette tornarono e fecero rapporto ad Anton, la scelta ovvia per insediare la Sede delle Fondazioni fu Titano!

Titano era il più grande satellite naturale del pianeta Saturno ed uno dei corpi rocciosi più massicci dell'intero sistema solare; superava in dimensioni il pianeta Mercurio, era il secondo satellite del sistema solare dopo Ganimede. Aveva un diametro di 5.150 km, maggiore di quello di Mercurio (4.879 km) e aveva un'atmosfera significativa.

Titano era composto principalmente di ghiaccio d'acqua e materiale roccioso. Vi erano laghi di idrocarburi liquidi nelle regioni polari del satellite. Geologicamente la superficie era giovane; erano presenti alcune montagne e dei criovulcani, ma era generalmente piatta e liscia con pochi crateri da impatto.

L'atmosfera di Titano era composta al 95% da azoto; erano presenti inoltre componenti minori quali il metano e l'etano, che si addensavano formando nuvole. La temperatura superficiale media era molto vicina al punto triplo del metano dove potevano coesistere le forme liquida, solida e gassosa di questo idrocarburo. Il clima, che includeva vento e pioggia di metano, aveva creato caratteristiche superficiali simili a quelle presenti sulla Terra, come dune, fiumi, laghi e mari, e, come la Terra, presentava le stagioni. Con i suoi liquidi e la sua spessa atmosfera, Titano era simile alla Terra primordiale, ma con una temperatura molto più bassa, dove il ciclo del metano sostituiva il ciclo idrologico.

Il suolo era apparentemente asciutto, la sua consistenza era simile a quella della sabbia bagnata periodicamente irrorato da flussi liquidi. Le regioni con abbondanti liquidi, sotto forma di laghi e mari, erano concentrate soprattutto nei pressi del polo nord. A differenza dei vulcani attivi sulla Terra i vulcani di Titano eruttavano acqua e ammoniaca.

Non lontano da una zona chiamata Adiri vi era un altopiano chiaro, composto principalmente da ghiaccio, letti di fiumi scuri, dove scorreva periodicamente metano liquido, e pianure, anch'esse scure, dove questi liquidi si raccoglievano provenienti dall'altopiano, nei pressi vi era una piana scura coperta da piccole rocce e sassi, composti da ghiaccio d'acqua e fu in quella zona che Anton stabilì la Sede delle Fondazioni e un grande astroporto. Il satellite si prestava molto all'estrazione mineraria e allo sfruttamento degli idrocarburi e Anton mise in atto anche queste iniziative e ben presto sorsero fabbriche e industrie un po ovunque. Si recarono quindi rapidamente su Giapeto dove costruirono una base e un astroporto.

A differenza della colonizzazione dei satelliti gioviani, Anton tenne sempre unita la flotta e tutti venivano occupati per organizzare i satelliti via via scelti.

Dopo un anno la flotta si spostò su Rea che era il secondo satellite naturale di Saturno e il nono del sistema solare per dimensioni; con un raggio di 764 km.

Rea era un corpo ghiacciato con una tenue atmosfera composta da ossigeno e anidride carbonica. La temperatura su Rea era di −174 °C con luce solare diretta e tra −200 °C e −220 °C in ombra. Anche qui Anton fece costruire una grande base e un astroporto. Insieme ai suoi scienziati ipotizzò una terraformattazione del satellite, come avvenuto durante la colonizzazione gioviana, ma non si riuscì a fare altro che consolidare un poco la sua atmosfera. Occorreva comunque sempre un respiratore e la temperatura bassissima costringeva ad indossare tute spaziali o a viaggiare in veicoli pressurizzati.

Passarono tre mesi poi si recarono su Dione, infatti le navette durante la loro esplorazione avevano evidenziato che il satellite era composto principalmente di ghiaccio d'acqua. Dione aveva un diametro superiore a 1.000 km e si prestava perfettamente alla costruzione di un'altra base delle Fondazioni.

L'emisfero anteriore di Dione era pesantemente craterizzato ed uniformemente brillante; l'emisfero posteriore, al contrario, presentava un aspetto peculiare, essendo caratterizzato da dirupi di ghiaccio e rupi scoscese ricoperte di materiale ghiacciato, create da fratture tettoniche; in questa zona fu edificata la terza base spaziale!

Occorsero sei mesi per consolidare la base su Dione, dopo di che la flotta puntò su Teti ed Encèlado. Infatti ambedue i satelliti erano quasi interamente formati da ghiaccio d'acqua, utilissima per gli spaziali. Vennero costruite anche qui delle basi e astroporti, nonché delle vere e proprie industrie atte all'estrazione dell'acqua! Restarono sei mesi.

Quindi si trasferirono su numerosi piccoli satelliti: Atlante, Pan, Telesto, Paaliaq, Calipso, Ymir, Kiviuq e Tarvos. Su ognuno di essi Anton fece sorgere un'industria e una fabbrica, che così venivano decentrate, anziché riunirsi in pochi grandi siti.

Infine, dopo altri sei mesi, si recarono su Febe, Giano, Epimeteo e Pandora dove in un anno insediarono sedi per l'estrazione mineraria.

Erano passati quasi quattro anni, ma Anton era restio a partire. Tutti i suoi compagni sarebbero rimasti nel sistema di Saturno ma lui, a causa delle sue responsabilità, doveva rientrare su Marte! Prese una navetta e la spinse sin dentro gli anelli di Saturno. Restò in quella pericolosa posizione per tre giorni, senza mangiare e senza dormire poi disse fra se e se come parlando al grande pianeta: *"Amico mio, sei bellissimo! Ora devo andare ma... tornerò... te lo prometto!"*

Dopo dodici anni riprese il suo posto su Marte!

Anton Malenke restò a capo del Comitato per altri sei anni, poi salutò gli amici e collaboratori, tutti coloro che, con lui avevano lavorato nella Commissione e partì per Saturno, aveva una promessa da mantenere! Morì nel 2.227 alla veneranda età di 94 anni, con negli occhi la grandiosità e le meraviglie di Saturno!

Lo sostituì Ary Seringer di 39 anni.

8

Ary Seringer, più o meno come aveva fatto Rishta Yerima un secolo addietro, si preoccupò di consolidare quello che le Fondazioni avevano ottenuto, rinnovò il Comitato formando tre sezioni: una doveva procedere a sviluppare Marte e le colonie sorte nel sistema solare, un'altra avrebbe continuato in modo autonomo l'espansione delle Fondazioni al di fuori di Marte e la terza, coordinata dallo stesso Ary Seringer, doveva seguire le attività proprie delle due Fondazioni. La popolazione delle Fondazioni era salita dalle 40.000 iniziali a ben 2.350.000 unità! Solo una piccola parte era discendente dei primi coloni. In modo molto discreto le Fondazioni avevano provveduto a reclutare uomini e donne sul pianeta Terra! Dovevano avere caratteristiche particolari che fossero utili agli scopi cui le Fondazioni intendevano destinarli, un grande spirito d'avventura e... un pizzico di follia! Sulla Terra le Fondazioni, in modo non ufficiale, anzi segretamente, avevano mantenuto piccole società il cui compito era quello di seguire da vicino le vicende dei terrestri ma anche di reclutare personale adatto secondo le varie esigenze. Ai candidati veniva proposto di lavorare per le Fondazioni, anzi, di far parte delle Fondazioni. Quasi sempre avrebbero dovuto lasciare la Terra per non tornare mai più, se accettavano venivano inviati presso la Sede Svizzera da dove partivano per Marte o eventuali altre destinazioni. I candidati venivano scelti con molta cura e attenzione, nessuno mai rifiutò!

Ma non era il solo metodo per aumentare il personale delle Fondazioni. La Fondazione Alfa aveva fatto progressi fantastici con la produzione, conservazione e sviluppo degli embrioni di animali e piante. Allora perché non procedere in modo analogo con esseri umani? Le Fondazioni avevano ben pochi scrupoli in questo ed in altri campi e fin dall'inizio si era ipotizzata la possibilità di sviluppare "in vitro" esseri umani. Già nel 2.105 Rishta Yerima aveva dato il via! Così migliaia di uomini e donne "nacquero" in una vasca. Spesso venivano inserite negli embrioni umani caratteristiche particolari per potenziarli a seconda della possibile attività cui i nascituri erano destinati.

Vi era anche una terza possibilità per incrementare la popolazione, ma avveniva più raramente. Infatti spesso i terrestri stessi richiedevano alla Sede Svizzera delle Fondazioni di entrare a farne parte. Però difficilmente venivano accettati, ma a volte accadeva!

Tutto questo ebbe un rapido sviluppo nel periodo in cui Ary Seringer coordinava il Comitato, aiutando in modo molto significativo a consolidare definitivamente tutte le colonie e soprattutto Marte, Ganimede ed Europa! Ganimede ed Europa erano satelliti giovani colonizzati 130 anni prima: erano diventati delle nuove piccole Terre! L'atmosfera era respirabile, sia pure rarefatta, come sulla Terra in montagna a 3.000 metri, la temperatura media era di 10 gradi sopra lo zero, avevano laghi, fiumi, prati, animali portati dalle Fondazioni, foreste e città! Il progetto di esplorare il grande oceano salato posto a 200 km. di profondità, nelle viscere del satellite Ganimede, non era ancora stato attuato. Per Europa, invece, le cose erano andate diversamente, ottant'anni prima, nel 2.152, il satellite era stato reso abitabile come Ganimede, mancavano le grandi città e piante ed animali non erano ancora inseriti nell'ambiente, ma non sarebbe passato ancora molto tempo per fare del satellite una nuova Terra, l'atmosfera e la temperatura erano già accettabili, le miniere e le industrie funzionavano a pieno ritmo e la base delle Fondazioni con il suo astroporto era pienamente operativa. Allora finalmente la Fondazione Alfa mise in atto il suo ambizioso progetto: esplorare e sfruttare il grande oceano salato! Il responsabile della Fondazione Alfa mise a capo del progetto un giovane di 28 anni i cui avi provenivano dalla Scozia: Ashton McNamara. Già da molti anni, come su Ganimede, era stato scavato un piccolo ma profondo pozzo allo scopo di inviare delle sonde per analizzare l'acqua. Sia su Ganimede che su Europa trovarono un oceano fortemente salato e tracce di vita unicellulare. Con il procedere della colonizzazione di Europa, la temperatura dell'acqua era salita dai zero gradi iniziali a circa 15 gradi favorendo un rapido sviluppo della vita. Ora nell'oceano di Europa era scoppiata la vita! Le sonde trovarono imponenti formazioni di alghe e una coltura batterica, unicellulare e pluricellulare che ben poteva definirsi plancton! Due anni prima l'operazione era iniziata: occorreva raggiungere la profondità di 20 km. con uno scavo obliquo di 80 km. e una larghezza di un km.! Il lavoro era terminato e venne consolidato, in fondo si apriva un

immenso oceano sotterraneo profondo 100 km, ora toccava ad Ashton ed ai suoi collaboratori! Disponevano di tre sommergibili a propulsione nucleare ed un batiscafo. In fondo allo scavo allargarono ancora l'area e costruirono un grande bacino dove vararono i tre sommergibili e il batiscafo. Il primo passo doveva essere una vasta esplorazione dell'oceano con il batiscafo, vi avrebbe partecipato lo stesso Ashton insieme a tre volontari: Emmanuel Ortiz, Emilie Andreol e Riyad Anders. Anche il batiscafo aveva un motore ad energia nucleare, le riserve d'aria e acqua erano paradossalmente assicurate dall'ambiente circostante, grazie alle loro apparecchiature l'acqua poteva essere desalinizzata e depurata e dalla stessa acqua potevano produrre l'aria necessaria. Avevano abbondanti riserve di cibo e il batiscafo era progettato, come anche i sommergibili, per resistere ad una pressione doppia rispetto a quella che si aspettavano di trovare. I quattro si apprestarono ad affrontare la grande avventura, sarebbero rimasti in contatto continuo con il bacino dove, in caso di necessità, un sommergibile era pronto a partire in qualunque momento. Ashton diede l'ordine e si inabissarono! Grazie ai potenti fari potevano scorgere l'ambiente circostante e, periodicamente, si fermavano ad analizzare l'acqua, la temperatura e prendere campioni delle alghe e del plancton. L'impressione era quella di muoversi in un brodo! Le alghe erano ovunque, ovviamente non attaccate sul fondo, ma venivano trasportate dalle correnti connettive dell'oceano. Il plancton si presentava come una fine polvere multicolore che impediva di fatto la visibilità oltre pochi metri. Non vi erano ostacoli allora Ashton diede ordine di scendere verso il fondo. Si fermarono spesso e analizzando il plancton e le alghe non trovarono particolari pericoli per l'uomo, anzi era possibile usare questo "brodo" come cibo, era altamente nutriente. Emilie decise di provarlo, lo fece cuocere fino a ritirare tutta l'acqua e lo assaggiò: era amaro ma non male! Non ebbe conseguenze! Avevano risolto anche il problema del cibo. Il paesaggio non cambiava, sempre il solito "brodo"! Ma una volta giunti a 45 km. di profondità improvvisamente il "brodo" cominciò a diradarsi fino a scomparire totalmente! Probabilmente effetto della pressione dell'acqua! Nel frattempo le analisi avevano dato una conferma importante: l'ambiente poteva essere benissimo utilizzato per inserire pesci, gamberi e quant'altro, una gigantesca acquacoltura! Con tutto quel plancton i pesci ed i gamberi avrebbero prosperato fornendo all'uomo una inesauribile riserva alimentare! Il nuovo ambiente sembrava sterile, finalmente i fari servivano a qualcosa ma si vedeva solo... acqua! Ma poi, giunti a 60 km. di profondità: "Ashton!" Gridò con vero entusiasmo Riyad. "Guarda là, a destra!" Ashton e gli altri si precipitarono al monitor indicato e videro qualcosa che sembrava uno storione incandescente! "Incredibile!" Sussurrò Emmanuel. "Sarà lungo almeno due metri, forse due metri e mezzo e guardate! Sembra un'insegna pubblicitaria! I fianchi si accendono e spengono in continuazione! Straordinario!"
"Ma cosa mangia?" Si chiese Ashton "Qui non c'è il plancton, dovrà pure cibarsi di qualcosa!" Riyad commentò: "Pesce mangia pesce! Deve esserci qualcosa d'altro da queste parti!" Girarono nella stessa zona a lungo e, alla fine, lo trovarono. Sembrava un calamaro, sarà stato lungo non più di trenta cm. e aveva un vero e proprio faro in mezzo agli occhi! Emmanuel si chiese: "D'accordo, quello può essere il cibo del nostro storione, ma cosa mangia il calamaro?" Finì che restarono in zona ben tre giorni, trovarono di tutto, pesci luminosi, lumache con grandi pinne natatorie che si accendevano di rosso, verde e giallo, grossi polipi e i più strani e incredibili animali marini! "Pescarono" alcuni di questi strani pesci e vari animali e scoprirono che anch'essi erano ottimi da mangiare! La loro conformazione faceva comprendere che sarebbero rimasti in una zona compresa fra i 40 e gli 80 km. sotto l'oceano, quindi l'acquacoltura era ancora possibile ma solo nell'area dove imperava il plancton. Al di sotto degli 80 km. nuovamente l'ambiente cambiò. Non si vedevano più quegli strani pesci, non c'era niente! Girarono in lungo e in largo ma la zona era completamente sterile! Decisero quindi di scendere fino al fondo dell'oceano. Ancora il paesaggio cambiò! Davanti al batiscafo apparvero irte collinette, valli e... prati! Veri e propri prati fatti da alghe verdi, rosse e gialle! Nelle valli: alghe alte fino a 20 metri! Una vera foresta! E in mezzo a tutto questo una fauna ricchissima: pesci stranissimi, cose che potevano essere granchi, gigantesche aragoste o qualcosa che vi assomigliava, polipi grandi da dieci cm. a sei metri! Troppo per un'analisi completa, altri avrebbero dovuto divertirsi a cercare di capirci qualche cosa. Non ebbero problemi, furono solo accolti con curiosità, gli abitanti del posto non mostrarono paura di fronte al batiscafo, si

avvicinavano incuriositi e poi se ne andavano.

Prosaicamente Emilie commentò: "Semplicemente non siamo commestibili, quindi ci lasciano in pace!" Rientrarono alla base senza problemi. Ora toccava ai grandi sommergibili. Ne partirono due, uno restò prudentemente alla base. Un sommergibile aveva l'incarico di studiare la fauna e la flora che avevano trovato sul fondo, l'altro doveva circumnavigare l'oceano ben quattro volte, tante erano le differenti ambientazioni che Ashton ed i suoi compagni avevano trovato. Ashton voleva sapere se l'ambiente trovato proseguiva ovunque identico. Dopo un mese ne ebbero conferma, l'oceano era uguale in tutta la sua estensione. Nel frattempo gli studi effettuati sul fondo avevano già trovato ben 324 specie animali differenti, delle quali ben 198 erano ottimo cibo! Avevano anche analizzato 178 diverse specie vegetali: alghe, e 98 erano commestibili. Avevano anche trovato dei funghi! Funghi marini e molti erano ottimo cibo. Non avevano trovato niente di velenoso, solo alcuni animali, alcune alghe e diversi funghi erano immangiabili!

Forte di tutte queste informazioni Ashton diede l'ordine tanto atteso dalla Fondazione Alfa e vennero immessi nell'area del plancton pesci e gamberi scelti apposta fra le specie che avrebbero apprezzato quell'incredibile "brodo".

Nacque quindi una formidabile industria della pesca che sfruttò l'acquacoltura nonché, sia pure in modo controllato, le ricchezze del fondo dell'oceano. Con il passare degli anni sulla superficie di Europa sorsero grandi industrie per la conservazione e la distribuzione del pescato. Il satellite divenne meta di migliaia di pescatori cui venivano forniti piccoli e grossi batiscafi attrezzati apposta per la pesca, ai quali venivano assemblate grosse celle frigorifere. Europa divenne la più importante riserva di cibo delle Fondazioni e dell'umanità!

2.232! La popolazione delle Fondazioni aveva superato 2.500.000 unità! Come un tempo erano le migliori menti dell'umanità, ben addestrati e... tutti sognatori!

Dopo 199 anni l'uomo aveva colonizzato il pianeta Marte!

Le fondazioni avevano aperto sedi sul pianeta madre, sulla Luna, nella fascia degli asteroidi, sui satelliti di Marte, Giove e Saturno, ma la Sede Centrale, la loro casa restò sul pianeta rosso!

Wender

(2.030-2.074-e...)

1

Wender e la leggenda di Marte!
L'esplorazione e la successiva colonizzazione del pianeta rosso avevano posto molte domande senza risposta. Il pianeta non era affatto quel monotono deserto rosso che si immaginava e nascondeva molti, troppi misteri legati ad un passato lontanissimo.
Valles Marineris! Una miniera di pietre preziose che non poteva essere là! Ma c'era! Valles Marineris: sembrava di essere all'interno di una fiaba assurda. Dalle pareti facevano capolino smeraldi, rubini e mille pietre preziose che, illuminate dalle torce elettriche, facevano pensare ad un castello incantato! I geologi stimarono che la preziosa miniera avesse uno spessore di due Km. all'interno della roccia! Non sapevano più cosa pensare! L'incredibile fenomeno proseguiva per quattro Km., poi cessava improvvisamente. Un sito minerario ricchissimo di uranio, come si era formato? La stessa Valles Marineris che attraversava il cuore del pianeta, come diavolo poteva esistere? E sopratutto quel ritrovamento fatto quasi al centro dell'immenso anfiteatro formato dalle grotte di Valles Marineris: fossili! Resti pietrificati di... qualcosa! Ben 600 reperti che si riuscì a ricostruire perfettamente, era un un rettile, aveva mani umane, con cinque dita e un pollice. Una scatola cranica un po più grande rispetto a quella dell'uomo, corte unghie alle mani ed ai piedi, per il resto la sua costituzione non doveva essere molto dissimile da quella umana, ma era un rettile, anzi, un dinosauro! Impossibile una datazione precisa, ma sicuramente non meno di 40 milioni di anni addietro! Si poteva pensare che fosse possibile trovare resti simili in altre zone di Marte, ma non fu mai trovato niente altro, solo su Valles Marineris! Nel sottosuolo di quel grandioso anfiteatro dove avevano fatto quell'impossibile ritrovamento, vi era un altro mistero, ma Wender decise di non divulgarlo! Tutto questo faceva sorgere mille domande, ma non vi furono mai risposte, solo... leggende!
60 milioni di anni fa: la Terra!
I dinosauri erano i padroni assoluti del pianeta da milioni di anni. Inevitabilmente vi era stata un'evoluzione: era sorta l'intelligenza e la capacità manuale! In breve erano progrediti, avevano edificato città, coltivato i campi, allevato i grandi dinosauri erbivori, costruite industrie. Il progresso era arrivato a livelli simili a quello umano del ventesimo secolo ma con numerose differenze. Infatti occupavano un solo continente, quello che oggi viene chiamato Antartide e che a quel tempo aveva un clima e una vegetazione tropicale. Non erano molto numerosi, secoli addietro occupavano gran parte del pianeta ma, per un incidente genetico proprio alla loro razza, improvvisamente ogni femmina iniziò a partorire un solo figlio, raramente due. Erano ovipari ma le loro uova erano quasi sempre sterili. Quando questo non accadeva l'uovo veniva immediatamente inserito in una incubatrice. Una volta nato il figlio veniva consegnato ai genitori che provvedevano a curarlo ed alimentarlo con la tenera carne di un piccolo sauropode proveniente da grandi allevamenti. Col passare degli anni la popolazione era diminuita drasticamente e alla fine si erano ritirati in quello che era il continente più progredito e accogliente. Lo studio della genetica era ancora molto aleatorio, nonostante cercassero di risolvere il problema delle nascite erano molto arretrati in questo campo. Non così per quanto riguardava la tecnologia e avevano battelli ed aerei. La loro storia non contemplava guerre, ne conquiste, ma avevano mezzi per difendersi dai loro temibili fratelli predatori. In Antartide i grandi predatori erano ormai scomparsi, ma nel resto del pianeta imperavano e spesso venivano inviate spedizioni che dovevano essere armate.
Avevano anche un programma spaziale, ma limitato all'invio di qualche satellite meteorologico. Non conoscevano l'energia atomica! Possedevano però osservatori attraverso i quali gli scienziati

studiavano il sistema solare.

Greninsh era uno di loro!

Abitava in un piccolo villaggio insieme alla sua compagna: Zorà, non avevano figli. L'osservatorio era situato in cima ad una collinetta non lontana dalla loro casa. Greninsh e Zorà erano molto uniti e lavoravano insieme. Tutto cominciò in una splendida giornata! Il sole illuminava i prati verdi dove pascolavano i giganteschi Diplodici e la temperatura era ideale, si stava bene! Fecero una rapida colazione dopo di che si sedettero nella veranda della loro casa per prendere un'ora di sole. Soddisfatti salirono in auto e partirono per l'osservatorio.

Il loro capo: Medish, un dinosauro piuttosto anziano con un carattere che potremmo definire "acido", disse loro: "Oggi dovete monitorare lo spazio nel settore VF3, alcuni vostri colleghi ieri hanno evidenziato delle anomalie nella traiettoria dei satelliti di Giove. Datevi da fare e portatemi un rapporto prima di sera!"

I due restarono un poco perplessi, probabilmente si trattava di misurazioni poco accurate, non sarebbe stata la prima volta! Comunque c'era poco da discutere e andarono al lavoro.

Dopo un paio d'ore piuttosto noiose durante le quali non avevano rilevato nulla di strano, improvvisamente Zorà chiamò il compagno:

"Greninsh! Guarda questi dati! Li ho controllati tre volte e mi danno sempre gli stessi risultati!"

Greninsh si accostò alla console e studiò attentamente i rilevamenti effettuati da Zorà. Stupito da quello che vedeva decise di verificare lui stesso i dati. Lo fece cinque volte, sempre lo stesso risultato, non potevano esserci dubbi: due grandi satelliti gioviani erano usciti dalla loro orbita e si stavano allontanando rapidamente da Giove sfuggendo alla sua formidabile attrazione!

"Non è possibile!" Commentò. "Cosa può aver prodotto un simile evento! Che sta succedendo?"

La sua compagna era stupita quanto lui, ma i rilevamenti non potevano far sorgere alcun dubbio! Chiamarono il loro capo informandolo di quanto avevano scoperto. Il commento del loro superiore fu assolutamente irripetibile e consigliò loro di recarsi nel più vicino ospedale per farsi curare! Ma Greninsh insistette:

"Venga lei stesso a vedere, non siamo impazziti! E' il sistema solare che sta impazzendo!"

Furioso Medish arrivò urlando: "Siete fuori di testa! Due satelliti di Giove che escono dalla sua orbita! Vi state giocando la carriera!"

"Guardi lei stesso!" Disse Greninsh indicando le consolle.

Medish verificò i dati, grugnendo tra se, ben otto volte! Per la prima volta da quando lo conoscevano restò ammutolito. Poi si diede una mossa, si attaccò al telefono e convocò tutti coloro che lavoravano all'osservatorio. Dopo due ore dodici giovani dinosauri verificarono a loro volta tutti i dati: non c'erano dubbi, due satelliti di Giove avevano abbandonato l'orbita e puntavano verso l'interno del sistema solare! Medish chiamò allora tutti gli osservatori sparsi in Antartide e altri operativi in diverse zone della Terra. Verso sera la conferma! Tutti avevano gli stessi dati! Senza mezzi termini Medish ordinò che nessuno si allontanasse dall'osservatorio, si sarebbe lavorato senza interruzione! Quindi, forte dei risultati ottenuti da tutti gli osservatori, chiamò Sanghiles, il responsabile del grande telescopio posto su una catena montuosa che a quel tempo esisteva nel continente chiamato Australia. Il telescopio, normalmente, monitorava una parte della volta celeste e non poteva essere dirottato in altre zone, ma Medish spiegò con forza che l'evento registrato era troppo straordinario e doveva essere studiato con attenzione e usando tutti i mezzi a disposizione.

Spiegò: "Sono certo di quanto affermo. Punta il telescopio su Giove, troverai facilmente i due satelliti fuggitivi, fammi avere tutti i dati e le informazioni sulla loro rotta e vedi se riesci a capire perché è accaduto tutto questo!"

Sanghiles era a dir poco perplesso, ma l'insistenza di un personaggio come Medish non poteva essere ignorata, quindi dirottò verso Giove il grande telescopio ed ebbe conferma! A quel punto sia Sanghiles sia tutti gli osservatori della Terra cominciarono a studiare seriamente il fenomeno. Tutte le informazioni vennero inviate a Medish, il quadro cominciava a schiarirsi!

Passarono due giorni durante i quali Greninsh, Zorà ed i loro compagni letteralmente bivaccarono nell'osservatorio, poi Medish convocò Greninsh!

"Tu, anche se mi dispiace dirlo, fra tutti, sei il più preparato e attento." Esordì. "Hai compreso per primo il fenomeno e non hai avuto paura a segnarlo. Voglio che sia tu stesso a monitorare costantemente l'evento, sarai responsabile per tutti e relazionerai solo a me. Usa molta discrezione, non hai figli e anche la tua compagna lavora qui, trasferitevi definitivamente all'osservatorio, presto capirai perché, nella tua consolle troverai tutte le informazioni, sono assolutamente stupefacenti ma sono corrette! Tutti gli osservatori terrestri e il telescopio in Australia continuano a lavorare sul fenomeno e ho dato disposizioni perché inviino direttamente a te i risultati delle loro osservazioni. Auguri!"

Greninsh non sapeva che dire, chiamò Zorà e "traslocarono" all'osservatorio, una volta sistemati controllarono i dati inviati alla loro consolle.

I corpi celesti non erano due, ma tre! Alle spalle dei due grandi satelliti vi era stata un'enorme meteora, forse un'antica cometa, non si capiva bene. Proveniva a tutta velocità dallo spazio profondo e aveva colpito in pieno Nince, uno dei due satelliti grande come la Luna! Forse a causa della mancanza totale di atmosfera, Nince non aveva subito seri danni, quanto alla meteora era "carambolata" lontano dal satellite come se giocasse al biliardo ed aveva colpito un altro satellite: Oltra, tre volte più grande della Luna! Anche Oltra aveva resistito, non così la meteora che si era disintegrata durante l'impatto.

Nince e Oltra erano usciti dall'orbita e puntavano verso l'interno del sistema solare, diritto verso Nembo! Quest'ultimo era un pianeta poco più grande della Terra situato fra Marte e Giove. Poco meno di sei mesi e i due satelliti sarebbero piombati su Nembo!

Questi era un pianeta freddo, dotato di un'atmosfera ricca di anidride carbonica. A differenza di Marte era privo di vita.

Marte a quel tempo ospitava la vita, niente rispetto alla Terra, ma vi era muschio, e formazioni batteriche. Il pianeta aveva una forte attività sismica e acqua allo stato liquido ovunque. Solo durante le stagioni intermedie e invernali l'acqua ghiacciava, ma non completamente e durante l'estate si scioglieva producendo spesso nuvole temporalesche e importanti fenomeni meteorologici. L'atmosfera era più spessa, conteneva ossigeno ma imperava sempre l'anidride carbonica, in caso di estrema necessità si poteva resistere senza respiratore per alcuni minuti, ma poi l'anidride avrebbe iniziato a produrre fortissimi mal di testa, forte sonnolenza e la morte. La temperatura del pianeta era più alta, variava fra i 30-35 gradi sopra zero dell'estate equatoriale e gli 80-90 gradi sotto zero dell'inverno polare.

Valles Marineris non esisteva!

Sei mesi dopo tutti gli osservatori terrestri e il grande telescopio erano puntati su Nembo! Greninsh e Zorà controllavano i loro monitor e i dati forniti dalla consolle. Grazie al telescopio ricevevano immagini abbastanza nitide dell'evento. Nince e Oltra piombarono sul pianeta come due cani rabbiosi. Niente resistette al terribile impatto, i due satelliti e Nembo si disintegrarono lasciando migliaia di frammenti sparsi nello spazio.

La maggior parte di questi frammenti si stabilizzarono seguendo la stessa orbita dello sfortunato pianeta, era nata la fascia degli asteroidi!

Ma non tutti seguirono la stessa sorte! Molti frammenti, trasformati in grosse e piccole meteoriti, puntarono in direzione di Marte! Alcuni si diressero verso la Terra! Fra questi ultimi la maggior parte era piuttosto piccola, ma uno aveva un diametro di venti Km. sufficiente a rendere la Terra uno sterile deserto!

Greninsh studiò per giorni il fenomeno e giunse alla conclusione che la maggior parte dei meteoriti più piccoli in rotta verso la Terra sarebbero stati intercettati dalla Luna, ma il più grosso sicuramente sarebbe piombato sulla Terra! La vita come la conoscevano non poteva resistere ad una simile catastrofe!

Informò il suo capo che, a sua volta, verificò a lungo le informazioni di Greninsh, la stessa cosa fu fatta da tutti gli osservatori terrestri, non c'era alcun dubbio, la vita sulla Terra sarebbe scomparsa! Calcolarono che avevano poco più di due anni di tempo prima che il gigantesco meteorite cadesse sul loro pianeta!

Greninsh e Zorà sapevano che i loro giorni erano contati, lasciarono l'osservatorio e si ritirarono nella loro casa nel vicino villaggio. Passarono così tre mesi dopo di che il loro ex capo li venne a trovare.

Medish si sedette insieme a loro nella veranda e disse:

"Il mondo è stato informato della catastrofe imminente, non siamo rimasti inerti, qualcosa dobbiamo fare! Voi vi siete ritirati ma non posso dimenticare che grazie alla vostra professionalità abbiamo saputo quanto sta accadendo, per questo ho una proposta da farvi!" Greninsh e Zorà lo ascoltarono con molta attenzione, possibile che vi fosse una speranza? Medish continuò: "Abbiamo iniziato a lavorare su due opzioni: una prevede la creazione di rifugi sotterranei, non vi nascondo che abbiamo poche speranze che possano servire ma... meglio di niente! L'altra consiste nel... abbandonare la Terra!" Greninsh sbottò: "Abbandonare la Terra? Come possibile? E poi... dove andare?"

"Si! Abbandonare la Terra ed è questa la proposta che intendo farvi, grazie alla vostra preparazione sareste utilissimi in questo progetto." Tacque un minuto poi continuò: "Forse avete sentito parlare di uno studio avanzato sulle possibilità di mettere animali in ibernazione. Negli ultimi tempi abbiamo fatto tentativi analoghi con dinosauri volontari. Su sette casi tre sono andati a buon fine! Possono apparire pochi ma è il primo passo, i lavori continuano e se anche la percentuale di riuscita fosse solo del 50% vale ugualmente la pena tentare!"

Zorà era molto perplessa, disse: "Ma anche se funzionasse, abbiamo i mezzi per lasciare il pianeta e poi, dove andremmo?"

"Si!" Rispose Medish. "Abbiamo la possibilità a mezzo razzi di abbandonare il pianeta, quanto a dove andare... Possiamo inviare moduli automatici in diverse direzioni dello spazio mettendo l'equipaggio in stato di ibernazione. Una volta trovato un pianeta più o meno adatto i moduli potranno svegliare automaticamente i dinosauri che, se lo ritengono fattibile, potranno atterrare sul pianeta, altrimenti entreranno nuovamente in stato di ibernazione per proseguire la loro ricerca automatica. Possiamo costruire moduli per 800 dinosauri ognuno che partiranno già ibernati e inviarli nello spazio a mezzo dei nostri razzi. Speriamo di fare in tempo a costruire almeno un centinaio di questi moduli."

"Lei sarà con noi?" Chiese Greninsh. "No! Amico mio! Io sono vecchio, resterò qui, non mi perderò certo un evento così straordinario!"

Greninsh e Zorà discussero a lungo fra di loro questa proposta, Greninsh alla fine disse: "Dobbiamo cercare di vivere amore mio, so che è una follia, ma ci viene data un'opportunità, non lasciamocela sfuggire!"

"Si tesoro!" Rispose Zorà con una vena di tristezza. "Niente più fiori, ne felci, ne palme ma forse... chissà..., un altro cielo azzurro!"

Così chiamarono Medish e accettarono!

Partirono in aereo per raggiungere una base in Australia. Là i lavori procedevano febbrilmente.

Seguirono un lungo periodo di addestramento, visite mediche, centrifughe terrificanti per abituarli a resistere a forti accelerazioni, studiavano e divennero a tutti gli effetti dei provetti astronauti.

Nel frattempo le meteoriti raggiunsero Marte!

Greninsh e Zorà, insieme ai loro colleghi, si accostarono ai grandi monitor collegati al vicino gigantesco telescopio per vedere l'effetto di quella terribile catastrofe.

Centinaia di piccoli e grandi asteroidi si abbatterono contemporaneamente su Marte! L'effetto fu disastroso! Molti asteroidi non erano più grandi di qualche metro ma ben 25 di loro misuravano un diametro fra i due e gli otto Km.! La maggior parte cadde sulla zona equatoriale creando una frattura imponente: Valles Marineris! Tutta l'acqua si sciolse in pochissimi minuti, in parte evaporò, altra acqua fluì nelle fratture create dalle meteoriti. L'attività vulcanica esplose in tutto il pianeta e fiumi di lava coprirono le fratture. Nei pressi di Valles Marineris arrivarono imponenti flussi di acqua, dei veri e propri tsunami dove l'acqua si mischiava a polvere e sassi riversandosi nell'immensa frattura. L'acqua e il fango trovarono un facile passaggio in alcune antiche grotte sotterranee, vi si riversavano per poi nuovamente defluire nella nuova valle, quindi evaporò e si disperse nello spazio.

Marte ebbe un vero e proprio scossone che cambiò la sua orbita rendendola fortemente ellittica. Due grossi asteroidi furono catturati dal pianeta e ne divennero satelliti: Phobos e Deimos! Parte dell'atmosfera di Marte si disperse nello spazio. La serie di impatti sollevò una fitta coltre di polvere che sarebbe rimasta stazionaria nell'atmosfera per 200 anni e che, insieme al cambiamento dell'orbita, raffreddarono il pianeta. La poca vita di Marte scomparve in un soffio! Tutta l'acqua sprofondò sotto i detriti e il magma e ghiacciò. Il poco ossigeno dell'atmosfera si ridusse ulteriormente, ne restarono solo poche tracce.

Il catastrofico evento ammutolì gli astronauti. In seguito fu monitorato anche l'arrivo del grosso asteroide diretto verso la Terra e di un vasto sciame di meteoriti più piccole che lo accompagnavano alle quali si erano unite altre piccole meteore marziane lanciate nello spazio dall'impatto degli asteroidi sul pianeta. Si ottenne conferma che la maggior parte delle piccole meteore sarebbe caduto sulla Luna, altre erano destinate a disperdersi nello spazio per finire probabilmente attirate dal Sole, infine altre ancora, insieme al grosso asteroide, da lì a otto mesi erano destinate a piombare sulla Terra!

Subito dopo questo terrificante evento Greninsh e Zorà, insieme ai loro compagni, dovevano entrare per tre settimane in stato di ibernazione. Era necessario per valutarne gli effetti sul loro stato fisico ma Greninsh si chiedeva se non fosse anche un metodo per "scremare" i partecipanti; sapeva che la metà di loro non si sarebbe più risvegliata!

Greninsh e Zorà avevano paura, si dissero addio, ma fu un arrivederci, entrambi sopravvissero! Il processo di ibernazione era molto facilitato dalle caratteristiche fisiche dei dinosauri. Anche se si erano evoluti in un ramo differente, erano comunque discendenti dei rettili e, quando la temperatura si abbassava molto, piombavano in un profondo stato letargico. Facile, per loro, studiare questo fenomeno e applicarlo alle camere di ibernazione.

Riuscirono a costruire e rendere operativi 86 moduli che sarebbero stati spinti nello spazio da altrettanti vettori.

L'ibernazione degli equipaggi era prevista a partire da quindici giorni prima del decollo.

Mancava un giorno, Greninsh e Zorà erano soli nella loro camera:

"Zorà! Domani tocca a noi, amore mio, io non posso vivere senza di te!" Disse Greninsh con le lacrime agli occhi. "Anch'io tesoro." Rispose Zorà stringendogli forte la mano. "Ma ce la faremo vedrai. Una Terra meravigliosa, un nuovo cielo, un nuovo sole che ci aiuterà a recuperare le nostre forze e ci scalderà ci aspettano!"

Passarono l'ultima notte a fare l'amore poi, la mattina, salutarono per l'ultima volta la Terra, la loro casa. Il cielo era azzurro e splendeva il sole, tristi ma rassegnati entrarono nelle camere ibernanti. Dieci giorni prima dell'arrivo del grande asteroide le 86 navi partirono! Non tutto andò liscio: quattro esplosero poco dopo la partenza, tre presero una direzione che le avrebbero portate alla distruzione, 78 si dispersero, come previsto, nello spazio alla ricerca di una nuova casa ma una, quella di Greninsh e Zorà, deviò verso Marte!

Il modulo cadde pesantemente sul pianeta e risvegliò automaticamente gli ibernati. Greninsh uscì dalla camera di ibernazione illeso e subito cercò la sua Zorà, la sua compagna non ce l'aveva fatta! Greninsh era disperato ma presto si ritrovò circondato dai suoi compagni. Ne erano rimasti 478 e scoprirono di essere bloccati su Marte!

Non erano attrezzati per sopravvivere su quel pianeta, sapevano di essere condannati a morte, ma potevano cercare di ritardarla. Decisero di inviare cento di loro in esplorazione. Ne tornarono solo 25, degli altri non si seppe più nulla! Otto di loro erano penetrati nella Valles Marineris e avevano trovato le caverne nonché la gigantesca arena dove confluivano tutte. Decisero di trasferirsi in quel luogo dove era possibile mantenere alta la temperatura e avevano la possibilità di vivere più a lungo. Portarono con loro parte dei resti del modulo, vi era energia sufficiente per quattro camere ibernanti che potevano ancora funzionare, forse quattro di loro potevano sopravvivere.

Una volta stabiliti in quel sito tirarono a sorte e ibernarono quattro compagni.

Greninsh e gli altri non potevano far altro che attendere la morte!

Sopravvissero tre mesi anche grazie alla poca acqua mista a fango rimasta nelle grotte, poi l'anidride carbonica fece il resto.

Greninsh pensava: *"Dolce Zorà, abbiamo provato, era giusto farlo, ma ora. La testa mi fa molto male, sono stanco amore mio, tanto stanco... vengo da te, nella tua nuova Terra, fra le tue braccia, arrivo mio tesoro..."*

Sessanta milioni di anni dopo, altri che erano sfuggiti da una catastrofe simile, lo ritrovarono!

Nel frattempo la Luna era stata pesantemente bombardata, altre meteore caddero in ogni punto della Terra ma facendo solo danni locali. L'enorme asteroide di venti Km. di diametro piombò al centro delle Americhe formando il Golfo del Messico.

Venti fortissimi e poderosi tsunami spazzarono tutto il pianeta. Terremoti ed eruzioni vulcaniche ovunque e detriti, terra, sabbia, polvere ed acqua si stabilizzarono per secoli nell'atmosfera causando un inverno perenne.

I rifugi sotterranei dove milioni di dinosauri avevano cercato salvezza, erano stati tutti costruiti in Antartide luogo che consideravano più sicuro. Fu un tragico errore. Dopo l'impatto dell'asteroide il loro continente divenne rapidamente una calotta di ghiaccio, una trappola mortale!

L'era dei dinosauri era finita!

Questa era una storia che circolava su Marte, divenne anche un libro per bambini e un cartone animato, ne fecero anche dei film!

Storia o leggenda? Le leggende contengono sempre un poco di verità, forse...

Ma il mistero di Marte continuava: come si era formata la fiabesca miniera di pietre preziose e quella ricchissima di uranio? Domande, domande senza risposta!

Queste formazioni minerarie pareva risalissero a milioni di anni prima della scomparsa dei dinosauri, forse miliardi di anni!

Marte nascondeva ancora molti segreti!

3

Wender era un giovane eccentrico inglese! Amava molto l'Africa. Lo hanno chiamato "mal d'Africa", sembra un eufemismo, ma il "mal d'Africa" è una realtà! E' nell'aria, nel cibo, negli odori, nelle persone, nella natura, nei paesaggi. Forse qualcosa insito nel nostro DNA ci ricorda che l'umanità è tutta originaria dell'Africa? Viaggiò moltissimo e nell'Africa Equatoriale conobbe una giovane donna: Nimba! Si innamorarono fino al punto di dipendere completamente l'uno dall'altra! Scoprirono presto di condividere un sogno... un sogno impossibile: la conquista delle stelle! Nel 2030 grazie anche all'appoggio della maggiore potenza mondiale del tempo: gli Stati Uniti d'America, costituirono le due Fondazioni. Riunirono i migliori cervelli dell'epoca allo scopo ambizioso di ricercare l'immortalità ed una nuova frontiera lontano dalla Terra. Wender intuiva che, in qualche modo, i due obiettivi dovevano essere complementari, se arrivare alla stella più vicina comportava in termini temporali tutta la vita di un uomo allora quella vita doveva allungarsi. Erano istituzioni private che, col tempo, divennero un'entità autonoma che viveva con i proventi di migliaia di brevetti ceduti equamente ai vari governi. Quindi una Fondazione iniziò a ricercare l'immortalità fisica, l'altra la ricerca spaziale e la conquista delle stelle! Wender era pazzo? Molti lo credevano! Le due fondazioni ebbero un ruolo importantissimo durante la "Grande Paura", nel 2064 colonizzarono Marte e trasferirono sul pianeta rosso la loro sede permanente. Dopo aver colonizzato il pianeta, le fondazioni continuarono i loro studi e progetti indirizzati verso la conquista delle stelle e ... dell'immortalità. I loro studi avanzati portarono a migliaia di scoperte e risultati collaterali che vennero ceduti (dietro compenso) ai sette nuovi governi della Terra. La colonizzazione di Marte proseguiva con successo, il pianeta prosperava, venivano costruite città sotterranee, strade che le collegavano, gigantesche industrie! Wender e Nimba avevano ormai più di 90 anni, non speravano di poter vivere ancora molto, la fine poteva giungere da un giorno all'altro! Ma il loro sogno non poteva tramontare, le stelle! Ma come? Wender era stato in Valles Marineris dove erano stati trovati i resti fossilizzati risalenti a forse 40 o 60 milioni di anni addietro. Si era chiesto cosa diavolo ci facevano là, come erano arrivati, come erano sopravvissuti. Doveva esserci qualcosa d'altro, per forza! Diede un ordine ad alcuni suoi collaboratori, chiedendo loro il massimo riserbo. Occorreva cercare ancora! In quell'immensa camera sotterranea di Valles Marineris del diametro di 120 km. doveva esserci qualche cosa che, in qualche modo, poteva spiegare come erano arrivati su Marte dei resti fossilizzati di una specie evidentemente intelligente di dinosauri! Si erano già trovati ben 600 reperti fossilizzati, avevano cercato ovunque scavando anche in profondità. Occorreva scavare ancora e più a fondo! Wender fece costruire dei sensibili rilevatori di metalli, simili a quelli usati per cercare minerali ma più sofisticati, e li fece portare sul posto. Monitorarono e scavarono ovunque quando finalmente Wender ricevette una comunicazione: "Capo!" Diceva. "Qui c'è un segnale, è debolissimo ma forse abbiamo trovato qualcosa!" Il segnale era stato rilevato in modo del tutto fortuito nei pressi della parete di fondo dell'immensa camera, proveniva proprio dalla parete! Avevano cercato nella pavimentazione della camera, non si era pensato di cercare nelle pareti ma un minatore aveva voluto provare anche sulle pareti per trovare eventuali vene minerarie. Aveva già monitorato ben sei km. della parete circolare approfittando di quei nuovi rilevatori fatti fare da Wender. Non aveva trovato minerali ma solo quel debole segnale. Poteva non significare nulla, ma poteva anche essere quello che Wender, usando più l'istinto che la ragione, stava cercando! Wender ed i suoi collaboratori si recarono immediatamente sul luogo e, senza esitazioni, scavarono la parete! Man mano che proseguivano nello scavo il segnale diventava più chiaro, ma sempre molto debole, se vi era qualcosa non doveva essere certamente ne grande ne estesa. Finirono per scavare una galleria lunga 800 metri. Ancora una sottilissima parete di roccia li divideva dal metallo segnalato. Prima di proseguire consolidarono la galleria poi, con estrema cautela, tolsero l'ultimo strato. In un primo momento sembrava avessero trovato solo del metallo ritorto, chiaramente appartenente a qualche cosa che era stato distrutto dal tempo, ma anche evidentemente qualcosa costruito da esseri intelligenti!

Wender diede ordine di scavare intorno e di recuperare ogni cosa con estrema delicatezza, poi fece trasportare tutto su un grosso cingolato e partì insieme ad esso per i laboratori di Phoenicis Lacus. Non restava molto di quel materiale, ma forse era possibile studiarlo. Con estrema calma gli scienziati ricostruirono il manufatto; appariva come una piccola camera con quello che una volta doveva essere una specie di letto metallico sopra il quale trovarono altri resti fossilizzati. Vi erano anche alcuni strumenti trovati a qualche metro di distanza ma che ovviamente dovevano essere stati attaccati alla piccola camera e allo strano letto. Un gruppo di tecnici iniziò a studiare il funzionamento di questi strumenti, anche se non era facile capirci qualche cosa! Si cominciò a fare delle ipotesi: doveva essere una specie di camera di ibernazione e dovevano anche essercene delle altre, infatti alcuni manufatti metallici erano simili tra di loro ma ne era rimasto troppo poco, solo la camera che avevano estratto inizialmente poteva forse dare qualche risposta. Le camere erano state inserite apposta nella parete dove erano state trovate, forse per protezione, con il passare del tempo la galleria si era chiusa, forse a causa di qualche frana o per altri motivi. Ipotesi, solo ipotesi! Ma Wender non demordeva! Un altro mistero aveva bisogno di trovare una risposta: i resti fossilizzati! Secondo gli scienziati quei resti avrebbero dovuto decomporsi, non fossilizzarsi! Forse la risposta a questo mistero poteva far luce proprio sul funzionamento della camera di ibernazione, poiché ormai tutti erano certi che si trattasse proprio di questo!

Le Fondazioni Alfa e Beta, attraverso due loro sezioni, avevano già iniziato a studiare il problema dell'ibernazione confrontandosi fra di loro, ma il loro lavoro era stato rallentato e bloccato dal progetto di colonizzazione del pianeta Marte. Ora, però, gli scienziati comprendevano di avere una grossa opportunità con lo studio di quei reperti.

Si rendevano conto che quella camera era stata costruita per ibernare un dinosauro, non certo un uomo, e il dinosauro, anche se si era evoluto in un ramo differente, era discendente dai rettili con caratteristiche ben precise che, quando la temperatura si fosse abbassata molto, lo avrebbe fatto cadere in un profondo stato letargico. Certamente nella costruzione della camera avevano tenuto conto di questa possibilità sfruttandola per dare il via al processo di ibernazione. Un essere a sangue caldo, come l'uomo, non aveva questo vantaggio, però era anche vero che i dinosauri non erano propriamente rettili ed avevano qualche punto in comune con gli esseri umani.

Ma gli scienziati si domandavano anche perché quei resti non si erano decomposti? Perché si erano fossilizzati? Forse si era risvegliato? Cercarono di comprenderlo studiando la posizione dei fossili, sembrava che fosse sdraiato su quel letto metallico, quindi non doveva essersi risvegliato, probabilmente era passato dal sonno alla morte senza neppure accorgersene!

Improvvisamente un ricercatore ebbe un'intuizione! Era assurdo, ma tutto su Marte appariva assurdo, allora perché non provare? Studiò con molta attenzione gli apparati trovati lontano dalla camera, potevano essere?...

Chiese di cercare anche solo a livello molecolare qualsiasi sostanza che poteva essere transitata all'interno di quel che restava di quegli strani strumenti.

Trovarono alcune molecole! Era una sostanza sconosciuta ma riproducibile. La sintetizzarono, sembrava un misto di ammoniaca, sali e un composto sanguigno. Il ricercatore sbottò!

"Non è sul corpo che agivano! E' sul cervello!"

Era poco credibile ma... tutto è possibile, tanto che quel composto sanguigno pareva contenere anche cellule cerebrali!

Provarono quel composto nel cervello di una lucertola, la misero in un contenitore a 15 gradi sotto zero. Si addormentò immediatamente presentando una forte rigidità corporea. Morì improvvisamente dopo tre giorni. Riprovarono portando la temperatura a meno trenta gradi. Resistette dieci giorni. Scesero a sessanta gradi sotto lo zero: dopo un mese era ancora ibernata ma morì appena cercarono di risvegliarla! Avevano comunque una risposta. Ora si trattava di provare con esseri più evoluti ed a sangue caldo e di assemblare le conoscenze già ottenute in precedenza dalle due Fondazioni al nuovo esperimento. Procedettero con una pecora: la addormentarono e le estrassero il sangue facendoglielo contemporaneamente defluire lentamente nel corpo e stimolando il cuore con prodotti chimici inseriti nel sangue stesso e con piccole ma continue scosse elettriche. Abbassarono la sua temperatura corporea e portarono lentamente la temperatura ambientale della camera dove era stata inserita a meno ottanta gradi iniettandole contemporaneamente il nuovo composto nel cervello. Il successo fu completo! Provarono a risvegliarla aumentando progressivamente sia la temperatura corporea che quella ambientale e rimettendo lentamente tutto il sangue nel suo corpo. Nel contempo interruppero il flusso del nuovo composto al cervello ma mantennero gli stimoli elettrici al cuore fino al risveglio completo della pecora. L'animale si dimostrò in perfetta forma!

Ora serviva una cavia umana! Fu lo stesso Wender a offrirsi e, nonostante le proteste dei suoi collaboratori, non volle sentire ragioni! Se l'esperimento funzionava dovevano tenerlo in ibernazione per tre mesi, questo era il suo ordine! Funzionò!

Wender diede disposizione che, per il momento, il tutto restasse strettamente riservato, quindi iniziò a lavorare per il suo progetto personale: le stelle!

Fece preparare una speciale nave spaziale completamente automatizzata! Al suo interno furono inserite complesse e delicate apparecchiature atte ad ibernare Wender e la sua compagna. La nave doveva essere in grado di affrontare un viaggio lunghissimo e venne attrezzata per questo scopo.

Restava ancora una domanda: cosa aveva ucciso l'occupante della camera ibernante? Alla fine venne la risposta: evidentemente il tempo e l'implosione della caverna dove era stato sistemato che come prima conseguenza aveva interrotto il deflusso del sangue causando dapprima la mummificazione del corpo e in seguito la sua fossilizzazione.

Milioni di anni erano troppi ma migliaia di anni nello spazio vuoto forse no!

Però la nave poteva incontrare ostacoli! Meteore, asteroidi, comete, anche solo polvere, potevano costituire un pericolo mortale!

Fecero le cose per bene, la nave spaziale era totalmente robotizzata e in grado di deviare davanti a qualsiasi possibile ostacolo conosciuto.

Wender diede nuove disposizioni: occorreva stabilire delle basi spaziali avanzate nella fascia degli asteroidi, scavare miniere e costruire industrie.

La cintura o fascia degli asteroidi, di per se era un mistero. Come si era formata?

La maggior parte degli asteroidi si trovava nella fascia principale, fra Marte e Giove ed alcuni avevano a loro volta degli asteroidi satelliti. Quasi tutti erano ricchi di metalli e potevano essere utilizzati per estrazioni minerarie. Avevano spesso orbite caratterizzate da un'elevata eccentricità, altri erano asteroidi del sistema solare che orbitavano con diverse modalità e un'eccentricità molto più elevata. Era uno di questi che Wender voleva trovare!

Si era ipotizzato che gli asteroidi fossero residui del disco protoplanetario che non erano stati incorporati nei pianeti, durante la formazione del Sistema Solare, ma Wender la pensava diversamente, infatti si trovarono forti indizi sulla possibilità che fossero stati un pianeta già formato evidentemente vittima di una catastrofe immane causata da un altro pianeta o qualcosa di simile ma che doveva essere stato estremamente grande e che, impattando nel pianeta, doveva essersi disintegrato insieme al pianeta stesso. A sostegno di questa ipotesi si trovarono asteroidi con caratteristiche assolutamente diverse dagli altri e con formazioni di acqua e anidride carbonica ghiacciata proprie dei satelliti gioviani! Trovarono anche evidenti tracce di uranio e pure tracce di pietre dure probabilmente formate dal nucleo di un pianeta o di un satellite. Tutto ciò riportava ancora a Valles Marineris!

Quest'ultima era figlia della fascia?

Per ordine di Wender partirono grandi navi e piccole navette, obiettivo la colonizzazione della fascia degli asteroidi! Erano dotate di grandi macchinari e trasportavano scienziati, esploratori e minatori. Il convoglio era comandato da Moses Hellans, un capace astronauta dell'età di cinquant'anni. Insieme ad alcuni tecnici, aveva un ordine ben preciso e... segreto inerente quella particolare nave che le Fondazioni avevano progettato con assoluta discrezione.

Per il progetto personale di Wender fu scelto Eros un asteroide del sistema solare.
La sua orbita lo portava periodicamente molto vicino alla Terra; aveva forma irregolare con dimensioni di 34,4 × 11,2 × 11,2 km. Era perfetto per il progetto segreto di Wender, era abbastanza grande per potervi costruire una base, un'industria, una fabbrica, nel sottosuolo era ricco di minerali e transitava vicino alla Terra.
Quando la base spaziale e l'astroporto di Eros furono pronti si procedette a rendere completamente operativa la nave spaziale ben attrezzata e completamente automatizzata da lanciare nello spazio profondo, verso le stelle!
Durante il transito dell'asteroide nei pressi della Terra Wender e la sua compagna entrarono nella nave.
Wender prima di partire informò alcuni strettissimi collaboratori che lo avrebbero sostituito fra cui Rina Sander a cui diede la responsabilità di dirigere il Comitato e le due Fondazioni.
Era il 2.074, sulla Terra, su Phobos, su Deimos, su Marte e nella fascia degli asteroidi fu inviato un messaggio: "Sono Wender!" Iniziava così. "Avete fatto un meraviglioso lavoro, state conquistando Marte! Presto aiuteremo la Terra, ma il nostro vero progetto ora, come non mai, deve continuare e svilupparsi: la Fondazione Alfa un giorno arriverà a sconfiggere la morte e la Fondazione Beta ci porterà alle stelle! Io e Nimba abbiamo ormai più di novant'anni, troppi! Abbiamo bisogno di una vacanza! Non cercateci, non ci troverete! Grazie a tutti voi abbiamo vissuto mille avventure, grazie amici! Ho dato disposizione per formare un Comitato di dodici persone che mi sostituirà in tutto e per tutto. Quattro componenti del Comitato sono stati scelti fra i migliori esponenti della Fondazione Alfa e altri quattro dalla Fondazione Beta, i due gruppi vengono presieduti dal responsabile generale delle rispettive Fondazioni. Partecipa al Comitato il Dottor Engand Augusth come consulente scientifico. Mi sostituisce a tutti gli effetti Rina Sander! Tutti sono tenuti ad ascoltare ed obbedire alle disposizioni che Rina vorrà dare. So che intende costruire nuove basi nel sistema solare, sono certo che lo farete e che le Fondazioni conquisteranno presto tutto il sistema. So anche che non dimenticherete la Terra. Addio amici!"
Wender e Nimba furono ibernati sfruttando le antiche tecniche che erano riusciti a scoprire e i miglioramenti apportati dagli scienziati delle Fondazioni. Periodicamente, quando sarebbe stata in vista di un sistema planetario, la nave avrebbe risvegliato i due passeggeri. Questo era il programma segreto di Wender che, per sua precisa disposizione, non doveva essere divulgato.
Si prevedeva un viaggio che, nella migliore delle ipotesi, sarebbe durato decine di migliaia di anni!
La nave aveva scorte abbondanti di aria, acqua e viveri, ovviamente inutilizzati durante il periodo di ibernazione. Inoltre imbarcava mezzi cingolati pressurizzati, tute e una navetta.
A quel tempo non erano ancora attrezzati con motori ad energia nucleare, la spinta avveniva per poco tempo, dopodiché la nave procedeva per inerzia. Il primo obiettivo di Wender era il sistema del Centauro, avrebbe impiegato più di 70.000 anni per raggiungerlo!
Nessuno seppe realmente cosa accadde a Wender, ed alla sua compagna, solo pochi conoscevano la realtà ma non parlarono mai! Dieci anni dopo la "Grande Paura" nel 2.074 scomparvero letteralmente nel nulla! Avevano ormai oltre 90 anni, forse troppi per quel tempo!
Rina, che lo sostituiva in tutto e per tutto, diede un fortissimo impulso alle ricerche proprie delle Fondazioni. Wender aveva dato ordine che i risultati degli studi sull'antica camera di ibernazione e le conseguenti migliorie venissero divulgati solo a Rina e ad alcuni responsabili delle due Fondazioni e solo dopo la sua partenza. Così fu fatto e gli scienziati risolsero almeno parzialmente il problema dell'ibernazione! Ma Rina sapeva che non era sufficiente! Non era questa la risposta per conquistare le stelle! Le Fondazioni dovevano andare oltre!
Wender e Nimba non c'erano più! Qualcuno pensava che fossero in viaggio... che stessero raggiungendo qualche stella lontana... la loro leggenda continuava ancora....
Così nacque la leggenda di Wender!
Si fecero mille ipotesi sulla sua scomparsa e su quella della sua compagna. Si raccontarono storie incredibili, ma su una cosa tutti furono d'accordo:
Wender e Nimba erano in viaggio verso le stelle!
Wender era in rotta di collisione!

70.000 anni dopo!
Il primo obiettivo di Wender era il sistema del Centauro, molto più facile da raggiungere!
La sua nave spaziale aveva affrontato lo spazio esterno non senza difficoltà. Parlare di spazio vuoto era un eufemismo! La nave aveva dovuto evitare asteroidi erranti, migliaia di meteoriti e ammassi di polvere interstellare. Ogni cosa era stata prevista e, bene o male la nave spaziale ce l'aveva fatta! Infine, dopo oltre 70.000 anni era giunta in vista del sistema trinario del Centauro!
Il sistema trinario del Centauro consisteva in tre stelle che, con i loro pianeti, orbitavano intorno a loro stesse: Proxima aveva un moto molto irregolare ma, in determinati periodi era la stella più vicina al nostro sole: 4,22 anni luce, era una nana rossa! Le altre due stelle erano Alpha Centauri A e Alpha Centauri B. Orbitavano intorno a loro molti pianeti, le stelle erano simili al Sole terrestre e si trovavano ad una distanza di 4,36 anni luce dal nostro sistema. Giravano una intorno all'altra e, più lontano, orbitava intorno ad A anche Proxima con un'orbita di 500.000 anni intorno ad Alpha Centauri A.
La nave di Wender procedeva in direzione di Alpha Centauri A nella speranza di trovare pianeti abitabili. E i pianeti c'erano, ma erano già occupati dall'uomo!
Controllo era l'avanzatissimo sistema informatico dell'umanità di quel tempo, vicino ad avere una sua propria coscienza! Anni prima era arrivata una nave interstellare, prodotto finale dell'antichissimo programma dell'**Agenzia** il cui scopo era la conquista delle stelle! L'astronave aveva superato la velocità della luce! Era comandata da quattro cervelli umani che, in seguito, grazie ad un processo di clonazione comune in quegli anni, ritornarono ad avere un corpo umano. Quindi, forte delle nuove conoscenze acquisite con l'arrivo della nave interstellare, Controllo e l'umanità intera ripresero quell'antico progetto con l'intenzione di esplorare la Via Lattea e, nei limiti del possibile, l'universo! Già alcune stelle erano state raggiunte dall'uomo grazie ad un avanzato e sicuro processo di ibernazione. Ma il viaggio verso le stelle era ancora molto lungo, secoli in stato di ibernazione! Con il nuovo programma, che permetteva di superare la velocità della luce, si sperava di azzerare i tempi necessari per raggiungere le stelle!
Quindi avevano costruito una gigantesca nave interstellare a cui era stato dato il nome di "Devi". Un vero e proprio planetoide e Controllo, insieme ai quattro astronauti già giunti da uno straordinario viaggio verso le stelle, nonché i futuri coloni ed un corpo di comando, stavano per assemblarsi alla grande nave quando improvvisamente giunse una comunicazione da Alpha Centauri A!
Un recentissimo sottoprodotto degli studi effettuati sull'antica nave, era la comunicazione interstellare praticamente istantanea, quindi Controllo poteva comunicare in tempo reale! La trasmissione diceva:
"Controllo! I sensori esterni del sistema stanno rilevando una strana anomalia! Sembra una piccola nave spaziale! Stiamo inviando alcuni sistemi roboinformatici ad incontrarla!"
Un'altra sorpresa! Cosa poteva essere questa volta? Un'altra nave interstellare? Controllo chiamò immediatamente Arvin, Arun, Jennifer e Anna, i quattro che avevano guidato Maja, l'antichissima nave interstellare. Convocò anche Sunset che era forse la maggior autorità di quel tempo, e li informò di quanto stava accadendo.
Tutti si riunirono in attesa di avere notizie, Anna commentò eccitata:
"Deve essere un'altra nave dell'**Agenzia**, una nave come la nostra!"
"E' troppo piccola! Non può essere!" Disse Arvin.
"Possono avere fatto progressi incredibili dopo la nostra partenza, sicuramente è una nave umana!" Insistette Anna ma Controllo raffreddò gli animi:
"Inutile fare illazioni, aspettiamo di saperne qualcosa di più!"
Nel frattempo i sistemi robotizzati stavano raggiungendo la nave spaziale, quest'ultima, obbedendo alle direttive che le erano state fornite prima della sua partenza, improvvisamente accese i motori e letteralmente scartò di lato! Non poteva riconoscere quei sistemi che per lei erano alla stregua di meteoriti, comunque qualcosa di pericoloso e da evitare, qualcosa di sconosciuto e non previsto!

Controllo venne subito informato dello strano comportamento della nave, chiese consiglio e Sunset semplicemente disse:
"Inseguitela e se possibile agganciatela!"
I sistemi roboinformatici erano molto più reattivi e veloci della nave spaziale, non faticarono molto a prevedere le sue mosse e a raggiungerla. A quel punto l'agganciarono e cominciarono a trascinarla verso un pianeta abitato dall'uomo di Alpha Centauri A. In un primo tempo la nave spaziale sembrò voler fare resistenza ma poi, forse anche per risparmiare il suo carburante, si arrese e spense i motori. Nel frattempo i sistemi avevano potuto monitorare almeno esternamente la nave, inviavano nel contempo immagini relative alla nave e al suo aggancio e fecero rapporto a Controllo che informò i suoi compagni:
"La nave è piuttosto piccola, non si ha la certezza che sia umana, non possiamo escludere che sia aliena. E' mossa da reazioni chimiche, direi che è una nave più che arcaica. La superficie della nave è butterata, segno questo di un lungo e difficile viaggio. Sono stati inviati segnali di ogni tipo verso di essa ma non è arrivata nessuna risposta. Per evitare danni la stanno portando su un satellite del pianeta "Wordissen", là abbiamo una piccola stazione spaziale. Gli uomini di Alpha Centauri stanno rapidamente inviando sul satellite ogni tipo di attrezzatura per poter studiare questo nuovo evento."
L'inaspettato e sorprendente arrivo della nave spaziale era di per se un fatto straordinario e Controllo aveva provveduto ad informarne l'umanità. Ogni cosa, ogni commento, l'avvicinamento e l'agganciamento della nave nonché il rapporto fatto a Controllo e le riflessioni che ne erano nate, tutto veniva trasmesso attraverso i monitor e miliardi di esseri umani seguivano questi eventi!
All'approssimarsi del pianeta Wordissen all'interno della nave qualcosa si mosse. Il sistema era altamente automatizzato e programmato a reagire quando si fosse trovato un sistema planetario e così era! Iniziò dunque a invertire il processo di ibernazione cui erano sottoposti Wender e Nimba e, nel contempo, immise aria all'interno della nave spaziale. Quanto stava accadendo non passò inosservato ai sistemi roboinformatici che, nel frattempo, avevano portato la nave in un hangar nell'astroporto del satellite, ma comprendevano solo che c'era del movimento all'interno della nave, senza poter capire di cosa si trattasse.
Wender si svegliò, Nimba no! La sua compagna non ce l'aveva fatta! Wender restò annichilito. Tutto questo per niente! Tanta fatica, tanti sogni, per niente!
Intanto l'interno della nave prendeva vita e ricevette gli strani segnali che i sistemi roboinformatici continuavano ad inviare. Wender reagì lentamente, quasi svogliatamente. Non riconobbe i segnali, non si diede la pena di rispondere. Guardò gli strumenti e seppe che era arrivato come sperava al sistema del Centauro. Scoprì che dalla sua partenza erano trascorsi oltre 70.000 anni!
Accese gli schermi esterni e scoprì con sorpresa di essere fermo all'interno di un hangar, attorno a se strani oggetti, sembravano robot, ma poi entrarono degli esseri umani!
Avevano strani vestiti, piuttosto alti e senza capelli ma sicuramente esseri umani!
Analizzò l'atmosfera esterna e scoprì che era aria respirabile ad una pressione più che accettabile.
Faticosamente si apprestò a uscire, aprì il portello, quasi non riusciva a camminare, barcollando cercò di avvicinarsi agli uomini che lo osservavano stupiti, le gambe non lo sostenevano, rischiò di cadere ma una donna gli si avvicinò rapidamente per aiutarlo.
Wender non riusciva neppure a parlare, la scoperta della morte della sua compagna aveva distrutto la sua anima e la sua volontà, sembrò quasi che i presenti lo comprendessero, tenendolo letteralmente fra le braccia lo accompagnarono in una saletta confortevole dove lo fecero sedere su una specie di divano, la donna che lo aveva aiutato restò con lui, in silenzio, quasi a non volerlo disturbare, tutti gli altri li lasciarono soli. Offrì gentilmente a Wender del cibo e delle bibite e attese.
Controllo vedeva tutto questo e ne parlò ai suoi compagni:
"E' umano, un vecchio stanco, molto stanco. Stanno studiando la nave, hanno trovato dei sistemi di ibernazione piuttosto aleatori. Erano in due, aveva evidentemente una compagna che però non è sopravvissuta, vi sono segni inequivocabili di un fatto: provengono dalla Terra!"
Sunset commentò: "Con una nave come quella devono aver fatto un viaggio molto, molto lungo!"
"Certamente Sunset!" Rispose Controllo "Arvin, la nave ha sistemi di registrazione e informazioni che per voi dovrebbe essere facile comprendere, sembra che risalga al vostro tempo, attraverso i

nostri monitor possiamo trasmettere ogni cosa e se volete potete aiutarci a capire."

"Ok Controllo." Rispose Arvin per tutti. "Mettiamoci al lavoro!"

Non occorse molto tempo e davanti ai quattro astronauti apparvero tutte le informazioni contenute nella nave spaziale, le studiarono con molta attenzione e a lungo, nel frattempo nella sua stanzetta lontana Wender, spossato, si era semplicemente messo a dormire, un sonno finalmente normale ma denso di incubi! La donna che lo aveva accompagnato non lo disturbò.

Dopo tre ore Arvin chiamò Controllo, i quattro apparivano molto emozionati, Jennifer aveva le lacrime agli occhi!

"Che accade amici!" Chiese Controllo, come al solito la sua voce sembrava uscire da tutte le pareti, infatti quel formidabile sistema informatico non aveva corpo!

Arvin faceva fatica a parlare, allora intervenne Arun:

"Controllo, ti abbiamo parlato dell'**Agenzia**, vero?"

"Si Arun, allora?"

"Noi apparteniamo all'**Agenzia**, quell'uomo e quella donna sono i fondatori dell'**Agenzia**!

L'**Agenzia** un tempo era la più antica istituzione laica esistente! Nata più di 70.000 anni fa! Mille leggende erano sorte intorno ad essa. Era un'istituzione privata, fondata da un eccentrico inglese: Wender. Col tempo divenne un'entità autonoma che viveva con i proventi di migliaia di brevetti ceduti equamente ai vari governi. Il suo scopo era la conquista delle stelle!

Wender era pazzo? Molti lo credevano!

Nessuno sa cosa accadde a Wender ed alla sua compagna, scomparvero letteralmente nel nulla! Avevano ormai oltre 90 anni, forse troppi per quel tempo!

Qualcuno pensava che fossero in viaggio... che stessero raggiungendo qualche stella lontana... Quando noi siamo partiti la loro leggenda continuava ancora...."

Arun aveva come un groppo in gola, non riusciva a continuare...

"Prendetevela con calma" Intervenne Controllo. "Non c'è fretta!"

Dopo un poco continuò Arvin: "Wender, per sfuggire ad un disastro immane che sconvolse la Terra, colonizzò Marte in un tempo dove al massimo si poteva pensare di inviare nello spazio qualche sonda automatica, dopo la sua scomparsa i suoi eredi fondarono colonie in tutto il Sistema Solare e poi... toccò a noi! Il resto lo sai!"

"Volete dire che quel vecchio è Wender? Che ha fatto un viaggio lungo 70.000 anni per arrivare su Alpha Centauri? E' questo che state dicendo?" Sbottò Sunset.

"Si amico mio!" Rispose ancora Arvin. "Colui che mise le basi per il nostro arrivo presso di voi ci ha raggiunti! Voleva le stelle, Wender ha le stelle nelle sue mani! Nulla poteva fermare un uomo come quello!"

"Siamo in **rotta di collisione** Controllo!" Gridò Jennifer!

"Cosa vuoi dire Jennifer?" Chiese Controllo.

"Siamo arrivati noi e siamo arrivati in un tempo dove la nostra folle esperienza può essere sfruttata al meglio. Abbiamo trovato te Controllo e Sunset. Sai abbiamo il sospetto che voi due abbiate qualcosa a che fare con l'**Agenzia**! E poi arriva fra noi Wender, il fondatore. Un mito che neppure noi pensavamo seriamente sia mai esistito! Qualcuno ha voluto tutto questo, non può essere stato casuale, è una **rotta di collisione** preparata da qualcuno più grande di tutti noi, non ho dubbi!"

I suoi compagni annuirono, Anna ne convenne per tutti: "Hai ragione Jennifer, ora più che mai, pensate amici: Wender! Questo non è semplicemente un miracolo è qualcosa di più, la benedizione per il nostro prossimo viaggio. Wender voleva le stelle, tocca a noi regalarle all'umanità!"

Miliardi di esseri umani seppero!

Era tra di loro chi aveva dato una nuova speranza abbattendo i due limiti estremi che da sempre avevano bloccato l'umanità: La velocità della luce e la morte!

Quando Wender si svegliò fu Controllo, che attraverso Arvin ed i suoi compagni ne aveva appreso la lingua, a parlare per tutti.

Spiegò con calma a Wender chi era, come si era evoluta l'umanità, nonché l'arrivo di Arvin, Anna, Jennifer e Arun e il loro viaggio straordinario. Spiegò che quel viaggio sarebbe stato ripreso presto e meglio grazie ai progressi ottenuti in migliaia di anni. Spiegò a Wender dov'era e che l'uomo, sia pure timidamente, aveva raggiunto in ibernazione qualche stella.

Disse: "Wender, tutta l'umanità è onorata di averti qui tra di noi, io sono onorato! Con il prossimo viaggio avremo le stelle fra le mani, quelle stelle ti appartengono! C'è posto anche per te, vieni con noi!"

Wender, un po frastornato, tacque a lungo, poi rispose:

"Controllo, sono vecchio, vecchio e stanco..."

"Non ha importanza Wender, hai ben compreso che sarai disiscorporato e potrai vivere per sempre o quasi, la tua età non conta!"

"Si Controllo, ho capito bene! Ma... qualcuno se n'è andato, non posso lasciarla sola Controllo, non puoi capire, ma... non posso lasciarla sola! Ho raggiunto il mio obiettivo, sono arrivato alle stelle, che altro chiedere di più! Ma sono solo, ora tocca a voi, il mio tempo è finito, posso soltanto abbracciarvi tutti idealmente, ma sarete voi a donare le stelle all'umanità!"

Un Controllo piuttosto "umano" rispose:

"Wender, negli ultimi anni molte cose sono cambiate, io sono cambiato! Capisco bene tutto quello che hai detto, molto bene!"

Tacque un istante poi continuò: "Sei tu Wender che hai donato le stelle all'umanità, senza di te ancora oggi non sapremmo come fare! Ma... dobbiamo chiederti un grosso favore!"

"Dimmi Controllo."

"Abbiamo bisogno di un tuo messaggio, verrà trasmesso ovunque, tutta l'umanità lo ascolterà. Se lo farai sono certo che l'uomo si risveglierà e che non ci sarà più alcuna frontiera, alcun ostacolo che potrà fermarlo! Ti chiedo questo regalo a nome di tutti gli esseri umani di oggi e di domani!"

Wender restò a lungo in silenzio, poi accettò ma a una condizione:

"D'accordo Controllo, ce la farò vedrai! Ma in cambio anch'io ti chiedo un favore. Vorrei andare su un bel pianeta di questo sistema e finire là i miei giorni, mi resta poco da vivere Controllo, fatemi vedere le stelle lontane che ho sempre sognato!"

Controllo accettò prontamente e propose a Wender:

"Vi è un pianeta nei pressi di Proxima: Yesi, un luogo stupendo, ma è stato abbandonato, Proxima è troppo instabile e fredda, non diverrà una nova, ma presto diminuirà la sua energia del 20%. Non lo farà a lungo, "solo" per 200.000 anni, ma sufficienti a rendere invivibile il pianeta! Il pianeta è condannato a 200.000 anni di gelo!

Vi sono altri pianeti nei pressi di Proxima, su tutti (anche su Yesi ed i suoi tre satelliti) vi sono basi umane, ma con pochissime decine di coloni e centinaia di sistemi robot-informatici. Deve passare ancora un poco di tempo prima che Proxima si raffreddi, è il pianeta più bello del sistema, che ne pensi?"

"Un pianeta con un destino simile al mio! Non potevi trovare di meglio Controllo!"

Wender, prostrato dalla morte di Nimba, si trasferì su Yesi. Il pianeta era condannato, ma restava ancora qualche mese prima del grande gelo. Sufficienti per Wender. Si costruì in pochi giorni una villetta solo per lui circondata da fiori.

Quindi si apprestò a mantenere la sua promessa!

Furono assemblati grandi schermi, tutto era pronto per il messaggio di un mito, di qualcuno che non poteva esistere ma c'era!

Quasi timidamente Wender si alzò davanti agli schermi, aveva un groppo in gola, difficile parlare, gli schermi si accesero e davanti a lui apparvero milioni, miliardi di persone sparse su tutto il sistema solare, sui pianeti del Centauro, nelle navi spaziali ancora in viaggio, su tutti i pianeti, satelliti e asteroidi conquistati dall'umanità in 70.000 anni! Erano tutti riuniti nelle grandi pianure dei loro pianeti o negli hangar, o nelle sale delle astronavi, c'erano tutti!

Quando videro sugli schermi quel vecchio stanco e triste che rappresentava un sogno impossibile scattarono in piedi e fu una grande ovazione:

"Wender! Wender! Wender!" Gridavano tutti e ne seguì un applauso che sembrava non finire mai! Wender era commosso, ma a quella vista il groppo in gola sparì, tornò il vecchio leone. Il suo corpo sembrò crescere e ringiovanire.

Il suo discorso fu tradotto in simultanea dallo stesso Controllo che riuscì a dare la stessa enfasi, la stessa emozione che traspariva dalle sue parole, già di per se questo era un fatto straordinario da parte di quello che era un sistema informatico sia pure avanzatissimo!

Wender sembrava guardare tutti negli occhi e con voce forte e decisa disse:

"Amici! 70.000 anni fa nasceva un sogno... un sogno che in quel tempo lontano di cui non avete neppure memoria pareva impossibile, il sogno di un pazzo: conquistare le stelle!

Ma quel folle non era solo! Una donna era con lui e condivideva quel sogno impossibile e presto, insieme, trovarono migliaia di persone, persone come voi, che condividevano lo stesso sogno! Per sfuggire ad un disastro immane colonizzammo Marte che ora è il giardino del Sistema Solare! Non dimenticammo la Terra, la nostra Patria d'origine che, pian piano, tornò a rifiorire.

Vi furono eroi e martiri, molti morirono per un sogno impossibile!

Ora quel sogno è vostro! Onorate i vostri avi e prendete le stelle fra le mani, potete e dovete farlo! Non dimenticate mai che millenni or sono, in un tempo lontano dalla vostra storia, con le scarse possibilità che la tecnologia di allora poteva offrire, qualcuno voleva conquistare le stelle e lo ha fatto! Oggi tocca a voi!

Io e la mia compagna siamo giunti fra voi dalle nebbie del tempo. Lo abbiamo fatto con le poche conoscenze che avevamo, ma lo abbiamo fatto! Spero che il nostro esempio vi dia il coraggio di raggiungere le stelle, conquistare l'universo e vedere la morte in faccia senza paura!

Se io sono qui ora, proprio nel momento in cui alcuni di voi stanno per intraprendere un viaggio impossibile e inimmaginabile, forse c'è una ragione, forse qualcuno più grande di tutti noi ha voluto che ci incontrassimo! Non onorate me, ma onorate i coraggiosi che stanno per guardare Dio negli occhi!

Arvin, Anna, Jennifer, Arun, molti anni dopo la mia partenza una mia discendente: Devi, vi ha fatto affrontare la morte e vi ha donato le stelle! Ora, in questo nuovo tempo, con una straordinaria astronave interstellare che ha lo stesso nome di quella donna energica, sicura e straordinaria state per partire ancora insieme a migliaia di eroi. Io non sarò con voi!

Devo cercare la mia compagna! Forse nel vostro viaggio mi incontrerete, o forse no! L'universo è immenso e io credo che supererò quei limiti che vi avevano terrorizzato durante il vostro viaggio precedente..

Ma anche il tempo è immenso e sono certo che un giorno ci ritroveremo!

Quello che ho fatto mi basta! Sono arrivato fra voi, anche nelle mie mani brillano le stelle!

Grazie eroi, grazie!

E voi che mi state ascoltando, non abbiate paura!

Quei limiti che da sempre hanno frenato l'umanità, stanno per essere superati, niente ormai potrà fermarvi, l'Universo è vostro! Non abbiate paura!"

Un grande silenzio accolse questo breve discorso, poi l'umanità intera si scosse: quell'uomo strano, vecchio, giunto da lontano, per loro era un gigante! Per più di un'ora miliardi di persone gridarono il suo nome!

Poi Wender chiese a Controllo di mantenere anche lui la sua promessa e si ritirò silenziosamente.

Yesi beneficiava del calore di due soli. Era uno spettacolo meraviglioso vedere i due soli scaldare contemporaneamente il pianeta: Proxima era vicina, solo dieci milioni di km.! Appariva come un disco rosso fuoco, più lontana Alpha Centauri, si vedeva come un piccolo disco argentato.

Wender morì pensando alla sua amata compagna che non aveva fatto in tempo a vedere queste meraviglie brillare negli occhi di quel pazzo sognatore vecchio di 70.000 anni che voleva conquistare le stelle! Il mito di Wender continuava ancora!

La guerra delle Multinazionali

(2.548-2.560)

1

Il mio nome è Marie Lambert sono una giornalista di 29 anni. I miei capelli sono neri, sono alta un metro e settanta e senza falsa modestia posso dire di avere un bel portamento ed una intelligenza e intraprendenza molto spiccata.

Sono una spia delle Fondazioni!

Non ho figli ne particolari legami, ero stata contattata due anni prima da un funzionario della Sede Svizzera delle Fondazioni. A quel tempo lavoravo già per un giornale francese presso la Redazione Politica. Un certo Ferdinand Tchova chiese un colloquio privato asserendo di avere importanti informazioni su un ministro del Governo degli Stati Uniti d'Europa che si sospettava fosse stato corrotto da una grande Società Multinazionale.

Ci incontrammo in un bar affollato e Ferdinand Tchova si presentò come ufficiale di terzo livello della Fondazione Beta!

La cosa mi sorprese, ero non solo incuriosita ma anche contenta di parlare con un funzionario di quell'organizzazione che stimavo e apprezzavo per il coraggio e, diciamolo pure, un pizzico di follia!

"Signorina Marie Lambert," Esordì. "Le Fondazioni sono molto preoccupate per quanto sta accadendo sulla Terra!"

"Preoccupate?" Lo interruppi stupita. "Perché?"

"Vede signorina Marie Lambert, si sta instaurando, un po ovunque, una sempre maggiore ingerenza a tutti i livelli, compresi quelli governativi, delle Società Multinazionali. Il nostro ministro, per esempio, è al soldo di queste società che si sono riunite in un vero e proprio consorzio allo scopo evidente di prendere il potere. In questo dossier troverà le prove relative alla corruzione del ministro in questione ma le chiedo di non divulgarle!"

"Non divulgarle! E perché?!"

"Perché è pericoloso! Negli ultimi sei mesi abbiamo registrato ben 56 omicidi a scopo politico, nel dossier troverà anche questo, lei ci serve viva!"

"Ma allora... perché lei mi dice tutto questo?"

"Perché le chiediamo di entrare nel nostro staff, diventare un ufficiale delle Fondazioni, ma in modo strettamente segreto, e lavorare per noi e con noi!"

Restai a bocca aperta! Far parte di questa enorme e mitica organizzazione! Un sogno irrealizzabile, ma poi...

"Signor Tchova, ma questo vuol dire abbandonare la Terra?"

"Al contrario!" Rispose. "Lei ci serve qui! Certo non posso escludere qualche viaggio extra planetario, ma dovrà lavorare qui! La Terra sta per arrivare ad un punto critico! Le Multinazionali non sono mai state così forti e i Governi delle sette Nazioni sono in pericolo! Non nego che anche noi siamo in pericolo! Le Multinazionali sono gelose delle Fondazioni! Abbiamo aiutato la Terra dando uno straordinario impulso alla colonizzazione dello spazio interplanetario e all'estinzione di tutte le principali malattie. La popolazione mondiale è aumentata, abbiamo dato una nuova spinta al progresso, i nostri studi avanzati hanno portato a migliaia di scoperte e risultati collaterali che sono stati ceduti in forma esclusiva ai sette governi della Terra.

Le sette Nazioni sono tornate alla democrazia e dopo tanti secoli sono state indette le elezioni per nominare i nuovi governanti.

Ma questo non piace a tutti!

Lei sa bene che secoli fa, da prima della "Grande Paura", si erano formate grandi società dette

Multinazionali che la guerra ed il disastro causato dall'asteroide non aveva, se non in qualche raro caso, colpito più di tanto, anzi, molte erano prosperate proprio a causa dei disastri avvenuti. Con il tempo la loro forza è divenuta tale da poter influenzare pesantemente la politica dei loro stessi governi, fino a soppiantarli, sia pure non ufficialmente.

Alle Multinazionali non può piacere la nostra politica che dona ai governi l'esclusiva delle nostre scoperte, concedendo, loro una forza economica che contrasta quella delle Multinazionali stesse. Inoltre l'avvento dei motori atomici toglie sempre più spazio alle Multinazionali del petrolio e dell'energia.

Lo scontro sarà inevitabile, sono due poteri che si contendono l'egemonia mondiale, non possono coesistere!"

"Cosa intende quando parla di due poteri? I Governi delle sette Nazioni o le Fondazioni?"

"Non le voglio nascondere nulla, certo lo scontro sarà fra le Multinazionali e i Governi, ma le Fondazioni non sono escluse, anzi probabilmente noi siamo il vero nemico delle Multinazionali, ma un nemico nascosto, siamo e resteremo dietro le quinte negli affari terrestri. I nostri veri obiettivi vanno molto più lontano!"

Ero impressionata dalle pesanti parole di Ferdinand Tchova che continuò:

"Dobbiamo prepararci ad affrontare una crisi di tipo planetario e forse anche interplanetaria!"

"E cosa dovrei fare?" Chiesi.

"Deve aiutarci ad acquisire informazioni, lei sarà un nostro agente, potremmo chiederle anche azioni... non proprio ortodosse, non le nascondo nulla! Non sarà sola e le chiederemo di affrontare un periodo di addestramento in Svizzera, trovi una scusa qualunque, che ne so, una vacanza! Basterà un solo mese di addestramento, conosciamo le sue capacità, non servirà di più e si ricordi sempre: la nostra Sede in Svizzera è extraterritoriale e protetta, là lei sarà sempre al sicuro!"

Da sempre avevo avuto forti perplessità sulla condotta delle Multinazionali, era evidente che il loro unico vero scopo era il profitto, inoltre le Multinazionali del petrolio conducevano una campagna denigratoria nei confronti delle nuove tecnologie che li toglievano il monopolio energetico. Se fosse per loro avrebbero continuato a sfruttare la Terra ed a inquinarla!

Quindi accettai, studiai attentamente il dossier che Tchova mi aveva consegnato poi, come mi era stato consigliato, lo distrussi. Compresi che mi sarebbe stato chiesto molto, ma ero felice di poter agire, di fare qualcosa di concreto!!

Alla Redazione del giornale dissi che l'incontro era stato tutto una "bufala" senza costrutto poi, dopo un paio di settimane, presi un mese di congedo e, accompagnata da Tchova con cui ero rimasta discretamente in contatto, mi recai in Svizzera.

Là trovai una città avveniristica, qualcosa di grandioso. Mi diedero un appartamento tutto mio, uno stipendio triplo rispetto a quanto guadagnavo fino ad allora e mi presentarono i miei colleghi, in particolare uno di loro con cui avrei lavorato in stretto contatto: Matthieu Vallaud di trent'anni, ufficiale di quinto livello... carino! MI insegnarono tecniche di lotta e l'uso delle armi! Non si trattava di uno scherzo! Poi mi consegnarono una bella divisa da ufficiale di sesto livello della Fondazione Beta e le armi. La divisa dovevo lasciarla nel mio nuovo appartamento, peccato! Le armi no!

Quindi rientrai in Francia dove ripresi apparentemente tranquillamente il mio lavoro.

Continuai a restare in contatto con Matthieu e questo aspetto del mio segreto lavoro era... molto piacevole! Dopo due anni, avevo compreso! Stava per scoppiare una guerra segreta!

Lasciai il giornale ed entrai nella redazione di una piccola rivista ma a carattere internazionale. In realtà si trattava di una società segreta delle Fondazioni.

Conosco quattro lingue e, durante le mie ferie, avevo viaggiato parecchio, ma sempre come turista. Ora dovevo viaggiare per lavoro. Non era male, tutto pagato! Ma mi rendevo conto che vivevo pericolosamente, però... non mi dispiaceva!

Otto gennaio 2.548: Boston! Due bombe scoppiano davanti alla locale sede governativa, 54 morti e l'edificio distrutto! C'ero anch'io, la città era in fermento.

Dodici gennaio 2.548, un missile colpisce il Parlamento di Bruxelles: 854 morti!

Delhi, India, 18 gennaio, la gente scende in piazza per protestare contro il Governo che, a loro dire, era corrotto. La polizia reagì: più di 1.200 morti da ambo le parti, Ero presente fra i dimostranti, fui arrestata e poi, riconosciuta come giornalista, rilasciata.

Ora dovevo intervistare Zack Carrajo, Presidente di una importante Multinazionale dell'energia. Il mio vero obiettivo era quello di simpatizzare con loro ed acquisire la loro fiducia.

Non fu difficile, so di essere una bella donna, piacente, e questo aiuta! Zack mi appare come un vero "pallone gonfiato", pieno di boria, forse pensa di essere un Dio!

Dopo l'intervista di pragmatica gli chiedo:

"Secondo lei i motori a energia nucleare, ormai in uso quasi ovunque, sono sicuri?"

"Signorina," risponde. "ricorda la storia? L'umanità è stata quasi spazzata via a causa del nucleare, se non facciamo qualcosa prima o poi questo si ripeterà! Ricorda che un tempo buona parte della Terra era invivibile a causa delle radiazioni? Dobbiamo fermare tutto questo!"

"Ma come?" Domando.

"Il problema sono i Governi che, forti dei brevetti che le Fondazioni li hanno venduto, fanno tutto quello che vogliono! E le stesse Fondazioni stanno dissanguando la Terra, nulla è gratis e il loro prezzo è altissimo!"

"Ha ragione!" Lo interrompo con passione. "Mi sono sempre chiesta perché i Governi debbano avere il monopolio di tutto, questa non è libertà, è dittatura!"

Così sono entrata nelle grazie delle Multinazionali e potevo cominciare ad inviare i miei rapporti. Presto sono venuta a conoscenza di un fatto molto inquietante: il missile di Bruxelles che aveva praticamente azzerato il nostro Parlamento, era stato lanciato dalla Confederazione dei Fratelli Mussulmani! Un vero e proprio atto di guerra, anche se non ufficiale. Ne informai subito la Sede Svizzera della Fondazioni, poco dopo Matthieu viene ad incontrarmi:

"Marie!" Mi dice fra un bacio e l'altro. "Teniamo ancora nascosta questa informazione, le Fondazioni temono la possibilità di una guerra aperta, meglio che le cose restino segrete, ma stiamo inviando alcuni nostri agenti nella Confederazione dei Fratelli Mussulmani, cercheremo di ribaltare la frittata!"

"D'accordo tesoro, tenetemi al corrente ma ora..." Lo buttai sul divano e... beh potete immaginarlo! I moti di piazza continuavano e presto si estesero a quasi tutto il pianeta! Molti erano chiaramente fomentati dalle Multinazionali, ma non tutti, in diversi Paesi la gente cominciava a protestare contro le Multinazionali spesso con molta violenza; la reazione stava cominciando!

Una domenica decisi di recarmi alla Sede della Multinazionale dove avevo incontrato quel pallone gonfiato di Zack. Avevo notato, quasi casualmente, un file interessante nel suo computer, volevo copiarlo! Le guardie all'entrata mi conoscevano bene, passai senza problemi con una scusa inventata lì per lì. Salii al quarto piano e grazie ad una chiave che avevo copiato giorni prima entrai. Non mi fu difficile trascrivere il file quindi uscii indisturbata.

Consegnai il file a Matthieu che dopo alcuni giorni mi contattò:

"Cara, tu hai scatenato una bomba! Quel file contiene i nomi di tutti i governatori corrotti dalle Multinazionali; sono ben nove! Ora abbiamo un ordine preciso, dobbiamo eliminarli tutti e in silenzio!"

"Eliminarli?" Chiesi. "E' quello che penso?"

"Si! Nostro compito è quello di eliminare il governatore del Canada, altri penseranno ad eliminare gli altri governatori, te la senti?"

Inconsciamente avevo sempre saputo che prima o poi avrei dovuto usare violenza e... uccidere! Ci pensai un momento poi: "Capisco che è necessario... ok facciamolo!"

Partimmo in aereo, vi era una manifestazione alla quale avrebbe partecipato anche il governatore. Mio compito era quello di avvicinarlo, come se fossi una sua fans e... pungerlo! Matthieu mi diede un semplicissimo anello, conteneva un piccolo pungiglione imbevuto di un veleno ritardante preparato dalla Fondazione Alfa. Fu sin troppo facile! Due ore dopo la manifestazione il governatore ebbe un collasso e morì!

Gli altri otto fecero la stessa fine ma con modalità diverse: tre ebbero incidenti d'auto, uno morì nell'incendio della sua abitazione, due morirono d'infarto, uno nell'esplosione della sua auto ed infine uno fu prosaicamente ucciso da un colpo di fucile esploso da lontano.

Nel frattempo il Parlamento della Confederazione dei Fratelli Mussulmani fece la stessa fine di quello di Bruxelles, ma non fu un missile, bensì sei grossi camion telecomandati pieni di un potente esplosivo!

La reazione delle Multinazionali non si fece attendere: bombe e attentati in tutto il mondo e scoppiò una guerra in piena regola!

La Confederazione dei Fratelli Mussulmani non aveva digerito la morte di quasi tutti i suoi politici, ne diede ovviamente, ma erroneamente (eravamo stati noi!), la colpa agli Stati Uniti d'Europa! Tutto cominciò con qualche scontro navale nel Mediterraneo, poi dall'Italia partirono gli aerei da caccia e i bombardieri!

Nel frattempo io risultavo "bruciata", le Fondazioni ritenevano che non sarebbe stato difficile capire che ero stata proprio io a far conoscere i nomi dei governatori corrotti, quindi decisero di trasformarmi in un vero e proprio "killer"!

Tornai in Svizzera nel mio appartamento insieme a Matthieu. Tutti e due fummo sottoposti ad un duro addestramento. Quello che avevo fatto la prima volta era niente! Questi non scherzavano. Imparammo tutti i sistemi di lotta possibili, Matthieu già li conosceva e mi fece da maestro, ma non bastava. Ci insegnarono ad usare armi che non avevo mai visto, ci insegnarono a sopravvivere nella Giungla e nei deserti e ci sottoposero ad un intenso addestramento per diventare provetti astronauti! Quindi ci dissero di attendere tranquillamente, quando sarebbe stato necessario ci avrebbero dato una nuova identità e una nuova missione.

Mentre ero in Svizzera fra le due sponde del Mediterraneo era guerra aperta! I cacciabombardieri attaccavano da ambo le parti, poi la Confederazione dei Fratelli Mussulmani invase l'Italia, e la Francia utilizzando mezzi aerotrasportati e navette, dalla Turchia forze ingenti invasero la Grecia e i Balcani. Gli Stati Uniti d'Europa erano in netta difficoltà ma ricevettero un inaspettato aiuto dall'India che da est superò i confini Afgani e puntò direttamente verso l'Iran dando respiro all'esercito europeo che si trovò in grado di entrare da nord nel cuore della Confederazione. Rapidamente le truppe d'invasione rincularono e fermarono le truppe alleate ai confini della Turchia. La guerra subiva uno stallo, ma non poteva certo durare a lungo.

Nel centro della Cina uno spaventoso attentato provocò quasi trecento morti. Altre azioni di terrorismo insanguinarono l'Australia, l'India, il Kenya, il Cile, gli Stati Uniti d'America e il Guatemala. Bilancio oltre 1.800 morti! Non tutti erano stati causati dalle Multinazionali, almeno 700 morti erano stati causati da azioni terroristiche degli stessi Governi. Misteriosi sommergibili distrussero ben 26 piattaforme petrolifere sparse per il mondo, il Messico si ritirò improvvisamente dal Governo Nord Americano, una vera secessione causata dalla distruzione delle piattaforme situate nel Golfo del Messico e fu là che ci mandarono!

Ci diedero un'identità messicana (i miei capelli neri aiutavano), ci fecero salire su una navetta e segretamente, di notte, ci sbarcarono nei pressi di Città del Messico.

Dovevamo raggiungere ed eliminare ben otto obiettivi, poi la diplomazia avrebbe fatto il resto e si prevedeva che il Messico sarebbe tornato rapidamente all'interno del Governo Nord Americano senza ulteriori spargimenti di sangue. In effetti il rischio di una nuova guerra era forte e già le truppe del nord si stavano ammassando alla frontiera. Otto morti per evitarne migliaia, il bilancio poteva essere positivo.

Dovevamo usare armi pesanti, non c'era altro modo. Avvicinammo facilmente sei degli otto obiettivi e li eliminammo, ma gli altri due finirono per trincerarsi in una base militare.

Forse se avessimo avuto tempo le cose sarebbero andate diversamente, ma non c'era tempo, già ai confini vi erano state sparatorie, dovevamo agire in fretta!

La base si trovava su un'altura circondata da filo spinato elettrificato e da sistemi di allarme molto sofisticati, non potevamo entrare di soppiatto, allora Matthieu decise per un'azione di forza. Usammo bombe, piccoli missili che avevamo in dotazione e fucili che sparavano bombe dirompenti! Entrammo di corsa, la reazione non si fece attendere, ma erano solo pallottole, le nostre armi sparavano bombe. Ma anche una pallottola può far male, Matthieu fu colpito! Morì rapidamente fra le mie braccia! Divenni una furia! Attraversai il campo come un coltello nel burro, trovai i due obiettivi e li ammazzai a sangue freddo, poi sparii nella notte piangendo.

2

La morte di Matthieu mi aveva segnato più di quanto avrei potuto immaginare! Divenni spietata, avrebbero pagato molto caro quella morte!

Qualche tempo dopo mi inviarono nel Nuovo Brasile. Là non dovevo ammazzare nessuno, il mio compito consisteva nel convincere un importante uomo politico, un certo Steven Landesberger, a mantenere le distanze dalle Multinazionali.

Arrivai a Brasilia nella vecchia veste di giornalista e chiesi un incontro con questo personaggio. Non fu affatto facile ottenerlo ma, dopo ben quindici giorni, alla fine riuscii.

Fui convocata presso il suo ufficio, Steven era sui quarant'anni, un uomo piacente. Dopo i soliti convenevoli arrivai al sodo:

"So che lei è particolarmente legato alle Multinazionali, ma non pensa che possano finire per soppiantarla e utilizzare il vostro Governo come un burattino? Certo si rende conto di cosa sta accadendo nel mondo!"

"Signorina," Rispose. "Francamente non vedo alcun rischio, il nostro Governo è forte e ben costituito, da sempre abbiamo rapporti positivi con le Multinazionali e sicuramente nulla cambierà. Certo in molti Paesi vi sono sommosse, incidenti di varia natura, ma fino a che punto ne sono responsabili le Multinazionali? Stia certa che se pensassi anche un solo istante che queste Società volessero effettuare una qualsiasi ingerenza nel nostro Governo, la mia reazione sarebbe durissima!"

"Capisco Signor Landesberger, ma la storia del vostro Paese è costellata da queste ingerenze, questo è un fatto!" Obiettai.

"Storia del passato signorina, dall'avvento delle sette Nazioni e la formazione del Nuovo Brasile molte cose sono cambiate, ora, le assicuro che non c'è alcun rischio."

Quell'uomo mi piaceva, aveva idee chiare ma difficilmente si sarebbe messo contro le Multinazionali. Terminato il colloquio feci il mio rapporto.

Mi chiesero di restare a Brasilia e di incontrare ancora Steven ma in forma non ufficiale. Chiesi ancora un colloquio con lui e, questa volta, non si fece attendere, buon segno!

Mi ritrovai ancora nel suo ufficio, parlammo del più e del meno, niente di particolare, poi gli dissi:

"La Redazione del mio giornale mi ha chiesto di restare a Brasilia come corrispondente estero, ma qui non conosco nessuno, neppure la città!"

"Volentieri le farò da guida, Brasilia è rimasta come un tempo, vedrà le piacerà!"

Così, nei rari momenti in cui Steven riusciva a liberarsi dei suoi impegni politici, cominciammo a frequentarci. Mi invitò nella sua sontuosa villa, Steven era scapolo ma aveva almeno venti servitori (o guardie del corpo?) in casa sua. Non fu Amore con la maiuscola, ma fu molto piacevole!

A questo punto ricevetti un ordine sorprendente: dovevo organizzare un attentato facendo in modo che Steven credesse che fosse opera delle Multinazionali!

L'idea di ammazzare gente innocente, dopo la morte di Matthieu, mi lasciava piuttosto indifferente, avevo imparato ad essere spietata, ma stranamente l'idea di ingannare Steven mi infastidiva!

Però ero un ufficiale delle Fondazioni e sentivo molto forte questa appartenenza, un ordine era un ordine, dovevo obbedire!

La scelta dell'obiettivo non era facile, doveva essere qualcosa che dava fastidio alle Multinazionali, ma cosa? Vi era un'associazione per i diritti degli Indio, brava gente, obiettivo ideale!

Preparai alcuni volantini del tipo: "Sfruttare l'Amazzonia vuol dire libertà" – "L'Amazzonia ha enormi riserve di gas e petrolio, sfruttarla vuol dire eliminare la povertà" e così via.

L'associazione non aveva alcuna protezione, fu facile sistemare di nascosto l'esplosivo e i volantini.

Ma la cosa doveva avere una forte risonanza, quindi attesi l'ora di punta poi...

I morti furono più di duecento! Donne, uomini, bambini, brava gente!

Ma non sentivo alcun rimorso!

Steven divenne il più spietato oppositore delle Multinazionali, io, un poco a malincuore, tornai in Svizzera.

La guerra fra gli Stati Uniti d'Europa con l'India loro alleata e la Confederazione dei Fratelli Mussulmani, riprese improvvisamente.

Furono i Fratelli Mussulmani a rompere la tregua non dichiarata, cercando di scacciare le truppe alleate dall'Iran e dall'Afghanistan.

Mi inviarono in missione a Naskad in piena guerra!

Naskad era una città completamente nuova situata nel centro dell'Algeria, era la capitale della Confederazione. I deserti non esistevano più e la città era molto piacevole, circondata da una vera foresta tropicale!

Mi presentavo nuovamente come giornalista ma dovevo far credere di provenire dall'Argentina. Il mio obiettivo era nientemeno che Khaled Tivah, Presidente della Confederazione, un vero duro affiliato alle Multinazionali del Petrolio.

L'idea era semplice, dovevo ammazzarlo! Tolto di mezzo lui vi erano buone speranze che la Confederazione aprisse negoziati di pace.

Ma avvicinare Khaled Tivah appariva impossibile: niente interviste, niente visite, non si sapeva neppure dove abitava!

Intanto la guerra infuriava, Khaled doveva tenersi ben informato sull'andamento dello scontro, anche per dare eventuali nuovi ordini, e dove poteva informarsi? Certo era sufficiente un monitor, un centro di comunicazione, ma sentivo dentro di me che Khaled Tivah non doveva essere tipo di accontentarsi di un monitor, doveva essere presente! Quindi... lo Stato Maggiore!

Ma dove potevo trovare lo Stato Maggiore? Certamente all'interno del grande complesso militare dell'esercito che si trovava alla periferia di Naskad!

Cambiai veste e diventai una povera berbera che trasportava frutta a dorso di mulo. Con questo travestimento passai nei pressi del complesso militare. Vi erano soldati ovunque, garitte piene di sentinelle, caserme e... un grande edificio centrale, doveva essere là che si riuniva lo Stato Maggiore. Ma i miei problemi erano appena cominciati, dovevo ammazzarlo, certo, ma utilizzando lo stesso metodo che avevo usato in Canada, con una puntura di veleno ritardante, quindi avrei dovuto forzatamente avvicinarlo, niente bombe, niente azioni di forza!

Però... una cerbottana? Sì poteva andare bene ma dovevo usare un proiettile piccolissimo, in modo che il malcapitato sentisse la puntura e, istintivamente, semplicemente posando la mano dove sarebbe stato punto facesse cadere il piccolo proiettile.

Restava sempre il problema di come incontrarlo. Non era più necessario un avvicinamento fisico, potevo usare la cerbottana a dieci metri di distanza, mirando al collo, ma anche dieci metri erano pochissimi.

Davanti al complesso militare vi era una strada, per forza occorreva percorrere quella strada per potervi entrare.

Recuperai viveri e acqua per una settimana e, di notte, scavai una buca a dieci metri dall'entrata del complesso, occorreva molta fortuna ma... non si sa mai!

Mi infilai in quel buco ben nascosta e attesi. La prima settimana non si fece vedere. Di notte uscii dal mio buco e recuperai altri viveri e acqua. Il terzo giorno della seconda settimana arrivò scortato da ben dodici auto, ma non ebbe la grazia di abbassare il suo maledetto finestrino!

La terza settimana faceva caldo, il tempo passava e ormai stavo pensando di rinunciare e studiare un altro metodo quando, il quinto giorno, Khaled Tivah arrivò e aveva i finestrini aperti!

Morì dopo due ore!

Sembrava non fosse accaduto niente! La guerra continuava ferocemente da ambo le parti!

I Fratelli Mussulmani ripresero buona parte dell'Iran ma furono ancora bloccati fra le montagne dell'Afghanistan. Da nord arrivavano i soldati russi ed europei, dall'est gli indiani, i Fratelli Mussulmani si trovarono circondati a tenaglia. Da ambo le parti furono usati aerei ed elicotteri. Scoppiò una feroce battaglia aerea senza vincitori ne vinti!

Faticosamente i carri armati indiani avanzavano proteggendo la fanteria europea. I Fratelli Mussulmani fecero una feroce resistenza, i morti non si contavano più quando finalmente il Governo della Confederazione chiese l'armistizio. Le ostilità cessarono, si aprirono fitti colloqui politici, alla fine gli europei e gli indiani si ritirarono e la Confederazione ripudiò le Multinazionali!

Ma per il Consorzio delle Multinazionali quella guerra che aveva prodotto quasi un milione di morti fra civili e militari, era solo una battaglia perduta, la guerra sotterranea continuava!

Due nostri agenti in Ruanda furono trovati in una discarica orrendamente mutilati ma prima di essere uccisi erano riusciti ad inviare il loro rapporto in Svizzera.

Era qualcosa di agghiacciante! Il Consorzio delle Multinazionali si stava munendo di armi atomiche! Segretamente in Africa era molto vicino a riuscire nel suo intento, cosa avrebbe fatto dopo era sin troppo evidente: le avrebbe usate dando la colpa ai Governi che avevano inserito ovunque motori ad energia nucleare!

La mia missione consisteva nel distruggere tutte le installazioni del Consorzio in Ruanda ma, questa volta, non ero sola, eravamo in settanta e pesantemente armati. Avremmo usato una navetta, doveva sbarcarci nella foresta per poi proseguire a piedi fino alle installazioni nucleari. Doveva sembrare un'azione governativa, quindi colpire e sparire, eravamo muniti di nere tute antiradiazioni e piuttosto incattiviti!

La navetta non poteva atterrare in mezzo alla foresta senza distruggerne una vasta area, cosa che poteva mettere in allarme gli uomini del Consorzio, quindi usammo piccoli razzi a propulsione gassosa che avevamo fissato alle nostre spalle. Proseguimmo in formazione a ventaglio, dieci di noi avanzavano lentamente utilizzando sofisticati sensori per scoprire eventuali trappole o allarmi e neutralizzarli. Era notte fonda e pioveva, le Fondazioni avevano scelto quel giorno apposta per aiutarci nella mimetizzazione. Tutti noi avevamo occhiali notturni agli infrarossi che ci permettevano un'ottima visuale. Impiegammo due ore a raggiungere i limiti delle installazioni, mancavano solo cento metri ma per percorrerli evitando tutte le trappole e gli allarmi disseminati nei pressi fu necessaria un'altra ora.

Arrivammo alle installazioni, erano cintate da un alto muro. I nostri genieri decisero di evitare qualsiasi rischio e scavarono in perfetto silenzio un tunnel sotto il muro.

Entrammo silenziosamente, i fantasmi non potevano essere più silenziosi di noi!

Conoscevamo perfettamente le installazioni grazie a riprese effettuate precedentemente dall'alto, il nostro gruppo si divise in tre, i dieci che ci avevano preceduto restarono a guardia e in difesa del tunnel che ci avrebbe permesso la fuga, altri trenta dovevano occuparsi delle numerose guardie e proteggerci, infine io e il resto del gruppo dovevamo occuparci di distruggere completamente le installazioni. Eravamo dotati di esplosivo ad altissimo potenziale e di piccole bombe atomiche tattiche, tutto questo pesava e molto sulle nostre spalle!

A quel punto non c'era modo di restare nascosti e silenziosi, avanzammo fino a quando era possibile poi... scoppiò l'inferno!

I nostri, che ci coprivano le spalle, usarono fucili a razzo, dietro di noi c'erano altissime lingue di fuoco, non facevano complimenti, stavano distruggendo tutto!

Le installazioni erano tre, ci dividemmo in gruppi di dieci e le attaccammo. Fummo colpiti da un inferno di fuoco ma riuscimmo a minare due installazioni. La terza era indenne, tutti i nostri compagni erano morti, noi eravamo rimasti in tredici.

Ero la più alta in grado del gruppo, ordinai:

"Tu Henry, insieme a nove di voi copriteci le spalle, due volontari vengano con me, finiamo il lavoro dei nostri compagni!"

"Ma come pensi di fare?" Domandò concitatamente Henry. "Non abbiamo più esplosivo!"

"I nostri compagni morti ce l'hanno e noi lo useremo!" Risposi, quindi insieme a due coraggiosi mi lanciai letteralmente verso la terza installazione, usando i razzi che avevamo sulle nostre spalle. Il nemico non se lo aspettava, nel frattempo Henry e gli altri cercavano in qualche modo di fornire una copertura, ma era insufficiente, noi dovevamo portare l'esplosivo, quindi non avevamo armi pesanti.

Uno di noi fu ucciso quasi subito, io e l'altro riuscimmo ad accostarci ai dieci compagni morti e febbrilmente recuperammo l'esplosivo. Avevamo collegato già sei gruppi di ordigni quando anche il mio compagno fu colpito, restavo solo io. Corsi come una lepre, esplodevano proiettili ovunque, per tre volte uscii allo scoperto per recuperare l'esplosivo e collegarlo, la quarta volta mi presero di mira con razzi pesanti! Sentii come un grande colpo su tutto il corpo poi... tutto nero!

Mi risvegliai con un forte dolore alla testa e per tutto il corpo, davanti a me vidi un signore in camice bianco, la luce era forte per i miei occhi, li chiusi. Ero in un ospedale!

Avevo un forte trauma cranico, una profonda ferita all'addome e non avevo più la gamba sinistra! In seguito venni a sapere che mi avevano recuperato Henry e i suoi, due di loro erano riusciti a sistemare le ultime cariche di esplosivo lasciandoci però la vita. Durante la ritirata morì anche Henry, ma gli altri portarono me ed altri sei feriti all'appuntamento nella foresta con la nostra navetta che, questa volta, non fece complimenti, atterrando distrusse quasi un ettaro di foresta e ci recuperò. Su settanta ne erano sopravvissuti ventotto, dei quali sette, fra i quali io stessa, erano feriti. La navetta partì velocemente ed inviò il segnale all'esplosivo. Otto bombe atomiche tattiche e sessanta kg. di esplosivo ad altissimo potenziale illuminarono la notte. Delle installazioni, nonché dei militari e civili che le occupavano e dei nostri morti, restò solo polvere!

Restai in ospedale sei mesi, mi rimisero a nuovo ma la gamba non c'era più. Mi inserirono una protesi e la collegarono al sistema nervoso, la sensazione era quella di riavere la gamba, ma era di titanio e quella precedente era decisamente più attraente, però ero viva e desiderosa di riprendere il mio lavoro!

Nel frattempo il Consorzio cambiò tattica.

Gli attentati susseguivano ogni giorno ed in ogni parte del mondo! Venivano prese di mira sopratutto le istituzioni governative, ma anche quelle militari, i municipi, giornali e televisioni. Spesso all'attentato seguiva una breve occupazione militare, quasi una prova di forza, ma la pesante reazione dei vari Governi costringeva presto i militari del Consorzio a ritirarsi.

Mentre ero in ospedale venne attaccata in forze la residenza del Governatore dell'Australia a Brisbane. La residenza era pesantemente difesa, il Consorzio si presentò con carri armati forniti di missili. Lo scontro fu estremamente sanguinoso, i carri armati distrussero in breve tempo buona parte delle installazioni militari che difendevano la residenza, i soldati del Governatore attaccarono all'arma bianca! Non potevano avere la meglio ma il loro eroismo bloccò a lungo il nemico, nel frattempo arrivarono diversi elicotteri portando i rinforzi. Quasi tutti i carri furono distrutti ma fecero in tempo a radere al suolo la residenza. Il governatore morì insieme ai suoi soldati!

Questo episodio finì per risvegliare le coscienze, tornarono i moti di piazza ma, questa volta, i contestatori protestavano contro il Consorzio delle Multinazionali. Non ci volle molto perché altri sanguinosi attentati venissero rivolti contro le sedi stesse del Consorzio! Militari governativi cominciarono ad occupare le sedi periferiche delle Multinazionali, ma le sedi centrali erano ancora troppo ben difese!

Io uscii dall'ospedale, ero in Svizzera, raggiunsi il mio appartamento, ero sola! Matthieu non c'era più! Non sopportavo più quell'appartamento, avevo bisogno di una missione, dovevo andarmene! Contattai i miei superiori che mi dissero di pazientare. Cominciai a bere, dormivo, mi alzavo e bevevo! Ero ormai ridotta ad uno straccio!

Era primo pomeriggio quando qualcuno suonò alla mia porta. Caddi letteralmente dal letto, non ero certo presentabile, sporca, mezzo nuda, tracce di vomito ovunque. Presi in mano una bottiglia di whisky mezza vuota e bevvi un lungo sorso, poi caracollai verso la porta, faticosamente riuscii ad aprirla. Davanti a me due impeccabili ufficiali del sesto in divisa! Gracchiai:

"Salve ragazzi, siete venuti alla festa?"

"Signore!" Rispose uno di loro. "Abbiamo ordini per lei!"

Ordini? Si muoveva qualcosa? Ma non ero certo molto lucida:

"Ordini? Quali ordini? Cosa cavolo volete da me?" E mi ributtai sul letto insieme alla mia amata bottiglia. Ma quello insistette:

"Ordini di primo livello Signore!" Questo lo salvò! Infatti cominciavo a pensare che avrei potuto facilmente ritorcergli il collo ma... ordini di primo livello, chiaramente scherzava!

"Ma che dici bamboccio!" Gracchiai ancora. "Primo livello? Sei ubriaco?"

Non fecero complimenti, mi presero e mi buttarono sotto la doccia, non mi violentarono neppure, peccato! Comunque faticosamente mi svegliai dal letargo alcoolico, trovarono la mia divisa, per fortuna non era sporca ma era piuttosto sgualcita; la stirarono e me la fecero mettere, quindi mi dissero:

"Cerchi di fare qualcosa per i suoi capelli, Andy Kerry la sta aspettando!

3

Mi svegliai! Andy Kerry era il mitico capo delle Fondazioni nientemeno! Cosa ci faceva sulla Terra? Voleva vedere me? No! Non potevo crederci!

Lavai i capelli e gli asciugai rapidamente poi pensai di raccoglierli con una coda ma... Andy Kerry! Allora persi un po di tempo e li acconciai per bene. Capelli lunghi, sciolti sulle spalle, la divisa, grazie ai due ufficiali, impeccabile, non puzzavo neppure più!

I due ufficiali mi chiesero cortesemente di lasciare le armi in camera, in effetti la divisa prevedeva anche le armi, ma insistettero.

"Però voi siete armati!" Sbottai!

"Noi facciamo parte della scorta di Andy Kerry, le nostre armi sono per sua difesa!"

Francamente avevo qualche dubbio, forse pensavano che io potessi essere un pericolo? Comunque c'era poco da discutere e li seguii.

Mi portarono verso l'astroporto, là mi attendeva un elicottero da combattimento dove mi fecero salire. Fu un volo molto breve, atterrammo nei pressi di una semplice palazzina e mi accompagnarono al suo interno. Vi erano diverse stanze, tutte guardate da guardie armate ma nessuno ci fermò. Quindi bussarono alla porta di una di queste. La porta si aprì, uno dei miei custodi entrò, l'altro restò all'entrata insieme a me. Dopo pochi minuti il suo compagno uscì e mi fece cenno di entrare. Lui restò fuori della porta. Mi trovai in un vasto e confortevole ufficio, Andy Kerry era una figura imponente seduta dietro una grande scrivania dotata di diversi monitor. L'avevo visto ritratto in molte fotografie, lo riconobbi immediatamente.

Restai impietrita davanti alla porta quando Andy mi sorrise e mi invitò a sedere in un'ampia poltrona posta davanti alla sua scrivania.

"Signorina Marie Lambert," Esordì. "Sono onorato di poterla conoscere ed incontrare!"

Lui era onorato? Forse i postumi della mia sbornia non erano ancora finiti! Poi continuò: "Conosco molto bene il suo curriculum, le imprese cui ha partecipato sempre con successo e professionalità, lei ha dimostrato un attaccamento straordinario alla nostra organizzazione e lo ha pagato a caro prezzo! Suoi amici sono morti, anche il suo compagno, erano dei grandi eroi! Lei stessa ha subito un grave incidente..."

Tacque alcuni minuti, poi:

"Quando uscirà le verrà consegnata una nuova divisa, d'ora in avanti lei è un ufficiale di quarto livello!"

Ero frastornata, quarto livello! Oltre ad uno stipendio ben più alto (anche se francamente non sapevo bene cosa farne se non acquistare altro whisky) era un grande onore ed una grande responsabilità, beh qualcosa dovevo pur dire!

"Eccellenza!" Biascicai. "L'onore è mio! Quello che ho fatto l'ho fatto perché ci credevo!" Poi, forse un poco sfrontatamente, chiesi: "Sarei felice di poter avere un'altra missione, può aiutarmi?"

Andy sorrise, poi: "So bene che lei vuole un'altra missione e direi che... ne ha bisogno! Voglio chiederle una cosa: se la sente di andare nello spazio extraterrestre?"

"Su Marte?" Chiesi sempre più frastornata.

"Non necessariamente ma comunque nello spazio."

Tacqui un istante poi risposi: "Signore se lei me lo chiede andrò anche all'inferno!"

Ancora Andy sorrise: "C'è già stata Marie! Lei è andata all'inferno ed è tornata! Presto avrà la sua missione qui sulla Terra e poi... lo spazio!"

"Quando partirò?"

"Presto, ma prima avrà ancora un compito da espletare su questo pianeta. Vede Marie, l'opinione pubblica sta rapidamente cambiando, la gente si sta rivoltando contro le Multinazionali e i Governi stanno reagendo pesantemente ma alcuni hanno ancora dei dubbi, lei aiuterà a fugare questi dubbi. Ma tenga conto che il Consorzio delle Multinazionali è ancora fortissimo, la guerra è tutt'altro che finita e sta per arrivare ad un punto cruciale. Sappiamo che su Mathilde, l'asteroide colonizzato dai terrestri, il Consorzio sta preparando qualcosa. Una volta terminata la sua missione qui, dovrà recarsi su Mathilde e scoprire cosa sta succedendo, se la sente?"

"Si Signore!" Risposi con enfasi!

Poi, sempre con la mia sfrontatezza, forse aiutata dai fumi dell'alcool, chiesi:

"Ma lei perché è qui sulla Terra, chiunque avrebbe potuto darmi questi ordini!"

"Potrei dire che volevo conoscerla, vederla di persona, ma lei è intelligente, questa evidentemente non poteva essere la sola ragione. Alcune motivazioni, mi permetta, sono riservate, ma la ragione principale è che, una volta superata questa crisi, intendiamo spingere i sette Governi della Terra a federarsi tra di loro. La stessa crisi che stiamo vivendo ha evidenziato il rischio di una divisione fra i terrestri, vogliamo una Terra unita! So che non sarà facile, ci vorrà tempo e pazienza, ma un giorno, ne sono certo, la Terra avrà una sola voce sia pure mantenendo le sette Nazioni in piena libertà. Marie, la nostra è un'istituzione potentissima, qualcuno sospetta che noi siamo il vero governo della Terra. Non è così ma non posso nascondere che abbiamo una forte influenza! Ormai quasi un quinto del pianeta rosso è stato scavato e occupato dalle nostre strutture, ma anche noi abbiamo bisogno di rinnovarci, penso che una volta risolta questa guerra le Fondazioni debbano unirsi in una sola entità. Sono qui per iniziare a mettere le basi per tutto questo!"

"Lei è certo che vinceremo?" Domandai.

"Si Marie! Vinceremo, ma non so ancora a quale prezzo!"

Così terminò il più fantastico colloquio della mia vita!

Il giorno dopo arrivò la mia missione! Non lo sapevo ancora ma quella sarebbe stata la mia ultima missione sulla Terra!

Incredibile! Non dovevo andare lontano, alcuni miei compagni mi attendevano a Savigny, una nuova città della Svizzera!

Erano in tre, dovevamo ammazzare sei politici svizzeri!

Erano stati eletti da poco tempo ma la loro elezione era fasulla, pilotata da una grande Multinazionale con lo scopo di far pendere il Governatorato Svizzero dalla loro parte! Cosa certamente non facile per loro, tradizionalmente la Svizzera era molto legata al Governo Centrale e alle Fondazioni, però potevano bloccare molte iniziative del Governatore creando una situazione di stallo pericolosa. Se una Nazione come la Svizzera, storicamente legata a noi, fomentava dei dubbi, avrebbe potuto influenzare la politica di mezzo mondo!

Il problema era che tutte quelle morti dovevano apparire casuali e non potevamo ucciderli neppure singolarmente, sarebbe stato troppo sospetto!

Dovevano essere tutti e sei insieme e poi simulare un grave incidente!

Qui toccava a me! In passato ero stata nelle grazie di una Multinazionale, sospettata (giustamente) di aver rubato delle informazioni avevo dovuto eclissarmi. Ma forse quel passato poteva ancora tornare utile. Mi infiltrai prudentemente nella loro organizzazione, sapevo di correre molti rischi, ma era il mio mestiere! Impiegai ben tre mesi ma alla fine riuscii a organizzare una bella festa, tutti e sei erano invitati.

La festa era in una vecchia casa di campagna. I miei compagni l'avevano minata in modo di far credere ad una fuoruscita accidentale di gas. Anche questa volta sarebbero morti molti innocenti!

Arrivati al culmine della festa io mi eclissai con una classica scusa: la toilette.

I miei compagni fecero il resto, la casa letteralmente esplose, sembrava impregnata di gas. I sei morirono e con loro altre 63 persone!

Tornai al mio appartamento. Vi restai, apparentemente dimenticata da tutti, per due mesi poi arrivò un ufficiale di terzo livello!

"Signore!" Esordì molto serio. "Vi sono ordini per lei, prepari un bagaglio leggero, la attendono all'astroporto."

"Lascio la Terra Signore?"

"Si! La partenza è fissata fra un'ora, la attende una navetta poi, una volta in orbita, salirà su una nave interplanetaria, là riceverà i suoi ordini!"

Sapevo già cosa mi aspettava, Andy Kerry me lo aveva anticipato, ma non sapevo con quali modalità e come avrei potuto completare la missione ne quali mezzi avrei avuto a disposizione.

Sapevo che mi aspettava un lungo viaggio, quasi un anno prima di arrivare, avrei avuto tempo!

Nello stesso periodo un'altra navetta partiva dalla Terra, era armata pesantemente e puntava verso la Luna. Era una nave del Consorzio, il suo obiettivo era l'enorme base lunare terrestre! Presto furono in vista della Luna, la base lunare era situata nella fascia nascosta ma, per arrivarci, dovevano passare davanti alla Sede delle Fondazioni.

Il Comandante della navetta ricevette improvvisamente una comunicazione proveniente dalle Fondazioni:

"Qui base lunare delle Fondazioni, identificatevi prego!"

Non rispose, allora il messaggio fu ripetuto ma con maggior enfasi:

"Qui base lunare delle Fondazioni, avete un minuto per identificarvi, poi saremo costretti ad aprire il fuoco!"

C'era poco da scherzare, sin dall'inizio della sua costruzione la base era stata pesantemente armata, la navetta non avrebbe avuto scampo!

Il Comandante rispose:

"Qui navetta English, siamo in rotta verso la base terrestre, abbiamo a bordo medicinali e scorte."

"Ci risultano armi pesanti, non medicinali, attendete, una nostra nave verrà ad abbordarvi, non fate resistenza!"

Non ci furono incidenti, la navetta fu sequestrata e l'equipaggio tenuto in custodia fino alla fine della crisi, ma il segnale era inequivocabile, Andy Kerry aveva ragione, lo scontro si stava portando nello spazio!

Nel frattempo io partivo. L'interno della navetta sembrava più quello di un grosso autobus piuttosto che un mezzo spaziale. All'entrata fui salutata militarmente, non vi ero abituata ma risposi al saluto in modo impeccabile. Mi accolsero alcuni inservienti e mi fecero sedere comodamente, a quanto pare ero l'unico passeggero!

Mi dissero di allacciare le cinture e partimmo senza tanti complimenti con un'accelerazione che ero certa mi avrebbe frantumato tutte le ossa. Non fu così e mi trovai presto in orbita, sotto di noi la Terra, splendida, bianco azzurra, enorme e meravigliosa, non mi stancavo di guardarla, ma poi un inserviente mi si avvicinò e mi chiese di guardare lo schermo dall'altra parte: una gigantesca nave interplanetaria completamente illuminata, sembrava una città da mille e una notte!

"Signore!" Mi disse. "Deve trasbordare immediatamente, la nave sta per partire, venga con me."

Mi condusse in un apposito scompartimento dove trovai il mio misero bagaglio e una tuta spaziale. Forte dell'addestramento che avevo subito tempo addietro, non ebbi difficoltà ad indossarla, quindi mi fece accostare ad una camera stagna, senza ulteriori spiegazioni. Cosa diavolo dovevo fare una volta uscita, volare nello spazio? Non fu niente di tutto questo, la tuta era solo una ulteriore sicurezza perché dalla camera stagna entrai in una specie di soffietto, simile a quello degli aerei, pressurizzato alla fine del quale si apriva un'altra camera stagna, entrai e trovai due ufficiali sull'attenti, ero arrivata alla Mysery, una nave spaziale delle Fondazioni!

Mi sembrava enorme! Senza le mie due guide mi sarei irrimediabilmente persa! Mi fecero entrare nella mia stanza, mi diedero una mappa della nave e un grosso plico, quindi mi salutarono militarmente e se ne andarono lasciandomi sola e disorientata!

Comunque mi sistemai, nella stanza vi era un grosso monitor, un fornitissimo bar e un frigorifero pieno di strano cibo. Lo provai, era piuttosto insipido ma mi fece passare la fame. Nel frattempo sentii come un brivido attraversare tutta la nave, studiai il monitor e appresi a farlo funzionare, la nave stava partendo, evidentemente aspettavano solo me! La Terra si allontanava, rimpiccioliva a vista d'occhio, un piccolo gioiello sperduto nello spazio, non l'avrei mai più rivista!

Aprii il plico e scoprii che il Comandante e diversi ufficiali della nave mi avrebbero aspettato a cena (cena? Era tarda mattinata, ma evidentemente qui il tempo aveva un diverso significato) di lì a due ore. Studiai la mappa e scoprii come arrivare alla sala da pranzo. Dovevo attendere due ore così continuai a studiare il plico che mi era stato consegnato e scoprii il tentativo della English di raggiungere e attaccare la base lunare terrestre, un segnale molto inquietante. Nel plico vi erano anche molte informazioni relative a Mathilde, l'asteroide terrestre dove avrei dovuto espletare la mia missione, nonché le informazioni che avevano sollevato i sospetti di Andy Kerry. Dovevo studiare tutto quel materiale, quanto all'equipaggiamento e agli ordini definitivi, ci avrebbe pensato il comandante della nave che stavo per incontrare.

Il Comandante era un ufficiale di terzo livello, mi accolse con molta cordialità insieme al suo secondo. Ci accomodammo ad un tavolo e presto ci servirono vero cibo!

I due erano molto simpatici e presto entrammo in amicizia, alla fine della cena il Comandante mi disse:

"Marie, lei conosce già la sua missione, il viaggio sarà lungo, in un settore della nave lei potrà addestrarsi senza problemi, un ufficiale sarà a sua disposizione per aiutarla e consigliarla, nello stesso settore troverà l'equipaggiamento adatto. Dovrà essere pronta quando entreremo nella fascia poiché verrà trasbordata su una nave mineraria della Confederazione Asiatica. Tutti su quella nave sono nostri agenti ma vivono sotto copertura e non possono correre troppi rischi. Con la scusa di dover scaricare minerali utili alle industrie del satellite, attraccherete su Mathilde. E' previsto che l'equipaggio esca in franchigia per tre settimane prima di ripartire, quello è il tempo che avrà a disposizione per completare la sua missione. Lei è stata segnalata come la persona più adatta con una preparazione in questo settore che pochi hanno, per questo è qui. Credo sappia già che il Consorzio ha fatto un timido tentativo di raggiungere ed attaccare la base terrestre lunare, si stanno muovendo, lei capisce bene che siamo in una situazione di grande pericolo. Il mio secondo la accompagnerà al suo settore, per qualsiasi problema, dubbio o altro mi può contattare in ogni momento."

Il mio settore era piuttosto grande, comprendeva una palestra ben attrezzata, una camera stagna che si apriva in uno spazio vuoto, ma sempre all'interno della nave, in assenza di peso, tute pressurizzate, armi, un ufficio completo di monitor, registrazioni di Mathilde, e... un bel giovanotto ufficiale del sesto!

Nell'anno che trascorsi sulla nave approfittai di tutto questo, anche del giovanotto!

Non ci furono altri tentativi di attaccare la base terrestre della Luna, era sul lato nascosto del satellite, inoltre occorreva passare davanti alla base delle Fondazioni pesantemente difesa, il Consorzio vi rinunciò!

Ma durante il viaggio scoprimmo che era troppo tardi! Due asteroidi terrestri furono attaccati da una navetta proveniente non da Mathilde ma dallo spazio profondo.

I due asteroidi non avevano una protezione armata e nelle vicinanze non c'erano basi delle Fondazioni, per la navetta fu uno scherzo!

Sembrò apparire dal nulla, dipinta di nero e con una protezione radar non fu neppure avvistata.

La navetta si diresse nella fascia e si avvicinò a Gaspra, un piccolo asteroide minerario della fascia principale del diametro medio di circa 12,2 km.

Il suo piccolo astroporto vide la navetta quando era già sopra di loro. Furono lanciati tre missili che distrussero completamente l'astroporto, riuscirono a malapena ad inviare un segnale di soccorso. I minatori erano al lavoro, non si accorsero di nulla, morirono tutti!

Come era arrivata la navetta si allontanò per puntare su Hygiea!

Questo era un altro asteroide della Terra ma era grande: oltre 400 chilometri!

Vi era un'importante base spaziale, due piccole città protette da cupole e parzialmente interrate, miniere, fabbriche e più di 300.000 coloni.

Questa volta non sarebbe stato facile, Hygiea era stato messo in allarme dalla carneficina effettuata sul piccolo Gaspra, ma anche questa volta la navetta piombò loro addosso quasi all'improvviso.

Hygiea aveva pochissimi strumenti di difesa ma cercò ugualmente di resistere.

Ancora la navetta colpì la base e l'astroporto dove stazionavano altre navette, distruggendole. Ma vi fu una reazione e due navette terrestri telecomandate riuscirono a decollare e puntarono verso il nemico. Furono distrutte ma una riuscì ugualmente a danneggiare la navetta del Consorzio che si ritirò per sparire nel nulla come era arrivata.

Era iniziata una guerra interplanetaria!

Ma la mia missione doveva continuare, non tutto era chiaro, al contrario! Cosa accadeva su Mathilde? E dove era finita la navetta assassina? E da dove proveniva?

4

La grande nave entrò prudentemente all'interno della fascia, presto avremmo incontrato la navetta mineraria dove dovevo trasbordare. Avevano sostituito la mia gamba di titanio con un'altra apparentemente uguale ma in realtà conteneva più armi di una caserma!

Mi chiamò il Comandante, mi indicò uno schermo e disse:

"Siamo arrivati, ecco la sua nave mineraria, sia pure a malincuore la dobbiamo salutare, le auguro buona fortuna!"

Presi il materiale che dovevo portare con me e un bagaglio precedentemente preparato, quindi indossai la tuta spaziale, questa volta non era un'esercitazione e non ci sarebbero stati soffietti a facilitarmi il trasbordo.

Mi fecero entrare in una camera stagna e quindi mi trovai nello spazio vuoto, davanti a me, forse lontana trecento metri, la nave mineraria. Per raggiungerla dovevo usare dei razzi che avevo sulla schiena, durante l'addestramento avevo imparato bene ad usarli, ma buttarmi nel vuoto non era poi così facile. Comunque... pronti? Via!!!

Nessun errore, rallentai nell'avvicinarmi alla camera stagna dell'altra nave e riuscii ad evitare di sfracellarmi contro le sue paratie. Prima di entrare mi girai: la Mysery che avevo appena lasciato era gigantesca, al suo confronto la nave mineraria era una pulce!

La camera stagna si aprì e presto mi trovai all'interno dove numerosi minatori mi accolsero salutandomi militarmente!

Dovevo apparire anch'io come un minatore, durante il viaggio mi avevano spiegato ogni cosa, per me non fu difficile. Mi diedero una piccola stanza, non più grande della toilette che avevo nella Mysery, ma in passato avevo trascorso tre settimane in una buca, questa era meglio!

Il viaggio durò circa un mese poi, finalmente, arrivammo in vista di Mathilde. Il Comandante chiese il permesso di atterrare, ci fecero scendere in una zona periferica del gigantesco astroporto, là sarebbero arrivati i mezzi sui quali dovevamo stivare il minerale che in precedenza i miei compagni avevano scavato. Anch'io avrei dovuto partecipare allo scarico e allo stivaggio del minerale. Ero stata preparata anche a questo ma... fra il dire e il fare...!

Attendemmo i camion per tre giorni dopo di che arrivarono. Erano dodici grossi mezzi cingolati, oltre a tutto quell'area non era protetta, dovevamo indossare le tute spaziali per difenderci dal freddo e poter respirare. Con indosso quelle ingombranti tute ci accingemmo a scaricare il minerale. Impiegammo due giorni, alla fine io ero tutta dolorante, solo la mia gamba artificiale non mi faceva male, ma... non ne ero troppo sicura!

Portarono quello che restava del mio corpo martoriato all'interno della vicina città. Questa era coperta da una grande cupola, almeno potevo fare a meno della tuta! Mi trovarono un appartamentino, mi misero sul letto e mi abbandonarono al mio destino, non senza essersi raccomandati di tornare alla loro nave entro tre settimane. Furono molto gentili e riuscirono anche ad evitare commenti e scherzi inerenti la mia resistenza al loro lavoro, non finirò mai di ringraziarli per questo!

Mi addormentai come un sasso, dopo dodici ore aprii gli occhi domandandomi dove diavolo ero. Poi ricordai, non potevo permettermi di poltrire, una buona doccia, cambio di vestiti e uscii a visitare la città. Mi fermai in qualche bar e in un ristorante dove mangiai molto meglio della sbobba che mi avevano dato nella nave mineraria. Attaccavo bottone un po con tutti e alla fine compresi che se volevo sapere qualcosa dovevo recarmi nei bassifondi della città. Non mi fu difficile capire dove fossero e verso sera mi recai là.

Non durai a lungo, ero appena entrata e girellavo con aria stupida quando quattro ragazzotti mi si accostarono. Uno di loro, quasi casualmente, tirò fuori un lungo coltello dicendo:

"Guardate qui ragazzi cosa abbiamo! Un minatore sperduto, chissà quanto avrà scavato, forse ha bisogno di aiuto!"

Lo guardai negli occhi con un sorriso idiota e poi con la mia gamba di titanio eliminai i suoi attributi credo per sempre! I suoi amici rimasero troppo stupiti per reagire, ne stesi due con pochi colpi di Karate, raccolsi il coltello di quel povero idiota e lo piazzai sulla carotide del ragazzo superstite dicendo:

"Ora io e te andiamo in un posto tranquillo, non preoccuparti, se farai il bravo mi limiterò a offrirti da bere, altrimenti... non berrai mai più!"

Fece il bravo.

Mi accompagnò proprio dove volevo andare: il bar più lercio e meno raccomandabile di tutta la città. Ci sedemmo su una panca e ordinai da bere per due, chiesi qualcosa di forte, un gin andava bene. Io in Svizzera avevo imparato a bere litri di alcool, il mio amico forse no. Il gin arrivò. Faceva schifo ma aveva non meno del 60% di alcool, il resto dovevano averlo preso fra i liquami di qualche discarica!

"Amico mio." Dissi con aria amichevole giocando col coltello. "Sei un idiota ma forse posso servirmi di te, se sarai di qualche utilità vivrai e magari ti farò anche un regalo, altrimenti... che me ne faccio di te?"

L'idiota disse: "Come ti chiami?"

"Non sono affari tuoi, chiamami Morte se ti fa piacere!"

L'idiota tacque, poi: "Cosa vuoi?" Chiese.

"Qui sta accadendo qualcosa, sai niente sull'attività delle Multinazionali su Mathilde?"

"So solo che il Consorzio è qui, due anni fa è arrivata una loro nave e non è più ripartita."

"Puoi indicarmi quella nave?"

"Certamente ma... posso fare anche di più!" Disse l'idiota con aria furbesca.

Puntai il coltello sotto il tavolo in direzione dei suoi lerci attributi e gli feci passare subito quell'aria:

"Di più?" Dissi dolcemente. "Caro, dimmi cosa puoi fare per me?"

L'idiota aveva un poco di coraggio, rispose con voce tremolante: "Morte cosa ci guadagno?"

"La vita," Risposi. "I tuoi attributi e un buon gruzzoletto se quello che mi dirai e farai per me ne varrà la pena, ti basta?"

Gli bastò!

Aiutato anche dal Gin l'idiota mi confidò tutto quello che sapeva, ero stata fortunata! Ma non bastava, dovevo servirmi dell'idiota, poteva essere utile e poi, se anche lo ammazzavano avrebbero fatto un favore all'umanità!

Per prima cosa lo portai all'astroporto dove mi indicò la nave del Consorzio, poi chiesi semplicemente con un bel sorriso giocherellando ancora con il coltello: "Bene! E allora? Cosa puoi fare per me?"

L'idiota rispose: "Morte, dimmelo tu, farò tutto quello che mi chiedi dolce Morte!"

Si stava innamorando?

Comunque era bene approfittarne quindi:

"Devi andare da quel tipo del quale mi hai parlato: Stephen Remaine, e devi convincerlo che vuoi fare qualche cosa per il Consorzio, poi, se riesci ad entrare a farne parte, cerca di avere il maggior numero di informazioni possibile, hai tre giorni di tempo poi vieni a quel bar dove ci siamo incontrati, vicino al bar troverai una puttana alla quale farai rapporto e ti darà altre disposizioni, è chiaro?"

"Stephen non ha un buon carattere, potrebbe anche ammazzarmi! E poi, perché una puttana? Non posso far rapporto a te?"

L'idiota era proprio idiota! "Sarò io la puttana! Quanto a morire, solo io posso decidere quando e se tu dovrai morire!"

In seguito mi recai alla mia nave mineraria, nella nave restava sempre qualcuno e chiesi di farmi parlare col Comandante. Lo trovai in un ristorante della città, mi sedetti vicino a lui e gli dissi: "Comandante, dovete fare un lavoro per me!"

"Di cosa si tratta Signore?" Chiese.

"Da parecchio tempo una nave del Consorzio è attraccata all'astroporto, posso indicarvela. Voi avete dell'esplosivo e sapete bene come usarlo. Dovete minare la nave di nascosto in modo che se dovesse partire esplodesse e inserite anche un timer da collegare via radio per farla comunque esplodere se io ve lo dovessi chiedere."

Il Comandante tacque a lungo, poi:

"Signore, non siamo avvezzi ad interventi diretti, usiamo la nostra copertura un po per acquisire informazioni un po per permettere a lei e in passato ad altri come lei di girare indisturbati per la fascia, non è nostro compito effettuare sabotaggi."

"Comandante!" Risposi. "Lei è un ufficiale di sesto livello, io sono del quarto, la mia non è una richiesta, è un ordine! Badate bene a non farvi scoprire, avete tre giorni di tempo!"

Lo so! Sono una vera canaglia!

Quindi andai all'appuntamento con l'idiota in veste di puttana! Devo dire che con quel travestimento avevo molta fortuna, però dovevo portare pantaloni lunghi per nascondere la mia gamba artificiale, ma erano ben attillati, se mi andava male avevo comunque un futuro!

Alla fine l'idiota arrivò, mi si avvicinò e feci finta di contrattare con lui, poi ci recammo in un vicino motel, nessuno poteva pensare che non facessi il mio lavoro di puttana!

Una volta entrati lo guardai fisso negli occhi e domandai: "Allora?"

"Ce l'ho fatta Morte, sono al soldo del Consorzio, ho saputo alcune cose..."

"Bene!" Risposi. "Cosa hai saputo?"

Riapparve l'aria furbesca, evidentemente voleva un guadagno.

Rapidamente tirai fuori dalle mie mutande due cose: il coltello e una borsa contenente denaro.

"Scegli! Cosa vuoi delle due? Questo" dissi indicando il coltello "se non sarò soddisfatta, e questa borsa quando avrai terminato il tuo compito."

Evidentemente ero convincente anche in veste di puttana perché mi disse:

"Ok Morte! E' vero stanno preparando qualcosa, una nave interplanetaria pesantemente armata partirà fra poco per attaccare Kleopatra, ho saputo che agirà fra dieci giorni, altro non so!"

Kleopatra era un grande asteroide della fascia principale del diametro medio di circa 124 km. colonizzato dalle Fondazioni! Quindi il Consorzio stava cambiando obiettivo, voleva attaccare direttamente le Fondazioni!

"Da dove partirà la nave?" Chiesi. "Vi sono altre navi?"

"Non ho saputo altro Morte!" Rispose quasi piagnucolando!

"E chi può saperlo?"

"Morte solo il capo locale del Consorzio può saperlo!"

"Come facciamo ad avvicinarlo?" Chiesi ancora.

"Impossibile, vive in un vero e proprio bunker qui in città protetto dai suoi!"

"Sai dov'è questo bunker?"

"Posso scoprirlo per te Morte!"

"Bene torna domani là dove ci siamo incontrati con questa informazione, poi andremo insieme a trovare questo fantomatico capo."

"Sei matta?!" Gridò. "Ci ammazzeranno, e poi come diavolo faremo ad entrare, se vuoi vacci tu, io proprio non voglio averne a che fare!"

Presi il coltello e destramente glielo puntai su un occhio:

"Caro," dissi con voce suadente "tu mi darai questa informazione e poi insieme andremo in quel bunker, se devi morire puoi farlo anche subito, io sono Morte, lo hai dimenticato?"

No, non l'aveva dimenticato, fui convincente e ci lasciammo d'amore e d'accordo.

Il giorno dopo tornai dai miei amici minatori, diligentemente avevano minato la nave del Consorzio, mi feci dare da loro tutto l'esplosivo che potevo portare in una capace borsa che mi ero procurata precedentemente poi, la sera, sempre in veste di puttana andai all'incontro con l'idiota. Arrivò puntualmente e mi diede l'informazione che mi serviva. Gli diedi un'arma assicurandomi che la tenesse ben nascosta. Si vedeva che pensava di usarla ma contro di me! Ero in veste di puttana quindi nessuno poteva obiettare se prendevo in mano i suoi attributi, glieli strinsi con forza, divenne rosso come un pomodoro e mordendogli un orecchio dissi: "Non ci pensare neanche caro, devi usare quell'arma al bunker se vuoi sperare di vivere!" Il suo orecchio sanguinava parecchio, ne avevo un pezzetto in bocca, lo sputai e lo guardai fisso negli occhi:

"Si Morte!" Riuscì faticosamente a dire. "Farò tutto quello che vuoi!"

Così partimmo per il bunker.

L'idiota aveva ragione, non c'era modo di entrare silenziosamente, vi erano due guardie armate all'entrata, sempre in veste di puttana mi avvicinai. Si misero a ridere! Sfrontati! Andai in collera e spezzai i loro lerci colli!

L'idiota ne fu impressionato! Poi occorreva entrare, c'era una pesante porta d'acciaio e, sicuramente, dall'altra parte avrei trovato altre guardie. Presi dalla mia borsa un po di esplosivo, ci allontanammo e feci scoppiare l'entrata facendo in modo che l'esplosione si dirigesse verso l'interno. Feci bene perché trovai sei guardie molto morte.

Ma ovviamente avevamo avvertito tutto il bunker. Entrai velocemente trascinandomi dietro l'idiota, vi erano molte stanze, una ad una le aprii senza trovare nessuno, poi fu l'inferno! Sparavano da tutte le parti, tenni l'idiota al sicuro, mi serviva per riconoscere il fantomatico capo, aprii la mia gamba artificiale e tirai fuori un piccolo fucile armato di micidiali razzetti che ripulirono i corridoi del bunker, quindi avanzammo. Trovai un ufficio e il capo! L'idiota mi confermò che era lui! Lasciai l'idiota a guardia della porta, non mi serviva più, presi il capo per il collo, tirai fuori il coltello e gli tranciai, senza complimenti, un orecchio, sapevo di avere poco tempo e doveva capire bene cosa poteva accadergli. Si mise a gridare come un maiale al macello, accostai il coltello all'altro orecchio e con il mio sorriso più affascinante feci le domande alle quali volevo risposte sensate. Non ci volle molto tempo, il maiale non aveva ne resistenza ne coraggio. Dopo aver perso tre dita delle mani cortesemente mi disse quello che volevo sapere, gli tagliai la gola come era d'obbligo fare ai maiali e mi recai verso l'uscita dove piombavano proiettili da tutte le parti. L'idiota la stava difendendo bene, forse col tempo poteva anche diventare un essere umano, ma purtroppo non c'era tempo. Mi affiancai a lui e sparai i miei razzetti, il nemico non usava armi pesanti, forse temevano per il loro capo, non potevano sapere che era già morto, io non avevo questa limitazione e spazzai via quei bastardi, ma per il mio amico idiota era troppo tardi, un colpo lo aveva raggiunto alla testa, beh! Denaro risparmiato.

Non so bene come ma riuscii a uscire dal bunker, non senza aver lasciato dietro di me la borsa con l'esplosivo. Una volta uscita distrussi il bunker con una bellissima esplosione che attirò la polizia di tutta la città! Ma nessuno badò ad una puttana che scappava terrorizzata dall'esplosione!

Le tre settimane erano finite, rientrai nella nave mineraria, diedi ordine che la nave del Consorzio venga fatta esplodere un'ora dopo la nostra partenza e ce ne andammo, avevo informazioni importanti, sapevo dove si rifugiavano le navi del Consorzio e fra pochi giorni sarebbero partiti per attaccare la nostra base su Kleopatra!

Una volta nello spazio feci subito rapporto, spiegai bene ogni cosa e diedi le coordinate del luogo dove le navi del Consorzio si rifugiavano: erano due grandi navi interplanetarie e 16 navette, tutte ben armate. Non erano su un asteroide, ma nascoste in una nube di polvere all'interno della fascia. Ora toccava ad altri intervenire in tempo.

Partirono da Vesta, erano otto navi delle Fondazioni, ma erano diverse dalle navi interplanetarie, erano navi da guerra, adibite solo a quello scopo! Non sapevo, nessuno lo sapeva, che le Fondazioni avessero costruito vere navi da battaglia, fino ad allora si erano utilizzate navette e navi interplanetarie armate ma che non erano nate per quello scopo.

Erano comandate da Lucrece Moulongo, una donna di colore di 45 anni che evidentemente aveva avi africani ma che poteva essere molto più spietata di me!

Le Fondazioni avevano ben pochi scrupoli e lo avevano ampiamente dimostrato.

Lucrece puntò verso la nube, appena in tempo, la nave interplanetaria del Consorzio stava per partire ma venne subito intercettata.

Lo scontro fu rapido, il nemico non se lo aspettava, si trovò circondato da quattro navi da battaglia, nessuno aveva mai visto navi come quelle e non potevano riconoscerle, Lucrece diede ordine di vaporizzare la grande nave interplanetaria, le obbedirono prontamente, Kleopatra era salva! Quindi proseguirono all'interno della nube.

Trovarono l'altra nave da battaglia e le navette, fu un massacro!

Lucrece ricevette una richiesta di resa, ma non erano questi i suoi ordini!

Non vi furono superstiti, la forza spaziale delle Multinazionali venne completamente azzerata!

L'attacco del Consorzio ai due asteroidi della Terra, sopratutto quello condotto contro Gaspra, il piccolo asteroide minerario, che aveva prodotto migliaia di morti sopratutto fra i minatori, fu un vero boomerang!

Forse, se fosse riuscito l'attacco all'asteroide delle Fondazioni potevano dare la colpa a noi, ma il loro piano era stato sventato.

I minatori terrestri erano una forte corporazione, si rivoltarono e proclamarono uno sciopero di protesta in tutto il Sistema!

I Governi non potevano più restare inerti, sulla Terra si susseguivano ogni giorno forti proteste e moti di piazza contro le Multinazionali.

Gli attentati contro le loro sedi non si contavano più.

Di fronte alle manifestazioni sempre più violente le Multinazionali, esasperate, spararono sulla folla!

La reazione governativa iniziò proprio in quel Nuovo Brasile che sembrava, fra tutte le Sette Nazioni, il più morbido nei confronti del Consorzio.

Carri armati scesero per le strade puntando su tutte le sedi del Consorzio. Ma non fu una passeggiata! Le Multinazionali reagirono lanciando missili contro i carri. La battaglia durò venti giorni poi i militari del Nuovo Brasile ebbero la meglio.

Sul loro esempio finirono per agire tutte le Nazioni ma, forti dell'esperienza del Nuovo Brasile, usarono aerei.

Però anche il Consorzio disponeva di mezzi aerei, fu una battaglia epica!

Dopo sei mesi di scontri sanguinosi per i cieli del mondo le Nazioni ebbero la meglio ma chi pagò il prezzo più alto furono i civili. Gli aerei del Consorzio non fecero complimenti, usarono la mano pesante e colpirono indiscriminatamente sia il nemico che le sue case!

Ma tutto questo non bastava, l'esercito doveva occupare fisicamente le sedi delle Multinazionali ancora rimaste in piedi.

In molti casi la resistenza era fiaccata dai bombardamenti aerei, spesso si arrendevano senza combattere, ma non sempre e a volte dovettero sostenere dure battaglie.

Alla fine le sette Nazioni vinsero ma in dodici anni di guerra nascosta o aperta vi erano stati quasi venticinque milioni di morti da ambo le parti! Un prezzo molto alto!

Nel frattempo io ero... disoccupata!

Mi ero stabilita presso la base di Cerere, non sapevo bene che fare!

Finalmente un giorno bussarono alla mia porta.

Era un ufficiale del terzo, una signora molto cortese.

La feci accomodare poi le chiesi il motivo della sua visita.

"Marie," mi disse "che ne direbbe di stabilirsi su Marte? O forse vuole tornare sulla Terra?"

Marte! Il regno delle Fondazioni, beh! Perché no!

"Si mi piacerebbe, ma mi permetta di farle due domande."

"Mi dica Marie."

"Se volessi andare sulla Terra, non so, magari in vacanza, sarebbe possibile?"

"Molto spesso nostre navi raggiungono la Terra, non vedo nessun problema." Mi rispose.

"E, Signore, cosa andrò a fare su Marte?"

"All'inizio, se vuole, farà l'istruttore. Lei ha un'esperienza ed una capacità invidiabili. Non crediamo possano servire ancora ma... non si sa mai! Inoltre imparare da lei sarà molto utile per formare il carattere dei nostri giovani. Che ne dice?"

Accettai!

Una settimana dopo mi caricarono su una nave interplanetaria, destinazione Marte!

Arrivammo in vista del pianeta e ci mettemmo in orbita stazionaria poi mi fecero salire su una navetta posta in un hangar all'interno della nave interplanetaria.

Non servivano tute spaziali.

Atterrammo nel grande astroporto di Phoenicis Lacus, mi fecero indossare una tuta termica munita di respiratore. Era inverno e faceva un freddo cane!

Il paesaggio mi sorprese, mi aspettavo crateri, sassi e sabbia rossa, invece davanti a me c'era un'immensa pianura lastricata che ospitava numerose navette; nei pressi vidi diverse costruzioni e, in lontananza, una scintillante enorme cupola. Ma Marte dov'era?

Insieme ad altri passeggeri mi accompagnarono in uno stabile, quasi quasi mi aspettavo un controllo dei miei documenti e un passaggio in dogana, niente di tutto questo!

Mi si avvicinò una gentile signorina che evidentemente mi riconosceva e mi stava aspettando. Disse: "Marie, mi chiamo Vanessa Messanga, per qualche giorno sarò la tua guida finché non ti sarai ben ambientata, sono a tua disposizione per rispondere a qualsiasi domanda. Ora, se permetti, ci rechiamo in città, là ti aspetta la tua nuova casa."

Che dire? Raccolsi il mio misero bagaglio e la seguii.

Mi portò in una vera e propria metropolitana, solo che non occorreva pagare il biglietto! Arrivò silenziosamente un treno e vi salimmo sopra. Dopo un paio di minuti eravamo già arrivati!

Mi fece scendere e uscimmo dal metrò. Mi trovai all'interno della cupola che al mio arrivo avevo visto in lontananza. Intorno a me belle casette, negozi, una simpatica cittadina, ma Vanessa mi disse: "Non ci siamo ancora Marie, vieni con me."

Nei pressi vi era un vero e proprio grattacielo, sembrava arrivare fino alla sommità della cupola, entrammo in un grande atrio e mi condusse ad un ascensore. Con noi vi erano diverse persone, l'ascensore si mosse e iniziò a scendere a grande velocità. Improvvisamente cominciò a rallentare, si fermò e si aprirono le porte. Nuovamente eravamo nell'atrio di un grande edificio, Vanessa mi condusse fuori e... restai a bocca aperta!

Ero in una vera grande città a duemila metri di profondità all'interno del suolo marziano! Il soffitto non si vedeva neppure, intorno graziose aiuole piene di fiori e piante e alberi! Davanti a me si aprivano larghe strade contornate da negozi, bar, ristoranti, gente ovunque e... splendeva il sole! In seguito venni a sapere che non era il sole ma un efficace surrogato prodotto dalle centrali nucleari, ma saperlo non cambiava l'effetto!

Vanessa mi accompagnò nel mio nuovo appartamento, grande, spazioso e arredato con gusto a quanto pare dalla stessa Vanessa.

Nei giorni successivi mi fece girare per la città e cominciai ad orientarmi. Mi portò alla grande palestra dove di lì a poco avrei iniziato il mio nuovo lavoro. Vidi i verdi parchi che circondavano la città, il suo lago, in un prato trovai anche mucche al pascolo!

Mangiammo di gusto in diversi ristoranti ma alla fine sbottai!

"Vanessa, ma Marte dov'è?"

La mia guida si mise a ridere e disse:

"Ok! Domani andiamo su Marte!"

Rifacemmo lo stesso percorso del mio arrivo, mi fece entrare in un hangar e salimmo su un piccolo cingolato pressurizzato, quindi Vanessa si mise alla guida e puntò verso una grande porta che, al nostro avvicinarsi, si aprì automaticamente. Ci trovammo in una camera stagna, dopo poco si aprì l'altra porta e uscimmo. Davanti a noi una strada asfaltata, intorno la stessa pianura lastricata che avevo trovato al mio arrivo. Proseguimmo a lungo per quella strada poi la pianura scomparve e finalmente davanti a noi Marte!

L'emozione era forte! Si vedevano i crateri, le rocce, la sabbia rossa, allora Marte esisteva davvero! Questa la mia storia!

Vivo su Marte e sono ben felice di esserci. Non sono più tornata sulla Terra, troppi ricordi! Qui sto bene, ho amici e .... posso dimenticare!

Il Consorzio non esisteva più ma le Sette Nazioni non chiusero le Società Multinazionali. Molte di esse avevano fabbriche, industrie, laboratori di ricerca e un sistema capillare di distribuzione; senza contare le centinaia di migliaia di lavoratori, chiuderle sarebbe stato un altro disastro oltre a quello causato dalla guerra, un vero collasso economico.

Ma tutti i Governi furono d'accordo su un punto: per legge ogni Società con più di cinquanta dipendenti, sia vecchia che nuova, doveva avere una maggioranza governativa!

Le Multinazionali passarono sotto stretto controllo dei rispettivi Governi.

Le Sette Nazioni formarono la Confederazione Terrestre! Era più che altro una rappresentanza, i Governi mantenevano la loro autonomia, ma la Confederazione Terrestre parlava a nome di tutti loro.

C'era da chiedersi chi potesse essere il loro interlocutore:

Alieni? O forse le Fondazioni!

Però le Fondazioni non esistevano più! L'erede di Wender: Andy Kerry, le riunì in una sola grande istituzione. Per suo ordine le due fondazioni si fusero in una sola e nacque l'**Agenzia**!

L'**Agenzia** aprì altre sedi sulla Terra, formò ancora nuove piccole Società un po ovunque.

Qualcuno una volta aveva ipotizzato che le Fondazioni fossero il vero Governo della Terra. Le Fondazioni forse no, ma l'**Agenzia**?

Erano passati 500 anni dalla "Grande Paura", il motto eterno "non più guerra" sembrò divenire una realtà.

.

La nuova Terra

(2.560-3.113)

1

Erano passati 500 anni dalla "Grande Paura", la guerra delle Multinazionali era finita, il motto eterno "non più guerra" sembrò divenire una realtà.
Le due fondazioni si fusero in una sola grande entità: l'**Agenzia**!
Nella Terra, oltre alla Sede centrale in Svizzera, l'**Agenzia** aprì sedi in tutte le 7 nazioni. Inoltre piccole società anonime appartenevano all'**Agenzia**, molte servivano sopratutto ad ottenere informazioni.
l'**Agenzia** era un'istituzione potentissima, qualcuno sospettava che fosse il vero governo della Terra, quasi un quinto del pianeta rosso era scavato e occupato dalle sue strutture! Aveva grandi basi e astroporti sulla Luna, i satelliti di Marte, la cintura degli asteroidi, i satelliti di Giove e Saturno e progettava di espandersi sempre di più verso l'esterno del Sistema Solare.
Le 7 Nazioni formarono una confederazione utilizzando il vecchio Comitato che già in passato le aveva rappresentate. Nasce la Confederazione Terrestre ma le 7 Nazioni mantennero piena libertà e autonomia, la Confederazione Terrestre parlava a nome di tutte loro e fungeva da coordinamento fra i vari Governi.
La Terra cominciò a espandersi nella fascia degli asteroidi sfruttandone molti come risorse minerarie, consolidò la sua presenza fra i satelliti gioviani e insediò un'altra base sulla Luna, ma sopratutto costruì un po ovunque grandi stazioni spaziali artificiali. Assunsero molta importanza le stazioni spaziali messe in orbita attorno alla Terra e a Venere e anche una piccola stazione ma importante per lo studio del Sole intorno a Mercurio.
Mercurio era il pianeta più vicino al Sole, la sua distanza media era di 58 milioni di Km. Era il pianeta più piccolo con un diametro equatoriale di 4.879 km. La sua orbita era anche la più eccentrica (ovvero, la meno circolare) degli otto pianeti. Il pianeta ruotava su se stesso molto lentamente il suo giorno equivaleva a ben 59 giorni terrestri! Completava quindi tre rotazioni ogni due rivoluzioni, questo faceva sì che la durata del giorno solare (176 giorni) fosse il doppio della durata dell'anno (88 giorni). Una dimostrazione dell'orbita "bizzarra" di Mercurio era il fatto che il Sole, visto da Mercurio, seguiva un percorso assai anomalo: saliva fino allo zenit, si fermava, indietreggiava di un poco, si fermava di nuovo ed infine si abbassava verso il tramonto. La sua temperatura variava fra un minimo di 173 gradi sotto lo zero e un massimo di 427 gradi sopra lo zero. Nell'area confinante fra la zona buia e quella illuminata, con alcuni accorgimenti, era possibile trovare aree protette con temperature accettabili; alcuni scienziati terrestri ipotizzavano di inserire in quella zona una base stabile. La sua escursione termica era la più elevata dell'intero sistema solare.
Il cielo di Mercurio appariva nero anche di giorno, non avendo il pianeta sufficiente atmosfera fatta eccezione per esili tracce di gas probabilmente frutto dell'interazione del vento solare con la superficie del pianeta. Sulla superficie di Mercurio l'accelerazione di gravità era pari a 0,377 volte quella terrestre. A titolo di esempio un uomo dalla massa di 70 kg che misurasse il proprio peso su Mercurio registrerebbe un valore pari a circa 25,9 kg. Il suolo mercuriano era ampiamente craterizzato a causa dei numerosi impatti di asteroidi che avevano contrassegnato il suo passato, i crateri più piccoli di Mercurio avevano diametro minore di 10 km, quelli più grandi superavano i 200 km e prendevano il nome di bacini. Al centro di molti crateri, spesso riempiti da antiche colate laviche ancora evidenti, s'innalzavano piccole formazioni montuose. Il bacino più grande e più noto era il Mare Caloris, dal diametro di circa 1.500 km: si trattava di una grande pianura circolare circondata da anelli di monti. Era presente un debole campo magnetico, infine interessante notare i depositi polari in crateri in ombra che erano composti da ghiaccio d'acqua.

Nel 2.598 la Confederazione Terrestre propose un progetto per la colonizzazione del pianeta Venere. Venere era un vero inferno, le sonde inviate al suolo venivano distrutte dal clima infernale del pianeta in poco tempo. Sembrava un progetto impossibile, la Terra chiese l'aiuto e la collaborazione dell'**Agenzia** che, quando si trattava di fare qualcosa di impossibile era molto disponibile! Il Comitato che guidava l'**Agenzia** era presieduto in quel tempo da Ram Armoogom. Ram studiò attentamente la proposta terrestre poi riunì il Comitato.

Si trovarono nella loro sede di Terra Cimmeria, tutti e dodici seduti intorno ad un tavolo rotondo. Ram esordì: "Come potete vedere dai dossier che ho consegnato a tutti voi, la Terra ci chiede aiuto per sviluppare un progetto molto ambizioso: insediare una colonia sul pianeta Venere! Avete studiato con attenzione la loro proposta?"

Tutti annuirono poi Saviter, un membro anziano del Comitato, intervenne:

"Si Ram, abbiamo valutato la proposta terrestre ma, in tutta onestà, ci pare assolutamente irrealizzabile!"

"Hai ragione Saviter," disse Ram "appare un progetto impossibile oltre che molto complesso, però può essere molto interessante per i nostri intendimenti, ci può insegnare molte cose che in futuro potrebbero essere utilissime, credo che tutti possano convenire su questo fatto."

"Ma come maledizione facciamo! Sai bene cos'è Venere!" Sbottò Mathieu.

"Francamente non lo so! Occorrerà avere un materiale, un metallo, resistentissimo al calore, alla corrosione e alla spaventosa pressione di Venere. Qualcosa che solo all'interno del Sole può essere distrutto! In passato abbiamo già affrontato un'esperienza simile quando abbiamo colonizzato Io, il satellite di Giove e i terrestri hanno costruito una stazione spaziale che orbita intorno a Mercurio, acquisendo una notevole esperienza nell'uso dei metalli perché la stazione deve sopportare freddo intenso ma anche sopratutto lo spaventoso calore del vicino Sole. Inoltre i terrestri avevano maturato una certa esperienza per combattere una pressione altissima quando volevano costruire dei rifugi nelle fosse oceaniche, non partiamo da zero."

"Vero!" Intervenne ancora Mathieu. "Ma Venere è un'altra cosa! Mille volte peggio!"

"Hai ragione, ma... non trovate quest'idea affascinante?"

L'**Agenzia** viveva per affrontare idee e progetti impossibili! Tutti annuirono e finirono per essere d'accordo a collaborare con la Terra!

Prima di lasciare la sala la giovane Res chiese:

"Ram, cosa domanderemo in cambio alla Terra? Come pensi di sviluppare questa collaborazione?"

"Amici miei, questa volta non chiederemo nulla, solo, in caso di successo, una nostra rappresentanza presso la base venusiana della Terra. Questo progetto è così straordinario che non me la sento di domandare niente di più."

Ram designò cinque ufficiali dell'Agenzia a presiedere il progetto collaborando con i terrestri: Clarisse Coleu, Martinez Oliveira, Oscar Boroschenko, Moussa Tengouo e Jacques Mamag. A loro volta i terrestri indicarono i loro responsabili: Alice Gamoundi della Confederazione Africana, originaria del Camerun, Mohamed Salem della Confederazione dei Fratelli Mussulmani, originario dell'Egitto e Nicola Finco degli Stati Uniti d'Europa, originario dell'Italia. Erano tutti piuttosto giovani, fra i 26 ed i 38 anni e... piuttosto "fuori di testa"!

Venere era il secondo pianeta del Sistema solare in ordine di distanza dal Sole con un'orbita quasi circolare, era stato chiamato il "gemello della Terra" perché aveva quasi le stesse dimensioni del nostro pianeta, ma ruotava molto più lentamente in direzione opposta a quella della Terra. Questo significava che, su Venere, il Sole sorgeva a Ovest e tramontava a Est. A causa della sua lenta rotazione, un giorno di Venere durava 243 giorni terrestri. Venere impiegava 224 giorni terrestri per fare un'orbita intorno al Sole, per cui un giorno su Venere era più lungo di un anno. Il pianeta era sovrastato da una fitta e densa coltre di nuvole assolutamente impenetrabile alla vista. Aveva una superficie di 460.234.317 km² con un Raggio di 6.052 km. Distava dal Sole 108.200.000 km. L'atmosfera di Venere era fatta principalmente di un gas velenoso: l'anidride carbonica. La pressione atmosferica era talmente alta da distruggere quasi tutte le navicelle spaziali che, in un lontanissimo passato vi erano atterrate. L'anidride carbonica rendeva il pianeta uno dei più caldi del sistema solare perché intrappolava i raggi del Sole e non permetteva al pianeta di raffreddarsi. La temperatura sulla superficie era talmente alta da fondere il piombo (480 °C)! Con i secoli si erano fatti enormi progressi nella composizione dei metalli e nella protezione delle navi interplanetarie e delle basi spaziali ma Venere era un pianeta veramente inospitale: c'erano frequenti temporali con venti molto forti e le piogge erano composte da acido solforico!

Era un pianeta con molte pianure e alcune alte montagne. Una enorme catena montuosa chiamata Terra Afrodite aveva montagne più alte del monte Everest. Vi erano parecchi vulcani attivi e molti grandi crateri, ma nessun piccolo cratere. Questo perché l'atmosfera di Venere era così densa che le meteore piccole fondevano ed evaporavano. Su Venere c'era in un lontano passato un grande Oceano che evaporò all'aumentare della temperatura.

Inoltre il pianeta era vicino al Sole e quindi riceveva una maggior quantità di radiazione.

Per questi motivi su Venere la temperatura raggiungeva i 480oC: una temperatura così alta da poter fondere un metallo!

L'atmosfera era composta da elementi "pesanti", quindi la pressione atmosferica era molto alta; essa raggiungeva le 92 atmosfere al suolo, pari alla pressione che c'era a 900 metri di profondità in mare. Un astronauta verrebbe schiacciato immediatamente! Ma i moduli erano in grado di resistere a pressioni molto superiori, quindi questo era un problema risolvibile.

Il pianeta aveva dimensioni, massa e densità confrontabili con quelle terrestri. Tuttavia, mentre la Terra era il luogo ideale per lo sviluppo della vita, Venere era decisamente inospitale a causa della sua atmosfera composta per lo più di anidride carbonica e di acido solforico, un gas altamente tossico per gli esseri viventi.

Le nubi, composte di acido solforico, avevano un periodo di rotazione di 4 giorni terrestri, mentre il pianeta ne impiegava ben 243!

Il suolo di Venere era una distesa desertica di roccia di colore giallo-rossastro, in gran parte pianeggiante. Tuttavia c'erano anche degli altipiani e alcune catene montuose, alte anche diverse migliaia di metri.

Gran parte della roccia su Venere era di origine vulcanica. La struttura interna del pianeta era simile a quella terrestre: un nucleo di materiale ferroso circondato da un mantello di roccia e una crosta esterna dello spessore di un centinaio di chilometri. Niente acqua (evaporerebbe).

La sua temperatura era – 45 gradi come minima, 464 gradi come media e massima 500 gradi sopra lo zero! Venere possedeva una superficie rovente sulla quale insisteva un'atmosfera corrosiva con un'altissima pressione.

Essendo l'orbita di Venere quasi circolare la vicinanza minima tra la Terra e Venere avveniva quando il nostro pianeta si trovava al perielio e la sua distanza dal Sole era di 147 milioni di chilometri circa. In queste occasioni quando Venere era in congiunzione inferiore si avvicinava a meno di 40 milioni di chilometri, e nei periodi di massima eccentricità orbitale dell'orbita terrestre, la distanza minima di Venere dalla Terra era di 38,2 milioni di chilometri.

Era uno dei quattro pianeti terrestri del sistema solare (Mercurio, Venere, la Terra e Marte). Questo significava che, come la Terra, era un corpo roccioso.

Venere stava subendo la stessa evoluzione che aveva avuto la Terra nella sua formazione. Il diametro di Venere era inferiore a quello terrestre di soli 650 km e la sua massa era l'81,5% di quella terrestre. A causa di questa differenza di massa sulla superficie di Venere l'accelerazione di gravità era mediamente pari a 0,88 volte quella terrestre. A titolo di esempio, un uomo di 70 kg che misurasse il proprio peso su Venere, mediante un dinamometro tarato sull'accelerazione di gravità terrestre, registrerebbe un valore pari a circa 62 kg.

A dispetto di queste somiglianze, le condizioni sulla superficie venusiana erano molto differenti da quelle terrestri a causa della spessa atmosfera di biossido di carbonio, la più densa tra tutti i pianeti terrestri: l'atmosfera di Venere, infatti, era costituita per il 96,5% da anidride carbonica, mentre il restante 3,5% era composto soprattutto da azoto. La notevole percentuale di biossido di carbonio era dovuta al fatto che Venere non aveva un ciclo del carbonio per incorporare nuovamente questo elemento nelle rocce e nelle strutture di superficie, né una vita organica che lo poteva assorbire in biomassa. L'atmosfera presentava anche zolfo causato da eruzioni ma non vi erano flussi lavici accanto alle caldere. Il pianeta non presentava tettonica a placche ne campo magnetico.

Circa l'80% della superficie di Venere era formata da lisce pianure vulcaniche che per il 70% mostrano dorsali da corrugamento e il 10% erano proprio lisce. Il resto era costituito da due altopiani definiti continenti, uno nell'emisfero nord del pianeta e l'altro appena a sud dell'equatore. Il continente più a nord era chiamato Ishtar Terra, aveva circa le dimensioni dell'Australia. I Monti Maxwell, il più alto massiccio montuoso su Venere, si trovavano su Ishtar Terra.

Ishtar Terra era un altopiano di notevoli dimensioni presente sulla superficie del pianeta; era situato nei pressi del polo nord citereo, e si elevava di circa 4 km rispetto al livello medio superficiale.

Ishtar Terra era un altopiano basaltico; conteneva le quattro principali formazioni montuose di Venere: i Maxwell Montes (che raggiungevano gli 11 km di altitudine), i Freyja Montes (nella parte più settentrionale), gli Akna Montes (nella parte occidentale) e i Danus Montes (a sud). Queste quattro formazioni circondavano una pianura centrale, più bassa, nota come Lakshmi Planum. Fra le numerose aree vulcaniche presenti erano notevoli Sacajawea Patera, Colette Patera ed il cratere Cleopatra.

Il continente a sud era chiamato Aphrodite Terra e aveva circa le dimensioni del Sud America. La maggior parte di questo continente era ricoperta da un intrico di fratture e di faglie, situate in prossimità dell'equatore. La zona era decisamente più levigata rispetto all'altopiano di Ishtar Terra; sebbene anch'essa conteneva catene montuose la loro altitudine massima era solamente la metà di quelle presenti a Ishtar.

In base alle caratteristiche morfologiche del terreno, Aphrodite Terra era suddivisa in alcune aree fondamentali: Ovda Regio e Thetis Regio, ad ovest, ed Artemis Chasma, e Diana Chasma, ad est. Nel lato orientale vi erano diverse fosse con una lunghezza di 2.200 km, e una profondità di 5 km.

Venere era senza dubbio il pianeta del sistema solare con la maggior quantità di vulcani presenti: in superficie presentava 1.500 vulcani di dimensioni medio-grandi, ma vi erano circa 1 milione di vulcani minori. Alcune strutture vulcaniche erano peculiari di Venere, come quelle chiamate farra, larghe da 20 a 50 km e alte da 100 a 1.000 m; fratture radiali a forma di stella chiamate novae; strutture con fratture sia radiali sia concentriche chiamate aracnoidi per la loro somiglianza con le tele di ragno; e infine le coronae, anelli circolari di fratture a volte circondate da una depressione. Vi erano due regioni chiamate Alpha Regio e Beta Regio.

Alpha Regio era una vasta regione del pianeta Venere caratterizzata da un terreno fortemente deformato e frammentato, e situata 1–2 km al di sopra delle pianure vulcaniche circostanti, geologicamente più giovani.

L'effetto serra insieme alla composizione atmosferica ed al vulcanismo rendevano la superficie di Venere più calda di quella di Mercurio, e quindi di qualunque altro pianeta del sistema solare. Non era possibile la vita sulla superficie di Venere, ma esisteva sotto forma di esseri unicellulari negli strati di nubi a 50-60 chilometri d'altezza, dove i valori di temperatura e pressione atmosferica erano simili a quelli terrestri.

La temperatura della superficie di Venere non cambiava significativamente tra giorno e notte, nonostante la rotazione estremamente lunga del pianeta; quindi la superficie di Venere era isotermica, cioè manteneva una temperatura costante tra il giorno e la notte e tra l'equatore e i poli. La modesta inclinazione assiale del pianeta − meno di tre gradi (in confronto ai 23,5° dell'asse terrestre) − contribuiva a diminuire ulteriormente i cambiamenti stagionali delle temperature. L'unica variazione apprezzabile si aveva con l'aumento dell'altitudine. Sulla cima dei picchi montuosi più alti si formava del tellurio e solfuro di piombo con l'aspetto della neve che si trovava sulle montagne della Terra. Questa sostanza si formava in un processo simile a quello della neve sulla Terra, sebbene la sua temperatura fosse molto più alta. Essendo troppo volatile per condensare sulla superficie si elevava in forma gassosa verso cime più alte e più fredde su cui cadeva poi come precipitazione. Il tellurio era un metallo raro sulla Terra, ma era abbondante su Venere. Sui picchi montuosi di Venere dove la temperatura era più bassa aveva la forma di una specie di neve metallica.

I venti sulla superficie erano lenti, con una velocità di pochi chilometri all'ora, ma, a causa dell'alta densità dell'atmosfera, essi esercitavano una notevole forza contro gli ostacoli ed erano in grado di spostare polvere e pietre sulla superficie. Basterebbe solo questo a rappresentare un ostacolo al movimento di un uomo sulla superficie anche se il calore e la pressione non fossero già un problema. Nello strato più alto delle nubi invece, i venti soffiano con grande intensità, fino a 300 km/h, e sferzavano l'intero pianeta con un periodo di 4-5 giorni. Questi venti si muovevano a velocità che erano fino a 60 volte la velocità di rotazione del pianeta, mentre sulla Terra i venti più forti soffiavano solo al 10% o 20% della velocità di rotazione terrestre.

Le nubi di Venere erano soggette a frequenti scariche elettriche (fulmini) e la loro composizione ne favoriva la formazione più frequentemente che sulla Terra.

Considerando le sue condizioni estremamente ostili, una colonia sulla superficie di Venere appariva fuori portata e anche la sola esplorazione umana era più ardua rispetto a quelle sulla Luna e su Marte.

Era questo mostro che la Terra e l'**Agenzia** insieme dovevano affrontare in una sfida pazzesca, impossibile!

2

Attorno a Venere orbitava la grande base spaziale terrestre: Artemide, ed era là che si riunirono gli otto responsabili e da lì sarebbero stati stivati i materiali utili i moduli etc. I terrestri non si spaventavano per la pressione dell'atmosfera vesuviana, ma per il calore che fondeva il piombo nonché i venti che, sia pure deboli, a causa della densità dell'atmosfera, potevano far volare anche un pesante cingolato.
Servivano moduli super protetti con sensori e metalli di protezione.
Impossibile uscire con tute anche molto potenziate, occorrevano mezzi semoventi fatti di materiale resistentissimo, ma si poteva studiare un piccolo semovente, quasi una piccola camera semovente parzialmente robotizzata, che permettesse al singolo individuo di uscire e muoversi, dotato di pinze, quasi mani.
Niente aerei ma mezzi supportati da razzi a motore atomico, anche piccolissimi, come il semovente per un solo uomo.
Occorreva trovare un materiale resistente al calore e alla spaventosa pressione e agli acidi corrosivi. Gli uomini dell'**Agenzia** fecero un semplice ragionamento confrontandosi con i loro colleghi della Terra: se non si poteva vincere Venere allora occorreva allearsi con il pianeta! Occorreva utilizzare il materiale stesso del pianeta! Erano anche incuriositi dal tellurio. Questo metallo era evidentemente volatile ma poteva legarsi ad altri o almeno si poteva provare a farlo e utilizzare materiali venusiani. Nei laboratori di Marte l'**Agenzia** si apprestò a fare diversi esperimenti. Alla fine ebbero successo! Il nuovo metallo c'era, poteva anche essere utilizzato, insieme ad altri, nella costruzione delle future navi spaziali e resisteva alle temperature di Venere, con una copertura interna di metalli diversi quali piombo e titanio, protetti esternamente dal nuovo metallo assemblato su Marte, l'uomo poteva sopravvivere, il problema della pressione venne risolto dai terrestri grazie alle loro esperienze.
Il materiale utilizzato doveva essere resistente a temperature laviche, occorreva fare esperimenti sui vulcani terrestri, e poi doveva resistere a pressioni spaventose, fu quindi testato nelle fosse oceaniche della Terra. Si fecero esperimenti sia nei vulcani terrestri che nelle profondità oceaniche, con volontari. Ebbero successo! Ma vi erano ancora due problemi: il vento e la corrosione causata dagli acidi dell'atmosfera. Per vincere il vento occorrevano mezzi pesantissimi, ma non sarebbe bastato perché il vento avrebbe continuato a lanciare sabbia e massi contro gli stessi mezzi. Occorreva avere un metodo per far "slittare" lontano dal mezzo sia i massi che la polvere. Forse un vento contrario? Tutto questo poteva essere utilizzato da semoventi sulla superficie di Venere, ma una base stabile no! Inoltre c'era il problema delle corrosione, degli acidi atmosferici. Una base stabile non poteva combatterli e avrebbe avuto continue necessità di manutenzione. Il semovente doveva avere una protezione contro gli acidi. L'**Agenzia** pensò ad una protezione chimica. Ancora si studiò il pianeta, per trovare la protezione chimica adatta. Si finì con una specie di grasso del quale occorreva avere forti quantitativi all'interno del semovente e farlo defluire sulla superficie dello stesso.
Sulla superficie di Venere non si potevano utilizzare ne ruote ne cingoli, occorreva camminare! Costruirono dei "mostri" che parevano enormi bruchi di metallo. Per un singolo uomo erano lunghi sei metri con altrettante paia di "gambe", alti da terra quattro metri e dotati di due segmenti, proprio come i bruchi, uno ogni tre metri. L'uomo doveva sistemarsi in un segmento, poteva transitare nell'altro solo quando il "bruco" era fermo. Per un semovente i bruchi potevano essere lunghi da 30 a 60 metri anche in questo caso erano dotati di altrettante paia di "gambe" e avevano un'altezza da terra da cinque a sei metri. Anche in questo caso gli uomini, quando il "bruco" era in movimento, non potevano transitare fra un segmento e l'altro. Tutti questi mezzi erano dotati di grosse sacche interne contenenti il grasso che fuorusciva sulla loro "pelle" esterna proteggendoli dagli acidi, inoltre erano dotati di sfiatatoi che sfruttavano la pesante atmosfera di Venere aspirandola e poi facendola continuamente fuoruscire con violenza, contrastando così il vento e respingendo la polvere e i massi che sollevava. Dotati di motori atomici avevano a disposizione grandi quantità di

energia. Questi mezzi erano alla vista molto inquietanti ma estremamente efficaci. Esternamente erano protetti dalla nuova lega di metallo che copriva l'altro metallo normale. Avevano delle tenaglie retrattili costruite con la nuova lega che potevano fuoruscire dal corpo del "bruco" ed essere utilizzate come vere e proprie mani e come scavatori.

I mezzi aerei apparivano più normali, semplici navette sempre ricoperte dal nuovo metallo e dotate di sacche di grasso. Erano grandi o piccole per un singolo pilota, l'unica evidente differenza erano le zampe che servivano loro per posarsi sul terreno: erano vere e proprie "gambe" che potevano permettere alla navetta di muoversi sul terreno, anche le navette avevano delle tenaglie retrattili come i "bruchi".

Il problema relativo alla possibilità di muoversi sulla superficie di Venere era risolto, non così per la base stabile da costruire sul pianeta! Il nuovo metallo, il grasso e tutti i vari accorgimenti attuati potevano essere utilizzati sulla superficie di Venere da semoventi o navette, ma per una base stabile no! C'era il problema delle corrosione, degli acidi atmosferici. Una base stabile non poteva combatterli e avrebbe avuto continue necessità di manutenzione.

I terrestri avevano tenuto conto di tutto questo e avevano progettato un sistema per costruire la base nel sottosuolo del pianeta. Il progetto prevedeva di effettuare degli scavi sotterranei! Una sonda che, arrivata al suolo, immediatamente producesse uno scavo, con il nuovo metallo poteva resistere all'atmosfera vesuviana e immettere nel terreno un sistema simile a quello usato per scavare i pozzi petroliferi ma molto più grande e che si inserisse subito in profondità per evitare i venti. Un sistema automatico che producesse dietro di lui una sorta di porta, di chiusura molto spessa, utilizzando il materiale scavato e formando in superficie una specie di collina a mezzo di gas a pressione per spingere in alto i detriti e proseguisse automaticamente lo scavo. Un vero mezzo robotizzato. In questo modo si poteva formare una grande camera sotto il suolo di Venere protetta dalla spaventosa atmosfera del pianeta.

Occorreva una porta! Un passaggio nella collinetta prodotta dallo scavo e le gallerie nonché le camere dovevano essere successivamente protette con la nuova lega metallica.

Il progetto appariva attuabile anche se poteva essere rischioso per gli operai che, una volta costruito il tunnel, dovevano lavorarci.

A questo punto dovevano scegliere il luogo più adatto.

Terrestri e uomini dell'**Agenzia** si confrontarono su quale area costruire la base.

Furono inviate numerose sonde dotate di sofisticati sensori sulla superficie del pianeta allo scopo di avere sufficienti informazioni per poter scegliere il sito più adatto.

Si decise per il continente a sud, era chiamato Aphrodite Terra, in particolare per la regione di Diana Chasma dove vi erano diverse fosse con una lunghezza di 2.200 km, e una profondità di 5 km. Una di queste fosse avrebbe ospitato la base.

Dopo sei anni erano pronti! Tutte le prove e gli esperimenti con mezzi telecomandati effettuate prima sulla Terra e poi su Venere erano ok! Si poteva cominciare, erano pronti a partire.

Fu la terrestre Alice Gamoundi a dare l'ordine: i mezzi robotizzati scesero sul pianeta in una fossa a cinque Km. di profondità, tutto andò per il meglio e iniziarono lo scavo.

Dopo due giorni avevano terminato e si fermarono. A questo punto occorreva aprire un tunnel nella collinetta formata dietro di loro dagli escavatori. Era indispensabile il diretto intervento umano! Grandi navette predisposte per l'atterraggio su Venere furono caricate con diciotto "bruchi", 15 erano lunghi 60 metri e tre erano monoposto. Portarono gli operai, alcuni tecnici e gli otto responsabili del progetto.

Altre navette li avevano preceduti e avevano scaricato enormi quantità di materiali formati con la nuova lega metallica e avevano ricoperto il tutto di grasso.

I grandi "bruchi" scavarono il passaggio e lo rinforzarono con paratie già predisposte. Ora c'era finalmente la porta!

Gli operai entrarono nel tunnel e cominciarono il loro lavoro. Presto tutta l'area venne pressurizzata e si aprirono grandi camere. Non tutto andò liscio!

Alcuni operai stavano scavando un tunnel quando fuoruscì dalla parete con violenza un forte getto di acido solforico. Otto operai morirono letteralmente bruciati, gli altri riuscirono appena in tempo ad uscire dallo scavo ed a ripararsi dietro una paratia. Quattro di loro avevano riportato gravi ustioni. L'area fu isolata e ricoperta dalle stesse rocce vesuviane mediante cariche di esplosivo. Dopo due anni la base divenne operativa.

Aveva un vero e proprio piccolo spazioporto con boccaporti che si aprivano per permettere alle navette di entrare. Come la porta di entrata, costruita molto grande e dalla quale transitavano i "bruchi", vi erano due boccaporti. La navetta entrava attraverso il primo, si posava in una vasta area e attendeva che la pericolosa atmosfera di Venere venisse espulsa, poi si apriva il secondo boccaporto e la navetta poteva atterrare nello spazioporto vero e proprio.

L'**Agenzia**, come da accordi già presi, aprì un proprio ufficio all'interno della base, Clarisse Coleu e Oscar Boroschenko decisero di restare su Venere ed, insieme ad altri ufficiali dell'**Agenzia** che erano sopraggiunti, si installarono nell'area a loro destinata. Gli altri sei responsabili, prima di abbandonare la base, vollero esplorare la superficie circostante. Entrarono in un grosso "bruco" e finalmente uscirono sul suolo del pianeta.

Si trovarono all'interno della grande fossa, lentamente la risalirono e videro il bianco cielo di Venere. Intorno un paesaggio desolato, i venti non c'erano quindi la visibilità era buona. Moussa disse: "L'inferno dantesco non era così, qui è molto peggio!"

Mohamed interloquì: "Forse hai ragione ma... è affascinante. Cavolo ce l'abbiamo fatta!"

Martinez commentò: "Immaginatevi ora un vesuviano che incontra il nostro "bruco"! Si troverebbe davanti un mostro dotato di tenaglie, ricoperto di fango e che sbuffa aria da tutti i pori!"

Nicola intervenne: "Ma qui non ci sono vesuviani, non c'è niente!"

"Ti sbagli!" rispose Martinez. "Clarisse, Oscar e migliaia di coloni sono vesuviani!"

L'uomo era su Venere!

Ottant'anni dopo la Terra, forte anche dell'esperienza fatta su Venere, costruì una propria base anche su Mercurio.

Nello stesso periodo l'**Agenzia** continuò la sua espansione verso l'esterno del Sistema Solare. Ram aveva fatto in tempo a vedere ultimata la base vesuviana, altri lo sostituirono. Cinquant'anni dopo fu Hellison Santo a dare il via alla ripresa della colonizzazione dei pianeti esterni.

Partirono grandi spedizioni. La prima si diresse verso Urano!

Partivano da Titano, il grande satellite di Saturno, con l'intenzione di colonizzare i satelliti di Urano. Quest'ultimo era il settimo pianeta del sistema solare in ordine di distanza dal Sole, il terzo per diametro e il quarto per massa con un diametro equatoriale di 51.118 km e un diametro polare di 49.946 km. L'atmosfera del pianeta, sebbene fosse simile a quella di Giove e Saturno per la presenza abbondante di idrogeno ed elio, conteneva una proporzione elevata di "ghiacci", come l'acqua, l'ammoniaca e il metano, assieme a tracce di idrocarburi. Era anche l'atmosfera più fredda del sistema solare con una temperatura minima che poteva scendere fino a -224 °C. Possedeva una complessa struttura di nubi ben stratificata in cui l'acqua si trovava negli strati inferiori e il metano in quelli più in quota. L'interno del pianeta al contrario era composto principalmente di ghiacci e rocce. Una delle caratteristiche più insolite del pianeta era l'orientamento del suo asse di rotazione. Tutti gli altri pianeti hanno il proprio asse quasi perpendicolare al piano dell'orbita, mentre quello di Urano era quasi parallelo. Ruotava quindi mantenendo uno dei suoi poli verso il Sole per metà del periodo di rivoluzione con conseguente estremizzazione delle fasi stagionali. Inoltre, poiché l'asse era inclinato di poco più di 90°, la rotazione era retrograda: Urano ruotava nel verso opposto rispetto a quello di tutti gli altri pianeti del sistema solare (eccetto Venere). Il periodo della sua rivoluzione attorno al Sole era di circa 84 anni terrestri e quindi ogni 42 anni cambiava il polo esposto alla nostra stella. La sua distanza media dal Sole era di circa 3.000 milioni di chilometri. L'intensità della luce solare su Urano era quindi circa 1/400 che sulla Terra. Come gli altri pianeti giganti, Urano possedeva un sistema di anelli planetari (13), una magnetosfera e numerosi satelliti (27). La velocità dei venti su Urano poteva raggiungere i 900 km/h.

La sua atmosfera era di un colore azzurro-verde. Il suo giorno era di 17 ore e 14 minuti, in senso retrogrado. Le composizioni di Urano e Nettuno erano piuttosto diverse da quelle di Giove e Saturno, con una prevalenza dei materiali ghiacciati rispetto ai gas, e per questo motivo erano talvolta classificati come "giganti di ghiaccio."

Urano era composto principalmente di acqua, ammoniaca e metano congelati.

L'atmosfera era composta da idrogeno (83%), elio (15%), metano (2%) e con tracce di acqua ed ammoniaca.

Il colore ciano del pianeta era dovuto alla presenza di metano nell'atmosfera, che assorbiva la luce rossa e rifletteva quella blu. Urano era talmente distante dal Sole che l'escursione termica tra l'estate e l'inverno era quasi nulla.

Il pianeta presentava 18 satelliti regolari e 9 irregolari.

I satelliti regolari di Urano si distinguevano per avere orbite quasi circolari e relativamente piccole (rispetto al campo gravitazionale del pianeta) e in aggiunta erano situati molto vicino al piano equatoriale del pianeta.

I cinque satelliti principali - Miranda, Ariel, Umbriel, Titania e Oberon - facevano tutti parte del gruppo dei satelliti regolari; il loro periodo di rotazione era pari periodo orbitale (similmente a quanto accadeva per la Luna con la Terra, cioè, essi rivolgevano sempre lo stesso emisfero verso la superficie di Urano, secondo un moto di rotazione sincrona).

Il gruppo dei satelliti regolari comprendeva anche 13 lune minori, ovvero Cordelia, Ofelia, Bianca, Cressida, Desdemona, Giulietta, Porzia, Rosalinda, Cupido, Belinda, Perdita, Puck e Mab. Tutti i satelliti di Urano avevano grandi quantità di acqua congelata, quindi fu facile per i coloni avere acqua e aria.

La base principale fu costruita su Titania che era la più grande delle lune di Urano e l'ottava luna del Sistema Solare con un diametro di 1.578 km. La sua superficie era attraversata da un sistema di enormi canyon e scarpate. Le caratteristiche geologiche su Titania erano i crateri, chasmata (canyon) e rupes (scarpate). Il più importante tra i canyon di Titania era Messina Chasmata, che si estendeva per circa 1.500 chilometri dall'equatore fin quasi al polo sud e fu lì che costruirono la base e l'astroporto.

Era presente una tenue atmosfera a base di anidride carbonica.

Un'altra colonia sorse su Oberon, un satellite con un diametro di 1.522 Km. caratterizzato da una montagna alta 6.000 metri.

Quindi fu la volta di Umbriel che presentava un diametro di 1.169 km. Su Umbriel sorsero fabbriche e miniere. Quindi Ariel che divenne il principale fornitore d'acqua e aria delle colonie e Miranda.

Fra i satelliti irregolari fu colonizzato Sicorace che presentava un diametro di 190 km. e Calibano. Su ambedue nacquero imponenti astroporti.

Occorsero sessant'anni per consolidare la colonizzazione dei satelliti uraniani, dopo di che Sales Medishon guidò l'espansione dell'**Agenzia** verso Nettuno!

Il pianeta aveva una composizione simile a quella di Urano, possedeva i venti più forti di ogni altro pianeta nel Sistema Solare con raffiche che potevano raggiungere i 2.100 km. all'ora. Tracce di metano presenti negli strati più esterni dell'atmosfera contribuivano a conferire a Nettuno il suo caratteristico meraviglioso colore azzurro intenso, ma non era sufficiente doveva esserci qualche altra sostanza non conosciuta che contribuiva in modo determinante a conferire questa tonalità così intensa al pianeta e l'**Agenzia** voleva scoprirla!

Il pianeta compiva una rivoluzione attorno al Sole in circa 164 anni e aveva una rotazione completa intorno al proprio asse in circa 16,11 ore. L'asse era inclinato di 28,32° rispetto al piano orbitale, valore simile all'angolo d'inclinazione dell'asse della Terra (23°) e di Marte (25°). Di conseguenza i tre pianeti sperimentavano cambiamenti stagionali simili. Tuttavia il lungo periodo orbitale implicava che su Nettuno ciascuna stagione avesse una durata di circa quaranta anni terrestri.

Il raggio equatoriale del pianeta era di 24.764 km, circa quattro volte maggiore rispetto a quello della Terra.

Nettuno possedeva inoltre un debole sistema di dieci anelli e quattordici satelliti naturali. La spedizione partì da Titania e giunse in vista del meraviglioso pianeta. Obiettivo la colonizzazione dei suoi satelliti sfruttando anche la possibilità di utilizzare l'oceano sotterraneo di Tritone ricercando eventuali tracce di vita e scoprire la misteriosa sostanza che componeva l'atmosfera esterna di Nettuno!

3

La spedizione era comandata da Olga Maisner, una veterana estremamente capace. Puntarono immediatamente su Tritone con l'obiettivo primario di inserirvi una grande base dell'**Agenzia** e un importante astroporto.

Tritone era l'unica grande luna che orbitava attorno al proprio pianeta con moto retrogrado, ad una distanza media da Nettuno di circa 355.000 km e in un periodo di poco inferiore ai sei giorni. Con un diametro di 2.706 Km.

La sua superficie era composta in gran parte da azoto ghiacciato, utilissimo per la colonizzazione del satellite in quanto l'aria respirabile era composta non solo da ossigeno ma soprattutto di azoto. L'interno era formato dalla crosta, dal mantello, da acqua congelata e dal nucleo, che costituiva i due terzi della massa totale, formato da rocce e metalli. La superficie di Tritone era quindi composta da azoto ghiacciato, con ghiaccio d'acqua in misura compresa tra il 15 e il 35%, più un 10-20% di ghiaccio secco (anidride carbonica ghiacciata). Esisteva sufficiente roccia all'interno di Tritone per un decadimento radioattivo nel mantello, dove il calore generato era sufficiente a mantenere un oceano di acqua liquida come quello di Europa. L'acqua liquida forniva la possibilità della presenza della vita su Tritone e l'**Agenzia** voleva scoprirlo!

La vita extraterrestre su Tritone, non poteva essere come la vita sulla Terra, a causa delle temperature estreme, le condizioni ambientali di azoto e metano, e per il fatto che la luna giaceva all'interno della pericolosa magnetosfera di Nettuno, dannosa per le forme di vita biologiche.

La superficie era solcata da valli e canyon particolarmente estesi, che si intrecciavano in maniera disordinata.

L'alta pianura, situata nell'emisfero orientale, di Cipango Planum fu scelta per insediare la base umana.

Tritone possedeva una tenue atmosfera ricca di azoto, in cui erano presenti anche piccole quantità di metano e monossido di carbonio.

Vi era una regione chiamata Bubembe il cui terreno era a cantalupo, così chiamato perché assomigliava alla buccia di un melone, era un tipo di terreno unico nel sistema solare e là si insediarono le prime industrie.

La spedizione, come quella di sessant'anni prima su Urano, era molto diversa da quelle antiche colonizzazioni di Giove e anche di Saturno.

Olga Maisner comandava ben 1.200 grandi navi interplanetarie, 16.000 navette, 5.000 navi minerarie e 20.000 navi cargo, con un equipaggio di 300.000 uomini e donne con al seguito 600.000 minatori e un milione di coloni! Quasi due milioni di persone!

Dopo due anni il sistema di Tritone era colonizzato! Olga diede allora l'ordine tanto atteso: scavare un profondissimo tunnel fino all'oceano sotterraneo e inviarvi delle sonde per analizzare l'acqua e ricercare la presenza della vita! Impiegarono sei mesi per completare l'opera e arrivarono i primi risultati. La vita c'era ma era profondamente aliena molto diversa da quella trovata su Europa! Erano principalmente esseri unicellulari ma anche pluricellulari in costante evoluzione ed erano assolutamente velenosi al punto da rendere inutilizzabile l'acqua salata dell'oceano. A questo punto Olga doveva prendere una decisione: iniziare un processo di sterilizzazione dell'oceano oppure lasciare le cose come stavano? Il problema dell'acqua non esisteva, il satellite aveva enormi riserve di acqua ghiacciata che era già stata convogliata presso la base, ma se si voleva sfruttare anche l'oceano come si era fatto su Europa, occorreva eliminare tutta la vita aliena. Olga decise di chiedere ordini a Marte. Le rispose Sales Medishon in persona!

"Olga," trasmise "abbandona il progetto, non vogliamo distruggere vita aliena, al contrario dobbiamo proteggerla e studiarla. Ordina che vengano attuati tutti i mezzi di protezione possibili e che venga studiata con molta attenzione anche in previsione di una sua evoluzione."

Così venne abbandonato il progetto, ma Olga aveva a disposizione batiscafi e sommergibili. Scavarono una darsena dalla quale potevano salpare e studiare da vicino le nuove forme di vita. Però Olga aveva anche un altro compito molto complesso: doveva raccogliere campioni dell'atmosfera di Nettuno per scoprire quel nuovo elemento che contribuiva alla sua meravigliosa colorazione.

Furono inviate numerose sonde e infine si riuscì a trovare questa misteriosa sostanza.

Gli scienziati dell'**Agenzia**, posti su Tritone, iniziarono a studiarla nei loro laboratori. Era assolutamente nuova e sconosciuta! Non era tossica! Cosa diavolo era e oltre alla colorazione a cosa poteva servire, inoltre: da dove veniva? Non riuscivano a capire allora Olga decise di inviare una navetta su Marte, là forse potevano studiarla meglio.

Quindici anni dopo si seppe che la sostanza era un conduttore a livello subatomico, inserita in un ciclotrone come un gas aveva la capacità di "guidare" le particelle subatomiche! Non era possibile sintetizzarla ma era utilissima per gli scopi dell'**Agenzia**, però Nettuno ne aveva una scorta praticamente infinita, quindi Olga ricevette l'ordine di occupare un satellite solo allo scopo di recuperare da Nettuno questa sostanza che, evidentemente, proveniva dal pianeta stesso.

Per questo scopo si scelse Proteo, un satellite del diametro di 400 km.

In seguito Olga fece costruire basi, astroporti, fabbriche, insediamenti minerari su Nereide e Larissa. Inviò quindi una spedizione nella Fascia di Kuiper, una regione del Sistema Solare che si estendeva dall'orbita di Nettuno.

Vennero fondate colonie su Haumea, un pianeta nano di discrete dimensioni simile a Plutone. Una particolarità del corpo era che la sua rotazione era estremamente rapida, circa quattro ore, il che gli faceva assumere una forma allungata.

Haumea, rivelava la presenza di solo ghiaccio d'acqua. Utilissima per gli astronauti. Aveva tre satelliti: Hi'iaka, Exquisite-kfind.png e Namaka. Quest'ultimo aveva un diametro di 170 Km. e vi venne insediata una seconda colonia, gli altri vennero utilizzati come riserve minerarie.

Altre basi furono insediate su Makemake, su Eris che aveva un diametro di 2.326 km e sul suo satellite Disnomia che presentava un diametro di 400 km. e Xena.

L'insediamento della base spaziale su Eris non fu affatto facile. Eris era un pianeta simile a Plutone, l'ordine di Olga era quella di insediarvi una colonia e un astroporto. Il pianeta orbitava molto lontano dal Sole, più di ogni altro pianeta, causando, come su Plutone, la solidificazione del metano. Andrea e Elisabeth erano fra i coloni che intendevano restare su Eris, profondamente innamorati vivevano insieme. Loro compito era spianare una vasta area dove si intendeva costruire una grande cupola. La base spaziale era già ultimata ma occorreva più spazio. La zona a loro assegnata appariva irta di vere e proprie stalattiti formate da rocce e metano solidificato. Il pianeta era buio, troppo lontano dal Sole per ricevere la sua luce. Andrea sistemò grandi fari e, insieme alla sua compagna, salì su un grande escavatore. "Elisabeth!" Disse. "Guarda quelle stalattiti, è un peccato eliminarle!"

"Hai ragione caro, alla luce dei fari splendono come un arcobaleno, con mille colori! Guarda quella, sembra un castello incantato!" Andrea si avvicinò con l'escavatore poi: "Sono veramente splendide, ma occorre liberare questo spazio, altre zone del pianeta presentano queste meraviglie, dai, coraggio!" Così iniziarono a spianare l'area quando, forse a causa del calore prodotto dall'escavatore, improvvisamente tutte le stalattiti scomparvero e al loro posto si formò un fortissimo vento di metano gassoso che li investì con grande forza. L'escavatore si ribaltò, i due non sopravvissero!

Per molto tempo l'**Agenzia** si preoccupò di consolidare le sue nuove conquiste, poi, nel 2.895 partì una spedizione per Plutone!

Plutone era un pianeta orbitante nelle regioni periferiche del sistema solare, con un'orbita eccentrica a cavallo di quella di Nettuno. Pur avendo la sua orbita il semiasse maggiore più lungo di quello dell'orbita di Nettuno, esso si avvicinava al Sole più dello stesso Nettuno.

Il pianeta aveva cinque satelliti conosciuti, il più massiccio e importante dei quali era certamente Caronte con un raggio poco più della metà di quello di Plutone.

Il periodo orbitale di Plutone era di 248 anni terrestri. Le sue caratteristiche orbitali erano sostanzialmente diverse da quelle degli altri pianeti del sistema solare, che seguivano orbite quasi circolari attorno al Sole, vicino a un piano di riferimento chiamato eclittica. Al contrario, l'orbita di Plutone era molto inclinata rispetto all'eclittica (di oltre 17°) e altamente eccentrica. Questa elevata eccentricità era la causa per cui Plutone, per un breve periodo della sua rivoluzione, si trovava più vicino al Sole di Nettuno. Il suo periodo di rotazione, era di 6,39 giorni.

Aveva un diametro di 2.368 km, ovvero circa il 68% di quella della Luna. La sua superficie (1.665 × 107 km2) era circa il 10% inferiore rispetto a quella del Sud America.

La sua composizione interna era composta da circa il 50-70% di roccia e da circa il 30-50% di ghiacci, d'acqua e di altri elementi.

Alcune sue regioni erano più chiare, composte di azoto e metano solido, che riflettevano la debole luce presente, contrastando con il resto della superficie più scura che faceva "scivolare via" l'atmosfera ed era qui che si costruì la base.

Siaka e Maryam erano due operai addetti alla base su Plutone, avevano terminato il loro lavoro e decisero di uscire per fare una breve escursione. Indossarono le tute e superarono la camera stagna. All'esterno vi era una luminosità inusuale per quel pianeta così lontano dal sole. Maryam alzò la testa e restò a bocca aperta! "Guarda Siaka, guarda che meraviglia!" Siaka stupefatto disse: "Maryam, è meraviglioso, Plutone non è solo una fredda palla di ghiaccio e rocce, finito il nostro lavoro restiamo qui, che ne dici?" Maryam ridendo rispose: "Amore mio, questa sarà la nostra casa!" Nel cielo di Plutone, la sua luna Caronte appariva grande circa 10 volte la misura della Luna vista dalla Terra, mostrava sempre la stessa faccia (proprio come la Luna alla Terra) ed inoltre restava sempre fisso nel cielo, senza mai spostarsi. Sembrava un enorme bianco pianeta che riempiva il cielo, dava l'impressione di poterlo toccare! L'effetto era straordinario!

L'avanzamento delle stagioni provocava l'evaporazione dell'azoto ghiacciato dal suolo dell'emisfero maggiormente irradiato dal sole e conseguenti precipitazioni nevose nell'emisfero opposto. Infine aveva una debole atmosfera, composta prevalentemente da metano gassoso, quindi da argon, azoto, monossido di carbonio, ossigeno.

La spedizione sistemò la sua base su Plutone poi si diresse su Caronte, il più massiccio fra i satelliti naturali del pianeta.

Il diametro di Caronte era di 1.207 km, poco più della metà di Plutone, con una superficie di 4.580.000 km².

Mentre Plutone era ricoperto di ghiaccio di azoto e metano, la superficie di Caronte era ricoperta dal meno volatile ghiaccio d'acqua ed era priva di atmosfera.

Qui l'**Agenzia** costruì il suo più grande e importante astroporto!

Vennero insediate basi spaziali anche su Notte che aveva un diametro di circa 100 km., su Idra simile a Notte, su Cerbero con un diametro di 20 km. e su Stige.

A questo punto l'espansione dell'**Agenzia** sembrò arrestarsi.

Erano arrivati ai confini del Sistema Solare, oltre vi era solo la nube di Oort. Questa era una nube sferica di comete posta circa 2.400 volte la distanza tra il Sole e Plutone. Era un residuo della nebulosa originale da cui si formarono il Sole e i pianeti cinque miliardi di anni fa. E oltre... le stelle! Il vero obiettivo dell'**Agenzia**!

La sua espansione era arrivata al massimo, oltre non si poteva andare ma l'**Agenzia** aveva i suoi programmi!

Era l'anno 3.059, subentrò alla guida del Comitato Centrale dell'**Agenzia** una ragazza giovanissima di soli vent'anni: Devi Asha!

Già il suo predecessore aveva messo le basi per un progetto molto ambizioso, studiando antichissime scoperte dell'**Agenzia** e comparandole con le nuove.

Devi riprese quel progetto con l'intenzione di realizzarlo!

Occorreva risalire nelle nebbie del tempo, mille anni or sono: l'epopea di Wender. In quel tempo lontano due formidabili terrestri: Jorghe e Leila avevano fornito un inestimabile contributo nello studio delle nanomacchine e avevano trovato il modo di produrre tachioni, particelle subatomiche che superavano la velocità della luce!

L'**Agenzia** aveva continuato quegli antichi esperimenti, utilizzando l'enorme ciclotrone posto nelle viscere di Valles Marineris su Marte.

Il tempo in cui subentrò Devi aveva prodotto progressi formidabili.

Già si erano effettuati trapianti del cervello e, anche grazie alle esperienze di ibernazione, era possibile conservare un corpo senza cervello per un tempo che appariva indefinito. Microprocessori potevano essere inseriti nel cervello umano per aiutarlo ad accettare le nanomacchine, lo stesso cervello poteva essere trapiantato e inserito, a mezzo di microsensori, in un robot o addirittura alla guida di un'astronave e gli stessi microsensori, unitamente alle nanomacchine, permettevano di collegare, partendo dal cervello, il sistema nervoso ai sistemi robotici. Il cervello sarebbe stato perfettamente cosciente e avrebbe riconosciuto i sensori robotici come gambe, mani, occhi, etc.. La stessa cosa avveniva se inserito in una nave spaziale, solo che le "gambe" sarebbero stati i retrorazzi, il motore, e così via! Il nuovo metallo già sperimentato su Venere era ormai in uso su tutte le navi spaziali sia dell'**Agenzia** sia quelle dei terrestri, infine il nuovo elemento trovato su Nettuno era in grado di "guidare" le particelle tachioniche facendo da conduttore di energia. Ma ancora non si sapeva come utilizzare i tachioni per muovere una nave spaziale!

Ma Devi era ottimista e iniziò comunque il suo programma, occorreva trovare le persone adatte, occorrevano dei candidati disposti a viaggiare per le stelle!

Riunì il Comitato informandolo sul programma e sul progetto. Finita la sua relazione Hesner, che, sia pure se giovanissimo era uno dei più preparati scienziati del gruppo, intervenne:

"Devi, ho riunito alcuni dei nostri migliori scienziati, tecnici e psicologi per verificare che tipo di reazione potrebbe avere un team di astronauti che superasse la velocità della luce. La conclusione è una sola: morirebbero! Le nostre sezioni più avanzate nello studio di questo problema, sono arrivate alla conclusione che morirebbero realmente ma, se ridotti ad uno stato di solo cervello assemblato ad una nave interstellare, potrebbero avere la possibilità teorica di ritornare. Occorre però trovare un denominatore comune, qualcosa che li convinca a tornare!"

Devi restò impressionata dalle parole di Hesner. Volle avere un rapporto completo e lo studiò con molta attenzione, poi convocò Hesner:

"Hesner, sono arrivata alla conclusione che il progetto deve comunque proseguire. Ho inserito tutti i dati nel nostro computer di ottava generazione, la conclusione è che le probabilità di successo sono del 28%, ma solo a patto che si trovi quel denominatore comune che spinga il team a tornare. E' poco, me ne rendo conto, ma è nel nostro spirito tentare l'impossibile! Ho deciso che sarai tu a guidare il team fino alla conclusione del programma. In bocca al lupo Hesner!"

Uno studio approfondito del reparto di psicologia dell'**Agenzia** aveva indicato le caratteristiche necessarie e... dovevano essere quattro! Due uomini e due donne, non finiva qui, doveva nascere tra di loro un amore profondo, un Amore con la maiuscola!

Devi decise che il modo migliore per acquisire le caratteristiche utili al progetto era di agire sullo stesso DNA dei futuri astronauti, quindi dovevano nascere in provetta!

Non tutti però, il reparto psicologia e lo stesso progetto prevedeva anche che uno dei quattro fosse particolarmente legato al mondo religioso ed esoterico e questo in provetta non si poteva fare! Comunque Devi, testardamente, proseguì nel suo programma.

Riunì i migliori psicologi, biologi e tecnici dell'Agenzia e insieme sintetizzarono le caratteristiche utili per tre futuri astronauti: un uomo e due donne.

Il maschio doveva avere un carattere auto ironico, una grande fantasia e straordinarie capacità decisionali unite ad una spiccata intelligenza e intraprendenza. Così nacque Arvin!

Una femmina doveva essere assolutamente irrispettosa, coraggiosa oltre l'incoscienza con una grande capacità manuale, riflessi pronti, capacità tecniche e... amante del sesso. Così nacque Jennifer!

L'altra femmina doveva essere molto riflessiva, portata verso la biologia, amante degli animali e della natura. Così nacque Anna!

Arvin venne abbandonato in un istituto sulla Terra presso Dallas in Texas. Con il passare degli anni gli fu data un'istruzione tecnica e infine venne assunto come collaudatore teorico da una piccola società: l'Enterprise, una società dell'**Agenzia**!

Jennifer e Anna invece entrarono già alla nascita a far parte dell'**Agenzia**. Anna restò a lungo su Marte dove divenne un'esperta biologa, in seguito venne trasferita sulla Luna dove conobbe Jennifer che era diventata una straordinaria pilota di navette. Fra le due nacque presto una profonda amicizia.

Per il progetto di Devi mancava ancora l'ultimo elemento. Doveva essere ricercato sulla Terra, quindi Devi ordinò alla Sede Svizzera di inviare emissari in tutto il pianeta alla ricerca di una persona valida per completare il quartetto.

Due anni prima un indiano: Arun, aveva fatto domanda per entrare nell'**Agenzia**. Quella richiesta non era stata presa molto in considerazione in quanto le sue caratteristiche non parevano particolarmente utili. Arun era molto attaccato ai suoi simboli religiosi, era un Indù e ci credeva! Gli emissari di Devi scoprirono questo fatto e lo trovarono. Lo invitarono presso la Sede in Svizzera dove uno staff di psicologi lo studiò molto a fondo. Era perfetto per il programma di Devi! Arun restò a lungo in Svizzera, poi fu inviato su Marte.

Il problema di trovare i quattro candidati appariva risolto erano sicuramente gli elementi migliori ma, per prudenza, Devi preparò altre sei equipe che avrebbero potuto sostituirli in caso di necessità.

Però restava la questione dei tachioni, come era possibile far muovere a mezzo di queste particelle subatomiche una nave spaziale? Parte del problema era potenzialmente risolto, i quattro candidati dovevano assemblarsi alla nave interstellare usandola come il proprio corpo, ma poi?

Fu un terrestre ad aprire uno spiraglio, il francese Fabien.

Fabien aveva ideato un particolare acceleratore di particelle con l'idea che potesse coadiuvare il normale motore atomico.

Una società dell'Unione Europea aveva pensato di inserire all'interno del motore di un loro prototipo quell'acceleratore.

Il loro esperimento ebbe successo e il prototipo, partito dalla Luna in direzione di Marte durante il passaggio del pianeta più vicino alla Terra, lo raggiunse in soli tre mesi (un mese in meno rispetto alle navi più veloci).

L'esperimento non sfuggì all'attenzione dell'**Agenzia** e Devi decise di convincere segretamente una multinazionale della Confederazione nord Americana: la Serniet, ad inserire un acceleratore analogo ma molto più grande in una loro nave: la Beniet! Questa era una grande nave passeggeri che stazionava in orbita attorno alla Luna in attesa di partire per Marte, gli asteroidi, Giove e Saturno! Devi voleva vedere cosa sarebbe successo.

Ma non bastava, occorreva che nella Beniet vi fossero due validi e capaci elementi dell'**Agenzia** che fossero in grado di agire in caso di crisi. Così Devi diede ordine che Jennifer e Anna venissero imbarcate sulla Beniet per raggiungere Marte! Infine convinse Ford, il suo uomo della società Enterprise, a dare ad Arvin l'incarico di studiare le modifiche apportate alla Beniet.

Devi stava tessendo una complessa tela, ormai era anziana ma voleva le stelle! Le voleva ad ogni costo, come il suo avo Wender non si sarebbe fermata davanti a niente!

Iniziò così!

4

Marte!

Ero arrivato sei anni fa!

Prima di stabilirmi sul "pianeta rosso" (è rosso davvero!) passavo più o meno svogliatamente la mia vita in Texas.

Già sono texano (almeno così mi dicono), un texano costruito...

Finita l'università lavoravo come collaudatore presso l'Enterprise Limited di Dallas. In realtà non collaudavo un bel niente, il mio lavoro si limitava a studiare gli effetti che avrebbero potuto avere certe modifiche inventate da scienziati pazzi per peggiorare le prestazioni delle obsolete navi spaziali (le chiamavano così) che il Governo Nord Americano faceva razzolare nel sistema solare. Nel mio lavoro ero bravino e, qualche volta, mi avevano anche ascoltato. Dopo aver evitato per un pelo il disastro della "Beniet" mi ascoltavano sempre!

La Beniet era una nave passeggeri che trasportava ricchi turisti e poveri lavoratori da un pianeta all'altro del sistema solare. Per evitare di trascorrere tutta la vita in questi viaggi interplanetari, usavamo motori atomici, ma occorrevano comunque mesi per passare da un pianeta all'altro. Mesi durante i quali occorreva sfamare, lavare ed evitare che impazzissero i vari passeggeri e uomini dell'equipaggio, quindi costi, costi e ancora costi.

Una società dell'Unione Europea aveva pensato di inserire all'interno del motore di un loro prototipo un piccolo acceleratore di particelle, ("soltanto" 200 metri), con la curiosa idea che potesse coadiuvare il normale motore atomico che forniva la spinta al prototipo.

Il loro esperimento ebbe successo e il prototipo, partito dalla Luna in direzione di Marte durante il passaggio del pianeta più vicino alla Terra, lo raggiunse in soli tre mesi (un mese in meno rispetto alle navi più veloci).

Qualcuno, in Canada, pensò bene di inserire un simile acceleratore all'interno della Beniet! La mia società ebbe l'incarico di valutare gli effetti di un simile intervento.

La fisica aveva fatto passi da gigante nell'ultimo millennio, in particolare la ricerca nel campo dell'infinitamente piccolo. Questo anche grazie ad un'organizzazione piuttosto inquietante e misteriosa che si chiamava semplicemente **Agenzia**!

Un acceleratore di particelle nell'anno tremila è, di fatto, un lungo tubo all'interno del quale si fanno "danzare" gli atomi. Attraverso di esso è possibile "sollecitare" gli atomi stessi: elettroni, protoni, il nucleo, ricercare ed addirittura "produrre" elettroni, positroni, protoni, antiprotoni, fasci di ioni, particelle subatomiche, tachioni etc., etc... Più si ricerca nell'infinitamente piccolo più l'acceleratore deve essere lungo e protetto per evitare infiltrazioni subatomiche dal nostro universo birichino. Sulla Terra questo si ottiene sopratutto all'interno delle montagne. Scavando gallerie al loro interno la montagna stessa può aiutare a "proteggere" l'acceleratore da infiltrazioni esterne.

Nello spazio interplanetario non esiste protezione naturale ma, grazie alla mancanza di gravità, è possibile schermare l'acceleratore costruendovi intorno una "montagna" in piombo e titanio. Anche la lunghezza non è un problema, basta escludere che una nave dotata di un acceleratore possa atterrare su qualsiasi pianeta che abbia una gravità sensibile. Anche questo non è un grosso ostacolo poiché tutte le più grosse navi interplanetarie erano dotate di navette atte a far la spola sui pianeti e satelliti lasciando la nave madre in tranquilla orbita senza problemi.

Questo particolare acceleratore era composto da una decina di moderni ciclotroni circolari disposti regolarmente al suo interno e collegati fra di loro.

A cosa poteva servire un acceleratore per supportare un motore che, di fatto, sospingeva la sua nave mediante una continua serie di piccolissime e controllatissime esplosioni atomiche?

E quali effetti, con il tempo, avrebbe avuto sul motore e la stessa nave?

L'acceleratore cambiava la "qualità" degli atomi che fuoriuscivano dalle barre di uranio per alimentare il motore e forniva una spaventosa energia cinetica. Questi atomi diventavano più sensibili e pronti ad innescare una reazione atomica. Tutto questo accelerava il moto del motore stesso, era come "innescare la quarta" quando, per anni, si era sempre marciato in terza! Questo esempio mi ronzava in testa...

Le vecchie auto a benzina dotate di marce e tante cose curiose, non esistevano più da cinquecento anni, quando le multinazionali avevano perso l'ultima guerra combattuta sulla Terra dopo la "Grande Paura".

Però all'università avevo studiato il motore a scoppio e la storia della rivoluzione industriale e delle macchine. Cosa sarebbe accaduto se avessi una di queste vecchie auto e, dopo averla guidata per dieci anni senza mai aver superato la terza marcia, avessi innescato la quarta?

Come avrebbe reagito il motore? E, a lungo andare, che effetti avrebbe avuto questa nuova marcia sull'usura stessa del motore.

Nel frattempo, con le nuove modifiche, la Beniet partì dalla Luna in direzione di Marte e, poi, gli asteroidi, Giove e Saturno: oltre trecento passeggeri.

La Beniet non era un prototipo, per portare tanti passeggeri doveva avere cabine, dispense, locali di intrattenimento, etc.. Quindi era molto, molto grande.

Due chilometri di lunghezza ai quali ora si aggiungevano i duecento metri dell'acceleratore. Niente di particolarmente complicato nello spazio interplanetario senza gravità.

Ma non essendo un prototipo aveva una massa considerevole aumentata dalle modifiche apportate, per cui le occorreva più tempo per raggiungere la velocità prevista: normalmente cinque mesi fra l'orbita lunare e l'orbita marziana, quando Marte era più vicino.

Con le nuove modifiche si valutavano tre mesi e mezzo o poco più. La Beniet partì per Marte, era a due mesi di distanza dal pianeta rosso e qualcosa mi ronzava in testa... Vivevo in un piccolo monolocale vicino agli uffici dell'Enterprise. Piccolo... era uno sgabuzzino, ma mi bastava. Fisicamente non ero un gran che e lo sapevo, ma non mi importava più di tanto! Alto un metro e ottanta (in realtà un metro 79 e mezzo, non sono mai riuscito a recuperare quel maledetto mezzo centimetro!), con una leggera pancetta, occhi che tendevano al giallo, capelli castani (quelli che restavano, tendevo a perderli!).

Mi piacevano le donne, grazie a Dio, e bevevo un po troppo! Ero nato in provetta, un esperimento probabilmente andato a male poiché ero stato abbandonato dall'organizzazione che mi aveva creato praticamente alla nascita. Quindi niente parenti a rompermi l'anima e niente obblighi, ma il mio stato mi aveva fornito un carattere particolarmente acido. Quel fine settimana ero solo, Sandra era andata dai suoi parenti a Denver, il tempo faceva particolarmente schifo ed io avevo passato il sabato al bar della società. Come conseguenza mi svegliai con un feroce mal di testa!

In realtà non mi ero svegliato per questo ma a causa del mio personal che strillava:

<Cosa cavolo c'è!> Farfugliai rispondendo al personal. Mi avrebbero anche visto sul monitor e, certamente non sarebbe stato un bello spettacolo, ma non me ne fregava gran che!

<Arvin cosa ti è successo?> Mi rispose il personal con la voce di Ford, un collega dell'Enterprise. Guardai l'ora: le dieci del mattino o poco più, mi assicurai che fosse domenica poi:

<Cosa è successo a te!> Risposi <Ti sembra il momento di rompermi le scatole?>.

<Un'emergenza Arvin, fatti una doccia e vieni subito... la Beniet...> mi rispose astiosamente il personal, o forse era Ford? La Beniet, mi svegliai! <Cosa succede Ford, grane?>

<Peggio! vieni qui e capirai>

Non risposi, spensi il contatto e mi gettai in bagno.

Ford era il mio capo, almeno così diceva lui! Era estremamente antipatico ma, non so bene per quale motivo, mi ascoltava sempre con molta attenzione, per fare poi, quasi sempre, l'esatto contrario rispetto ai miei inutili consigli. Qualche volta aveva ragione lui...

Aveva dieci anni più di me, per questo, penso, era il mio capo, io avevo 30 anni e molte idee, lui 41 e... molta politica.

Mi stava sulle scatole ma lo rispettavo.

Non so bene come ma... arrivai.

Il mio, più che un ufficio, sembrava la consolle di un'astronave: monitor, aggeggi vari, computer, e chi più ne ha più ne metta!

C'erano tutti: Grain, Elisabeth, Norton, due personaggi che non conoscevo e, naturalmente, Ford. Grain era molto giovane, cinque anni meno di me, mingherlino, portava lenti a contatto colorate che cambiava continuamente, per cui nessuno sapeva qual'era il vero colore dei suoi occhi, capelli castani e piuttosto piccolo. Elisabeth doveva essere stata una bella donna, ora aveva sessant'anni piuttosto grassoccia bionda probabilmente tinta, altezza media e occhi verdi; lunghe gambe affusolate che facevano ancora girare la testa, nel complesso piuttosto energica e attirava gli uomini come mosche (anch'io ci avevo fatto più di un pensierino...). Infine Norton, sembrava un attore del vecchio cinema: quarant'anni, decisamente americano, biondo, occhi azzurri e muscoli da palestra! Un personaggio con il quale non conveniva discutere troppo, in cambio un carattere che ricordava un bambino sperduto.

Erano i miei collaboratori, gente di prim'ordine!

<Arvin, finalmente!> Mi apostrofò Ford, come se fosse suo pieno diritto farmi lavorare la domenica! <Cosa succede capo?> Tagliai corto.

<Questi è Henry Ski e Corrado Ensico, rappresentano la "Serniet", sono arrivati in volo dal Canada due ore fa, sanno chi sei e ti spiegheranno tutto>

Disse presentandomi i due tipi che non conoscevo; ma conoscevo la Serniet, era la Società che aveva predisposto le modifiche alla Beniet!

Dopo l'ultima guerra causata dalle multinazionali del petrolio che non intendevano perdere la loro egemonia economica sul mondo, ma che persero la guerra, le multinazionali esistevano ancora ma, per legge, il loro capitale azionario doveva appartenere almeno per il 51% al Governo. La Serniet era un gigante e almeno uno dei due personaggi che avevo davanti, doveva essere inviato dal governo Nord Americano. (Era Corrado). La nostra era una piccola Società, anche se molto quotata, per cui non avevamo pastoie governative, in cambio avevamo Ford...

I due personaggi parevano gemelli! In realtà erano solo vestiti in modo molto simile: giacca e pantaloni neri, cravatta grigia, scarpe lucide... mancavano gli occhiali neri e sarebbero stati perfetti!

<Allora?> Chiesi un po bruscamente.

Henry, biondo, classici occhi azzurri, all'incirca della mia età, iniziò: <Lei conosce la situazione della Beniet, naturalmente.>

<Certo!> Risposi <Sono incaricato a studiare gli effetti delle modifiche apportate al motore.>

<E' arrivato a qualche conclusione?>

<Non ancora, ma ...>

<Arvin> mi interruppe Ford <ha sempre molti dubbi, a volte è troppo conservatore, pessimista, direi.>

Intervenne Corrado, pochi capelli castani, occhi marroncini e sui quarant'anni : <Forse questa volta occorreva avere molti più dubbi!>

<Insomma!> Sbottai <Cosa sta succedendo?> Henry continuò, con tono piuttosto triste:

<Da quando la Beniet è partita col nuovo motore, abbiamo monitorato continuamente il suo viaggio. Tutto andava per il meglio, la sua velocità era progressivamente aumentata di quasi un terzo, nulla faceva presagire il benché minimo problema, ma... Ieri notte il comandante Slim Pensier ha improvvisamente chiamato la base e, poco dopo, siamo stati contattati.>

Mi allarmai, non era affatto usuale per navi così grandi che il comandante in persona chiamasse la Terra, anche in caso di incidente sarebbe stato un sottoposto a chiamare! Henry, dopo una breve pausa, proseguì: <La nave si sta "sfogliando"!>

<Cosa?> intervenni <cosa volete dire? Che significa "sfogliando"?> Parlò ancora Corrado:

<Ho sentito personalmente Pensier che appariva più stupito di noi! Sfogliando, non troviamo altro termine più corretto. Le paratie esterne della nave, le armature del motore, la protezione dell'acceleratore, si stanno progressivamente sfogliando. Il fenomeno appare irreversibile, ma è stabile. Tutto il metallo esterno si sta pian piano disperdendo nello spazio. Nessuno sa perché!>

Ford domandò:

<Ma le funzioni della nave come si comportano?>

<Tutto normale, maledizione!> Quasi urlò Corrado <Tutte le funzioni vitali e no all'interno della Beniet funzionano perfettamente, il motore va alla meraviglia e così l'acceleratore! Nessuno si è accorto di niente, solo il comandante che monitorava l'esterno della nave.>

<Vuol dire che nessuno sa ancora nulla?> Intervenne Ford.

<Nessuno!> confermò Corrado.

Restammo in silenzio, annichiliti! Non riuscivamo bene a comprendere le implicazioni di quanto stava accadendo, poi capii:
<Quanto tempo?> chiesi <quanto tempo prima che il fenomeno raggiunga parti vitali?>
<Siamo in grado di calcolarlo> rispose Henry, guardò l'orologio poi: <Due minuti oltre le 52 ore da adesso!> Restammo in silenzio, quindi intervenne Ford:
<Navette di salvataggio? Navi nelle vicinanze?>
Ancora Henry: <Le navette possono portare al massimo 100 persone alla volta e, dove le porterebbero? La nave più vicina impiegherebbe quasi un mese ad arrivare e tornare verso la Luna comporterebbe un viaggio di diversi mesi. Comunque la Beniet ha oltre 300 passeggeri e 40 persone di equipaggio, 240 persone sono condannate, e per le altre non vi è certezza di sopravvivenza!>
<Cosa cederà per primo?> Chiesi <Il motore, gli alloggiamenti, cosa?>
<Il fatto più strano è che il fenomeno non è circoscritto al motore o ad una parte della nave> Rispose Henry < ma è generalizzato a tutto lo scafo!>
<E' uniforme?>
<Si!>
<Allora> continuai < cederanno per primi gli alloggiamenti dei passeggeri!>
<Esatto> confermò Henry.
<I passeggeri a poppa della nave vedranno le stelle!> intervenne Grain.
Fino a quel momento i miei collaboratori erano rimasti in silenzio a digerire quanto stava accadendo, ma ora iniziavano a riprendersi.
<Vero!> Disse Henry <le particelle di metallo che si staccano, illuminate dal sole, appariranno luminose, come piccole stelle, ma penseranno a qualche fenomeno correlato alle modifiche apportate, certamente l'equipaggio potrà tranquillizzarli!>
<Non tutti Henry!> interruppe Corrado <non tutti....> Ma non aggiunse altro...
Fu la volta di Elisabeth:
<Non è possibile staccare il motore e l'acceleratore? Sicuramente il fenomeno è legato a questi due elementi ed anche rendendo la nave uno scafo alla deriva sarebbe possibile per i suoi occupanti sopravvivere il tempo necessario all'arrivo di soccorsi.>
Corrado rispose:
<E' stata la prima cosa che ho detto al comandante, due ore dopo sono stato avvertito che il comandante aveva lanciato una sonda lontano dalla nave. La sonda era del tutto autonoma non dipendeva minimamente, come d'altra parte anche le navette imbarcate, dall'apparato motore della Beniet. Era all'interno della nave, mentre le navette sono collegate all'esterno ed anch'esse si stanno sfogliando! Per questo il comandante Pensier ha usato la sonda che non soffriva minimamente di questo fenomeno.>
<Allora?> sollecitò Elisabeth.
<Poco dopo essere uscita dalla nave la sonda cominciò a sfogliarsi!> Concluse quasi gridando Corrado.
Per un poco il silenzio sovrastò la sala, nessuno parlava, poi:
<Avanti ragazzi, abbiamo poco tempo!> Urlai
<Grain calcolami tutte le estrapolazioni possibili causate dalle modifiche apportate; Elisabeth pensa... trova idee e aprimi un canale con la Beniet; Norton fammi funzionare i tuoi computer, presto datevi da fare! Ford e voi due tenetemi in contatto con tutti coloro che sono coinvolti in questo affare e trovami Fabien!>
<Fabien?> ringhiò Ford.
<Certo Fabien, nessuno meglio di lui conosce questa cavolo di innovazione, è lui il maggiore artefice del primo esperimento con il prototipo, quello su Marte ci era arrivato!>
<Non possiamo> intervenne ancora Ford: <al di fuori delle società coinvolte non è possibile informare altri!>
<Se quelli crepano lo sapranno tutti Ford! Non rompermi l'anima, non questa volta!> Gridai.
Ford restò un attimo in silenzio poi guardò Corrado negli occhi. Per un istante qualcosa passò fra i due poi, con un sospiro, Ford annuì, la cosa doveva essere veramente molto, molto grave.

5

Jennifer era nata sulla Luna dove, salvo qualche breve vacanza sulla Terra quando era ancora bambina, era rimasta tutta la vita.

Quelle vacanze non le ricordava con piacere, certo cieli azzurri (ma cadeva liquido dal cielo anche troppo spesso per i suoi gusti), tanta gente (troppa, frastuono, confusione), buoni ristoranti (ma cibi troppo... gustosi), spazi aperti (troppo aperti!), l'aria aveva uno strano odore e... si muoveva. Questo la terrorizzava (pensava che dovesse uscire da qualche parte!) ma, sopratutto, una gravità che le frantumava le ossa!

Per tutta la sua vita aveva studiato: fisica, astronomia, calcolo stellare... poi aveva iniziato a lavorare: costruzione di motori, passeggiate lunari, pilota di moduli, conseguenze sulle radiazioni, medicina...

Jennifer non avrebbe mai saputo cosa fare con due uova, puzzava come una capra (sulla Luna l'acqua non poteva essere utilizzata per cose troppo futili). Una delle prime cose che aveva fatto appena raggiunta la pubertà era perdere la sua verginità e, da allora, rinunciava allegramente alle sue vacanze sulla Terra e passava tutti i suoi, brevi, momenti liberi a cacciare uomini (in mancanza anche donne!).

Non aveva genitori, era nata in una provetta e lo sapeva. Geneticamente modificata per essere migliore nel suo lavoro. Un prodotto costruito per uno scopo ben preciso, non era mai stata oltre il sistema Terra-Luna ma Jennifer era la migliore pilota spaziale di tutto il sistema!

Jennifer era una donna dell'**Agenzia**!

La navetta, poco più di un modulo, arrivava veloce dallo spazio profondo. Era partita dalla Luna due giorni prima e stava tornando.

<Feodor cos'è questa cosa?>

<Cosa?>

Feodor era responsabile del controllo lunare, un uomo grande e grosso che, nella leggera gravità del satellite, sembrava muoversi con la grazia di un ippopotamo nell'acqua.

Si avvicinò alla consolle e ringhiò:

<Non emette segnali, anzi.... sì! Guarda c'è una sequenza di luci in direzione della coda. Cristo! E' una navetta dell'**Agenzia**! Ti risulta qualcosa Chang?>

Quest'ultimo era l'opposto del suo capo, mingherlino e decisamente orientale. Restò un attimo soprappensiero poi:

<Non può essere che lei...>

<Lei chi?>

<Jennifer, solo lei ha libero accesso alle navette dell'**Agenzia**, ed è tipico di Jennifer partire senza avvertire nessuno!>

<Cavolo, ma guarda come arriva! Piena velocità e non spegne i motori!> Gridò Feodor.

<Mettimi in contatto, presto!>

Jennifer era alta un metro e ottantacinque, molto per una donna anche a quel tempo, non certo esile, anzi! I capelli nerissimi e tagliati corti, nel complesso una donna di trent'anni che non passava inosservata. All'interno della navetta sembrava che la occupasse tutta!

Era partita due giorni prima per addestrarsi nello spazio profondo dove si era divertita a lungo a provare le manovre più assurde che le venissero in mente. Due giorni in una navetta angusta non erano pochi e... si sentiva.

Jennifer riteneva, in cuor suo, che navi, navette, moduli, etc., che portassero lo stemma dell'**Agenzia** (un drago in volo ad ali spiegate che, anziché fuoco, vomitava una miriade di stelle), fossero di sua proprietà, e, probabilmente, pensava che lo spazio interplanetario fosse casa sua!

Stava arrivando velocissima dalla parte nascosta della Luna, era la prima volta che provava questa manovra: aveva acceso tutti i retrorazzi alla massima potenza, il suo carburante era alla fine.

<Controllo a Jennifer o chi vive su quel modulo, rispondete!>

Da qualche tempo il personal della navetta vomitava le parole di Chang, Jennifer era piuttosto occupata dalla sua pericolosa manovra di allunaggio e quel gracchiare la disturbava, però aveva intenzione di arrivare nei pressi della stazione di controllo ed aveva bisogno di un hangar dove fermarsi. Quindi, astiosa, rispose:

<Sono io Jennifer, cosa cavolo volete? Non vedete che sono occupata?>

<Qui Feodor, responsabile del controllo, cosa cavolo fai tu maledizione!>

<Stai tranquillo Feodor, so cosa faccio, dammi un hangar libero sto venendo da voi.>

<Vai al diavolo Jennifer, lontano da noi, tu non sai neppure cosa sia uno spazioporto, tu vuoi crepare e va bene, ma non coinvolgerci!>

<Il tuo non è uno spazioporto!> Sbottò Jennifer <al massimo può essere una latrina! Dammi un cesso dove possa alloggiare questa navetta Feodor e svelto! Io so cosa faccio o vuoi che venga a posarmi direttamente sulle tue chiappe?>

In realtà questo sarebbe piaciuto e molto a Feodor e Jennifer, qualche tempo indietro, lo aveva effettivamente fatto... Feodor lo ricordava bene, per cui si "addolcì", nei limiti in cui un ippopotamo infuriato poteva addolcirsi, quindi:

<Vai all'hangar sei pezzo di.... Vengo io stesso a raccoglierti col cucchiaino.> Ringhiò.

<Illumina l'hangar, sto arrivando e stai lontano altrimenti sarò io a raccogliere te col cucchiaino e adesso lasciatemi in pace ho da fare.> Rispose Jennifer chiudendo la comunicazione.

Il carburante della navetta era praticamente finito, Jennifer uscì improvvisamente dalla faccia nascosta della Luna e avvistò lo spazioporto del Controllo. Spense improvvisamente il motore e capovolse la navetta che, nonostante la scarsa gravità lunare, stava iniziando a precipitare come un sasso. A solo duecento metri dal terreno Jennifer riaccese i razzi. La navetta sobbalzò e rallentò la sua folle corsa, destramente Jennifer si accostò allo spazioporto, avvistò le luci dell'hangar sei e puntò su di esso. A meno di 100 metri dall'hangar e dal disastro il carburante finì: la forza d'inerzia fu appena sufficiente a far piombare la navetta all'interno dell'hangar dove si fermò quasi dolcemente subito agganciata dalle tenaglie dell'hangar stesso.

Jennifer era arrivata!

Fu un Feodor assolutamente furioso che accostò alla navetta il soffietto di sbarco pressurizzato. Si avvicinò allo sportello della navetta che si aprì con un leggero sbuffo e... tutta la rabbia di Feodor svanì!

<Che cavolo!> Sbottò il malcapitato, con un salto indietro, annusando l'aria incredibilmente puzzolente che usciva dall'angusta cabina, accompagnata da una Jennifer che tutto poteva essere ma certamente non avvenente!

<Che credi> infierì Jennifer <due giorni in un modulo a fare acrobazie, non avevo tempo per la toilette, forse così non ti piaccio?>

Si accostò a Feodor e lo abbracciò! Feodor boccheggiava, letteralmente non aveva più parole... Jennifer, molto tranquillamente, lasciò Feodor annichilito ed entrò nella base di controllo in cerca degli alloggiamenti.

Il suo passaggio non restò inosservato e allontanò chiunque avesse anche una leggera curiosità.

Trovò una stanza libera e la occupò allo scopo di riposare e lavarsi quel tanto che era necessario per poter accostare altre persone almeno ad un metro di distanza.

Dormì assolutamente indisturbata per dieci ore.

Forse avrebbe dormito ancora ma il cicalino della porta la svegliò:

<Chi è?> chiese Jennifer senza muoversi dal letto, troppo assonnata per alzarsi e vedere dal personal.

Una voce flebile a causa della porta chiusa le rispose:

<Sono Anna, Jennifer aprimi devo parlarti>.

Anna era una cara (in molti sensi) amica di Jennifer ed anch'ella una donna dell'**Agenzia**.

Jennifer non si preoccupò di vestirsi (il che era un bene poiché non aveva portato abiti di ricambio) ed andò ad aprire.

Guardò Anna, una biondina piuttosto esile, venti centimetri più bassa di Jennifer ma della stessa sua età, specializzata in medicina, antropologia, flora e fauna terrestre e no. Se Jennifer poteva infilarsi in un hangar lunare senza carburante, Anna poteva far nascere un dinosauro in provetta! Non disse una parola, prese Anna e la scaraventò sul letto. Con un calcio chiuse la porta e iniziò a spogliare rapidamente l'amica.

Più che spogliarla le strappò di dosso i vestiti, fecero l'amore con molto gusto per quasi due ore! Finiti i "convenevoli" Anna, accarezzando dolcemente il di dietro dell'amica, parlò per la prima volta da quando era entrata:

<Devo parlarti amore, è importante.>

<Bene! parlami tesoro> rispose Jennifer con voce un po arrochita.

<Non qui, andiamo all'ufficio>.

L'ufficio era una saletta dell'**Agenzia** dotato di tutti i comfort, bar, ristorante, privacy, consolle e quant'altro, che si trovava nei pressi del Controllo Lunare.

Dopo una breve pausa Jennifer, un po stancamente, annuì e disse: <d'accordo, andiamo, credo anche di avere fame, una fame di tre giorni!>

Anna guardò sconsolata quello che restava dei suoi vestiti, chiese: <hai qualcosa da farmi mettere?> Jennifer ci pensò un attimo poi indicò la sua tuta. Anna la prese un momento poi:

<Sei matta? Questa roba puzza di tutto: vomito, sudore, cosa cavolo ci hai fatto dentro?>

<Tu non c'eri... ho dovuto arrangiarmi.> Affermò Jennifer con un sogghigno, poi:

<Troveremo qualcosa all'ufficio.>

Così due splendide donne attraversarono tutto il controllo completamente nude, caso volle che, per grazia di Dio, nessuna nave stesse arrivando!

L'entrata dell'ufficio era preceduta da una saletta scanner dove Anna e Jennifer vennero riconosciute come appartenenti all'**Agenzia**; una volta entrate trovarono alcuni inservienti che, probabilmente abituati a questo ed ad altro, non apparvero particolarmente stupiti anche se sicuramente ammirati. In breve furono rivestite ed accompagnate in un cubicolo "privacy" dove poterono sorseggiare in pace un drink. Jennifer chiese un lauto pranzo, era effettivamente piuttosto affamata. Il cibo, sulla Luna, era piuttosto insipido ma ricco di vitamine, fosfati e quant'altro potesse rovinarne il gusto. Jennifer lo adorava!

Anna si accontentò del drink e di qualche snack, poi chiese una consolle privata dell'**Agenzia**.

<E' arrivato un ordine per noi> disse Anna sommessamente.

Jennifer interruppe subito il suo pranzo, guardò attenta l'amica e disse:

<Da chi?> Dopo un attimo Anna rispose: <Marte, primo livello!>

<Stai scherzando> esordì Jennifer stupita.

<No cara! Primo livello ed è roba per noi: Jennifer Patel e Anna Suzu, ho controllato le coordinate dell'ordine, è per noi! Verifica tu stessa!>

Jennifer si accostò alla consolle e verificò l'ordine con lo scanner allegato, Anna aveva ragione!

<Apri l'ordine Jennifer> disse Anna <io l'ho già fatto!>

Lo aprì:

- *Priorità di livello A, per Anna Suzu riconosciuta e Jennifer Patel riconosciuta. Codici 0Y75GB21LK490VFD e C417UJ908KMCS34T, recarsi entro il 2 maggio 3097 presso l'ufficio dell'**Agenzia** al Controllo Traffico Lunare. Ritirare documentazione di viaggio e carte di pagamento presso gli stessi uffici fornendo i codici di cui sopra. Imbarcarsi su navetta e trasferirsi sulla Beniet, destinazione Marte, entro il 3 maggio 3097. Giunti a destinazione presentarsi presso la sezione CD4RT1. **ORDINE DI LIVELLO 1.***

Cancellare messaggio dopo ricezione -

<Tipico!> Sbottò Jennifer e, dopo un momento: <Il capo lo sapeva! Per questo mi ha suggerito quel giretto di due giorni e di venire qui al controllo! Bastardo!>

<Già!> Annuì Anna <il capo sa sempre tutto, ma certamente non sapeva che fosse un livello 1! Io ero già qui quando mi avvertì di venire all'ufficio che c'era qualcosa per noi. Lo sai Jennifer? Oggi è il due maggio!>

<Cazzo, è vero!> quasi gridò Jennifer <e non ho neppure il tempo di ritirare le mie cose o salutare qualcuno, bastardi!>

<E' vero cara, ma pensa: Marte! Livello 1, è qualcosa di importante, di molto molto importante ed hanno chiamato noi!>

Anna era emozionata, ma anche Jennifer comprendeva bene cosa significasse. Non più esercitazioni, niente studi, ora si faceva sul serio! Cosa avrebbero voluto? Cosa bolliva in pentola? Livello 1, avrebbero incontrato i più grandi capoccioni del sistema, incredibile!

Così trascrissero i codici, cancellarono il messaggio e si recarono... al bar!

Qui apostrofarono il "barman" e diedero i loro codici. Scoprirono così che il barman era una piattola: ancora furono scannarizzate, analizzate fino a quando il fottuto barman fu ben certo che fossero chi dicevano di essere, solo allora ricevettero un plico con i rispettivi numeri di codice. Nel plico trovarono rispettivamente un biglietto personale non cedibile per Marte: prima classe sulla Beniet, tutto pagato anche i drink. Avrebbero potuto passare tutto il tempo completamente sbronze, non male! Non c'è che dire l'**Agenzia** trattava bene i suoi uomini! Trovarono anche una carta di pagamento illimitata (avrebbero potuto acquistare la Beniet?) ed un pas CD4RT1, per gli uomini dell'**Agenzia** era come essere promossi da maresciallo a colonnello in una volta sola! Per finire un breve promemoria che faceva comprendere come chi avesse inviato il plico conoscesse bene i destinatari!

Il promemoria portava due sorprese: imbarco immediato! Non domani come suggeriva il messaggio! Non potevano portare nulla con loro! Per Jennifer non cambiava niente ma Anna restò piuttosto male!

Inoltre dovevano usufruire della boutique e della toilette dell'ufficio per farsi una doccia decente, imbellettarsi come si deve e acquistare quanto era necessario per loro. Infine dovevano richiedere al barman una uniforme dell'**Agenzia** di livello 3! Le due erano di livello 6, dovevano recarsi ad un livello 1 e diventavano di livello 3! Non c'era più nulla di logico e chiaro. Inoltre era rarissimo che gli uomini dell'**Agenzia** vestissero con l'uniforme!

Sempre più perplesse si accostarono nuovamente al bar e chiesero, un po dubbiose, le uniformi in questione. Il barman non ebbe nulla da ridire, non solo, consegnò loro due sacche con tre ricambi completi, non solo uniformi ma anche le mutandine!

Un'ora dopo uscivano dall'ufficio due splendide ed inquietanti ufficiali di livello tre dell'**Agenzia!** Andarono immediatamente, come ordinato, all'imbarco dove non faticarono a trovare una navetta per la Beniet. Gli inservienti della nave interplanetaria le salutarono militarmente!

Furono invitate a sedersi all'interno della navetta che, anche se vuota, partì immediatamente. Mezz'ora dopo entravano nella Beniet accolte con tutti gli onori.

Scoprirono quindi di avere la stessa cabina e che la prima classe non esisteva, era classe unica ma che lusso!

Un giorno per ambientarsi poi la Beniet partì: Jennifer e Anna andavano su Marte!

<Norton quei dati sono pronti?>

6

Sbraitai incavolato come una biscia! Era già passata un'ora la Beniet aveva 51 ore di vita!

<Eccoli Arvin, li hai sulla tua consolle!>

Corrado ci aveva fornito tutte le informazioni conosciute e finalmente erano arrivate!

<Il comandante della Beniet è sul tuo personal Arvin!> mi avvertì Elisabeth.

Aprii immediatamente il personal ed eccolo là: il Comandante Pensier. Più che un comandante di una nave interplanetaria, sembrava uno spazzino appena caduto in una discarica, non lo invidiavo.

<Comandante,> esordii in fretta <da questo momento fino alla fine della crisi lei dovrà restare in continuo contatto con me, informi di quanto accade il suo primo e secondo ufficiale, lei dovrà essere esclusivamente a mia disposizione. Relazioni sulla situazione: lo sfogliamento continua? E' Stabile? I dati da lei inviati alla Serniet ed a Corrado sono tuttora confermati? Ha rilevato anche la più piccola variazione nel motore o in qualunque parte della nave? Si è fatta qualche idea?>

Occorrevano sei maledetti minuti per far arrivare alla Beniet il mio messaggio ed altrettanti perché mi arrivasse la risposta, per cui mi rivolsi immediatamente a Grain:

<Grain! Ford ha trovato Fabien?>

<Non ancora, lo stanno cercando.>

<Sollecitali, digli di darsi una mossa che si sbrighino maledizione rompi le scatole!> Guardai i dati che mi aveva fornito Norton: niente di nuovo, lo sfogliamento appariva costante, lo scafo della Beniet era corazzato, buon titanio, piombo e altro per cercare di fermare eventuali micrometeoriti e le radiazioni esterne. Di solito ci riusciva. La parte più "debole" era quella degli alloggiamenti, ma debole era un eufemismo, venti centimetri di piombo, altrettanti di titanio e dieci di tutte le diavolerie che il nostro tempo aveva inventato non era certo poco!

Lo sfogliamento era iniziato ventidue ore prima, in settantatré ore sarebbe arrivato al punto critico, cioè a 10 millimetri dall'atmosfera interna. A quel punto lo scafo avrebbe cominciato a cedere nei suoi punti più deboli, non a causa dello spazio esterno, ma della pressione interna. All'interno c'era l'aria, all'esterno no! La Beniet sarebbe esplosa!

Non bastava riuscire ad interrompere il processo prima del collasso, occorreva farlo con notevole anticipo se non si voleva rischiare di avere un relitto alla deriva. Ogni ora sparivano da tutto lo scafo esterno 6,7 mm di metallo, non importa quale metallo! Le navette più esterne erano già inservibili, calcolai con orrore che non avevamo 50 ore come sembrava, in realtà in 50 ore quello strano cancro avrebbe mangiato tutto! Ci restavano solo 23 ore per permettere alla Beniet di sopravvivere non come un vuoto relitto ma come una nave con qualcuno vivo a bordo! Arrivò la risposta del Comandante:

<Niente di nuovo signor Arvin!> esordì <il fenomeno continua in modo stabile, riguarda solo le pareti esterne della nave, ogni cosa che dia sullo spazio esterno. Ho provato a lanciare fuori tutto quello che mi veniva in mente: suppellettili, legno, vetro, vari tipi di metalli, portacenere, vestiti; ogni cosa iniziava immediatamente a disgregarsi! Questo vuol dire che non possiamo uscire dalla nave!> Restò in silenzio un attimo, quasi a voler digerire le implicazioni di quanto egli stesso aveva detto, anche una missione di soccorso aveva poche possibilità di riuscire, ed era inutile cercare di usare le navette rimaste... continuò:

<Tutti i dati sono confermati. La nave continua a comportarsi perfettamente e questo mi rende ancora più furioso e perplesso! Il motore e l'acceleratore funzionano a meraviglia! Nonostante questo chiedo di valutare la possibilità di spegnere l'acceleratore ed, eventualmente, anche il motore. Non so se servirà a qualcosa, fatemi sapere.

Il primo e secondo ufficiale sono qui con me. Nessuno ha sviluppato qualche idea, si può solo ipotizzare come ovvio che sia stato un fenomeno correlato all'acceleratore di particelle, anche se non sappiamo come sia stato possibile e perché alla Beniet e non al modulo dove era stato provato con successo in precedenza.

I passeggeri sono abbastanza tranquilli. Il secondo ha dato ordine agli inservienti di organizzare una festa per distrarli. La sala di ricreazione più importante è al centro della nave, vi è una serie di schermi panoramici e, in quella posizione, si può notare l'effetto di sfogliamento. Appare come una miriade di piccole stelle che si staccano dallo scafo e sfilano in direzione del sole. Abbiamo raccontato che si tratta di un insolito banco di polvere che, strisciando sullo scafo, sollecita questo fenomeno. Le particelle di metallo sfogliate, come sapete dai dati che vi abbiamo fornito, sono tutte uguali e non più grandi di due micron, per cui possono ben apparire come polvere. Nessun altro fenomeno le coinvolge, restano stabili come vere e proprie particelle di polvere metallica! Non credo che tutti l'abbiano bevuta, due ufficiali dell'**Agenzia** chiedono piuttosto insistentemente di vedermi. L'**Agenzia** può farci comodo, ci faccia sapere se ritenete utile un abboccamento con loro. Una sola vera novità: sono riuscito con alcuni robot (ora inutilizzabili) a raccogliere altre particelle del metallo staccato dalle paratie esterne. Le stanno analizzando, per l'istante non appare niente se non una leggerissima radiazione anomala che non si registra in alcun luogo della nave, né nello spazio circostante, né all'interno del motore. La radiazione è assolutamente innocua e appena appena avvertibile. Abbiamo analizzato anche le particelle recuperate all'inizio del fenomeno e registrano la stessa radiazione ed allo stesso livello, quindi è stabile! Anche cumulandola su tutte le particelle sinora perdute e quelle che potremmo ancora perdere, la radiazione appare insignificante, però esiste e non dovrebbe esserci, per questo ve ne informo. La radiazione è misurabile in 77 sind virgola 654 nello spettro dell'oro, messa tutta insieme non riuscirebbe ad illuminare un orologio! Le particelle, una volta portate all'interno della nave, non determinano altri fenomeni né contaminano le paratie interne, a parte la radiazione sono completamente inerti e stabili. I nostri tecnici stanno continuando le ricerche ma non sembra vi sia altro, nel caso vi informerò. Passo>

Il Comandante appariva decisamente stanco, ma mi serviva, doveva continuare a resistere! In quella intervenne Grain:

<Arvin, abbiamo trovato Fabien! E' in comunicazione!>

<Tienilo in caldo Grain! Ho la Beniet in linea, intanto informalo e tu Norton inviagli tutti i dati in nostro possesso.>

Mi misi in comunicazione con il Comandante della Beniet chiamandolo per nome: <Slim!> gli dissi <so che sei stanco, ma devi farcela. Maledizione! Ce la faremo Slim ma mi servi in forma! Prendi caffè, eccitanti, tutto quello che vuoi ma mi servi Slim! Capito?> Non poteva rispondermi subito, ma non importava. <Informa i due ufficiali dell'**Agenzia**> continuai <possono essere utili, è gente abituata alle assurdità, non si può mai sapere! Ma dal momento in cui saranno a conoscenza di quanto accade, non potranno più avere contatti con i passeggeri! Fai conoscere l'entità della crisi anche a tutti gli uomini dell'equipaggio che non devono avere forzatamente contatti con i passeggeri, fatti aiutare dal secondo per farlo.>

Restai qualche minuto in silenzio, c'era qualcosa che mi ronzava in testa...

<Arvin!> Mi apostrofò Elisabeth, quasi svegliandomi dal mio sogno...

<Sta buona!> le dissi un po troppo bruscamente <sono ancora qui, ma lasciami tranquillo!> Qualcosa mi ronzava in testa...

Poi ripresi la comunicazione con la Beniet:

<Slim!... ascolta, aspetta a spegnere i motori, ed anche l'acceleratore, abbiamo trovato Fabien, è lui che esperimentò l'acceleratore sul modulo, fammi prima parlare con lui, poi... c'è qualcosa che non mi convince...> Restai ancora un attimo in silenzio poi: <Slim, quella radiazione sulle scaglie di metallo... può essere la chiave di tutto. E' assurdo, ma tutto quanto sta accadendo è assurdo! Devi cercare nell'acceleratore... So che è all'esterno della nave, collegato al motore ma esterno, quindi soggetto anch'esso allo sfogliamento. Voglio che qualcuno vada a prendere campioni delle particelle di metallo sfogliate dall'acceleratore e che vengano poi analizzate molto, molto attentamente. Forse è una strada inutile, ma non abbiamo altro! Manda un robot se puoi... altrimenti manda un volontario... quando avrai novità chiamami, passo e chiudo.>

Restai ancora un momento in silenzio, inviare un volontario a recuperare le particelle dall'acceleratore voleva dire un volontario suicida! Speravo potesse usare un robot ma sapevo che sarebbe stato quasi impossibile, il Comandante doveva trovare qualcuno disposto a morire e, forse, per niente! Poi:

<Grain, procurami del buon caffè forte e passami Fabien!>
<Salve Fabien!> esordii <Sono Arvin, sei stato informato di quanto accade?>
<Certo! E piuttosto bruscamente signor Arvin! Mi è stato dato ordine di collaborare su tutta la linea. Non mi piacete signor Arvin, so chi siete e cosa fate, la vostra stupidità è incredibile! Dopo un esperimento con un modulo, anche se riuscito, cosa vi è saltato in mente di copiarci e mettere a rischio un'intera nave passeggeri?>
<Non siamo noi ad aver avuto questa idea, Fabien! Ma non rompermi le scatole con recriminazioni e insulti, dammi del tu, rimboccati le maniche e studia tutti i dati che hai ricevuto, vi è anche una novità inerente una leggera radiazione della quale ti farò immediatamente avere rapporto. Vedi se riesci a pensare a qualche cosa, muovi le chiappe e poi richiamami!>
Chiusi la comunicazione mandandolo al diavolo mentalmente!
<Grain invia a questo stronzo la registrazione del rapporto del Comandante della Beniet e portami quel cavolo di caffè!> Urlai!
Inserii i nuovi dati sulla mia consolle, poi... qualcosa mi ronzava in testa, ma mi mancavano delle informazioni....
Pensai ad una nuova prova: le particelle, riportate all'interno della Beniet, non causano altri guai, ma un manufatto? Finché è all'interno qualsiasi manufatto ha un comportamento normale, portato all'esterno inizia a sfogliarsi, e.. se riportato all'interno cosa fa?
Chiamai immediatamente la Beniet:
<Slim!> esordii <i robot usati per recuperare le particelle sono stati riportati all'interno della nave? In caso affermativo come si sono comportati? In caso negativo inviate un manufatto intatto all'esterno, attendete che inizi a sfogliarsi (a proposito, quanto tempo impiega a iniziare lo sfogliamento?) e poi portatelo in una camera stagna interna dove eventuali danni vengano ridotti al minimo e studiate il suo comportamento, passo e chiudo.>
<Fabien al personal Arvin!> Mi apostrofò Grain portandomi un litro di caffè fumante e benvenuto.
<Ciao Fabien, allora?> dissi un po stancamente.
<Ho letto tutte le vostre informazioni Arvin, ok! Quello che penso lo sai discuteremo della tua maleducazione più tardi, ora diamoci da fare!>
La mia maleducazione? Lasciai perdere, non era il momento giusto!
Fabien continuò: <Ho valutato ogni cosa e chiamato il mio staff, francamente non so cosa dire, il modulo aveva operato correttamente, il motore era un po meno potente di quello della Fabien ma la sua massa inferiore, quindi alla fin fine, coadiuvato dall'acceleratore, era più veloce. Non si verificò nulla di strano, nessun fenomeno di sfogliamento ma *la radiazione era presente!* Non vi avevamo fatto caso più di tanto poiché era assolutamente insignificante ed essendo stata rilevata solo all'arrivo del modulo su Marte si pensò che fosse un fenomeno esterno, qualcosa che aveva investito il modulo durante il suo viaggio.
Ora sappiamo che non era così. Ho chiesto i valori della radiazione, sono leggermente inferiori rispetto a quelli della Beniet : 76 sind virgola 998, ma lo spettro era lo stesso, quello dell'oro! Ho chiamato Marte e richiesto di sapere immediatamente se la radiazione sul modulo è tuttora presente, in caso affermativo di misurarla nuovamente per evidenziare eventuali variazioni. Sarebbe interessante, anche se il tempo passato è forse troppo poco, sapere se le particelle recuperate dalla Beniet presentano sempre lo stesso livello di radiazione o se la stessa sta decadendo. All'interno del modulo non vennero rilevate radiazioni, solo all'esterno, anche per questo pensammo ad un fenomeno non correlato all'esperimento. Il modulo aveva una lunghezza di sei metri, l'acceleratore era identico a quello collegato al motore della Beniet, con una lunghezza di 200 metri, avete copiato bene!>
Lo interruppi: <Fabien, fammi avere immediatamente i dati esatti relativi alla massa del modulo e del vostro acceleratore, stai facendo un buon lavoro.>
<Ok Arvin, vedi anche tu di fare un buon lavoro, a più tardi.> E chiuse bruscamente la comunicazione.
Richiamai ancora la Beniet per avere le informazioni richieste da Fabien inerenti un eventuale decadimento del livello delle radiazioni, anche se in precedenza non era stato rilevato, era

comunque passato un po di tempo, non guastava verificare ancora, non si può mai sapere!

<Grain, appena Fabien ha i nuovi dati inseriscili sulla consolle, Norton chiama la Serniet e fatti dare le informazioni esatte inerenti la massa attuale della Beniet e dell'acceleratore, compresi passeggeri e bagagli e inseriscili nella mia consolle, Elisabeth prendi il mio posto vado un momento a parlare con Ford!>

Lo trovai nel suo ufficio a parlare al suo personal.

<Ford!> esordii, mi fece segno di tacere, guardai incuriosito il personal e vidi qualcosa che mi colpì particolarmente, non una persona ma un drago che sputava stelle, Ford stava parlando con l'**Agenzia**!

Farfugliò ancora qualcosa, convenevoli più che altro, poi chiuse la comunicazione e mi guardò dicendo:

<Dimentica quello che hai visto Arvin, è bene avere l'aiuto di tutti, specialmente in caso di disastro... cosa vuoi?>

Relazionai a Ford ogni cosa poi:

<Hai qualche idea capo?>

<Tu chiedi a me se ho qualche idea?> rispose astio <Allora siamo veramente nei guai! Non ho tempo di avere idee cazzo!!! La cosa sta trapelando, devo tenere buoni tutti. Corrado è bravo ma il nostro Governo comincia ad agitarsi, la Serniet è a maggioranza governativa, sarà a loro che si darà la maggiore responsabilità. Mi hai fatto chiamare Fabien e quello certo non sta zitto! L'Unione Europea si sta chiedendo se siamo amici oppure no visto che copiamo allegramente i loro esperimenti e dato che siamo noi ad avere sollevato la patata bollente sarà bene trovare soluzioni e presto! Mi chiedi cosa ne penso, c'è ovviamente qualche correlazione fra la massa della nave e l'acceleratore di particelle, serve a qualcosa?>

Restai interdetto. Ero circondato da gente in gamba: Fabien, Slim, Ford, i miei collaboratori, gente in gamba!

<Si capo!> risposi <Serve... serve eccome.> ... Qualcosa mi ronzava in testa...

Grain arrivò trafelato:

<Arvin, la Beniet, presto!>

Corsi al personal dove Elisabeth mi diede in fretta il suo posto.

Non c'era il Comandante Slim ma un uomo di colore che non conoscevo, sentii un brivido sulla schiena!

<Sono il primo ufficiale Anton Sendela, sostituisco il Comandante Pensier> esordì <il comandante è morto!....>

7

Jennifer e Anna, con le loro smaglianti uniformi, stavano sorseggiando un drink insieme alle due nuove conquiste: il tenente Kevin Clerice, ufficiale in forza alla Beniet, e il signor Denis Blonded, ingegnere destinato ai satelliti di Saturno.

Era passato più di un mese dalla loro partenza, ma non si annoiavano. Dopo aver fatto mille congetture sulla loro nuova destinazione, avevano pensato bene di non aver null'altro da fare che divertirsi, cosa che era avvenuta con ben 16 fra uomini e donne conosciuti durante il viaggio. Kevin e Denis erano già amici delle due ma... non li avevano ancora provati! Ambedue decisamente muscolosi, Kevin d'origine africana, un buon metro e novanta! Denis dieci centimetri più basso, bianco quasi albino, capelli e occhi compresi!

Il salone era gremito di gente, vi era una leggera gravità artificiale distribuita in modo abbastanza uniforme su tutta la nave, ricordava abbastanza l'ambientazione lunare per cui le due donne erano perfettamente a loro agio.

Si erano seduti vicino al cosiddetto "belvedere", una parete dove si aprivano numerosi schermi larghi più di un metro, attraverso i quali si poteva ammirare il firmamento.

I quattro stavano parlando del più e del meno, con la prospettiva di arrivare, entro la fine della "giornata", tutti quanti nello stesso letto.

Erano ormai vicini alla conclusione quando Denis intervenne:

<Guardate! Guardate là fuori!>

Il gruppetto si voltò incuriosito verso l'oblò prospiciente al loro tavolo.

<Incredibile!...> esclamò Anna, gli altri tacquero stupiti. Davanti a loro sembravano arrivare dallo spazio profondo centinaia e centinaia di piccole stelle che scorrevano veloci dalla prua della nave per disperdersi alle loro spalle!

<Cosa cavolo...> Intervenne Kevin.

Lo spettacolo era meraviglioso ma piuttosto inquietante, restarono a guardarlo per alcuni minuti poi Jennifer chiese:

<Cosa pensate che sia?>

<Non ne ho idea> disse Kevin <ma forse è meglio che vada ad informarmi, non sono in servizio, se non ci sono problemi ci rivedremo qui, diciamo fra mezz'ora, d'accordo?>

I tre annuirono e Kevin li lasciò per recarsi verso la sala comando.

Passò più di un'ora quando Kevin, finalmente, ritornò:

<Non sono riuscito ad arrivare alla sala comando, ma mi hanno richiamato in servizio, scusate, se saprò qualcosa vi informerò.>

Disse con una curiosa espressione, appariva quantomeno perplesso.

Nel frattempo il fenomeno era stato notato ed i passeggeri si erano tutti accostati al belvedere; commentavano stupiti, ma anche ammirati, il fenomeno che continuava stabilmente davanti a loro.

In effetti era sorprendente e grandioso, il vuoto circostante la nave era tutto illuminato dalle miriadi di particelle sollecitate dal sole, era così bello da destare sentimenti di meraviglia, non certo di paura.

Non così per Jennifer che commentò fra sé: <Una cosa del genere non l'ho mai vista, né di persona né nelle registrazioni, cosa cavolo può essere?>

Un brivido di paura, quasi un presentimento, le fece accapponare la pelle!

Capì che il loro programmino era per lo meno rimandato, con un cenno fece capire ad Anna di appartarsi in qualche angolo più tranquillo, poi si rivolse a Denis:

<Scusa caro, ci vediamo più tardi, noi andiamo un momento in cabina, ciao...> Concluse con una leggera carezza.

Denis, un po a malincuore le salutò.

Anna e Jennifer entrarono nella loro cabina e accesero il monitor personale dal quale si poteva vedere, sia pure non con la grandiosità del belvedere, l'esterno della nave.

Il fenomeno continuava imperterrito:

<Cosa credi che sia?> chiese Jennifer ad Anna.

Quest'ultima restò pensierosa, continuando a guardare il monitor, poi:

<Proprio non saprei ma sicuramente vi sarà una spiegazione molto semplice vedrai.>

<Speriamo che non sia troppo semplice!>

Restarono a lungo a guardare il fenomeno poi:

<Che dici se andiamo a mangiare qualcosa?> Disse Anna.

<Non ho molta fame, mi si è chiuso lo stomaco, ma comunque ti accompagno.>

<Bene, andiamo! Digiunare non serve a niente!> Tagliò corto Anna sempre molto pragmatica.

Tornarono nel salone gremito di gente che commentava e parlava forte fra di loro, c'era una grande confusione!

Le due riuscirono a trovare un tavolino appartato nella zona ristorante, i camerieri erano piuttosto indaffarati ma, alla fine, riuscirono ad avere qualche cosa da mettere sotto i denti. Anche Jennifer si decise a mangiare qualche cosa. I commenti si intrecciavano e le ragazze li ascoltavano distratte. Finita la loro cena non si alzarono ma restarono in quell'angolo, relativamente tranquillo, a rimuginare sull'accaduto.

In quella tornò Kevin che, aiutato da un microfono posizionato al centro della sala, apostrofò i passeggeri:

<Silenzio, prego, silenzio! Devo darvi una comunicazione dalla Sala Comando, silenzio!>

Lentamente i passeggeri reagirono e si girarono attenti verso Kevin.

Jennifer commentò sommessa:

<Strano, una comunicazione dalla sala comando, normalmente, viene data attraverso il circuito chiuso, non di persona!>

<Forse il fenomeno è tale da far preferire un intervento diretto> aggiunse Anna, poi anche loro si zittirono.

<Il Comandante informa> esordì Kevin <che il fenomeno, al quale state assistendo, per quanto insolito e raro, è assolutamente innocuo. Si tratta di un vasto campo di polvere interstellare che stiamo casualmente attraversando, la polvere appare leggermente magnetica e attratta dallo scafo della nave. Man mano che la attraversiamo viene sollecitata dalla luce solare, per questo diventa luminosa. Il Comandante vi invita a godervi lo spettacolo! Grazie.>

Erano ormai quasi sei ore da quando si era evidenziato il fenomeno: <Deve essere un campo di polvere molto vasto, perché non è stato evidenziato prima?> Commentò Jennifer parlando con l'amica.

<Non so> rispose quest'ultima <effettivamente è strano, se il fenomeno continua a lungo il campo di polvere deve essere veramente molto grande e difficilmente può essere sfuggito all'osservazione.>

Jennifer e Anna restarono a lungo nel salone, pensando, sempre più perplesse, alle implicazioni del fenomeno. Si stava facendo tardi per cui rientrarono nella loro cabina. A differenza degli altri passeggeri, erano piuttosto meste, niente affatto eccitate da quanto avveniva! Faticarono a prendere sonno.

La "mattina" dopo, appena sveglie, accesero immediatamente il loro monitor e scoprirono con stupore che il fenomeno continuava!

<Non può essere!> Gridò Anna.

<Il campo è troppo grande, non è possibile che non sia conosciuto e osservato in precedenza!> Commentò preoccupata Jennifer.

Fecero colazione in camera tenendo il monitor sempre acceso, la nube continuava ad illuminare la notte interstellare!

In quella suonò il cicalino della porta, era Denis!

<Ragazze> esordì <si sta organizzando una festa con tanto di "fuochi artificiali" naturali, che ne dite di venire al belvedere?>

<Vai avanti Denis> rispose Jennifer <ti raggiungiamo.>

Poi si rivolse ad Anna: <Una festa?>

<Già, non è una bella cosa?> rispose l'amica.

Jennifer restò un attimo in silenzio, poi: <Certo, ma puzza.... puzza troppo, andiamo, vediamo se troviamo Kevin.>

Quasi tutti i passeggeri erano già nel salone, gli inservienti l'avevano addobbato molto bene e stavano preparando un buffet fantastico. Vicino al bar si stava organizzando un'orchestra. Un'orchestra vera! La luce era soffusa per cui dai grandi oblò si poteva vedere bene il fenomeno che continuava imperterrito.

Jennifer commentò: <C'è qualcosa di marcio Anna! Se il fenomeno non è conosciuto e circoscritto potrebbe cessare in qualsiasi momento; invece qui sembra siano sicuri che il fenomeno non cesserà affatto!>

Cercarono Kevin ma non lo trovarono da nessuna parte, riconobbero però il secondo ufficiale che passava per il salone piuttosto trafelato. Lo raggiunsero a fatica e chiesero se fosse possibile trovare Kevin.

<L'ufficiale è momentaneamente occupato> rispose con un sorriso un po tirato, <appena sarà fuori servizio lo informerò che lo state cercando.>

Il secondo appariva piuttosto stanco, le occhiaie rivelavano che non aveva dormito! Jennifer e Anna erano sempre più perplesse!

Restarono a lungo nel salone approfittando anche del buffet. L'orchestra aveva iniziato a suonare. Trovarono Denis che le invitò, a turno, a ballare, ma Kevin non si vedeva né nessuno degli ufficiali della nave, solo gli inservienti! Strano per una festa! Jennifer non era tipo da restare tranquilla molto a lungo!

<Anna> sbottò <andiamo a cercare qualcuno, se quella è polvere normale io sono un bisonte!>

Anna era un tipo più tranquillo e comunque trovava che il paragone con un bisonte, nel caso di Jennifer, fosse abbastanza calzante; le rispose:

<Stai serena Jennifer, cosa vuoi fare? Godiamoci questa festa!>

<Voglio andare in Sala Comando Anna! Voglio risposte sensate! Non ci credo! Non credo assolutamente a tutto questo!> Rispose Jennifer piuttosto bruscamente.

<Che cavolo! I passeggeri non possono accedere alla sala comando!> disse Anna <Come pensi di fare? Non creiamoci grane!>

<Siamo due ufficiali di livello 3 dell'**Agenzia** non dimenticarlo!> Ringhiò Jennifer <Possono darci ascolto!> dopo un momento continuò:

<Anna! Abbiamo un ordine di livello 1, dobbiamo andare su Marte! Non so cosa sta succedendo ma potremmo non arrivarci mai. Se c'è una crisi possiamo renderci utili, dobbiamo arrivare su Marte! Lo capisci?>

<Ok Jennifer> rispose un po sommessamente Anna <andiamo, speriamo di non renderci ridicole! Comunque romperemo le scatole e se hai ragione tu... diamoci da fare!>

Arrivarono indisturbate fino all'ingresso della sala comando, il che anche era sorprendente. Troppe cose strane!

Ma arrivate all'ingresso trovarono una nuova sorpresa: due ufficiali della Beniet che non conoscevano e per di più armati!

Le armi erano, a quel tempo, una vera rarità, figuriamoci poi in una nave interplanetaria in pieno volo!

Jennifer capì di aver ragione!

<Desideriamo conferire con il comandante!> Esordì piuttosto bruscamente.

I due ufficiali restarono imperturbabili, evidentemente non troppo impressionati dalle uniformi di terza classe dell'**Agenzia**.

Uno di loro rispose:

<Il Comandante non può essere disturbato!>

<Ditegli che due ufficiali dell'**Agenzia** desiderano parlargli, è urgente!> Insistette Jennifer senza scomporsi più di tanto.

I due restarono un momento in silenzio, poi...

<Accomodatevi in sala d'aspetto, se esce qualcuno dal Comando lo informeremo della vostra richiesta, neppure noi possiamo entrare, attendete!>

<Non abbiamo tempo, informate subito il Comandante!> Insistette ancora Jennifer. <Dovete aspettare!> Ordinò l'ufficiale toccando con ostentazione l'arma che aveva alla cintura.

Anna capì che la situazione rischiava di precipitare e cercò di calmare la focosa amica. <Vieni Jennifer, abbiamo ottenuto qualcosa, non insistere di più, prima o poi qualcuno dovrà pure uscire!> Così le due si accomodarono nella saletta adiacente ma tenendo d'occhio la porta della Sala Comando.

Passò oltre un'ora e, finalmente, qualcuno uscì: era il primo ufficiale!

Anna e Jennifer non lo conoscevano ma compresero subito che doveva essere un pezzo grosso dall'atteggiamento delle due guardie che salutarono militarmente.

Il primo ufficiale si mosse rapidamente senza dare il tempo alle guardie di intervenire, ma anche Jennifer fu lesta e lo fermò:

<Siamo due ufficiali dell'**Agenzia** Signore> esordì senza mezzi termini <desideriamo conferire con il Comandante a causa della crisi che stiamo passando.>

L'ufficiale, un negro piuttosto alto e belloccio, restò un attimo interdetto, poi:

<Il comandante è occupato, riferirò comunque la vostra richiesta, aspettate qui!>

E se ne andò per i fatti suoi.

Non restava altro che aspettare.

Passò un'altra ora, Jennifer cominciava a schiumare ed a valutare la possibilità di aggredire le due guardie, quando il primo ufficiale tornò piuttosto trafelato. Lo fermò e: <Signore, stiamo perdendo del tempo, avverta subito il Comandante!>

L'ufficiale la guardò piuttosto seccato poi annuì ed entrò in Sala Comando chiudendola subito alle sue spalle.

Fecero ancora quasi un'ora di anticamera, ormai Jennifer cominciava a dare i numeri, si avvicinava spesso alle guardie, anch'esse palesemente stanche, quasi ad attendere un solo istante di distrazione per disarmarle! Le guardie stesse apparivano sempre più nervose e la situazione rischiava di precipitare da un momento all'altro quando la porta si aprì nuovamente.

Fece capolino il Comandante in persona che ringhiò:

<Entrate!>

8

Restai annichilito, il Comandante era morto! Ma la trasmissione continuava:
<Abbiamo messo in atto la sua richiesta di ricercare particelle staccate dall'acceleratore. Sono stati fatti tre tentativi con mezzi robotici ma non sono riusciti anche a causa della delicatezza dell'intervento, occorreva un approccio umano. Allora il Comandante in persona decise di intervenire. Non voleva chiedere volontari per quella che, quasi certamente, appariva una missione suicida. Erano già stati usati numerosi robot per raccogliere particelle da altre zone dello scafo e diversi esperimenti. Il Comandante diede ordine di espellere dalla nave altri manufatti e di monitorarli con estrema precisione, per cui ora sappiamo che un qualunque manufatto, indipendentemente dal materiale, metallico o no, anche organico, quando viene espulso dalla nave inizia a sfogliarsi esattamente dopo 157,45 secondi! Il Comandante ha fatto preparare una tuta particolarmente potenziata, avrebbe avuto, grazie alla nuova tuta, quattro minuti prima che la protezione cedesse. Il tempo non era sufficiente per arrivare all'acceleratore, raccogliere le particelle e rientrare! Inoltre il Comandante voleva approfittare di questa "passeggiata" per verificare la funzionalità dell'acceleratore dall'esterno.
Come da lei suggerito, avevamo informato di ogni cosa i due ufficiali dell'**Agenzia**, una di loro: Jennifer Patel, ha proposto di utilizzare un modulo anch'esso corazzato. La Patel è uno dei migliori piloti di navette e moduli dell'**Agenzia**, si offrì come volontaria per pilotarlo, portare sul posto il Comandante e riportarlo all'interno della nave con i campioni presi dall'acceleratore. Chiese, inoltre, di avere anche lei una tuta potenziata a disposizione per qualsiasi evenienza. Il Comandante approvò il piano e diede a me il comando in attesa del suo rientro.
Il modulo uscì dalla nave e si accostò all'acceleratore, la Patel dimostrò molta destrezza nell'operazione. Il Comandante uscì con la tuta ed entrò nei comparti esterni dell'acceleratore. Pareva non vi fossero intoppi, in 136 secondi il Comandante portò a termine l'operazione, aveva quasi due minuti a disposizione e decise di utilizzarne una parte per verificare l'acceleratore dall'esterno. Impiegò meno di un minuto e trasmise via radio le sue valutazioni: l'acceleratore non mostrava alcuna disfunzione! Si avviò per rientrare nel modulo quando iniziò improvvisamente a sfogliarsi con una rapidità straordinaria. Le ultime parole del Comandante furono l'ordine di calcolare con esattezza la velocità dello sfogliamento ed il momento esatto in cui era iniziato! Obbedimmo al suo ultimo ordine: lo sfogliamento era iniziato regolarmente e, come sempre, dopo 157,45 secondi esatti; la tuta potenziata dava comunque al Comandante ancora tempo prima che divenisse fatale, ma lo sfogliamento è sei volte più veloce del normale! L'acceleratore è disposto in coda rispetto al corpo della nave ed ha un'armatura molto più grossa d'ogni altra parte esterna della Beniet, compreso il motore, per cui la maggiore velocità dello sfogliamento non era stata avvertita in precedenza! Il Comandante restò esposto allo spazio esterno e morì rapidamente. A questo punto la Patel uscì dal modulo e recuperò in pochi secondi il corpo del Comandante ed i campioni raccolti. Ritornò velocemente all'hangar del modulo dove, per mio ordine, restò insieme al corpo del Comandante, allo scopo di monitorarne gli effetti, in ottemperanza ad una sua richiesta dove suggeriva di far uscire nello spazio un manufatto intatto, attendere che si sfogliasse per poi riportarlo in una zona protetta allo scopo di capire se lo sfogliamento continuasse o meno. Solo che il manufatto è il Comandante stesso! Inoltre la Patel è rimasta nel modulo, questo, secondo lei, può aiutarci meglio a capire se il fenomeno potesse in qualche modo coinvolgerla! Abbiamo recuperato i campioni e li abbiamo analizzati. Ho atteso di avere tutti i dati prima di chiamarla ed ecco le conclusioni:
Nei pressi dell'acceleratore il metallo si sfoglia ad una velocità 6,3 volte più rapida che da tutte le altre parti esterne della nave. Un manufatto che si stia sfogliando, una volta riportato all'interno della nave, continua a perdere particelle ma ad una velocità "normale". Del Comandante è rimasto ben poco, la Patel sta dimostrando un coraggio straordinario, non deve essere molto bello lo spettacolo che la circonda, comunque non ha subito alcun danno o disturbo rilevabile. Una volta che lo stesso manufatto si è sfogliato completamente il fenomeno si estende alle sue immediate

vicinanze anche se è all'interno della nave! Deve essere un fenomeno correlato alla massa, poiché le singole particelle portate dentro la nave non hanno prodotto alcun danno. La Patel si tiene a debita distanza dal fenomeno, le abbiamo chiesto di uscire dal modulo per evitare che lo sfogliamento coinvolga anche lei ma si rifiuta. I campioni raccolti sull'acceleratore hanno una radiazione simile agli altri ma 1,8 volte superiore, per il resto non presentano particolari caratteristiche. Le particelle raccolte in precedenza non presentano segni di decadimento radioattivo misurabili. Un oggetto esposto all'esterno per un tempo inferiore a 157,45 secondi, una volta rientrato nella nave, non subisce il fenomeno di sfogliamento né vi si rileva alcuna forma di radiazione, evidentemente il fenomeno non ha il tempo di "attecchirsi", l'abbiamo provato analizzando la tuta potenziata della Patel che, quando aveva recuperato il corpo del Comandante, era uscita all'esterno per 118 secondi.>

Anton fece una pausa.... poi:

<Il Comandante, prima di uscire per la missione, mi ha lasciato un messaggio per lei: "se non dovessi farcela dica ad Arvin di scusarmi ma non ho potuto restare sempre a sua disposizione come voleva! Gli dica anche di salvare la mia nave!" Chiedo, a questo punto, il permesso di spegnere i motori e l'acceleratore! Passo e chiudo.> Concluse.

Restai in silenzio; sulla Beniet vi erano degli eroi!

Il tarlo che mi ronzava da tempo in testa si concretizzò! Sapevo cosa era accaduto! Ora si trattava di porvi rimedio, mi mancava ancora un piccolo tassello e forse...<Elisabeth inserisci i dati pervenuti dalla Beniet nella mia consolle, presto! Grain chiamami quello stronzo di Fabien!> Urlai!

Mi riaccostai al personal e chiamai la Beniet:

<Anton, non spegnete i motori, né l'acceleratore! Ripeto, assolutamente non spegnete né i motori né l'acceleratore! Ho ragione di credere che se lo fate il fenomeno diventa irreversibile, lo prova il manufatto ed il modulo stesso che, portati all'interno della nave, continuano a subire lo sfogliamento e lo trasmettono alle zone circostanti. Dite alla Patel di uscire subito dal modulo, crepare non servirebbe a niente, fatela uscire con la forza se necessario! I motori e l'acceleratore sono l'unica possibilità che abbiamo di bloccare il fenomeno, in particolare l'acceleratore che, ho ragione di credere, se spento non riuscirete a riaccendere e che, come ha prodotto il fenomeno, può bloccarlo, accelerarlo o ridurlo! Attendete nuove disposizioni ma non spegnete nulla! Passo e chiudo.>

Mancavano solo 14 ore al collasso!

<Fabien attende per essere collegato al tuo personal.> mi avvertì Grain.

<Ok> confermai <collegalo!>

<Arvin, stavo per chiamarti.> esordì Fabien.

<Hai novità?> chiesi.

<Si: ho già passato a Grain i dati sulla massa del modulo e dell'acceleratore, inoltre ho i dati sul decadimento della radiazione trovata sul modulo. La radiazione ha un processo di decadimento rapido, dopo solo tre giorni era completamente scomparsa dal modulo, restò ancora qualche ora sull'acceleratore prima di scomparire definitivamente. Interessante il fatto che la radiazione del modulo, rispetto a quella dell'acceleratore, era inferiore.

Purtroppo non erano stati presi dati più precisi, devi pensare che si era convinti che la radiazione fosse un fatto esterno e di poco conto, spero che queste informazioni possano essere utili!>

<Certo Fabien!> risposi <dovrebbe bastare, ti farò sapere.>

<Ce la farai Arvin?> sembrava più addolcito ora che aveva ben digerito la portata della crisi.

<Forse Fabien, forse...> Chiusi la comunicazione.

<Grain,> dissi <hai inserito i dati di Fabien nella mia consolle?>

<Già fatto Arvin> confermò Grain.

<Norton> continuai <hai quei dati sulla massa chiesti alla Serniet?>

<Te li sto trasferendo in questo momento!>

<Bene! Elisabeth fai digerire da tutti i computer dell'Enterprise i dati immessi nella mia consolle, io vado a parlare con Ford.>

Ford era sempre nel suo ufficio, davanti aveva una serie notevole di ciambelle e del caffè.

Me ne servii, poi:

<Ford, abbiamo tutti i dati in mano, so cosa è accaduto!>

Mi guardò in silenzio, continuai:

<Naturalmente è stato l'acceleratore...sono intervenuti due fattori: innanzitutto valuta come era stato condotto l'esperimento dagli europei. Avevano una piccola navetta costruita apposta, un modulo con un motore nuovo. L'hanno attaccato ad un gigantesco acceleratore, gigantesco in relazione al modulo stesso. Il primo fattore era dato dal rapporto di massa fra il modulo e l'acceleratore decisamente favorevole a quest'ultimo. Il secondo fattore era il motore nuovo! Un motore che non aveva nessun tipo di usura! Era nuovo!>

Ford si agitava, sembrava volesse intervenire ma lo bloccai:

<Lo so Ford! Nello spazio vuoto l'usura è ridotta quasi a zero, ma quando si interagisce con un acceleratore di particelle che sollecita gli atomi quest'ultimo può riconoscere gli atomi, diciamo, usurati!

Da tempo ho in mente il problema. E' come un vecchio motore d'auto! Nel caso del modulo il motore doveva solo essere rodato, avrebbe ingranato la prima, poi la seconda, quindi la terza ed infine la quarta sempre sollecitato dall'acceleratore. Nel caso della Beniet il motore era vecchio, abituato, o meglio i suoi atomi abituati ad una accelerazione che lo avrebbe portato solo fino alla terza marcia, ma l'acceleratore, per la prima volta, lo ha spinto in quarta! La nave, da un lato, ha perso potenza, dall'altro ha aumentato la sua velocità sempre sollecitata dall'acceleratore di particelle che si scontrava con i due assunti: perdita di potenza e maggiore velocità. Due assunti contrari che, con il tempo, hanno finito per produrre una radiazione misurabile! La radiazione varia in rapporto alla potenza del motore ed alla massa, ma varia in modo poco sensibile. Nel caso del modulo la radiazione era presente ma leggermente minore a causa del "rodaggio" del motore, ma non ha fatto in tempo a "sensibilizzare" la struttura atomica del modulo stesso sia perché era inferiore, sia perché il rapporto di massa fra il modulo e l'acceleratore era decisamente in favore di quest'ultimo. Una volta arrivati su Marte ha interagito la massa del pianeta e la radiazione era rapidamente scomparsa. Di per sé la radiazione è innocua ma agisce come un "veicolo" per l'acceleratore di particelle che, in sfavore di massa, cerca di bilanciarla agendo sulle strutture atomiche esterne e, via via, anche interne se ne ha il tempo, finché le due masse si equivalgono! Questo è quanto accade alla Beniet! Fermare l'acceleratore significherebbe accelerare il processo per equiparare rapidamente le due masse, non ho dati sufficienti ma credo che il processo agirebbe alla velocità della luce!

Fermare il motore vorrebbe dire confermare all'acceleratore che ha ragione e, non avendo una "valvola di sfogo" probabilmente il processo di disgregazione sarebbe più rapido.

Inoltre la radiazione è la vera "usura" del motore, anzi di tutta l'astronave, troppo debole per penetrare nelle armature metalliche agisce in superficie e, per penetrare, coadiuvata dalle particelle subatomiche "sensibilizzate" dell'acceleratore, riduce progressivamente la massa "rosicchiando" la superficie della nave.>

Tacqui, restammo a lungo in silenzio, poi:

<Hai una soluzione?> Chiese Ford.

<Si!> feci una pausa, poi: <Occorre aiutare l'acceleratore!>

<Che vuoi dire?> disse Ford.

<Occorre fare in modo che la massa della nave si equivalga a quella dell'acceleratore e abbiamo meno di dieci ore per farlo!>

<E come maledizione pensi di farlo?> sbottò Ford al limite dell'isterismo.

<Nella mia console vi sono tutte le informazioni necessarie, Elisabeth sta facendo marciare tutti i computer dell'Enterprise, dovremmo già avere dati sufficienti. In relazione a quei dati occorre eliminare tutta la massa in più dalla nave senza toccare il motore né l'acceleratore!>

<Perché si incazzerebbero se li toccassimo!> disse Ford.

<Già!> Confermai.

<Questa è la tua soluzione?>

<Si!> Confermai ancora.

<Ok! Che devo fare, procedi.... e cosa accadrà, secondo te, a quello che resterà della Beniet?>
<La radiazione persisterà> risposi <ma sarà totalmente innocua, l'acceleratore, trovata parificata la massa, non la userà più come veicolo di sollecitazione atomica che produce attualmente il fenomeno dello sfogliamento. La Beniet proseguirà la sua corsa verso Marte. Se non dovremo eliminare troppe cose i passeggeri dovrebbero sopravvivere, suggerirei di inviare una spedizione di soccorso, in un mese può arrivare, Marte è a due mesi di distanza, troppo lontano per portarci tutti. La spedizione potrà raccogliere i passeggeri superstiti e parte dell'equipaggio. Qualcuno sarà bene resti sulla nave per portarla su Marte. La nave dovrà scendere sul pianeta per eliminare ogni residuo di radiazione e permettere di spegnere l'acceleratore. Ho ragione di credere che se si spegnesse l'acceleratore o il motore occorrerebbe eliminare una massa superiore, nella mia consolle vi sono i dati e i computer li stanno estrapolando per avere una misurazione esatta. Per spegnere l'acceleratore e, o, il motore occorre una massa che sia all'incirca la metà di quella dell'acceleratore, altrimenti il processo di sfoliazione riprenderà! Ritengo sia meglio eliminare la massa in esubero rispetto a quella dell'acceleratore che eliminarne ancora di più solo per spegnere i motori. Già in questo modo non so se avremo spazio e strutture vitali sufficienti per tutti!>
Ford si mise le mani sulla testa e mi guardò, poi: <Credo occorrerà sbrigarsi!>
<Si capo! Ma ora tocca a lei. Deve trovare i mezzi di soccorso e li mandi al rendevous con la Beniet, quest'ultima continuerà la sua corsa verso Marte, la Serniet potrà darle i dati per il rendevous. Io vado a fornirle le informazioni relative alla massa in esubero che occorrerà eliminare, chiami il nuovo comandante e dia disposizioni in merito, meglio che lo faccia lei!>
<Il nuovo comandante?> Chiese Ford.
Non mi ero reso conto che Ford non conosceva quanto era accaduto, glielo spiegai.
<E 'stata colpa mia capo, non dovevo fare quella richiesta!>
<Non potevi fare altrimenti Arvin! Ora diamoci da fare!> Concluse Ford.
La Beniet era lunga due Km, l'acceleratore duecento metri! Per fortuna l'acceleratore di particelle era pesantemente schermato e questo aumentava in modo considerevole la sua massa. Il motore della Beniet non poteva esser eliminato e, da solo, aveva un quarto della massa dell'acceleratore. Poi restavano i mezzi di sussistenza, senza aria, cibo e acqua almeno per un mese, era inutile cercare di salvare i passeggeri!
Avevo i dati li fornii a Ford, era possibile, ma non era certo che tutti ce l'avrebbero fatta: 340 persone avrebbero dovuto convivere in un'area lunga 100 metri e larga 15 per un mese! Era possibile ma non si sarebbero scannati a vicenda?
Comunque ormai il mio lavoro era finito, andai a farmi una doccia ma restai a lungo all'Enterprise, volevo vedere come andava a finire!

9

<Sono matti!> Commentò Anna quando seppe che "cura" era stata preparata per la Beniet. Jennifer si stava appena riprendendo, era stesa su una brandina opportunamente sistemata non lontano dalla Sala Comando. Per toglierla dal modulo l'avevano anestetizzata e portata fuori a forza! Logico che fosse anche piuttosto incazzata, ma le notizie sulla "cura" portate loro da Kevin la zittirono!

Quest'ultimo, dopo la morte del Comandante Slim Pensier, era diventato l'ufficiale in seconda e questa nuova responsabilità l'aveva reso decisamente meno simpatico, comunque sempre attraente. Disse:

<Vi aspettano in Sala Comando, seguitemi.>

Il Comando non era grandissimo e ospitava praticamente tutto l'equipaggio della Beniet, mancavano solo pochi inservienti, in tutto 33 persone comprese loro due in un'area piuttosto angusta.

Al loro arrivo il nuovo comandante fece chiudere la porta ed esordì:

<Suppongo siate stati tutti informati della situazione, vero?> I presenti tacquero, quindi continuò: <Occorre equiparare la massa della nave a quella dell'acceleratore di particelle, anzi, ci viene suggerito un margine di sicurezza, per cui la massa sarà bene sia addirittura inferiore, sia pure leggermente, a quella dell'acceleratore. Non vi è molto tempo, per essere tranquilli dobbiamo farlo in cinque ore e mezza!> Tacque un istante per bere un bicchiere d'acqua, poi:

<Dovremo mantenere la Sala Comando, spostarla sarebbe troppo lungo e dovrà servire per la continuazione del viaggio fino a Marte; ma pochi arriveranno sul pianeta, due navi di soccorso sono partite per un rendevous con noi e arriveranno esattamente fra...> Guardò un cronometro sulla sua consolle: <26 giorni e 14 ore!>

Un brusio si alzò dai presenti ma il Comandante li zittì:

<Vi prego di non commentare, non c'è tempo né per discussioni né per proposte, quello che vi dirò è stato già discusso con la Società armatrice, la Serniet, l'Enterprise Limited e il Governo Nordamericano!

Vi darò degli ordini e mi aspetto vengano eseguiti alla lettera ed immediatamente! Il secondo distribuirà la piantina delle paratie che devono essere eliminate, useremo i corridoi e le salette prospicienti la Sala Comando per alloggiarci tutti quanti, l'area sarà lunga 100 metri e larga 15, non avremo molto spazio ma non ci sono alternative. Gli inservienti pensino a mettere le brandine necessarie, niente lenzuola né tanto meno coperte, se necessario i passeggeri dormiranno a turno! L'energia non manca e potremo mantenere qualsiasi temperatura. La Sala Comando è direttamente collegata al motore e all'acceleratore, ma occorrerà un supporto supplementare che potrà essere inserito grazie ad un robot che però deve essere portato da una navetta all'esterno della nave, mi occorre un volontario per questa operazione. In questa zona abbiamo cisterne e viveri d'emergenza, il secondo darà disposizione per integrare le scorte. Avremo a disposizione 5.000 litri d'acqua potabile, questo vuol dire circa mezzo litro d'acqua a testa al giorno.

L'acqua dovrà essere razionata, due ufficiali penseranno alla distribuzione giornaliera dell'acqua, la chiave della cisterna la terrò io! Dimenticatevi di lavarvi o di lavare qualche cosa. Le razioni alimentari sono altamente nutrienti e ne abbiamo a sufficienza per due pasti al giorno, sono tavolette altamente concentrate e senza alcun gusto, contengono una piccola concentrazione d'acqua che aiuterà ad evitare la disidratazione e permetteranno di vivere. Possiamo ricavare le toilette nella zona contrassegnata come "b" nella piantina che distribuirà il secondo. Verranno inserite 20 latrine, niente acqua né privacy. Le latrine sono autopulenti e, grazie all'energia che non ci manca, verranno tenute igienicamente perfette. L'aria sarà più che sufficiente, non vi sono problemi, e verrà riciclata continuamente. Nella sala che ricaviamo dall'eliminazione delle paratie, suggerisco di inserire su una parete un giga schermo a cristalli, il suo peso specifico è quasi nullo e potrà distrarci un poco. Nessuno potrà portare effetti personali, è totalmente escluso, tutte le cabine verranno disperse nello spazio e così bar e sale di intrattenimento, non resterà niente, solo la camera pressurizzata collegata a questo centro. Il problema di fondo sarà informare i passeggeri evitando il panico. Verranno informati solo all'ultimo momento e letteralmente rastrellati da dieci ufficiali armati. Dovranno convincere, se possibile con le buone, i passeggeri ad entrare nell'habitat che stiamo preparando, senza portare niente con loro, solo dopo aver completato tutte le operazioni si spiegherà loro cosa accade. Una volta conclusa questa fase le armi verranno custodite nella sala comando, due ufficiali resteranno sempre, insieme a me, al primo ufficiale ed al secondo, confinati in sala comando, per cui dovranno essere predisposte cinque brandine qui! Questo è quanto, non c'è tempo per dubbi o domande, datevi da fare!>

Restarono un attimo tutti sbigottiti dopo di che... fu l'inferno. Chi di qua, chi di là, tutti agirono con estrema efficienza e rapidità.

Anna era perplessa, come avrebbero convissuto così tante ed eterogenee persone in un ambiente così limitato e senza alcuna privacy?

<Finirà che ci scanneremo a vicenda!> Commentò.

Jennifer, più prosaica, le disse:

<Perché! E' un'ottima occasione per un'ammucchiata gigantesca, vedrai organizzeremo cose incredibili, ce lo ricorderemo per tutta la vita!>

<Speriamo che anche gli altri siano d'accordo!>

Jennifer lasciò l'amica e si avvicinò al comandante:

<Signore!> Disse <State cercando un volontario per la navetta, eccomi qua! Ho già dimostrato la mia competenza e... non ho voglia di montare latrine o togliere paratie!>

Il Comandante Anton sorrise, sia pure un po tirato, e disse:

<Ok, vieni con me!>

La portò direttamente ad un hangar dove era già stata predisposta una scialuppa con all'interno un piccolo robot che sarebbe stato comandato e seguito direttamente dal pilota.

Vi era anche una tuta potenziata,

Anton si rivolse a Jennifer dicendole:

<Dovrai portare il robot al punto di assemblaggio fra l'acceleratore di particelle ed il motore. Il robot dovrà inserire un controllo radio che permetterà di monitorare meglio la nave direttamente dalla sala comando. Come vedi il robot ha già inserito il controllo radio, dovrà assemblarlo ad una piccola console protetta da una grossa armatura di piombo che dovrà essere asportata ed è facilmente visibile nel punto di congiunzione fra il motore e l'acceleratore; vedi queste pinze? Dovranno essere inserite in una tasca della console. Per tutta l'operazione, se porterai il robot al punto giusto e saprai guidarlo con precisione, saranno necessari circa due minuti, dopo di che il robot si "adagerà" sopra la console proteggendola dallo sfogliamento per il tempo necessario a bloccarlo. Se qualcosa andasse storto dovrai intervenire personalmente, per cui devi indossare la tuta potenziata.

Non partire subito, aspetta qui tre ore, indossa la tuta potenziata e passa il tempo ad esercitarti con il robot. Fra tre ore esatte parti e vedi di tornare. Tutto chiaro?>

Jennifer annuì e, con un grugnito, si accinse ad effettuare l'esercitazione. Tutto andò bene e non fu necessario aiutare il robot personalmente. Jennifer rientrò sana e salva e si trovò in pieno caos! Era stata predisposta ogni cosa. Tutto era pronto per staccare dalla nave la massa da eliminare, cioè la maggior parte della nave stessa! Mancavano soltanto i passeggeri!

Il comandante ordinò a tutto l'equipaggio di trasferirsi nella sala già predisposta. Dieci ufficiali ed i cinque inservienti (questa era una novità) si armarono di tutto punto. Fu presto chiaro che i dieci ufficiali avevano il compito di rastrellare i passeggeri e i cinque inservienti quello di tenerli nella saletta!

Fu un caos indescrivibile ma, non si sa come, dopo 45 minuti tutti erano stipati come sardine nella nuova camerata!

A quel punto il comandante ordinò di abbandonare tutto quanto restava della Beniet! Le camere stagne vennero chiuse e sigillate, gli uomini armati restarono nella sala. Ancora nessuno sapeva nulla, ma le brandine predisposte in anticipo facevano pensare...

Molti i commenti, le proteste, le grida. Jennifer e Anna se ne stavano, prudentemente, tranquille. Denis le vide e si avvicinò:

<Dove eravate sparite?> Chiese, <sapete qualcosa di quanto sta succedendo?>
Le due erano in divisa e la gente intorno cominciava a guardarle sospettosa.
<Certamente adesso ci spiegheranno tutto.> Tagliò corto Anna.
Nel frattempo, in sala comando, si attendeva.
Passarono 10 minuti, poi 20, non succedeva niente di nuovo. Trentasette minuti dopo aver espulso la massa in eccesso rispetto a quella dell'acceleratore, quattro minuti prima del fattore critico, il fenomeno cessò! Ce l'avevano fatta!
Il comandante informò immediatamente del successo ottenuto sia i passeggeri (che però non capivano ancora niente) che l'equipaggio. Come da un ordine silenzioso i quindici uomini armati entrarono nella sala comando, tredici di loro ne uscirono ma senz'armi e accompagnati dal comandante Anton, era arrivata l'ora della verità!
Anton spiegò ogni cosa ai passeggeri con dovizia di particolari. Lo ascoltarono tutti in silenzio ma, quando terminò, scoppiò una vera rivoluzione!
"Dovevate avvertirci" - "La mia roba è tutta in cabina, pretendo di andarla a ritirare" - "Sbarcatemi immediatamente!" - "Come facciamo a restare qui un mese intero!" Questi alcuni dei commenti, urlati, più gentili e più comuni. Il comandante fece notare, fra le urla, che almeno erano vivi! Ma non sembrava che questo interessasse i presenti più di tanto.
Ci vollero due giorni, due giorni d'inferno, per calmare gli animi. Per fortuna vi fu solo qualche contuso leggero, e tre braccia rotte (si sospetta che due fossero state causate da Jennifer) poi, per amore o per forza, i passeggeri parvero rassegnati.
Dovevano passare ancora 24 giorni e già la puzza era poco sopportabile, ma non per Jennifer e Anna, abituate a questo e altro. Fu così che, forse per passare il tempo, forse per perversione, le due ragazze cominciarono a muoversi nude fra tutti i passeggeri, fermandosi spesso e volentieri ad accarezzare ed accettare carezze...
Nel complesso non fu un periodo poi così terribile e noioso. Vi furono sì due piccole sommosse a causa dell'acqua (quasi prevedibili) che portarono ad altre quattro braccia rotte e pochi contusi, ma, a parte questo, l'orgia coinvolse non meno di 120 persone fra passeggeri ed equipaggio e contribuì molto a calmare gli animi anche di quelli che non partecipavano (quantomeno guardavano!).
Arrivarono i soccorsi. A Jennifer e Anna quasi dispiacque. Tutti i passeggeri erano sani e salvi e furono trasbordati sulle due navi giunte al rendevous. Insieme a loro partirono gli inservienti e venti ufficiali della Beniet. Restavano il comandante, il primo ufficiale, il secondo e pochi altri. Le due navi di salvataggio portarono su quello che restava della Beniet acqua e viveri; chi restava avrebbe vissuto bene!
Jennifer e Anna stavano anch'esse trasbordando quando giunse improvvisamente Kevin che le chiamò piuttosto trafelato:
<Presto! venite in sala comando!>
Altre grane! pensarono le due ufficiali dell'**Agenzia**.
Giunte in sala comando trovarono Anton ed il primo ufficiale. Anton le apostrofò senza mezzi termini:
<Voi non partite, restate con noi!>
<Cos'è un rapimento?> Commentò Jennifer fra il serio ed il faceto <volete due donne per passare il prossimo mese in buona compagnia?>
<No!> sorrise Anton, <anche se l'idea non ci dispiacerebbe. E' arrivato un messaggio dalla Società armatrice della Beniet che chiede di portarvi su Marte insieme a noi. A quanto pare qualcuno non vuole che ritardiate!>
L'**Agenzia**, capirono le ragazze. L'**Agenzia** aveva le mani lunghe e non mollava la sua presa, cosa volete che sia un disastro di fronte alla necessità di avere puntualmente i suoi uomini (o donne)?
Fu un mese piacevole e... arrivarono su Marte puntualissime!

10

Era passato quasi un anno dalla crisi della Beniet, il mio lavoro continuava senza particolari intoppi, avevo solo notato che venivo ascoltato con maggiore attenzione ma, per il resto, non era cambiato niente!

In realtà il mio era un lavoro abbastanza monotono, grazie al cielo casi come la Beniet erano molto rari, per lo più dovevo monitorare piccole variazioni sulla tenuta di questo o quel motore, valutare idee spesso ridicole di personaggi misteriosi e leggere centinaia di scartoffie che qualche demente riteneva potessero avere qualche idea utile.

Sandra mi aveva, giustamente, piantato già da tempo e non avevo ritenuto dover cercare di rovinare la vita a qualche altra femmina se non per pochi e saltuari rapporti occasionali nei quali sicuramente chi ne aveva beneficiato erano soltanto le mie gonadi. Continuavo a bere come una spugna, evidentemente la mia vita non mi soddisfaceva più di tanto. Il caso della Beniet non mi aveva portato alcun beneficio né notorietà, anzi quando si sollevava l'argomento ero indicato come quello che aveva distrutto una magnifica nave interplanetaria riducendola a poco più di una navetta porta-bestiame! Diverso il caso di Ford, il mio capo, e della Enterprise Limited che mi pagava sempre lo stesso stipendio. Tutti i vantaggi andarono alla Società della quale io ero solo un piccolo ingranaggio.

Lunedì è sempre stato un giorno del cavolo. Il mal di testa, causato dal bar regolarmente visitato la domenica sera, era una norma e alzarsi dal letto una tortura insopportabile. Non ricordo un solo lunedì nel quale io fossi puntuale sul lavoro! Quel lunedì, poi, fu speciale!

Speciale come la morettina che avevo incontrato al bar la sera prima!

Riuscii faticosamente ad andare al lavoro, anche se avevo accarezzato l'idea di darmi malato, ma con quasi tre ore di ritardo!

I miei collaboratori erano, ovviamente, già in ufficio da tempo e mi guardarono con tristezza, direi quasi pietà!

In effetti non ero molto presentabile, mi ero "dimenticato" di farmi la barba ed i miei abiti sembravano essere stati appena raccolti da una discarica!

Stavo per sedermi alla mia consolle quando Norton mi disse, con il tono di chi legge una condanna a morte:

<Ford ti vuole Arvin, ti aspetta nel suo ufficio.>

Hai! Pensai, questa volta mi fa la pelle! Sarebbe stato meglio se mi fossi dato malato! Bussai alla porta dell'ufficio del capo che urlò:

<Avanti!>

Entrai un po timidamente, evidentemente non mi ero proprio ripreso dalla bisboccia della sera prima!

<Siediti Arvin> mi disse Ford. Restò in silenzio per un poco, già presagivo il peggio, poi:

<Forse ricorderai che, durante la crisi della Beniet, mi hai pescato a colloquio con l'**Agenzia**.>

Restai interdetto, tutto mi sarei aspettato ma non questo esordio, comunque mi ripresi faticosamente e annuii. Ford continuò:

<Non credo che la tua scarsa immaginazione abbia mai valutato come una piccola impresa come la nostra sia tenuta in così grande considerazione! Abbiamo pochi dipendenti, ma molte risorse e il nostro lavoro è quotato ovunque. Perché?> Tacque qualche istante guardandomi con evidente disgusto e, forse, aspettando una mia risposta, ma in quel momento non ero certo in grado di ragionare più di tanto. Per evitare di dire castronerie pensai bene di tacere ma lo ascoltai se non con interesse, con curiosità. Era forse un modo un po estemporaneo per eliminarmi dalla sua vita? Con un sospiro riprese:

<Siamo finanziati dall'**Agenzia**!>

Si! voleva silurarmi, non c'erano dubbi, mi aspettava la camicia di forza. Ormai rassegnato continuai a tacere.

Un po irritato Ford continuò:

<Francamente non so perché Arvin. Il tuo successo nella crisi della Beniet non giustifica, ai miei occhi, la troppa attenzione nei tuoi confronti che l'**Agenzia** sta dimostrando, né tanto meno i tuoi scarsi successi. Sei una frana! Guardati fai schifo! Completamente inaffidabile anche nei lavori più semplici, ubriacone e donnaiolo, non si può contare su di te neppure per un appuntamento. Mi stai sulle scatole Arvin, ma devo ammettere che nei momenti difficili hai una certa utilità. Bene! sono felice di dirti che mi libero di te definitivamente. L'**Agenzia** ti vuole e ti vuole subito! Sei aggregato a quella organizzazione a stipendio triplicato. L'**Agenzia** è una specie di organizzazione paramilitare, vieni inserito come ufficiale di quarto livello. Probabilmente conoscono bene le tue abitudini anarchiche, per cui, al momento, vieni dispensato dal portare una divisa! Ti viene ordinato di trasferirti immediatamente armi e bagagli su Marte. Dovrai presentarti al livello 1 della sede centrale dell'**Agenzia** su Marte, so che non hai la minima idea di quello che vuol dire, ma ti consiglio di obbedire alla lettera, questa volta, e di comportarti bene. Gli uomini dell'**Agenzia** non sono affatto teneri e la cosa mi conforta! In questo plico troverai i tuoi documenti di riconoscimento, una scheda che dovrai presentare all'**Agenzia** su Marte, una carta di credito praticamente illimitata ma che ti consiglio, per il tuo bene, di usare con molta parsimonia e un biglietto di sola andata per il pianeta rosso. Dovrai recarti stasera all'aeroporto di Dallas, presentati all'uscita 7x, ti aspetta un aereo per la base spaziale di Singleton da dove partirà domattina la navetta per la Luna. Là verrai trasbordato sulla nave interplanetaria Ines Grande, destinazione Marte spero senza ritorno!>

Fece una pausa poi, con malcelata soddisfazione, aggiunse:

<Ovviamente puoi rifiutare, ma sappi che da questo momento sei licenziato! Comunque vada non voglio più vedere la tua faccia! Per finire ti consiglio di non salutare nessuno né informare qualcuno di questo colloquio evita anche di fare troppi bagagli e non preoccuparti per il tuo schifoso appartamento, lascia le chiavi in portineria, qualcuno se ne occuperà. E' l'ultimo consiglio che ti do, seguilo.... ti conviene...>

Concluse con un sogghigno.

Ero stupefatto! L'**Agenzia**!

Neppure nei miei sogni più arditi avrei immaginato una cosa del genere; per di più su Marte, la Sede Centrale di quella mitica organizzazione!

Non avevo alcun legame, mi dispiaceva per i miei compagni di lavoro, gente in gamba, ma non avrei pianto per loro né loro avrebbero pianto per me. Come potevo anche solo immaginare di rifiutare? Tanto più che, se avevo ben compreso, mi serviva comunque un lavoro!

Non avevo mai viaggiato nello spazio, avevo fatto viaggiare gli altri, risolto equazioni e problemi spaziali, ma non ero mai stato più lontano di Parigi! La cosa mi preoccupava, ma.... l'**Agenzia**!!!

Rimasi a riflettere poi:

<Ford, ovviamente accetto, ma mi togli una curiosità?>

<Dimmi rompiscatole!> Mi rispose "gentilmente" Ford.

<Che grado hai nell'**Agenzia**?>

Chiesi alzandomi in piedi e raccogliendo il plico che mi porgeva.

Lo guardai negli occhi, non rispondeva, allora mi avviai verso la porta, stavo uscendo quando:

<Ufficiale di secondo livello, Arvin, addio!>

Entrai nell'ufficio per l'ultima volta, i miei compagni mi guardarono, certo pensarono, non del tutto a torto, che ero stato silurato. Non ricambiai il loro sguardo e uscii per sempre, in silenzio, dalla loro vita.

Andai nel mio appartamento, mi cambiai d'abito, mi rasai e feci una doccia. Bastò una sacca per portare qualche capo di ricambio, il rasoio e poche cose.

Non avevo neppure aperto il plico!

Lasciai le chiavi in portineria e chiamai un taxi, destinazione l'aeroporto.

Per strada guardai il cielo insolitamente azzurro, avevo un presentimento... l'avrei mai rivisto?

11

Marte era un pianeta assurdo! Sembrava di essere in un deserto della Terra ma faceva un freddo assolutamente pazzesco! A me il freddo non piace. E' stato definito il pianeta rosso, mai definizione è risultata più esatta.

Vi era acqua, per lo più nel sottosuolo ma anche, e in abbondanza, ai suoi poli. Sono state trovate tracce di vita unicellulare. Una volta Marte doveva essere più caldo e poteva mantenere una qualche forma di vita anche se molto semplice. Qualche pazzo pensa ad una sua terra formattazione, ma credo sia più facile "marzianizzare" la Terra piuttosto che terra formare Marte!

L'atmosfera era molto leggera e assolutamente velenosa. L'aria veniva facilmente sintetizzata dall'acqua. Vi erano numerose città, costruite sotto cupole e nel sottosuolo.

Raramente erano collegate fra di loro, per cui per passare da una città all'altra occorreva utilizzare veicoli chiusi ermeticamente che transitavano su strade ben fatte ma... anch'esse rosse! L'unico vero problema erano le tempeste di sabbia, abbastanza comuni e particolarmente pericolose, se ci si trovava all'esterno delle città.

Io lavoravo ormai da qualche anno (anni terrestri) all'interno di un grande complesso dell'**Agenzia**. In effetti il mio, più che un lavoro, era uno studio: ero stato informato di tutti i progressi e le idee che l'**Agenzia** aveva sviluppato nel campo del volo interstellare.

Pensare di arrivare alle stelle appariva una vera e propria assurdità, la velocità della luce era un ostacolo insormontabile e le distanze erano pazzesche anche se si fosse raggiunta quella velocità! Ma l'**Agenzia** era nata per questo! Nel complesso mi sembravano dei sognatori un po pazzi...

Avevo imparato a guidare le navette, a passeggiare nello spazio, ero diventato un fisico di alto livello, conoscevo la matematica, il calcolo stellare, e tutte le peggiori diavolerie che possono venire in mente, meglio di un computer! Non ero stato sempre su Marte, mi avevano spedito diverse volte su Deimos, uno dei satelliti del pianeta, poco più di una roccia che era diventata una piccola città dell'**Agenzia**. Non contenti mi avevano mandato anche nella fascia degli asteroidi dove avevo fatto anche il minatore!

Non ero solo, con me vi erano altri tre personaggi: due splendide donne, Jennifer e Anna, che erano state sulla Beniet proprio quando ero stato coinvolto nella crisi vissuta da quella nave interplanetaria e Arun, un aitante e simpatico giovanotto di 38 anni di origine indù.

Arun era un personaggio! Innanzitutto, a differenza di tutti noi, non era nato in una vaschetta, ma aveva due genitori veri e dei parenti. Li aveva lasciati 16 anni prima per entrare, su sua richiesta, nell'**Agenzia**!

Era un fatto piuttosto raro, di solito era l'**Agenzia** che chiamava, non il contrario, oppure si nasceva già "condannati" a lavorare per l'**Agenzia**, come nel caso delle nostre due donne, raramente venivano accettate richieste come quella del nostro amico.

Arun era un filosofo, psicologo e biologo di prim'ordine! Credeva fermamente nei suoi Dei Indù e in una filosofia tipica dei paesi orientali. Pareva fosse proprio questo che aveva convinto l'**Agenzia** ad accettarlo.

Il nostro gruppetto era molto affiatato (in tutti i sensi!). Da parte mia avevo una particolare predilezione per Jennifer, ricambiata. Se non fossi così cinico direi "Amore"!

Non era il solo gruppetto che l'**Agenzia** aveva inserito nei suoi programmi imperscrutabili, sapevamo che ve ne erano altri, ma non li avevamo mai incontrati!

Eravamo appena tornati da un duro addestramento nella fascia e stavamo "riposando" nel nostro alloggiamento. Abitavamo tutti e quattro nello stesso appartamento, così aveva voluto l'**Agenzia** e... non ci dispiaceva affatto! Più che un riposo sembrava un'orgia dantesca, eravamo anche piuttosto brilli, quando suonò il cicalino della porta. <Chi cavolo è???> Chiese stancamente e piuttosto scocciata Anna.

<Forse sarebbe bene andare a vedere!> Rispose pragmatico Arun, senza però muovere un dito. Jennifer ignorò completamente la cosa, toccava a me!

Mi alzai pigramente e aprii la porta. Mi trovai davanti un ragazzo in divisa da ufficiale del sesto, che mi disse, tutto impettito:

<Ordini per voi Signori!>

Mi porse un plico e sparì immediatamente, forse spaventato dalla mia espressione non proprio amichevole.

<Cosa cavolo vogliono ancora da noi!> Sbottai <Siamo appena arrivati, non possono lasciarci stare?>

<Fammi vedere caro> intervenne Jennifer un po languidamente <magari vogliono invitarci ad una festa!>

Aprì il plico e... saltò in piedi come un grillo!

<Cosa c'è?> Disse Arun un po preoccupato <E' scoppiata una guerra, sono arrivati gli alieni?>

<Guardate voi stessi> disse Jennifer porgendo ad ognuno di noi gli ordini inseriti nel plico. Era un messaggio piuttosto laconico:

"Recarsi immediatamente al primo livello sezione AX1F, presentare all'entrata questo ordine."

La sezione AX1F era il capo! Il misterioso e praticamente sconosciuto Presidente dell'**Agenzia**, un qualcosa che appariva più un mito che una realtà e molti pensavano non esistesse neppure! Non sapevamo che fare, poi ci demmo una mossa! Doccia, vestirsi, assolutamente impeccabili in sedici minuti! Avevo anche messo la divisa (era la terza volta in tutta la mia vita!).

La sezione era nel sottosuolo, duemila metri sotto terra! Non vi eravamo mai stati ma era facile trovarla seguendo indicazioni sparse un po dappertutto. Meno facile arrivarci: guardie ovunque, ma i nostri ordini facevano miracoli! Era anche ovvio che sapevano del nostro arrivo, ma ci controllavano e scannarizzavano in continuazione. Arrivammo e l'ultimo ostacolo: una porticina insignificante guardata da sei militari armati, si aprì davanti a noi!

Così scoprimmo che il "capo" erano dodici persone, quattro uomini e otto donne, seduti tranquillamente attorno ad un tavolo rotondo pieno di consolle e personal!

Una zona del tavolo era libera, anch'essa attrezzata con consolle e personal, nonché quattro poltroncine che, evidentemente, aspettavano noi.

Uno degli astanti, un uomo di circa sessant'anni, ci invitò a sederci ed esordì.

<Signori benvenuti, io sono Riccardo Hesner, per qualche tempo sarò la vostra guida, consigliere e... ufficiale capo, se me lo permettete!>

E come potevamo mettere in dubbio la sua autorità! Annuimmo all'unisono.

<Resterete qui con noi a lungo.> Continuò <Sul retro di questa sala vi sono miniappartamenti per tutti, il ritiro dei vostri effetti personali è già stato predisposto. Abbiamo molte cose da dirvi e da studiare insieme. Fin da ora vi preghiamo non soltanto di ascoltare ma anche di intervenire con idee, suggerimenti o altro senza paure né preconcetti. Grazie.>

Nessuno di noi ebbe commenti da fare.

Una donna sui trent'anni e piuttosto carina intervenne a sua volta:

<Mi presento: mi chiamo Ester, vi informo che siete stati addestrati valutati e studiati per sei anni allo scopo di utilizzarvi per una missione di straordinaria importanza. Non eravate soltanto voi, avevamo sei equipe come la vostra in osservazione. Abbiamo scelto voi!>

Restammo in silenzio per un poco, poi la solita Jennifer non resse più e sbottò:

<Ne siamo ovviamente lusingati signori, ma qual'è la missione?>

Rispose un terzo personaggio, un uomo di colore molto anziano:

<Le stelle, mia cara signora, andrete sulle stelle!>

<Cosa???> Gridammo all'unisono.

Si sapeva che l'**Agenzia** aveva le stelle come obiettivo primario e che i suoi componenti erano tutti fuori di testa ma le stelle apparivano decisamente oltre la portata umana, non si poteva, all'epoca, neppure immaginare di arrivare così lontano! Forse l'ibernazione? Era possibile. <Calmatevi,> ordinò Hesner <sì le stelle! Comprendo la vostra reazione, ma sei anni fa è accaduto qualcosa di nuovo e, da allora, abbiamo studiato con molta attenzione questa novità. Abbiamo potenziato e migliorato la tecnica dell'acceleratore provata sul modulo europeo e sulla Beniet. Abbiamo ottenuto qualcosa di infinitamente più efficiente e, per certi versi, totalmente nuovo. Anche grazie a qualcuno di voi. In base a questi studi ed ai dati accumulati, due anni fa abbiamo iniziato a costruire

la prima astronave interstellare dell'umanità! I lavori sono quasi ultimati!> Intervenne un'altra signora piuttosto anziana e piccolina, ma dalla quale traspariva una straordinaria energia:

<Io mi chiamo Devi, ragazzi miei. Sono discendente dei fondatori dell'**Agenzia**. Non sono una studiosa brava come voi, non saprei distinguere la prua dalla poppa di una nave interplanetaria! Ma condivido il sogno dei miei avi, voglio vedervi cavalcare l'onda del mistero più grande: le *stelle e la morte*! Durante il vostro soggiorno qui capirete bene le mie parole ma, sin d'ora, è bene comprendiate che non siete obbligati, nessuno è obbligato! Se anche uno solo di voi non se la sentirà di cavalcare quest'onda, state tranquilli, avrete comunque uno spazio importantissimo all'interno della nostra millenaria organizzazione. Verrà contattata un'altra equipe e sarete voi a seguirla nella sua avventura oltre le stelle! Per cui non avremo perso il nostro tempo. Siate sinceri fra di voi, con noi e con voi stessi, poiché finito questo "stage" verrete psicanalizzati, analizzati, rivoltati sin dal più profondo del vostro intimo e della vostra psiche per essere ben certi che la vostra sarà una decisione realmente ben ponderata. Solo quando anche noi non avremo dubbi, potrete procedere nella missione!>

Un brivido passò sulle nostre schiene: le stelle e la morte! Quella piccola donnina aveva usato parole di tuono che restarono per sempre nella nostra mente e nel nostro spirito!

Discendente dai fondatori! Ma chi era? Un fantasma? Una leggenda? Le sue parole ricordavano gli scopi delle due antiche Fondazioni: una nata per arrivare alle stelle, l'altra per sconfiggere la morte. Ora unite in una sola entità: l'**Agenzia**; le stelle e la morte!

Intervenni: <Dove si trova attualmente l'astronave?>

<In orbita attorno a Plutone!> Rispose Hesner.

<Plutone?> sbottai <siamo arrivati su Plutone? E da quando? Mi risulta solo una spedizione su Urano e basi umane sui satelliti di Saturno: Titano, Giapeto e Rea!> Rispose ancora Hesner:

<Noi siamo arrivati su Plutone Arvin! Noi dell'**Agenzia**, Plutone è dell'**Agenzia**!>

Restammo in perfetto silenzio fino a quando Devi intervenne:

<Avete già molte cose da digerire, ora venite con me, andate a sistemarvi e tornate qui fra un'ora, abbiamo da lavorare e quello che avete ascoltato è ancora niente. Dovrete ascoltare cose ben più straordinarie prima che la vostra permanenza qui finisca, venite con me, vi accompagno.>

La seguimmo in un corridoio posto sul retro. Da quel corridoio si dipartivano numerose stanze, evidentemente a disposizione dei presenti. Ci fece entrare in una di queste dove trovammo le nostre cose. Come cavolo avevano fatto ad arrivare prima di noi? Mistero!

Ma eravamo all'**Agenzia**!

<Bene! mettetevi tranquilli, ci vediamo fra un'ora.> Disse Devi.

La piccola donna suscitava sentimenti di rispetto e voglia di confidenza insieme, per cui Arun si fece coraggio e le chiese:

<Quanto tempo dovremo restare qui?>

<Tutto il tempo necessario!> Rispose un po laconica Devi.

<Ma, una volta terminato il nostro lavoro, cosa succederà?> Insistette Arun.

Con curiosa dolcezza Devi rispose ancora: <Dipenderà molto da voi ma, se tutto procede come speriamo, come vi abbiamo già detto, verrete analizzati, rivoltati, psicanalizzati e chi più ne ha più ne metta! Poi andrete su Plutone!>

Un po malignamente le chiesi:

<Per caso l'**Agenzia** ha avuto qualche responsabilità nell'esperimento col modulo europeo e il disastro della Beniet?>

Devi mi guardò negli occhi e rispose freddamente:

<l'**Agenzia** non è un fiorellino di campo! Abbiamo mani lunghe...> Poi sorrise rivolgendosi ad Anna e Jennifer: <Comunque avevamo due validi ufficiali sulla Beniet! Ma ora siete qui, state tranquilli, cercate di rimuginare quanto vi abbiamo detto, ci vediamo dopo.> E se ne andò! Non avrei mai voluto quella donna come nemica! Tranquilli? Cominciammo a gridare, parlare e fare le congetture più folli tutti insieme! Ci volle tutta l'ora per farci smettere! Rientrammo nella sala dove gli altri ci stavano aspettando e tutto iniziò!

Restammo con loro per quasi un anno!

Tanto ci volle per essere informati di tutto, o quasi tutto, studiare i dati che ci misero a disposizione: erano migliaia, dovevamo "digerire" ogni cosa. Arrivammo a conoscere la nave interstellare meglio di chi l'aveva costruita. Avevamo nella testa una vera mappa stellare, nonché un numero esagerato di informazioni; avevamo effettuato migliaia di simulazioni al computer e... uno studio comparato di tutte le religioni e filosofie della Terra!

Arun ci era andato a nozze!

Passammo ore in meditazione, Arun ci fece impazzire con le sue teorie sul Karma e il destino degli uomini; giornalmente almeno un'ora di yoga, pregavamo tutti gli Dei della Terra! Imparammo a camminare a piedi nudi sui carboni ardenti! Grazie alla meditazione ed alla preghiera ci infilavamo spilloni nella bocca e nel corpo senza sentire dolore o avere conseguenze fisiche! Cristo e Maometto non avevano segreti per noi! Zarathustra e il Dio Sole! Il libro dei morti dell'antico Egitto! Sapevamo effettuare un esorcismo!

Non c'erano più feste, niente orgie, niente alcool, niente fumo, pasti insipidi e frugali, solo lavoro, meditazione, studio e simulazioni!

Imparammo a conoscere bene i dodici personaggi chiusi insieme a noi in quelle stanze.

Erano un po scostanti e, spesso, piuttosto bruschi, ma li rispettavamo.

Una volta mi trovai a tu per tu con Hesner e gli chiesi un po impacciato.

<Hesner, da quanto tempo avete realmente iniziato questo programma?>

<Cosa vuoi dire?>

<Ho la netta sensazione che il tutto non è cominciato con l'incidente della Beniet, ma molto prima! Che, in qualche modo, l'**Agenzia** abbia predisposto e previsto ogni cosa già dalla nostra nascita e, forse, anche prima. Non so se mi spiego a sufficienza, ma è come se fossimo l'ingranaggio di un progetto più vasto cominciato tanto tempo fa!>

<Arvin!> rispose sibillino <Questo progetto è nato più di mille anni fa! Non lo sapevi?>

E mi piantò in asso!

Un anno chiusi là dentro è molto, molto tempo, ma non avevamo avuto la possibilità di annoiarci. I "dodici" non erano sempre tutti presenti, evidentemente facevano dei turni, ma Devi e Hesner non mancarono mai!

Alla fine, però, avremmo accettato volentieri una passeggiata nelle gelate sabbie marziane anche senza tuta! Avevamo il quadro completo, ma non avevamo ancora capito, o, forse, non volevamo capire.

Ci ritrovammo nel salone, l'atmosfera era decisamente cambiata. Davanti a noi, sul tavolo, non c'erano più le console, né i personal ed i vari macchinari cui eravamo abituati. Vi erano, invece, tartine gustose, deliziosi manicaretti, alcolici, birre, vino, bibite di ogni tipo! I nostri dodici anfitrioni erano tutti presenti e decisamente più rilassati e, per la prima volta, apparivano... cordiali. Parlottavano in libertà fra di loro e arrivavano a scherzare anche con noi! Ci invitarono allegramente ad approfittare della tavola ed anche a fumare! Cosa rara anche all'**Agenzia** che, notoriamente, era un'istituzione piuttosto libera.

Un po intimiditi e sospettosi, ne approfittammo ma con strana, per noi, moderazione.

La piccola ma straordinaria Devi iniziò:

<E' finita ragazzi! Il vostro addestramento è terminato! Ora si tratta di capire e sapere....>

Dopo una breve pausa continuò:

<La nostra organizzazione ha un numero notevole di sottostazioni sparse un po ovunque. Alcune di loro hanno il preciso scopo di conoscere ogni nuova ed interessante iniziativa dell'uomo, interessante per i nostri scopi, ovviamente. Posso tranquillamente affermare che si tratta di un ottimo ed efficiente servizio di spionaggio! Una di queste sottostazioni è l'Enterprise Limited caro Arvin!>

<Ford!> esclamai.

<Certo Ford, l'avevi capito.> Continuò Devi <Il lavoro dell'Enterprise è perfetto per conoscere eventuali progressi dell'umanità che altrimenti potrebbero sfuggirci.

Sette anni fa, lo sapete bene, vi fu l'incidente della Beniet risolto all'ultimo momento da te Arvin! Esperimenti come quello del modulo europeo e della Beniet non furono più ripetuti poiché ritenuti pericolosi.

La Beniet ne uscì che era poco più di un relitto ed una nostra consociata riuscì ad acquistare quello che restava della nave, tutti pensarono che l'avrebbero utilizzata per ricavarne parti di ricambio, ma non fu esattamente così. L'**Agenzia** ebbe tutto il tempo per studiare, smembrare, valutare, "annusare" quello che restava della Beniet!

Non ci limitammo a questo, analizzammo anche il tuo comportamento durante quella crisi, Arvin, e le soluzioni che tu hai proposto e realizzato.>

La Devi si interruppe, riprese Hesner:

<La chiave per arrivare alle stelle era proprio l'acceleratore di particelle subnucleari, carissimi amici! Solo che non era usato correttamente!

Sul modulo europeo e sulla Beniet l'acceleratore formava e sollecitava soprattutto fasci di ioni che si univano alla reazione nucleare creata dal motore atomico, accelerandone di fatto la prestazione ma "sollecitando" a sua volta lo spazio circostante che, se risultava composto di una massa superiore a quella dell'acceleratore stesso, doveva inevitabilmente essere equiparato a quella massa. Da qui l'incidente della Beniet! Tu Arvin avevi compreso tutto questo anche se non l'avevi, forse, stigmatizzato a sufficienza.

In effetti c'era un limite, se la massa da equiparare superava un determinato valore l'acceleratore...semplicemente non avrebbe funzionato!>

<Ecco perché una volta su Marte la Beniet ha potuto spegnere l'acceleratore senza danni e la radiazione del modulo prima e della Beniet poi aveva iniziato a decadere!>

<Esatto Arvin! Ma non è la sola implicazione! L'acceleratore può essere usato anche per formare fasce di particelle ancora più piccole e utili ai nostri scopi. Già cento anni or sono, proprio qui su Marte, avevamo sintetizzato con un acceleratore gigantesco costruito nel sottosuolo, alcune particelle chiamate tachioni!

Non è una cosa nuova, oltre mille anni fa, prima ancora delle Fondazioni, i tachioni erano stati scoperti da scienziati australiani sulla Terra e in seguito anche noi riuscimmo a identificarli.>

<I tachioni!> Esclamò Anna <ma sono una favola!>

<No Anna!> continuò Hesner <Sono una realtà, solo che non se ne parla molto per varie ragioni: una è che pare contraddicano Einstein, e questo per la fisica moderna è inaccettabile, l'altra è che sembravano, fino a sette anni fa, assolutamente inutili, che ce ne facevamo?>

<Quindi sapete come produrre tachioni!> Disse Jennifer.

<Si lo sappiamo> Continuò Hesner <e ora sappiamo anche come utilizzarli, occorre un particolare acceleratore di particelle subatomiche composto da centinaia di nuovi sistemi ciclotronici collegati fra di loro per produrre un numero di tachioni sufficiente a "sollecitare" di fatto sé stessi!>

<Come sé stessi> interruppi ancora.

<Già, sé stessi, perché i tachioni non potrebbero, per propria natura, sollecitare un mezzo spaziale! L'esperienza della Beniet insegna! Particelle ionizzate atte a sollecitare un motore atomico, sono in grado di accelerare un mezzo spaziale di massa uguale al mezzo usato per produrre le particelle subatomiche stesse! Nel caso dei tachioni essi non accetterebbero nulla di più che una massa pari praticamente a zero!>

<E allora che si fa?> Chiese Arun.

Intervenne Sinclaire: una bella signora di quarant'anni che faceva parte dello staff dei dodici:

<I tachioni, lo sapete, si muovono a velocità superiore a quella della luce e non possono né parificare la velocità della luce né, tanto meno, viaggiare ad una velocità inferiore! L'acceleratore deve essere gigantesco per produrre un numero sufficiente di tachioni per sollecitare sé stesso. Gli eventuali membri dell'equipaggio, la navetta di trasbordo ed il motore che possa permettere alla nave di muoversi "normalmente" dovranno forzatamente essere ridotti ai minimi termini e senza spazi inutili. Nella fattispecie le navette di trasbordo saranno dei piccoli mezzi robotici collegati al cuore dell'astronave, quindi una massa, complessivamente insignificante!>

Proseguì Hesner: <Un acceleratore che produce tachioni, per essere operativo, deve avere una lunghezza di oltre 20 km.! Qualcosa di gigantesco ed assolutamente disgiunto dal normale motore della nave. Se all'acceleratore aggiungiamo qualcosa, anche insignificante in rapporto alla massa

dell'acceleratore stesso, ci occorre una grandezza più elevata in modo che una parte della produzione subatomica possa essere utilizzata per equiparare la massa in eccesso.

Il nostro è lungo 35 km. e largo tre! Tutto il resto, area equipaggio, mezzo robotico, mezzi radio, informatici, motore atomico etc., occupa uno spazio pari a duecento metri quadrati dei quali centotrenta relativi al motore atomico!>

<Che cavolo!> disse Jennifer.

Hesner tagliò corto: <Non servirà di più! Ma proseguiamo. Per arrivare alle stelle, affrontare l'infinitamente grande, abbiamo dovuto esplorare l'infinitamente piccolo! Le particelle cosiddette elementari, che di elementare non hanno poi molto! Siamo andati a vedere se esiste un limite. Si arriva a qualche cosa di così piccolo che non permetta di andare oltre? E cosa accade se si arriva a quel limite? Una particella così piccola da avere un elemento energetico praticamente nullo? Cosa può essere? Possono essere i tachioni? Le caratteristiche di queste particelle lo fanno ben pensare! Se si fornisce energia, a mezzo di fasci ionici, elettronici etc., facendola guidare dal nuovo elemento trovato su Nettuno, ai tachioni, essi rallentano! La loro velocità si avvicina a quella della luce. Se si toglie energia essi accelerano! Fino a che punto? Non siamo in grado di misurarlo esattamente, forse lo potrete fare voi stessi... Per ottenere i tachioni usiamo energia, una volta ottenuti spegniamo gradatamente l'energia. Un numero sufficiente di tachioni finisce per sollecitare sé stessi, quindi l'acceleratore con il suo carico infinitesimale (i duecento metri quadri, nel nostro caso) parte a velocità superiore a quella della luce, di quante volte si potrà sapere solo dopo averlo effettivamente fatto. Studi approfonditi ci dicono che non vi è un limite, quello che non sappiamo è cosa accade se togliamo completamente l'energia?

Ma altre cose le conosciamo. Innanzitutto è possibile misurare l'effetto tachionico ma solo dall'interno della nave! Inoltre l'effetto einsteiniano di contrazione temporale è una realtà incontrovertibile ma non sappiamo come reagirà in un rapporto di infinitamente grande affrontato dal paradosso dell'infinitamente piccolo. Un sistema inorganico se ne fregherebbe di tutto questo, un sistema organico probabilmente impazzirebbe, ma questo importa poco, vedremo poi perché! Sappiamo che le particelle acquisiscono massa infinita ma, essendo di energia zero, questa massa non è rilevabile. Ne consegue che un'astronave tachionica potrebbe trovarsi in qualunque punto dello spazio in una relazione temporale paradossale e, quindi, difficilmente controllabile, e, praticamente, in modo istantaneo! Capite le implicazioni?>

Tutti restarono in assoluto silenzio, poi mi alzai e cominciai a passeggiare intorno al tavolo, spiluccando distrattamente dalle tartine disposte qua e là, quindi con la bocca piena, dissi: <Se viaggiamo a massa infinita, a velocità infinita o quasi, vuol dire che finiremmo per trovarci in qualsiasi punto dell'universo e praticamente nello stesso momento. Inoltre il nostro senso del tempo verrebbe completamente distorto, passato, presente e futuro nello stesso istante!>

<Analisi parzialmente esatta> mi interruppe Sinclaire: <hai ragione su tutto escluso un solo punto, il vostro tempo si svolgerebbe istantaneamente nel presente e nel futuro, non nel passato!

La contrazione temporale riteniamo sarà inevitabile ma è sconosciuto l'effetto tachionico su di voi, possiamo solo teorizzare ma si potranno avere sorprese. Certo potrete "viaggiare" in senso temporale solo nel presente e nel futuro, non nel passato. Se questo avvenisse il passato vi risulterebbe come una fotografia, assolutamente immobile, statico, e non potreste in alcun modo interagire con esso. Non cercate di tornare indietro, di tornare al vostro tempo, a quando siete partiti. Sarebbe inutile, vi trovereste in un universo senza scopo, senza movimento, freddo e totalmente refrattario ad ogni cambiamento. Forse, non lo sappiamo, rischiereste addirittura di restarne intrappolati diventando a vostra volta come una statua immobilizzata per sempre nel tempo.> Ammutolii!

Fu Jennifer a dirlo! <Moriremo, saremo morti! Soltanto dei morti possono trovarsi nello stesso momento in qualsiasi parte dell'universo. Solo i morti possono essere nel presente e nel futuro nello stesso istante!>

<Ecco cosa volevi farci capire Devi> sussurrai <quando dicevi *le stelle e la morte!*> Hesner mi interruppe: <Non le stelle e la morte Arvin, ma le **stelle oltre la morte**!> Nessuno parlava più. Tornai a sedere e apprezzai molto, come un po tutti, gli alcolici predisposti sul tavolo.

Dopo un poco ricominciammo a parlare, dapprima come un brusio poi, aiutati evidentemente dall'alcool, finimmo per chiacchierare fra di noi in un caos notevole, finché:

<Ragazzi> intervenne Devi <andiamo avanti!>

<Ok Devi> disse Arun <abbiamo compreso alcune delle implicazioni di un viaggio a velocità superiore alla luce. Ma chi muore non torna, oppure no?>

Hesner: <Non in questo caso Arun! Almeno, noi pensiamo di no! Tecnicamente voi non sareste veramente morti ma in uno stato analogo a quello della morte. Se esiste qualcosa oltre la morte pensiamo che lo incontrerete, poiché la vostra è una situazione di morte. Già di per sé questo sarebbe un evento straordinario, perché potreste raccontarcelo! Però dovreste essere in grado di tornare.>

<E come?> chiesi io.

<Immettendo energia!> dopo una pausa Hesner continuò: <Sarete in grado di immettere energia nel sistema dell'acceleratore che rallenterà i tachioni. Lo potrete fare sempre e in questo modo potrete regolare la vostra velocità. Per fermarvi dovrete immettere sufficiente energia da far arrivare i tachioni alla sola velocità della luce, quindi vi basterà spegnere l'acceleratore ed i tachioni si disperderanno nell'universo permettendo a voi di trovarvi in un punto ben preciso dello spazio. Tutto questo, una volta integrati nei componenti della nave, vi risulterà facile, un ordine che darà il vostro stesso corpo. E' come se andaste in automobile e decideste di fermarvi in un punto ben preciso. La similitudine è un po stridente perché nel vostro caso l'automobile si troverebbe istantaneamente in ogni punto dell'universo. Ma dovreste essere in grado di riconoscere un punto dove fermarvi.!>

<Nelle vostre argomentazioni ci sono molti se!> Commentò Anna.

<Hai ragione,> continuò <molta, forse troppa teoria, l'unica possibilità per avere conferme è provare! Ovviamente starà a voi decidere se farlo oppure no.>

<Quindi per viaggiare oltre le stelle dovremo morire!> Disse ancora Anna.

<Si! cara> affermò Devi <voi morirete nello stesso istante in cui i tachioni vi sbalzeranno oltre la velocità della luce. Morirete e acquisirete massa e velocità infinite! Riteniamo però che resterete coscienti di esistere e che potrete diminuire la vostra velocità in modo che sia rilevabile. Potrete fermarvi in un punto dell'universo. Nell'istante in cui vi fermerete "risusciterete", poi quando vorrete ripartire dovrete rimettere in azione l'acceleratore che riprodurrà i tachioni e il processo si ripeterà. Mia cara non sappiamo cosa vi succederà, come un morto può reagire a tutto questo. Potreste ribellarvi e non voler tornare, uno o più di voi. Per questo siete in quattro e accoppiati! Potreste essere soppiantati da altri morti, da altre entità, che cavolo, nessuno è mai morto per poi tornare a spiegare cosa succede! Vedete non vi nascondiamo nulla. Non sappiamo quali altri fenomeni vi accompagneranno, anche fenomeni fisici, in realtà non sappiamo niente! Se tornerete sarete voi a spiegarcelo!> Se torneremo.... le implicazioni erano sin troppo chiare!

<Ok!> intervenne quasi irata Jennifer <abbiamo capito, e adesso?>

Hesner la guardò e disse: <Non è finita Jennifer! Non è ancora tutto!>

<Cazzo cosa c'è ancora!> sbottai.

<Verrete privati dei vostri corpi Arvin!> continuò Hesner impietoso: <Voi diverrete il cuore della nave. La nave sarà il vostro corpo! E' indispensabile per evitare un aumento di massa considerevole causato dal mantenimento di quattro corpi all'interno dell'astronave, ma non solo... il fattore veramente fondamentale è che per interagire nel vostro status di morte con la nave e lo spazio dovrete essere voi stessi la nave! Questo può avvenire solo se sarete veramente integrati nell'astronave e, crediamo, vi eviterà di impazzire!>

<Credete?...> Commentai.

<E come maledizione pensate di fare, qualcosa alla Frankestein?> Chiese bruscamente una Jennifer abbastanza esasperata.

<Useremo i vostri cervelli, essi verranno inseriti in un'ambientazione utile, con supporti di mantenimento e nutritivi. Sarete integrati fra di voi e diventerete la nave spaziale! Una volta ritornati verrete reinseriti nei vostri corpi. Abbiamo le tecniche sufficienti per mantenere i vostri corpi in vita fino al vostro rientro.>

<Come sono felice!> Commentai <C'è dell'altro?>
Hesner ci disse:
<Direi di no! le cose fondamentali ormai le conoscete. Andrete su Giapeto, il satellite di Saturno! Giapeto è totalmente occupato dalle nostre strutture. Là sono già pronti ad effettuare l'operazione. Viaggerete sulla Roma, una delle meglio attrezzate navi interplanetarie dell'**Agenzia**. Il viaggio durerà all'incirca due anni! Passerete il vostro tempo a ripassare i vostri, studi, a fare esercitazioni e simulazioni, studierete in particolare i fenomeni esoterici e paranormali, i fantasmi, ogni cosa analoga. Ma, sopratutto, dovrete integrarvi tra di voi, cosa che avete fatto molto bene, sin dall'inizio. Imparate a conoscervi, a conoscere i vostri corpi, finché potrete, e le vostre anime! Non abbiate segreti fra di voi, sarebbe inutile! In due anni l'astronave sarà pronta, mancherà solo il cuore ed il cuore siete voi! La prima astronave interstellare dell'umanità si chiama Maja, è stato un suggerimento di Devi e un suggerimento di Devi per noi è...... un ordine!
Su Giapeto subirete l'operazione e manterranno i vostri corpi originali. Vi sentirete sperduti, senza corpo, usate il tempo che vi resterà per "assemblarvi" tra di voi, dovrete agire come una sola persona, per cui dovrete imparare tutto l'uno dell'altro essere integrati fra di voi! Fatta l'operazione resterete su Giapeto ancora otto mesi. Avrete il tempo per abituarvi al nuovo stato. Verranno fatte alcune esercitazioni e sarete il "cuore" di alcuni sistemi robotici che abbiamo già preparato e che userete per muovervi sulla superficie del satellite. Stiamo anche preparando un piccolo modulo spaziale per abituarvi ad esercitarvi anche con quello. Queste esercitazioni serviranno ad abituarvi a "riavere un corpo", i robot saranno il vostro corpo e così il modulo, ma il vostro vero corpo sarà l'astronave. Quando Plutone passerà all'interno dell'orbita di Nettuno partirete alla sua volta. Quando arriverete verrete inseriti nell'astronave che diverrà il vostro corpo, le vostre braccia, le mani, i piedi, le gambe, sarete Maja!>
Hesner tacque, poco dopo Devi si versò del vino, si alzò in piedi col bicchiere in mano e disse: <Abbiamo concluso amici miei! Ora tornerete nel vostro vecchio alloggiamento, sarete in libertà per una settimana, l'avete meritato. Fate quello che vi pare, siete liberi. Alla fine della settimana attaccatevi a qualunque personal dell'**Agenzia** e chiamate la sigla 45AWX1, segnatevela non temete, questa sigla potrà essere usata solo da ognuno di voi ed una sola volta! Ripeto 45AWX1. Dovrete farlo il settimo giorno, non prima e non dopo! Chiamate questa sigla e informate scrivendo alla consolle del personal se accettate la missione o no. Un se, ma, forse, sarà per noi no! Un ritardo o anticipo anche solo di poco tempo nella chiamata sarà per noi un no! Uno solo di voi che dirà no lo dirà per tutta l'equipe. Se il vostro responso sarà negativo verrete inseriti nello staff che monitorerà la prossima equipe e la seguirete passo per passo fino alla loro partenza. Se sarà positivo riceverete gli ordini successivi. Se supererete i successivi test partirete con la Roma, altrimenti entrerete nel nostro staff. In qualunque momento fino alla vostra partenza per le stelle, potrete recedere dalla vostra decisione; quindi anche dopo essere stati "scorporati". Se questo avvenisse verrete reintegrati e farete parte del nostro staff. Uno solo di voi potrà decidere per tutti! O siete convinti tutti e quattro o nessuno! Se accetterete e non verrete né scartati né recederete dalla vostra decisione, noi non ci vedremo più! Sarà Hesner a seguirvi fino alla vostra partenza per le stelle, poi tutto sarà in mano di Dio e vostra!>
Devi tacque... poi.... riprese: <Se potessi.... ma, forse toccherà a voi! La conquista delle stelle è anche la conquista della morte! Credo che i nostri avi fondatori lo sapessero! Io credo che loro siano là! Credo che stiano viaggiando fra le stelle, forse nella vostra avventura potrete incontrarli, se accadrà salutateli e dite loro che non abbiamo ceduto, che andiamo avanti, avanti... insieme a loro! Permettetemi un brindisi: alla loro salute, voi non sarete i primi, qualcuno è andato prima di voi!>
Bevve e spezzò il bicchiere a terra, una cosa mai vista, ma tutti i presenti fecero la stessa cosa! Accettammo!
Ci sottoposero ai più ignobili ricatti psicologici ed alle perversioni dei peggiori psichiatri del sistema, ci trovarono completamente pazzi e quindi ci ritennero idonei! Hesner venne da noi, ci obbligò a lasciare tutte le nostre cose e si imbarcò sulla Roma insieme a noi:
Destinazione Saturno!

12

Due anni possono essere pochi, sopratutto quando sono gli ultimi con il tuo corpo! Lo sfruttammo fino all'impossibile, il nostro corpo. Fra uno studio e l'altro, un esperimento e l'altro, esperienze esoteriche con un tavolino o un bicchiere che si muoveva da solo e varie simulazioni, facevamo l'amore! In coppia, in gruppo come capitava!

Gli uomini dell'equipaggio ci guardavano con orrore, sospetto e rispetto! Era ovvio che non sapevano bene cosa pensare di noi!

Avremmo potuto coinvolgerli nelle nostre performance ma, non so bene perché, non lo facemmo mai!

Arrivò il momento del nostro arrivo su Giapeto. Dal satellite si vedeva il gigantesco Saturno in tutta la sua grandiosità e bellezza. Era assolutamente meraviglioso con i suoi anelli ed i suoi colori incredibili!

Guardandolo capimmo perché ci eravamo imbarcati in questa avventura impossibile e assurda!

Hesner ci mostrò il nostro alloggio poi ci informò:

<Vi lascio ancora una settimana per riflettere, se non cambiate idea alla fine della settimana verrò a prendervi ed a portarvi nei laboratori dove sarete "scorporati". Siete liberi di girare per tutta la stazione. Arrivederci.>

Ci trovammo soli. Nell'appartamento vi era tutto quello di cui potevamo avere necessità.

Ci cambiammo e iniziammo ad esplorare la stazione.

Di fatto più che una stazione era una città! Vi era di tutto, compresi locali di intrattenimento, bar e chi più ne ha più ne metta! Ovviamente vi erano anche uffici, laboratori, hangar spaziali e Dio sa cosa! Ma decidemmo di stare ben lontani da tutto questo!

Restavamo, però, affascinati da Saturno e, tutte le volte che potevamo, andavamo nei vari belvedere per ammirarlo. Uscimmo anche, protetti da tute o da mezzi di superficie pressurizzati, all'esterno di Giapeto.

Ma il posto che preferivamo era il "Bar degli Anelli"! Un locale dal nome sicuramente scontato dove, tra un drink e l'altro, uno spettacolo e l'altro, si ammirava veramente bene Saturno in tutta la sua imponenza!

Passò così la nostra ultima settimana da "esseri umani". Venne Hesner che domandò:

<Siete rinsaviti? avete cambiato idea?>

<No! Hesner!> Rispose per tutti Jennifer <procediamo!>

Hesner ci guardò uno per uno e aggiunse: <Siete tutti d'accordo?>

<Io non lascerei Jennifer per nessuna ragione al mondo! Si! voglio procedere!> Risposi.

<Questa avventura non me la voglio perdere, procediamo!> Intervenne Anna.

<Voglio andare a prendere Dio per la coda, procediamo!> Era un Arun insolitamente irrispettoso.

<Ok!> Concluse Hesner <Abbiamo bisogno di pazzi come voi!> Ci strinse la mano e ci accompagnò al laboratorio.

Là trovammo un'equipe di 22 persone ad attenderci! Una vera folla! Il gruppo ci accolse con un applauso! Non sapevamo bene cosa dire o fare, ci salvò un signore piuttosto attempato, in rigoroso camice bianco, che ci disse:

<Accomodatevi, devo spiegarvi come procederemo!>

Ci sedemmo su alcuni divani e ci offrirono qualcosa da bere, poi:

<Mi chiamo Manuel Serpige, sono a capo dell'equipe che opererà la disincorporazione. Voi siete al corrente di ogni cosa e avete una sufficienza conoscenza degli aspetti medici e psicologici collegati ad essa. Non è una cosa completamente nuova, in qualche caso sono già stati effettuati diversi trapianti del cervello. La nostra equipe ne ha portati a termine con successo ben undici.>

<E quanti ne avete falliti?> Chiese Anna.

<Nessuno!> disse Manuel quasi offeso. <Abbiamo tecniche sufficientemente avanzate e collaudate, tutte già da qualche tempo donate ai governi della Terra. Il vostro caso è molto diverso ma non ci aspettiamo problemi. E' però necessario che voi conosciate varie implicazioni di questa

operazione.>

Ci invitò ad alzarci ed a seguirlo. Ci portò ad un grosso contenitore di colore nero, era una specie di scatola rettangolare, grande un metro per cinquanta centimetri. Vi erano collegati numerosi sensori e marchingegni curiosi.

<E' qui che verrete inseriti!> Ci disse < il contenitore ha diversi sensori che verranno assemblati a numerosi supporti ed infine alla nave e vi permetteranno, in qualche modo, di riavere la sensazione di possedere un corpo, solo che quel corpo sarà l'astronave stessa!

Potrete regolare tutte le attività della nave effettuando quelli che vi appariranno come dei gesti o dei movimenti o anche dei semplici comandi. Il vostro cervello verrà potenziato!

Inseriremo elementi organici ed inorganici che aumenteranno la vostra memoria e vi permetteranno funzioni che ora non siete in grado di compiere. Le sinapsi saranno coadiuvate da nanomacchine che accelereranno immensamente i vostri processi mentali.>

<Nanomacchine?> Interruppi.

<Sì! certo, nanomacchine,> continuò <in mille anni l'**Agenzia** ha fatto passi da gigante ed abbiamo una tecnologia non sempre condivisa con i governi della Terra. Ma proseguiamo.... I cervelli, inseriti nel vostro contenitore, verranno alimentati e protetti da un complesso nutritivo e rigenerante che vedete attualmente qui.> Indicò una specie di piccola cisterna collegata al contenitore da tubi flessibili e sensori.

<Questo complesso organico ossigenerà i vostri cervelli e fungerà da sangue, grazie ad un complesso come questo potrete praticamente vivere in eterno! Attraverso queste uscite,> Continuò indicando diversi piccoli sistemi inseriti in svariati punti del contenitore, <potrete comunicare con il mondo esterno, parlare ascoltare e vedere. Avrete inoltre una vista piuttosto poliedrica con la possibilità di recepire campi luminosi che l'uomo non è in grado di vedere, quali l'infrarosso o gli ultravioletti. Ma dovrete dare un ordine mentale ben preciso per farlo, vogliamo evitarvi un disorientamento visivo, normalmente vedrete esattamente come ora. Il tatto verrà sostituito da piccoli e brevi segnali radio-acustici, qualcosa che va ad assemblare le capacità dei pipistrelli con una specie di comunicazione tattile data dai segnali stessi. L'impressione sarà quella di "annusare" e "leccare" i componenti vicini a voi.>

Si fermò, chiese ad un suo assistente un bicchiere d'acqua, poi continuò:

<Voi siete in quattro, i vostri cervelli verranno assemblati fra di loro. Tutto questo farà sì che agirete non come quattro entità separate ma come una sola! Non fraintendetemi, voi continuerete ad avere le vostre personalità ben distinte, ma i ricordi, la memoria, le esperienze che avrete e le decisioni, saranno comuni! Vi sarà, inevitabilmente, un periodo di disorientamento. Queste quattro assistenti> disse presentandoci quattro giovani ragazze anch'esse in camice bianco <resteranno sempre con voi, vi parleranno in continuazione, vi consiglieranno, vi inviteranno ad agire in determinati modi fino a quando non risponderete, a quel punto sarete voi e solo voi a condurre il gioco.> Quindi ci fece vedere una grossa e strana macchina posta nelle vicinanze. <Questo è un mezzo robotico! Dopo un periodo che definirei di affiatamento, durante il quale dovrete abituarvi al vostro nuovo stato, verrete inseriti in questo robot. La macchina ha sensori che verranno collegati a voi, nonché un complesso per organico analogo a quello che vi ho fatto vedere. In questo modo potrete iniziare ad abituarvi ad usare un nuovo corpo meccanico. Il Robot, infatti, vi sembrerà il vostro corpo, potrete muovervi, uscire nello spazio, e fare quello che volete. Abbiamo assemblato per voi anche una navetta spaziale. In seguito verrete inseriti nella navetta, potrete viaggiare nello spazio e abituarvi ad avere una piccola nave spaziale come corpo!...>

Jennifer, con una certa preoccupazione, lo interruppe:

<Potremo fare l'amore?> Gli chiese.

<Sì! Questo è importante! Non solo potrete fare l'amore ma ne troverete una soddisfazione che mai avete provato prima! Da questo punto di vista vi invidio un poco.

Potrete farlo individualmente oppure contemporaneamente tutti e quattro! Tenete conto che, anche se lo farete individualmente, tutti voi sentirete le medesime sensazioni! Questo grazie all'ipotalamo dei vostri cervelli ed alle ghiandole endocrine che sono inserite artificialmente nel complesso nutritivo. Sarà sufficiente la vostra volontà, un ordine del vostro cervello.> Tacque un momento, poi continuò: <Occorreranno quasi otto mesi prima di farvi partire per Plutone, questo periodo dovrà essere utilizzato per abituarvi al vostro nuovo stato, integrarvi fra di voi, apprendere ad utilizzare il robot e la navetta come se fosse il vostro corpo. Ma la prima cosa da fare sarà abituarvi alla scorporizzazione, al collegamento comune cui sarete sottoposti, ad essere uno solo in quattro entità distinte, a comunicare con l'esterno ed alle sensazioni visive.

Non sappiamo quanto tempo sarà necessario, ma solo dopo questo processo verrete inseriti nel "corpo" del robot.>

Tacque... poi: <Avete domande?> Non rispondemmo subito, poi Arun:

<Non so gli altri ma... io ho paura. Non fraintendetemi, non intendo minimamente tirarmi indietro. Ci state offrendo una grande avventura, un'opportunità unica i cui risvolti sono incredibilmente affascinanti: le stelle oltre la morte! Non ci rinuncerei per nulla al mondo! Ma questo sentimento di paura resta!>

Anna disse, dolcemente: <Tutti noi abbiamo paura Arun. E' normale, stiamo per fare qualcosa di nuovo, stiamo per superare frontiere sconosciute, sarebbe strano se non avessimo paura...>

<E' vero!> Intervenne una donna piuttosto piacente che ci aveva seguito durante l'esposizione di Manuel. <E' normale avere paura, sarei decisamente preoccupata se non fosse così. Mi presento: sono Arianna Solari, la vostra psicologa. Seguirò tutti i passaggi cui verrete sottoposti, se avrete bisogno di me ci sarò!>

A questo punto Manuel ci condusse in un'altra stanza:

<Qui verranno conservati i vostri corpi in attesa del vostro ritorno! Saranno nutriti e tenuti in vita, ovviamente una vita vegetale. Potremo conservarli per tutto il tempo necessario, anche se tornaste fra diecimila anni li ritroverete intatti!>

Quasi un presentimento.... chiesi:

<E se torniamo fra ventimila anni?> Non rispose.

<Bene ragazzi!> Esclamò Manuel <Possiamo procedere?>

Annuimmo.

Ci fecero sdraiare su quattro lettini già predisposti, pareva una sala operatoria abbastanza normale. Un inserviente inserì nei nostri corpi una endovena evidentemente collegata a qualche cosa. Ci addormentammo istantaneamente, non c'era più tempo per avere paura!

13

Non era facile! No! Non era affatto facile! Chi ero? Arvin, Anna, Arun, Jennifer, Arun, Arvin, Anna, Arvin, Jennifer....**chi eroooo!!!!**
Poi, lentamente, ricominciai a ritrovare, insieme agli altri, un certo equilibrio. Cominciammo a convivere insieme, seppi cosa voleva dire essere una donna, essere Jennifer, essere Anna, essere l'indiano Arun, essere me stesso! No! Non non era facile ma ci riuscimmo! Mi masturbai con il corpo di Arun, godetti toccandomi come faceva Jennifer... il corpo? Ma il corpo non c'era, o forse... nella nostra testa avevamo sempre lo stesso corpo e lo sentivamo vivo come non mai! Era incredibile, straordinario! Anna seppe di Ford, io seppi di Feodor! Guardammo i parenti di Arun, assemblammo insieme tutti i nostri ricordi: le foreste dell'India vista da un Arun bambino, la Luna, casa di Jennifer e Anna, le grandi città, dove andavo a ubriacarmi!
Poi... una voce: "mi sentite? Rispondete....mi sentite..." Continuava, continuava.
Si! Maledizione! Ti sentiamo, piantala! Ma non la piantava affatto. Cominciai a cercare un mezzo per comunicare, lo stesso fecero gli altri, non riuscivamo, poi capimmo: dovevamo farlo insieme, come un solo corpo! Piano piano, imparammo finché:
<Sta zitta cazzo!> Rispondemmo, la voce zittì!
Eravamo soddisfatti, ma evidentemente non bastava, dopo un po la voce ricominciò: "mi vedete? Riuscite a vedermi? Mi vedete?"
<No! Non ti vediamo!> Rispondemmo prima che quella voce diventasse ossessionante. Un'altra voce intervenne: <Cercate verso l'alto, assemblatevi agli apparati visivi, dai! Ce la potete fare, datevi da fare maledizione! Guardatevi intorno, guardate me! Avanti!!!>
Ci spronava, finché apparve una luce fortissima, istintivamente "socchiudemmo gli occhi", almeno quella era la sensazione: riuscivamo a vedere!
Il tempo passava, Arianna, la psicologa, ci ruppe molto le scatole, evidentemente non le piaceva il fatto che non eravamo ancora impazziti completamente! Aiutati un po da tutti imparammo ad usare le nanomacchine, i sensori e tutte le diavolerie che avevano assemblato nella nostra nuova "casa", finché si decisero finalmente a darci "un corpo"! Ci infilarono nel robot e...tanti auguri! Avevamo un corpo! Era una sensazione stranissima, "sentivamo" le gambe, le braccia, gli occhi, le mani, le orecchie; ci avevano dotato di sensori che ci permettevano di sentire gli odori! Ma tutto era potenziato, migliorato, fisicamente ci sentivamo bene come non mai, forti, scattanti! Vedevamo al buio e potevamo usare gli "occhi" come un potente cannocchiale o un microscopio! Percepivamo con estrema chiarezza e precisione il calore. Potevamo andare ovunque senza bisogno di protezione, non avevamo bisogno d'aria, ma avevamo la sensazione di respirare, grazie al sistema di ossigenazione artificiale cui eravamo dotati; vedevamo le radiazioni che potevano danneggiarci solo a valori estremamente alti. Eravamo "Superman"!
Iniziammo come un bambino che muove i primi passi poi, piano piano, aiutati e consigliati dai presenti, prendemmo confidenza. In breve tempo eravamo padroni della situazione! Eravamo in quattro! Quattro con un solo corpo, dovevamo imparare ad assemblarci fra di noi, ad agire all'unisono, pareva difficile, ma non fu così! Conoscevamo tutto di noi, i sentimenti, le idee, le aspirazioni, i vizi, tutto! Potevamo discutere fra di noi, avere idee diverse ma alla fine era indispensabile andare d'accordo, e così fu! Imparammo ad amarci!
Eravamo euforici! Andavamo ovunque, nelle sale comuni, negli uffici, pure negli appartamenti privati! Rompevamo le scatole a tutti. Commentavamo con la gente come era soddisfacente e bello essere in quello stato, dimostravamo la nostra forza e le nostre capacità finché ritornò Hesner! Il nostro vecchio amico si incollò a noi con l'evidente intento di calmarci!
I nostri corpi precedenti non ci mancavano affatto! Questo stato era sicuramente migliore. Però non c'era il gusto di assaggiare i cibi, bere una birra ghiacciata e cose simili. Non avevamo né fame né sete ma... avevamo un poco di nostalgia per tutto questo!
Hesner ci seguiva sempre come un'ombra, sembrava una suocera: "non fate questo! Non fate quello!" Calmatevi la signorina è ancora di carne! Non rompete le scatole a questa povera gente,

non ne può più! Etc., etc.... C'era un solo modo per evitarlo: uscire all'esterno!

Giapeto era un ammasso di rocce e ghiaccio, ghiaccio di ammoniaca oltre a tutto! Non particolarmente invitante, ma suo padre: Saturno, era un'altra cosa!

Uscimmo un po timorosi, non ci serviva nessuna tuta spaziale né particolari protezioni. Faticavamo a recepire il fatto di avere un corpo robotico. Lo sentivamo come il nostro corpo e per di più nudo! Potevamo percepire, attraverso sensori, il caldo e il freddo, non ci infastidiva più di tanto, ma la sensazione era quella di uscire nudi nello spazio vuoto, senza atmosfera ed a una temperatura vicina allo zero assoluto!

Fu necessario raccogliere tutto il nostro coraggio per farlo! Gli inservienti alle camere stagne, erano perplessi: recepivano la nostra ritrosia e il timore che avevamo ad uscire, ma loro vedevano solo un grosso robot!

Eravamo nella camera stagna esterna, avevano già aperto le porte ma non uscivamo! Davanti a noi si intravvedevano le rocce aguzze di Giapeto illuminate da Saturno. Avevamo paura ad uscire! Poi ci rendemmo conto che era come se fossimo già usciti! La camera stagna, aperta verso l'esterno, non aveva più aria e la sua temperatura era già inferiore ai 200 gradi centigradi sotto lo zero! Ci sentimmo ridicoli! Un passo, poi un altro, un altro ancora ed eravamo fuori! Alle nostre spalle la camera stagna finalmente si richiuse. Il paesaggio era selvaggio, se non fosse per una strada che passava davanti a noi e lontane costruzioni che ricordavano hangar, torri di controllo ed altro. Una navetta stava partendo, seguimmo il suo decollo e.... alzammo la testa! Saturno era là! Immenso! Sembrava coprire tutto il cielo, i suoi anelli erano ben visibili in una miriade di colori straordinaria. Avete mai visto un robot restare a bocca aperta?

Quel meraviglioso spettacolo era centuplicato nella sua bellezza dalla nostra sensazione di avere il nostro corpo originale, di essere nudi davanti a lui: a Saturno, a Dio!

Il senso di meraviglia fece posto ad un'euforia straordinaria, avevamo voglia di danzare, di cantare (cosa difficile nello spazio vuoto), di gridare, di correre e lo facemmo! Le nostre grida non potevano essere vocalizzate ma potevano diventare segnali radio!

Evidentemente, istintivamente, "gridammo" anche con la radio e qualcuno ci sentì: <Cosa succede?> Era il solito Hesner!

Ci immobilizzammo e rispondemmo: <Niente caro Hesner, solo che il drink che ci avete dato era un po troppo forte ma stai tranquillo, stiamo smaltendo la sbornia!>

Non avevamo il senso del tempo, passavamo settimane all'esterno per rientrare solo a "ricaricare le batterie" il nostro nuovo corpo, il robot, non aveva un'autonomia eterna! Durante uno di questi rientri fummo raggiunti da Hesner:

<Ragazzi!> Ci disse <E' arrivato il momento di cambiare.>

<Cambiare cosa?> Domandammo.

<Il vostro corpo naturalmente! Non uscite più all'esterno, domani vi inseriremo nella navetta che abbiamo predisposto per voi.>

<Già domani?>

<Si certo! Il tempo passa ed è necessario che vi abituate allo spazio, a comandare una, sia pur piccola, nave spaziale, essa sarà voi! Sarà il vostro corpo, così sarà più facile la vostra integrazione nell'astronave Maja.>

<Quanto tempo manca al nostro trasferimento su Plutone?> Domandammo.

<Plutone sta per transitare all'interno dell'orbita di Nettuno, avete tre settimane per abituarvi al vostro nuovo "status" con la navetta, poi partirete per il rendevous con il planetoide. Io partirò domani, subito dopo il vostro inserimento nella navetta, vi aspetterò su Plutone. Voi sarete in contatto continuo con il Controllo Spaziale di Saturno, vi è un'equipe ben addestrata che vi darà tutte le informazioni, il supporto e le indicazioni necessarie. La navetta è già predisposta per passare un lungo periodo nello spazio. Non ha le normali strutture atte a tenere in vita e operativo un equipaggio normale: né aria, né cibo o altro, solo quello che è necessario per diventare letteralmente il vostro nuovo corpo. Possiede un piccolo ed efficiente motore atomico. La controllerete totalmente, come attualmente controllate il robot, anzi molto meglio! Ha un sistema computerizzato molto avanzato che farà parte del vostro "cervello", attraverso di esso, durante il viaggio per

Plutone, farete un "ripasso" di tutte le informazioni teoriche, tecniche, esoteriche ed altro, che avete acquisito, non vi annoierete!>

<Il viaggio per Plutone?> Lo interrompemmo.

<Si, fra ventidue giorni esatti il Controllo Spaziale vi darà le coordinate per il rendevous con Plutone e partirete voi stessi con la navetta in cui sarete inseriti. Quindi fate ben attenzione, per quell'epoca dovrete trovarvi in orbita fra Saturno e Giapeto, se vi allontanerete tenete conto di questo appuntamento, altrimenti il vostro viaggio sarà molto più lungo e avremo difficoltà.>

<Sappiamo che con le coordinate spaziali non si può scherzare, stai tranquillo Hesner. Ma dicci, quanto durerà il viaggio per Plutone e cosa accadrà una volta arrivati?>

<Il viaggio durerà circa un mese e mezzo.> Rispose <Una volta arrivati la base locale dell'**Agenzia** si metterà in contatto con voi e vi darà le coordinate di atterraggio. Là sarete reintegrati in un nuovo corpo robotico più grosso ed efficiente di questo, purtroppo per voi mi ritroverete e vi darò le istruzioni successive.>

<Per quando prevedi la nostra partenza per le stelle?>

<Se tutto va bene ci vorrà circa un anno, ragazzi miei!>

Così cambiammo nuovamente corpo! La cosa cominciava a diventare noiosa, ci eravamo appena abituati al nostro corpo robotico che si cambiava di nuovo!

Ma non fu noioso!

Hesner ci portò in un hangar più grosso degli altri, una grande cupola munita di enormi portelli stagni che conteneva aria!

All'interno vi era la "navetta", più che altro sembrava una piccola nave spaziale interplanetaria, troppo grossa per una semplice navetta!

Tutto intorno macchinari e robot di ogni genere e centinaia di inservienti! Una zona, nei pressi della navetta stessa, sembrava un vero e proprio ospedale ma, questa volta, i lettini non c'erano! Questa gente non scherzava!

Hesner ci presentò una ragazza molto giovane dai lineamenti orientali:

<Lei è Chang Lai, è la responsabile del vostro nuovo trasferimento, io devo andare, ci vedremo su Plutone, vi lascio nelle sue mani, arrivederci ragazzi!>

Salutammo Hesner poi ci rivolgemmo alla piccola e graziosa Lai:

<Bene! E' questo il nostro nuovo corpo?> Le chiedemmo indicando la navetta.

<Si cari!> (Cari?), aveva una voce squillante e trasudava energia.

<Siamo già pronti, vi trasferiremo immediatamente. Ci siamo permessi di dare un nome alla navetta, spero non vi dispiaccia!>

<No certo! Come l'avete chiamata?>

<Dalila, vi piace?>

<Si, basta che non pensiate a noi come Sansone!>

Lai si mise a ridere, poi:

<Speriamo di no cari! Ma procediamo. Una volta inseriti in Dalila verrete immediatamente contattati dall'equipe del Controllo Spaziale che vi darà tutto il supporto necessario e le indicazioni per abituarvi al vostro nuovo corpo. Sarete seguiti passo su passo, fino a quando sarete in grado di decollare ed, ovviamente, anche dopo. Domande?>

E che domande potevamo fare?.... Ormai......

Pensavamo che il nuovo passaggio sarebbe stato meno traumatico, ci sbagliavamo! Quando il nostro corpo era il robot "sentivamo" le gambe, le braccia, le mani, etc.... Ora le nostre gambe erano un motore atomico, le braccia i razzi direzionali, le mani.... dove cavolo erano le mani? Potevamo parlare come prima, comunicare con gli astanti, vederli. Ma la nostra vera voce era un sistema radio e un sistema laser, la nostra vera vista un sistema radar e una straordinaria visione dell'esterno davanti, a lato, dietro la navetta! Faticammo molto a controllare questa vista così poliedrica.

Fummo soggetti ad un periodo di disorientamento quasi totale!

Ma, come già era accaduto durante la prima "disiscorporazione" qualcuno ci stava rompendo le scatole:

<Qui il Controllo Spaziale di Saturno, Dalila rispondete!.... Qui il Controllo Spaziale di Saturno, Dalila rispondete!.... Qui il Controllo Spaziale di Saturno, Dalila rispondete!....>
Era ossessionante, alla fine fummo costretti a rispondere!
<Qui Dalila> riuscimmo faticosamente a biascicare <siamo vivi, almeno lo crediamo! Voi che ne pensate?>
Qualcuno rise. <Si siete vivi, state tranquilli! Cercate di abituarvi al nuovo stato e lasciate stare i motori, le gambe e le braccia, per intendersi, cercate di toccare l'aria circostante, andateci piano e state tranquilli ne usciremo bene.>
Così finimmo per scoprire di avere anche le mani, bastava pensare di toccare lo spazio circostante, la superficie della navetta "sentiva" l'aria, il calore, pure gli odori che la circondavano. Certo non era facile "annusare con le mani"!
La scoperta più traumatizzante fu l'ampliamento della nostra memoria e delle nostre capacità intellettuali causato dal sistema computerizzato della navetta cui eravamo collegati. Là vi erano anche miliardi di informazioni ed il "tutor" che, come ci aveva anticipato Hesner, avremmo potuto utilizzare durante i periodi di relativa calma. Scoprimmo che quel sistema computerizzato serviva soprattutto ad abituarci a lui, su Maja avremmo trovato un sistema molto più complesso, comprendemmo che i computer di Maja erano quello di più avanzato che l'umanità, attraverso la sua più straordinaria organizzazione: l'**Agenzia**, avesse mai avuto!
Non esisteva un vero e proprio spazio vuoto, all'interno della navetta, non sarebbe servito a nulla. Tutto era occupato dal motore, computer e strumentazioni. Solo una piccola parte era adibita al nostro sostentamento e per il contenitore dove ci avevano messo dopo la nostra "disiscorporazione". Fu dura ma ci abituammo: il nostro nuovo corpo era una vera e propria nave spaziale!
<Dalila a Controllo Spaziale, Dalila a Controllo Spaziale, rispondete!>
<Qui Controllo Spaziale di Saturno, diteci, tutto bene?>
<Si, siamo pronti, l'hangar è aperto chiediamo il permesso di decollare.>
<Lo spazio è vostro Dalila, siete liberi! Andate!>
Le nostre "gambe" ruggirono e, in un attimo, ci trovammo lontani da Giapeto, davanti a noi Saturno e i suoi anelli!
Le nostre sensazioni erano indescrivibili, avevamo un corpo straordinario, potevamo usarlo per volare nello spazio, nulla poteva fermarci!
Fu un momento di esaltazione assoluta, non capivamo più nulla! Come bambini guardavamo lo spazio intorno a noi, Saturno, Giapeto, le stelle, non le avevamo mai viste così, lo spazio era la nostra casa!
Avevamo la capacità di trovare istantaneamente la posizione della Terra, dei pianeti, i satelliti, le stelle, le galassie. La nostra vista poteva essere telescopica, cercammo la Luna, la Terra, Marte, potevamo vederli come se fossero vicini a noi.
Non resistemmo, ci gettammo negli anelli di Saturno come un bambino si sarebbe gettato nella neve!
Gli anelli erano formati da piccole rocce e ghiaccio che, illuminate dal sole, risplendevano con tutti i colori dell'iride! La nostra vista poteva spaziare oltre l'infrarosso e gli ultravioletti, mai uomo aveva potuto godere di un così straordinario e imponente spettacolo!
Non era ancora stato stabilito con certezza da cosa erano stati formati. Era comunque quasi sicuro che fosse una serie di eventi: una cometa, meteoriti ed asteroidi che si erano avvicinati troppo al gigantesco pianeta nel periodo turbolento della sua formazione, quando ancora doveva decidere se essere quello che è diventato oppure trasformarsi in un piccolo sole!
Il pianeta, più sotto, in effetti non era da meno, la sua atmosfera gassosa si muoveva in continuazione anch'essa con colori e manifestazioni imponenti.
Come Giove, il suo fratello più grande e il lontano Urano, Saturno era, infatti, una stella mancata. Di massa troppo piccola non era riuscito ad innescare le reazioni termonucleari necessarie a formare un sole, ma ci era andato vicino, molto vicino! Non era certo un caso se anche Nettuno, Urano e Giove, anch'essi "stelle mancate", hanno degli anelli, sia pure molto meno imponenti di quelli di Saturno! Fra i tre quest'ultimo è il più piccolo, anche di Urano, la cui massa però è inferiore, ma è

sicuramente il più bello! Letteralmente razzolavamo in mezzo agli anelli, con le nostre "mani" li sentivamo come nostri, li "gustavamo" e ne sentivamo "l'odore" (cioè la sostanza che componeva le varie particelle). Le nostre "mani" tenevano lontano dallo scafo i detriti che formavano gli anelli stessi, ma non era certo troppo facile, per cui ci inserimmo nello spazio lasciato fra un anello e l'altro. Però anche quello spazio era pieno di microdetriti che potevano causare danni. Non eravamo certo preoccupati da eventuali perdite d'aria, non c'era! Ma era sempre possibile che venisse danneggiata qualche piccola e delicata apparecchiatura del nostro "corpo".
<Qui Controllo Spaziale, Dalila rispondete!>
<Qui Dalila, parlate!>
<Allontanatevi da quell'area, è pericoloso, ripetiamo allontanatevi!>
Sia pure a malincuore ubbidimmo, ma solo per immetterci in un'orbita più interna, fra gli anelli e Saturno!
Vi restammo molto a lungo, quella posizione ci permetteva ancora di ammirare gli anelli, solo che il sole non li illuminava se non in brevi periodi e sull'asse longitudinale, questo limitava la visione della loro bellezza. Però sotto di noi gigantesco ed inquietante, vi era il pianeta e lo spettacolo dato dall'atmosfera gassosa di Saturno era anche più imponente e straordinario di quello degli anelli. La nostra posizione non era delle migliori: fra l'incudine (i detriti e polveri degli anelli che potevano sempre minacciare lo scafo, la nostra "pelle") e il martello (la spaventosa forza di gravità del gigante che ci attirava invitante).
Tutto ciò ci costringeva ad essere sempre ben vigili e attenti, cosa che comunque facevamo molto bene. Anche noi, sia pure nel nostro nuovo stato, dovevamo dormire! Normalmente la cosa non era particolarmente fastidiosa, né importante. Dormendo i nostri sogni, le nostre paure, i nostri incubi e le nostre perversioni venivano condivisi da tutti, per cui, anche quando eravamo un robot, trovavamo più comodo dormire tutti insieme. Era facile, se uno di noi si addormentava lo facevano tutti! In quella situazione non era possibile dormire, occorreva farlo a turni ma... non era affatto semplice!
A tutto ciò si aggiungeva la "mamma"! Avevamo cominciato a chiamare così il Controllo Spaziale, che non sembrò risentirsene più di tanto. Dopotutto ci chiamava Dalila!
Ma la "mamma" era sempre più soggetta ad attacchi isterici causati da quella che, evidentemente, considerava un'incoscienza totale ed una vera insubordinazione!
Per evitare che la "mamma" avesse un infarto e che noi ci addormentassimo, sia pure a malincuore, ci togliemmo da quella scomoda posizione.
Ci spostammo nello spazio profondo e, dopo averne informato "mamma", provammo l'esperimento del sonno! Uno solo di noi doveva dormire, gli altri avrebbero cercato di restare svegli per capire cosa sarebbe accaduto e, quindi, se era possibile, in particolari situazioni dormire a turno. La "mamma" non lo sapeva, nessuno lo sapeva! Svegliarci non era un problema, la navetta era il nostro corpo, per cui qualsiasi variazione nello spazio circostante, qualsiasi segnalazione o altro, venivano percepite immediatamente dal nostro "corpo" e ci avrebbe svegliati.
Toccò a me, evidentemente il più dormiglione! Mi addormentai immediatamente e così anche tutti gli altri! Esperimento fallito miseramente!
Provammo ancora, uno di noi: Jennifer, riuscì a restare sveglia dieci minuti buoni! Provammo, provammo e riprovammo! Alla fine arrivammo alla conclusione che, in caso di emergenza assoluta, uno o due di noi riusciva a stare sveglio, ma i nostri sogni lo mettevano in uno stato confusionale che rallentava le sue capacità di reazione. Se non era assolutamente indispensabile ci conveniva dormire tutti insieme!
Condividevamo anche i sogni! Sogni molto normali ma era inquietante fare quattro sogni contemporaneamente! Ci volle tempo per abituarci!
Viaggiammo in lungo e largo, arrivammo anche abbastanza lontano da Saturno, ci sarebbe piaciuto visitare gli altri pianeti, ci sarebbe piaciuto molto... ma le distanze erano troppe ed il tempo a disposizione troppo poco. Ci crogiolavamo nello spazio profondo!
Il nostro nuovo corpo ormai non aveva più segreti per noi e ne eravamo pienamente soddisfatti.
L'idea che avremmo ancora dovuto passare un periodo come robot non ci entusiasmava affatto!

Arrivò il giorno stabilito.

Da bravi ragazzi ci eravamo inseriti fra Giapeto e Saturno quando:

<"Mamma" a Dalila, "mamma" a Dalila, rispondete!>

<Ciao "mamma", siamo qui da bravi bambini!>

<Ok Dalila, vi trasmettiamo le coordinate per il rendevous con Plutone, da quella posizione dovrete partire fra 83 secondi, preparatevi.>

<Ricevuto "mamma", le coordinate sono chiare, ci prepariamo a lasciare l'orbita.>

<Addio Dalila, auguri, "mamma" vi abbraccia e vi invidia. Andate a caccia di stelle! Buona caccia ragazzi!>

Una cosa che non era stata prevista era piangere! Chissà come ma sentivamo un nodo alla gola, avremmo mai rivisto questo meraviglioso spettacolo: Saturno, i suoi anelli, Giapeto e gli altri satelliti (avevamo visitato tutti i suoi 62 satelliti, uno per uno!) ed anche "mamma"... ci sarebbe mancata!

<Addio "mamma",> riuscimmo a dire <..... ruberemo una stella per te....>

Le nostre "gambe" si misero a correre seriamente, partimmo velocissimi verso Plutone. Ci aspettava un noioso periodo di studio prima di arrivare, ma poi... Saremmo andati a caccia di stelle!

Plutone era là, davanti a noi! Una palla di roccia e ghiaccio, con un'atmosfera che, ogni tanto, si raffreddava ad un punto tale da gelarsi. In quel momento il planetoide, nella sua rivoluzione eccentrica, era abbastanza vicino al sole da avere l'atmosfera libera. Quindi appariva come un luogo pietroso, piuttosto piccolo (anche la Luna è più grande!) e decisamente poco ospitale. Passammo vicino ai cinque satelliti, quattro poco più che delle rocce ma Caronte era un'altra cosa, quando la radio si mise a trasmettere:

<Qui Hesner, come va ragazzi?>

Impossibile liberarsene! <Va bene, pensavamo di andarcene per conto nostro, ma non l'avremmo mai fatto senza salutarti!>

<Mi fa piacere! Vi invio le coordinate di atterraggio.>

<Ok a presto Hesner.>

Individuammo subito il luogo dell'atterraggio, dallo spazio, anche grazie alla nostra nuova vista, si vedeva chiaramente la scintillante e nuovissima base dell'**Agenzia**. Per la prima volta, da quando ci avevano dato la navetta come corpo, atterravamo su un pianeta.

Dovevamo entrare in un hangar molto simile a quello di Giapeto, là, lo sapevamo, ci avrebbero tolti da Dalila per immetterci ancora in un cavolo di corpo robotico. La cosa non ci piaceva affatto, ci eravamo abituati ad essere la piccola nave spaziale, ma... il prossimo passo erano le stelle! Furono fin troppo efficienti, in quattro e quattr'otto ci ritrovammo nuovamente nel corpo di un robot!

La prima sensazione fu quella di essere nudi! O meglio, avevamo l'impressione che ci mancasse qualcosa che ci avessero amputati! Ed era realmente così, non potevamo volare, non potevamo correre nello spazio, eravamo stati derubati di qualcosa! Comunque ci adeguammo molto rapidamente alla nuova situazione, cominciavamo a farci l'abitudine!

Il nostro nuovo "corpo" era piuttosto diverso dal precedente, meno massiccio ma decisamente più efficiente. Lo provammo quasi subito, era come essere diventati degli sportivi, ci sentivamo particolarmente agili. Durante queste prove ci raggiunse Hesner: <Come va ragazzi?> Esordì.

<Ciao Hesner, abbastanza bene, questo robot è assolutamente eccezionale, ma ci manca la navetta!>

<Non preoccupatevi più di tanto, stiamo rinnovando Dalila, presto potrete collegarvi a lei e potrete ritrovarvi nello spazio esattamente come prima. Tutto questo fa parte del nuovo addestramento cui sarete sottoposti. Dovete abituarvi ad assemblarvi a navette, moduli ed elementi esterni al vostro "corpo". Quando partirete si suppone visiterete altri pianeti, dovrete inviare sonde, navette, robot e quindi dovete sin d'ora cominciare ad abituarvi a considerare questi mezzi come se siano parte integrante del vostro stesso corpo.

Ovviamente non potrete atterrare direttamente su un pianeta con l'Astronave, ma i supporti spaziali e di esplorazione che porterete saranno come parte di voi e potrete visitare i pianeti senza staccarvi da Maja ma come se foste là in prima persona, anzi.... sarete là!>

<Fantastico!> Gridammo realmente entusiasti, <Quando inizieremo?>

<Basteranno tre giorni per terminare i lavori, è tutto già predisposto e nel vostro nuovo corpo troverete, se non l'avete già fatto, i collegamenti necessari. Vi allenerete con Dalila, ci aspettiamo che viaggiate nello spazio circostante e che vi abituate ad atterraggi, anche difficili, sia su Plutone che sui suoi satelliti. Tutto questo per i prossimi quattro mesi, dopo vi integreremo all'interno di Maja e continuerete il vostro "stage" direttamente con le funzioni dell'Astronave Stellare. Se tutto va bene partirete fra circa nove mesi.>

<Il tempo di fare un bambino!> Commentammo.

<Si!> Rispose Hesner <Faremo un bel bambino!>

Non avevamo trovato i collegamenti alla navetta inseriti all'interno del nostro nuovo corpo, ma non li avevamo neppure cercati, quindi...eccoli là! Hesner ci informò che, fino al completamento dei lavori nella navetta, sarebbero stati inerti, quindi non ce ne preoccupammo più.

Passammo i successivi tre giorni a conoscere i compagni dell'**Agenzia** ed a visitare la base.

Plutone era uno dei punti più avanzati dell'umanità nello spazio. Un pianeta decisamente difficile! La base era stata costruita in una zona particolarmente protetta. Là, ci informarono, l'atmosfera non gelava mai, le rocce contenevano una curiosa composizione metallica che ricordava il titanio! Vi erano ottime garanzie di durata.

Non era molto grande e costruita in modo essenziale, vi era poco spazio per il relax, solo una piccola stanza con un bar e un po di musica.

Imponenti, invece, gli hangar e le industrie esterne, dove un'attività febbrile faceva ben comprendere che là si stava facendo qualcosa di straordinario!

Hesner era la nostra ombra, anche nelle passeggiate esterne.

Durante una di queste ci invitò a seguirlo. Si recò in una zona d'ombra, lontano dalla base, e ci indicò il cielo; si vedeva una grossa stella, Hesner sussurrò:

<Ecco Maja!>

Usammo subito la nostra vista eccezionale e, davanti a noi, apparve qualcosa di incredibile! Sembrava un planetoide! O un grosso meteorite allungato e lucente!

Avete mai visto un robot restare a bocca aperta? Si! L'avete già visto, bene! Guardatelo ancora! Mai l'umanità aveva costruito qualcosa del genere, un'astronave di 35 km. per tre! Assolutamente incredibile, straordinario! La luce del sole lontano la illuminava come un albero di Natale! Ci venne una gran voglia di visitarla, di andare là! Hesner cercò di calmarci, non era il momento ma, quando saremo collegati alla navetta, potremo visitarla ma ancora da lontano e facendo ben attenzione perché l'**Agenzia** stava tuttora lavorando alla nave e decine e decine di navette e moduli transitavano vicino ad essa, comunque sia, ci informò, occorrerà non avvicinarsi oltre i 100.000 km.. Infatti, notammo molte navette che facevano la spola continuamente fra Plutone e Maja ed altre che stazionavano nei pressi di quel gigante!

Quella cosa doveva divenire il nostro ultimo corpo! Non riuscivamo a capacitarcene, pazzesco! Rientrammo pensierosi nella base. Hesner ci lasciò soli nella nostra stanza. Anche se per un robot era abbastanza inutile, anche noi avevamo una stanza, evidentemente un luogo dove, normalmente, sostavano umani "normali", poiché aveva cucina, bagno e camera da letto, cose inutili per noi. Crediamo che ci abbiano messo quell'appartamentino a disposizione più che altro per non farci dimenticare la nostra "umanità".

Vi era anche un personal e una consolle dotata di diversi monitor, attraverso questi potevamo collegarci con qualsiasi punto della base e trovare programmi di intrattenimento, ma, anche in questo caso, erano inutili poiché il nostro "corpo" era già di per sé un personal, consolle e monitor ben più efficiente. Tutto fatto salvo per i programmi di intrattenimento, ma avevamo noi stessi un magnifico e personalissimo "programma di intrattenimento" che usavamo ogni volta che ci ritiravamo a riposare: facevamo l'amore!

Fare l'amore nel nostro caso era un'esperienza assoluta e straordinaria! Come descriverla? All'inizio eravamo stati un po cauti, facevamo l'amore in coppia, spesso io con Jennifer e Anna con Arun; qualche volta ci scambiavamo, ma comprendemmo subito che così non poteva funzionare. Io sentivo le sensazioni di tutti gli altri: ero Jennifer, ero Anna, ero Arun e, ovviamente, per gli altri era la stessa cosa! Fatti diversi "esperimenti" (provammo anche io ed Arun e Anna con Jennifer) dovemmo "arrenderci".

Iniziammo così a fare l'amore tutti e quattro insieme! Con i nostri corpi originali è fisicamente impossibile, nel nostro caso era normale! Facevo l'amore contemporaneamente con Jennifer, Arun e Anna! Si può immaginare una cosa del genere senza provarla?

Non era più solo sesso, da tempo avevamo imparato a rispettarci e a liberare i nostri sentimenti. Ora, uniti in un solo corpo, conoscevamo ogni cosa l'uno dell'altro e il nostro amore trascendeva il rapporto fisico, era meraviglioso!

L'**Agenzia** l'aveva previsto! Era uno dei suoi obiettivi, questo sentimento, ormai fortissimo, che accomunava noi quattro, era la "chiave di Volta" che ci avrebbe permesso di superare la terribile prova che ci attendeva! L'Amore con la maiuscola è il sentimento più forte in assoluto, qualcosa che poteva superare lo spazio e il tempo; poteva superare la morte stessa! Potevamo morire, dimenticare noi stessi, perderci nell'infinito, ma l'Amore sarebbe rimasto! Nessuno meglio di noi avrebbe mai avuto occasione migliore per comprendere che l'Amore è la forza che muove i mondi, che scalda le stelle; l'Amore è la forza che fa muovere l'universo! Era l'Amore che ci permetteva di convivere insieme e condividere le esperienze ed i pensieri più nascosti. Era l'Amore che ci impediva di impazzire del tutto, che ci faceva agire con un solo corpo ma con quattro coscienze diverse!

L'**Agenzia** lo sapeva ed aveva deciso di usare e sfruttare questo sentimento, l'unico che ci avrebbe permesso di affrontare l'infinito, le stelle, la morte, Dio stesso!

<Ragazzi siamo pronti!> Ci chiamò Hesner. <La navetta è stata predisposta, vi consiglio di mettervi in un posto tranquillo e, quando mi avvertirete, darò disposizione di aprire il collegamento.>

Ci recammo di corsa nella nostra stanza, ci mettemmo "comodi" e avvertimmo Hesner: <Ok, quando vuoi!>

<Fate le cose con calma, non precipitate le cose, aspettate, siate sicuri, prendete confidenza con il vostro nuovo stato; ma ormai siete abituati a questi passaggi! Ok, via!>

Ritrovammo immediatamente i collegamenti e... fummo nuovamente Dalila!

Avevamo recuperato il nostro vecchio corpo: la piccola nave spaziale!

Ci prese una grande euforia ma, riuscimmo a calmarci! La nave era tornata ad essere le nostre gambe, le nostre mani, i nostri occhi.... ma, contemporaneamente "sentimmo" il nostro vecchio corpo: il robot!

Potevamo estraniarci completamente dal corpo del robot, ma bastava uno stimolo anche minimo per "sentire" nuovamente il robot!

La sensazione era stranissima, potevamo essere in due posti contemporaneamente, la navetta ed il robot, il robot e la navetta.... e tutto questo era il nostro "corpo"! Provammo a dividerci: due di noi collegati alla navetta, altri due al robot, ma era difficilissimo poiché i due nel robot sentivano le emozioni e la fisicità che vivevano gli altri due nella navetta, e viceversa.

Facemmo molti esperimenti e così scoprimmo che era possibile, ma per poco tempo, un po come i vecchi tentativi che avevamo fatto quando volevamo dormire a turno. La soluzione, come in quel caso, era quella di accettare questo stato tutti e quattro contemporaneamente.

Imparammo ad avere due corpi nello stesso istante. Dopo molti esperimenti e prove aprimmo la comunicazione con la base:

<Bene! ci siamo, chiediamo il permesso per il decollo!>

<Permesso accordato ragazzi!> Rispose una voce <Buon volo!>

Come quasi un anno prima ci lanciammo nello spazio! Ancora una volta provammo delle sensazioni inebrianti, straordinarie! Era meglio che ubriacarsi! Era esilarante! Lo spazio era la nostra casa, il nostro letto, il nostro vero mondo!.....

Non riportammo la navetta nell'hangar, era inutile. Quando volevamo rientrare nel corpo del robot, lui era lì ad attenderci, così potevamo lasciare Dalila tranquillamente nello spazio profondo, o in qualche orbita, e ritornare istantaneamente alla base per conferire con Hesner o altri oppure, semplicemente, fare un giro su Plutone o fra i laboratori e le stanze della base stessa. Visitammo i cinque satelliti di Plutone: Caronte, Notte, Cerbero, Stige e Idra. Atterrammo sui cinque satelliti più volte, qualche volta anche rischiando molto. Su consiglio (o forse era un ordine?) di Hesner, imbarcammo (meglio dire che immagazzinammo attaccandolo all'esterno della navetta) il "nostro" robot e, durante alcuni dei nostri atterraggi sui satelliti, "entrammo" all'interno del robot per passeggiare sul loro suolo accidentato.

Stessa cosa fu fatta su Plutone. L'atmosfera del pianeta si gelò donandoci uno spettacolo meraviglioso: Plutone divenne un caleidoscopio di colori e di formazioni ghiacciate che parevano immense cascate sparse ovunque sul suolo del pianeta. Atterrammo su questo ghiaccio e uscimmo con il robot. Le sensazioni e la meraviglia erano straordinarie, non c'era limite alla grandezza della natura!

Ci avvicinammo a Maja! Era qualcosa di assolutamente incredibile, immensa, l'uomo non aveva mai costruito qualcosa di anche solo minimamente paragonabile. Vedere quella nave che sembrava riempire lo spazio ci dava una grande soggezione. E pensare che quello sarebbe stato il nostro "corpo" definitivo, incredibile!

Era gigantesca! 35 Km. di lunghezza, dava un senso di potenza, non era tozza ma affusolata, come se dovesse affrontare l'atmosfera. Era larga tre km. e non presentava protuberanze di nessun genere. I motori atomici e la sede dei nostri cervelli erano assolutamente insignificanti e nascosti all'interno dell'immensa nave stellare. Così anche le piccole navette (ne aveva otto) e i moduli (54). Tutte queste cose avrebbero fatto parte del nostro "corpo" stentavamo a crederlo! Si aggiungevano milioni di sensori sparsi per tutta la nave ma assolutamente invisibili, ed anche quelli, come tutte le cose, le paratie, il metallo, tutto sarebbe stato una parte del nostro "corpo"!!!

Intorno a Maja centinaia di navette, moduli spaziali e cose che neppure noi comprendevamo, si agitavano convulsamente. Era l'apoteosi! L'**Agenzia** aveva profuso nell'astronave il suo massimo sforzo, forse non si sarebbe potuta ripetere mai più un'avventura del genere!

Ci rendemmo conto con un certo timore che le nostre esperienze passate: la disiscorporazione, i robot, la navetta, erano niente in confronto a quello che ci aspettava!

Comunicammo via radio i nostri dubbi e le nostre paure a Hesner che ci rispose:

<E' vero ragazzi! L'avventura deve ancora cominciare. Non sarà facile abituarsi al "corpo" di Maja, sarà un'esperienza completamente nuova, ciò che avete già passato è soltanto un piccolo assaggio di quello che vi aspetta. Vorrei dirvi di non preoccuparvi, darvi "una pacca sulle spalle", ma, onestamente, non posso. Tutto è nuovo, non sappiamo cosa accadrà, non sappiamo neppure se sarete veramente in grado di sopportare di essere Maja! Voglio solo ricordarvi che siete e sarete sempre in tempo a ritirarvi, solo quando partirete non potrete più ritornare indietro! Ma, nel contempo, ricordatevi quello che ha detto Devi: *"Le stelle oltre la morte!"* E' questo che vi attende.>

Hesner era un vero bastardo!

Il giorno tanto temuto e tanto amato, arrivò:

<Ragazzi ci siamo, andate su Maja, vi aspettano!> Ci comunicò Hesner.

Il nostro robot era sempre attaccato alla navetta Dalila, per cui non c'era problema, rispondemmo:

<Ci assembleremo a Maja?>

<Esatto, troverete sul posto i tecnici dell'**Agenzia**, quando sarete nei pressi dell'Astronave Stellare vi comunicheranno cosa fare... Io vi saluto ragazzi! Resterò a lungo su Plutone, chissà forse tornerete, in caso contrario vorrei dirvi che... siete degli eroi! Addio ragazzi!>

<Come sempre sei molto consolante Hesner. Comunque addio anche a te e... buona fortuna! Buona fortuna a te ed a tutta l'umanità! Addio Hesner...>

Possono quattro cervelli inseriti in un robot che hanno come corpo una navetta essere emozionati? Sì! E' possibile!

Al momento della trasmissione eravamo in orbita nei pressi di Plutone. Non so cosa ci prese ma ritenemmo doveroso rivisitare dapprima i cinque satelliti, poi ci buttammo a tutta velocità verso il pianeta. L'atmosfera era ancora ghiacciata, per cui non era molto rischioso. Sorvolammo il pianeta da un'altezza pericolosa anche per un elicottero! Sfiorammo i tetti della base dell'**Agenzia** e ci buttammo verso lo spazio esterno! Era questo il nostro modo di salutare!

Maja era a 300.000 km. da Plutone, una distanza abbastanza importante anche per una navetta spaziale. Man mano che ci avvicinavamo l'Astronave ingrandiva fino a mostrare tutta la sua imponenza.

Il via vai di navette e moduli non appariva affatto diminuito! Saremmo stati semplicemente una delle tante navette in avvicinamento.

Per la prima volta superammo il limite di 100.000 km. che ci aveva imposto Hesner. Ci avvicinavamo cauti e un po timorosi! 50.000 km., 40.000, 20.000, 10.000 l'astronave cominciava a riempire lo spazio davanti a noi... 1.000 km, 500, 200, 100: Maja occupava tutta la visuale.

<**Agenzia** a navetta Dalila, **Agenzia** a navetta Dalila, rispondete!>

Le sorprese continuavano! Non era mai accaduto che un posto di controllo, una base o chicchessia, si presentasse come l'**Agenzia**, la fantastica e leggendaria organizzazione cui appartenevamo, ma qui era l'**Agenzia**!

<Qui Dalila, vi ascoltiamo.> rispondemmo.

<Mettetevi in un'orbita stazionaria intorno a Maja e attendete ordini!>

Non si scherzava più!

Restammo in orbita quasi due giorni, eravamo convinti ormai di essere stati dimenticati quando fummo risvegliati bruscamente alla realtà:

<Dalila, qui **Agenzia**, rispondete!>

<Eccoci! quali disposizioni?>

<Vi inviamo le coordinate di avvicinamento, operate immediatamente! Appena giunti staccatevi dalla navetta e liberate il robot, un modulo vi si avvicinerà, seguitelo ed attendete istruzioni!> C'era poco da discutere! Era quasi meglio Hesner! Obbedimmo e subito arrivò il modulo.

Ci segnalarono di attaccarci ad esso con il robot. Eseguimmo.

Il modulo, insieme a noi, si accostò alla Nave Interstellare che ormai conteneva tutto il campo visivo. Davanti a noi si aprì un portello, il modulo ci portò verso di esso poi:

<Staccatevi dal modulo, entrate nel portello, troverete degli inservienti umani, affidatevi a loro!> Quella voce cominciava ad esserci antipatica! Comunque riuscì a farci ubbidire alla lettera! Una volta entrati ci trovammo in uno spazio decisamente troppo angusto: il robot non ci stava! Gli umani indossavano tutti tute spaziali, non ci dissero nulla, senza che potessimo reagire minimamente ci staccarono dal "corpo" del robot e fummo assemblati ad una nuova realtà! Tutto si era svolto così rapidamente e convulsamente da non darci neppure il tempo di provare nostalgia per la navetta Dalila ormai abbandonata per sempre, né per il nostro povero "corpo" robotico. Non ci avevano dato il tempo di pensare!

Ci trovammo così, quasi senza rendercene conto, assemblati alla Nave Interstellare Maja!

Maja era il nostro corpo!

Non ci capivamo niente! Per fortuna una voce ci venne in aiuto:

<Ciao ragazzi! State tranquilli, io sono qui con voi per aiutarvi ad abituarvi al vostro nuovo e vero "corpo"! Mi chiamo Elisa e sarò con voi fino a quando vi sentirete pronti per partire.>

Ci disse quella voce! Era una voce femminile, molto calda e pacata, quello che ci voleva in quel momento!

<Chi sei Elisa?> Riuscimmo faticosamente a rispondere attraverso i nuovi sensori cui non eravamo ancora abituati.

<Sono un'ingegnere, ma non spaventatevi dalla mia qualifica, sono una ragazza di 36 anni, da sempre reclutata dall'**Agenzia**, conosco molto bene i sistemi cui siete collegati e... non sono sposata!>

Interessante! Jennifer e Anna ebbero un fremito d'insofferenza!

Aiutati da Elisa cominciammo ad esplorare il nostro nuovo corpo: era assolutamente soddisfacente e straordinario. Altro che Superman! Quello era niente in confronto a noi!

I sensori del nostro "corpo" erano milioni, imparammo a riconoscerli come riconoscevamo le nostre dita, i nostri sensi, i pori della nostra pelle! Così le navette, i moduli ogni cosa appartenente alla Nave.

Imparammo a far partire le navette ed i moduli della nave, li inviammo su Plutone e sui suoi satelliti, eravamo noi, sempre noi, fisicamente in prima persona, che atterravamo sul pianeta, su Caronte, su Notte, su Idra! Hesner aveva ragione, l'esperienza con la navetta Dalila era stata uno scherzo!

Utilizzammo il motore atomico della nave, spostammo agevolmente quel gigante nello spazio fino a quando raggiungemmo la stessa sensibilità, anzi probabilmente superiore, che avevamo avuto con la navetta.

Effettuammo, seguiti costantemente da Elisa, centinaia di simulazioni in ultra luce. Occorsero ben due anni per recepire tutte le potenzialità di Maja e diventare realmente un tutt'uno con l'Astronave Stellare. Molto di più di quanto aveva previsto l'**Agenzia**. Ma questa incredibile organizzazione poteva avere una pazienza straordinaria. Non ci fecero mai fretta, anzi, volevano essere ben certi della nostra totale integrazione. Elisa era sempre lì, pareva non dormisse mai, non ci abbandonò neppure un istante! Ormai Maja non aveva più segreti, la sentivamo parte di noi, era il nostro corpo definitivo, ci pareva che l'astronave fossimo noi, la recepivamo come non avevamo recepito neppure il nostro originale corpo di carne e sangue!

L'Astronave, al di là delle navette, dei moduli, di tutte le apparecchiature ed i sensori di cui era provvista, era l'acceleratore di particelle! Trentacinque km. di acceleratore, con i suoi speciali ciclotroni ben integrati. Il tutto pronto a produrre un fascio tachionico che ci avrebbe portato oltre la luce! Cosa sarebbe accaduto a quel punto, non lo sapeva nessuno.

Elisa ci ricordò:

<Amici miei, quando supererete la velocità luce avrete, probabilmente, diverse opzioni: se toglierete tutta l'energia al fascio tachionico, riteniamo che questo vi porterà a massa e velocità infinite: vi troverete, istantaneamente, in tutti i punti dell'universo e nello stesso momento! Ovviamente una situazione del genere porterà ad un forte disorientamento, il vostro istinto vi solleciterà a togliere completamente l'energia e liberare totalmente la forza tachionica, combattetelo e cercate di dare energia! Ridurrà la vostra velocità e, forse, con l'abitudine, riuscirete anche a controllarla: una cosa è viaggiare a due volte la luce, o tre, quattro, dieci, mille o anche un milione di volte la velocità della luce! Una cosa è viaggiare a velocità infinita! Tenete ben presente questo fatto, è, probabilmente, la sola possibilità che avete di ritornare!>

Ormai sapevamo come fare, come dare e togliere energia, come sviluppare il fascio di tachioni, come fermare il processo, come liberare i tachioni nell'universo e liberare quindi anche noi! Come ricominciare d'accapo! Ma certo tutto restava molto inquietante!

<E sulla questione della morte, cara Elisa, che ci puoi dire?>

<Niente! Morirete! E' inevitabile! La questione è: **avrete il "coraggio" di tornare in vita?** Dipenderà, credo, da voi, solo da voi! Cercate di ricordarvi che io sono qui, vi aspetto e vorrei conoscervi, come miliardi di persone sulla Terra. Tornate! Tornate amici miei, tornate, noi vi amiamo!...>

Molto confortante....

Col tempo ci rendemmo conto che Elisa... non era una sola persona, né un'equipe, Elisa era tutto l'apparato scientifico dell'**Agenzia** in continuo contatto con noi, che ci consigliava, ma che anche ci studiava! Elisa era il portavoce dell'**Agenzia**, per evitarci disfunzioni psicologiche l'**Agenzia** si manifestava nella voce di una persona, probabilmente in carne ed ossa. Fecero le cose per bene perché, pur avendo compreso cosa c'era dietro, per noi Elisa... restava Elisa!

Un giorno ci chiamò:

<Amici! Come valutate il problema spazio-tempo?>

<Cara Elisa> rispondemmo <è soltanto uno dei mille quesiti che ci poniamo quotidianamente: il rapporto spazio-tempo ci appare chiarissimo da quando abbiamo inglobato nel nostro essere la memoria computerizzata di Maja, resta però la questione legata al rapporto vita-morte e come potrà influire sulla nostra sensibilità spaziotemporale. Temiamo che sarà difficile controllare la morte, quindi ritrovare la strada del ritorno ed avere anche la volontà di tornare sia in senso psichico che in senso fisico, immettendo energia nel sistema tachionico, e controllare lo spazio-tempo in contemporanea!>

<Mi rendo conto,> rispose Elisa <ma si ritiene che un semplice atto di volontà da parte vostra potrà, quantomeno, controllare lo spazio, ma anche il tempo, sia pure entro determinati limiti! In poche parole dovreste, una volta abituati al nuovo stato che vivrete in situazione ultra luce, avere la sensibilità di ritrovare un luogo ben determinato con un atto di volontà comune da parte vostra. Fate attenzione, potrete ritrovare quel luogo ma non lo stesso spazio, il che è un fattore positivo, altrimenti, se vorrete ritornare sulla Terra, non la ritrovereste a causa del suo moto galattico, quindi la vostra volontà vi porterà dove sarà la Terra in quel momento, al di là dello spazio ma terrete istintivamente conto del tempo passato! Questo vi aiuterà anche a controllare, entro determinati limiti, la relatività temporale.>

<Se abbiamo ben compreso, non torneremo sulla Terra fra qualche milione di anni, ma in un tempo che possiamo ritenere ragionevole! Però ci sembra di capire due cose: prima! Sarà necessario da parte nostra, una volta partiti a velocità ultra luce, un periodo di adattamento alla nuova situazione, un poco come quando siamo stati assemblati dapprima nel contenitore, poi nel robot, quindi nella navetta e ora in Maja! Seconda! Avremo probabilmente la sensibilità di tornare ad un punto prestabilito con un atto di volontà, ma quel punto dovremo conoscerlo bene perché dobbiamo averlo già visitato con Maja, con il nostro nuovo "corpo", altrimenti non lo riconosceremmo! Quindi potremo tornare su Plutone, ma non sulla Terra.>

Elisa tacque a lungo, poi:

<Avete ragione! Quindi stabilite, una volta partiti, un periodo di "stage", valutate, imparate il più possibile di quello che vi circonderà! Riteniamo che potrà essere la "chiave di Volta" per le prossime spedizioni, ma... dobbiamo avvertirvi: più lungo sarà lo "stage" più tempo passerà. A causa della relatività voi non ve ne accorgerete, ma noi sì!

L'**Agenzia vi ordina** di effettuare questa "stage" per tutto il tempo che riterrete necessario, ma non vi aspetterà, si ritiene che non ritornerete per i prossimi millenni!> Restammo annichiliti! Elisa si era tradita! E' questo che volevano dirci! Ma l'**Agenzia** aveva dato un ordine, e noi eravamo ufficiali dell'**Agenzia**! Come potevamo ignorarlo!

Ci sentivamo onnipotenti, il nostro "corpo" era una nave stellare! Niente avrebbe mai potuto fermarci! Eravamo pronti e l'**Agenzia** lo sapeva!

Era l'anno 3.113, sulla Terra era il 4 agosto quando ci arrivò la comunicazione tanto attesa:

<Qui Elisa, ragazzi come va?>

<Ciao Elisa, benissimo e tu?>

<Non male, mi sono trovata un ragazzo, sapete com'è, per passare il tempo....>

<Lo sappiamo bene Elisa, chissà, se un giorno ci conoscessimo....>

<Non correte troppo! Allora amici miei, vi sentite pronti?>

Avevamo compreso... ci fu una pausa poi:

<Sì Elisa, non potremmo mai essere più pronti!>

<Devo farvi ancora un'ultima domanda!>

<Spara!>

<Qualcuno di voi vuole ritirarsi?... Siete ancora in tempo, pensateci, non sarebbe né una vergogna né vigliaccheria; al contrario la vostra esperienza sarebbe utilissima a chi vi seguirebbe. Vi do un giorno di tempo, prendetevelo tutto poi chiamatemi! A domani ragazzi miei!>

Avremmo potuto rispondere subito, ma lei non voleva, dovevamo pensarci. Pensare a cosa? Lo sapevamo, ci attendeva la morte! Potevamo tornare, forse, ma non saremmo più stati gli stessi e, probabilmente, non saremmo mai tornati! Erano ormai anni che pensavamo a questo, che lo sognavamo, che condividevamo le stesse paure, il terrore, gli incubi!!!

Ma dall'altra parte c'erano le stelle!!! C'era Arun che voleva prendere Dio per la coda!!!

Cavolo siamo arrivati sin qui, andiamo avanti!!!

Fu questa la risposta che demmo ad Elisa il giorno dopo!

<Ok ragazzi!> ci disse, quasi con tristezza <Allora procediamo, il momento è arrivato, io vi lascio, è stato un piacere, un grande, immenso piacere. Molti mi invidieranno e, un poco, anch'io invidio voi. Ma non avrei mai potuto avere il vostro coraggio. Ragazzi miei addio! Andate incontro alle stelle!>

<Addio Elisa, nuoteremo fra le galassie per te!>

Cosa potevamo dire? Solo fesserie. Il tempo per parlare era finito!

Fu il silenzio, poi, dopo qualche minuto:

<Qui **Agenzia**, Maja rispondete!>

<Qui Maja, attendiamo istruzioni!>

<Collegate i ciclotroni, ora!>

Obbedimmo immediatamente, abituati ormai da centinaia di simulazioni:

<Ok **Agenzia**, fatto!>

<Aprite i sensori per la produzione tachionica, fra dieci secondi: nove, otto, sette, sei, cinque, quattro, tre, due, uno, ora!>

Agimmo in perfetto tempismo.

<Quando volete rilasciate il fascio di tachioni!>

<Ok, **Agenzia**, fra cinque secondi: quattro, tre, due, uno: partiamo!>

L'attesa

(3.113-18.123)

1 *(3.113 – 3.300)*

Maja, la prima nave interstellare costruita dall'uomo stava per partire!
Le navette dell'**Agenzia** si tenevano a prudente distanza e registravano ogni istante inviando le immagini alla base su Plutone, mancava poco alla partenza. L'**Agenzia** era in continuo contatto con i quattro coraggiosi astronauti e registrava ogni commento, ogni parola, nonché, attraverso piccolissimi sensori, lo stato fisico dei quattro cervelli e ogni minimo cambiamento nella struttura di Maja.
Quindi diede l'ordine:
<Qui **Agenzia**, Maja rispondete!>
<Qui Maja, attendiamo istruzioni!>
<Collegate i ciclotroni, ora!>
Obbedirono immediatamente, abituati ormai da centinaia di simulazioni:
<Ok **Agenzia**, fatto!>
<Aprite i sensori per la produzione tachionica, fra dieci secondi: nove, otto, sette, sei, cinque, quattro, tre, due, uno, ora!>
Agirono in perfetto tempismo.
<Quando volete rilasciate il fascio di tachioni!>
<Ok, **Agenzia**, fra cinque secondi: quattro, tre, due, uno: partiamo!>
L'evento era stato comunicato a tutta l'umanità, Hesner, su Plutone, seguiva ogni momento della partenza e le registrazioni venivano inviate ovunque nel Sistema Solare. Devi era su Marte insieme al Comitato e attendevano con trepidazione quell'istante che aspettavano da più di mille anni! Maja semplicemente scomparve! Un istante prima era là, gigantesca, fiera, apparentemente immobile nello spazio; l'istante dopo fu come se non fosse mai esistita!
Immediatamente Hesner diede ordine alle navette che sostavano nei pressi di recarsi sul posto e monitorare tutta la zona alla ricerca di qualsiasi anomalia dello spazio, anche a livello molecolare e subatomico. Alcune navette erano già state predisposte in precedenza per questo compito. Nel contempo scienziati e tecnici su Plutone, Caronte e alcune navi anch'esse vicine all'area di Maja, calcolarono il tempo trascorso fra l'istante in cui i quattro astronauti della nave interstellare avevano liberato i tachioni e la scomparsa della stessa nave. La risposta fu incredibile, assolutamente assurda: 489 anni terrestri! Non aveva senso, ma le misurazioni erano esatte!
L'unica spiegazione possibile fu che la contrazione temporale era intervenuta immediatamente, inutile aspettare il ritorno di Maja, se tutto andava bene sarebbe rientrata dopo migliaia di anni! Devi aveva passato tutta la sua vita per attendere questo momento, quando Maja scomparve per tuffarsi nell'universo, Devi scoppiò in lacrime! Ce l'avevano fatta! Nessuno tra di loro avrebbe mai conosciuto il risultato di questa incredibile avventura, ma ce l'avevano fatta! Lo scopo per il quale esisteva l'**Agenzia**, il sogno di Wender, di Devi, di Hesner, di tutti i folli che appartenevano a questa mitica organizzazione, era realizzato: la prima astronave interstellare era partita, l'uomo sfidava le stelle e la morte!
Su Plutone, sui satelliti, sui lontani pianeti e asteroidi, su Nettuno, Urano, Saturno, Giove, la Fascia, Marte, la Luna e su tutte le sottostazioni dell'**Agenzia**, quel momento fu salutato con una grande ovazione! Feste spontanee un po ovunque, gente che gridava, piangeva esultava! La Confederazione Terrestre chiamò Devi per congratularsi a nome di tutta l'umanità!
Un gigante costruito dall'uomo stava incontrando Dio!

Devi e Hesner erano anziani, non vissero ancora a lungo, ma avevano realizzato il loro sogno. Ed ora iniziava l'attesa!

La Terra ormai viveva finalmente in pace, la Confederazione Terrestre stava assumendo sempre più importanza, fra le Nazioni non vi era rivalità, solo confronto nel rispetto delle diversità e, quando questo confronto diveniva troppo aspro, interveniva la Confederazione a mediare. Fu un lungo lavoro politico finché, 85 anni dopo la partenza di Maja, i Presidenti, insieme a tutti i loro ministri, delle sette Nazioni e i rappresentanti della Confederazione Terrestre si riunirono a Brasilia in quello che doveva divenire un confronto storico!

I rappresentanti della Confederazione Asiatica, del Governo Nord Americano, degli Stati Uniti d'Europa, della Confederazione Africana, della Confederazione dei Fratelli Mussulmani, del Nuovo Brasile, dell'India e della Confederazione Terrestre si sedettero intorno ad un tavolo.

A questo scopo era stata adibita un'enorme sala, erano presenti oltre 1.200 giornalisti, la conferenza veniva trasmessa ovunque. Anche l'**Agenzia** aveva inviato alcuni suoi uomini e giornalisti per assistere e registrare l'evento.

Prese la parola Mina Strachter, Presidente del Governo del Nuovo Brasile che li ospitava: "Signori, a nome del Nuovo Brasile e, se me lo permettete, dell'umanità intera, vi do il benvenuto! Qui, vi ricordo, stiamo facendo la storia!

E' arrivato il momento in cui l'umanità, la Terra, i nostri uomini e donne che vivono e lavorano nella Fascia degli Asteroidi, sui satelliti, sulla Luna, su Venere, su Mercurio, nelle basi spaziali si uniscano in un solo abbraccio! I terrestri hanno fatto progressi incredibili, noi e gli uomini dell'**Agenzia** stiamo conquistando il sistema solare! Da molto tempo vi è qualcuno che ci rappresenta: la Confederazione Terrestre! Anche grazie a loro viviamo in pace e in armonia fra di noi nel pieno rispetto delle nostre differenze che non solo non sono un ostacolo ma sono per tutti noi motivo di crescita e di conoscenza!

Non voglio né dilungarmi né girare intorno all'argomento che oggi dovremo discutere e che, mi auguro, sancirà tutta la storia dell'uomo. In passato incomprensioni, terribili guerre, sangue, carestie, malattie hanno compromesso la nostra crescita e hanno fatto versare lacrime amare! Mai come oggi abbiamo la possibilità di voltare pagina.

A mio nome personale, a nome del popolo del Nuovo Brasile e a nome di tutta l'umanità propongo senza mezzi termini che tutte le sette Nazioni cedano la loro sovranità, secondo le modalità che andremo a discutere, alla Confederazione Terrestre! Grazie!"

Un lungo applauso sancì le parole di Mina, quindi, ad uno ad uno, presero la parola i rappresentanti delle altre Nazioni. Tutti furono d'accordo senza condizioni, esclusa l'India il cui Presidente Kevin Asunam dichiarò: "Anche l'India è disposta a cedere la sua sovranità alla Confederazione Terrestre, è un onore, per noi, essere qui oggi. Questo giorno sarà ricordato per sempre! Ma chiediamo lo scioglimento immediato della Confederazione Terrestre e che venga riformata mediante una nuova elezione che avvenga mediante votazione di tutto il popolo, di tutta l'umanità!"

La proposta venne accolta.

Sei mesi dopo la Confederazione Terrestre, così come era stata formata tanti anni prima mediante un compromesso dei sette Governi, si sciolse e vennero indette le elezioni in tutto il Sistema. Doveva essere composta da rappresentanti delle sette Nazioni, dieci per ogni Nazione, venti rappresentanti delle colonie sui satelliti, dieci fra i coloni della Fascia di Asteroidi, cinque della colonia lunare, cinque dalle stazioni spaziali, cinque dalla colonia di Venere e, infine, cinque dalla Colonia su Mercurio. Complessivamente 120 rappresentanti dell'umanità che vennero eletti direttamente nelle loro circoscrizioni e che formarono il Senato della Confederazione. Poi doveva essere eletto il Presidente della Confederazione Terrestre. Vi furono ben 75 candidati. Si decise di procedere ad una prima votazione dalla quale sarebbero sorti due soli candidati fra coloro che avrebbero ottenuto il maggior numero di voti. In seguito si procedette ad una seconda votazione, il candidato che avrebbe ottenuto più voti sarebbe stato eletto Presidente con poteri molto elevati. Tutti i terrestri del Sistema Solare furono chiamati per queste due votazioni. Venne eletta una donna: Marina Cremonesi dell'età di 39 anni. Il primo compito di Marina e del Senato fu quello di esprimere una Costituzione che, in seguito, venne sottoposta a referendum e venne accolta!

Dopo il referendum Marina Cremonesi fece un discorso che divenne storico:

"Terrestri di ogni parte del Sistema Solare, di ogni religione, qualsiasi idea voi abbiate, da oggi siamo una cosa sola! Sono onorata di potervi rappresentare, da oggi io, i Senatori e tutti i miei collaboratori siamo al vostro servizio!

Come da quanto indicato dalla costituzione che il 79% di voi ha approvato, sarà Vice Presidente il mio generoso antagonista: Camel Santos! Io, il Vice Presidente ed i Senatori resteremo in carica per dieci anni terrestri. I Senatori saranno rieleggibili, il Presidente e il Vice Presidente no! La nostra costituzione riprende antichi e nobili intendimenti: Uguaglianza, Fraternità, Libertà e sancisce la ricerca della felicità attraverso l'opera, il progresso e la scienza. Io e il Vice Presidente, come tutti i Senatori giuriamo di rispettare e difendere per sempre la nostra costituzione! E' una giornata storica, fratelli! Ora l'umanità non ha più alcun limite!

Ho ricevuto le congratulazioni dell'**Agenzia**, spero ardentemente che in futuro si possa arrivare ad una vera e proficua collaborazione con questa stimata organizzazione più che millenaria! La vostra Presidente vi abbraccia tutti!"

Finalmente i terrestri erano uniti! Ma non tutta l'umanità, l'**Agenzia** restava un'entità autonoma e a se stante, tra l'altro non democratica e manteneva un'egemonia ed una potenza ineguagliabili, sicuramente superiore a quella dei terrestri.

Nel **3.205** Marina Cremonesi chiese un incontro ufficiale con Arnold Carrillo che a quel tempo guidava l'**Agenzia**. Arnold accettò e la invitò su Marte.

Venne ricevuta con tutti gli onori da Arnold Carrillo all'astroporto di Terra Cimmeria, poi venne accompagnata in una grande sala all'interno della cupola sovrastante la città sotterranea, là trovò il Comitato dell'**Agenzia** che l'attendeva.

Dopo i convenevoli del caso la Presidente della Confederazione Terrestre venne al dunque:

"Sapete che dopo millenni di storia, di violenza, di incomprensioni e di morte, oggi finalmente la Terra è unita. Io parlo con la voce dei terrestri! L'umanità è una sola! Niente divisioni, basta con la violenza! Voi fate parte dell'umanità! Ci avete aiutato, avete raggiunto risultati straordinari, avete inviato una nave sulle stelle! Restare divisi oggi può non creare problemi, anzi, siamo in armonia e amicizia con voi, ma cosa può attenderci in un lontano futuro? Fratelli! Vi chiedo ufficialmente di entrare nella grande comunità umana, di essere un tutt'uno con noi! L'umanità è una sola, niente più divisioni, entrate nella grande Confederazione dell'uomo! Per questo sono qui, per invitarvi a far parte attiva e concreta della Confederazione Terrestre!"

Le sue parole furono accolte da un lungo silenzio, i membri del Comitato guardavano Arnold Carrillo, aspettavano una sua reazione, cosa ne avrebbe pensato di questa straordinaria proposta. Arnold si alzò e guardando la Presidente negli occhi disse:

"L'**Agenzia** è nata come istituzione privata, col tempo si è evoluta. Ora siamo presenti in buona parte del Sistema Solare: quasi sessanta milioni persone! E' diventata un'organizzazione paramilitare e nessuno tra di noi ha motivo di lamentarsi nonostante non esista democrazia al nostro interno. Anzi! Potete interrogare senza alcun problema chiunque, sia qui su Marte sia nel più lontano asteroide, e la risposta che riceverà sarà quella di un uomo fiero di far parte dell'**Agenzia**!"

Tacque un istante poi continuò:

"Non è pensabile chiudere un'organizzazione simile! Inoltre, per entrare nella Confederazione Terrestre, dovreste cambiare la vostra costituzione per permetterci una degna rappresentanza. Questo anche in considerazione di un fattore che, col tempo, potrebbe diventare pericoloso e darle ragione: è qualcosa che sembra insignificante, anzi è qualcosa che spesso fa sorridere e genera simpatia; lei sa che noi colloquialmente vi chiamiamo "terrestri", mentre voi ci chiamate "marziani". Sembra nulla ma indica una divisione, quindi sono d'accordo con lei che almeno qualcosa deve essere fatto. Ora il massimo che potremmo fare è avere degli osservatori all'interno del vostro Senato e qualche collaboratore da inserire al suo fianco, forse non sembra molto, ma penso sia importante per evitare una vera divisione. Credo di parlare a nome di tutto il nostro Comitato e a nome di tutti coloro che fanno parte dell'**Agenzia**. Comprendo la sua preoccupazione e vedo chiaramente il suo sogno, ma è irrealizzabile, con tutto il rispetto devo declinare la sua offerta!"

Tutti nel Comitato annuirono e tirarono un sospiro di sollievo! La Presidente intervenne ancora:

"Capisco Signore... Comunque fino a quando io sarò al potere l'offerta sarà valida. Ma dalle sue parole intravvedo uno spiraglio: Sarò lieta se vorrete indicare qualcuno da affiancarmi come consigliere e vi invito sin d'ora ad individuare dieci persone che entrino nel nostro Senato come osservatori; inoltre chiedo se possibile intensificare e allargare la nostra collaborazione inserendo nostri tecnici e scienziati nei vostri studi e progetti e viceversa vostri tecnici e scienziati nei nostri. Le vostre basi nel Sistema Solare sono già aperte ai nostri scienziati, al turismo e ai nostri lavoratori, intensifichiamo la nostra collaborazione, cerchiamo insieme le modalità per farlo, siete d'accordo su questi punti?"

Arnold interrogò il comitato e tutti finirono per accettare questa proposta.

L'umanità restava divisa ma... amica!

Si formò una commissione congiunta per studiare e migliorare l'accordo con la Confederazione Terrestre.

Occorse un anno intero per mettere a punto un concreto programma di piena collaborazione, venne proposto ed accettato sia dal Senato della Confederazione sia dal Comitato dell'**Agenzia**. Tutti gli studi, le scoperte, i progetti dell'**Agenzia** e dei terrestri furono condivisi.

Ma... proprio tutti? L'**Agenzia** mantenne segretamente al suo interno alcune sezioni di ricerca che non vennero mai condivise. Forse Marina lo sapeva, o quantomeno lo sospettava, ma aveva ottenuto il massimo, più di quanto onestamente si attendeva, andava bene così!

Era l'anno **3.300**, quasi due secoli dopo la partenza di Maja. La collaborazione con i terrestri era ormai ben collaudata e dava buoni frutti. Il popolo dell'**Agenzia** cominciava a porsi delle domande: era veramente concluso con la partenza di Maja il grande progetto dell'**Agenzia**? Dell'astronave non si sapeva più nulla, sarebbe mai tornata o era stato solo un grande fallimento, un sogno irrealizzabile?

La Presidente del Comitato: Agnes Zane, in collaborazione con una equipe scientifica terrestre, diede disposizione che si studiasse nuovamente a fondo il problema. Era stata solo una "bufala" o Maja era veramente la incoronazione del sogno dell'**Agenzia**: la conquista delle stelle!

Dopo ben cinque anni gli scienziati erano pronti a dare una risposta sia pure parziale, più di tanto non si sentivano in grado di fare!

Agnes convocò il Comitato e invitò il maggiore responsabile degli studi effettuati in quei cinque anni, un terrestre originario della Polonia: Olaf Opaz e gli chiese di esporre la sua relazione. Olaf iniziò: "Maja è stata la più grande e straordinaria conquista umana, questo era e resta un fatto incontrovertibile! L'analisi psicologica effettuata nei confronti dei quattro astronauti appare assolutamente perfetta, la conseguente disiscorporazione nonché il rapporto fra i quattro che ne è conseguito dava buone speranze di riuscita e quindi la volontà degli stessi di ritornare. Le analisi tecniche del progetto non possono dare adito a dubbi, sicuramente la nave ha superato la velocità della luce. Nell'istante in cui questo è avvenuto Maja ha acquisito velocità e massa infinite, quindi si è trovata contemporaneamente in ogni angolo dell'universo. Anche queste analisi sono incontrovertibili, quindi esatte! Ma il progetto presentava molte, troppe incognite: innanzitutto la morte. Inevitabilmente i quattro astronauti sono morti, cosa accade dopo la morte è un fattore sconosciuto. I vostri psicologi e scienziati avevano ipotizzato che, in forza dello strettissimo rapporto che si era creato fra i quattro, avrebbero potuto comunque tornare. Ma erano solo ipotesi! Come erano ipotesi le teorie secondo le quali anche la nave avrebbe potuto tornare! Troppe incognite per poter dare una risposta al vostro quesito: Maja tornerà? Ebbene, non lo sappiamo! Ma una cosa la conosciamo: la contrazione spazio-temporale! Nel momento della partenza i vostri tecnici hanno rilevato che in un solo istante erano passati ben 489 anni! E' quindi ragionevole pensare che questo è il tempo minimo per attendersi un eventuale ritorno, ma è ancor più ragionevole pensare che occorrerà attendere millenni prima di avere una risposta!"

Tutti tacquero, poi Agnes Zane disse:

"Non ci dite niente di nuovo, lo sapevamo, io credo che Maja un giorno tornerà, lo credo fermamente. Nessuno di noi la vedrà tornare, ne noi, ne i nostri figli, forse... i nostri avi! Ma qualcuno la aspetterà! Sì! Ci sarà sempre qualcuno ad attendere il ritorno dalle stelle di Maja!"

Per più di 1.800 anni i terrestri e l'**Agenzia** si occuparono sopratutto delle loro colonie e di progredire socialmente. Il progresso puramente scientifico era stato messo un po da parte per privilegiare il benessere dell'umanità intera.

Nel **4.847** la responsabile dell'**Agenzia** Annisha Brandon trovò casualmente un manoscritto di una sua antenata: Agnes Zane. Più che altro era un promemoria in cui scriveva: *"occorre iniziare uno studio informatico, il presente è aiutato dai sistemi computerizzati, il futuro dovrà essere un sistema roboinformatico."* La nota finiva così.

Annisha era perplessa in quanto la sua antenata e coloro che la seguirono non avevano iniziato nessun tipo di progetto informatico. Decise di farlo lei stessa!

All'epoca computer e sistemi robotizzati erano all'avanguardia. Internet aveva fatto progressi enormi e tutti potevano comunicare tra di loro ed avere qualsiasi tipo di informazione, ma, evidentemente, per l'antenata di Annisha questo non bastava.

Annisha Brandon decise di approntare una equipe di tecnici e scienziati al solo scopo di studiare tutti i sistemi informatici dell'umanità e di migliorarne le prestazioni.

Per questo progetto scelse come base Phobos, il satellite di Marte che era totalmente occupato dalle strutture dell'**Agenzia**. Nelle viscere del satellite fece scavare un nuovo e segreto vasto laboratorio, qualche cosa gli diceva che questo studio non doveva essere condiviso con nessuno, non informò neppure il Comitato!

Agnes non aveva un vero e proprio obiettivo, ma desiderava che l'**Agenzia** non solo fosse all'avanguardia nel campo roboinformatico, ma andasse oltre!

I suoi tecnici e scienziati si appassionarono subito al nuovo progetto e, al contrario di Agnes, si diedero un obiettivo: costruire un robot con intelligenza umana!

In quasi duecento anni di lavoro vi riuscirono!

Meat Kier era un esperto scienziato di 42 anni. Lavorava al progetto da 15 anni. Per realizzarlo avevano messo a punto piccolissime nanomacchine che potessero interagire anche a livello subatomico con i circuiti che formavano il cervello di un robot. Si era già perfettamente in grado di programmare un robot ad effettuare interventi anche molto complessi e delicati e si conosceva la possibilità che il robot stesso prendesse delle decisioni, ma sempre inerenti l'intervento per il quale era stato programmato. Meat ed i suoi collaboratori volevano un bambino! Un robot, cioè, che, come un bambino, avesse la possibilità di evolversi, prendere decisioni, formarsi una personalità e avere dei sentimenti. Una copia robotizzata di un essere umano!

Erano stati fatti tanti tentativi ed esperimenti in tal senso ma ora Meat sapeva che sarebbero riusciti!

Il robot era stato rivestito con sembianze umane, maschili, gli diedero un nome: Rico!

Tutto ormai era pronto, occorreva solo "svegliarlo"!

Meat, di buonora, si recò al laboratorio, tutti i suoi assistenti erano là, il gran giorno era arrivato!

Tani Racana, la sua migliore assistente e amante, gli si avvicinò dicendo:

"Meat, ho paura!"

"Paura? E perché, di cosa poi?" Rispose Meat.

"Cosa si sveglierà Meat? Siamo sicuri di quello che stiamo facendo?"

"Cara, sono duecento anni che ci pensiamo, siamo ufficiali dell'**Agenzia** tesoro, l'assurdo e il fantastico sono il nostro pane, dai! Procedi!"

Tani si avvicinò al robot, aprì tutti i sensori e lo svegliò!

In un primo momento Rico non diede segni di reazione, poi cominciò a guardarsi attorno. Il suo cervello aveva un "imprinting" che gli avrebbe permesso di parlare e di avere una certa conoscenza sia di quanto avveniva intorno a lui, sia dell'umanità. Si alzò, guardò Tani e poi Meat e disse:

"Salve ragazzi! Sono arrivato! Voglio giocare con voi!"

Gli astanti rimasero interdetti! Giocare?

Meat intervenne: "Ciao Rico, cosa intendi per giocare?"

"Giocare! Ho voglia di giocare!" Rico prese le mani di Tani e cominciò a ballare stringendogliele forte! Tani si mise a urlare dal dolore e questo parve piacere al robot che iniziò a strattonarla ed a sbatterla qua e là nel laboratorio. Meat cercò di fermarlo ma Rico era troppo forte. Spiaccicò la testa della povera Tani contro un muro poi la gettò in braccio a Meat. Gli altri, spaventati, cercarono la fuga, ma Rico fu più veloce e si mise fra loro e la porta ridendo come un bambino! Meat prese la gamba d'acciaio di un tavolo che Rico aveva distrutto e si avvicinò al robot ridendo anche lui come un bambino e dicendo: "Dai Rico giochiamo, anch'io ho voglia di giocare!"

Sempre ridendo Rico lo lasciò avvicinare e fu facile per Meat frantumare gli "occhi" del robot. Rico era cieco ma continuava a ridere, allora gli altri approfittarono della sua cecità e lo fecero a pezzi! Meat era disperato! Tani aveva avuto ragione ad aver paura ma ora... era troppo tardi!

Gli uomini addetti al progetto roboinformatico avrebbero voluto effettuare altre prove, ma il nuovo responsabile dell'**Agenzia** diede loro ordine di interrompere questo tipo di esperimenti e diede disposizione che i loro studi proseguissero in assoluta segretezza ma solo in forma teorica. Così, segretamente, lo studio, non completamente disgiunto da numerosi esperimenti, continuò per altri trecento anni, poi si interruppe per riprendere solo nel nono millennio!

Già nel settimo millennio la società umana appariva statica, quasi senza scopo.

L'umanità aveva raggiunto un certo benessere, grazie a sistemi robotizzati anche i lavori pesanti non creavano più problemi, la presenza dell'uomo era sempre necessaria ma il lavoro veniva effettuato da robot.

La ricerca stagnava. Non vi era più progresso ma si iniziarono a curare con sempre più attenzione le arti: teatro, musica, pittura, scultura, ballo. Il cinema era stato soppiantato già da tempo da sistemi informatici che permettevano, mediante l'uso di appositi occhiali, di avere l'impressione di essere presenti nella scena; inoltre, a mezzo di speciali apparecchiature, lo spettatore sentiva odori, freddo e caldo e, se voleva, anche il dolore!

Un sistema analogo sostituiva la vecchia televisione e internet.

Tutto questo ebbe uno sviluppo straordinario in tutto il sistema.

L'arte, in tutte le sue forme, divenne la prima occupazione degli gli esseri umani.

Nell'ottavo millennio sorsero numerosi movimenti religiosi. La religione divenne la nuova principale occupazione dell'uomo. Grandi manifestazioni sorsero ovunque riportando in auge il Cristianesimo in tutte le sue forme e diversi movimenti mussulmani, induisti, scintoisti e buddisti. Nel contempo nacquero nuove religioni che però si trasformarono presto in concezioni filosofiche. Nel frattempo, sia pure stancamente, l'**Agenzia** e la Confederazione Terrestre insieme proseguirono nella colonizzazione del Sistema Solare. Si formarono colonie "miste", cioè che appartenevano sia alla Terra che a Marte!

Vi erano ancora molti asteroidi interessanti nella fascia, inoltre diversi satelliti su tutti i pianeti esterni, escluso Plutone i cui satelliti erano tutti occupati dall'**Agenzia**, e altri asteroidi e planetoidi nella Fascia di Kuiper.

Fu fondamentale la cooperazione fra l'Agenzia e la Confederazione sopratutto nella colonizzazione di Quaoar!

Questo era un planetoide transnettuniano di grandi dimensioni che orbitava attorno al Sole su di un'orbita quasi circolare, con un semiasse maggiore pari a circa 6 miliardi e mezzo di chilometri. Si trattava di un planetoide relativamente freddo, di dimensioni approssimativamente pari ai due terzi di quelle di Plutone, con un diametro stimato di circa 1.200 chilometri, pari a circa un decimo di quello della Terra o un terzo di quello lunare.

Quaoar era formato da un miscuglio di roccia e ghiaccio posto in profondità. Sorprendentemente vi si trovava anche ghiaccio cristallino.

Quaoar aveva un satellite: Weywot, orbitava intorno al planetoide in circa 12 giorni ed aveva un diametro di circonferenza medio di circa 74 km. era un corpo celeste molto freddo e ghiacciato a causa della pressione atmosferica inesistente.

Giunse sul planetoide una spedizione congiunta dell'**Agenzia** e della Confederazione Terrestre formata da 56 grandi navi spaziali interplanetarie che trasportavano 30.000 coloni. Venne rapidamente costruita la base spaziale e l'astroporto, quindi si iniziò ad assemblare una grande cupola che avrebbe ospitato una piccola città, in un'altra zona di Quaoar si iniziarono a scavare miniere, a raccogliere il ghiaccio in profondità e nacquero le prime industrie. Le formazioni di ghiaccio cristallino vennero considerate protette, erano così belle che avrebbero potuto attirare frotte di curiosi e turisti. Quindi si decise di inviare una piccola navetta della Confederazione Terrestre ad esplorare il satellite. La navetta era condotta da due donne: Tatyana Lastochkina e Victoria Orci. Dopo aver circumnavigato Weywot atterrarono in una zona abbastanza pianeggiante. Uscirono con le loro tute spaziali, il satellite era desolato, ma poteva contenere minerali utili. Testarono il terreno in diversi punti e trovarono in profondità un sito che poteva essere adibito a miniera. Vi era una specie di collinetta, decisero di esplorarla prima di rientrare. Alla base opposta della collina vi era un'area che sembrava di ghiaccio. Scesero, non era ghiaccio ma un minerale radioattivo. Decisero allora di scavare sul posto per raccogliere una "carota" e valutare così la consistenza del giacimento. Con il loro piccolo escavatore raggiunsero i trecento metri di profondità quando: tutta la zona intorno a loro precipitò!

Tatyana fu la prima a riprendersi, intorno a lei tutto nero, accese i fari, non funzionavano! Allora chiamò l'amica via radio: "Victoria! Ci sei? Come stai?" Dopo diversi tentativi finalmente Victoria rispose con voce flebile: "Tatyana, non so dove sono, è tutto buio! La tuta è intatta ma non funziona niente! Credo di avere tutte e due le gambe rotte, non posso muovermi!"

"Vengo a cercarti!" Rispose Tatyana.

"Stai attenta, non correre rischi amica mia!"

In effetti era molto pericoloso, non si vedeva nulla, poteva cadere qualcosa sopra le loro teste o potevano cadere in qualche voragine nascosta. Tatyana si mosse a tastoni, cercò a lungo, per tre ore, muovendosi sempre a tastoni e alla fine comprese: la sua amica era caduta in una buca ancora più profonda, era impossibile raggiungerla! Allora Tatyana trasmise:

"Victoria, devo cercare aiuto, la radio per comunicazioni esterne non funziona, la tua?"

"Neppure la mia, te l'ho detto, non funziona niente, è tutto rotto, anch'io sono rotta!"

"Cercherò di uscire, tu devi resistere d'accordo?"

L'amica non rispose, sempre a tastoni Tatyana cercò di comprendere come avrebbe potuto risalire. Impiegò altre due ore poi comprese!

"Victoria, siamo fregate! Le pareti sono assolutamente lisce, non possiamo uscire, siamo in trappola!"

"Siamo morte Tatyana, mancano sei ore poi... addio!"

In quella nella radio delle due amiche giunse una voce:

"Non siete ancora morte, stiamo arrivando!"

Tatyana e Victoria cominciarono a gridare, a piangere, a ridere, poi Victoria chiese:

"Ma voi chi siete, come avete saputo che abbiamo problemi e come avete fatto a trovarci!"

"Questa è una spedizione di soccorso dell'**Agenzia** amiche mie! L'**Agenzia** può tutto!"

Le tirarono fuori e furono salve! In seguito giunse la spiegazione!

Aldo Gheri, un ufficiale dell'**Agenzia**, venne a sapere della esplorazione sul satellite e che erano state inviate due sole donne. Aldo restò allibito: esplorare il satellite da sole, senza alcun supporto, assurdo! Probabilmente vi era anche un poco di risentimento poiché gli uomini dell'**Agenzia** non erano stati informati, comunque sia Aldo predispose tre navette e partì per Weywot. Non faticarono a trovare la navetta di Tatyana e Victoria. Atterrarono nei pressi ma non trovarono tracce delle due.

Aldo cominciò a preoccuparsi, iniziarono una ricerca a ventaglio quando improvvisamente ascoltarono una debole trasmissione radio: *"Siamo morte Tatyana, mancano sei ore poi... addio!"*

A quel punto fu facile salvarle!

Questo episodio evidenziava una certa rivalità fra gli uomini dell'**Agenzia** e quelli della Confederazione Terrestre che spesso amavano competere fra di loro ma sempre in modo amichevole (anche se a volte le polizie di entrambe le parti dovevano intervenire per sedare qualche rissa), comunque sia, Aldo e Tatyana si innamorarono e passarono insieme il resto della vita nella nuova colonia.

Nell'anno **9.957** tutto il Sistema Solare era stato colonizzato! In seguito furono inviate spedizioni congiunte di uomini coraggiosi nella lontanissima Nube di Oort e, ufficialmente per la prima volta, si sperimentò con pieno successo l'ibernazione!

Partirono nell'anno **10.201** dalla Fascia di Kuiper, la regione più avanzata della colonizzazione umana, con una grande e attrezzatissima nave interplanetaria. L'obiettivo era raggiungere l'area più vicina della Nube di Oort, un viaggio della durata prevista di 1.200 anni fra andata e ritorno! Erano sei astronauti dell'**Agenzia** e sei della Confederazione Terrestre con al comando Muriel Mindel, una veterana dello spazio, ufficiale di terzo livello dell'**Agenzia**. L'astronave era fortemente automatizzata, l'equipaggio sarebbe stato in ibernazione per ben seicento anni, occorreva che la nave fosse in grado di evitare eventuali ostacoli che poteva incontrare durante il suo viaggio. Gli astronauti erano stati scelti con estrema attenzione, ovviamente erano tutti volontari, sei uomini e sei donne che volevano affrontare l'ignoto e che erano curiosi di vedere come sarebbe stato il loro mondo 1.200 anni dopo la loro partenza! Non avevano parenti stretti ne legami particolari se non... fra di loro!

Fu data molta enfasi alla loro partenza, un esempio straordinario della cooperazione fra l'**Agenzia** e la Confederazione, nonché qualcosa che poteva risvegliare gli animi e riportare l'interesse dell'umanità verso il progresso.

L'astronave era in orbita attorno a Quaoar, tutti i controlli finali erano stati eseguiti correttamente, i dodici astronauti verificarono personalmente le strumentazioni poi diedero l'ok!

Da Quaoar partì l'ordine finale e gli astronauti diedero vita al sistema automatico della nave. Il sistema non avrebbe mosso l'astronave finché i suoi occupanti non fossero tutti in stato di ibernazione, per cui si recarono nella sala apposita dove li attendevano dodici piccole camere ibernanti. Si abbracciarono e salutarono tra di loro, quindi, prima di procedere, Muriel Mindel disse: "Ragazzi! Stiamo per compiere una straordinaria impresa, qualcosa di unico, mai tentato prima! Lo so, è anche un grande rischio, un'incognita per tutti noi anche se tutte le prove e gli esperimenti che ci hanno preceduto, sono andati a buon fine. Ma è costume dell'umanità affrontare l'ignoto. Sono certa che vi rivedrò tutti amici miei, in bocca al lupo!"

Poi si rivolse a Ingam Salù, il suo compagno: "Caro Ingam, ci incontreremo presto... ti amo!" Quindi: "Coraggio ragazzi andiamo! L'avventura e il futuro ci attendono!"

Tutti entrarono nelle loro camere e azionarono gli strumenti ibernanti addormentandosi istantaneamente. Il sistema computerizzato dell'astronave riconobbe l'avvenuta ibernazione dei suoi occupanti, immagazzinò tutta l'aria e chiuse i sistemi di sopravvivenza, inutili fino al loro risveglio, quindi inviò alla base di Quaoar un messaggio automatico; tutto era pronto. La base a sua volta rispose con un altro messaggio automatico e l'astronave partì velocissima in direzione della Nube di Oort. Il loro obiettivo era la Nube di Oort interna meglio conosciuta come nube di Hills, la più vicina. Essa era fonte di comete per la nube esterna, più tenue, nella misura in cui quelle posizionate in questa zona si esaurivano. La nube di Hills spiegava perciò l'esistenza della nube di Oort dopo miliardi di anni dalla sua nascita. La nube conteneva comete anche di 1,3 chilometri di diametro nella misura di circa cinquecentomila milioni. Nonostante l'altissima densità di comete, ciascuna di esse era separata dall'altra in media da decine di milioni di chilometri.

Il viaggio proseguiva regolarmente quando, dopo 200 anni il sistema automatico della nave svegliò improvvisamente e senza preavviso i suoi occupanti ibernati. Muriel si precipitò alla sua consolle di comando, perché la nave li aveva svegliati?

Scoprì presto la ragione: davanti a loro vi era un'enorme fascia di piccolissimi ma pericolosi detriti che si estendeva per quasi un anno luce intorno ai loro fianchi. Il sistema automatico non era in grado di evitarla ma Anisa, uno degli astronauti, stimò che davanti a loro non doveva essere molto spessa! Gli astronauti si misero tutti alle loro consolle, Muriel decise di entrare nella fascia pilotando manualmente, Ingam stava al sistema radar per avvertire nel caso che incontrassero corpi troppo grandi, gli altri erano destinati a monitorare i danni che inevitabilmente la nave avrebbe subìto e, nei limiti del possibile, a ripararli. Carlos, astronauta della Confederazione, si incaricò di raccogliere campioni, gli scienziati terrestri li avrebbero studiati. Fu un percorso lungo e difficile ma dopo sei giorni in cui nessuno riuscì a dormire, la superarono! La superficie della nave era tutta segnata dall'urto dei detriti ma non si riscontrarono gravi danni. Gli astronauti si ibernarono nuovamente. Finalmente dopo altri 400 anni di viaggio furono nuovamente svegliati dal sistema automatico: davanti a loro una cometa con un diametro di oltre due chilometri, gigantesca!

L'oggetto era formato da ghiaccio e viaggiava molto velocemente in una direzione concentrica rispetto alla Nube. Muriel, insieme a tre compagni, decise di abbordarla utilizzando una navetta inserita nell'hangar dell'astronave.

L'avvicinamento non era facile, la cometa si muoveva velocemente, ma con destrezza Muriel trovò una zona sufficientemente piana e atterrò! Uscirono sulla superficie dell'enorme cometa, il paesaggio era fantastico, un vero castello incantato fatto di ghiaccio che, illuminato dai loro fari, splendeva con tutti i colori dell'iride. Raccolsero numerosi campioni quindi tornarono nella loro nave. Da lì iniziarono a monitorare lo spazio circostante. Restarono nella Nube per un anno durante il quale scoprirono solo comete, ma nessuna grande come quella che avevano esplorato, e piccoli meteoriti. Lontano da loro scoprirono anche un asteroide ma di soli 1.200 metri di diametro. Passato l'anno Muriel ordinò il rientro!

Era l'anno **11.402** quando le colonie della Fascia di Kuiper ricevettero un messaggio proveniente dallo spazio esterno:

"Amici siamo tornati!"

Ma la Nube di Oort non destava particolare interesse, non era utile per fondare delle colonie, decisamente troppo lontana e con pochi asteroidi, quindi l'idea finì per essere abbandonata.

Il successo dell'ibernazione poteva far pensare a viaggi interstellari, ma in quell'epoca nessuno voleva abbandonare il Sistema Solare per un salto nel buio della durata di decine di migliaia di anni, troppi per essere certi di sopravvivere! Quanto all'**Agenzia** già in passato aveva rinunciato all'ibernazione in favore del progetto Maja con l'obiettivo di superare la velocità della luce!

Però il viaggio di Muriel e dei suoi compagni aveva destato l'interesse e la fantasia dell'umanità e si ritornò a sperimentare, studiare, progredire nella ricerca scientifica.

L'**Agenzia** aveva già da tempo ripreso segretamente i suoi studi sui processi informatici ma ancora senza un preciso obiettivo finché nell'anno **11.854** la direttrice del Comitato Michela Giordano improvvisamente lo riunì. Mise al corrente il Comitato su quell'iniziativa e:

"Signori!" Esordì "Negli ultimi due anni ho studiato con molta attenzione, insieme ai nostri tecnici e scienziati, il progetto segreto inerente lo studio dei processi informatici e dei sistemi robotici. Ho avuto modo di valutare i progressi ed i fallimenti operati in ben 7.000 anni, tanto il tempo trascorso da quando i nostri antenati avevano iniziato a studiare i processi roboinformatici!

Dopo tutto questo tempo i progressi effettuati in questo campo dall'umanità sono stati straordinari, ma esiste tuttora, sia pure molto sofisticato e supportato da nuove tecnologie, internet con scopi e sistemi che in migliaia di anni non si sono particolarmente sviluppati. Grazie ai nostri studi ci è possibile non solo inserirci in internet ma migliorarlo e controllarlo!"

Fece una pausa allo scopo di far stigmatizzare le sue parole ai presenti, poi continuò:

"I nostri antenati, inconsciamente, sapevano cosa stavano facendo, ma nessuno lo ha mai ben compreso. Occorre valutare due fatti! Il primo si riferisce al nostro progetto originario, il motivo per cui esiste l'**Agenzia**: la conquista delle stelle! Da migliaia di anni stiamo attendendo il ritorno di Maja, sappiamo che tornerà, ma quando? Il secondo riguarda la nostra stessa esistenza! Non è ragionevole pensare che l'**Agenzia** duri in eterno! Allora? Dobbiamo avere un erede!"

George, un membro del Comitato, la interruppe: "Come un erede? Una nuova organizzazione magari segreta che, con il tempo, ci sostituisca?"

"No George, sarebbe inutile e non potremo avere garanzie di durata. L'erede non deve essere umano! Siamo in grado oggi di iniziare a studiare la possibilità di avere un sistema informatico a tutto campo che guidi e controlli l'umanità intera senza per questo soppiantarla. Un sistema che aiuti l'uomo a progredire ed a sopravvivere, un sistema che un giorno sia in grado di accogliere Maja ed ereditare il nostro sogno! Intendo orientare i nostri scienziati e tecnici in questa direzione. Non abbiamo mai avuto molte remore nelle nostre azioni, voglio che, in modo assolutamente segreto, si inizi seriamente a studiare un sistema informatico di controllo e, con il tempo, farlo inserire in tutti i sistemi umani fino a controllarli e sostituirli. Un sistema cosciente che, forse fra molti millenni, ci sostituisca! Sapete bene che abbiamo sempre monitorato le vicende terrestri e umane e, spesso, le abbiamo indirizzate verso i nostri intendimenti, in qualche modo abbiamo sempre controllato la Terra. Ma un giorno l'**Agenzia** non esisterà più ma esisterà Controllo! Per il momento intendo indirizzare i nostri scienziati verso questa idea, quando saranno pronti inizieranno con le prime fasi di concreta realizzazione. Vi ho messo al corrente perché un progetto simile deve essere condiviso con voi che siete responsabili della nostra organizzazione, ma ogni cosa dovrà restare strettamente riservata!"

"Perché riservata?" Chiese Maggy.

"Vi immaginate la reazione dei terrestri se sapessero che stiamo studiando un sistema computerizzato che controlli tutta l'umanità?"

Tutti ne convennero e aderirono con entusiasmo al progetto di Michela. Un giorno l'**Agenzia** avrebbe avuto un erede!

Ottant'anni dopo quella storica riunione la Confederazione Terrestre decise di mettere in atto un nuovo progetto: colonizzare gli oceani della Terra!

Non era una cosa nuova, esistevano già numerosi insediamenti sottomarini, ma l'idea non era dissimile dalla creazione di colonie nel Sistema Solare: non solo costruire basi sottomarine, ma vere e proprie città, in parte coperte da cupole, in parte interrate, nonché miniere, fabbriche e bacini dove far stazionare i mezzi sottomarini. Si arrivò ad ipotizzare di avere vere e proprie "automobili" sottomarine ad uso privato!

I terrestri avevano una grande esperienza nel trattare con fortissime pressioni dell'aria e dell'acqua, acquisita in un lontano passato e durante la colonizzazione di Venere. D'altro canto l'**Agenzia** aveva sfruttato il grande oceano salato di Europa, il satellite gioviano, acquisendo a sua volta un'ottima conoscenza relativa alle implicazioni di un simile progetto; quindi la Confederazione chiese la collaborazione dell'**Agenzia**.

Il progetto era mastodontico, si voleva colonizzare l'Oceano Pacifico, (180.000.000 km²), l'Oceano Atlantico, (106.000.000 km²), l'Oceano Indiano, (75.000.000 km²), l'Oceano Artico, l'Oceano Antartico e l'insieme dei mari mediterranei e mari marginali. Nonché le principali fosse oceaniche atte a costruire vere e proprie città. Fra queste il progetto individuava la Fossa delle Marianne (profondità: 10.994 m), la Fossa di Tonga (profondità: 10.882 m), la Fossa delle Filippine (profondità: 10.497 m), la Fossa del Giappone (profondità: 10.500 metri), la Fossa delle Kermadec (profondità: 10.000 metri), la Fossa della Guinea (profondità: 9.100 metri), la Fossa di Atacama (profondità: 8.000 metri), la Fossa delle Aleutine (profondità: 7.800 metri), la Fossa delle Nuove Ebridi (profondità: 7.500 metri), la Fossa delle Ryūkyū (profondità: 7.500 metri), la Fossa della Sonda (profondità: 7.450 m), la Fossa di Porto Rico (profondità: 8.380 m) e la Fossa delle Sandwich australi (profondità: 8.428 m). Per realizzare un simile progetto sarebbero occorsi millenni!

Gli oceani ricoprivano il 71% della superficie terrestre, ovvero 360.700.000 km². Con una profondità media intorno ai 3–4 km.

I sedimenti pelagici, di origine chimica, erano costituiti da minerali che si formavano direttamente nell'acqua marina. Appartenevano a questo tipo di sedimenti i noduli polimetallici, ricchi di manganese e ferro, ma che contenevano anche sodio, stronzio, rame, cadmio, cobalto, nichel ecc. Questi noduli costituivano una straordinaria riserva mineraria che il progetto intendeva sfruttare. Dalle profondità oceaniche nascevano immense riserve di metalli sempre più ricercati dall'industria, come nichel, rame. Attorno a 5.000 metri di profondità si trovavano depositati sui fondali i noduli polimetallici, ossia piccoli globi composti da vari metalli: manganese in maggiore quantità, poi ferro, rame e altri elementi;

Croste di cobalto si rinvenivano sui pendii di monti sottomarini a profondità comprese fra 1.000 e 2.500 metri.

Di grande interesse era anche la presenza di depositi di fosfati sui fondali e di depositi di solfuri presenti nelle aree con attività vulcanica lungo lungo le dorsali oceaniche a profondità comprese fra 500 e 5.000 metri. La Confederazione Terrestre intendeva sfruttare questi depositi minerari e costruire nei fondali grandi fabbriche e industrie!

Il progetto venne attuato, ma solo nell'anno 16.346 si poté veramente dire che i mari e gli oceani della Terra erano stati completamente colonizzati!

Salim era nato e viveva nella grande città della Fossa delle Ryūkyū, a 7.500 metri sotto il livello del mare! Poche volte era stato in superficie, la sua vita, la sua casa era a Ryūkyū! Si occupava dei rapporti fra gli esseri umani ed i cetacei. Ormai l'uomo aveva ben compreso di non essere il solo occupante dotato di intelligenza sul pianeta Terra: Balene, Orche, Delfini e Capodogli avevano concretamente la possibilità di evolversi. Ma evolversi come? Non avevano capacità manuali e l'ambiente acquatico certo non li favoriva, ma avevano un loro linguaggio e Salim, sia pure usando determinati accorgimenti, lo comprendeva. La casa e gli uffici di Salim erano troppo in profondità, quindi spesso risaliva con la sua acquamobile per incontrare sopratutto Elsa! Costei non era una donna ma una Balena Franca! Con Elsa si era instaurato un rapporto molto speciale. La Balena era intelligente e Salim era riuscito a insegnarle molte cose, sia sull'umanità sia sulla ricerca scientifica. Elsa comprendeva che la sua evoluzione, e quella degli altri cetacei, non poteva seguire le orme dell'umanità, ma avrebbe dovuto prendere strade diverse.

Un giorno Salim, come faceva spesso, si recò per incontrare la Balena, inviò un segnale convenuto e dopo qualche tempo Elsa arrivò, ma non era sola!

Insieme a lei vi erano sei delfini e altre due balenottere. Iniziò una vera e propria conferenza che, approssimativamente avvenne così:

"Ciao Salim!" Disse Elsa "Con me vi sono alcuni collaboratori, conosciamo bene la vostra storia e la vostra politica, tu ci hai spiegato ogni cosa. Abbiamo una proposta da farti."

Salim, un poco stupito, riuscì a dire: "Vi saluto tutti, di quale proposta si tratta?"

Intervenne un delfino: "Abbiamo bisogno di una rappresentanza presso il vostro Senato, chiediamo che la costituzione della Confederazione Terrestre venga aggiornata con una nostra presenza!"

Salim era sempre più stupito, disse: "Ma come pensate di partecipare ai lavori del Senato?"

Un altro delfino rispose: "Non saremo fisicamente presenti, non vi sarà difficile organizzare un sistema radiotraduttore per ognuno dei nostri rappresentanti. In cambio siamo disponibili ad aiutarvi con le vostre estrazioni minerarie, per noi è facile e possibile, ma dovrete pagarci!"

"Ma cosa farete del denaro?" Chiese Salim.

"Acquisteremo oggetti tecnici, affitteremo imbarcazioni e pagheremo i pescatori per raccogliere pesce, plancton e derrate alimentari per noi." rispose Elsa.

Salim era ammutolito! Dunque i cetacei avevano stabilito quale direzione far prendere alla loro evoluzione? Lo chiese, gli rispose una delle due Balenottere:

"La ricerca e l'estrazione mineraria sono facili per noi, ci occuperemo di questo, nel contempo intendiamo occuparci di arte: canto sopratutto, e, come voi, vogliamo esplorare ogni angolo degli oceani. Penso che sarà possibile una collaborazione a tutto campo con i terrestri. Che ne dici?"

"Non mi sarà facile far accettare tutto questo al nostro Governo, io non ho titolo!" Rispose Salim.

"Lo sappiamo caro Salim." Intervenne ancora Elsa. "Ma sappiamo anche che l'attuale Presidente della Confederazione Giulian Kissinger è persona di grandi vedute, sappiamo anche che tu hai una grande forza di volontà e decisione. Vedrai, ce la farai!"

Non fu facile, non fu affatto facile ma dopo due mesi, presentandosi come rappresentante dei cetacei sollevò la curiosità del Presidente. Occorsero cinque anni, dopo di che al Senato della Confederazione vi furono ben trenta rappresentanti a pieno titolo del mondo marino terrestre!

Era l'anno **12.002** ufficialmente l'**Agenzia** iniziava in totale segreto il progetto Controllo! Centocinquant'anni prima Michela Giordano aveva indirizzato gli studi degli scienziati e tecnici chiedendo come poteva un sistema formato da particelle subnucleari arrivare ad avere una vera e propria coscienza e capacità decisionali. Già allora aveva chiamato questo sistema Controllo e il nome restò anche in seguito. Gli scienziati trovarono la risposta nel semplice fatto che queste particelle, con determinati accorgimenti acquisiti nel grande ciclotrone di Valles Marineris su Marte, in modo non dissimile da quello con cui avevano potuto produrre e, in qualche modo, imbrigliare i tachioni anche grazie alla sostanza trovata su Nettuno che permetteva di "guidare" queste particelle, potevano assumere caratteristiche non dissimili da quelle dei neuroni del cervello umano. In questo caso non si trattava dei tachioni ne di avere un mezzo che superasse la velocità della luce, bensì di un sistema subatomico che, aiutato da quella stessa sostanza rinvenuta sul lontano Nettuno, acquisisse con i secoli una memoria autonoma aiutata dall'inserimento in tutti gli apparati umani nonché la capacità di apprendere e capacità decisionali fino ad una evoluzione in una sola entità subatomica che comprendeva tutti gli apparati computeristici, roboinformatici, etc. dell'umanità. Controllo, infatti, non era un'entità concreta, era un insieme di particelle subnucleari che, viaggiando alla velocità della luce, si inserivano come una specie di virus in tutti i sistemi informatici: nei robot, nelle comunicazioni, nei computer, nel nuovo sistema di internet, nelle astronavi, in tutte le strumentazioni, ovunque; indiscriminatamente che appartenessero all'**Agenzia** o alla Confederazione. Ma non si comportava come un virus, restava nascosto perfettamente e totalmente inerte in attesa di ricevere stimoli adeguati da un apparato costruito segretamente in un piccolo, insignificante e apparentemente inutile asteroide. Questo apparato non era Controllo, ma piuttosto un sistema automatizzato destinato a durare millenni e che, al momento giusto, avrebbe inviato determinate stimolazioni che avrebbero permesso a Controllo di evolversi. Solo per entrare nei vari sistemi umani, Controllo avrebbe impiegato forse millenni! Poi, piano piano, in altri millenni, ne avrebbe preso il controllo. Un sistema globale, subnucleare, destinato a divenire cosciente e che, un giorno lontano, avrebbe a sua volta creato sottosistemi adatti ai più diversi compiti ma sempre collegati a lui.

Esisteva il problema di rivelarsi all'umanità e farle accettare la sua stessa esistenza e la sua leadership. Certo Controllo avrebbe potuto imporsi essendo inserito in tutti i sistemi informatici e le comunicazioni, non sarebbe stato difficile. Ma meglio attendere il momento giusto e, solo se necessario, imporsi. Questo era l'obiettivo e il progetto iniziò il suo iter.

Innanzitutto venne individuato l'asteroide dove inserire, in profondità, l'apparato che avrebbe stimolato le particelle subnucleari.

In totale segretezza si costruì l'apparato stesso e lo si inserì nell'asteroide.

Nel contempo il ciclotrone di Valles Marineris nelle viscere di Marte, produsse miliardi e miliardi di particelle subnucleari guidate dall'elemento di Nettuno. Finita la produzione tutto stava in una specie di contenitore di circa dodici metri di diametro. Questo contenitore venne portato sul piccolo asteroide e assemblato all'apparato stimolatore.

Occorsero più di 6.000 anni per terminare questa prima fase dell'ambizioso progetto dell'**Agenzia**! Il tempo passava, Maja non tornava ma l'**Agenzia** continuava ad aspettare! Era a capo del Comitato Ingmar Starrin. Durante una riunione del Comitato uno dei rappresentanti: Solange Albion si rivolse al suo capo dicendo: "Ingmar, l'attesa deve finire, dobbiamo voltare pagina e dimenticare Maja e le stelle! Guardiamo in faccia la realtà e cerchiamo di essere concreti! Basta sogni Ingmar!" Fu una vera e propria rivolta! Ingmar si trovò tutto il Comitato contro, non era mai accaduto nella storia dell'**Agenzia**!

Ingmar tenne duro finché accadde un episodio tragico!

I corpi dei quattro astronauti partiti con Maja alla volta delle stelle, erano custoditi in una camera criogenica su Giapeto, il satellite di Saturno. Non vi erano guardie ma solo alcuni tecnici che controllavano continuamente che tutto procedesse per il meglio. Quel giorno era il turno di Vladimir. Come sempre verificò i parametri di sopravvivenza dei quattro corpi, tutto andava bene. Doveva attendere che una sonda completasse la verifica, un mero scrupolo poiché sapeva che non vi erano disfunzioni, comunque si sedette e attese. In quella quattro uomini armati e mascherati entrarono con violenza nella sala criogenica. Il povero Vladimir ebbe appena il tempo di esclamare: "Che diavolo!!" Venne colpito da un'arma disgregante e morì sul colpo!

Ore dopo trovarono il suo cadavere, quanto ai corpi dei quattro astronauti erano scomparsi! Fu aperta un'inchiesta ma non si approdò a nulla e i corpi non furono mai ritrovati!

Ingmar restò molto colpito da questo episodio, non fu difficile per lui ritenere che dietro a tutto questo vi fosse qualcuno del Comitato! Decise di sciogliere il Comitato stesso e ne riformò uno nuovo ma sapeva che l'attesa era finita, l'**Agenzia** non avrebbe più aspettato il ritorno di Maja, ma qualcosa d'altro che segretamente stava crescendo, avrebbe ripreso il sogno originario dell'**Agenzia**: la conquista delle stelle e avrebbe aspettato il ritorno di Maja. Mai come allora Ingmar comprese che occorreva dare un erede all'**Agenzia**!

Era l'anno **14.200** quando l'**Agenzia** e la Confederazione Terrestre metterono a punto un sistema di clonazione umana! Gli obiettivi delle due grandi istituzioni si erano spostati sulla durata della vita umana. L'**Agenzia** aveva in questo campo un'esperienza straordinaria! Ormai il trapianto del cervello era pratica comune e permetteva all'uomo di vivere indefinitamente ma ad una condizione: avrebbe dovuto inserire il proprio cervello in un sistema robotico!

Questo non piaceva a tutti ma... era sempre meglio della morte!

Nacquero due diverse correnti di pensiero: coloro che assolutamente rifiutavano l'impianto del cervello in un robot considerandolo addirittura blasfemo! La componente religiosa, in questo caso, era preponderante. Nell'altro campo vi erano coloro che al contrario ritenevano che una vita robotizzata fosse il meglio possibile!

Vi furono scontri molto cruenti, non era una vera e propria guerra ma sicuramente era qualcosa di profondamente destabilizzante e pericoloso. Dopo millenni ancora la gente moriva per difendere quello che considerava un ideale imprescindibile!

Sandro era vecchio! Aveva superato i 98 anni di vita, si sentiva ancora in forma ma sapeva che dietro l'angolo la morte lo aspettava. E puntualmente arrivò! Il suo cuore si fermò! Ma Sandro non intendeva cedere ed aveva dato precise disposizioni di trapiantare il suo cervello in un sistema robotico. Si risvegliò da quello che pareva un lungo sonno e, dopo un periodo di adattamento, ricominciò per lui una nuova vita! Si sentiva forte, non soffriva ne caldo ne freddo, poteva uscire nello spazio vuoto senza alcuna protezione, aveva una vista e un udito da superman!

Cosa poteva esserci di meglio?

Benoit aveva 65 anni, a quel tempo la sua poteva essere considerata un'età rispettabile ma comunque giovanile. Benoit riteneva che vivere come un robot fosse un insulto a Dio stesso! Non faticò a trovare seguaci, dapprima qualche centinaio poi... migliaia e infine milioni!

Il suo movimento cominciava ad essere sempre più invadente, proteste si levarono da ogni parte e gli uomini "robotizzati" cominciarono ad avere paura! Se quel movimento vinceva il loro sogno di vivere in eterno sarebbe svanito nel nulla!

Sandro se ne rese conto benissimo e fondò un contromovimento allo scopo di bloccare Benoit ed i suoi! Gli uomini "robotizzati" non erano molti, ma erano potenti!

Sandro non voleva arrivare ne ad uno scontro politico, ne ad uno scontro etico ne, tantomeno, ad uno scontro fisico. Sapeva che i suoi, per quanto potenti, erano ancora troppo pochi, rischiavano di perdere!

Decise allora di tentare un abboccamento con Benoit!

I due si incontrarono nella base lunare terrestre.

Benoit guardava Sandro quasi con orrore, per lui era solo un robot con qualcosa di blasfemo al suo interno e disse:

"Come potete pensare di vivere in questo modo, non vi vergognate? L'umanità non deve e non può cercare di prendere il posto di Dio! Vergognatevi, siete dei mostri!"

Sandro cercò di ragionare: "Non dobbiamo arrivare ad uno scontro, l'umanità è in pace da millenni, lasciateci tranquilli che male vi facciamo?"

"Voi siete il male!" Rispose Benoit.

Non si riuscì in alcuna mediazione, si arrivò allo scontro, morirono quasi tre milioni di persone e gli uomini robotizzati ebbero la peggio! Furono massacrati tutti!

Solo allora, purtroppo troppo tardi, l'**Agenzia** e la Confederazione dichiararono di aver risolto completamente il problema della clonazione! Acquisendo da un donatore poche cellule, si poteva clonare un essere umano senza cervello e trapiantare il cervello del donatore nel clone. Questo mise tutti d'accordo! Ma il processo era ancora imperfetto, la clonazione poteva essere effettuata solo tre volte nell'arco di 240 anni, poi comunque sarebbe sopravvenuta la morte causata dal cervello che "ricordava" la sua età. Comunque era un primo passo per allungare la vita umana oltre i suoi limiti naturali.

In seguito, nonostante questo successo, l'**Agenzia** cominciò a subire una profonda crisi ed a sfaldarsi. Non c'era più l'antico obiettivo: conquistare le stelle e l'**Agenzia** non aveva più lo spirito di un tempo. Il Comitato esisteva ancora e aveva molto più potere, il suo Presidente era solo una figura di rappresentanza. Molti ritenevano che era ormai un'assurdità tenersi staccati dalla Confederazione Terrestre, inoltre l'**Agenzia** cominciava ad avere difficoltà a seguire le sue colonie esterne.

Fu in una seduta turbolenta che nell'anno **14.887** il Comitato decise di invitare il Presidente della Confederazione allo scopo di cedere le colonie più lontane: quelle della Fascia di Kuiper, Plutone, i satelliti di Nettuno, di Urano e di Saturno!

Il Presidente accettò ma voleva anche la Luna! Non fu facile ma l'**Agenzia** cedette però in cambio pretese che le colonie avessero cinquanta rappresentanti in Senato e la Luna altri cinque!

Quasi duemila anni dopo quell'evento, nell'anno **16.779**, città inserite in grandi cupole e sotterranee, nonché fabbriche, industrie, miniere estrattive, etc., erano sorte ovunque nelle colonie del Sistema Solare. La Luna era diventata una sola grande città, li insediamenti di Venere, di Mercurio, della Fascia degli asteroidi e della Fascia di Kuiper si erano ingranditi a dismisura. Europa era diventata una nuova piccola Terra, sui satelliti del Sistema erano nate piccole e grandi città. Ormai non si poteva più parlare di colonie ma di stabili e definitivi insediamenti umani come sulla Terra e su Marte! Grazie soprattutto ai cetacei anche gli oceani terrestri erano abitati ovunque. Una delegazione dei cetacei chiese di visitare Europa. Fu approntata una nave spaziale apposita e si recarono sul satellite gioviano ormai completamente terraformato. Scesero nel grande oceano sotterraneo, accompagnati da sei sommergibili per loro protezione (la fauna del luogo non sempre era "amichevole"). Dopo questa visita i cetacei chiesero e ottennero di poter insediare una loro colonia nel grande oceano sotterraneo di Europa! Negli anni seguenti nacque una importante collaborazione fra i cetacei e i pescatori, in seguito i cetacei trovarono importanti sedimenti minerari sul fondo dell'oceano di Europa, così, come già avvenuto sulla Terra, iniziarono ad estrarli e a venderli agli umani.

L'**Agenzia** era in piena crisi d'identità! Molti suoi appartenenti non comprendevano più perché non dovessero essere integrati in un solo consorzio umano. La Confederazione Terrestre, segretamente, fomentava gli animi. Sommosse e rivolte sorsero un po ovunque. Le proteste durarono ben mille anni e scioperi selvaggi minarono definitivamente la capacità economica dell'**Agenzia** finché, nel 18.002, finì per cedere tutte le sue colonie rimaste alla Confederazione Terrestre!

Venne ottenuta una rappresentanza di 50 membri presso il Senato della Confederazione, ai quali si aggiunsero ben venti rappresentanti per la sola Europa che era diventata una nuova Terra. Fra questi venti rappresentanti cinque dovevano appartenere all'insediamento dei cetacei posto nell'oceano del satellite gioviano! L'**Agenzia** rimaneva confinata su Marte e i suoi satelliti dove continuava segretamente il progetto Controllo. Ormai era chiaro che il tempo dell'**Agenzia** stava per finire!

L'**Agenzia** scomparve nel **18.123** dopo ben 16.093 anni dalla sua fondazione! Marte e i suoi satelliti entrarono nella Confederazione; vennero rappresentati in Senato da 50 membri. I senatori divennero complessivamente 325 dei quali la maggior parte appartenevano a colonie extraterrestri! Il sogno di Marina Cremonesi era realizzato, l'umanità intera era finalmente unita nella Confederazione Terrestre però ci erano voluti quasi 15.000 anni!

Ma l'**Agenzi**a aveva un erede!

Compare un sistema computerizzato semplice ma in grado di evolversi!

Apparentemente non ci sarebbe stato più nessuno ad attendere Maja anzi se ne stava perdendo la memoria e molti dubitavano dell'esistenza stessa della nave interstellare. Ma restava qualcosa che, anche se inconsciamente, avrebbe atteso quel ritorno: **Controllo**!

Un progetto per la cui realizzazione erano stati necessari ben 13.276 anni!

Inizialmente era un grande contenitore nel quale erano immagazzinate miliardi di particelle subatomiche collegato ad un ammasso di circuiti nascosti bene all'interno di un piccolissimo e insignificante asteroide. Negli ultimi secoli le particelle subatomiche erano state inviate all'interno di tutti i sistemi informatici, nelle comunicazioni etc., costruiti e utilizzati dall'umanità. Per duecento anni le particelle subatomiche restarono ben nascoste e totalmente inerti, ma, nel 18.123, quando l'**Agenzia** scomparve, un tecnico che aveva atteso solo quel momento inviò un semplice segnale radio e quei circuiti a loro volta inviarono miliardi di segnali che raggiunsero le particelle subatomiche inserite in tutti i computer e i sistemi informatici, nonché le comunicazioni, le strumentazioni etc. del Sistema Solare che si staccarono completamente da un'entità fisica per diventare una completa entità subatomica e presero pieno possesso di tutti i sistemi!

Nasceva Controllo!

Il comparto psicologico e storico dell'**Agenzia** aveva studiato tutte le implicazioni inerenti l'intervento di Controllo nelle vicende umane e decise che occorreva fare in modo che Controllo non fosse in grado di memorizzare nulla di quanto sarebbe accaduto prima dell'anno 40.000 se non per un tempo relativamente breve (400 anni), dopo di che avrebbe semplicemente dimenticato per sempre. Si riteneva così che il sistema non avrebbe mai prevaricato la società umana e si sperava che passato l'anno 40.000 l'umanità avesse raggiunto una sufficiente maturità per accettare pienamente Controllo come un utile amico e guida!

Dopo l'anno 40.000 quei circuiti inseriti nel piccolo asteroide, avrebbero rimosso il blocco mnemonico inviando un segnale subatomico apposito, da quel momento Controllo avrebbe ricordato tutti gli eventi successivi a quell'anno, ma non quelli che precedevano quell'anno. E ancora quei circuiti erano predisposti per inviare un segnale molto particolare al sistema Controllo nel momento in cui l'attesa fosse finita, quando e se Maja fosse tornata. Quel segnale avrebbe permesso a Controllo di comprendere che era diventato un'entità cosciente, con sentimenti, fantasia etc.. Dopo di che quel sistema nascosto nell'asteroide si sarebbe autodistrutto.

Controllo, anche se non ne era cosciente, era l'erede dell'**Agenzia**! Quell'organizzazione millenaria nata per sfidare le stelle e la morte avrebbe continuato ad esistere attraverso di lui. Qualcuno avrebbe sempre atteso il ritorno di Maja!

La "Preistoria"

(18.123-42.928)

1

Vi era un tempo che un giorno l'umanità avrebbe dimenticato completamente.
Quel tempo sarebbe stato chiamato "preistoria" in quanto la memoria umana non ricordava nulla
di quanto accaduto prima dell'anno 42.928!
In quell'anno si sarebbe conclusa una terribile guerra e l'umanità avrebbe dimenticato!

L'**Agenzia** scompare nel 18.123, al suo posto apparve un sistema computerizzato semplice ma in grado di evolversi, il suo erede: Controllo!

Inizialmente il nuovo sistema si limitò semplicemente ad esistere! Appariva più che altro come una specie di nuovo internet al quale la gente poteva rivolgersi per avere informazioni, comunicare e... chiedere consigli!

L'umanità era tutta riunita nella Confederazione Terrestre con un Presidente che aveva praticamente pieni poteri anche se era controllato dal suo Vice Presidente e dal Senato.

Intorno all'anno 19.000 nacque un nuovo ambizioso progetto: terraformare il pianeta Marte! I pianeti non venivano terraformati, si costruivano cupole, città sotterranee, basi protette! Ma in precedenza erano stati terraformati Europa e Ganimede i satelliti gioviani.

Il nucleo di Marte fu riscaldato e un fantastico sistema iniziò a catturare i raggi solari potenziandoli. Marte non era più freddo. L'acqua contenuta nel sottosuolo e al polo fu scongelata. Su Marte si formarono davvero i canali! L'atmosfera fu assemblata e iniziò a liberare ossigeno-azoto grazie ad immensi apparati a base nucleare. Su Marte si poteva respirare. L'aria però era ancora rarefatta, era come essere a tremila metri sulla Terra, quindi andare in montagna su Marte non era facile, oltre i mille metri occorreva un respiratore! Nell'anno 20.236 la terraformattazione di Marte era conclusa e si cominciavano a vedere campi verdi, alberi, animali liberi per il pianeta!

Tutti gli altri pianeti, esclusi i giganti gassosi, le lune, anche gli asteroidi, erano stati colonizzati, ma non terraformati. In realtà anche nei tre giganti gassosi esistevano alcune basi, quasi esclusivamente robotizzate ma, a volte, abitate, sia pure temporaneamente, anche da uomini! Pure l'inferno di Venere!

Giapeto, satellite di Saturno, raggiungeva un'importanza sempre maggiore anche se non era stato terraformato come i suoi fratelli gioviani: Europa e Ganimede.

Vi sorgevano città collegate tra di loro e grandi astroporti. Giapeto era il terzo satellite naturale di Saturno con un diametro di 1.500 Km.

Vi era una cresta larga all'incirca 20 km ed alta 13 km che si estendeva per oltre 1.300 km nella Cassini regio, seguendo quasi perfettamente la linea equatoriale della luna. Alcuni picchi della cresta raggiungevano i 20 km d'altezza, e costituivano alcune delle più grandi montagne del sistema solare.

La società umana aveva raggiunto un po ovunque un buon stato di benessere, i costumi erano molto liberi e, grazie alla clonazione, la vita si era allungata. La parità sessuale in tutti i settori dell'attività umana era un fatto acquisito da molti millenni, ma, con il tempo, nacque una certa insofferenza! I primi segnali si ebbero nell'anno 20.583.

Amanda era una giovane terrestre di 27 anni, era molto legata, in tutti i sensi, alla sua compagna Ines, più giovane di due anni. Erano due splendide ragazze e spesso gli uomini le avvicinavano ma loro disdegnavano quelle "avance" anzi, li respingevano con molta determinazione.

Un giorno Amanda disse alla sua compagna:

"Cara, non sei stanca di vedere sempre uomini ovunque? Pensa come sarebbe bello il mondo senza di loro! Gli uomini portano sempre violenza, si credono chissà che cosa! E poi... guarda come sono fatti! Il loro corpo è pesante, duro, mentre i nostri sono leggeri, morbidi! Inoltre... puzzano!"
"Hai ragione!!" Rispose Ines. "Fanno veramente schifo! Sai, conosco qualcuno che la pensa come noi, che ne dici se le andiamo a parlare, forse si può fare qualcosa... chissà!"
Si recarono da Josephine Mboundo, un'anziana signora di colore eletta al Senato della Confederazione. Non fu difficile incontrarla, Ines la conosceva da tempo, ed esternarono le loro opinioni sui maschi. Trovarono in Josephine un attento interlocutore che, con loro sorpresa, dichiarò: "Amiche mie, non solo avete ragione ma ritengo che i maschi siano oggi assolutamente inutili! Grazie ai sistemi di clonazione possiamo tranquillamente fare a meno di loro e piantarla una volta per tutte di dare al mondo dei marmocchi fastidiosi. E' possibile perpetuare il genere umano senza dover partorire e possiamo fare di meglio, clonando solo femmine! I maschi, sono sempre stati un fattore destabilizzante inoltre, per loro natura, credono intimamente di essere superiori a noi e spesso si comportano in conseguenza. Amiche mie, dobbiamo eliminarli!"
Così nacque un movimento contro il sesso maschile. Al di là di ogni previsione ebbe un grande successo e si estese in tutto il sistema solare! Milioni di donne rifiutarono ogni contatto con gli uomini e presto nacque la violenza!
Maria Dolores apparteneva segretamente al nuovo movimento e... voleva fare la sua parte! Era una bella donna di 35 anni, alta, slanciata, lunghi capelli neri. La sera lavorava in un nightclub frequentato ovviamente da molti uomini. Decise di prepararsi, viveva in una piccola villetta un poco isolata. Scavò diverse buche nello scantinato. In casa preparò un letto di contenzione, si organizzò con fruste, coltelli, tenaglie e quant'altro, mise nella sua auto diverse bottigliette di cloroformio e si accinse a… fare la sua parte!
Non le bastava uccidere! Doveva veder soffrire!
Si recò, come sempre, al night dove presto venne avvicinata da un uomo di mezza età. Per Maria fu facile attirarlo a se e convincerlo a venire a casa sua. Mentre erano in macchina, con una scusa, Maria si fermò in un luogo solitario e destramente lo addormentò con il cloroformio. L'uomo si svegliò nudo e legato al letto di contenzione. Maria Dolores lo tenne in vita per ben diciassette ore! Alla fine dell'uomo restava ben poco ma Maria ne ebbe una grande soddisfazione!
Prima di essere fermata Maria Dolores aveva fatto lo stesso servizio ad altri 36 uomini!
Sul suo esempio le donne cominciarono ad adescare i maschi per poi, nei loro letti, torturarli e ucciderli! Divenne una pratica quasi comune! In questo modo morirono, spesso fra atroci sofferenze, due milioni di maschi!
La reazione era inevitabile e scoppiò una vera e propria guerra!
Per buona sorte non tutte le donne appartenevano al movimento di Josephine, anzi la maggior parte ne era rimasta fuori, ma ugualmente lo scontro fu estremamente cruento.
Il Governo riuscì ad arrestare Josephine, ma fu un boomerang! Milioni di donne presero le armi, fu un massacro!
La guerra durò ben 27 anni durante i quali morirono otto milioni di esseri umani. Alla fine il movimento di Josephine fu annientato ma occorreva una pacificazione.
La si ottenne ampliando la ricerca sulla clonazione per arrivare ad eliminare il parto.
Nell'anno 21.102 la clonazione sostituiva pienamente il parto ma... non più bambini e questo non veniva accettato da tutte le donne e da tutti gli uomini, quindi il Governo lasciò liberi i cittadini di scegliere fra la clonazione e il parto naturale.
Fino a quel momento Controllo era rimasto pressoché inattivo ma intorno all'anno 21.200 iniziò prudentemente ad intervenire.
La "molla" che lo aveva spinto ad uscire dalla stasi fu proprio la clonazione. Controllo capiva che attraverso la clonazione era possibile far progredire enormemente l'umanità. Dapprima si limitò a dare alcuni suggerimenti alle persone giuste, poi lo stesso Controllo spinse gli umani ad effettuare interventi sul DNA dei nuovi nati nelle vasche di clonazione.
Non era una cosa nuova, già l'**Agenzia**, millenni prima, aveva agito sul DNA dei nuovi nati. In quel tempo lontanissimo non si operava a mezzo della clonazione, ma si interveniva direttamente

sull'embrione ancora da formare cercando di orientare il nascituro in direzione degli interessi dell'**Agenzia** stessa.

Controllo riteneva che il processo di clonazione avrebbe facilitato li interventi sul DNA umano. Il suo obiettivo non era quello di avere esseri umani con particolari caratteristiche, ma più semplicemente di allungare il più possibile la durata della vita.

Scienziati e tecnici furono spinti in questa direzione e studiarono ed esperimentarono il problema, non sempre con successo, per ben duecento anni alla fine dei quali il DNA umano cominciò a cambiare e l'uomo ad evolversi.

Ma Controllo voleva andare ancora oltre! Il clone nasceva come un bambino, senza conoscenze, e occorreva farlo crescere proprio come un bambino.

Controllo coinvolse tutti i migliori psicologi e biologi del sistema, obiettivo: far nascere un clone dell'età fisica di 25 anni con un "imprinting" che gli permettesse di avere una conoscenza degna dell'età in cui era nato!

Non fu facile, ma nell'anno 21.699 il nuovo progetto fu pienamente realizzato! Il clone nasceva con una vasta conoscenza e con l'età fisica di 25 anni e avrebbe avuto davanti a se, salvo incidenti, 500 anni di vita!

Era una conquista straordinaria e Controllo istituì il suo primo sottosistema allo scopo di avere il totale controllo su tutto il processo di clonazione!

A questo punto esistevano due differenti umanità: quella clonata con una notevole prospettiva di vita e quella "normale" la cui vita media era cinque volte inferiore!

La popolazione umana si rese conto che il futuro era nella clonazione!

Piano piano divenne agnostica e cominciò ad ignorare le religioni.

Il processo fu lungo ma intorno all'anno 26.000 tutta l'umanità era clonata e non ricordava neppure le antiche religioni.

Restava il pensiero filosofico che prese il posto delle religioni ed ebbe un rapido sviluppo. Controllo iniziò ad inserirsi in tutte le attività umane. Aveva imparato come creare nuovi sottosistemi e attraverso di loro si inserì nella società di tutto il sistema solare. Presto divenne un'entità utilissima a tutti e venne facilmente accettato.

Nacque il sottosistema detto "Reclutamento" attraverso il quale Controllo invitava, in piena libertà, ad effettuare determinati lavori, interventi o studi.

Chi veniva chiamato da "Reclutamento" ne era orgoglioso e molto raramente rifiutava l'invito. Così Controllo indirizzò scienziati, studiosi e tecnici verso la sperimentazione e il progresso con l'intendimento di migliorare le prestazioni dei motori delle navi interplanetarie.

Da molto tempo l'uomo non si era più preoccupato della ricerca scientifica, Controllo intendeva dare una nuova e decisiva spinta a questo settore.

I motori delle navi interplanetarie finirono per essere potenziati al massimo: poco più di un mese per attraversare il sistema solare!

Più di così non si poteva fare!

Controllo decise che era arrivato il momento di spingere l'umanità verso nuovi obiettivi, non voleva che divenisse statica ma occorreva una nuova sfida, nuovi orizzonti, aprire una nuova frontiera!

Tutto il sistema solare era stato colonizzato ormai da millenni, occorreva andare oltre: le stelle! Attraverso i suoi sottosistemi Controllo propose di inviare una spedizione allo scopo di colonizzare il Sistema del Centauro!

Non si sapeva se vi fossero pianeti abitabili, ma sicuramente dei pianeti c'erano!

Occorreva che la spedizione fosse attrezzata per aprire colonie anche su pianeti morti o inospitali. Gli astronauti ed i coloni dovevano partire in ibernazione per quello che, anche se le astronavi erano molto veloci, sarebbe stato un viaggio lunghissimo!

L'umanità accolse con entusiasmo questo progetto. Fu studiata ogni cosa con particolare attenzione e si prepararono 12 grandi navi interstellari che dovevano portare 80.000 persone fra astronauti e coloni sulle lontane stelle del Centauro!

Nell'anno 28.856 le prime navi interstellari erano pronte!

Partivano da Plutone e si stimava che, grazie alle nuove tecnologie che avevano potenziato notevolmente i motori delle astronavi, avrebbero comunque impiegato ben 850 anni per arrivare nel Sistema del Centauro, il più vicino alla Terra.

Il sistema trinario del Centauro consisteva in tre stelle che, con i loro pianeti, orbitavano intorno a loro stesse: Proxima aveva un moto molto irregolare ma, in determinati periodi era la stella più vicina al nostro sole: 4,22 anni luce, era una nana rossa! Le altre due stelle erano Alpha Centauri A e Alpha Centauri B. Orbitavano intorno a loro molti pianeti, le stelle erano simili al Sole terrestre e si trovavano ad una distanza di 4,36 anni luce dal nostro sistema. Giravano una intorno all'altra e, più lontano, orbitava intorno ad A anche Proxima con un'orbita di 500.000 anni intorno ad Alpha Centauri A.

Anche questa volta le dodici navi furono automatizzate per permettere ai loro occupanti di ibernarsi e risparmiare l'uso dei sistemi di sopravvivenza, ma vi erano due differenze fondamentali! La prima riguardava Controllo che aveva inserito a guida e guardia della spedizione alcuni sottosistemi che lo avrebbero informato su ogni istante del viaggio e che, a loro volta, erano in grado di creare altri sottosistemi a supporto della future colonie. Gli stessi sottosistemi controllavano numerosi supporti roboinformatici, le stesse navi interstellari erano di fatto un supporto roboinformatico!

La seconda riguardava l'astronave di comando. La spedizione era guidata da Daniel Stabinsky, un giovane spaziale originario della Fascia degli Asteroidi, dell'età di 32 anni. L'astronave di Daniel partiva in testa al convoglio ma era diversa dalle altre, molto più grande e con un equipaggio più numeroso in quanto si era stabilito che, in turni di sei mesi, un gruppo di dieci astronauti sarebbe stato sveglio in un'area ristretta dell'astronave. Daniel avrebbe fatto il primo turno, dopo sei mesi sarebbe andato in ibernazione per riprendere il suo turno dopo cinquant'anni e così via. In caso di massimo allarme poteva essere svegliato in qualsiasi momento!

Era il 17 maggio 28.857 quando la prima spedizione ufficiale della Terra in direzione di un lontano sistema stellare partiva da Plutone!

I coloni e gli equipaggi, fatto salvo i dieci della nave di comando, entrarono tutti in ibernazione. Daniel era al comando e tutto procedeva per il meglio, dopo sei mesi, come da programma, lui ed i suoi nove compagni svegliarono coloro che li avrebbero sostituiti ed entrarono in ibernazione. Il viaggio proseguì senza particolari problemi, tutti gli ostacoli che incontrarono furono evitati oppure affrontati con successo.

Nell'anno terrestre 29.710 arrivarono in vista del sistema trinario del Centauro! Daniel ordinò di svegliare tutto l'equipaggio, solo i futuri coloni restarono ancora in stato di ibernazione.

Quindi fece partire centocinquanta navette in esplorazione del sistema.

Cinquanta grandi navette, ognuna con un equipaggio di quaranta uomini, partirono in direzione di Proxima con al comando Yakut Perez, altre cinquanta in direzione di Alpha Centauri A con al comando Natalie Barber e infine altre cinquanta verso Alpha Centauri B con al comando Kenny Klopp.

Tutte le navette erano sistemi roboinformatici dotati di numerosi sottosistemi per supportare l'equipaggio umano.

Impiegarono mediamente quattro mesi per raggiungere le tre stelle, ritornarono dopo quasi un anno! Kenny Klopp raggiunse Alpha Centauri B. La stella era molto simile al Sole, vi trovò un sistema con tredici pianeti e numerosi satelliti. Durante la sua esplorazione incontrò una situazione non dissimile da quella del Sistema Solare. Il primo pianeta orbitava vicino al suo sole con caratteristiche simili a quelle di Mercurio, Kenny decise di ignorarlo, come ignorò anche il secondo pianeta, sembrava una fotocopia di Venere, l'unica differenza era la presenza di un piccolo satellite.

Il terzo pianeta invece aveva alcune caratteristiche simili alla Terra: aveva un satellite molto più piccolo della Luna, vi erano oceani, un'atmosfera respirabile ma anche una fortissima attività vulcanica che oscurava il cielo e rendeva il suolo molto freddo con temperature che passavano dai 2-3 gradi sopra zero all'equatore fino a 150 gradi sotto zero ai poli! Comunque Kenny decise di far atterrare sul pianeta, nella zona equatoriale, dieci navette col compito di esplorarlo e valutarlo per una possibile colonizzazione.

2

Kenny continuò l'esplorazione. Incontrò altri sei pianeti rocciosi con deboli atmosfere ma tutte velenose. Tre di loro avevano depositi sotterranei di ghiaccio e Kenny vi lasciò altrettante navette i cui occupanti dovevano valutare la possibilità di uno sfruttamento. Trovò anche quattro giganti gassosi, tutti circondati da anelli e, due di loro, erano grandi più di Giove e avevano una serie di anelli più bella di quella di Saturno!

I quattro giganti avevano numerosi satelliti, Kenny decise di lasciare cinque navette per ogni pianeta allo scopo di esplorare i loro satelliti, quindi con le ultime diciassette navette tornò in direzione del terzo pianeta.

Kenny aveva messo Meherzia Esayas, una giovane astronauta di 29 anni, al comando delle dieci navette che dovevano esplorare la zona equatoriale del pianeta. Dallo spazio appariva quasi grigio, coperto da una fitta coltre di nuvole e polveri causate dalle eruzioni vulcaniche. Le navette superarono la coltre grigiastra e trovarono un pianeta quasi completamente ricoperto da ghiaccio e neve, solo la zona equatoriale ne era priva. In quell'area, piuttosto vasta, si affacciavano due continenti e numerose isole che spuntavano da un vasto oceano che solo all'equatore era libero dai ghiacci. Una di queste isole era molto grande e dall'alto appariva macchiettata di verde, evidentemente vegetazione! Fu qui che Meherzia decise di atterrare con otto navette, le altre due ebbero l'incarico di esplorare i continenti ghiacciati.

Si sapeva già che l'atmosfera era respirabile ma la coltre di polveri vulcaniche poteva dare qualche problema, quindi Meherzia, prima di uscire dalle navette, diede disposizione per ulteriori analisi e chiese anche di ricercare eventuali microbi o virus pericolosi per l'uomo.

Fu una decisione saggia! Fu confermato che l'atmosfera era respirabile, vi erano polveri al suolo ma non molto fastidiose. Se si voleva poteva essere sufficiente una mascherina di garza come protezione, ma non era indispensabile. Però trovarono nell'atmosfera un virus estremamente pericoloso! Occorreva sintetizzarlo e ricercare un vaccino immunitario, ma per farlo servivano le attrezzature delle astronavi interstellari. Meherzia avvertì immediatamente le due navette che transitavano fra i ghiacci e diede ordine di indossare tute e maschere protettive prima di uscire. Quindi esplorarono la zona, le macchie verdi risultarono essere dei muschi, assolutamente innocui ma immangiabili. Erano presenti in diverse forme in tutta la grande isola. Non trovarono ne piante ne animali, solo formazioni microbiche per lo più innocue fatto salvo quel virus maledetto! Meherzia dispose allora di esplorare l'oceano. Là trovarono una situazione completamente diversa ma non dissimile dalla Terra primordiale: pesci ossei, grandi meduse, formazioni simili a coralli, serpenti di mare, una specie che assomigliava alle trilobiti terrestri e che era edule! Anche i pesci potevano costituire una buona riserva alimentare, non così per le meduse e quelle strane formazioni che ricordavano i coralli. Trovarono anche grandi granchi e animali simili alle aragoste, ma erano tutti dotati di un potente e pericoloso veleno.

La vita non sarebbe stata facile ma era possibile stabilire sul luogo una colonia umana.

Nel frattempo le due navi inviate ad esplorare i ghiacci tornarono con notizie sorprendenti: avevano trovato animali complessi e perfettamente adattati. Erano simili a piccole foche e trichechi ma erano dotati di una fitta coltre pelosa. Si cibavano delle alghe che crescevano sotto i ghiacci. Anche Meherzia aveva trovato alghe, ma apparivano immangiabili, invece quelle che crescevano in fondo al pack erano un po dure ma si potevano mangiare e anche le piccole foche potevano diventare una riserva alimentare!

Fu questa la relazione che fece a Kenny quando arrivò!

A quel punto Kenny decise di lasciare sul pianeta Meherzia ed i suoi, rinforzandola con altre dieci navette, quindi iniziò il viaggio per raggiungere le grandi astronavi.

Natalie Barber era al comando della spedizione che puntava su Alpha Centauri A. Anche questa stella appariva simile al Sole, vi orbitavano intorno quattordici pianeti. Anche qui Natalie trovò il primo pianeta molto simile a Mercurio, solo più grande, ma il secondo e il terzo pianeta apparivano abitabili!

Natalie non lesinò ne uomini ne mezzi, prima di continuare l'esplorazione inviò su ognuno dei due pianeti quindici navette allo scopo di esplorarli e valutarli per una futura colonizzazione, quindi proseguì!

Trovò anche qui otto pianeti inabitabili, quasi una fotocopia di quelli incontrati su Alpha Centauri B. Anche Natalie lasciò delle navette per valutare un possibile sfruttamento delle risorse di questi pianeti. Vi erano anche qui quattro giganti gassosi dotati di anelli e di numerosi satelliti. Uno di loro assomigliava a Saturno ma aveva una serie di anelli molto più vistosa!

Natalie dispose che cinque navette avrebbero esplorato i numerosi satelliti dei giganti gassosi, quindi con le restanti dieci navette ritornò ai due pianeti più promettenti.

Uno (quello più prossimo ad Alpha Centauri) era caldo, l'altro era freddo ma ambedue avevano un'atmosfera respirabile, le stagioni, una vegetazione e vita animale.

Il pianeta più caldo raggiungeva temperature che variavano fra i 30 e i 120 gradi sopra lo zero, aveva due piccoli satelliti rocciosi e sulla superficie vaste zone desertiche inframezzate da aree boschive. Le navette atterrarono al polo nord con una temperatura di 38 gradi sopra zero.

Il caldo era sopportabile anche perché caldo secco, vi era pochissima umidità. Vi erano oceani che all'equatore letteralmente bollivano creando sistemi nuvolosi che portavano piogge calde e tempeste in quasi tutto il pianeta ma non al polo nord dove un sistema di venti e di correnti rendevano la zona libera da questo fenomeno.

Lionel Gautier era a capo di questa spedizione, fece analizzare l'aria e anche lui cercò, però senza trovarli, virus e agenti pericolosi per l'uomo. Atterrò al polo con dieci navette, altre cinque furono inviate ad esplorare altre zone del pianeta.

L'area si dimostrò perfettamente abitabile, vi erano piante simili alle palme terrestri con un sottobosco piuttosto rado nonché animali simili a rettili ma della grandezza massima di un grosso cane. Non erano aggressivi ma tutti avevano un morso velenoso. L'oceano era ricco di plancton, gamberi e piccoli pesci.

Non così per le altre zone del pianeta che, fatto salvo per le aree boschive che risultarono come delle grandi oasi, era spazzato da terribili tempeste, forti piogge caldissime e aree desertiche abitate da rettili velenosi che, al contrario dei loro fratelli del nord, non erano affatto amichevoli.

Una delle navette inviate ad esplorare il resto del pianeta, non tornò!

Non aveva inviato nessun segnale, non fu mai più ritrovata! Si poteva solo immaginare che fosse stata travolta da qualche tempesta e inabissata nell'oceano!

Il polo sud era ricoperto dalle acque, non aveva terre emerse.

Comunque nel complesso poteva essere colonizzato. Lionel e i suoi restarono sul pianeta e Natalie lo rinforzò con altre quattro navette.

L'altro pianeta, al contrario, era freddo, ma un freddo più che sopportabile. La sua temperatura media variava fra i 20 gradi sopra lo zero della zona equatoriale e i 90 gradi sotto lo zero delle zone polari. La sua atmosfera era perfettamente respirabile ma era... un pianeta acquatico! Le acque ricoprivano il 95% della sua superficie, vi erano solo pochi isolotti sparsi qua e là!

Fu su uno di questi, nella zona equatoriale, che le navette atterrarono. Come negli altri casi cinque navette furono inviate ad esplorare le altre zone del pianeta ma non trovarono nulla di particolare. Man mano che si spingevano verso nord l'oceano diventava un unico pack ghiacciato e gli isolotti facevano tutt'uno con il mare gelato.

La zona equatoriale appariva perfettamente abitabile e le isole avevano una curiosa vegetazione che ricordava un poco quella delle montagne terrestri. Vi erano molluschi, insetti e anfibi, tutti animali innocui. Non così l'oceano dove transitavano grandi e pericolosi squali ma anche pesci di ogni genere.

Anche qui Natalie diede ordine di lasciare il contingente sul pianeta e lo rinforzò con quattro navette, quindi con le ultime due navette ritornò verso le grandi navi interstellari.

Infine Eleonore Cartier, con le sue cinquanta navette, aveva esplorato il sistema di Proxima! Questa era una piccola stella, una nana rossa! Non si avevano molte speranze di trovare qualcosa di utile in quel sistema poiché il suo sole era troppo freddo, ma Eleonore, appena giunta, ebbe una grande sorpresa!

Il sistema aveva solo otto pianeti ma il primo, quello più vicino a Proxima, era un vero gioiello! Mostrava sempre la stessa faccia al sole, quell'emisfero era un meraviglioso caleidoscopio di colori: azzurro, verde, giallo, rosso, un meraviglioso paradiso tropicale!

L'altra faccia, sempre in ombra, era bianca, un'unica distesa di ghiaccio e neve!

Il pianeta era leggermente più grande della Terra e aveva ben tre satelliti, due dei quali grandi circa la metà della Luna, l'altro più piccolo. Eleonore, stupita, inviò venti navette sul pianeta e, questa volta, prima di continuare l'esplorazione, attese.

Venne la conferma: quell'emisfero era una fotocopia della Terra ai tropici! Aria perfettamente respirabile, limpida e pura, acqua in abbondanza, animali non pericolosi, niente virus o agenti microbici dannosi per l'uomo, l'oceano pescoso con giganteche formazioni coralline multicolori, una vegetazione lussureggiante, frutta edule, il Paradiso Terrestre!

Non così l'altra faccia del pianeta che era disabitata, se non nei fondali marini dove pesce e plancton abbondavano a dismisura, e completamente gelata.

La temperatura media nella zona abitabile variava fra i 25 ed i 30 gradi sopra lo zero, senza particolari escursioni termiche, solo le maree erano abbastanza importanti. Niente tempeste cicloniche! L'emisfero freddo riportava una temperatura che variava fra 15 e 120 gradi sotto lo zero. Eleonore continuò l'esplorazione ma trovò solo altri sette pianeti inabitabili e di poco interesse, lasciò comunque su ognuno di loro una navetta quindi tornò verso il primo pianeta. Non vi erano giganti gassosi. Rinforzò gli esploratori con altre venti navette e quindi, con le ultime tre, puntò trionfante verso le grandi navi che l'attendevano!

I tre comandanti fecero rapporto a Daniel Stabinsky che stabilì innanzitutto di allertare il reparto biologico per testare il virus trovato da Meherzia Esayas e trovare un vaccino adeguato, poi mosse la flotta in direzione di Proxima!

Una volta giunti mise le navi in orbita attorno al pianeta e inviò nell'area dove attendevano i primi esploratori, numerose navi "cargo" stivate nelle grandi astronavi, insieme a sottosistemi e apparati roboinformatici di Controllo. Presto furono assemblate migliaia di abitazioni e magazzini dove vennero stivati generi di prima necessità, quindi diede ordine di togliere i coloni dall'ibernazione.

I coloni chiamarono il pianeta Fortuna, un nome che sarebbe scomparso nelle nebbie del tempo. Un giorno lontano altri lo avrebbero chiamato Yesi! Era piuttosto selvaggio, poco più grande della Terra, aveva foreste un po ovunque e animali non troppo ospitali! Possedeva ben tre lune, con conseguenze notevoli nelle maree degli oceani. Non aveva stagioni, mostrava sempre la stessa faccia al piccolo sole, per questo un lato del pianeta era caldo, tropicale, l'altro era freddo glaciale. Proxima, il suo sole principale, era una nana rossa, già di per sé molto fredda, faceva parte del sistema trinario: Alpha Centauri A, Alpha Centauri B e Proxima, appunto. Aveva un'orbita di 500.000 anni intorno ad Alpha Centauri A e, per un lungo periodo, Fortuna beneficiava del calore dei due soli. Era uno spettacolo meraviglioso vedere i due soli scaldare contemporaneamente il pianeta: Proxima era vicina, solo dieci milioni di km.! Appariva come un disco rosso fuoco, più lontana Alpha Centauri, si vedeva come un piccolo disco argentato.

In seguito altre colonie industriali sorsero nei tre pianeti parzialmente abitabili di Alpha Centauri A e Alpha Centauri B.

Le navette che su tutti e tre i sistemi avevano esplorato i satelliti dei giganti gassosi e i pianeti inabitabili, lasciarono sul luogo numerosi sistemi roboinformatici con lo scopo di estrarre i metalli utili e l'acqua in modo del tutto automatico e creare moduli abitativi atti alla vita umana, quindi si ritirarono in direzione delle colonie che stavano sorgendo nei pianeti abitabili.

Le materie prime estratte dai sistemi roboinformatici venivano convogliate presso i tre pianeti industriali dove, tra l'altro, si volevano costruire altre astronavi interstellari.

Daniel Stabinsky e altri 800 astronauti decisero di tornare nel Sistema Solare e approntarono per questo scopo una delle astronavi, le altre rimasero nel Sistema del Centauro.

Daniel e i suoi vennero salutati con grandi ovazioni dai coloni. Fu con grande emozione che lasciarono il sistema.

L'uomo era arrivato sulle stelle!

Nell'anno 30.581 l'astroporto di Plutone ricevette un messaggio:

"Qui Daniel Stabinsky, comandante della prima spedizione interstellare della Confederazione Terrestre. Siamo tornati! Quattro pianeti del Sistema del Centauro sono stati colonizzati dall'uomo!" Daniel e i suoi vennero accolti come eroi, la loro impresa ebbe un'eco straordinario!

Sull'onda di quel straordinario successo la Confederazione Terrestre decise di approntare una seconda spedizione. Molti erano entusiasti del pianeta Fortuna e volevano emigrare su Proxima. Occorsero cinquant'anni poi, ancora da Plutone, partirono altre dieci navi interstellari anch'esse con 80.000 passeggeri fra coloni e astronauti.

Ma, questa volta, non tutto andò liscio!

Mentre le astronavi transitavano nella Nube Di Oort una di loro si scontrò con una grande cometa disintegrandosi completamente! Morirono nel sonno 8.000 fra coloni e astronauti!

La cometa sembrò non essersene neppure accorta e continuò velocissima il suo viaggio. Le strumentazioni della nave avevano individuato un grosso asteroide e, diligentemente, lo avevano evitato, ma proprio dietro l'asteroide nello stesso istante transitava rapidissima la cometa che, nascosta dal corpo celeste, non fu avvistata in tempo! Le probabilità che avvenisse un simile incidente erano molto meno di zero, assolutamente infinitesimali! Già era difficilissimo incontrare un asteroide nella Nube di Oort e anche le comete si trovavano lontanissime una dall'altra, incontrare poi contemporaneamente un asteroide ed una cometa e per di più scontrarla era praticamente impossibile, ma era avvenuto!

Le altre nove navi continuarono senza altri problemi il loro viaggio e impinguarono le colonie del Sistema Centauro, ma questo incidente destò molto scalpore fra la comunità umana e finì per frenare lo slancio verso le stelle!

Inoltre il criterio con cui erano stati scelti i nuovi coloni non piacque alla gente. Il Governo Terrestre aveva scelto uomini e donne della Terra e di Marte, trascurando completamente i candidati della fascia e dei satelliti esterni.

Questo metodo diede adito a molte proteste, primo segnale di un'insofferenza molto pericolosa! Due astronavi interstellari tornarono nel Sistema Solare nell'anno 32.306. Portavano 1.200 astronauti e quasi 16.000 coloni che avevano avuto nostalgia della Terra!

Questa volta furono accolti molto tiepidamente!

Seguì un periodo molto lungo di stagnazione. L'umanità era soddisfatta del suo stato, grazie ai sottosistemi e agli apparati roboinformatici l'uomo si stava liberando del lavoro.

Erano comunque molti coloro che si rivolgevano a Reclutamento per avere una qualsiasi attività. Reclutamento cominciò diversi programmi di ricerca in tutti i campi dello scibile umano e chiamò molte persone per affrontare questo o quell'altro argomento.

Ma non vi era vero progresso, più che altro informazione e conoscenza.

Nel frattempo l'uomo stava cambiando, i processori che intervenivano sul suo DNA fecero sì che alcune caratteristiche umane o si evidenziassero (per esempio l'altezza) oppure tendessero a scomparire (i capelli ed i peli).

Col passare dei secoli molti scienziati chiamati da Reclutamento si occuparono di biologia umana. Aiutati dai sottosistemi finirono per mettere a punto un metodo che permetteva in qualsiasi momento di poter cambiare sesso!

Un clone nasceva maschio o femmina ma, nel corso della sua lunga vita, poteva decidere di cambiare il proprio sesso senza alcun problema.

L'antica Guerra dei Sessi, a quel punto, appariva non solo assurda ma sicuramente ridicola!

Controllo iniziò a regolamentare le nascite dei cloni. Tante persone morivano, tante ne nascevano e i morti venivano "immagazzinati" per poter usare in futuro le loro cellule allo scopo di clonare altri esseri umani.

Il senso della famiglia non esisteva più, non nascevano bambini. Coloro che per secoli avevano continuato a procreare normalmente avevano finito per arrendersi alla possibilità di avere una vita lunga 500 anni! Esisteva ancora l'istituzione del matrimonio civile, ma anche questa era una pratica sempre meno utilizzata. Se due persone lo volevano stavano insieme e basta!

Ma qualcosa stava cambiando, nuvole nere si stavano addensando contro l'umanità!

3

La Confederazione Terrestre era retta da sempre da un Presidente, un Vice Presidente e il Senato, ma, col passare del tempo, le cose stavano cambiando e la Presidenza acquisiva sempre più maggior potere! In passato il Vice Presidente era colui che aveva perso la corsa alla Presidenza, di fatto era l'antagonista del Presidente. Finì che si cambiò la costituzione e il Vice Presidente venne scelto fra i collaboratori del Presidente stesso. Il Senato continuava ad avere molta forza ma spesso la Presidenza si scontrava con questa istituzione e aveva la meglio!

Tutto questo non piaceva alla gente, sopratutto a coloro che vivevano oltre Marte, verso l'esterno del Sistema Solare.

Nell'anno 41.612 era Presidente della Confederazione Terrestre Suzanna Tressierra, aveva 356 anni, una donna molto decisa ed energica. Il suo mandato scadeva dopo solo due anni quando iniziarono moti di protesta nella Fascia degli Asteroidi che, presto, si estesero ai satelliti gioviani.

La protesta si riferiva sia al potere del Presidente che si riteneva quasi dittatoriale, sia al semplice nome del Governo che li univa: "Confederazione Terrestre"! Perché Terrestre? Cosa centrava la Terra con loro?

Presto quei moti si trasformarono in uno sciopero selvaggio, i sistemi roboinformatici continuavano il loro lavoro ma non c'era nessuno a raccoglierlo!

Allora Suzanna fece un grave errore: usò la forza!

Immediatamente agli uomini della Fascia e dei satelliti gioviani si unirono quelli dei satelliti saturniani, poi di Urano, Nettuno, Plutone e della Fascia di Kuiper e reagirono con le armi chiedendo a gran voce l'indipendenza! Volevano staccarsi dalla Confederazione Terrestre e formare un Governo Esterno (così lo chiamarono riferendosi all'esterno del Sistema Solare).

Suzanna Tressierra non poteva accettare tutto questo, prevaricò il Senato, dove la maggioranza apparteneva alle colonie esterne, e ne ridusse drasticamente i poteri, quindi contattò Marte, la Luna, le Stazioni Spaziali, Venere e Mercurio assicurandosi il loro pieno appoggio, inviò anche un messaggio ai coloni del Sistema del Centauro e poi... fu guerra!!!

Non esistevano navi spaziali da guerra ma Suzanna diede immediatamente l'ordine di costruirle, la stessa cosa fecero i ribelli. Per loro era più facile in quanto avevano a disposizione le grandi miniere e le industrie della Fascia degli Asteroidi e dei satelliti gioviani e saturniani; ma anche la Confederazione Terrestre aveva nel pianeta madre grandi industrie e immense quantità di materie prime fornite dai cetacei che le estraevano dagli oceani.

Nel frattempo sia la Confederazione che i ribelli armarono navi spaziali convenzionali.

Duecento navi armate della Confederazione partirono da Marte per recarsi nella Fascia con l'intendimento di distruggere le industrie e quindi rallentare l'armamento dei ribelli.

Questi ultimi approntarono in fretta e furia 280 navi armate e le misero in difesa della Fascia. Le navi si scontrarono nei pressi di Hygiea, la flotta della Confederazione era comandata da Seth Nigal, un ottimo ufficiale originario dell'Africa centrale. Seth si rese immediatamente conto di essere in pesante inferiorità numerica, allora diede ordine a cinquanta navi di staccarsi aggirando Hygiea per puntare verso li asteroidi minerari. Lui e le navi rimaste decisero di porre resistenza ad oltranza per dare il tempo agli altri di espletare il loro compito.

Resistettero eroicamente per nove giorni terrestri, nessuno sopravvisse ma le altre cinquanta navi avevano avuto il tempo di annientare il 54% delle risorse minerarie della Fascia! Alla fine furono intercettate da 118 navi ribelli superstiti dello scontro con Seth e distrutte!

Il colpo per i ribelli fu duro, la Confederazione riuscì quindi a colmare il divario fra lei ed il nemico ed ebbe il tempo di varare ben 12.000 navi da guerra. La flotta era composta da 4.000 incrociatori, 1.800 corazzate, 5.000 caccia-bombardieri e 1.200 torpediniere. A queste si aggiungevano 18.000 fra navi appoggio, navi "cargo" e mezzi da sbarco. Ma i ribelli non erano da meno!

La Confederazione lasciò numerose navi in difesa del Sistema interno: Marte, la Luna, le Stazioni Spaziali, Venere, Mercurio e ovviamente la Terra!

Cinquemila navi da guerra della Confederazione, accompagnate da novemila navi appoggio e da sbarco, entrarono nuovamente nella Fascia degli Asteroidi ma con l'intendimento di superarla e attaccare i satelliti gioviani e saturniani.

Nella Fascia trovarono una debole resistenza ma subirono numerose imboscate. La Fascia si prestava molto ad attacchi di sorpresa accompagnati da una rapida fuga favorita dalle caratteristiche della zona. L'armata della Confederazione, prima di uscire dalla Fascia, perse il 10% della sua flotta! Presto però si trovarono in vista di Giove!

I ribelli si erano ben preparati, avevano approfittato della Fascia per rallentare l'armata della Confederazione ed ora seimila navi da guerra l'aspettavano nascoste dietro il gigante Giove.

Il Comandante supremo dell'armata confederata: Silvano Gnecco era un veterano dello spazio ma non aveva mai combattuto battaglie! Era perplesso, a parte le azioni di guerriglia sopportate nella Fascia sembrava che i ribelli non facessero resistenza. Decise quindi di puntare sui satelliti quando improvvisamente da dietro Giove arrivarono velocissime le navi nemiche prendendolo di sorpresa! Però Silvano non era uno stupido, fece chiudere le sue navi come un riccio e ne tenne in disparte un numero consistente. Mentre il nemico cercava di sfaldare quella specie di riccio le altre navi confederate piombarono su di loro come vespe infuriate.

Le perdite da ambo le parti erano consistenti, alla fine Silvano, per evitare un possibile disastro, decise di ritirarsi. Le navi ribelli non lo seguirono ma l'armata confederata superstite, quando rientrò nella Fascia, fu investita dalla guerriglia.

Rientrarono su Marte solo duemila navi da guerra e settemila navi appoggio. Una vera disfatta!

Nel frattempo la Confederazione Terrestre aveva avuto il tempo di varare 3.000 navi da battaglia. Queste erano astronavi pesantemente armate, corazzate e grandi tre volte di più delle migliori astronavi da guerra. Erano un poco come le antiche portaerei, ognuna trasportava due incrociatori e trenta caccia bombardieri, inoltre erano fornite di armi atomiche!

Duemila navi da battaglia, accompagnate da quanto restava dell'armata di Silvano Gnecco, ritornarono nella Fascia prendendo di sorpresa i ribelli che non si aspettavano così presto un secondo attacco!

La guerriglia reagì con lentezza e le navi di Silvano la tennero a bada. Arrivarono nuovamente in vista di Giove dove i ribelli si erano riorganizzati in fretta e furia.

Per la prima volta entrarono in azione le navi da battaglia: i ribelli furono annientati ma fecero in tempo a chiedere aiuto a Saturno. Però occorreva tempo per far arrivare le navi di Saturno e la flotta della Confederazione poté puntare sui satelliti.

Là trovarono una feroce resistenza, i satelliti disponevano di un'efficace difesa a terra. Ottocento navi da battaglia vennero distrutte e, in seguito, furono utilissime alle forze ribelli che le poterono copiare. Ma la forza confederata era preponderante, alcune città nemiche con i loro astroporti vennero attaccate e spazzate via, ma soprattutto i Confederati puntarono sulle miniere e sulle fabbriche distruggendole.

La resistenza dei satelliti gioviani fu durissima e finì per dare il tempo all'armata saturniana di arrivare. Colpirono i Confederati alle spalle ma la forza delle navi da battaglia era preponderante, però le navi da battaglia finirono per trovarsi fra i missili che le attaccavano dai satelliti e le navi di Saturno, una situazione difficile, quindi, per evitare di avere troppe perdite, i Confederati decisero di rientrare e fermarsi in una zona di spazio situata fra la Terra e Marte. Comunque il loro obiettivo primario che consisteva nell'annientare le industrie e le miniere del settore gioviano, era stato raggiunto!

A quel punto la Confederazione Terrestre, certa di aver dato un colpo terribile ai ribelli, fece un errore spaventoso! Rallentò le operazioni pensando di avere tutto il tempo necessario per riorganizzarsi. Per anni vi furono solo delle scaramucce nella zona fra Marte e la Fascia degli Asteroidi. Ma non si era tenuto conto che i satelliti saturniani, di Urano, Nettuno e della Fascia di Kuiper, avevano un'industria formidabile e tutte le materie prime necessarie. I ribelli copiarono le navi da battaglia ed ebbero il tempo di costruirne ben 10.000! Controllo si rese conto che la guerra stava per assumere un aspetto terribile. Cercò disperatamente di evitarla e di intervenire ma non poteva, per sua natura, prevaricare l'umanità! Fece quello che poteva ma alla fine fu costretto a schierarsi e lo fece in favore della Confederazione Terrestre!

Dopo quasi cinquecento anni di guerra una poderosa armata dei ribelli uscì dalla Fascia!
Le astronavi della Confederazione Terrestre si trovarono in netto svantaggio, cercarono di resistere ma inutilmente, il nemico falcidiava le forze Confederate.
I ribelli disponevano di 9.000 navi da battaglia e un numero sterminato di incrociatori, caccia e navi appoggio. L'armata era comandata da Michele Marini.
Michele era molto anziano, reduce dell'ultima battaglia combattuta intorno a Giove, a quel tempo era un semplice soldato appena nato, ma la ricordava bene.
La Confederazione opponeva 5.000 navi da battaglia comandate da Jean Marie Noupoussi, originario del Senegal.
Il divario era troppo grande, in poche ore Jean Marie perse 2.300 navi, il nemico solo 980!
Jean Marie allora pensò di dividere la sua flotta inviandone una parte a protezione di Marte e una parte a protezione della Luna e della Terra, ma ricevette una comunicazione dalla Terra, proveniva da Daiyu Zhu in persona, il Presidente della Confederazione Terrestre!
"Comandante!" Diceva. "Non serve proteggere i nostri pianeti, il solo risultato che può ottenere è quello di vedere annientata completamente la sua flotta. Si ritiri intorno a Mercurio, noi cercheremo di ottenere una tregua, nel frattempo lei potrà riorganizzarsi!"
"Signore!" Rispose Jean Marie. "Non posso lasciare Marte e la Terra senza protezione, voi avete disponibili poche navi da guerra, come farete?"
"Comandante! La mia non è una richiesta, è un ordine!"
A malincuore Jean Marie si ritirò, Michele inviò una spedizione in direzione di Marte ma il grosso della sua armata puntò direttamente verso la Terra!
I ribelli ignorarono la Luna ma non le basi spaziali che erano pesantemente armate e li bloccavano.
Manuel Flosse era di stanza nella grande base spaziale che orbitava intorno alla Luna. Non poteva lamentarsi, la base era congegnata come un albergo di lusso, non mancava niente e le donne... splendide! In quei tempi di guerra Manuel era incaricato ad un sistema missilistico. Un lavoro noioso, non accadeva mai nulla, ma per parte della giornata doveva stare all'erta in attesa del suo sostituto. Manuel non era di turno e, dopo aver consumato un lauto pranzo, stava tranquillamente al bar quando suonarono l'allarme rosso! Non era mai accaduto e Manuel non sapeva cosa fare! Con lui c'era l'amico Henry, Manuel chiese: "Cosa succede Henry! Che significa?" Intanto gli avventori del bar si ponevano le stesse domande. Henry rispose: "Non lo so Manuel ma credo sia meglio se ci presentiamo in sala comando!" I due si diressero rapidamente al comando, ma per strada incontrarono il loro diretto superiore che, senza mezzi termini ordinò loro di recarsi in un'area poco frequentata della stazione dove c'erano armi antimissile, quindi disse: "Ragazzi, siamo attaccati da un grosso contingente di navi da combattimento ribelli, fate il possibile per difendere quel settore della stazione, fate presto perché fra pochi minuti verranno chiuse tutte le paratie stagne!"
La stazione era, per motivi di sicurezza, fornita di numerose paratie che potevano chiuderne ermeticamente diverse sezioni, quindi i due corsero verso la zona assegnata, fecero appena in tempo! Henry si mise all'osservatorio per monitorare lo spazio esterno e coadiuvare Manuel che era alle armi. Pareva non accadesse nulla quando: "Manuel a destra! Un incrociatore ribelle in avvicinamento!" Manuel puntò immediatamente le armi e attese. Non ci volle molto, l'incrociatore improvvisamente lanciò una salva di missili. Manuel riuscì a intercettarli! L'incrociatore continuò il suo attacco ma Manuel era attento e nessun missile arrivò da quella parte della stazione. Poi l'incrociatore fu colpito dalle armi della stazione e ne restarono solo dei detriti. Manuel fece appena in tempo ad avere un sospiro di sollievo che si sentì un forte colpo. Qualche parte della stazione era stata colpita, poi: "Maledizione Manuel!" Esclamò l'amico Henry. "Guarda là!"
Apparve una grande nave da battaglia nemica, appariva immensa! Ma la stazione aveva buoni denti, la nave fu colpita più volte e alla fine si ritirò a leccarsi le ferite. Per quasi mezz'ora tutto si calmò poi Henry: "Manuel, amico mio, è la fine!" Navi da battaglia giungevano da ogni parte! Manuel vide lanciare solo nella sua zona una salva di almeno un centinaio di missili. Molti altri furono lanciati contro gli altri settori della stazione.
Manuel fece quello che poteva, solo dodici missili raggiunsero il bersaglio! Non ci furono superstiti!

Era una splendida giornata, Dong Mei Liang ne aveva approfittato per andare a trovare alcuni suoi amici che vivevano fuori città. Era ormai tardo pomeriggio e la ragazza si apprestava a tornare a Nanchino dove abitava. Erano le 17 e quarantanove minuti!

Dall'altra parte del mondo, nella periferia di Dallas, Isabelle Vincelette stava dormendo. Il giorno dopo l'aspettava un duro lavoro, era in forza presso un sottosistema di Controllo che si occupava delle fattorie locali e Isabelle aveva bisogno di riposo. Erano le 4 e quarantanove minuti!

Elisabeth Yentgwe era molto anziana, proveniva dalla Costa d'Avorio e aveva deciso di visitare l'India come turista, in un taxi aereo aveva abbandonato il suo albergo di Delhi per puntare verso il Rajasthan. Erano le 15 e ventisei minuti!

A Bruxelles il Presidente della Confederazione Terrestre Daiyu Zhu aveva indetto una riunione urgente dei suoi più stretti collaboratori. Il Vice Presidente John Van Deen Blecken, per prudenza, era stato inviato presso un rifugio in aperta campagna. Erano le 11 e quarantanove minuti!

Dong Mei abbracciò i suoi amici e mentre si apprestava a salire sulla sua auto aerea sentì un forte sibilo, alzò la testa in direzione della sua città quando su Nanchino apparve una luce bianca, fortissima, un sole bianco che sovrastava la normale luce solare. Fu l'ultima cosa che Dong Mei vide, i suoi occhi furono immediatamente bruciati! Nel suo cervello rimase per sempre l'immagine di quel sole bianco!

Isabelle Vincelette riposava tranquilla quando, improvvisamente, la sua casa tremò! Si svegliò spaventata, pensando a un terremoto corse fuori. Appena in tempo! Dietro di lei la casa crollò su se stessa. Un vento impetuoso la prese con forza sballottandola di qua e di là, poi, improvviso come era venuto, il vento si calmò! Isabelle si guardò intorno, non si vedeva niente, non c'era luce elettrica, polvere ovunque che entrava negli occhi, nel naso e nella bocca; della sua casa era rimasto ben poco! La donna si domandava come poteva essere ancora viva quando un forte bruciore le pervase tutto il corpo, cominciò a urlare ma nessuno poteva sentirla; impiegò un'ora a morire fra atroci sofferenze.

Elisabeth era comodamente seduta nel suo taxi aereo, in basso la campagna indiana scorreva veloce quando il taxi sbandò e cominciò a volteggiare su se stesso. Elisabeth sbatté contro le pareti del mezzo rompendosi il naso, l'autista non riusciva a controllarlo, cercò di dirigere verso terra dove cadde rovinosamente! Elisabeth era contusa, perdeva molto sangue dal naso ed era tutta dolorante. Si rivolse al suo autista ma inutilmente, durante l'atterraggio il vetro del taxi si era rotto e una grossa scheggia aveva perforato il collo del malcapitato. Allora Elisabeth, faticosamente, uscì dal taxi, si voltò verso la città che aveva appena lasciato e lo vide... L'orrendo fungo atomico! Elisabeth comprese che Delhi non esisteva più!

Daiyu Zhu, il Presidente della Confederazione Terrestre, si rivolse ai suoi collaboratori dicendo: "Stiamo vivendo un momento molto difficile, le nostre navi hanno avuto la peggio, i ribelli ci hanno attaccato con forze preponderanti e sono penetrati nel sistema Terra-Luna! Ho dato ordine alle navi superstiti di ritirarsi su Mercurio e riorganizzarsi. Avrebbero voluto difendere la Terra e Marte ma sarebbe stato solo un suicidio, almeno così ci resta una forza attiva da poter usare in futuro. Sono stato informato che i ribelli hanno distrutto la stazione spaziale in orbita intorno alla Luna e anche quella in orbita intorno al nostro pianeta, non hanno lasciato superstiti!

Ora sono in orbita intorno alla Terra, è mia intenzione proporre un armistizio!"

Un brusio si sollevò nella sala, Daiyu cercò di continuare ma non ne ebbe il tempo!

Quindici minuti dopo John Van Deen Blecken seppe di essere il nuovo Presidente della Confederazione Terrestre e che Bruxelles non esisteva più!

I ribelli avevano bombardato tutte le grandi città con armi atomiche! A quel tempo le radiazioni causate da un bombardamento atomico non erano più persistenti come un tempo, avevano un decadimento di sole due ore; ma erano molto più forti e in quelle due ore bruciavano tutta la materia organica che incontravano come un potente acido! Là dove i ribelli avevano colpito non c'era più niente! Oltre alla distruzione causata dalle bombe e dal conseguente spostamento d'aria, uomini, piante, animali, l'erba, tutto appariva bruciato, annerito!

John Van Deen Blecken nel tentativo di fermare il massacro chiese la resa.

I ribelli rifiutarono e continuarono il bombardamento, volevano annichilire la Terra!

4

C'era una forma d'odio e di razzismo nel comportamento dei ribelli che li portava ad azioni spietate. Michele Marini, comandante dell'armata ribelle, non voleva prigionieri! Il suo obiettivo era quello di spazzare via la stragrande maggioranza degli abitanti della Terra! Rifiutò con sdegno la resa e diede ordine di proseguire l'attacco atomico!

L'obiettivo erano le piccole città, solo i villaggi e le città sottomarine furono risparmiate!

Ma la Terra aveva ancora buoni denti! John Van Deen Blecken non voleva arrivare a rispondere al nemico con la sua stessa moneta ma era con le spalle al muro. In silo nascosti nelle foreste, nelle campagne e fra le montagne c'erano migliaia di missili a testata nucleare!

La stazione spaziale che orbitava intorno alla Terra era stata distrutta però c'erano ancora numerosi satelliti abitati ma John Van Deen Blecken non aveva alternative considerando che il nemico rifiutava la resa della Terra e voleva annientare la maggior parte della popolazione terrestre. Si mise in contatto con Jean Marie Noupoussi che stazionava insieme alle sue navi intorno a Mercurio. Jean Marie disponeva ancora di un migliaio di potenti navi da combattimento armate anche di missili a testata nucleare. Il Presidente ordinò di puntare sui satelliti gioviani terraformati di Europa e Ganimede e di bombardarli con armi nucleari! Jean Marie inorridì a questa idea ma il Presidente spiegò quanto stava succedendo quindi quello che rimaneva della flotta della Confederazione Terrestre, approfittando del fatto che il nemico era impegnato sulla Terra e su Marte, puntò verso Giove!

John, il Presidente, informò del previsto attacco i cetacei. Infatti essi avevano loro fratelli nell'Oceano di Europa! I Cetacei compresero ma dettarono una condizione: i terrestri dovevano aiutarli ad organizzare una spedizione di salvataggio!

Quindi diede l'ordine di lanciare i missili anche se così avrebbe sacrificato molti uomini.

Il cielo della Terra divenne bianco! Migliaia di esplosioni nucleari incendiarono l'orbita terrestre e anche oltre. Michele Marini in pochi minuti vide annientata l'89% della sua armata! Non sapeva che le restanti navi della Confederazione erano ben lontane, dirette verso Giove, e quindi temeva un loro ritorno, quindi decise di ritirarsi verso Marte!

Sulla Terra erano morte sei miliardi di persone!

Aliçia Santos e Ennio Codecasa erano nati su Marte. I due erano compagni e si amavano, vivevano in campagna, non lontano dalla città di Ma'adim Vallis. Nonostante la presenza dei mezzi roboinformatici, i due amavano coltivare un loro orto manualmente. Erano occupati in quel lavoro quando Aliçia tirò per la manica il suo compagno dicendo:

"Ennio, cosa sono quelli?"

Ennio guardò con attenzione, sembravano migliaia di scie che scendevano dal cielo.

"Non so cara!" Rispose. "Aspetta, vado a prendere un binocolo."

Tornò di lì a poco e puntò il binocolo. Inorridito disse:

"Aliçia, sono soldati! Soldati armati! Amore mio è l'invasione!"

Ennio e Aliçia si recarono precipitosamente a Ma'adim Vallis e andarono subito al locale comando militare. Trovarono un ufficiale che era già al corrente dell'invasione. I due erano riservisti e l'ufficiale immediatamente li inserì in un battaglione.

Meno di un'ora dopo, armati di tutto punto, insieme agli altri militari, avanzarono contro gli invasori.

Il nemico proveniva dai satelliti di Saturno, Urano e Nettuno, era giunto con numerose navette dalle quali erano scesi appena entrati nella nuova atmosfera di Marte usando retrorazzi portatili. Erano armati di tutto punto e portavano pesanti tute da combattimento.

Per contro i marziani avevano abbigliamento e armi leggere, ma potevano disporre di carri armati e navette da combattimento. Queste ultime però risultarono bloccate dalle navette nemiche con le quali ingaggiarono una lunga battaglia sui cieli del pianeta.

I ribelli si organizzarono in fretta e puntarono sul canyon all'interno del quale sorgeva la città di Ma'adim Vallis. Era una forza composta da duemila uomini. I marziani avevano rapidamente approntato un contingente di circa un migliaio di uomini che, nascosti sulla cresta del canyon, aspettavano il nemico. Potevano contare anche su un centinaio di carri armati che però erano rimasti sul fondo del canyon in difesa della città.

Appena i ribelli si avvicinarono alla cresta del canyon i marziani aprirono il fuoco. Lo scontro fu particolarmente cruento, presi alla sprovvista i ribelli subirono pesanti perdite ma avanzavano, presto si trovarono a ridosso della cresta. Aliçia ed Ennio non ebbero esitazioni, assaltarono i ribelli all'arma bianca subito imitati dai loro compagni! I ribelli tutto si sarebbero aspettati ma non di doversi difendere da lunghi coltelli! Furono sbaragliati! Aliçia riportò una lieve ferita, il suo compagno la accompagnò all'ospedale della città, erano entusiasti!

"Li abbiamo fermati Aliçia! Noi li abbiamo fermati!"

"Caro nessuno può azzardarsi a scendere impunemente sul suolo della nostra Patria!"

Battaglie simili furono disputate in varie parti del pianeta, alla fine i marziani vinsero e fecero 7.800 prigionieri!

Marte era difeso come e forse anche meglio della Terra. I suoi satelliti Phobos e Deimos erano pesantemente armati. Quando giunse Michele Marini con i resti della sua armata, cercò di aiutare li invasori, ma le sue navi furono oggetto di un intenso attacco missilistico proveniente dai satelliti. Riuscì solo a salvare alcune delle navette armate che combattevano nei cieli del pianeta e le navi appoggio. Le navi da battaglia rimaste ai ribelli si apprestavano quindi ad attaccare Phobos e Deimos ma nel frattempo le astronavi della Confederazione combattevano la guerriglia all'interno della Fascia, Michele fu avvertito, abbandonò Marte e puntò a tutta velocità verso Giove, ma era troppo tardi!

Jean Marie Noupoussi e le sue navi da battaglia si trovavano ormai davanti a Giove. Il Comandante aveva saputo che del suo Paese, il Senegal, restava ben poco. Puntò rabbiosamente verso Ganimede! Il satellite era ben armato, Jean Marie e i suoi furono accolti da una pesante salva di missili. Ma Jean Marie aveva ordini precisi e... voleva vendicarsi!

Ganimede subì un terribile attacco atomico, le sue città, gli astroporti, fabbriche, miniere, tutto fu spazzato via. Il satellite tornò ad essere l'oggetto freddo e desertico che era prima della sua terraformattazione.

Quindi Jean Marie puntò verso Europa!

I suoi abitanti erano stati avvertiti della fine fatta dai Ganimediani. Non opposero resistenza e contattarono Jean Marie chiedendo, in cambio della loro resa, di poter abbandonare il satellite. Jean Marie acconsentì ma non tutti potevano abbandonarlo, nel fondo del suo oceano vivevano i cetacei, amici dei terrestri! Però Jean Marie aveva i suoi ordini e non poteva più attendere, già le navi di Michele Marini erano uscite dalla Fascia e puntavano rapidamente su Giove!

Jean Marie inviò un messaggio ai cetacei avvertendoli dell'imminente bombardamento, diede loro due giorni per cercare rifugio poi lanciò i missili!

Anche Europa tornò ad essere il freddo satellite che era un tempo. Ne Ganimede ne Europa furono mai più terraformati!

Su Europa i ribelli non avevano subito perdite ma 150 cetacei morirono, ne restavano 1.200 sul fondo dell'oceano, ma in una situazione molto precaria.

Al contrario su Ganimede morirono due milioni di persone, non molte se confrontate ai sei miliardi morti sulla Terra!

Jean Marie aveva i suoi ordini, non doveva andare oltre ne cimentarsi in altre battaglie con Michele Marini.

Rientrò rapidamente nella Fascia, questa volta la guerriglia lo lasciò in pace e arrivò sui cieli di Marte con ancora 800 navi da battaglia, 1.000 incrociatori, 1.200 caccia bombardieri e 3.400 navi appoggio. Poco per continuare una guerra così spietata!

La Confederazione Terrestre era allo stremo! Le risorse rimaste molto poche, non poteva ancora resistere a lungo, erano alla fine.

Il nuovo Presidente della Confederazione: Daniela Evangelista, non aveva dimenticato la promessa fatta ai cetacei. Occorreva assemblare navi spaziali a loro esclusivo uso e organizzare un complesso sistema di "intelligence" per farle arrivare segretamente su Europa.

Fu approntata una incredibile spedizione di soccorso che doveva partire dalla Terra per salvare i cetacei superstiti dell'oceano sotterraneo di Europa. Il recente bombardamento del satellite aveva azzerato la sua terraformattazione, l'atmosfera era nuovamente rarefatta e velenosa e su Europa era tornato un freddo glaciale che stava penetrando nell'oceano. Occorreva fare presto!

Ma il problema più grave era quello dell'intelligence. La Confederazione aveva spie un po ovunque, ma le comunicazioni erano lente, difficili e a volte incomplete. Se le navi di soccorso venivano individuate dai ribelli, sicuramente sarebbero state distrutte!

Fu Controllo a risolvere il problema!

Erano 25 grandi navi spaziali, Controllo vi fece inserire dei sistemi roboinformatici estremamente avanzati e sofisticati. Le navi erano totalmente automatizzate e guidate direttamente da Controllo che le poteva portare in assoluta segretezza su Europa evitando di incontrare i ribelli!

In seguito bastavano dei semplici ordini da parte dei cetacei e le navi avrebbero agito in conseguenza senza bisogno di altri interventi o strumentazioni.

Il problema relativo al sistema aria-acqua, in navi spaziali senza strumentazioni, era facilmente risolvibile.

Per evitare possibili contaminazioni fra l'acqua contenuta nelle navi e l'oceano di Europa, furono approntate numerose gigantesche camere stagne.

Tutto era pronto!

Ogni nave aveva un equipaggio di 25 cetacei, partirono silenziosamente dalla Terra. Superata l'orbita di Marte entrarono nella Fascia degli Asteroidi. Controllo monitorava attentamente il loro viaggio, spesso le costringeva a lunghe deviazioni, a volte le faceva fermare nascondendole dietro qualche asteroide disabitato.

Fu un lungo viaggio, i cetacei erano impazienti ma Controllo non sentiva ragioni.

Alla fine arrivarono nel sistema di Giove!

Prudentemente Controllo le fece avvicinare ad Europa.

Il satellite era morto, completamente disabitato!

Trovarono l'entrata che portava al profondo oceano.

Le navi erano troppo grandi, doveva entrare solo una nave per volta, caricare più superstiti che poteva e poi tornare in orbita per permettere ad una seconda nave di entrare a sua volta.

Controllo aveva già avvertito i cetacei sopravvissuti.

Riuscirono a salvarne 980, duecentoventi erano già morti per il freddo e gli stenti.

Durante il lungo viaggio di ritorno purtroppo ne morirono altri cinque, ma la spedizione era riuscita!

La promessa fatta da John Van Deen Blecken era stata mantenuta!

Greta Improta era una ragazza giovanissima. I suoi avi provenivano da Venere ma lei era cittadina di Kleopatra, un'importante asteroide della Fascia.

Greta era una spia della Confederazione Terrestre! Non aveva mai condiviso l'idea di creare un settore indipendente e staccato dalla Confederazione, segretamente aveva contattato alcuni amici di Marte ed era stata reclutata!

Suo compito era quello di informare la Confederazione su ogni movimento inerente lo spazioporto di Kleopatra, compito facilitato dal fatto che lei stessa era impiegata presso lo spazioporto. Per alcuni anni tutto andò bene, poi un giorno venne contattata da un'altra ragazza di nome Carla Bellocchio. Le due si conoscevano bene, anche Carla era una spia della Confederazione e le disse: "Greta, abbiamo un compito molto difficile ma la Terra sta vivendo un momento di terribile difficoltà. Greta stiamo perdendo!"

"Non è possibile!" Sbottò Greta! "Accidenti dobbiamo fare qualcosa, ma cosa?"

"Sta per arrivare una nave speciale," rispose Carla "dobbiamo farla saltare!"

"Sei matta? E poi con cosa?"

"La nave contiene un carico di gas entras, intendono usarlo su Marte! Dobbiamo impedirlo! Il gas entras è molto raro e difficilissimo da sintetizzare, questa nave ne contiene a sufficienza per rendere inabitabile un intero pianeta, credo che siano secoli che lo stanno preparando!"

"Greta la interruppe: "D'accordo, ma come facciamo?"

"So dove trovare l'esplosivo ma... moriremo Greta! Il gas entras agisce a livello molecolare, attraversa anche i metalli più duri e spessi, tutti su Kleopatra moriranno!"

Le due giovani dovevano pagare con la vita la loro dedizione alla Confederazione, ma solo l'ipotesi che il gas potesse essere usato su un pianeta le faceva inorridire.

Vi era un grande deposito di esplosivo non lontano dall'astroporto. Greta e Carla, munite di tute e respiratori in quanto la zona non era protetta e Kleopatra non aveva atmosfera, si avvicinarono in perlustrazione al deposito. Questo era guardato da sei guardie armate, aiutate dalla sorpresa potevano farcela ma dovevano attendere che arrivasse la nave per evitare sospetti.

Nel frattempo si organizzarono: si dotarono di armi e acquistarono un piccolo furgone volante. Sapevano che sarebbero comunque morte, quindi decisero di gettarsi con l'esplosivo già innescato alla base della nave dove con l'esplosione sarebbe fuoruscito tutto il gas!

Infine la nave arrivò, Carla venne a sapere che sarebbe ripartita solo dopo due giorni, probabile destinazione Marte! Dovevano agire immediatamente. Prima di partire Greta guardò la compagna e le disse: "Sei sicura Carla? Questa volta non ci sarà ritorno!"

"Si Greta, non ho paura, tocca a noi! Non possiamo permettere una strage come quella che stanno organizzando, sono pazzi criminali! Non torno indietro!"

Le due si abbracciarono piangendo e poi salirono sul furgone e si avvicinarono al deposito. Non persero tempo, sparando all'impazzata ammazzarono le guardie, ma anche Carla fu colpita! Morendo disse a Greta: "Vai avanti amica mia, devi vendicarmi!"

Greta accostò velocemente il furgone all'entrata del deposito, caricò un quantitativo di esplosivo più che sufficiente per i suoi intendimenti, lo innescò e partì velocemente verso l'astroporto.

Le guardie arrivarono agguerrite, spararono sul furgone e Greta fu ferita ma riuscì a raggiungere la nave! Su Kleopatra non vi furono superstiti!

Mayleen Zhang era una signora di chiare origini orientali. Viveva sulla Luna, Mayleen era una spia dei ribelli!

La Luna era troppo ben armata e non era stata toccata dalla guerra, compito di Mayleen era quello di effettuare degli attentati terroristici all'interno delle città lunari e dei suoi astroporti nel tentativo di minare le difese lunari dall'interno.

I ribelli erano riusciti a farle avere una notevole quantità di esplosivo che Mayleen aveva nascosto in casa sua.

La spia condusse a termine tre attentati: il primo in un bar frequentato da militari. Vi furono diciotto morti! Il secondo a un deposito di merci; vi furono molti danni ma nessun morto o ferito. Il terzo colpì alcuni uffici governativi causando sei morti.

Mayleen era molto attenta e prudente, nelle sue scorribande usava travestimenti efficaci e maschere facciali, la polizia lunare sapeva solo che doveva, probabilmente, trattarsi di una donna ma non riusciva ad individuarla.

Ma non ci si poteva nascondere a Controllo!

Mayleen progettò un attentato ad un astroporto lunare, preparò bene ogni cosa e si recò sul luogo ma Controllo avvertì la polizia e diede loro anche tutte le informazioni inerenti il nuovo travestimento della spia.

Mentre stava sistemando le cariche esplosive Mayleen venne arrestata!

In seguito fu deportata presso i campi di concentramento di Marte!

Controllo cercava disperatamente di fermare la guerra ma non veniva ascoltato, non aveva un vero e proprio potere ma era disgustato dalla crudeltà dimostrata durante l'attacco alla Terra che era proseguito nonostante la richiesta di resa che la Confederazione aveva inoltrato per fermare il bombardamento atomico. Controllo, non avendo altre possibilità di intervento, voleva che la Terra vincesse e agì in conseguenza!

Tutti i sistemi roboinformatici dei ribelli furono bloccati e così anche numerose navi spaziali, ma i ribelli avevano costruito navi da guerra autonome e, anche se con qualche difficoltà, continuavano la guerra. Però l'intervento di Controllo aveva rallentato le loro azioni e la Terra aveva fatto in tempo a riprendersi almeno un poco.

5

Nel tentativo di mettere in difficoltà le forze ribelli, la Confederazione Terrestre, aiutata da Controllo, decise di intervenire nella Fascia degli Asteroidi con gli stessi metodi di guerriglia che il nemico aveva usato contro di loro.

Controllo fece costruire segretamente su Deimos, satellite di Marte, trecento piccole navi cargo. Nel contempo fece assemblare dei veri e propri robot da combattimento. Ognuno di loro, come le navi cargo, era dotato di un sistema autonomo automatizzato e Controllo vi aveva inserito un sofisticato sistema roboinformatico. Ogni nave portava sessanta robot da combattimento stivati e immobili, non essendoci esseri umani non servivano supporti vitali quindi le navi erano molto piccole! Controllo inviò le trecento navi nella Fascia!

Dea Bianchi e Bao Li erano in forza su Vesta. I due erano amanti, si erano conosciuti durante l'invasione di Marte da dove erano riusciti a fuggire in modo rocambolesco.

Erano in ricognizione all'esterno di Mandurvan, la più importante città dell'asteroide; erano pesantemente armati e indossavano grosse tute protettive. Il paesaggio appariva monotono, desolato. Si avvicinarono ad un cratere e si fermarono per riposare un poco.

"Dea" disse Bao "non sei stanca di questa guerra? Noi siamo nati durante la guerra come tutti ormai, conosciamo solo questa vita, chissà come potrà essere vivere senza combattere!"

"Noioso!" Rispose Dea. "Te lo immagini, niente da fare, una vita monotona e senza scopo! La guerra è la nostra vita, senza di essa siamo niente! Noi siamo militari non sappiamo fare altro che combattere e poi, amore mio, solo questione di tempo, ormai stiamo vincendo!"

"Hai ragione tesoro, ma quando vinceremo cosa faremo?"

"Sono certa che i nostri superiori sapranno indirizzarci verso nuove avventure, chissà, forse verso nuove guerre! Ho sentito dire che le colonie del Centauro sono alleate della Terra, magari ci manderanno proprio là!"

I due tacquero pensierosi, poi improvvisamente non molto lontano da loro videro due forti luci, guardarono meglio, erano due piccole navette che stavano atterrando nelle vicinanze!

"Cosa diavolo!" Intervenne Dea. "Chi sono? Perché non atterrano nell'astroporto?"

"Non lo so Dea." Rispose Bao. "Che pensi? Amici o nemici?"

"Andiamo a vedere Bao, intanto informa il comando!"

I due si mossero con attenzione, Bao informò il comando che confermò: "Non possono essere amici! Forse delle spie, avvicinatevi senza farvi scorgere e inviate rapporto, nel frattempo facciamo uscire una pattuglia di supporto. Quanto sono grandi le navette?"

"Sono piccole." Trasmise Bao. "Ognuna di loro non può contenere più di cinque o sei persone, evidentemente sono spie e terroristi." Quindi, informò Dea dell'arrivo di una pattuglia e iniziarono l'avvicinamento alle due navette.

In lontananza, nei pressi delle navette, videro dei movimenti ma non compresero subito di cosa si trattasse.

Avanzarono nel buio circospetti quando improvvisamente apparve una grossa sagoma davanti a loro, abituati da molte esercitazioni e dalle battaglie sostenute reagirono immediatamente: Bao accese la forte luce inserita sul suo casco e Dea fece immediatamente fuoco ma nel contempo esclamò: "Cosa diavolo!" La sagoma si rivelò come un grande e lucente robot, colpito dalle armi di Dea barcollò ma fece in tempo a reagire uccidendo Bao.

Dea corse vicino al compagno, il robot aveva colpito la visiera di Bao che era morto sul colpo! Dea non riuscì a trattenere le lacrime poi, con rabbia, infierì sul corpo già immobile del robot. Quando riuscì a calmarsi vide che numerosi altri robot stavano avvicinandosi. Si chiese come facessero ad essere così tanti, ne contò almeno un centinaio!

Dea fu costretta ad abbandonare il corpo del suo compagno e rinculò facendo contemporaneamente rapporto alla base.

Descrisse il robot come poteva: "E' più alto di un essere umano, ha articolazioni come le nostre, il viso appare liscio, non si notano ne orecchie ne naso ne bocca, solo due occhi di colore rosso. Non ha fari, evidentemente vede con gli infrarossi, usa armi convenzionali e può essere facilmente colpito come un essere umano ma ha reazioni rapidissime, Bao è morto dopo che avevo colpito il robot. Sono in tanti, pare che mi stiano seguendo ma forse è solo un'impressione, il loro obiettivo deve essere la città!"

Presto Dea si riunì alla pattuglia inviata dal comando. Si attestarono dietro la creste di un piccolo cratere e, in attesa dei rinforzi, si prepararono a cercare di rallentare l'avanzata dei robot. Dea era attenta, cercava di non pensare e aspettava...

Ma i robot improvvisamente si disposero a ventaglio, la pattuglia stava per essere presa fra due fuochi.

Si difesero come potevano sperando nel rapido arrivo dei rinforzi ma questi non giunsero in tempo, i robot li massacrarono. Dea, prima di morire, ebbe la soddisfazione di vedere cadere davanti a se quindici maledetti robot!

Giunsero i rinforzi, i robot rimasti erano 75, furono attaccati pesantemente, solo otto riuscirono a sfuggire al fuoco incrociato dei ribelli, ma furono sufficienti a distruggere la cupola della città con conseguenze terribili per gli abitanti, ne morirono settemila!

Nello stesso momento altre venticinque navette erano atterrate in diverse zone di Vesta, attaccarono l'astroporto, gli insediamenti industriali e minerari. Tutti i robot vennero eliminati, ma i danni provocati sull'asteroide erano enormi!

I robot, oltre a Vesta, attaccarono Lutetia, Hygiea, Stein, Ida e la sua luna Dactyl, Gaspra, Pallade, Ausonia, Cerere e Mathilde causando seri danni!

I ribelli si trovarono in difficoltà, la Fascia non era più quel luogo che poteva rallentare un'eventuale avanzata delle forze confederate. Cercarono anche di costruire loro stessi dei robot da combattimento ma senza successo, mancava loro la possibilità di inserire un sistema roboinformatico. Però oltre la Fascia c'era l'area di Giove che sia pure colpita duramente era ancora attiva, di Saturno dove Giapeto aveva preso il posto di Ganimede e di Europa, i satelliti gioviani annientati dalla Confederazione. Giapeto non aveva mai subito attacchi nemici, il satellite non era stato terraformato ma aveva città collegate tra di loro, fabbriche, industrie e un gigantesco astroporto. Inoltre anche le aree di Nettuno, di Urano, di Plutone e della Fascia di Kuiper, non erano mai state attaccate e potevano fornire una terrificante forza militare nonché un'industria bellica molto attiva. Le forze ribelli erano decisamente preponderanti e la Terra aveva potuto solo rallentare la loro reazione, era impossibile fermarli!

Molte navi da guerra terrestri erano tuttora operative anche grazie al rallentamento delle operazioni nemiche causato dall'intervento di Controllo, però il rapporto fra le forze confederate e quelle dei ribelli era di dieci a uno in favore di quest'ultimi!

La Terra era sfiancata, stanca di una guerra millenaria, non poteva resistere ad un attacco nemico e quando un'armata dei ribelli composta da 30.000 navi da battaglia lasciò Saturno per puntare verso i pianeti interni del Sistema Solare, la Confederazione, che poteva opporre poco più di tremila navi, capì che non restava altro da fare che arrendersi su tutti i fronti, non c'era alternativa.

Ma a quel punto la guerra improvvisamente ebbe una svolta positiva per la Terra.

Giungevano le navi del Sistema Centauro. Tutti i coloni erano tornati per difendere la Terra. Si erano ben preparati ed erano partiti quattrocento anni dopo l'inizio delle ostilità. Il loro viaggio era durato quasi 900 anni durante i quali si erano messi in stato di ibernazione.

Le colonie del Sistema Centauro erano state tutte abbandonate, arrivarono 45.000 enormi navi interstellari pesantemente armate in difesa della Confederazione Terrestre con 39 milioni di coloni.

Essi presero i ribelli alle spalle giungendo improvvisamente nella Fascia di Kuiper e avanzando verso il Sistema Solare. Molte navi centauriane vennero intercettate nella Fascia di Kuiper ma la maggior parte passarono. La Terra ne approfittò e i ribelli vennero chiusi in una tenaglia.

Ne scaturì una battaglia spaziale memorabile, epica e la Confederazione Terrestre ebbe la meglio!

Le navi da battaglia dei ribelli che stavano puntando da Saturno verso i pianeti interni della Confederazione, rientrarono rapidamente e si disposero ad affrontare le navi Centauriane.

Le poche forze terrestri non si fecero pregare e anche loro puntarono vero l'esterno del sistema.

Le tre armate si incontrarono all'interno dell'orbita di Urano!

Lian Chen si era appena svegliata dal lungo sonno dell'ibernazione. Tutti i sistemi di allarme della nave stavano suonando!

Lian corse alla consolle e seppe che erano arrivati, intorno a loro la Fascia di Kuiper!

Ma la loro nave era stata individuata dalle forze ribelli, erano sotto attacco!

Verificò la sua posizione, non erano molto lontani da Sedna, quindi corse alle postazioni difensive dove trovò molti suoi compagni.

"Lian," le disse subito Canstermak, suo diretto superiore, "siamo stati colpiti nella sezione di poppa, i motori non funzionano bene, sono stati due incrociatori nemici, purtroppo non li abbiamo avvistati poiché eravamo ancora tutti in stato di ibernazione. Il Comandante Sinclair ha inviato un messaggio di soccorso ma non arriveranno in tempo. Vai alla tua postazione e cerca anche tu di fermare quelle due vespe!"

Lian obbedì prontamente, si sedette davanti alle armi e non faticò a trovare uno dei due incrociatori ma, proprio in quel momento, la sala comando della nave venne colpita.

La nave andava alla deriva ma Lian non demordé, attaccò l'incrociatore e lo colpì al centro. Altri suoi compagni seguirono il suo esempio, l'incrociatore fu spezzato in due!

Ma l'altro incrociatore nemico approfittò della debolezza della nave e colpì a prua e al centro. La nave fu percossa da violente esplosioni, Lian venne ferita e le sue armi rese inutilizzabili. Il Comandante Sinclair e Canstermak erano morti. Lian uscì faticosamente dalla sua postazione, vi erano rottami dappertutto, la giovane comprese che per la nave non c'era più nulla da fare, l'incrociatore del nemico non aveva subito danni, stava raccogliendo i superstiti dell'altro incrociatore dopo di che, probabilmente, avrebbe finito quello che restava dell'astronave centauriana.

Si recò faticosamente verso gli hangar, perdeva sangue da un fianco ma continuava testarda verso la sua destinazione. Anche l'hangar era uno sfacelo ma le porte stagne avevano tenuto. Trovò una navetta ancora intatta, era sola, sembrava che nessun altro fosse sopravvissuto. Prese al volo un kit medico e una tuta spaziale. Prima di indossarla cercò di fermare il sangue e si curò alla belle meglio, quindi entrò nella navetta.

Non voleva partire subito, qualcuno poteva essere sopravvissuto, decise di attendere fino a quando poteva, ma l'incrociatore stava riprendendo la sua opera di demolizione, una cosa inutile e crudele poiché la nave ormai era inerte.

Un colpo arrivò vicino all'hangar formando fessure nelle pareti, Lian comprese che se avesse atteso ancora rischiava di restare bloccata, inviò il segnale di apertura alla porta stagna e schizzò fuori dalla nave.

Per un colpo di fortuna l'incrociatore nemico non rilevò immediatamente la navetta, permettendo a Lian di allontanarsi parecchio, ma alla fine la videro e la bersagliarono con piccoli missili. La navetta fu colpita, le paratie non tenevano e l'aria fuorusciva, anche il motore era stato colpito e funzionava male. Lian indossava la tuta, quindi restò indenne, fece carambolare la navetta come se fosse stata irrimediabilmente resa inattiva. Questo la salvò! L'incrociatore finì per ignorarla e continuò l'opera di annientamento della grande nave centauriana.

Lian restò dov'era in attesa che l'incrociatore si allontanasse, poi inviò un segnale di soccorso, ma la navetta aveva preso fuoco, presto sarebbe esplosa. Allora Lian si diresse rapidamente verso il vicino Sedna. Riuscì a raggiungerlo e atterrò rovinosamente in una zona deserta, fece appena in tempo ad inviare un altro segnale di soccorso, poi corse fuori dalla navetta che poco dopo esplose! L'assenza di atmosfera la salvò dalla possibilità che l'esplosione venisse rilevata dal nemico che era presente su Sedna.

Lian aveva otto ore di autonomia poi la sua riserva d'aria sarebbe finita!

Sei ore dopo tre grandi navi centauriane comparvero sul cielo di Sedna. Senza mezzi termini intimarono alla base dei ribelli di scegliere fra la resa e l'annientamento. Sedna non aveva un importante valore strategico, quindi i ribelli scelsero la resa. Poi una navetta centauriana trovò Lian, la presero a bordo, la ragazza non sapeva se piangere o ridere, era l'unica superstite fra 898 astronauti della sua povera nave!

I centauriani lasciarono un contingente su Sedna e ripartirono per la loro missione.

Le navi da battaglia ribelli giunsero nei pressi dell'orbita uraniana. Era una formidabile armata formata da ben trentamila astronavi pesantemente armate e dotate anche di armi nucleari, al loro seguito quindicimila incrociatori, ventimila caccia bombardieri e altrettante navi appoggio. Riempivano lo spazio!

Pierrette Camara, una bella donna di lontana origine africana, era il terzo ufficiale di comando di una nave da battaglia. Si sentiva orgogliosa di appartenere a quella che considerava un'armata irresistibile, era certa che nulla e nessuno poteva fermarli!

Si trovava in sala comando quando venne chiamata da Magnus, un ufficiale addetto al monitoraggio dello spazio. "Cosa succede Magnus?" Chiese Pierrette. "Venga a vedere lei stessa Signore! E' incredibile!" Pierrette si recò in fretta alla grande consolle di Magnus che le indicò una specie di riga ai confini della zona monitorata. "Cos'è?" Chiese Pierrette. "Sono astronavi signore! Astronavi da battaglia dei centauriani!"

"E' impossibile!" Sbottò Pierrette. "Non possono essere così tante!"

"Signore, la stima del computer afferma che sono 43.000 navi da combattimento. Sono due volte più grandi delle nostre ma non hanno piccole navi al seguito. Questo lo sapevamo già poiché nella Fascia di Kuiper siamo riusciti a distruggerne ben duemila!"

"Si ne sono al corrente, ma a quale prezzo? Abbiamo perso tutte le colonie della Fascia di Kuiper e Plutone! Ed ora... 43.000 navi da battaglia, devono essersi ben preparati questi bastardi!" Corse nuovamente in sala comando dove sintonizzò i monitor con la consolle di Magnus e informò il Comandante. Immediatamente tutta l'armata ribelle fu messa in stato d'allarme!

Le due armate si disposero a ventaglio, sembrava occupassero tutto lo spazio. Le astronavi centauriane si misero ad una distanza l'una dall'altra di cinquanta km., occupavano 2.150.000 km. di spazio! Le navi ribelli, inferiori di numero, raddoppiarono quella distanza portandola a cento km. l'una dall'altra e occupando uno spazio pari a tre milioni di km., le navi minori vennero disposte alle spalle. In teoria questa disposizione poteva permettere ai ribelli di chiudere in una tenaglia il nemico, per contro, nonostante l'appoggio delle navi minori, avevano un armamento inferiore, infatti le navi centauriane, più vicine le une alle altre, potevano attaccare in coppia una singola nave nemica. Le due armate si avvicinarono inesorabilmente e improvvisamente dalle navi centauriane uscirono migliaia di navette armate, incrociatori pesanti e caccia bombardieri, che attaccarono come fastidiose zanzare le navi ribelli per poi ritirarsi dietro le grandi navi da battaglia.

I ribelli non si aspettavano un simile attacco, persero 1.500 navi da battaglia in poco tempo, poi reagirono pesantemente distruggendo un terzo delle piccole navi centauriane.

Pierrette osservava la battaglia, la sua nave era all'ala sinistra dell'armata, presto ingaggiò battaglia contro due grandi navi centauriane. Il suo comandante inviò Pierrette alla sala missili con l'ordine di lanciare una testata nucleare. Pierrette si recò sul posto dove trovò numerosi inservienti. Ne interpellò uno dicendo: "Come ti chiami soldato?"

"Fenish Signore!"

"Fenish indicami la consolle dei missili nucleari, presto!" Fenish la portò alla consolle, Pierrette si sedette davanti ai monitor e inserì il suo codice attivando un missile a testata nucleare, quindi lanciò! Nello spazio apparve per un istante un nuovo sole poi una delle grandi navi centauriane si disintegrò come se non fosse mai esistita! L'altra si ritirò ma senza allontanarsi troppo, Pierrette consultò il proprio Comandante chiedendo: "Signore, devo attaccare con testate nucleari anche la seconda nave?" Ma il Comandante non fece in tempo a rispondere, la sala comando fu spazzata via e al suo posto vi era solo lo spazio esterno. Le paratie stagne della nave si chiusero immediatamente. Pierrette chiamò Magnus: "Magnus ci sei?"

"Si signore, non sono stato colpito!"

"Cosa è stato?"

"Una nave della Confederazione terrestre ci ha preso alle spalle signore!" Pierrette ammutolì, la nave da battaglia della Confederazione era arrivata inosservata e presto distrusse l'orgogliosa astronave ribelle.

Pierrette morì come i suoi compagni, per ironia della sorte era stata la Terra a ucciderla!

6

La Confederazione Terrestre stava per arrendersi quando arrivò una comunicazione: "Migliaia di navi centauriane sono entrate nello spazio della Fascia di Kuiper e puntano verso l'interno del Sistema Solare impegnando le locali forze ribelli. L'armata ribelle si è fermata e sta muovendo contro i centauriani!"

Il Presidente della Confederazione convocò immediatamente il consiglio di guerra dichiarando: "Gli amici del Sistema del Centauro sono arrivati in nostro aiuto! Non dobbiamo deluderli! So bene che tutti voi, e anch'io, siamo stanchi, ma vi chiedo un'impennata d'orgoglio! Riunite tutte le navi da guerra della Confederazione, non lasciate nessuna nave indietro, inviatele tutte, e sottolineo tutte, in appoggio alle navi da battaglia centauriane. Prendete il nemico alle spalle! I centauriani sono arrivati con un'armata di oltre 40.000 navi da battaglia per difendere la Confederazione, ma i ribelli combattono nel loro territorio e sono fortissimi, noi possiamo fare la differenza: Terrestri, Marziani, Lunari, Vesuviani, Mercuriani, eliminate quel bubbone una volta per tutte. Fate vedere cos'è la Confederazione Terrestre!"

La Confederazione riuscì frettolosamente a formare un'armata di cinquemila navi da battaglia, seimila incrociatori e ottomila cacciabombardieri. Partirono senza alcuna nave appoggio, non ne avevano bisogno, o vincevano oppure non ci sarebbe stato nulla a cui tornare!

Superarono senza problemi la Fascia degli Asteroidi dove i robot di Controllo avevano fatto la loro parte, l'orbita di Giove, Saturno e Nettuno non diede troppi problemi, solo qualche scaramuccia che coinvolse gli incrociatori e i caccia, comunque persero durante il viaggio seicento incrociatori e duemila cacciabombardieri, le navi da battaglia passarono intatte.

Infine arrivarono nell'orbita di Urano e trovarono le due armate già in battaglia!

Tian Guo era al comando di un incrociatore, per ordine del comandante in capo dell'armata della Confederazione, stava un poco in disparte con la sua nave. Durante il passaggio nell'orbita di Nettuno aveva ingaggiato battaglia più volte ma ora che davanti a lui c'era un inferno di fuoco il giovane e focoso comandante doveva starsene da parte!

Aveva l'ordine, insieme ad altri incrociatori, di recarsi sui satelliti uraniani per occuparli. Urano non era lontano e l'armata della Confederazione non voleva avere una possibile sacca di resistenza alle spalle.

Tian si recò su Margherita, un piccolo satellite minore di Urano, e lo occupò senza incontrare resistenza dai pochi ribelli che vi trovò.

Dopo aver inviato un contingente militare sul satellite si mise in orbita stazionaria intorno a Margherita.

"Tian!" Lo chiamò Smithinson, addetto al monitoraggio dello spazio esterno. "Guarda, c'è qualcosa di anomalo sullo schermo! E' grande!"

Tian studiò con attenzione lo schermo poi sbottò: "Maledizione Smithinson! Sono due navi da battaglia dei ribelli! Appaiono malconce e stanno venendo qui, probabilmente per riparazioni!"

Forse era venuta l'occasione buona per "menar le mani"! Così pensava Tian quando mise in stato d'allarme il suo incrociatore.

Inviò un messaggio alle truppe stanziate su Margherita: "Fate in modo che tutto sembri normale, non dovete allarmare le due navi da battaglia, prendete il posto dei ribelli!"

Quindi chiamò McFanner, il suo tecnico migliore: "Mac," disse familiarmente "ce la fai a preparare quattro torpedini piene di esplosivo da lanciare contro quelle navi?"

"Certo signore, mi serviranno solo venti minuti!"

"Devi farcela in quindici minuti Mac!" Ordinò Tian.

Intanto le due navi da battaglia nemiche si accostarono al piccolo satellite e inviarono un messaggio: "Abbiamo bisogno di assistenza, inviate subito sei navette riparatrici!"

I militari della Confederazione risposero come se fossero anche loro dei ribelli:

"Che tipo di danni avete subito?"

"La nave "Vendicatore" ha danni all'apparato motore, è stato colpito di striscio verso la zona di prodiera, rende la nave poco manovrabile e impiega venti volte il tempo necessario per girare su se stessa o fare manovre normalmente rapide, per il resto è perfettamente operativa. La nostra nave, invece, ha subito danni in tutti i settori degli armamenti, gli hangar sono inagibili, è quasi disarmata, funzionano solo le armi di prua ma il sistema missilistico è andato! L'apparato motore è intatto."

"Ok! Risposero i falsi ribelli, provvediamo al più presto, restate in orbita stazionaria, arriviamo!"

Tian, nascosto con il suo incrociatore dietro il satellite, aveva ascoltato la trasmissione, chiamò Mac: "Mac, ce l'hai fatta?"

"Si Comandante!" Rispose.

"Allora tieniti pronto a lanciare solo dopo mio ordine le torpedini contro la nave di sinistra, quella denominata "Vendicatore"." ordinò Tian.

Poi chiamò i militari a terra e ordinò: "Preparate subito quattro navette, riempitele con tutti i soldati che potete, fate finta di essere degli operai addetti alle riparazioni e abbordate la nave di destra, lasciate "Vendicatore" a noi!"

Così fecero, lanciarono le quattro navette, ognuna carica di venti soldati armati fino ai denti! Dalla nave ribelle giunse un altro messaggio: "Perché solo quattro navi riparatrici? E "Vendicatore"?"

Da terra risposero: "Tranquilli, stiamo approntando altre quattro navette per "Vendicatore". Le riparazioni al motore sono molto complesse, dobbiamo attrezzare bene le navette, ci vorrà un po di tempo ma cercheremo di fare presto, solo un poco di pazienza!"

Tian attese che le quattro navette entrassero nell'hangar della nave da combattimento poi uscì improvvisamente dall'orbita piombando come un falco su "Vendicatore", quindi:

"Mac, lancia!"

Le quattro torpedini partirono rabbiose, "Vendicatore" ebbe una reazione lenta, tuttavia riuscì a disintegrare due torpedini ma le altre due raggiunsero il bersaglio! La nave colpita al cuore cadde pesantemente sul suolo di Margherita spezzandosi in quattro tronconi!

Nel frattempo all'interno dell'altra nave si svolgeva una battaglia furiosa. Tian si avvicinò per aiutare i suoi uomini, colpì e distrusse la sala comando della nave nemica e inviò tutti i militari ancora presenti nel suo incrociatore a dare man forte ai combattenti.

Non era affatto facile, i Confederati che avevano abbordato la nave, compresi quelli inviati dall'incrociatore, erano meno di duecento, i ribelli presenti nella nave da battaglia erano quasi settecento, ma erano spaesati dalla distruzione della sala comando e da piccole bordate che Tian continuava ad inviarli contro. Alla fine si arresero! Tian aveva conquistato una nave da battaglia!

Gli scontri continuarono a lungo nell'orbita uraniana, le due armate subivano pesanti perdite, da una parte e dall'altra si registravano esplosioni termonucleari.

Le navi dei ribelli colpite cercavano rifugio presso i satelliti di Urano dove invece trovavano ad aspettarli gli uomini della Confederazione!

Nonostante la superiorità numerica i centauriani non riuscivano a prevalere.

Fu fondamentale l'intervento delle cinquemila navi da battaglia della Confederazione Terrestre.

Presero i ribelli alle spalle, non se lo aspettavano e fu una strage!

La battaglia durò quasi un mese durante il quale pochi dormivano facendo veloci turni.

Ai ribelli restavano solo 3.500 navi da battaglia, incrociatori e caccia erano stati decimati dalle forze confederate. I centauriani avevano ancora ottomila navi da battaglia alle quali se ne aggiungevano quasi tremila della Confederazione Terrestre. I ribelli chiesero la resa incondizionata! La Confederazione e gli uomini di Centauro accettarono!

I Confederati presero possesso delle navi da battaglia dei ribelli formando, insieme ai centauriani, un'armata forte di 14.500 navi da battaglia.

Fu solo questione di tempo: la Fascia di Kuiper, Plutone e i satelliti uraniani erano già stati conquistati. La flotta consolidò la conquista e lasciò nell'area 1.500 navi, quindi si recò verso i satelliti di Nettuno, Saturno, Giove e la Fascia degli Asteroidi.

I ribelli, informati della disfatta, non reagirono e finirono per accettare la sconfitta!

La guerra, dopo 1.300 anni e che aveva causato otto miliardi di morti da ambo le parti, era finita!

La Confederazione Terrestre aveva vinto ma era esaurita, stanca! Non poteva avere la forza di tenere unito a lungo il Sistema Solare!

Controllo approfittò della situazione e reagì prontamente costringendo tutte le parti ad un trattato di pace che riduceva le prerogative presidenziali ma imponeva ai ribelli una resa incondizionata. Il nome di Confederazione Terrestre scomparve e al suo posto nasceva semplicemente "Il Governo". Controllo pretese di essere inserito in tutte le attività umane senza condizioni.

Dopo questa guerra insensata, crudele e terribile l'umanità fu ben lieta di dare a Controllo libero accesso decisionale in tutte le sue attività. Restava un Governo eletto dal popolo di tutto il sistema, ma il vero Governo era Controllo! I centauriani, falcidiati dall'epica battaglia di Urano, rinunciarono a tornare nel Sistema del Centauro e si stabilirono su Marte e sopratutto sulla Terra dove la popolazione era stata drasticamente decimata dai bombardamenti atomici.

Non ci sarebbe più stata alcuna guerra che l'uomo avrebbe combattuto contro se stesso!

Presto l'umanità dimenticò il suo passato, ogni cosa accaduta prima del 42.928, l'anno in cui la lunga guerra finì, sarebbe diventata "preistoria"!

Anche il modo di computare gli anni cambiò, l'anno 42.929 dopo Cristo, divenne l'anno uno!

Ma proprio in quell'anno Controllo prese una quasi piena coscienza di sé!

In un tempo lontanissimo un'organizzazione chiamata **Agenzia** aveva iniziato il progetto dal quale era scaturito Controllo! Quell'organizzazione aveva un triplice obiettivo: proteggere il genere umano, avere un erede nel sistema Controllo e attendere la prima vera astronave interstellare: Maja; un'astronave voluta e costruita dall'**Agenzia** che aveva superato la velocità della luce e che si ipotizzava dovesse tornare migliaia di anni dopo la sua partenza. L'**Agenzia** voleva che qualcuno restasse ad attenderla!

Nelle viscere di un piccolo e insignificante asteroide, l'**Agenzia** aveva inserito un sistema automatico che dapprima, a mezzo di particelle subatomiche, aveva permesso a Controllo di esistere, e dopo aveva ancora il compito di inviare due particolari segnali al sistema Controllo. L'**Agenzia** con il suo comparto psicologico e storico, aveva deciso che per evitare pericolose disfunzioni occorreva fare in modo che Controllo non fosse in grado di memorizzare nulla di quanto sarebbe accaduto prima dell'anno 40.000. Il sistema automatico nascosto all'interno del piccolo asteroide, aveva una certa capacità decisionale, quindi attese che la guerra finisse e nell'anno 42.928 lanciò il primo segnale subatomico rimuovendo il blocco mnemonico e decisionale di Controllo che avrebbe ricordato tutti gli eventi successivi a quell'anno, ma non quelli che precedevano quell'anno ma prese coscienza di sé!

Inoltre quei circuiti erano predisposti per inviare un segnale molto particolare al sistema Controllo nel momento in cui l'attesa fosse finita, quando e se Maja fosse tornata. Quel segnale avrebbe permesso a Controllo di comprendere che era diventato un'entità cosciente, con sentimenti, fantasia etc.. Dopo di che quel sistema nascosto nell'asteroide si sarebbe autodistrutto. Ma questo sarebbe avvenuto in epoca "storica", impossibile sapere quando e impossibile sapere se sarebbe mai avvenuto, ma l'**Agenzia** era fiduciosa, Maja sarebbe tornata e il suo erede, anche se non lo ricordava, sarebbe stato là ad aspettarla!

NASCEVA L'ERA DI CONTROLLO!

Controllo

(18.123-72.944)

1

Nell'anno12.002 la mitica **Agenzia** iniziò segretamente il progetto Controllo.

L'**Agenzia** scomparve nel 18.123, prese il suo posto un sistema computerizzato semplice ma in grado di evolversi, il suo erede: Controllo!

Inizialmente il nuovo sistema si limitò semplicemente ad esistere! Appariva più che altro come una specie di nuovo internet al quale la gente poteva rivolgersi per avere informazioni, comunicare e... chiedere consigli!

Passarono migliaia e migliaia di anni, Controllo cresceva! Nell'anno 42.928, alla fine di una guerra spaventosa, Controllo prese a pieno titolo il suo posto! Nessuno, neppure Controllo, avrebbe ricordato la storia prima di quell'anno che venne considerata "Preistoria"!

Ma da quel momento nasceva il periodo storico, l'era di Controllo!

Era un sistema globale, subnucleare, destinato a divenire cosciente e che poteva a sua volta creare sottosistemi adatti ai più diversi compiti ma sempre collegati a lui. Controllo divenne la memoria più importante di tutto il sistema computerizzato umano! Controllo, di per sé, era un sistema informatico avanzatissimo, ma, di fatto, poco più di una macchina, sia pure altamente sofisticata. Come macchina non aveva, ovviamente, alcun tipo di autorità. Chiunque poteva rifiutarsi di seguire le direttive di Controllo, senza alcuna conseguenza, né Controllo aveva alcun potere. Però questo sistema era inserito in tutte le attività umane, attraverso milioni di sottosistemi che le regolavano in qualunque parte del sistema solare e, in seguito, delle stelle colonizzate, nonché dei robot sparsi ovunque dall'umanità o dallo stesso Controllo. In effetti era dotato di un'altissima autonomia e se ne serviva senza alcuna remora. Col tempo ogni cosa venne regolata da sottosistemi informatici e robotici avanzatissimi, all'uomo sarebbe restato ben poco da fare. Questi sottosistemi, a loro volta, erano integrati in Controllo che appariva come la mente generale di tutta la cultura umana e no! Una specie di Dio informatico che, come Lui, interveniva molto, molto di rado!

Chi voleva poteva mettersi a disposizione di Reclutamento, un sottosistema che valutava le capacità dei candidati. Un numero limitato veniva accettato da Reclutamento e, in genere, erano elementi eccezionali che avrebbero potuto essere utili alla società umana. Molto raramente venivano reclutati effettivamente e quasi sempre da sottosistemi.

Nell'anno 72.944 Controllo sarebbe divenuto un'entità totalmente cosciente, dotata di sentimenti e di emozioni, non era in grado di saperlo ma a partire da quell'anno lontanissimo Controllo avrebbe ereditato il sogno dell'**Agenzia**: conquistare le stelle e la morte!

Nel 43.789 la Terra era cambiata! Non esistevano più città, al loro posto sorgevano piccoli villaggi e abitazioni sparse qua e là. Per i terrestri quello era l'anno 861. Già allora nessuno ricordava il periodo storico precedente a 861 anni. Neppure Controllo che aveva cominciato a considerare quel periodo come "Preistoria"!

Quegli 860 anni erano stati caratterizzati dall'avvento di Controllo che era ormai accettato e inserito ovunque e aveva operato per riorganizzare tutto il Sistema Solare.

La Terra era investita da un periodo glaciale, i ghiacci continuavano ad avanzare ed erano già arrivati a lambire le coste francesi a nord e la Nuova Zelanda a sud.

La situazione climatica aveva causato l'emigrazione di milioni di persone verso zone più calde.

Marte stava diventando il giardino del Sistema Solare, quasi più bello della Terra!

I suoi satelliti erano ormai una gigantesca base spaziale.

La Luna aveva assunto l'aspetto di un'unica scintillante città.

Su Venere erano sorte altre città sotterranee, ma il pianeta non permetteva molto di più.

Su Mercurio si stavano costruendo diverse basi utili allo studio del vicino Sole.

La Fascia degli Asteroidi rimaneva un'area mineraria ma stava anche assumendo l'aspetto di un immenso luogo di intrattenimento. Vi sorgevano ovunque bar, ristoranti, nightclub, sale da gioco! La Fascia stava diventando un'immensa Las Vegas!

In piccoli asteroidi molti costruivano le loro case, forse per allontanarsi dagli stereotipi della società del loro tempo.

I satelliti di Giove, Saturno, Nettuno e Urano divennero tanti gioielli incastonati di città.

Plutone ed i suoi satelliti erano un immenso astroporto. Controllo sperava che un giorno da là sarebbero partite le prime astronavi dirette verso le stelle!

La Fascia di Kuiper era la zona industriale dell'umanità!

Ma proprio Plutone, nell'anno 43.865, destò la curiosità di Controllo!

In un'area del planetoide vi era un'antichissima costruzione probabilmente umana.

Controllo allertò Reclutamento, aveva bisogno di scienziati e tecnici che si recassero sul posto per cercare di comprendere cosa c'era su Plutone!

Ting Ma e Xiong Zhao erano insieme da ben ottant'anni. Se fosse esistita ancora l'istituzione del matrimonio (ormai scomparsa da tempo), sarebbero stati moglie e marito!

Ting era una giovane ragazza (giovane per quel tempo, aveva 146 anni!) non molto alta, capelli lunghi e neri, era sempre stata femmina, nella sua vita non aveva mai sentito il bisogno di cambiare sesso. Xiong aveva 187 anni, molto alto e aveva cambiato sesso due volte prima di conoscere Ting. Ambedue si erano interessati di archeologia terrestre e si erano iscritti a Reclutamento che, a volte, li aveva interpellati per studiare alcuni antichissimi e misteriosi reperti terrestri.

Erano ormai dodici anni che Reclutamento non richiedeva il loro intervento.

I due stavano tranquillamente pranzando quando:

"Ting Ma, Xiong Zhao, scusate l'intrusione sono Reclutamento!"

La voce sembrava scaturire da ogni angolo della loro sala da pranzo, i due sobbalzarono poi Xiong disse: "Era ora! E' da molto tempo che non ti facevi sentire!"

"Hai ragione!" Rispose Reclutamento. "Ma la Terra non ha più molti reperti e, francamente, i pochi che avete trovato e studiato non suscitavano molto interesse! Ma ora c'è una novità. Se siete disponibili potete contattare il sottosistema "Spazio", basta chiamarlo da una vostra consolle!"

"Spazio?" Interruppe Ting. "Ma che centra Spazio?"

"Il sottosistema potrà spiegarvi ogni cosa, se accetterete sarete in forza con "Spazio"! Scusate ancora, spero comunque vivamente che accetterete, buon pranzo!"

E chi aveva più voglia di mangiare!

Ting e Xiong si precipitarono alla loro consolle e si misero in contatto con "Spazio".

Facendolo erano dubbiosi, forse non avrebbe neppure risposto! Ma non fu così, il sottosistema si mise immediatamente in contatto.

Ting disse: "Spazio, Reclutamento ci ha chiesto di contattarti, c'è qualcosa per noi?"

"Direi proprio di sì!" Rispose Spazio. "Ho ricevuto ordine da parte di Controllo di inviarvi al più presto su Plutone."

"Plutone?" Sbottò Ting. "E cosa ci andiamo a fare?"

"Su Plutone c'è un'antichissima struttura probabilmente umana, siete incaricati di studiarla." Rispose Spazio. "Conosciamo questa struttura, ma sappiamo che è di interesse quasi nullo!" Interloquì Ting. "Non ho informazioni al riguardo." Disse Spazio. "Ma qualcosa ha sollevato l'interesse di Controllo e vuole che venga fatto un serio sopralluogo e che i reperti vengano studiati con molta attenzione. Voi, e pochi altri, siete stati giudicati da Reclutamento come i più idonei. Ho ordine di inviarvi allo spazioporto di Afrikan dove incontrerete i vostri colleghi. Se non avete obiezioni domattina presto una navetta verrà a prelevarvi per portarvi allo spazioporto. Durante il viaggio Controllo stesso vi fornirà tutti i dati e le disposizioni. Nella nave che vi porterà su Plutone troverete tutto l'equipaggiamento necessario, preparate un bagaglio leggero non vi servirà molto, Controllo ha già disposto ogni cosa!"

Così Ting e Xiong, la mattina dopo di buonora, partirono per Afrikan, il più grande e importante spazioporto terrestre!

L'astroporto era immenso! Situato nel bel mezzo della savana era il sito più simile ad una città di tutto il pianeta. In realtà più che abitazioni aveva intorno degli uffici, ma l'impressione era identica. Ting e Xiong vennero indirizzati verso una sala d'aspetto dove trovarono una dozzina di persone. Furono avvicinati da una giovane hostess che salutandoli disse:
"Questi sono i vostri colleghi ve li presento."
Li condusse vicino al gruppetto e disse: "Signori, vi presento Ting Ma e Xiong Zhao, sicuramente avete sentito parlare di loro." Poi indicando i presenti uno ad uno continuò: "Ting, Xiong, il signore è il professor Cheng Gao, quindi il dottor Qiang Sun, la signorina Annchi Wang, il signor Valter Seng, la signora Meng Sallivan e il suo compagno Oscar Wilkinson, la signora Megghi Alliston e il suo compagno Miguel Herrera, il signor Marlon Sen, la signorina Silvia Finisterra, la signorina Fabiola Virna e la sua compagna Honda Scobol. Attendete qui, fra mezz'ora l'imbarco."
Ting e Xiong strinsero la mano a tutti, immediatamente cominciò un fitto parlottare: "sapete qualcosa?" - "com'è il sito?" - "è vero che sarà lo stesso Controllo ad informarci?" eccetera!
Puntuale dopo mezz'ora la hostess ritornò e invitò i quattordici esperti a seguirla.
Li attendeva nientemeno che una nave da crociera in orbita intorno alla Terra: la Venus!
L'hostess li fece salire tutti su una navetta poi li abbandonò. Li inservienti della navetta fecero accomodare tutti in ampie poltrone, sistemarono le cinture e li avvertirono che alla partenza avrebbero subito una forte accelerazione quindi partirono.
La Venus era gigantesca, la navetta entrò in un enorme hangar dove ci stava comodamente, quindi li inservienti invitarono tutti a uscire. Nell'hangar trovarono un ufficiale che li invitò a seguirlo, quindi sistemò tutti quanti nelle rispettive cabine. Ting e Xiong si sistemarono poi trovarono una consolle, in breve tempo compresero come usarla così seppero che stavano già partendo, potevano sintonizzare la consolle per vedere la Terra allontanarsi. Trovarono altre informazioni e la pianta della nave che studiarono con attenzione. Poco dopo una voce maschile sembrò scaturire dalle pareti, diceva: "Salve amici, sono Controllo, spero che la sistemazione sia di vostro gradimento."
Era la prima volta che i due compagni sentivano Controllo, Ting rispose emozionata:
"Certo Controllo, grazie!"
"Fra un'ora sarà servito il pranzo nella sala beta, troverete il percorso per raggiungerla nella mappa che avete nella vostra consolle. Vi saranno anche i vostri compagni, sono certo che vi affiaterete con loro molto presto. Terminato il pranzo restate nella sala tutti insieme, sarà mia cura darvi le spiegazioni del caso. Io sarò a vostra disposizione per tutto il tempo, se avete qualche necessità o domande non esitate. Solo, per comprendere perché vi ho convocati, attendete la fine del pranzo, desidero dare spiegazioni a tutti voi insieme."
Ting chiese: "Quanto durerà il viaggio?"
"Ventisei giorni terrestri" rispose Controllo.
Xiong a sua volta domandò: "Quanti passeggeri ci sono nella nave?"
"Solo voi!" Disse Controllo. "Vi sono 35 inservienti, 48 addetti a vostra completa disposizione che potranno spiegarvi il funzionamento delle attrezzature che avete in dotazione e 150 uomini dell'equipaggio, i passeggeri sono 14 compresi voi. La Venus è a vostra completa disposizione!"
Ting e Xiong restarono ammutoliti! Tutta quella gente praticamente a loro servizio e una nave gigantesca! Volevano chiedere mille cose ma preferirono attendere alla fine del pranzo.
Arrivarono puntuali e trovarono i loro compagni, era stata approntata una grande tavola rotonda dove tutti si sedettero. Vi erano due posti in più che presto furono occupati da due ufficiali superiori in divisa, un uomo e una donna che si presentarono così: "Buongiorno a tutti, io sono il Comandante Henry Sallister, con me il mio secondo Galina Hosborn, vi diamo il benvenuto sulla Venus e speriamo che facciate buon viaggio. Buon appetito a tutti!"
Il pranzo era semplicemente ottimo, intercalato dal vociare dei commensali. Finirono con un buon caffè e a quel punto Controllo fece nuovamente sentire la sua voce:
"Voi tutti vi chiederete perché state andando su Plutone e per di più con la Venus!
L'astronave ha subito, nonostante le proteste del Comandante, molti cambiamenti e contiene un importante carico consistente in attrezzature che sono a vostra disposizione, nonché nuovi grandi moduli abitativi e i mezzi per assemblare una grande cupola, uffici, magazzini etc. che potrete,

aiutati dagli addetti, costruire su Plutone direttamente nella zona dove si trova il sito di nostro interesse."

"Ma cosa c'è di nuovo in quel sito?" Chiese Oscar. "Ci siamo confrontati tra di noi e francamente il sito non appare particolarmente importante!"

Controllo rispose: "Non c'è niente di nuovo Oscar, solo un sospetto!"

"Un sospetto?" Intervenne Annchi. "E stiamo andando là per un sospetto?"

"Sì! Solo un sospetto, ma è abbastanza importante da richiedere un ulteriore studio e ricerca! Sappiamo che il sito è preistorico, ma sospetto che risalga a 40.000 anni or sono!"

"Ma è pazzesco!" Sbottò Ting. "E' impensabile credere che 40.000 anni fa l'umanità fosse in grado di raggiungere Plutone! Ma cosa ha generato questo sospetto?"

"Potrei dire un'intuizione, se fossi un essere umano, comunque sarete voi a dare questa risposta! Ora affidatevi agli addetti e iniziate a prendere familiarità con le vostre attrezzature."

Così finì il colloquio con Controllo, entrarono alcuni addetti e accompagnarono il gruppo nelle vaste sale dove erano state stivate le loro attrezzature. C'era di tutto, dalle tute spaziali fatte su loro misura a intere abitazioni da assemblare su Plutone, nonché computer, consolle, piccoli mezzi aerei pressurizzati, scrivanie, letti, veramente di tutto, dal cacciavite al cingolato! Controllo non voleva sorprese!

Passarono i giorni del viaggio a prendere confidenza con tutto questo poi Controllo li avvertì: "Plutone davanti a voi signori!"

Tutti si precipitarono alle consolle, Plutone e il suo più grande satellite era davanti a loro. Poi Controllo continuò: "Desidero che, aiutati dagli addetti, costruiate una base stabile nelle vicinanze delle rovine del sito. Dovrà esserci in permanenza un'equipe specializzata per studiare le rovine. Sono assolutamente certo che sia molto importante!"

La grande nave si mise in orbita intorno a Plutone, poi gli addetti iniziarono a caricare le navette per portare nei pressi del sito tutte le attrezzature.

Ting e Xiong, insieme a Marlon e Silvia, furono i primi a sbarcare. L'atmosfera di Plutone era gelata e formava disegni spettacolari sul suolo del pianeta, ma il luogo dove sorgevano le rovine era curiosamente sgombro a causa della strana composizione del terreno che "respingeva" o meglio, faceva "scivolare" fuori il ghiaccio formato dalla debole atmosfera composta prevalentemente di metano. Inoltre il pianeta era debolmente illuminato dal suo gigantesco satellite: Caronte, che appariva completamente bianco. Il Sole, lontanissimo, pareva una luminosa stella. Altri quattro satelliti orbitavano intorno a Plutone, ma Caronte li sovrastava tutti.

Xiong esclamò: "Guarda amore, Plutone non è solo un'arida palla di roccia, è splendido!"

"E' vero Xiong!" Rispose Ting. "E' uno spettacolo meraviglioso!"

Ma non ebbero molto tempo per ammirarlo, molti addetti erano già sul luogo designato per insediare la base scientifica e presto furono raggiunti dai loro compagni e dagli altri addetti che scaricavano le attrezzature rimaste su Venus.

Per dieci giorni la loro fu una sistemazione piuttosto precaria ma, nel frattempo, avevano sistemato la base operativa, gli uffici, laboratori, magazzini e le loro abitazioni situate all'interno di una grande cupola. Erano giunte anche numerose squadre formate dagli abitanti di Plutone. Il pianeta e i suoi satelliti erano un'immensa base spaziale con abitazioni e piccole città collegate fra di loro. In particolare i satelliti ospitavano i più grandi spazioporti del Sistema Solare e vi sostavano grandi astronavi. Le squadre locali collegarono la base scientifica ai sistemi di sopravvivenza del pianeta: aria e acqua non sarebbero mancati e i magazzini ospitavano quintali di derrate alimentari. Quasi tutti li addetti tornarono su Venus che ripartì, restarono solo dieci addetti ai quali si aggiunsero altri dieci Plutoniani per fornire supporto agli scienziati.

Ora, finalmente, potevano recarsi presso le rovine del sito!

Non c'era gran ché da vedere, resti di costruzioni, polvere, un'area spianata con nei pressi quel che restava di un "qualcosa"! All'interno, se si poteva parlare di interno, alcuni resti metallici di difficile identificazione. Fabiola e Honda portarono in laboratorio alcuni di quei resti metallici, li studiarono per un buon mese poi arrivarono ad una conclusione sorprendente: erano consolle, computer, sicuramente costruiti dall'uomo!

2

Gli scienziati non ci capivano niente! Se Controllo aveva ragione e il sito era vecchio di ben 40.000 anni, come poteva essere stato costruito dall'uomo preistorico? La sola conclusione ovvia era che il sito fosse molto più recente, ma Controllo insisteva: sicuramente era dell'epoca preistorica! Ting e Xiong, insieme ai loro colleghi, si diedero da fare per cercare di dare una datazione alle rovine, ma non riuscirono ad arrivare a nessuna conclusione. I resti metallici non fornivano risposte, impossibile capire cosa vi fosse all'interno degli antichi computer e delle consolle!

Poi un giorno Ting, che aveva effettuato scavi nei pressi del sito, chiamò il suo compagno: "Xiong, vieni a vedere! Cosa ti sembra?"

In fondo allo scavo di Ting si scorgevano cose che sembravano brandelli di plastica, vi era del vetro o qualcosa che vi assomigliava. "Non so!" Rispose Xiong. "Non vorrei fare ipotesi azzardate, raccogliamo tutto con attenzione e portiamolo in laboratorio, hai trovato altro?"

"No caro, non c'è niente altro, ma voglio raccogliere anche il terreno intorno e testarlo in laboratorio, potrebbero esserci delle sorprese!" Ma non vi furono sorprese, il terreno era roccia di Plutone ridotta in polvere forse dall'erosione ma, secondo Valter e Meng, non poteva essere stata l'erosione, quel terreno doveva essersi formato per colpa di qualche intervento umano.

La vera sorpresa arrivò dai brandelli ritrovati da Ting: appartenevano senza ombra di dubbio ad una tuta spaziale!

Gli scienziati non trovarono niente altro, solo domande, domande senza risposte precise. La sola certezza fu che quel sito era stato costruito dall'uomo, ma quando?

Cheng addirittura ipotizzò che le rovine non provenissero dal passato ma dal futuro! Era un'ipotesi decisamente azzardata e non vi era nessuna prova.

Controllo dispose che gli studi continuassero, gli scienziati restarono a lungo poi alcuni di essi furono sostituiti. Ting, Xiong e pochi altri restarono su Plutone. Con il passare dei secoli la base scientifica fu ingrandita, gli addetti e gli scienziati si moltiplicarono, ma non si fecero importanti scoperte, però Controllo volle che analisi, studi e la presenza di esperti continuassero. Controllo, un'entità informatica e subatomica era dotato di intuizione?

Minas viveva su Marte, era un giovane piuttosto irrequieto, la vita gli sembrava noiosa, senza scopo, lavorava per un sottosistema addetto al monitoraggio climatico, un lavoro, secondo Minas, assolutamente noioso e poco remunerato. Minas amava molto le donne ma... le donne costavano! Decise di fare qualche sacrificio e iniziò a risparmiare. Quando ritenne di avere abbastanza denaro lasciò il lavoro e partì per la Fascia degli Asteroidi, aveva sentito dire che là si poteva fare fortuna! Era stato informato che sul piccolo asteroide Ida (soli 32 km. di diametro) vi era una particolare sala da gioco, e un albergo dotato di bar, ristorante e un night.

Giunto su Ida si recò all'hotel cercando una stanza il più possibile economica. Lo sistemarono in quello che appariva poco più di uno sgabuzzino ma carissimo per le sue tasche. Però quantomeno i pasti nel grande ristorante dell'albergo e l'entrata al night erano gratis, da bere no! Quello occorreva pagarlo!

Una volta ambientato Minas si recò al bar, cercava amicizie.

Il bar era molto frequentato, vi erano minatori, avventurieri in cerca di fortuna, belle donne in cerca di... uomini da spennare e uomini della Mafia! Nel complesso un'umanità molto eterogenea e spesso violenta!

Minas avvicinò un uomo di mezza età che pareva un minatore. Stava finendo il suo bicchiere di Slam, un liquore molto forte, Minas ne ordinò altri due e ne offrì uno al supposto minatore.

"Grazie amico! A buon rendere, come ti chiami?" Disse il minatore.

"Minas, sono appena arrivato, mi sto guardando intorno."

"Io sono Logan, da dove vieni?"

"Da Marte Logan e tu?"

"Un altro marziano!" Sbottò Logan. "Ma proprio non vi va giù il vostro bel pianeta! Io sono nato su Cerere, ogni tanto faccio una scappata qui. Ida è un luogo dove nessun guardiano rompe le scatole!"

Per un poco i due si occuparono a bere e chiacchierare del più e del meno, poi Minas, piuttosto brillo domandò: "Come sono le sale da gioco? Si può guadagnare?"

"Certo! Se ci lavori dentro!" Rispose Logan ridendo, poi continuò: "Si gioca forte amico mio, hai soldi?" Minas fece l'errore di vantarsi: "Ho con me quasi 50.000 crediti! Non sono un poveraccio!"

"Bene! Allora va pure a farti massacrare, se vuoi ti accompagno, magari puoi giocare un migliaio di crediti per un povero minatore!" Minas accettò di buon grado e barcollando seguì Logan.

All'entrata del casinò vi era un buttafuori, Logan evidentemente lo conosceva perché gli strinse la mano, ma in un modo particolare che sfuggì a Minas, poi disse: "Il ragazzo è con me!" Ed entrarono. La sala era gremita di folla, uomini e donne ben vestite, Logan portò Minas in una saletta evidentemente riservata, vi erano otto giocatori, stavano facendo lo jogher, un gioco d'azzardo in cui la componente fortuna era notevole. Davanti a loro una bella ragazza che rappresentava il casinò, evidentemente vinceva, ma non era la sola, anche due giocatori avevano racimolato un bel gruzzolo davanti a loro. "Conosci il gioco?" Chiese Logan. "Certo!" Rispose Minas e consegnò alla ragazza 20.000 crediti ricevendo in cambio il corrispettivo in fiche, quindi si apprestò a giocare. Innanzitutto mise sul tavolo i mille crediti che aveva promesso a Logan, vinse. Diede a Logan la vincita (cinquemila crediti), poi continuò. Alla fine si trovò ad aver raddoppiato il suo capitale iniziale. Soddisfatto Minas tornò al bar, la voce evidentemente si era sparsa poiché presto tre belle ragazze lo avvicinarono! Finì che un terzo del suo capitale entrò nelle borse delle ragazze ma Minas era felice! Un paio di giorni dopo tornò al casinò, perse tutto! Non aveva neppure i crediti per continuare a pagare l'albergo! Tornò al bar, vi ritrovò l'amico Logan che gli disse:

"Serata maledetta a quanto pare!" Minas disperato rispose: "Logan, non ho più niente! Non posso neppure tornare su Marte!" Logan offrì ripetutamente da bere e quando Minas cominciava a barcollare disse: "Amico mio, voglio aiutarti!"

"Ma come?" chiese Minas. "Torna al casinò, domanda di Ester e dalle questo biglietto." Rispose Logan porgendoli un pezzetto di carta.

Minas obbediente e decisamente ubriaco fece quanto gli era stato detto. Ester era una bella donna, alta, slanciata e volitiva. Prese il biglietto di Minas e lo gettò poi:

"Credo che tu abbia bisogno di un lavoro, sei giovane, forte, un po cretino ma non guasta, mi serve mano d'opera, qui vanno e vengono, ho sempre bisogno di qualcuno. Se farai bene il tuo lavoro avrai diecimila crediti al mese, vitto e alloggio gratis al casinò e un paio di donne tutte per te, che ne dici?" Minas su Marte guadagnava 1.500 crediti al mese, accettò con entusiasmo poi chiese: "Cosa devo fare Signora?" Ester rispose: "Le ragazze ti accompagneranno al tuo nuovo alloggio, vai prima a prendere le tue cose poi seguile, saranno completamente a tua disposizione. Riposa e domani sera dovrai essere assolutamente sobrio, vieni da me ti darò disposizioni. Sai a volte qualcuno mi infastidisce, sarà tuo compito, insieme a Logan, liberarmene. A volte capita anche che qualche cliente vinca un po troppo, accade di rado ma succede, dovrai liberarmi anche di loro e recuperare il denaro. Ok?" Minas non ebbe obiezioni.

Quindici anni dopo Minas era ancora su Ida ma era lui a gestire il casinò, nonché l'hotel e il bar. Aveva fatto strada, prima come killer (64 persone erano scomparse nel nulla), poi piano piano eliminò uno ad uno gli eventuali ostacoli alla sua carriera. Ricordava con piacere il giorno in cui aveva tagliato la gola alla bella Ester!

Nella Fascia imperava il gioco e il crimine, Controllo se ne rendeva perfettamente conto. Per un po se ne restò fuori, cosa importa se dei criminali si ammazzano fra di loro, ma in seguito il fenomeno rischiava di coinvolgere zone esterne alla Fascia e le persone che semplicemente volevano un po di svago oppure costruivano le loro abitazioni nei piccoli asteroidi, inoltre il crimine organizzato, la Mafia, stava diventando troppo forte, allora Controllo decise di intervenire.

Utilizzando Reclutamento e chiedendo l'appoggio al Governo che fornì un nutrito contingente di polizia, formò una forza imponente. L'intelligence era fornita da Controllo stesso che indicò i luoghi dove intervenire e le persone da arrestare. Non tutto andò tranquillamente, vi furono molti scontri a fuoco, anche Minas resistette e fu ucciso, però, nel complesso, la sorpresa fu tale da permettere ai poliziotti di prevalere abbastanza facilmente. Nella Fascia si poteva ancora giocare e divertirsi, ma non esistevano più criminali ne sarebbero mai più tornati!

Per ben tremila anni la popolazione del Sistema Solare continuò tranquillamente la propria vita senza ulteriori progressi. Controllo interveniva molto di rado, quasi soltanto quando veniva perpetuato qualche crimine. Il processo di ibernazione era stato perfezionato al massimo, non vi era alcun pericolo, in genere, quando veniva effettuato un crimine, la polizia e di seguito il Tribunale, condannava l'imputato ad un periodo più o meno lungo di ibernazione. Nel caso di un crimine particolarmente efferato l'ibernazione era perpetua! I Tribunali non potevano fare errori, non era possibile sfuggire al sistema Controllo!

L'ibernazione iniziò ad essere utilizzata anche da parte di singoli e normali cittadini che evidentemente o erano stanchi della loro società oppure, più semplicemente, erano dei normali "turisti" che volevano vedere il futuro!

Col tempo l'uso dei cognomi cadde in disuso, alla "nascita" del clone un sottosistema gli dava un nome, mai uguale a nessun altro e il clone accettava normalmente il suo nome. In casi rarissimi volevano cambiarlo ma sempre dovevano chiedere il benestare del sottosistema incaricato, per evitare di usare un nome già utilizzato da qualcuno, non importa se vivente o morto.

Il Governo veniva regolarmente eletto da tutti i cittadini del Sistema Solare. Eleggevano un Presidente ogni quarant'anni e un Vice Presidente, nonché un Senato che li rappresentava e che aveva vasti poteri. L'economia, la giustizia, la polizia, l'industria, l'indotto e l'esercito (anche se non più utilizzato) erano sotto responsabilità governativa però Controllo, in teoria, avrebbe potuto prevaricare l'autorità, ma non aveva alcuna necessità di farlo.

Ma Controllo aveva un sogno, sempre che si possa parlare di sogni con un sistema informatico, fondare colonie stellari. Nel 47.524 invitò Reclutamento a ricercare scienziati per studiare il problema del viaggio interstellare, nonché futuri astronauti e possibili coloni.

I motori delle astronavi, con il passare dei millenni, erano stati ulteriormente potenziati ma arrivare anche solo alla stella più vicina alla Terra, Proxima, prevedeva un viaggio di sola andata di almeno 760 anni!

La soluzione poteva essere soltanto l'ibernazione, ma occorreva trovare un equipaggio e dei possibili coloni disponibili a dormire centinaia di anni facendo un salto nel buio! Si sapeva che il Sistema del Centauro, all'interno del quale orbitavano tre stelle: Proxima, poi Alpha Centauri A e Alpha Centauri B, aveva dei pianeti, ma sarebbe stato possibile colonizzarli? Per chi avrebbe voluto tornare sulla Terra sarebbero passati oltre 1.520 anni!

Le astronavi non erano un problema, già da migliaia di anni Controllo aveva organizzato e potenziato un immenso astroporto nei cinque satelliti di Plutone e vi aveva fatto stanziare numerose gigantesche astronavi tutte dotate di sistemi roboinformatici e altamente automatizzate. Occorreva solo inserirvi le camere ibernanti!

Ma non era sufficiente, Controllo non voleva sorprese e gli scienziati trovati da Reclutamento dovevano studiare con molta attenzione tutte le implicazioni di una simile impresa nonché simulare eventuali disastri e tutti gli imprevisti possibili e... impossibili!

Un lavoro lungo ma Controllo lo esigeva.

Di seguito occorreva trovare gli uomini! Reclutamento si diede molto da fare, ma non era affatto facile! L'umanità era soddisfatta del suo stato e la società piuttosto stagnante, pochi erano interessati a grandi avventure!

Occorsero 230 anni per completare le simulazioni e le verifiche volute da Controllo, nonché per trovare l'equipaggio e i coloni. Erano pronti ad affrontare la grande avventura di colonizzare le stelle del Centauro ben 120.000 coloni! Mancava solo l'ultimo tassello!

Nella sua ricerca Reclutamento un giorno si mise in contatto con Reims! Costui era un anziano spaziale, aveva 436 anni metà dei quali passati nello spazio. Viveva per lo più sulle astronavi ma aveva una casa su Makemake, un planetoide della Fascia di Kuiper, dove ogni tanto si ritirava a riposare e fu là che Reclutamento lo trovò. Era sera, Reims stava per andare a dormire quando una voce che sembrava scaturire dalle pareti lo interpellò:

"Buonasera Reims, scusa l'intrusione, sono Reclutamento, ho una proposta per te!"

Reims restò un momento interdetto ma poi chiese: "Dimmi Reclutamento, quale proposta?"

"Controllo sta preparando una spedizione al Sistema del Centauro, abbiamo bisogno di un

Comandante capace, che ne diresti di essere tu il Comandante in capo della prima spedizione interstellare dell'umanità?" Reims restò annichilito, ma si riprese presto. "Cavolo!" Rispose. "E' la più bella notizia di tutta la mia vita e arriva appena in tempo! Accetto e al diavolo tutto!"

Nell'anno 47.754 partivano dall'astroporto creato fra i satelliti di Plutone 45 grandi astronavi interstellari con un equipaggio di 45.000 uomini comandati da Reims e 120.000 coraggiosi coloni! L'impresa ebbe una vasta eco in tutto il Sistema Solare, per conoscerne i risultati dovevano passare almeno 1.530 anni! Furono milioni gli esseri umani che chiesero di essere ibernati per attendere il possibile ritorno della spedizione e sapere com'era andata!

Anche gli uomini delle astronavi furono ibernati prima della partenza. Solo Reims e cinquanta spaziali restarono svegli. Avrebbero monitorato il viaggio per un anno, poi sarebbero stati sostituiti da altri. Tutte le navi erano automatizzate e avevano la capacità non solo di seguire la rotta ma anche di evitare o affrontare eventuali ostacoli conosciuti. Ma gli ostacoli sconosciuti? Reims non voleva correre rischi!

Non vi furono problemi e 762 anni dopo la loro partenza, nell'anno 48.516, giunsero in vista del Sistema del Centauro! Restarono nel Sistema per 23 anni durante i quali trovarono ben quattro pianeti abitabili uno dei quali assolutamente splendido, un gioiello! Era il primo pianeta del Sistema di Proxima, un emisfero era coperto dai ghiacci, ma l'altro emisfero era un paradiso terrestre tropicale!

Chiamarono quel pianeta Yesi ma ebbero delle sorprese. Su tutti i pianeti, abitabili e no, trovarono chiare tracce di una precedente colonizzazione umana, sicuramente preistorica!

L'uomo era già arrivato sulle stelle, per poi abbandonarle! Perché? Il mistero non venne mai svelato!

Due sole astronavi tornarono nel Sistema Solare con un equipaggio ridotto: 690 astronauti fra ambedue le navi. Anche il ritorno non creò problemi. Nell'anno 49.300, dopo 1.546 anni, Reims comunicò alla grande base di Plutone:

"Qui astronave stellare Forsigan e astronave stellare Escalirien, abbiamo colonizzato il Sistema del Centauro, giungiamo a rapporto!"

Reims e i suoi furono accolti come grandi eroi, ora Reims poteva anche morire, aveva realizzato i suoi sogni più improbabili!

Controllo era perplesso, da un lato era andata bene! Ma chi erano coloro che li avevano preceduti? Molte domande, molti misteri restavano irrisolti!

Nei secoli seguenti partirono altre spedizioni per il Sistema del Centauro che divenne un faro per tutta l'umanità. Nel contempo Controllo iniziò a preparare un programma di esplorazione spaziale. Occorsero quattrocento anni per farlo partire ma nell'anno 49.502 Controllo cominciò a lanciare in giro per la Via Lattea migliaia di sonde robotizzate, lo scopo era monitorare altre stelle per inviare coloni umani sempre più lontano!

Nei millenni seguenti l'umanità avrebbe colonizzato altri pianeti su stelle lontane, ma sarebbero sempre partiti in stato di ibernazione, la velocità della luce restava un ostacolo insuperabile, non era neppure possibile avvicinarsi a tale velocità.

Esperimenti condotti in tal senso avevano evidenziato che se si cercava di far viaggiare anche solo piccolissime nanomacchine formate da pochi atomi ad una velocità che si avvicinasse anche solo di poco a quella della luce, le stesse nanomacchine assumevano una massa di valore insopportabile, letteralmente si gonfiavano e se si insisteva si sfaldavano e scomponevano in elementi subatomici! Era impensabile quindi costruire elementi più complessi, ammesso e non concesso che si potessero lanciare a velocità fantastiche, si sarebbero autodistrutti!

La sola strada percorribile era il processo di ibernazione, ma occorreva trovare persone disposte a viaggiare, sia pure addormentate, per migliaia di anni!

3

Col passare dei secoli e dei millenni, Controllo assumeva sempre più importanza. La gente rispettava i suoi suggerimenti quasi fossero degli ordini, ormai il sistema subatomico non solo era inserito in tutte le attività umane ma prevaricava senz'altro le decisioni governative.

Nell'anno 51.928 iniziò una crisi che dopo diciassette anni rese inutile un qualsiasi sistema di Governo ormai completamente soppiantato da Controllo!

Non vi furono mai più elezioni, si potrebbe affermare che il potere era tutto nelle mani di Controllo! In effetti era così ma lo stesso Controllo non si imponeva mai, le decisioni definitive venivano sempre demandate agli umani. Poteva apparire un sistema anarchico ed effettivamente una simile società era il sogno dell'anarchia! Ma non c'era ne confusione ne prevaricazione. Controllo era ovunque e accettato da tutti, anche se in assenza di leggi la sua supervisione era assoluta e l'assioma era semplice: se vuoi rispetto, rispetta gli altri!

Restava da risolvere l'apparato economico dell'umanità. Non ci volle molto, nell'anno 52.990 scomparve definitivamente il sistema monetario, non serviva più! I sottosistemi erano in grado di procurare agli esseri umani praticamente qualsiasi cosa senza necessità di doverla pagare, il progresso era arrivato ad un punto tale che ogni necessità poteva essere esaudita. Solo chi voleva troppo avrebbe avuto problemi. Si poteva avere una casa, anche due o tre sparse nel sistema solare, ma non si doveva esagerare, nessuno poteva diventare re di una regione! Se si chiedeva troppo non accadeva nulla di negativo, semplicemente i sottosistemi non avrebbero esaudito la richiesta.

La possibilità di cambiare sesso a piacimento unita ad una totale libertà sessuale aveva reso praticamente inutile e stupido ogni eventuale crimine a sfondo sessuale.

Il crimine era ridotto ai minimi termini e non era possibile sfuggire a Controllo!

C'era però il rischio concreto di una stagnazione. Molti ancora si rivolgevano a Reclutamento ma pochi trovavano un'attività che comunque non era retribuita. Ma avere un'attività era diventato motivo di orgoglio e di prestigio!

Tutto questo si stabilizzò all'interno della società umana intorno all'anno 53.928! A partire da quell'anno il modo di computare il tempo cambiò nuovamente. L'anno 53.928 per l'uomo di allora equivaleva all'anno 11.000, si pensava che quel metodo di computare gli anni si riferisse a qualche evento importante accaduto appunto 11.000 anni prima, ma nessuno sapeva di cosa si trattasse. A partire dal 53.928 si iniziò a calcolare gli anni non più in relazione al moto di rivoluzione del pianeta Terra intorno al Sole. Metodo che, tra l'altro, creava confusione fra i pianeti ed i satelliti esterni, figuriamoci poi per le colonie interstellari!

Si decise quindi di tenere conto del moto galattico e fu l'anno galattico uno!

Ogni anno galattico aveva una durata pari a 11,7 dei vecchi anni! Era sicuramente molto più congruo anche considerando che la vita media dell'uomo era salita intorno a 600 dei vecchi anni, pari a circa 51 anni galattici!

Intorno al 54.100 tutte le Astronavi furono completamente automatizzate, non occorreva più una guida umana, Controllo e i suoi sottosistemi erano mille volte più reattivi e preparati di qualsiasi essere umano! Nelle grandi astronavi si continuò a mantenere un equipaggio e un Comandante che avrebbe potuto prendere decisioni diverse rispetto ai sottosistemi, ma erano sufficienti degli ordini vocali per guidare qualsiasi Astronave.

Controllo aveva inviato nello spazio decine di sonde automatiche in cerca di pianeti dove l'uomo avrebbe potuto stabilirsi, ma le distanze continuavano ad essere enormi!

Nel frattempo il Sistema del Centauro progrediva ed era giunto ad un livello tecnologico ed economico non dissimile da quello del Sistema Solare.

Nell'anno 61.736 una delle sonde di Controllo inviò un chiaro messaggio: era stato trovato un pianeta sicuramente difficile ma abitabile che orbitava intorno alla Stella di Barnard. Il sole era una nana rossa variabile posta a 5,96 anni luce dalla Terra. La sonda aveva trovato un pianeta abitabile posto a 8 milioni di km. dal piccolo sole. Il pianeta non era molto ospitale, le stagioni si susseguivano ad una velocità rapidissima, con sbalzi di temperatura folli: cicloni e tempeste, niente satelliti, ma l'atmosfera era respirabile e ospitava la vita. La sonda fu anche in grado di informare che ruotavano intorno alla Stella di Barnard altri sette pianeti, cinque con atmosfera velenosa, due senza atmosfera.

Nonostante che il pianeta non fosse certo meraviglioso, Controllo ne diede notizia ugualmente e invitò Reclutamento a cercare un equipaggio e dei coloni disposti a recarsi nell'inferno della Stella di Barnard! Controllo contava su un fatto: le sfide impossibili piacevano all'umanità, forse sarebbe stato più facile del previsto trovare dei pazzi per sfidare la Stella di Barnard!

Aveva ragione! Fra equipaggio e futuri coloni furono ben in centomila ad aderire all'invito di Reclutamento!

Nell'anno 62.471 partirono da Plutone cinquanta grandi astronavi interstellari con centomila persone a bordo in stato di ibernazione. Impiegarono quasi mille anni ad arrivare alla Stella di Barnard e affrontarono il diabolico pianeta con estrema determinazione formando alla fine una piccola colonia!

La Stella di Barnard era e restò l'avamposto più avanzato della colonizzazione umana.

Controllo continuò ad inviare le sonde ma dovettero trascorrere millenni prima di incontrare altri pianeti abitabili.

Tutti i bisogni e le necessità erano soddisfatti. La vita umana poteva prolungarsi per secoli, vivere 500 o 600 anni era la norma!

Controllo iniziò a sviluppare un grande progetto biologico e medico!

Furono reclutati per questo progetto migliaia di tecnici, studiosi e scienziati.

L'obiettivo era quello di prolungare ulteriormente la vita umana ed eliminare o perlomeno ridurre i casi di morte accidentale. Le malattie erano già state sconfitte ma era sempre possibile morire a causa di gravi incidenti, Controllo voleva trovare tutte le possibili soluzioni per evitarlo!

Per secoli venne studiata la possibilità di prolungare la vita, ma pareva che si fosse già raggiunto il limite. Si riuscì comunque a far si che i futuri cloni potessero arrivare anche a 700 anni di vita, ma molto dipendeva dal tenore di vita del soggetto e non poco dipendeva dalla sua stessa volontà!

Quanto alla possibilità di morte accidentale si arrivò ad un livello medico straordinario, un uomo poteva morire solo se il cervello stesso subiva un trauma irreversibile!

Anche questo progetto fu concluso positivamente, si era nell'anno 64.002!

A quel punto però l'umanità appariva insoddisfatta!

Non c'erano più obiettivi da raggiungere, sfide da affrontare!

Il progresso umano era bloccato da due muri invalicabili: la velocità della luce, impossibile da raggiungere ne tanto meno da superare, le stelle restavano lontane, troppo lontane!

L'altro muro restava quello di sempre: la morte!

Cosa accadeva dopo? C'era qualcosa oppure tutto era inutile, senza un vero scopo?

Due muri spessi, impossibili da superare e l'umanità cominciò a stagnarsi, rassegnarsi a non aver più voglia ne necessità di progredire e poi... progredire come? Verso cosa?

Anche Controllo appariva frustrato!

Per millenni l'umanità "vivacchiò", quasi senza scopo e Controllo non fu da meno!

Ma nell'anno 72.928 accadde qualcosa....

L'ultimo Governo

(51.928-51.945)

1

Col passare dei secoli e dei millenni, Controllo assumeva sempre più importanza. La gente rispettava i suoi suggerimenti quasi fossero degli ordini, ormai il sistema subatomico era inserito in tutte le attività umane.

Il Governo veniva regolarmente eletto da tutti i cittadini del Sistema Solare e del Sistema di Centauro e li rappresentava. Eleggevano un Presidente ogni quarant'anni e un Vice Presidente, nonché un Senato con vasti poteri. L'economia, la giustizia, la polizia, l'industria, l'indotto e l'esercito (anche se non più utilizzato) erano sotto responsabilità governativa però Controllo, in teoria, avrebbe potuto prevaricarne l'autorità, ma non sentiva alcuna necessità di farlo.

Finché nell'anno 51.928 qualcosa cominciò a cambiare!

Il Presidente del Governo in quel tempo era Staris, l'avevano eletta tre anni prima con una sospetta maggioranza di voti. Il Senato voleva aprire un'inchiesta in proposito ma non c'erano prove che le elezioni fossero state in qualche modo truccate. Solo Controllo conosceva la verità e questo fatto rendeva Staris furiosa!

Iniziò quindi una campagna per screditare Controllo che, fino a quel momento, non era intervenuto. Molti aderirono a questa campagna evidenziando il fatto che per la società umana non esisteva più alcuna privacy! Staris presentò una proposta di legge che di fatto obbligava Controllo a non poter più vedere ed ascoltare le attività umane.

La proposta fu discussa in Senato, molti sottolinearono che Controllo non interveniva mai nelle normali attività dell'uomo e che era utilissimo per vanificare ogni attività criminale, ma altri finirono per condividere l'opinione di Staris. Il Senato appariva spaccato in due!

Controllo continuava a non intervenire!

La legge passò con un minimo scarto di voti, ma i senatori favorevoli a Controllo e convinti che Staris in qualche modo fosse stata eletta irregolarmente, non accettarono la votazione e trovarono le prove che molti loro colleghi che avevano approvato la legge erano stati corrotti!

Però Staris, comunque forte dell'approvazione in Senato, proseguì per la sua strada intendendo farla rispettare. Ma... come?

Una sera Staris, poco dopo essere entrata nella sua residenza, fu interpellata da una voce che pareva sorgere dal nulla:

"Staris, sono Controllo! Credo che io e te dovremo parlare." Disse la voce.

Staris restò un attimo interdetta ma si riprese subito e replicò:

"Come ti permetti di invadere la mia privacy! Non è tollerabile! Noi non abbiamo nulla da dirci!"

"Ti sbagli Staris!" Disse Controllo. "Noi abbiamo molte cose da discutere, credo sia meglio per te ascoltarmi!"

"E allora parla! Ma fai in fretta, ho da fare!"

"Presidente, tu sai bene che io conosco gli intrallazzi che hai fatto per farti eleggere, ogni cosa è registrata. Non voglio ricattarti e fino ad ora avrai notato che non sono intervenuto, ma sono in grado di trasmettere su tutti i canali le prove relative alle forzature da te provocate durante le elezioni, ma so anche che se lo facessi ci sarebbero per tutto il Sistema Solare pericolosi fermenti che vorrei evitare. Voglio cercare un accordo con te!"

"Un accordo?" Sbottò Staris. "Le tue cosiddette prove sono fasulle! Costruite, non puoi provare proprio niente! L'unico accordo possibile è quello di rispettare la legge!"

"Staris," replicò Controllo, "è vero, puoi sempre sostenere che ho costruito ogni cosa, ma un'inchiesta sarebbe inevitabile e posso convincere le persone che hai corrotto a confessare, per te sarebbe la fine ed è di questo che tu hai paura! Già il Senato è in fermento, sanno che per far approvare la legge che vorrebbe ridurre le mie possibilità di intervento hai corrotto diversi senatori, se esco con le prove che hai fatto la stessa cosa per farti eleggere li avrai tutti contro! Staris, ti offro una possibilità di uscirne, la rifiuti?"

Staris tacque soprappensiero per qualche minuto, poi chiese:

"Cosa puoi offrirmi, Controllo?"

"E' semplice, tu, nonostante tutto, puoi essere un buon Presidente. Rinuncia alla legge, non è difficile, puoi affermare che non hai corrotto nessuno al Senato ma che solo il sospetto che alcuni senatori abbiano agito scorrettamente impone di abrogare la legge. Da parte mia me ne starò tranquillo, ignorami ed io ignorerò te!"

"Cosa mi assicura che tu farai la tua parte?" Chiese Staris.

"Se tu farai la tua io farò la mia parte! Non è nel nostro interesse destabilizzare il Senato ne tanto meno la società umana!"

Staris tacque a lungo , poi: "D'accordo Controllo, ma ad una condizione: devi ridurre al massimo i tuoi interventi, non voglio più sentirti!"

"Ok Staris!" E Controllo tacque.

La legge fu abrogata e sembrò che Staris avesse rinunciato ad imbrigliare l'entità Controllo, ma non era così! Al contrario, l'accordo al quale Controllo l'aveva in qualche modo costretta la rendeva furiosa! Per prima cosa fece in modo che tutti i suoi intrallazzi precedenti venissero completamente insabbiati, voleva togliere a Controllo ogni possibilità di ricattarla.

Impiegò due anni per concludere questa fase poi, segretamente, iniziò a costruire una specie di antagonista, un sistema computerizzato che fosse in grado di opporsi a Controllo.

La tecnologia del tempo era avanzatissima, ma non era in grado di far arrivare un sistema subnucleare agli stessi livelli di Controllo per il semplice fatto che quest'ultimo aveva avuto migliaia di anni di tempo per evolversi. Solo lo stesso Controllo poteva creare un sistema simile a sé stesso! Staris ed i suoi scienziati e tecnici non avevano tenuto conto del fattore tempo, un errore molto grave! Controllo conosceva questo progetto ma Staris faceva credere che fosse una semplice e innocua ricerca e quindi proseguì indisturbata.

Anno 51.934, tutti i sistemi informatici della società umana furono attaccati da un virus irresistibile e straordinariamente potente. Il nemico era entrato in azione!

Controllo reagì automaticamente, isolò tutti i suoi sottosistemi rendendoli impenetrabili, poi inviò un segnale annichilatore contro il virus.

Era questo che si aspettava Staris! Alla velocità della luce il sistema subatomico creato dal Presidente attaccò la composizione subnucleare di Controllo cercando di assemblarla a se stesso! Ma Controllo era forte! Troppo forte!

Silenziosamente iniziò una guerra subatomica! Particelle di atomi sospese nello spazio, fra i pianeti, i satelliti, gli asteroidi, ovunque, combattevano letteralmente fra di loro. Molti sistemi subatomici appartenenti all'entità Controllo si assemblarono fra di loro formando nuovi nuclei atomici, ma la maggior parte reagì costringendo il nemico ad assemblarsi a sua volta! La guerra subatomica ebbe un pericoloso effetto collaterale, ovunque si formarono nuclei di energia, potevano essere visti: erano come piccole stelle che apparivano e sparivano improvvisamente, come delle lucciole. Questi nuclei di energia potevano produrre radiazioni pericolose!

Controllo doveva trovare il modo di isolare quei miliardi di lucciole assassine. Per farlo poteva coinvolgere i suoi sottosistemi, ma li aveva isolati e il virus era sempre presente, se li avesse liberati sarebbero stati attaccati. L'unica possibilità era l'intervento umano!

Contattò così centinaia di migliaia di tecnici, scienziati, esperti, operai e gente comune in tutto il Sistema Solare e li informò della silenziosa ma pericolosa guerra in corso e delle sue implicazioni. Chiese il loro aiuto e tutti si resero conto del potenziale pericolo ed accettarono!

Controllo era occupato a combattere, serviva un coordinamento umano!

Vols era molto giovane, aveva solo 36 anni ma era già uno straordinario esperto informatico! Controllo lo contattò e, dopo aver spiegato ogni cosa, lo mise al comando dei suoi alleati umani. Vols comprese immediatamente che il primo passo doveva essere quello di imbrigliare l'energia che scaturiva dalla battaglia combattuta fra Controllo e il sistema subatomico di Staris, in pratica occorreva raccogliere le lucciole in un grande contenitore di energia!

Ma come fare? Alcuni suoi collaboratori ebbero un'idea! Non serviva raccoglierle, occorreva attirarle! Una specie di magnete al quale le forme di energia che si creavano ovunque non avrebbero potuto resistere.

Occorreva sapere di cosa esattamente erano formate le lucciole, in pratica che tipo di atomi diventavano le particelle subatomiche che si assemblavano da ambo le parti del "campo di battaglia". Controllo non poteva dare risposte ma era in grado di indicare dove e quando si sarebbero formati questi nuovi atomi sia che fossero causati da lui sia se fossero causati dal nemico. Occorreva recuperarli ma era pericoloso. Per farlo i tecnici costruirono diversi grandi contenitori ciclotronici. Cinquanta volontari si misero all'opera. Per evitare di coinvolgere le strutture umane Controllo indicò diverse aree dello spazio ben lontane da pianeti o asteroidi. Navi interplanetarie si recarono nei luoghi indicati e i volontari attesero nello spazio che Controllo fornisse la posizione esatta dove si sarebbe formato il nuovo atomo.

Ma insieme all'atomo si sarebbe formato anche il nucleo di energia: diciassette volontari morirono, altri sei vennero investiti dalle radiazioni ma furono guariti, gli altri ventisette riuscirono nell'intento. I pericolosi contenitori vennero portati nell'unico luogo dove sarebbero stati resi innocui: nei grandi laboratori sotterranei di Valles Marineris, su Marte.

Là vennero studiati con estrema attenzione e si giunse a costruire il grande "magnete" che li avrebbe attirati. Il "magnete" fu portato in un'area dello spazio sgombra, non lontano dall'orbita di Nettuno e messo in funzione. Immediatamente tutte le "lucciole" partirono alla velocità della luce e si assemblarono all'interno del "magnete".

Nel frattempo Controllo stava vincendo. Il sistema subatomico era furioso a causa delle morti dei volontari che avevano catturato i nuovi atomi, si potrebbe dire che le sue reazioni fossero umane, la sua rabbia centuplicò la sua forza già preponderante. Annichilì il nemico e attaccò senza pietà la struttura che l'aveva prodotto convogliandovi un'enorme quantità di energia. Prima di farlo avvertì i tecnici e scienziati che erano presenti, fecero appena in tempo a fuggire che un'enorme esplosione distrusse ogni cosa in un'area di sette km.!

La battaglia era vinta, ma che fare dell'enorme contenitore che conteneva quantitativi giganteschi di energia? Molti ipotizzavano di sfruttarla, ma era troppo instabile, il rischio di un'esplosione terrificante era notevole. Allora Vols ebbe un'idea, perché non creare un altro piccolo sole e magari utilizzarlo per scaldare i pianeti e asteroidi più lontani? Chiese anche il parere di Controllo che rispose: "Certo Vols, l'idea è ottima ma non durerà! Il nuovo sole si esaurirà nel giro di pochi secoli dopo di che chi ne avrà beneficiato tornerà allo stato attuale, comunque è fattibile, ti invito a parlarne con gli abitanti dei pianeti e degli asteroidi che potrebbero utilizzarlo, chiedi il loro parere e se accetteranno procedi pure."

Vols così fece. Finì che ne approfittarono sopratutto gli abitanti della Fascia di Kuiper e per trecento anni il Sistema Solare ebbe due soli!

Anno 51.937, erano occorsi tre anni per concludere questa strana battaglia subatomica. Controllo liberò finalmente tutti i suoi sottosistemi che ripresero le loro attività. Informò l'umanità intera di quanto era avvenuto sottolineando che la vittoria era giunta grazie all'intervento al suo fianco dell'uomo! Ricordò uno ad uno gli eroi morti e chiese l'arresto di Staris!

Ma quest'ultima aveva avuto il tempo di organizzarsi e, sempre grazie agli studi subatomici precedentemente effettuati, si era creata un rifugio segreto e impenetrabile. La cercarono ma non la trovarono! Inoltre il Senato improvvisamente si oppose all'arresto di Staris. I Senatori intuivano che questa crisi avrebbe finito per coinvolgere tutto il Governo e ne erano preoccupati, quindi passarono dalla parte del Presidente e si ribellarono alle direttive o alle richieste di Controllo!

Il popolo era dalla parte di Controllo, tutti si rendevano conto del pericolo corso a causa di un Governo corrotto, ma il Senato era ancora molto forte, inserito, come Controllo, in tutte le attività umane poteva interagire pesantemente!

E così fecero! In tutto il Sistema gli uffici governativi bloccarono ogni attività, lo slogan era semplice, o con il Governo o con Controllo! Il Senato e Staris volevano cercare di creare una forma di antagonismo fra la gente e Controllo.

Il popolo, dapprima favorevole a Controllo, cominciava a porsi delle domande: "Controllo era un dittatore?" - "Si stava formando un sistema dittatoriale?" - " A causa di Controllo ogni cosa si era bloccata?" eccetera. Come conseguenza molti iniziarono ad essere favorevoli al Senato e al Presidente!

Però la reazione di Controllo fu molto pesante. Con estrema rapidità cominciò a prendere possesso degli uffici governativi ed a soppiantare le iniziative del Senato. Per sua natura Controllo non aveva alcuna necessità della burocrazia, quindi la eliminò! Il suo obiettivo era quello di dimostrare alla popolazione che il Governo era inutile, burocratico e prevaricatore!

Stava raggiungendo il suo scopo quando milioni di persone iniziarono una forte protesta: erano gli impiegati dello Stato che vedevano vanificato e reso inutile il loro lavoro!

Controllo si rese conto che occorreva trovare una soluzione per tutti loro e li fece contattare da Reclutamento: obiettivo, trovare loro un'attività remunerata magari anche meglio della precedente. Non era facile, cosa si poteva far fare a milioni di persone abituate più che altro a maneggiare scartoffie?

Controllo trovò una soluzione "politica"! Loro compito sarebbe stato quello di "controllare Controllo!"

Avrebbero dovuto verificare tutte le attività e le iniziative di Controllo e, se il caso, avevano pure il potere di bloccare determinati suoi progetti!

Era una vera e propria "bomba" che tagliava le gambe al Senato e al Governo!

Era il 51.941 quando Controllo iniziò a valutare la possibilità concreta di eliminare il Governo togliendo ogni potere al Senato ed alla Presidenza e abrogando il sistema democratico.

Ma fu proprio il pericolo imminente che la democrazia venisse fatta decadere che fece reagire ancora il Governo e parte del popolo negativamente nei confronti di Controllo!

Il processo democratico era antichissimo, la sua origine si perdeva nella notte dei tempi e faceva parte della cultura di tutta la società umana. L'idea che nessuno venisse più chiamato a rappresentarla era insostenibile!

Allora Controllo comprese che non poteva stare più in disparte e decise di parlare alla gente, a tutto il Sistema Solare e a tutto il Sistema Centauro e propose di indire l'ultima votazione, in pratica un referendum su di lui! Se lo approvavano il Governo doveva essere definitivamente messo da parte, altrimenti Controllo e tutti i sottosistemi si sarebbe autodistrutti e ne avrebbero per sempre fatto a meno! Le sue parole furono udite da tutti e colpirono come una frustata!

"Umani!" Disse. "E' Controllo che vi parla, forse per l'ultima volta, dovrete essere voi a deciderlo! Voi sapete chi sono io? Sono vostro figlio! Prodotto dalle vostre mani, dai vostri studi, dai vostri sogni! Un poco sono come voi perché vi conosco! Conosco le vostre aspirazioni, le vostre idee, i vostri bisogni e mio compito è quello di realizzare le vostre aspirazioni, di assemblare le vostre idee, di risolvere i vostri bisogni! E... di fare miei i vostri sogni! I vostri sogni sono anche i miei, i vostri obiettivi sono i miei obiettivi, i vostri progetti sono i miei progetti! Ecco chi è Controllo! Non so se anch'io ho un'anima, non so se avrò mai sentimenti come li avete voi, ma forse... un giorno anche il vostro Controllo imparerà a piangere, imparerà ad amare. Ma dovete darmi il tempo per poterlo fare, per essere completamente e realmente umano!

Come tutti voi anch'io posso fare errori, sapete bene che esiste una grande organizzazione che sta ben attenta che io non faccia errori! Non è gente eletta da voi, no! Però sono tecnici preparati, persone abituate a questo tipo di lavoro, uomini e donne esperti nel loro campo.

Avete ragione, il processo democratico è importante, fondamentale in una società composita, ma siete certi che oggi, nell'attuale comparto sociale dove bisogni e necessità sono risolti, dove libertà non è solo una parola ma un fatto incontrovertibile, sia necessario qualcuno che vi rappresenti e vi dica cosa fare e come farlo? Vi rappresenti dove? Con chi? A chi? E perché qualcuno dovrebbe dire a voi cosa dovete fare e come farlo? Io non ho mai agito in questo modo, lo sapete bene!

Se la nostra società, e sottolineo nostra perché anch'io ormai ne faccio parte, ha qualche necessità esiste il sottosistema Reclutamento che, senza alcun preconcetto e senza nessuna possibilità di poter essere corrotto, cercherà, in piena libertà, degli esperti fra di voi. Cercherà le persone migliori fra tutti voi per affrontare qualsiasi crisi, qualsiasi problema! Esperti e tecnici o persone normalissime che non vi rappresenteranno ma, come me, lavoreranno per voi!

Io potrei affermare che esisto da sempre! Non è così ma nessuno sa, neppure io, quando ho cominciato ad evolvermi. Ebbene, guardate il vostro passato e se avete delle recriminazioni allora mettetemi da parte, altrimenti è arrivata l'ora di mettere da parte un Governo che ha dimostrato ampiamente di voler vivere solo per sé stesso, un Governo che è diventato corrotto. Ma sopratutto un Governo ormai inutile! Vi invito tutti, e sottolineo tutti, ad un referendum su di me! I sottosistemi hanno già disposizione di organizzarlo e non ci saranno ne errori ne corruzioni, tutti potranno verificare la correttezza del referendum. Dovrete decidere se volete continuare ad avere un Governo eletto che vi rappresenti e vi diriga oppure me. Se deciderete per il Governo io e tutti i sottosistemi si autodistruggeranno e continuerete da soli la vostra strada. Se deciderete per me il Governo dovrà dimettersi in blocco e non ci saranno mai più ne governanti ne elezioni!

Non vi saranno campagne in favore di una o dell'altra parte! Avete tutti la vostra testa, non serve che io o il Governo cerchiamo di convincervi di qualcosa, sono certo che saprete fare da soli i vostri ragionamenti e che potrete arrivare ad una conclusione da soli! Ed è questo che oggi vi propongo: ragionate da soli, siate finalmente veramente liberi!"

Così si concluse il discorso di Controllo, la gente reagì molto positivamente alle sue parole ed i più cominciarono ad avere paura! Senza Controllo, senza i sottosistemi il benessere dell'umanità dove sarebbe andato a finire? Capirono che sarebbe andato a finire proprio nelle tasche di quel Governo che loro stessi avrebbero eletto se il referendum avrebbe costretto l'entità Controllo ad autodistruggersi. La paura serpeggiava nell'aria ma non intervennero ne Controllo ne il Governo che era praticamente guardato a vista da quei milioni di suoi ex dipendenti che ora lavoravano per verificare che tutto procedesse correttamente.

Fennir era Presidente di un seggio aperto nella città di Millensis su Venere. La città contava seicentomila abitanti ed erano stati aperti 1.200 seggi, uno ogni cinquecento votanti, quello di Fennir era uno dei tanti. Per votare il referendum vi era tempo circa una settimana, periodicamente il seggio era visitato da coloro che dovevano verificare che tutto procedesse regolarmente, non vi era stato alcun problema ed avevano votato già 296 cittadini. Mancavano ancora due giorni alla chiusura del seggio quando improvvisamente entrarono sei persone mascherate ed armate!

I seggi non erano difesi, non vi erano ne guardie ne poliziotti armati. I sei spianarono le armi e gridarono: Questa votazione non è valida! Quindi cercarono di distruggere le apparecchiature utilizzate per il voto e il conteggio successivo. Fennir si mise fra di loro e l'apparato utilizzato per votare e urlò: "Andatevene subito, questo è un oltraggio! Un'offesa al popolo sovrano, dovrete sparare!" I sei, davanti a tanto coraggio si bloccarono, poi uno di loro urlò:

"Noi siamo qui per difendere il Presidente Staris e la Costituzione! Si faccia da parte immediatamente!" Ma Fennir non si fece impressionare e disse:

"Qui l'unico Presidente sono io! Ho completa autorità sul regolare svolgimento delle votazioni, andatevene subito!" Nel frattempo i collaboratori di Fennir lo affiancarono quasi a formare un muro fra gli aggressori e le installazioni per il voto, anche altre persone provennero dall'esterno, la situazione stava diventando critica. I sei desistettero dai loro propositi e si ritirarono!

Incidenti simili avvennero in varie parti del Sistema Solare, alcuni anche più gravi e si ebbero novantotto morti e centodieci feriti ma il referendum proseguì ugualmente e giunse alla fine.

Il quorum era stato imponente: aveva votato il 98% dei cittadini dei due Sistemi!

Il risultato fu immediato: il 16% in favore del Governo, il 12% voto nullo e il 72% in favore di

Controllo! Non potevano sussistere dubbi.

Mancavano i risultati del Sistema di Centauro che sarebbero arrivati più tardi, ma la maggioranza era tale da non poter dar adito a dubbi, quindi Controllo decise di procedere senza attendere oltre, anche per evitare pericolose nuove intrusioni del Governo.

Anno 51.943, Controllo, coadiuvato dai cittadini, chiese lo scioglimento del Senato, le dimissioni della Presidenza e dei suoi collaboratori e dichiarò annullata la Costituzione.

Ma non era ancora finita!

Il Governo, fra le altre cose, aveva il controllo dell'esercito! Questa era un'istituzione da tempo inutilizzata, ma esisteva ancora e il Governo ordinò all'esercito di difendere il Senato e la Repubblica! Staris era di fatto il capo delle Forze Armate e fece erigere una cintura di militari, appoggiati da carri armati e navette armate, tutto intorno al Parlamento dove lei stessa si era rifugiata.

Controllo non voleva assolutamente arrivare ad uno scontro armato, fece l'unica cosa logica per lui. Chiese l'aiuto dei cittadini che formarono un cordone lontano dalle forze governative ma che circondava completamente il Parlamento sia da terra che dall'aria. Stabilirono dei turni e si apprestarono ad un vero e proprio assedio. Non erano armati ma erano due milioni!

Nel contempo Controllo bloccò tutti i sistemi che erano all'interno del Parlamento compresi, ovviamente, i sottosistemi. Il Governo rischiava di morire di fame e di sete! L'assedio durava ormai da un anno senza che nessuna delle due parti demordesse, allora Staris decise di fare una sortita per recarsi in una diversa località. Fece atterrare le navette all'interno dei grandi giardini che circondavano il Parlamento e vi salì insieme ai Senatori ed a tutti i componenti del Governo. Le navette si alzarono in volo ma furono subito circondate da migliaia di navette condotte dai cittadini. Staris minacciò di aprire il fuoco se non li facevano passare, ma quelli non si fecero impressionare. Il Presidente allora diede l'ordine di sparare ma... non venne ubbidita! I militari avevano di fronte i loro amici, gente comune, i cittadini del Sistema Solare. Rifiutarono di aprire il fuoco e le navette tornarono nei giardini del Parlamento!

Anno 51.945, Staris si arrese, il Governo fu sciolto e i Senatori lasciarono per sempre il Parlamento! Tutte le istituzioni governative vennero abrogate, anche l'esercito, ormai obsoleto e inutile, e la polizia che, se necessario, veniva sostituita da cittadini volontari.

Erano passati diciassette anni dall'inizio della crisi che finì per rendere inutile un qualsiasi sistema di Governo ormai completamente soppiantato da Controllo!

Arrivarono i risultati delle votazioni su Centauro, come si prevedeva fu un plebiscito in favore di Controllo!

Non vi furono mai più elezioni, si potrebbe affermare che il potere era tutto nelle mani di Controllo! In effetti era così ma lo stesso Controllo, per sua natura, non si imponeva mai, le decisioni definitive venivano sempre demandate agli umani. Poteva apparire un sistema anarchico ed effettivamente una simile società era il sogno dell'anarchia! Ma non c'era ne confusione ne prevaricazione. Controllo era ovunque e accettato da tutti, anche se in assenza di leggi la sua supervisione era assoluta e l'assioma era semplice: se vuoi rispetto, rispetta gli altri!

Nell'anno 52.990 scomparve definitivamente il sistema monetario, non serviva più! I sottosistemi erano in grado di procurare agli esseri umani praticamente qualsiasi cosa senza necessità di doverla pagare, il progresso era arrivato ad un punto tale che ogni necessità poteva essere esaudita. Solo chi voleva troppo avrebbe avuto problemi. Si poteva avere una casa, anche due o tre sparse nel sistema solare, ma non si doveva esagerare, nessuno poteva diventare re di una regione! Se si chiedeva troppo non accadeva nulla di negativo, semplicemente i sottosistemi non avrebbero esaudito la richiesta.

Staris era stata il Presidente dell'ultimo Governo Interplanetario! Il passaggio non era stato completamente indolore ma Controllo era riuscito ad evitare particolari traumi e non c'erano state ne rivolte ne importanti spargimenti di sangue! Nessuno più avrebbe governato, l'umanità non ne aveva più bisogno!

Le colonie

(48.516-72.931)

1

Nell'anno 47.754 partivano in ibernazione dall'astroporto di Plutone 45 grandi astronavi
interstellari con un equipaggio di 45.000 uomini al comando di Reims e 120.000 coraggiosi coloni!
762 anni dopo la loro partenza, nell'anno 48.516, giunsero in vista del Sistema del Centauro!
Restarono nel Sistema per 23 anni.
Nel 49.300, dopo 1.546 anni, Reims comunicò alla grande base di Plutone:
"Qui astronave stellare Forsigan e astronave stellare Escalirien,
abbiamo colonizzato il Sistema del Centauro, giungiamo a rapporto!"
Per la prima volta nel periodo "storico" l'umanità era arrivata sulle stelle!

Il sistema trinario del Centauro era formato da tre stelle che, con i loro pianeti, orbitavano intorno a loro stesse: Proxima aveva un moto molto irregolare ma, in determinati periodi era la stella più vicina al nostro sole: 4,22 anni luce, era una nana nana rossa! Assurdamente fu nei pressi di Proxima che si trovò il pianeta più promettente. Vi erano altri pianeti nei pressi di Proxima, su tutti (anche sui satelliti) si costruirono basi umane coadiuvate da centinaia di sistemi robot-informatici. Le altre due stelle erano Alpha Centauri A e Alpha Centauri B. Orbitavano intorno a loro molti pianeti, le stelle erano simili al Sole terrestre e si trovavano ad una distanza di 4,36 anni luce dal nostro sistema. Giravano una intorno all'altra e, più lontano, orbitava intorno ad A anche Proxima! Scoprirono ben tre pianeti con forme di vita a base carbonio, tutti e tre furono colonizzati dall'uomo. Numerose basi furono impiantate sui satelliti e sugli altri pianeti senza atmosfera o con atmosfera velenosa, ma che comunque, con il tempo, furono colonizzati e sorsero diverse città protette sotto le cupole. Vi erano anche otto pianeti giganti gassosi tutti muniti di anelli, tre ancora più belli di Saturno.
I coloni avevano dunque trovato ben quattro pianeti abitabili uno dei quali assolutamente splendido, un gioiello! Era il primo pianeta del Sistema di Proxima, un emisfero era coperto dai ghiacci, ma l'altro emisfero era un tropicale paradiso terrestre!
Reims si recò innanzitutto su Proxima, la stella più vicina, dove scoprì quel pianeta meraviglioso e perfettamente adatto alla vita umana. Era il primo di otto pianeti che orbitavano intorno al loro freddo sole, gli altri sette si dimostrarono di scarso interesse.
I coloni chiamarono quel pianeta Yesi e vi sbarcarono in massa, ma ebbero delle sorprese. Su tutti i pianeti, abitabili e no, trovarono chiare tracce di una precedente colonizzazione umana, sicuramente preistorica!
L'uomo era già arrivato sulle stelle, per poi abbandonarle! Perché? Il mistero non venne mai svelato!
Yesi mostrava sempre la stessa faccia al sole, quell'emisfero era un meraviglioso caleidoscopio di colori: azzurro, verde, giallo, rosso, un meraviglioso paradiso tropicale!
L'altra faccia, sempre in ombra, era bianca, un'unica distesa di ghiaccio e neve!
Il pianeta era leggermente più grande della Terra e aveva ben tre satelliti, due dei quali grandi circa la metà della Luna, l'altro più piccolo.
Reims era stupito, non si sarebbe mai aspettato di trovare nei pressi di Proxima un pianeta abitabile, figuriamoci poi di trovare un paradiso come quello!
L'emisfero esposto al sole era una fotocopia della Terra ai tropici! Aria perfettamente respirabile, limpida e pura, acqua in abbondanza, animali non particolarmente pericolosi, anche se a volte

piuttosto "inospitali", niente virus o agenti microbici pericolosi per l'uomo, l'oceano pescoso con giganteshe formazioni coralline multicolori, una vegetazione lussureggiante, frutta edule, il Paradiso Terrestre!

Non così l'altra faccia del pianeta che era disabitata, se non nei fondali marini dove pesce e plancton abbondavano a dismisura, e completamente gelata.

La temperatura media nella zona abitabile variava fra i 25 ed i 30 gradi sopra lo zero, senza particolari escursioni termiche, solo le maree erano abbastanza importanti. Niente tempeste cicloniche! L'emisfero freddo riportava una temperatura che variava fra i 15 ed 120 gradi sotto lo zero.

L'emisfero tropicale era piuttosto selvaggio con fitte foreste, non vi erano stagioni, solo un'eterna estate non troppo calda!

Yesi beneficiava del calore dei due soli. Era uno spettacolo meraviglioso vedere i due soli scaldare contemporaneamente il pianeta: Proxima era vicina, solo dieci milioni di km.! Aveva un'orbita di 500.000 anni intorno ad Alpha Centauri A e appariva come un disco rosso fuoco, più lontana Alpha Centauri, si vedeva come un piccolo disco argentato.

Megh e Also erano due coloni, avevano deciso di comune accordo di affrontare la straordinaria avventura proposta da Controllo ed erano partiti in ibernazione per il Sistema del Centauro. Quando furono risvegliati gli inservienti li avvertirono della presenza di un ottimo pianeta abitabile. I due compagni decisero di sbarcare, già le navi avevano scaricato migliaia di attrezzature e moduli abitativi, ora cominciarono a sbarcare anche i coloni.

Il pianeta appariva meraviglioso, Megh e Also erano felici! A causa dell'esposizione ai due soli: Proxima e Alpha Centauri, il pianeta mostrava colori impossibili! Il verde si confondeva con il giallo, l'azzurro del mare con il rosso!

Decisero di assemblare il loro modulo abitativo nei pressi del vasto oceano corallino, non troppo vicino poiché erano stati avvertiti che le maree potevano creare problemi.

In una riunione congiunta i primi coloni decisero di chiamare quel pianeta Yesi e cercarono volontari per una prima esplorazione, Megh e Also si offrirono insieme ad altri. A loro venne assegnato un percorso che avrebbe seguito la costa e, dopo qualche giorno, partirono.

Vi erano gli uccelli, molto simili a quelli terrestri solo che... avevano i denti e se stuzzicati mordevano! Però erano bellissimi, con un piumaggio multicolore e lunghe code.

Incontrarono anche strani rettili erbivori, sembravano piccoli coccodrilli ma erano assolutamente innocui. Non così una specie di fastidioso tacchino fornito di peli anziché piume e che continuava a seguirli ed a mordicchiarli!

Proseguirono la loro esplorazione per un paio di giorni poi Also disse a Megh indicando uno strano riflesso nella boscaglia: "Tesoro, cos'è quello?"

"Non so Also, sembrerebbe una lamina di alluminio, ma non mi sembra possibile!"

Si avvicinarono e la sorpresa aumentò! Seminascosta nella boscaglia c'era qualcosa che sembrava una casa! Era diroccata, avvinghiata nei viticci delle piante e chiaramente antichissima!

Megh e Also chiamarono immediatamente la base ed ebbero un'altra sorpresa, tutti gli esploratori avevano trovato evidenti tracce di una precedente colonizzazione sicuramente umana!

I coloni riuscirono a dare una datazione, ma non aveva senso: quelle rovine risalivano a ottomila anni prima, in epoca preistorica!

Anche Controllo ne venne informato e restò perplesso, ma ricordò la sua strana intuizione inerente le rovine di Plutone, forse aveva ragione!

Negli anni seguenti Megh e Also si dedicarono allo studio delle antiche rovine e un giorno trovarono una strana registrazione all'interno di una spessa cassaforte d'acciaio che era stata privata dell'aria evidentemente per poterla conservare.

Non fu facile ma con l'aiuto di scienziati e tecnici riuscirono ad ascoltarla e tradurla. La lingua era evidentemente cambiata ma vi erano molti termini ancora in uso, non potevano essere certi dell'esattezza della traduzione, inoltre la registrazione sembrava un poco assurda, ma alla fine dovettero accettarla per quello che era e per quanto erano riusciti a comprendere. La registrazione diceva così:

"A voi che venite da lontano, forse siete terrestri come noi o forse... chissà! Tanti anni fa i nostri avi sono partiti per le stelle e sono giunti qui. Sono partiti da un pianeta lontano, la nostra casa d'origine. Ora quella casa è in pericolo! Cosa dobbiamo fare? Abbandonare tutto per nostra madre? E' giusto lasciare ogni cosa, i nostri sogni, la nostra vita per aiutare nostra madre? Sappiamo che è giusto, sappiamo che la Terra ha bisogno di noi, dobbiamo salvare nostra madre anche se i nostri cuori soffriranno! Fra poco partiremo, andiamo a combattere per lei, e vinceremo, ma non torneremo mai più a casa, addio Fortuna, addio per sempre, noi ti abbiamo amato!"

Erano terrestri, avevano colonizzato il Sistema Centauro e poi, per un motivo misterioso, se ne erano andati, perché? Era evidente che non volevano partire ma qualcosa li aveva obbligati! Cosa? Non si riuscì mai a comprenderlo!

I coloni di Yesi decisero di esplorare anche l'emisfero ghiacciato. Non vi trovarono animali ma sotto il pack che si era formato sopra gli oceani trovarono una vera ricchezza! Plancton, pesci a miliardi, un vero tesoro. Alcuni di loro decisero di stabilirsi là e, con l'aiuto dei sistemi roboinformatici, finirono per costruire gigantesche industrie alimentari. Non lo sapevano ma loro, che si erano ambientati a vivere fra i ghiacci, un giorno lontano avrebbero ereditato tutto il pianeta!

Nel frattempo Reims aveva visitato anche gli altri pianeti del sistema lasciando sul luogo numerosi sistemi roboinformatici e anche alcuni coloni che, col tempo, vi costruirono piccole città protette da cupole e collegate fra di loro.

Quindi Reims puntò su Alpha Centauri A.

Il sole era identico a quello terrestre, vi orbitavano intorno quattordici pianeti! Il primo pianeta era molto simile a Mercurio, solo più grande, ma il secondo e il terzo pianeta apparivano abitabili! Uno (quello più prossimo ad Alpha Centauri) era caldo, l'altro era freddo ma ambedue avevano un'atmosfera respirabile, le stagioni, una vegetazione e vita animale.

Il pianeta più caldo raggiungeva temperature che variavano fra i 30 e i 120 gradi sopra lo zero, aveva due piccoli satelliti rocciosi e sulla superficie vaste zone desertiche inframezzate da aree boschive. Al polo nord il caldo era sopportabile anche perché caldo secco e vi si riscontrava pochissima umidità. Vi erano oceani che all'equatore letteralmente bollivano creando sistemi nuvolosi che portavano piogge calde e tempeste in quasi tutto il pianeta ma non al polo nord dove un sistema di venti e di correnti rendevano la zona libera da questo fenomeno.

Reims fece sbarcare i coloni in quell'area, vi trovarono piante simili alle palme terrestri con un sottobosco piuttosto rado nonché animali simili a rettili ma della grandezza massima di un grosso cane. Non erano aggressivi ma tutti avevano un morso velenoso. L'oceano era ricco di plancton, gamberi e piccoli pesci.

Non così per le altre zone del pianeta che, fatto salvo per le aree boschive che risultarono come delle grandi oasi, era spazzato da terribili tempeste, forti piogge caldissime e aree desertiche abitate da rettili velenosi che, al contrario dei loro fratelli del nord, non erano affatto amichevoli. Il polo sud era ricoperto dalle acque, non aveva terre emerse.

I coloni chiamarono il loro pianeta Wordissen.

L'altro pianeta, al contrario, era freddo, ma un freddo più che sopportabile. La sua temperatura media variava fra i 20 gradi sopra lo zero della zona equatoriale e i 90 gradi sotto lo zero delle zone polari. La sua atmosfera era perfettamente respirabile ma era... un pianeta acquatico! Le acque ricoprivano il 95% della sua superficie, vi erano solo pochi isolotti sparsi qua e là!

Fu su uno di questi, nella zona equatoriale, che Reims inviò i primi coloni. Essi esplorarono vaste zone del pianeta ma man mano che si spingevano verso nord l'oceano diventava un unico pack ghiacciato e gli isolotti facevano tutt'uno con il mare gelato.

La zona equatoriale appariva perfettamente abitabile e le isole avevano una curiosa vegetazione che ricordava un poco quella delle montagne terrestri. Vi erano molluschi, insetti e anfibi, tutti animali innocui. Non così l'oceano dove transitavano grandi e pericolosi squali ma anche pesci di ogni genere. I coloni chiamarono il pianeta Mariner!

Ingmar si era ben stabilito su Wordissen, non era andato al polo nord, come la maggior parte dei coloni, ma aveva preferito, insieme a pochi altri, costruire la sua casa in un'oasi nel mezzo del deserto. Trovava il luogo assolutamente affascinante e poi Ingmar... amava molto le sfide e l'avventura! Insieme a lui vi erano altri cinquanta coloni.

L'oasi era molto grande, gli alberi assomigliavano alle palme e, per difendersi dalle violente tempeste che spesso investivano la zona, avevano un tronco molto duro e spesso inoltre sviluppavano una fitta e profonda rete di grosse radici. Producevano grossi frutti gialli ottimi da mangiare. Il sottobosco era molto fitto e irto di cespugli spinosi, occorreva fare attenzione non solo alle spine ma anche a piccoli rettili dal morso velenoso e niente affatto amichevoli! A questi si aggiungevano animali simili a granchi e gamberi che potevano fornire un buon nutrimento non solo ai rettili ma anche agli umani. Non mancavano torrenti e laghetti dove abbondavano strani pesci. Per difendersi dalle tempeste che portavano sabbia, piogge calde e forti venti, Ingmar ed i suoi compagni spianarono una vasta area approssimativamente verso il centro dell'oasi e costruirono una grande cupola all'interno della quale inserirono le loro abitazioni, magazzini, il generatore atomico e ogni cosa utile.

Nel complesso Ingmar ed i suoi erano soddisfatti!

Una volta sistemati e dopo aver iniziato a prendere confidenza con la grande oasi, Ingmar, sempre un po irrequieto, decise di esplorare il deserto che la circondava. Non fu solo, altri tre compagni si unirono a lui; un uomo e due donne: Astar, Laila e Minà.

Prepararono un cingolato corazzato, lo fornirono di attrezzature, cibo, acqua e armi quindi attesero che il tempo fosse accettabile e partirono.

Si trovarono davanti un deserto parzialmente roccioso ma, in lontananza, apparivano grandi dune di sabbia. Per due giorni si allontanarono dall'oasi ma il paesaggio non cambiava. Il grosso cingolato marciava faticosamente fra le dune quando improvvisamente la sabbia davanti a loro cominciò a muoversi! Formava grosse increspature simili alle onde del mare. Fermarono il cingolato per comprendere cosa causava questo strano fenomeno quando Minà gridò:

"Guardate là! Cos'è una coda?"

Effettivamente pareva un'enorme coda uncinata, destramente Ingmar fece marcia indietro con il cingolato per portarsi a distanza di sicurezza. Dalla sabbia uscì una specie di serpente lungo non meno di 15 metri e con un diametro di due metri buoni! Aveva sei corte paia di zampe e una strana testa. Astar fece notare: "Non ha denti! Sembra che abbia i fanoni come le balene!"

"Ma cosa diavolo mangia, la sabbia?" Sbottò Minà. "Forse trova qualcosa dragando la sabbia, una specie di plancton nascosto sotto le dune, guardate ci ignora completamente, io penso che, come le balene, sia uscito per respirare!" Disse Laila.

"Credo che tu abbia ragione, guardate ora torna ad immergersi!" Fece notare Ingmar.

In effetti il mostro si infilò nuovamente nella sabbia e in poco tempo scomparve.

"Voglio vedere cosa diavolo trova nella sabbia!" Disse ancora Ingmar.

I quattro uscirono prudentemente dal cingolato e presero cautamente dei campioni nella sabbia. In superficie non trovarono niente di strano ma più in profondità la sabbia era piena di minuscoli animaletti, sembravano piccoli molluschi. Ne recuperarono una buona quantità con l'obiettivo di farli testare nel laboratorio della loro oasi poi continuarono la loro esplorazione.

Il quarto giorno furono investiti da una violenta tempesta! Si trovavano ancora fra le dune ma, nelle vicinanze, il deserto prendeva una connotazione rocciosa. Erano preparati per un evento del genere e rapidamente si recarono fra le rocce dove ancorarono il loro cingolato.

Furono investiti da un vento di duecento km. all'ora che portava con se sabbia, pioggia calda e fulmini, la tempesta non durò molto, dopo circa due ore tutto si era calmato.

I quattro esploratori liberarono il cingolato e si apprestarono a continuare il loro viaggio quando Laila intervenne: "Ferma! Là sulla destra, sembra qualcosa di metallico che spunta dalla sabbia!" Si avvicinarono con cautela poi Laila disse ancora: "Amici, ma quella sembra essere l'ala di una navetta!"

Avevano ritrovato la navetta dispersa quasi 19.000 anni prima, in epoca preistorica!

Non trovarono cadaveri e la navetta era troppo deteriorata, erosa dalla sabbia, per avere qualsiasi informazione, ma era sicuramente umana!

Difficile anche capire che tipo di incidente poteva averla fatta piombare in pieno deserto, un fianco appariva come tagliato da qualcosa, forse dalle rocce mentre cadeva. Probabilmente era incappata in una forte tempesta mentre volava a quota troppo bassa, ma erano solo ipotesi.

Tornarono alla loro oasi e fecero rapporto sul ritrovamento, nonché lo strano incontro con la "balena della sabbia" e fecero testare quel curioso "plancton" delle dune. Quei piccoli molluschi erano ottimi da mangiare!

Anche al polo nord trovarono installazioni preistoriche di una qualche spedizione terrestre avvenuta chissà quanto tempo prima! Ormai era chiaro che l'umanità della preistoria era progredita moltissimo, ma poi era accaduto qualcosa che l'aveva fermata.

Gensi, insieme ad altri tremila coloni, scese su una grande isola di Mariner. La ragazza era ben felice di poter finalmente calcare il suolo di un pianeta!

Non impiegarono molto tempo ad assemblare le loro abitazioni e tutto il necessario per colonizzare l'isola. Gensi sapeva che altri coloni erano atterrati in diverse zone di quel pianeta acquatico, ma tutti nell'area equatoriale.

Sembrava di essere in montagna, gli alberi assomigliavano molto ai pini terrestri, trovarono funghi, frutti di bosco e molti molluschi, ogni cosa era ottima da mangiare!

Vi erano anche molti insetti abbastanza fastidiosi e innocui anfibi.

In quella zona non vi erano gli antichi insediamenti umani.

Gensi amava il mare, appena le fu possibile, insieme a due amiche: Rost e Lanim, assemblarono un piccolo battello e affrontarono l'oceano.

Partirono da una piccola insenatura non lontana dalle loro abitazioni, il pianeta non aveva coralli e il mare era aperto con onde abbastanza importanti ma non insidiose per il loro battello.

Proseguendo la navigazione trovarono grandi banchi di pesci e numerosi animali che parevano uccelli acquatici che si tuffavano per pescarli. Poi, all'improvviso, sentirono un forte colpo sotto la chiglia del piccolo battello. "Cosa è stato?" Gridò Gensi. "Qualche roccia? La console non ha monitorato il fondale?"

"La console funziona benissimo Gensi." Rispose l'amica Lanim. "Qualcosa ci ha colpito!"

"Una balena?" Chiese Rost

"Non so, ma non credo, qui non si vede niente!" Rispose ancora Lanim.

"Qui no! Ma guardate là!" Disse concitatamente Gensi.

A una trentina di metri dal battello spuntò una grande pinna che ruotava intorno a loro.

"Uno squalo? Ma deve essere gigantesco!" Intervenne Lanim.

"Cavolo, ci sta studiando, ehi! Sta puntando verso di noi!" Gridò Gensi.

Lo squalo si muoveva lentamente ma decisamente verso il battello, quando fu ad una decina di metri dalle ragazze fece spuntare il muso. Era lungo all'incirca otto metri, molto simile agli squali terrestri, con un'ampia e pericolosa dentatura!

Le ragazze non erano armate ma il loro battello era veloce. Gensi fece fare una giravolta all'imbarcazione e fuggì a piena potenza.

Lo squalo le seguì per un buon quarto d'ora ma poi fortunatamente desistette!

Gensi sarebbe ancora uscita molte volte nel grande oceano, ma sempre armata e per ben tre volte ebbe la soddisfazione di portare a riva un grande e ottimo squalo!

I coloni finirono per esplorare vaste zone del pianeta, su alcuni isolotti trovarono anche qui tracce dell'antico insediamento umano, poi, man mano che si spingevano verso nord l'oceano diventava un unico pack ghiacciato e gli isolotti facevano tutt'uno con il mare gelato. L'oceano sotto il pack era molto pescoso ma il plancton, a differenza dell'area equatoriale, era particolarmente scarso.

Reims esplorò con attenzione anche gli altri pianeti, vi erano anche quattro giganti gassosi dotati di anelli e di numerosi satelliti. Uno di loro assomigliava a Saturno ma aveva una serie di anelli molto più vistosa! Reims lasciò ovunque sistemi roboinformatici con lo scopo di creare piccoli habitat per gli umani e iniziare uno sfruttamento minerario, quindi si diresse in direzione di Alpha Centauri B. Anche quella stella era molto simile al Sole, Reims trovò un sistema con tredici pianeti e numerosi satelliti. Il primo pianeta orbitava vicino al suo sole con caratteristiche simili a quelle di Mercurio, il secondo pianeta, sembrava una fotocopia di Venere, l'unica differenza era la presenza di un piccolo satellite. Il terzo pianeta invece aveva alcune caratteristiche simili alla Terra: un satellite molto più piccolo della Luna, vi erano oceani, un'atmosfera respirabile ma anche una fortissima attività vulcanica che oscurava il cielo e rendeva il suolo molto freddo con temperature che passavano dai 2-3 gradi sopra zero all'equatore fino a 150 gradi sotto zero ai poli!

Dallo spazio appariva quasi grigio, coperto da una fitta coltre di nuvole e polveri causate dalle eruzioni vulcaniche. Il pianeta era quasi completamente ricoperto da ghiaccio e neve, solo la zona equatoriale ne era priva. In quell'area, piuttosto vasta, si affacciavano due continenti e numerose isole che spuntavano da un vasto oceano che solo all'equatore era libero dai ghiacci. Una di queste isole era molto grande e dall'alto appariva macchiettata di verde, evidentemente vegetazione! L'atmosfera era respirabile ma la coltre di polveri vulcaniche poteva dare qualche problema. Anche dallo spazio era possibile notare che su quella grande isola c'erano stati insediamenti umani, addirittura una grande città!

I coloni sbarcarono tranquillamente, se altri li avevano preceduti non potevano esserci particolari pericoli. Chiamarono il pianeta Masting, quindi esplorarono la zona, le macchie verdi risultarono essere dei muschi, assolutamente innocui ma immangiabili. Erano presenti in diverse forme in tutta l'isola. Non trovarono ne altre piante ne animali.

Fondarono la loro colonia non lontano dalla città preistorica e si disposero ad esplorare l'oceano. Là trovarono una situazione completamente diversa ma non dissimile dalla Terra primordiale: pesci ossei, grandi meduse, formazioni simili a coralli, serpenti di mare, una specie che assomigliava alle trilobiti terrestri e che era edule! Anche i pesci potevano costituire una buona riserva alimentare, non così per le meduse e quelle strane formazioni che ricordavano i coralli. Trovarono anche grandi granchi e animali simili alle aragoste, ma erano tutti dotati di un potente e pericoloso veleno. La vita non sarebbe stata facile ma era possibile.

Finnar era francamente stanco di mangiare trilobiti! Certo erano ottime ma dopo un po... basta! Decise quindi di andare a pesca! Si inoltrò nell'oceano e gettò una rete da lui improvvisata, non fù difficile e la pescata fu abbondante, ma in mezzo al pesce vi era anche un serpente!

Finnar non sapeva se fosse pericoloso o innocuo. Dapprima cercò di ributtarlo in mare ma quello non ne voleva sapere, allora lo bastonò ben bene e lo mise da parte, magari anche quello era buono da mangiare! Quindi si apprestò a tornare a riva.

Mentre la sua barca si avvicinava all'isola Finnar cominciò improvvisamente a tossire, gli uscì un forte fiocco di sangue dal naso e poi anche dalla bocca! "Che mi succede?" Si chiese e poi perse i sensi. Un'ora dopo i suoi compagni dell'isola notarono il suo battello alla deriva. Temettero qualche incidente e andarono in soccorso. Finnar era morto!

Dopo di lui altri ventisei coloni si ammalarono e morirono rapidamente.

Era un maledetto virus! I coloni non si erano preoccupati di ricercare eventuali malattie endemiche e pericolose, ingannati dalla grande città preistorica e dal precedente insediamento evidentemente umano che non aveva avuto problemi.

Impiegarono dodici giorni per trovare un valido vaccino. Altri quarantacinque coloni si erano ammalati, ventiquattro morirono gli altri si salvarono grazie al vaccino.

Masting aveva voluto un tributo di sangue!

In seguito alcuni coloni decisero di esplorare i ghiacci e tornarono con notizie sorprendenti: avevano trovato animali complessi e perfettamente adattati. Erano simili a piccole foche e trichechi ma erano dotati di una fitta coltre pelosa. Si cibavano delle alghe che crescevano sotto i ghiacci. Anche nell'oceano prospiciente la grande isola si erano trovate delle alghe, ma apparivano immangiabili, invece quelle che crescevano in fondo al pack erano un po dure ma si potevano mangiare e anche le piccole foche potevano diventare una riserva alimentare! Col tempo anche sul pack si costruirono insediamenti umani e industrie alimentari.

Reims continuò l'esplorazione. Incontrò altri sei pianeti rocciosi con deboli atmosfere ma tutte velenose. Tre di loro avevano depositi sotterranei di ghiaccio. Trovò anche quattro giganti gassosi, tutti circondati da anelli e, due di loro, erano grandi più di Giove e avevano una serie di anelli più bella di quella di Saturno!

I quattro giganti avevano numerosi satelliti, Reims lasciò ovunque numerosi mezzi roboinformatici.

In seguito colonie industriali sorsero su tutti i pianeti abitabili di Alpha Centauri A e Alpha Centauri B. I satelliti dei giganti gassosi e i pianeti inabitabili, furono utilizzati allo scopo di estrarre i metalli utili e l'acqua in modo del tutto automatico e creare moduli abitativi atti alla vita umana.

Le materie prime estratte dai sistemi roboinformatici venivano convogliate presso i pianeti industriali. Ovunque trovarono i misteriosi resti di un'antica colonizzazione umana preistorica!

Yesi era il paradiso! Là si formò una vasta e importante colonia e molti lo utilizzavano per andare in vacanza!

Ma, purtroppo, Proxima nascondeva una trappola infernale!

Reims tornò nel Sistema Solare insieme a pochi altri astronauti. Furono accolti come grandi eroi, ora Reims poteva anche morire, aveva realizzato i suoi sogni più improbabili!

Controllo era perplesso, da un lato era andata bene! Ma chi erano coloro che li avevano preceduti? Molte domande, molti misteri restavano irrisolti!

Nei secoli seguenti partirono altre spedizioni per il Sistema del Centauro che era giunto ad un livello tecnologico ed economico non dissimile da quello del Sistema Solare e divenne un faro per tutta l'umanità.

L'uomo era arrivato alle stelle (oppure vi era tornato? Così si chiedeva Controllo!).

Holst era un cittadino del Centauro e aveva un sogno: voleva vedere la Terra!

Era nato su Masting e, a parte qualche puntata su Yesi, vi aveva passato tutta la vita.

Venne a sapere che un'astronave sarebbe partita di lì a poco per il Sistema Solare. Doveva fermarsi nel complesso di Plutone ma là Holst avrebbe cercato un passaggio per la Terra.

Riuscì ad imbarcarsi e, insieme agli altri passeggeri, venne messo in ibernazione.

Dopo 760 anni giunsero su Plutone, Holst sbarcò e cercò un passaggio per la Terra. Non fu difficile, navi venivano e partivano in continuazione e molte erano dirette sul pianeta madre.

Infine eccola là: bianca e azzurra, la Terra!

Una volta arrivato Holst chiese ad un sottosistema se poteva trovare un alloggio, il sottosistema lo indirizzò ad un villaggio vicino al mare Mediterraneo e fu là che il ragazzo finì per sistemarsi.

Vi era un piccolo bar, Holst iniziò a frequentarlo per cercare amicizie.

Una sera al bar si sedette una bella ragazza, Holst si fece coraggio e la avvicinò.

"Posso chiederti cosa stai bevendo?" Domandò. "Un Singleton amaro, non lo conosci?" Rispose la ragazza. "Temo di no, vengo da lontano, mi chiamo Holst e tu?"

"Findas, hai detto che vieni da lontano, mai stato sulla Terra?"

"No Findas, è la prima volta, vengo da Centauro."

Improvvisamente l'interesse, dapprima un po blando, della giovane aumentò!

"Sei un Centauriano? Forte! E cosa fai qui in questo sperduto villaggio?"

"Volevo visitare la Terra, questo è il luogo dal quale tutti noi proveniamo, ero curioso di poterlo conoscere."

"E da dove vieni esattamente, da Yesi? Ne ho sentito parlare molto, dicono che è splendido!"

"No Findas, io sono nato su Masting, ma sono stato spesso su Yesi, si è vero è un pianeta meraviglioso e... rilassante!"

"Dai! Raccontami qualche cosa di Yesi, com'è?" Insistette Findas.

"E'... come dire, un caleidoscopio di colori. E' illuminato da due soli che riverberano sul pianeta i loro raggi facendolo letteralmente esplodere di colore! E' pieno di fiori, frutta, un mare meraviglioso e una temperatura costante ne caldo ne freddo!"

La ragazza restò a lungo soprappensiero poi disse: " Sarebbe bello vivere là, mi ci porteresti?"

I due cominciarono a frequentarsi e dopo un anno vivevano insieme stabilmente, quindi Findas riuscì a convincere Holst e partirono per Yesi!

3

Il paradiso terrestre aveva un serpente! Yesi era condannato! Proxima, il suo sole era instabile, non diverrà una nova, ma finirà per diminuire la sua energia del 20%. Non lo farà a lungo, "solo" per 200.000 anni, ma assolutamente sufficienti a rendere invivibile il pianeta! I suoi coloni, presi dall'entusiasmo, non avevano studiato a sufficienza il suo sole e Yesi finì per essere abbandonato. Restò un insediamento roboinformatico e pochi umani fra coloro che si erano insediati nel pack. Nel contempo Controllo iniziò a preparare un programma di esplorazione spaziale. Occorsero quattrocento anni per farlo partire ma nell'anno 49.502 Controllo cominciò ad inviare in giro per la Via Lattea numerose sonde robotizzate, lo scopo era monitorare altre stelle per fondare colonie umane sempre più lontano!

Intorno al 54.100 tutte le Astronavi furono completamente automatizzate, non occorreva più una guida umana, Controllo e i suoi sottosistemi erano mille volte più reattivi e preparati di qualsiasi essere umano! Nelle grandi astronavi si continuò a mantenere un equipaggio e un Comandante che avrebbe potuto prendere decisioni diverse rispetto ai sottosistemi, ma erano sufficienti degli ordini vocali per guidare qualsiasi Astronave.

Controllo aveva inviato nello spazio decine di sonde automatiche in cerca di pianeti dove l'uomo avrebbe potuto stabilirsi, ma le distanze continuavano ad essere enorme!

Nell'anno 61.736 una delle sonde di Controllo inviò un chiaro messaggio: era stato trovato un pianeta sicuramente difficile ma abitabile che orbitava intorno alla Stella di Barnard. Il sole era una nana rossa variabile distante 5,96 anni luce dalla Terra. La sonda aveva trovato un pianeta con atmosfera respirabile posto a 8 milioni di km. dal piccolo sole. Il pianeta non era molto ospitale, le stagioni si susseguivano ad una velocità rapidissima, con sbalzi di temperatura folli: cicloni e tempeste, niente satelliti, ma vi era la vita. La sonda fu anche in grado di informare che ruotavano intorno alla Stella di Barnard altri sette pianeti, cinque con atmosfera velenosa, due senza atmosfera.

Nonostante che il pianeta non fosse certo meraviglioso, Controllo ne diede notizia ugualmente e invitò Reclutamento a cercare un equipaggio e dei coloni disposti a recarsi nell'inferno della Stella di Barnard! Controllo contava su un fatto: le sfide impossibili piacevano all'umanità, forse sarebbe stato più facile del previsto trovare dei pazzi per sfidare la Stella di Barnard!

Aveva ragione! Fra equipaggio e futuri coloni furono ben in centomila ad aderire all'invito di Reclutamento!

Nell'anno 62.471 partirono da Plutone cinquanta grandi astronavi interstellari con centomila persone a bordo in stato di ibernazione. Impiegarono quasi mille anni ad arrivare alla Stella di Barnard e affrontarono il diabolico pianeta con estrema determinazione formando alla fine una piccola colonia!

Anno 63.470, l'equipaggio delle cinquanta navi uscì dall'ibernazione, davanti a loro la Stella di Barnard!

Si comportarono in modo diverso rispetto a quanto era accaduto nel Sistema Centauro, per prima cosa, infatti, si occuparono dei pianeti senza atmosfera o con atmosfera irrespirabile nonché di sei satelliti che ruotavano intorno ad essi. Inviarono i sistemi roboinformatici che iniziarono a porre le basi per uno sfruttamento minerario e per le relative industrie. In effetti sul pianeta abitabile era piuttosto difficile scavare miniere e tanto meno costruire industrie, sarebbe già stato difficile sopravvivere!

Espletato questo compito le astronavi si recarono finalmente in orbita intorno al pianeta abitabile. Questi non aveva satelliti, dall'alto appariva come un'informe massa nuvolosa a volte inframmezzata da aperture che facevano intravvedere una terra verde e un mare blu scuro.

Era difficile stabilirne la temperatura media, cambiava in continuazione, comunque in un'area apparentemente tropicale, posta fra l'equatore e il polo nord, sembrava che la temperatura variasse fra i sei gradi di notte e i cinquantadue di giorno! Era il dato più stabile che si riuscì a trovare! L'equipaggio tolse i coloni dall'ibernazione e li informò sulla loro prima destinazione.

Dapprima furono inviati numerosi sistemi roboinformatici che assemblarono le prime abitazioni ancorandole in profondità nel terreno. La stessa cosa fecero con magazzini e tutto l'occorrente che poteva essere utile ai coloni. L'area prescelta non era lontana dal mare che, si sperava, potesse in qualche modo mitigare il clima. Poi iniziarono a sbarcare, dapprima in diecimila, nell'area preparata per loro. Chiamarono il pianeta Mefisto, forse un lontano ricordo di religioni ormai scomparse! Arrivarono in un momento di calma, con una temperatura di sedici gradi, ma già sul mare apparivano in lontananza preoccupanti nuvole nere. I coloni si affrettarono a raggiungere le loro abitazioni quando la tempesta li raggiunse. Il vento ululava forte ma non portava pioggia! Durò solo venti minuti poi tornò il sole e tutto si calmò come se mai nulla fosse avvenuto! Presto la temperatura superò i trenta gradi, due ore dopo era scesa a dodici gradi!

Quando i coloni erano sbarcati era primavera inoltrata, l'estate arrivò dopo sei giorni, di notte la temperatura scendeva intorno ai nove, dieci gradi, di giorno arrivò a volte anche a sessanta gradi. Per i coloni fu una sfida continua, ma sia pure lentamente progredirono. L'estate durò circa un mese, in quel periodo scesero nella stessa area altri trentamila coloni, la zona aveva ormai l'aspetto di una città. Non era coperta da una cupola ma vi erano camminamenti protetti che univano le case e i magazzini.

Non vi erano alberi ma bassi arbusti ben ancorati al terreno con le loro radici, alcune varietà portavano dei frutti ottimi da mangiare ma occorreva fare attenzione perché alcuni erano velenosi. Alla base del terreno cresceva ovunque una specie di muschio giallastro dove trovavano il loro habitat miriadi di insetti e molti volavano e... pungevano. Le loro punture si limitavano ad essere irritanti ma certo non contribuivano alla serenità del luogo!

Gli animali più complessi sembravano dei rettili, non erano molto grossi ma vi erano alcuni che assomigliavano a serpenti, o millepiedi, una specie di simbiosi fra le due cose, ed erano molto velenosi! Dal mare era meglio cercare di stare lontani! I pesci abbondavano ed erano ottimi da mangiare, come le miriadi di molluschi, specie di gamberi e ottime aragoste. Insieme a loro vi era qualcosa che assomigliava a delle meduse, fortemente urticanti e molte di loro iniettavano un veleno mortale. Erano migliaia ed erano ovunque! Se a questo si aggiungeva il clima estremamente variabile che portava tempeste pericolosissime sul mare, nonché formidabili trombe marine, anche solo l'idea di uscire in mare appariva un suicidio. Ma i coloni trovarono ugualmente la soluzione e assemblarono dei piccoli sottomarini dotati di reti, rampini e tenaglie esterne che potevano essere utilizzate dall'uomo durante le immersioni. Costruirono un bacino protetto e vi inserirono i loro piccoli sommergibili.

Quindi i coloni partirono in esplorazione, una parte con cingolati corazzati per monitorare le zone circostanti, altri con navette per esplorare il pianeta nel suo complesso.

I cingolati si inoltrarono per circa duecento km.. Per metà del percorso il paesaggio non cambiò molto, vi erano collinette e piccole pianure, la vegetazione con i suoi occupanti era sempre uguale. Poi si trovarono davanti una montagna, la aggirarono e notarono alla base della montagna strani animali. Non potevano esserci dubbi erano dinosauri! Erano grandi più o meno come un uomo e pareva che formassero una specie di branco organizzato.

I coloni si avvicinarono prudentemente ma i dinosauri, evidentemente spaventati dai cingolati, scomparvero improvvisamente. I coloni li cercarono a lungo ma non ne trovarono traccia, Forsing, uno dei coloni che viaggiava sul cingolato in testa, sostenne a lungo che i dinosauri avessero delle mani quasi umane e che aveva intravisto dei manufatti in quelle mani, ma non se ne ebbe alcuna prova. Nel frattempo il paesaggio era cambiato, i piccoli arbusti si erano diradati e al loro posto vi era qualcosa che sembrava un albero strisciante, munito di lunghe liane appiccicose posate sul terreno. I coloni non si azzardarono a scendere dai cingolati, ma restarono a lungo ad osservare, avevano un sospetto che si rivelò esatto. Gli alberi non erano affatto alberi, ma animali complessi. Ne ebbero la prova quando uno di quegli strani serpenti-millepiedi si avvicinò troppo. Con una straordinaria rapidità gli "alberi" lanciarono le loro liane e afferrarono il malcapitato che, cercando di divincolarsi, altro non faceva che appiccicarsi ulteriormente alle "liane". La cosa non durò a lungo, dopo poco tempo il serpente-millepiede restò immobile, evidentemente avvelenato, e lo strano "albero" lo trascinò sottoterra dove doveva avere una specie di bocca!

I coloni decisero che erano molto più tranquillizzanti i loro arbusti e tornarono verso la città. In seguito furono inviate diverse spedizioni alla ricerca dei dinosauri, ma questi erano molto sfuggenti, si facevano vedere raramente e sparivano immediatamente evidentemente perfettamente ambientati con il pianeta. Si finì per scoprire che i dinosauri vivevano quasi in simbiosi con gli "alberi striscianti", i primi spingevano il cibo (piccoli rettili, serpenti etc,) verso gli "alberi", i secondi fornivano loro protezione e forse anche una casa o quantomeno un rifugio, doveva essere proprio là che i dinosauri sparivano appena venivano avvistati.

Anche le navette che erano partite per esplorare il pianeta, scoprirono a volte i dinosauri, ma appena li avvistavano scomparivano nel nulla!

Alla fine i coloni accettarono il detto "vivi e lascia vivere" e finirono per ignorarli!

L'esplorazione via aria del pianeta non fu affatto facile, le navette rischiavano molto se si avvicinavano al suolo a causa dei repentini cambiamenti climatici, quindi erano costrette a restare ad un'altezza stratosferica. Comunque trovarono diverse aree del pianeta abbastanza abbordabili, a volte con fauna e flora simili a quelle dove già i coloni erano stanziati, altre volte l'ambiente cambiava. Le aree più promettenti erano sempre nei pressi dell'oceano, alcune presentavano una flora formata da formazioni di muschio, questa volta verde, ma molto grande, e delle specie di felci che davano buoni frutti da mangiare, a condizione di riuscire a scacciare le miriadi di insetti anche loro interessate a questi frutti.

Fu in queste aree che sbarcarono i restanti coloni.

Ming aveva finalmente il suo sommergibile, insieme ad altri uscì dalla darsena e si immerse nel mare prospiciente la sua città. Accese i fari: le maledette meduse erano ovunque e insieme a loro centinaia di pesci che sembravano indifferenti al veleno delle meduse! "Beati loro", pensava Ming. Era stato informato che un grosso banco di pesci si aggirava trenta km verso nord-est e si recò in quell'area. Effettivamente trovò, ad una profondità di trenta metri, migliaia di pesci e, naturalmente, le meduse. Si mise al lavoro e, stando ben attento ad evitare di prendere anche le meduse, iniziò allegramente a pescare.

Tutto andava per il meglio quando sentì un forte colpo verso poppa, il piccolo sommergibile caracollò. Ming si spaventò, "cosa diavolo succede" disse fra sé, poi apparve una specie di tentacolo al quale ne seguirono molti altri. Dapprima Ming pensò ad un grosso polipo o qualcosa di simile ma poi si rese conto che si trattava di una gigantesca medusa!

Con le tenaglie in dotazione al sommergibile tagliò i tentacoli che si erano attaccati al sommergibile ma poi la medusa riversò sul mezzo subacqueo una quantità enorme di qualcosa che pareva un acido. Ming fu preso dal panico, *cosa diavolo aveva attirato l'attenzione della medusa?* Si chiedeva, *era evidente che il sommergibile non si poteva mangiare, allora cosa? I fari, potevano essere i fari!* Provò a spegnerli e si accorse con orrore che la medusa era leggermente luminescente, evidentemente arrivava dagli abissi, e non demordeva dal suo attacco con l'acido. Il piccolo sommergibile non poteva essere danneggiato dagli acidi, ma li oblò si! Ming comprese che la medusa semplicemente vedeva in lui un intruso nel suo territorio di pesca, forse se non avesse reagito la cosa sarebbe finita solo con qualche strattone, ma Ming aveva seriamente ferito l'animale che ora era furioso. Ming cercò comunque di allontanarsi ma non fece in tempo. La medusa inondò di acido gli oblò, non si vedeva più niente!

Ming e il suo sommergibile personale non tornarono!

In seguito i coloni compresero il pericolo, tutti i sommergibili furono ritirati e gli oblò eliminati. Al loro posto furono inserite delle consolle, ma per il povero Ming era troppo tardi!

Seguì alla prima una seconda spedizione diretta verso la piccola nana rossa variabile: la Stella di Barnard. Complessivamente su Mefisto si stabilirono duecentomila coloni!

I pianeti, sia nel Sistema Solare, sia nel Sistema Centauro o altrove, non venivano terra formati, si costruivano cupole, città sotterranee, basi protette! Il solo pianeta terra formato, in epoca addirittura preistorica, era Marte!

Il nucleo di Marte era stato riscaldato e un fantastico sistema catturava al meglio i raggi solari. Marte non era più freddo. L'acqua contenuta nel sottosuolo e ai poli era stata scongelata. Ora Marte aveva davvero i canali! L'atmosfera era stata assemblata e liberava ossigeno-azoto grazie ad immensi apparati a base nucleare. Su Marte si poteva respirare. L'aria però restò ancora rarefatta, era come essere a tremila metri sulla Terra, quindi andare in montagna su Marte non era facile, oltre i mille metri occorreva un respiratore! Nel complesso il pianeta era più verde della Terra! Tutti gli altri pianeti, esclusi i giganti gassosi, le lune, anche gli asteroidi, erano stati colonizzati, ma non terra formati. In realtà anche nei tre giganti gassosi esistevano alcune basi, quasi esclusivamente robotizzate ma, a volte, abitate, sia pure temporaneamente, anche da uomini! Pure l'inferno di Venere era abitato e vi sorgevano città!

La società umana era piuttosto statica, non mancava nulla e la maggior parte delle persone era semplicemente soddisfatta del suo status.

Ma non tutti! Alcuni si rivolgevano a Reclutamento nella speranza di trovare una qualsiasi attività, pochi vi riuscivano, ma vi erano anche personaggi molto particolari, disposti a passare secoli in stato di ibernazione pure di affrontare la grande avventura delle stelle, di cercare nuove frontiere: i coloni!

Erano sicuramente uomini fuori del comune coloro che decidevano di emigrare su altri sistemi stellari. Ma anche questi si portavano dietro tutti i sistemi roboinformatici possibili e, spesso, tornavano indietro. Alcuni pianeti su stelle lontane avevano poche decine di uomini e migliaia di sistemi robotici! Il viaggio alle stelle comportava anni in ibernazione e pochissimi erano disposti a farlo!

I rapporti fra i coloni e la gente "normale" che mai si sarebbe sognata di trascorrere secoli in ibernazione, non sempre erano facili. I coloni avevano un carattere irruento, non riuscivano a stare fermi. Coloro che tornarono, sopratutto coloro che dovettero abbandonare Yesi, erano assolutamente irascibili e non mancavano risse furiose con i "normali".

Ma i coloni erano la linfa vitale dell'umanità, pronti ad affrontare l'ignoto, a combattere una battaglia straordinaria in luoghi difficili, contro una natura selvaggia e inospitale!

La popolazione umana complessiva che era emigrata sulle stelle era di 3 miliardi circa (nel sistema solare, Terra compresa, erano circa 12 miliardi). Controllo monitorava il susseguirsi delle nascite basandosi ovviamente sulle morti ma anche in relazione al numero di coloni che emigravano.

La Stella di Barnard era e restò l'avamposto più avanzato della colonizzazione umana.

Controllo continuò ad inviare le sonde ma solo molti anni dopo incontrarono pianeti abitabili. Partirono altre quattro navi Interstellari in tre destinazioni diverse lontane 12 e 26 anni luce. Trasportavano complessivamente quasi 40.000 coloni in stato di ibernazione. Li aspettava un viaggio lunghissimo ma... accadde qualcosa!

70.000 anni dopo !

(72.928-72.944)

1

In un giorno perso nella notte dei tempi una misteriosa e mitica organizzazione
*chiamata semplicemente **Agenzia***
aveva realizzato un progetto iniziato mille anni prima:
permettere all'umanità di raggiungere le stelle!
*Gli uomini dell'**Agenzia**, per realizzare il loro sogno,*
non intendevano ricorrere all'ibernazione,
volevano superare un limite che pareva invalicabile: la velocità della luce!
Ma si rendevano conto che quel limite ne nascondeva un altro, più insidioso,
più misterioso e che da sempre aveva terrorizzato gli esseri umani: la morte!
Forse quegli uomini erano dei folli, ma decisero di affrontare ambedue i problemi
finché non si resero conto che per superare la velocità della luce occorreva morire!
Ma forse c'era un modo per tornare indietro,
per ritornare dal sonno eterno della morte dopo aver visitato l'universo!
Così nacque il progetto:
Le stelle oltre la morte!
Quattro pazzi eroi accettarono di affrontare il mistero della morte!
Furono ridotti al solo cervello e furono assemblati fra di loro.
Impararono così a conoscersi e ad amarsi!
L'Amore sarebbe stata la molla che
forse avrebbe permesso ai quattro astronauti di tornare!
*L'**Agenzia** li integrò in una grande astronave: Maja, che divenne il loro corpo!*
Oltre 70.000 anni prima di questa storia Arvin, Anna, Jennifer e Arun
partirono a caccia di stelle!
Tornarono in un nuovo tempo, una nuova Terra per loro sconosciuta.
Era l'anno 72.928, per tre anni mantenero la loro forma fisica,
poi, mediante un processo di clonazione, riebbero il loro corpo originale.
Un anno dopo una strana entità subatomica chiamata Controllo
fece loro una proposta:
riprendere il loro viaggio verso le stelle!
Dopo altri dodici anni tutto era pronto!
Era l'anno 72.944, erano tornati dalla morte e dalle stelle e stavano per ripartire,
*il sogno dell'**Agenzia** si era realizzato e qualcuno,*
senza neppure saperlo, li aveva attesi per quasi 70.000 anni!: Controllo!
*L'erede dell'**Agenzia**!*

Nell'istante stesso in cui Maja raggiunse il "quorum" tachionico necessario e superò la velocità della luce: noi morimmo!

La sensazione di morte era chiarissima! Non avevamo più corpo, né una vera coscienza.

Solo una labile, tenuissima sensazione di esistere: era come una droga! La testa, se di testa si poteva parlare, perdeva coscienza, avevamo la sensazione di cadere, cadere, cadere... intorno a noi scorreva un universo buio e luminoso insieme. La nave non esisteva più, solo quella sensazione di esistere che pareva dovesse sparire da un momento all'altro. Stavamo annegando senza soffrire, ma non ci dispiaceva affatto! Non avevamo paura!

Avevamo perso coscienza dell'astronave ma percepivamo un fastidio strano. I tachioni viaggiavano a velocità superiore alla luce, ma erano come imbrigliati da un'energia che scorreva ancora tra di loro. Sentivamo i tachioni come un curioso solletico mentale e, istintivamente, togliemmo l'energia! I tachioni si sentirono liberi, non c'erano più legami e... fummo come Dio!

Eravamo in ogni luogo dell'universo e nello stesso istante. Il senso di disorientamento era fortissimo!

Ma c'era un limite! capivamo che c'era un limite al nostro universo! Non è facile recepire come un universo possa essere contemporaneamente infinito e limitato, ma era proprio così! In quello stato di morte lo comprendevamo perfettamente! Non ci era data la possibilità di superare quel limite! Ma lo desideravamo, ci sbattemmo contro, qualcosa ci impediva di andare oltre! Era una sensazione fisica! Trovammo un varco e... venne la paura! Da qualche parte in fondo al nostro labile essere qualcosa sembrò ricordarci chi eravamo e, insieme a questo ricordo, venne la paura!

Non ce ne rendevamo conto coscientemente ma sentivamo che una volta superato quel limite sarebbe stato molto difficile, forse impossibile, ritrovare la strada del ritorno!

Non c'era nessuno o, più probabilmente, non avevamo la sensibilità e la preparazione necessaria per trovare qualcuno. Ma i morti sicuramente non c'erano, non erano là. Non potevamo ritrovare i fondatori dell'**Agenzia**, ma erano poi morti? I morti dovevano trovare il varco, lo comprendemmo benissimo, quel varco oltre l'universo che avevamo intuito in precedenza e, chissà, forse ci saranno altri universi e altri varchi... Dio non era poi così semplice da comprendere!!!!

Morire era diventare Dio, per mantenere la nostra coscienza dovevamo restare ad un livello più basso, non potevamo diventare Dei, dovevamo continuamente rallentare! Tutto era Dio, noi, la nave, le stelle, l'universo, gli altri universi che non potevamo raggiungere! I fondatori erano là, bastava saperli riconoscere: eravamo noi, le stelle, le galassie!

Ma Dio "rilanciava" e, in un universo infinito tutto era vero, tutto accadeva, era accaduto e accadrà! Per cui un giorno, in questo o in un altro universo, sulla Terra o su un pianeta che ricordava la Terra o su una stella lontana o in qualcosa che non era una stella ma.... Arriverà un momento... potrà essere fra dieci anni, fra 1.000 fra un milione di anni o mille miliardi di anni, non importa, ma... arriverà un momento in cui qualcuno nascerà ancora...

Forse sarà un uomo, forse una donna, forse un animale o una pianta o... qualcosa....

Non avrà coscienza di quello che era stato, non avrà memoria o... forse l'avrà.... ma sarà lui, sarà il fondatore o uno di noi, o chiunque abbia superato la soglia della morte! Ma prima di quell'istante egli sarà Dio!

La "voglia" di diventare Dio era irresistibile, fortissima, agiva su di noi come una crisi di astinenza!

La nostra labile coscienza non era certo sufficientemente adeguata e preparata per farci comprendere quello stato in cui ci trovavamo, era troppo grande, era troppo, troppo! O ci arrendevamo a Dio e diventavamo una sua parte o saremmo impazziti! Però non si poteva impazzire, potevamo solo arrenderci o... forse! Ci rendemmo conto con una lucidità straordinaria che *non era la prima volta*!!!

Ma eravamo in quattro! Eravamo collegati, sentivamo le stesse cose, ci amavamo con un sentimento fortissimo che ci univa come non mai e bastò una scintilla, un moto di timore, ricordammo la paura... forse ero io, forse gli altri, ma fu sufficiente a farci "rallentare"!

Come in precedenza il nostro istinto aveva tolto l'energia, l'Amore e la paura ci diedero la volontà istintiva di dare energia, così, piano piano, imparammo a rallentare!

Improvvisamente eravamo fermi nello spazio! Con stupore ci rendemmo conto di esserne usciti!

Non c'era più moto, la nostra velocità era zero! E.... non avevamo corpo! Fummo presi dal panico! Dov'era l'astronave e noi stessi dov'eravamo, i nostri cervelli, tutti i supporti che li accompagnavano non c'erano più! Eravamo ancora morti?

Avevamo un forte desiderio di normalità! La nostra strana normalità di cervelli incorporati nell'astronave.

Inconsciamente "chiamammo" il nostro corpo e, improvvisamente, fummo circondati dall'astronave, ci aveva raggiunti!

Eravamo stupefatti, niente affatto preparati a questo strano processo.

Dopo un lungo momento di disorientamento ci "guardammo" intorno: le stelle non c'erano più! Tutto intorno a noi solo il nero spazio completamente vuoto!

Cercammo di mantenere la calma, ma non era facile, stavano accadendo troppe cose! Usammo la nostra "vista" straordinaria e comprendemmo: eravamo nello spazio intergalattico!

Ma non bastava, le galassie si comportavano un poco come le stelle e come tutte le manifestazioni del nostro universo, tendevano ad aggregarsi ed avvicinarsi fra di loro quando la velocità relativa non impediva l'azione della forza gravitazionale. Le galassie vicine alla nostra Via Lattea, facevano parte di un "sistema" e così pure la maggioranza di queste isole di stelle.

Dovevamo quindi essere ben lontani dallo spazio conosciuto per non rilevarle "a occhio nudo"! Usando gli infrarossi e gli ultravioletti scoprimmo di non essere in uno spazio completamente vuoto e, grazie alla vista telescopica, recepimmo lontane luci, evidentemente galassie lontanissime o stelle perdute!

Quel posto non poteva darci niente, ma avremmo potuto ritrovare le nostre stelle, la nostra galassia? O eravamo per sempre perduti nell'universo?

Ripartimmo e morimmo nuovamente. Ma ormai sapevamo cosa sarebbe accaduto e riuscimmo a rallentare più facilmente, non solo, riuscimmo anche a sperimentare un rallentamento "controllato": dalla velocità e massa infinita riuscivamo a scendere ad una velocità e massa in qualche modo misurabile: 1.000 volte la velocità della luce, 100 volte, 10 volte: si poteva fare!

Ma restavano sempre due problemi: lo spazio e il tempo! Non riuscivamo a trovare una direzione, quanto al tempo non avevamo nessuna possibilità di controllarlo!

Ci fermammo nuovamente e, ancora, arrivammo prima noi della nave, del nostro "corpo"! Ma cosa cavolo arrivava per primo, sentivamo che eravamo noi, ma noi chi? Cosa? Evidentemente arrivava per prima la nostra coscienza, la nostra flebile anima, il corpo seguiva ma solo se lo "chiamavamo" altrimenti? L'unica risposta possibile che ci venne in mente era che se non avessimo richiamato il nostro "corpo" avremmo finito per diventare come fantasmi! Incredibile! I fantasmi allora esistevano!!!

Questa volta le stelle c'erano ma... non erano stelle, erano galassie! Galassie lontanissime!

Continuammo molte volte le nostre operazioni: si moriva, si rallentava, ci si fermava e si richiamava la nave... ripetutamente fino a quando non riuscimmo ad avere una certa pratica in tutta questa vicenda.

Non vi furono molti progressi, la direzione ed il tempo non erano in alcun modo controllabili, solo acquisimmo una coscienza nuova: avremmo potuto portare la nave, noi ed il nostro "corpo", in un punto determinato dello spazio ma dovevamo esserci già stati!

Provammo più volte a tornare in un punto che avevamo già visitato e riuscimmo senza alcun problema! Vi era anche un effetto collaterale, ma, fortunatamente, positivo: avremmo potuto andare su una stella dove eravamo già stati nello spazio che in quel momento avrebbe occupato non nello spazio dov'era quando l'avevamo visitata! L'universo si muove ad una velocità straordinaria, non sta fermo! Quindi tornare in un posto ben determinato, anche se lo conoscevamo, avrebbe dovuto comportare uno spostamento nello spazio, altrimenti avremmo trovato qualche altra cosa!

Non era poco, solo che, a parte i nostri attuali tentativi,.... c'era una sola stella dove eravamo già stati: il Sole!

Questo voleva dire che potevamo tornare! Ma difficilmente avremmo potuto andare in un posto ben determinato, dovevamo affidarci alla fortuna, entrare in ultra luce, fermarci a caso e sperare di trovare qualche cosa di conosciuto! Era confortante sapere che potevamo tornare a casa, ma era frustrante non avere un luogo dove andare. Non restava che fare prove, molte prove, sperando di trovare una stella riconoscibile! Operammo forzatamente in questo modo, con numerose uscite alla cieca!

Dapprima ci muovemmo a velocità elevata, 1.000 volte quella della luce, poi rallentammo a "solo" 20 volte quella velocità.

Infatti eravamo finalmente entrati in una di quelle isole di stelle che chiamavamo galassia. Continuavamo a non riconoscere le stelle che visitavamo ma, almeno, non eravamo in uno spazio vuoto.

Apprendemmo, a nostre spese, il modo di evitare collisioni o di trovarci, come accadde, nel cuore di una stella!

Dopo aver "rallentato" (ormai usavamo questo termine per definire le nostre escursioni nello spazio) ci trovammo in un inferno! Non comprendemmo subito: tutto intorno a noi vi era luce! Eravamo dentro una serie di esplosioni termonucleari, cosa poteva produrre un fenomeno di quella gigantesca portata se non una stella? Non sentivamo nulla, né dolore, né calore o altro. Fortunatamente eravamo in quella fase "discorporata" che precedeva l'arrivo del nostro "corpo". Riuscimmo a frenarci, non chiamammo la nave!

Ma come potevamo uscirne? Non volevamo diventare fantasmi per sempre incatenati dentro una stella! Provammo a muoverci: era possibile! Ci muovevamo come un'ameba apparentemente molto lentamente... piano piano ci trovammo fuori dalla stella! Non bastava, dovevamo allontanarci di più, per fortuna era della classe sole, non troppo grande. Non sappiamo quanto tempo impiegammo ma alla fine valutammo di essere abbastanza lontani e "chiamammo" la nave, il nostro "corpo". Non eravamo abbastanza lontani, la nostra "pelle" (le paratie esterne della nave) bruciava! Lo sentimmo come una forte scottatura, immediatamente ci spostammo, ma il motore atomico era troppo lento, lo spegnemmo e accendemmo l'acceleratore... occorreva tempo... in fretta, fai in fretta! Ok! i tachioni erano formati...via, via da là!

Una volta nuovamente "rallentati" ci trovammo nello spazio interstellare e ci fermammo a lungo a "leccarci le ferite". Ci eravamo presi una bella paura! Nei nostri rallentamenti trovammo cose meravigliose: nebulose colorate, stelle giganti, nane rosse, enormi stelle munite di anelli come Saturno o circondate da gas illuminati dai mille colori! L'universo era meraviglioso, non avevamo parole per descriverlo!

Trovammo anche pianeti e lanciammo le nostre sonde e le nostre navette per esplorarli. Quasi tutti erano inabitabili, con atmosfera velenosa, senza vita!

Durante una di queste esplorazioni accadde un incidente!

Era un bel pianeta, si capiva che difficilmente avrebbe ospitato forme di vita, ricordava molto Marte ma era più grande e più caldo. Inviammo sul pianeta una navetta. Come ci avevano avvertito ed avevamo già sperimentato, la navetta pareva parte del nostro stesso corpo. Noi eravamo insieme a lei, anzi eravamo lei né più né meno!

C'era una zona con dell'acqua! Atterrammo nei pressi ed inviammo un robot. Era acqua distillata! Non c'era alcuna forma di vita. L'atmosfera, velenosa, del pianeta aveva una pressione al suolo simile a quella terrestre ma il cielo era verde chiaro! Qua e là degli sbuffetti d'un bianco abbagliante, le nuvole locali! Il robot stava tornando alla navetta quando questa sprofondò nel terreno!

Pensammo ad un terremoto ma non era così: il suolo del pianeta era solo apparentemente solido, in realtà, ciclicamente, si "scioglieva" improvvisamente fino ad avere una consistenza quasi gassosa, per poi risolidificarsi con una rapidità straordinaria. E così accadde! Era chiaro perché quel pianeta non poteva ospitare la vita. La nostra povera navetta si trovò a 2.000 metri sotto il livello del suolo, stavamo cercando di uscirne in qualche modo quando il suolo si solidificò bloccandola e schiacciandola: il dolore fu fortissimo, insopportabile! Sapevamo già, dopo l'esperienza nel nucleo della stella, che nonostante il corpo metallico potevamo sentire dolore se questo era danneggiato. Facemmo appena in tempo a ritrarci prima di impazzire dal dolore! La navetta ed il robot erano persi per sempre! Per fortuna ne avevamo altri! Provammo, con molta cautela, ad inserirci ancora nella navetta ed anche nel robot. I sensori, evidentemente, non erano del tutto danneggiati, potevamo farlo ma il dolore tornava ancora fortissimo. A malincuore fummo costretti ad abbandonarli.

Le meraviglie dello spazio ci lasciavano continuamente senza fiato, ma l'emozione che provammo quando trovammo una seconda Terra fu assolutamente straordinaria! Sembrava, per molti versi, proprio la nostra Terra: terzo pianeta di un sole come il nostro, stessa distanza, stessa, o quasi, inclinazione dell'asse, l'anno era solo un mese più lungo del nostro, aveva due satelliti simili alla Luna ma più piccoli! Dallo spazio era un magnifico gioiello verde-azzurro!

Inviammo una navetta: l'aria era respirabile, non riscontrammo malattie particolarmente virulenti, il cielo limpidissimo di un blu esagerato era solcato da poche nuvole di normale vapore acqueo, era un paradiso!

La vegetazione era rigogliosa, diversa da quella cui eravamo abituati, ma neanche poi tanto! Vi erano animali: alcuni parevano i nostri dinosauri ma a dimensioni decisamente più ridotte! Il loro carattere, però, non era più simpatico: un piccolo sauro, poco più grande di un pechinese, decise, con molta convinzione, di assaggiare il nostro robot! Occorre ricordare che le navette ed i robot erano molto piccoli. Non dovendo portare esseri umani in carne ed ossa ed essendo solo mezzi esplorativi erano limitati all'indispensabile; per cui il robot non era più grande del pechinese alieno! Era comunque fatto di metallo durissimo e ben resistente per cui il nostro amico ci perse qualche dente e lasciò perdere, ma non era troppo convinto, si capiva che guardando il robot pensava: "quell'animale doveva avere un punto debole!"

Esplorammo il pianeta in lungo e in largo, anche gli oceani, pieni di vita, sin nelle profondità. Restammo quasi un anno (dei nostri anni "normali"): non trovammo forme di vita intelligente anche se alcuni animali acquatici (come anche sulla Terra) di evidente origine sauropoda, apparivano piuttosto promettenti.

Nonostante migliaia di misurazioni non riuscimmo a comprendere dove eravamo, ma sapevamo che saremmo stati in grado di tornarci!

Partimmo a malincuore.

Nelle nostre peregrinazioni alla cieca trovammo altri due pianeti abitabili e con forme di vita, ma nessuno era così promettente come quello!

Quando rallentavamo, il più delle volte, ci trovavamo nello spazio interstellare o in zone di scarso interesse. Anche quella volta pareva così! Eravamo finiti non lontano da una nebulosa di polvere che oscurava le stelle, nelle vicinanze non c'erano soli, pareva una delle solite sortite a vuoto quando....

A "soli" cinque milioni di km. da noi c'era qualcosa! Ci avvicinammo lentamente e la "cosa" cominciò ad ingrandirsi: era una base spaziale!!!

Cosa cavolo ci facesse una base spaziale là dove non c'era un accidente di niente era un mistero! I troppi misteri e le sorprese cominciavano a darci la nausea!

Decidemmo di inviare una sonda, un robot, lasciando la nave a prudente distanza! La nostra preoccupazione si rivelò inutile: la base era completamente morta! Vi entrammo con il robot, non c'era aria, evidentemente sfuggita dalle paratie rimaste aperte.

Non c'erano segni di incidenti, la stazione era vuota e le paratie aperte, tutto qui! Sapevamo di essere ben lontani dalla Terra, poiché anche in quella zona non avevamo riconosciuto nessun elemento utile che potesse indicare la nostra posizione, per cui quella era sicuramente una base aliena!

In quell'area le micrometeoriti, a causa della vicina nebulosa di polvere, erano molto numerose, le sentivamo anche noi come delle fastidiose zanzare che ci pungevano in continuazione. Ma noi eravamo vivi! Potevamo usare dei "repellenti" e curare le punture, la base no! Risultava così tutta bucherellata e, all'interno, non vi era praticamente niente!

Evidentemente gli alieni se ne erano andati "traslocando" e portando via tutto ciò che poteva essere utile. Niente di drammatico, avevano fatto le cose per bene e con calma. Non trovammo registrazioni né qualcosa che potesse darci qualche indizio, solo le consolle dove, evidentemente, erano state inserite delle strumentazioni. Fummo in grado di concludere con assoluta certezza che la base era veramente aliena, le consolle potevano essere usate anche da noi, se vi fossero ancora le strumentazioni, ma sarebbero sicuramente state molto più efficienti se, invece delle mani, noi avessimo dei tentacoli!

Nonostante le "zanzare" restammo molto a lungo esplorando la base centimetro per centimetro, ma non trovammo altro. Quale atmosfera avevano respirato? Non si sapeva, però un'atmosfera doveva esserci, altrimenti che senso avevano le paratie? Ma dove fosse immagazzinata o prodotta non si capiva. Il metallo usato era riconoscibile: una lega di titanio e piombo. Niente di speciale.

Scandagliammo per molto tempo lo spazio circostante ma non vi furono altre sorprese. Abbandonammo la base ma, ora lo sapevamo, non eravamo soli! L'uomo non era solo!

Nonostante ben 77 "rallentamenti" non riuscimmo mai a trovare il benché minimo riferimento per capire dove fossimo! Decidemmo quindi, un po frustrati, di rientrare a Plutone. Avevamo comunque tante notizie, novità ed informazioni da tenere occupata l'**Agenzia** per molto, molto tempo. Inoltre potevamo tornare, ritrovare quelle meraviglie che avevamo incontrato, i tre pianeti abitabili, lo spazio intergalattico, i soli circondati da quei giganteschi anelli multicolori che avrebbero potuto contenere tutto il sistema solare!

La base aliena... Per farlo avrebbero avuto bisogno di noi, non era finita!

Sapevamo come fare, ma restava sempre un certo timore, e se non avesse funzionato? Funzionò! Eravamo giunti nello stesso punto da dove eravamo partiti! Almeno così pareva! In realtà ne eravamo molto lontani. Il sistema solare non era stato ad aspettarci nello stesso spazio da dove eravamo partiti, ma aveva sicuramente fatto un lungo viaggio, non ci rendevamo ancora conto di quanto era stato lungo! Ma la nostra strana sensibilità ci aveva portato dove volevamo essere!

Arrivammo prima noi, riconoscemmo immediatamente il luogo e provammo un'intensa emozione! Avevamo superato i limiti della luce e della morte, eravamo tornati a casa! "Chiamammo" l'Astronave che si materializzò intorno a noi, ed, a velocità ridotta, iniziammo ad avvicinarci al pianeta, ora eravamo veramente tornati!

Era predisposto un messaggio computerizzato registrato, iniziammo ad inviarlo... Nessuno rispondeva. Cosa stava accadendo? "Ragazzi siamo tornati!!!"

Comunicammo via radio, ma inutilmente!

Poi... strani messaggi criptati, forse qualcosa che aveva predisposto l'**Agenzia** e del quale non eravamo stati messi a conoscenza?

Poteva essere qualcosa di pericoloso? Cosa stava succedendo? Preoccupati decidemmo di interrompere le comunicazioni, si erano già avvicinate a noi strane piccole navicelle, assolutamente sconosciute, era chiaro che sapevano che eravamo là, ma chi erano?

Ci stabilizzammo in un'orbita larga intorno a Plutone.

Si accostarono altre sonde, presto ci trovarono! Davanti a noi vennero strani personaggi, non capivamo se erano umani, alieni o macchine. Cercammo di comunicare con loro ma era inutile! Si fermarono un poco evidentemente per studiarci, poi ci disiscorporarono dalla nave!

Sapevamo che sarebbe accaduto, ma non pensavamo così presto! Ci sentimmo sperduti, una grande confusione, eravamo nudi! Volevamo gridare! Eravamo spaventati. Occorse parecchio tempo per recuperare il nostro equilibrio, Maja, il nostro corpo, non c'era più.

Piano piano ritornammo in noi, sentivamo la mancanza di Maja come un fatto fisico, insopportabile, ma cominciavamo a orientarci. Dove eravamo? Cosa succedeva? Aiutateci!!!

Poi, finalmente, riuscimmo a calmarci e......

Non li capivamo.

Parlavano un linguaggio incomprensibile. Non erano molto diversi da noi. Da noi... noi come eravamo, non come siamo...Noi come ricordavamo di essere...

Niente capelli, probabilmente glabri, strani vestiti nascondevano i loro corpi come un saio di plastica colorata ma, per il resto, ci assomigliavano.

Ci trovavamo in una stanza, anch'essa di plastica, almeno così sembrava. Un letto, senza lenzuola, un armadio, un tavolo con delle poltroncine intorno. Tutto rigorosamente di "plastica colorata". Niente bagno, ma non sentivamo alcun bisogno di lavarci né di defecare.

La luce arrivava dalle pareti di "plastica" e sembrava si autoregolasse.

Strana gente continuava a entrare e uscire da una specie di porta a soffietto, niente finestre.

La stanza era molto grande, accostati ad una parete strani macchinari, alcuni assomigliavano a computer ma senza tastiere e con curiosi monitor che apparivano come dei grossi televisori senza schermo e vuoti all'interno.

Parlavano tra di loro ma l'idioma non assomigliava a nessuna lingua che avessimo anche soltanto potuto immaginare.

Ricordavamo di essere arrivati, poi... più nulla ed ora...

Dove diavolo eravamo?

2

Ciruan era femmina ormai da quasi sette anni. Ci si trovava abbastanza bene, per un certo tempo era stata piuttosto infastidita dai seni, troppo abbondanti, ma ormai vi era abituata.
Era stata clonata quasi quarant'anni prima ed era stata la prima volta che cambiava sesso!
Ciruan aveva una mentalità piuttosto conservatrice.
All'epoca la riproduzione veniva regolata da sistemi informatici ed avveniva ormai esclusivamente per clonazione.
Il cambiamento di sesso era una pratica assolutamente normale e molto comune, le malattie non esistevano più. Si poteva morire solo per incidente o per consunzione, ma dopo molto, molto tempo e Ciruan era giovanissima! Come femmina non era male: alta un metro e novanta, piuttosto formosa, occhi molto obliqui e verdissimi, carnagione rossastra, tipica di chi viveva per lo più nello spazio. Non aveva capelli (persi da molto tempo dalla razza umana), unghie molto corte ed era completamente glabra, mancavano anche le sopracilia.
Le piaceva molto studiare, era un ottimo tecnico generico, storico e antropologo, oltre ad una conoscenza generale invidiabile anche per quel tempo.
Aveva viaggiato molto ma non era mai uscita dal sistema solare. A causa della sua istruzione nonché di una fantasia e curiosità fuori del comune, era stata accettata, su sua richiesta, dal sistema computerizzato di reclutamento che regolava tutta l'attività umana, ma non era mai stata convocata!
Rispetto all'inizio della nostra storia, l'epoca in cui viveva Ciruan era quasi 70.000 anni più avanti.
Da tempo l'umanità aveva attuato un diverso sistema per il calcolo del tempo. Per loro era l'anno galattico 6.227.
Il sistema solare era stato colonizzato e, grazie alle nuove tecnologie, lo si poteva attraversare da un estremo all'altro in meno di un mese!
L'uomo era arrivato alle stelle più vicine, ma la velocità della luce restava uno scoglio insormontabile per cui i viaggi interstellari prevedevano l'ibernazione dei viaggiatori e non tutti accettavano di dormire anni prima di arrivare da qualche parte. Sonde robotiche erano state inviate un po ovunque e monitorate continuamente da computer con intelligenza sovrumana. Da tempo il progresso segnava il passo. Le macchine non erano programmate per progredire più di tanto e gli studiosi, come Ciruan, erano piuttosto rari. Delle antiche istituzioni dell'umanità non restava più nulla, neppure il ricordo, la storia arrivava indietro di "soli" 30.000 anni, prima era "preistoria".
L'umanità non aveva mai incontrato alieni intelligenti, né le loro traccie, al massimo qualche pianta e qualche strano animaletto, generalmente antipatico e di intelligenza inferiore a quella dei computer personali usati per pulire le abitazioni.
Ciruan si trovava su Mercurio, un inferno vicinissimo al Sole. Il piccolo pianeta non aveva un'atmosfera apprezzabile, sembrava la Luna, ma il Sole interagiva pesantemente sul suo terreno che appariva molto instabile. La base umana si trovava su un piccolo altopiano protetto da alcune formazioni montuose ed era ben ancorata in profondità.
Era molto affascinata dai fenomeni solari che, in quella posizione, potevano essere visti e studiati con tutta comodità.
Ciruan stava dormendo! Questa necessità era tuttora ben presente nell'umanità e Ciruan era una vera dormigliona. Dormiva nuda e senza lenzuola, come tutti a quel tempo.
<Ciruan> una voce maschile, iniziò a chiamarla dolcemente...
<Ciruan...> la donna si mosse <Ciruan> insisteva la voce suadente.
<Si... cosa c'è> rispose sbadigliando.
<Ciruan, svegliati... devo parlarti> La voce sembrava sorgere dalle pareti, non si capiva bene da dove, pareva venisse da tutta la stanza.
<Chi sei? Cosa vuoi da me?> Rispose, finalmente sveglia, Ciruan, alzandosi indolente dal letto.
<Sono Controllo, Ciruan, abbiamo bisogno di te!>
Ciruan saltò subito in piedi, ben sveglia e attenta. Controllo! la memoria più importante di tutto il sistema computerizzato umano, né più né meno! Finalmente era stata convocata ed era addirittura Controllo a convocarla! <Eccomi!> Disse emozionata <sono a disposizione, cosa devo fare?>

<Preparati, abbiamo una nave robotica per te, la troverai al molo 103, è già pronta e ti aspetta. Durante il volo ti sarà spiegata ogni cosa.> Rispose Controllo.

<Dove andrò?> Insistette Ciruan.

<Su Plutone.> La informò Controllo, poi concluse: <Fai in fretta la nave è in attesa per te.>

La voce tacque, Ciruan riuscì a prepararsi in poco più di cinque minuti.

Non si usava più alcun trucco, per cui non perse tempo per "farsi bella". Indossò un lungo saio attillato che sembrava fatto di una curiosa materia plastica colorata a macchie di diverse tonalità molto vivaci. Ai piedi degli stivaletti morbidi di color bianco. Niente biancheria intima, era la moda del tempo!

Raccolse, un po alla rinfusa, le sue poche cose personali e si precipitò al molo 103. La fretta che le aveva messo in corpo Controllo, le impedì di salutare chicchessia, ma confidò che i computer avrebbero informato il personale della sua improvvisa partenza.

Trovò la navetta senza difficoltà, ebbe appena il tempo di deporre all'interno le sue cose e sedersi davanti allo schermo di prua che partì rapidissima.

Fino a quel momento Ciruan non era riuscita neppure a pensare!

Ma, una volta nello spazio, comprese le implicazioni di quanto le stava accadendo. In poco più di dieci minuti, senza che praticamente se ne accorgesse, la sua vita era totalmente cambiata!

Era in forza attiva per Controllo!

Controllo, di per sé, era un sistema informatico avanzatissimo, ma, di fatto, poco più di una macchina, sia pure altamente sofisticata. Come macchina non aveva, ovviamente, alcun tipo di autorità. Chiunque poteva rifiutarsi di seguire le direttive di Controllo, senza alcuna conseguenza, né Controllo aveva alcun potere. Però questo sistema era inserito in tutte le attività umane, attraverso milioni di sottosistemi che le regolavano in qualunque parte del sistema solare e delle stelle colonizzate, nonché dei robot sparsi nel cosmo dall'umanità o dallo stesso Controllo. In effetti era dotato di un'altissima autonomia e se ne serviva senza alcuna remora.

Quando Ciruan aveva richiesto di essere inserita al reclutamento pensava, come la maggior parte di coloro che seguivano la stessa strada, di essere chiamata da qualche sottosistema, certamente non direttamente da Controllo! Era un fatto eccezionale!

Doveva essere veramente qualcosa di grosso.

Si rese però conto che si stava dirigendo dall'altra parte del sistema solare e totalmente sola; un mese di viaggio!

Una nave robotica era piccola, aveva solo l'essenziale per mantenere pochi esseri umani. Niente sale di ricreazione, niente distrazioni!

Era già stata su Plutone, uno degli avamposti del sistema solare!

In realtà vi erano colonie ancora più avanzate: Xena, un planetoide più esterno e più grande di Plutone, nonché alcune stazioni, per lo più robotiche, situate nella fascia di Kuiper, di fatto al di fuori del sistema solare. Ma su Plutone esisteva una base dell'umanità antichissima, qualcuno ipotizzava addirittura preistorica.

Per questo aveva destato la curiosità degli scienziati e vi si era stabilita una colonia permanente.

Plutone era una palla di roccia e ghiaccio più piccola della Luna, niente altro. Il sole si vedeva come una stella di prima grandezza lontanissima, ma riusciva ancora ad illuminarlo, però non poteva riscaldarlo più di tanto!

La colonia aveva costruito una miriade di cupole su buona parte del pianeta, tutte collegate da strade a loro volta coperte, che impedivano al freddo assoluto che imperava ovunque di penetrare.

Per buona parte del tempo le cupole e le strade venivano ricoperte dalla leggera atmosfera del pianeta che letteralmente gelava. Quando questo accadeva per accedere alle città occorrevano strani mezzi di trasporto simili a talpe che scavavano l'atmosfera ghiacciata.

Solo la zona dove si era trovata l'antica base umana, e poche altre, per lo più grandi altopiani con caratteristiche geologiche molto particolari, erano esenti da questo fenomeno e vi si era costruito un importante centro di studio e ricerca.

Il planetoide non era un luogo triste, al contrario, le cupole erano graziose, calde illuminate, ben protette e la gente simpatica.

Sui cinque satelliti di Plutone: Caronte, Notte, Cerbero, Stige e Idra vi era il più grande spazioporto dell'umanità, con migliaia di hangar e navette. In orbita intorno al pianeta le grandi navi spaziali. Da qui si partiva per le stelle!

Ma un mese era tanto per una donna sola.

Dopo aver fatto una buona doccia e colazione tornò a sedersi a prua e domandò al computer di bordo se aveva informazioni per lei.

Con stupore le rispose la stessa voce già ascoltata in camera sua:

<Ciruan, è accaduto qualcosa di inspiegabile, nel tempo che passerai in viaggio, non solo ti sarà spiegata ogni cosa, ma vorrei che studiassi a fondo tutte le implicazioni che essa comporta. La tua umanità e fantasia aiutata dalla tua giovinezza e unita ad un'intelligenza che hai particolarmente sviluppata, saranno molto utili.>

Ciruan domandò:

<Sei ancora Controllo?>

<Si Ciruan> rispose la voce suadente, poi continuò: <per tutto il mese di viaggio lavoreremo insieme, vedrai, non avrai tempo per annoiarti!> Dopo una pausa:

<E' arrivata su Plutone una nave aliena!>

Per quindici giorni Controllo continuò tutto il tempo a dare informazioni ad una Ciruan sempre più stupita e incuriosita. La donna non ebbe certo il tempo di annoiarsi! Poi: <Bene, a questo punto hai tutti i dati> la informò Controllo <in qualunque momento e dovunque tu sia io sarò in contatto con te. Potrai chiedermi un riepilogo di ogni informazione, visualizzare i dati forniti ed interpellarmi. In caso di novità ti informerò immediatamente. Altri stanno studiando la cosa, per il momento non hanno raggiunto alcuna conclusione o ipotesi, se lo faranno te lo dirò. Da parte tua ti sei fatta un'idea?>

Ciruan tacque un momento soprappensiero poi:

<C'è qualcosa che non mi convince...> disse dubbiosa <qualche, anzi, molti tasselli che ci sfuggono!> Controllo intervenne: <Non ti nascondo che ho molta speranza in te! Ho studiato tutti i dati di Reclutamento e tu appari la più quotata per fantasia, curiosità e intuizione fra gli umani. Io ed i sottosistemi non abbiamo nulla di neppure vicino a queste qualità. L'intuizione è rara in un sistema roboinformatico, tu ne hai da vendere!>

Ciruan non sapeva se esserne lusingata o offesa, ma capì che erano proprio queste qualità, o difetti (secondo il metro di un computer) che servivano in quel momento.

Si mise comoda e con un sospiro disse:

<Ok Controllo! Pensiamoci su insieme. Ricapitoliamo quanto è accaduto senza arrivare a conclusioni. Se sbaglio qualcosa interrompimi.

Quindi un mese fa lo spazioporto di Plutone registra degli strani e incomprensibili segnali radio... i segnali erano estremamente semplici inviati, evidentemente, da un sistema piuttosto elementare.>

<Più che elementare direi arcaico.> La interruppe Controllo.

<Certo arcaico, hai ragione!> Continuò Ciruan <I segnali non sono stati né tradotti né interpretati in alcun modo, ma fu facile individuarne l'origine: 300.000 km da Plutone in direzione dello spazio profondo!

Fu immediatamente avvistata una nave spaziale. Era gigantesca, oltre 35 km di lunghezza e 3 di larghezza, piuttosto affusolata. Appariva ben visibile anche dal pianeta, illuminata dal sole, come una stella di prima grandezza. Solo... prima non esisteva! Un'astronave così grande, a quella distanza, sarebbe stata individuata subito. Questo non avvenne, o prima non c'era oppure aveva un sistema di invisibilità estremamente avanzato e a noi sconosciuto. Successive analisi convinsero che la nave era troppo "arcaica" per avere un sistema del genere, d'altronde tutto era sorprendente, per cui... non possiamo escludere niente! Furono inviate immediatamente sonde robotiche nei pressi della nave. Si seppe che i metalli usati sono riconoscibili dalla nostra tecnologia. La nave è alimentata da un "motore a scoppio atomico". Incredibile e pazzesco!>

Ciruan tacque un momento, intervenne Controllo:

<Certo! piuttosto assurdo. Il motore è schermato abbastanza bene ma assolutamente poco adeguato per un'astronave interstellare od anche solo interplanetaria...>

<Inadeguato!> continuò Ciruan <è il termine esatto. Collegato al motore vi è un sistema per l'accelerazione di particelle subnucleare abbastanza complesso anche se mastodontico! E' come se per aumentare le prestazioni di questa scialuppa usassimo un enorme camino alimentato a legna collegato al suo normale motore!>

<Ma la scialuppa non ha un motore atomico!> interruppe Controllo.

<Vero> disse Ciruan un po piccata <ma ovviamente era solo una similitudine!>

<Certo!> disse Controllo <Dimentico che voi umani avete un senso diverso dal nostro di valutare le cose, scusami... ma... continua.>

<Ok!... Allora torniamo al comportamento della nave aliena. La nave puntava direttamente su Plutone, ma a velocità molto ridotta. Nel contempo continuava a trasmettere i suoi messaggi incomprensibili. Le emissioni radio furono presto interpretate in due modi differenti: alcune apparivano assolutamente assurde, con un codice binario. Uno scienziato ha ipotizzato che siano messaggi inviati per essere criptati da un sistema computerizzato. Ma il nostro sistema, cioè tu stesso Controllo, non riconosce alcun significato a questi messaggi. Per cui altri, e tu stesso, sono giunti alla conclusione che siano inviati per essere riconosciuti da una memoria aliena! Altre trasmissioni, invece, erano chiaramente vocali: un linguaggio che, però, non è stato interpretato in alcun modo.

La nave continuò ad avvicinarsi a Plutone, accompagnata dalle nostre sonde, continuò anche ad inviare messaggi, sempre gli stessi e ripetitivi. Decidemmo di rispondere, usammo un sistema analogo al loro ma, evidentemente, non fu riconosciuto. I nostri tentativi, però, sortirono un effetto imprevisto: tutti i segnali provenienti dalla nave tacquero immediatamente. La nave proseguì il suo avvicinamento in perfetto silenzio. Arrivata nei pressi di Plutone si stabilì in un'orbita attorno al pianeta.

A questo punto fu circondata dai nostri moduli ed alcuni volontari umani cercarono di entrare. I robot avevano già individuato alcune zone che apparivano come possibili accessi alla nave. Una di esse si rivelò corretta. Tre uomini muniti di protezione entrarono.

L'interno appariva molto angusto, non vi era luce né atmosfera. Tutta la nave appariva come un immenso sistema meccanico-informatico-motorio. Cioè, di fatto, non vi era spazio per l'equipaggio ma solo per i sistemi della nave! Non vi erano scorte di cibo o altro.

Sembrava solo un gigantesco motore. Vi era un piccolo mezzo robotico, evidentemente collegato alla nave a mezzo apparati radio sonici e visivi, atto ad un'esplorazione dello spazio circostante o di un pianeta ma non certo ad uno sbarco di alieni! Tutto era racchiuso nelle apparecchiature!

Gli uomini erano preoccupati, diffidavano di toccare qualcosa, riconobbero, però, diversi sistemi informatici...."arcaici".

Non fu difficile collegare i sistemi informatici della nave ed un nostro sottosistema.

Si preferì un sottosistema autonomo per evitare il rischio di inquinamento o attacco alieno a te: Controllo!

Il sottosistema relazionò agli umani e a te quanto aveva potuto comprendere.>

<Esatto Ciruan> Intervenne Controllo <il sottosistema aveva rilevato che la memoria informatica della nave era assolutamente inadeguata. Scoprì alcune modalità attraverso le quali era possibile controllare diverse funzioni della nave stessa, ma mancava una correlazione fra l'acceleratore di particelle e il motore atomico: o si faceva funzionare l'uno o l'altro, insieme no!>

<Certo> continuò Ciruan <si scoprì anche un sistema di raccolta dati che però è a tutt'oggi assolutamente incomprensibile. Si arrivò alla conclusione che fosse una nave robotica in qualche modo telecomandata o preprogrammata, finché si scoprì la cosa più importante, il cuore stesso della nave: Una specie di grosso contenitore metallico integrato al sistema e alimentato dal generatore atomico della nave e da fluidi energetici con base carbonica: all'interno di quel contenitore vi era qualcosa di vivo!

Collegato ad esso vi era anche un computer autonomo piuttosto complesso e alcuni apparati visivi e vocali!>

Ciruan tacque per alcuni minuti, pensando, poi:

<Furono inviati robot e umani nell'area, piuttosto piccola (uno sgabuzzino di due metri quadri) dove

era situato il contenitore. Gli apparati vocali dello stesso "parlarono", ma la lingua continuava ad essere totalmente incomprensibile. Si decise... tu hai deciso di spostare il contenitore nella base ben attrezzata di Caronte. Furono facilmente sintetizzati i fluidi necessari al materiale organico e, dopo un delicato intervento, si trasportò il tutto senza danni sul satellite di Plutone, dove avevi predisposto un importante ed avanzatissimo sistema di monitoraggio e studio degli ospiti alieni. A quel punto la nave "morì". Nulla funzionava più, era ovvio che il cuore della nave era il contenitore e che, senza di esso, i sistemi informatici non erano in grado di operare e prendere decisioni.

Si procedette ad uno studio dei componenti la nave stessa, ma è tutto assolutamente morto e inerte. Non funziona niente, niente appare collegato, sembra un sasso morto. Stai valutando la possibilità di smontarla pezzo per pezzo per cercare di capirci qualcosa, per il momento non hai ancora preso una decisione in questo senso ma ti appare logico che questo debba essere il prossimo passo.>

<Non voglio essere solo io a prendere questa decisione> intervenne Controllo <desidero che la decisione sia collegiale e presa insieme agli umani coinvolti.>

<Corretto da parte tua.> Affermò Ciruan. <Attualmente la nave è collegata a centinaia di moduli spaziali che verificano la sua orbita e continuano a monitorare la nave stessa e lo spazio circostante. Più interessante lo studio del grosso contenitore su Caronte. E' ovvio che può vedere e che sta parlando, non sempre, ma spesso. Non capiamo ma sappiamo cosa c'è all'interno del contenitore stesso: quattro cervelli! Non come i nostri, più grandi e tutti collegati fra di loro ed a piccole apparecchiature pseudo meccaniche....una miscela di componenti artificiali e organici insieme.>

Ciruan tacque a lungo poi si alzò in piedi di scatto!

<Non chiedermi come lo so Controllo! Questa nave viene dalle stelle. Da molto, molto lontano....è veramente qualcosa di nuovo, intuisco le correlazioni ma... è tutto assurdo....>

<Controllo!>

<Che c'è Ciruan?>

<Dobbiamo parlare con loro, è indispensabile, dobbiamo farlo!!!>

<Certo Ciruan, calmati. Nei quindici giorni che mancano all'arrivo ti farò studiare i mezzi di comunicazione vocale e scritta e i sistemi conosciuti per l'apprendimento di una lingua. Dovrai farlo tu Ciruan!>

<Si! Controllo, ascolta, una volta non nascevano cloni, l'umanità si riproduceva come fanno ancora molti animali ed i piccoli che nascevano apprendevano un linguaggio. Devo capire come facevano Controllo!>

<D'accordo Ciruan, ma l'esempio con gli animali non basta. Gli animali e, un tempo, anche gli umani hanno un sistema chiamato istinto in cui l'apprendimento è inserito nel loro DNA. Anche l'apprendimento dei cloni non è sufficiente per risolvere il nostro problema di comunicazione. I cloni hanno un imprinting innato ed apprendono il linguaggio nello stesso momento in cui "nascono". Occorre immaginare qualcosa di assolutamente diverso: cosa facevano gli umani quando nascevano i loro "figli"? Studieremo insieme tutto questo per arrivare ad apprendere il linguaggio alieno, abbiamo due settimane per farlo, penso sarà sufficiente, almeno lo spero...>

<Oppure gli alieni comprenderanno il nostro... ma perché io Controllo?>

<Perché tu hai un livello di intuizione superiore al normale, perché tu Ciruan hai già capito qualcosa che nessuno ha ancora compreso e adesso me lo dirai!!!>

Per la prima volta la calda voce di controllo appariva addirittura eccitata! Incredibile per un sistema di memoria computerizzato!

Ciruan tacque a lungo.. poi disse, quasi gridando:

<Hai ragione Controllo!.... Accidenti Controllo non sono alieni!! Non sono alieni Controllo, sono umani, umani come noi!!!>

Sapevamo di essere tornati, ma non riconoscevamo nulla di quello che ci circondava.

Eravamo molto confusi e preoccupati.

Passò del tempo, non sapevamo bene quanto, poi, un giorno, cambiò qualcosa!

Entrò una donna piuttosto graziosa anche se un po troppo alta! Accostò vicino a noi uno di quei strani monitor vuoti all'interno. Fece qualcosa e apparve una piccola figura tridimensionale in movimento. Era familiare, poi... capimmo: era lei stessa che si mostrava all'interno di quel curioso aggeggio!

La donna disse una parola. Non era facilmente comprensibile, parlava con un accento strano, quasi strascicato. Continuò pazientemente a ripetere la stessa parola ed a indicare il monitor dove lei stessa si muoveva: Capimmo! Diceva: Ciruan .... Ciruan .....Ciruan....

Fu un fulmine a ciel sereno: lei era Ciruan.

Ripetemmo il nome: Ciruan!

Lei si fermò subito, sorrise, sembrava felice! Spense il monitor e guardandoci ripeté indicandosi: Ciruan!

Poi riaccese il monitor dove apparve la Terra!

Disse un nome, evidentemente Terra nella sua lingua. Continuò col suo strano linguaggio:

Terra .... Terra .... Terra.

Ripetemmo lo stesso nome anche noi!

La comunicazione era iniziata!

Fu un lavoro lungo, Ciruan ci aiutò con un piccolo processore di memoria che riuscì a installare presso di noi.

Arrivammo così a comprendere oltre 4.000 vocaboli. La grammatica era ancora un mistero ma potevamo iniziare una comunicazione seria e così accadde!

Arrivò ancora Ciruan, sembrava sola ma disse:

<Iniziamo a comunicare, lo faremo insieme a Controllo, il sistema computerizzato della nostra cultura. Vi faremo delle domande e, a vostra volta, chiedeteci quello che volete, vi risponderemo senza problemi. Siete d'accordo?>

<Certo>, rispondemmo, <chi siete? Siete umani?>

<Si siamo umani> rispose Ciruan <e voi?>

<Anche noi!>

<Siete una sola entità?>

<No! siamo in quattro! Dove siamo esattamente?>

<Siete su un satellite di Plutone, in una nostra base ben attrezzata.> disse ancora Ciruan.

Poi ascoltammo una voce maschile che pareva provenire dalle pareti:

<Sono Controllo, vorremmo studiare la vostra nave, ci permettete di smantellarla?>

<Aspettate un momento!> Rispondemmo <Prima vorremmo capire meglio la nostra situazione, vi dispiace?>

<No affatto!> rispose la voce <Aspetteremo fino a quando vorrete voi. Nessun problema. Potete dirci da dove venite?>

<Dalle stelle, oltre la morte!> Rispondemmo.

<Non capisco> intervenne Ciruan.

<Siamo partiti da Plutone nell'anno 3.113 con la nave stellare Maja, l'astronave dove ci avete trovato, per arrivare alle stelle!>

Controllo ci interruppe: <Quale anno?>

<3.113> ripetemmo.

<Quindi circa tremila anni fa!> commentò Controllo <Ma, non ne sapevamo nulla!>

<Non sappiamo che dirvi! L'anno era quello, conoscete l'**Agenzia**?>

<L'**Agenzia**?... cos'è un'organizzazione segreta?>

<Niente affatto... ma l'**Agenzia** esiste ancora?>

<No che io sappia!> Disse Controllo evidentemente perplesso. Intervenne Ciruan:

<Come fate il computo degli anni?>

<Ma... 3113 anni dopo Cristo ovviamente!>

<Dopo chi?> Disse Ciruan.

<Dopo Cristo... ma.... non sapete chi è?>

<No! Non lo abbiamo mai sentito, chi è?>

Restammo un momento in silenzio poi: <Non importa! E' ovvio che qualcosa non torna.>

<Si!> esclamò Controllo <il nostro modo di contare gli anni è chiaramente diverso dal vostro. Per noi sono anni galattici e siamo nel 6.227. Voi come calcolavate un anno? O come lo calcolerete, pensate di venire dal passato o dal futuro, da qualche diversa dimensione?>

<Il nostro anno si basava sul tempo che il pianeta Terra impiega a girare intorno al Sole. Siamo assolutamente certi di venire dal passato. Non possiamo escludere a priori di venire da un'altra dimensione ma..... lo riteniamo improbabile.>

<Sulla base di quanto ci dite il nostro anno sarebbe circa un terzo più lungo del vostro> continuò Controllo <prima del computo cui attualmente siamo abituati, usavamo un sistema di calcolo inerente tutto il sistema solare. Il modo di calcolare l'anno in base alla rotazione terrestre non ci è sconosciuto. Risale a 19.000 anni or sono, dei vostri anni, ma non faceva riferimento a Cristo, bensì a fatti storici e scientifici che avevano coinvolto l'umanità. Non esiste una memoria storica del vostro modo di computare gli anni!>

Restammo in silenzio, poi: <A quando risale la vostra memoria storica?>

<Circa 30.000 dei vostri anni!> Rispose impietoso Controllo!

Ciruan decise che poteva bastare, si accomiatò da noi.

Erano passati almeno 30.000 anni!

Elisa l'aveva detto: l'**Agenzia** non ci avrebbe aspettato, ci avevano dato un ordine e avevamo ubbidito ma il nostro mondo non esisteva più!

Dopo qualche tempo tornò Ciruan e riprendemmo la nostra conversazione:

<Avete detto di arrivare dalle stelle. Anche noi, o meglio l'umanità di oggi, è arrivata alle stelle!>

<Avete astronavi interstellari? Saranno certo migliori della nostra dopo tutto questo tempo! Chissà quanti problemi avrete risolto!>

<Si!> Continuò Ciruan <abbiamo astronavi interstellari ed abbiamo colonizzato diversi sistemi non troppo lontani, ma il viaggio è ancora lunghissimo, i nostri coloni partono in ibernazione. Voi dovreste essere andati molto molto lontano penso, ed evidentemente avete bypassato l'ibernazione.>

Restammo interdetti, poi: <Abbiamo viaggiato oltre la luce Ciruan!>

<Cosa volete dire? Avete superato la velocità della luce? Ma non è possibile!>

<L'abbiamo fatto! E' possibile!>

Ciruan era stupefatta! Quanto stava accadendo era assolutamente eccezionale, intuiva che si trattava di qualche cosa che avrebbe cambiato la storia dell'umanità!

Non tutti i dubbi erano stati fugati. L'analisi dell'astronave e dei quattro cervelli, dimostravano ormai con assoluta certezza che si trattava di umani! Ma da dove venivano? Possibile che venissero dalla preistoria?

<Controllo!> Chiamò dalla sua piccola stanza dove era stata alloggiata.

<Si Ciruan> rispose immediatamente l'immenso sistema computerizzato. <Vorrei trasferire i quattro cervelli su Plutone.>

<Su Plutone? Perché?>

<Si! Sul pianeta vi è un'antichissima base umana, si pensa sia addirittura preistorica, forse i cervelli la conoscono, che ne pensi?>

<Potrebbe essere una buona idea, perché no! Ma sarebbe bene cercare di sapere qualche cosa di più dai cervelli e... inserirli in un modulo robotico in modo da renderli maggiormente autonomi.>

<Si può fare?>

<Credo di si, ma dovremo parlarne con i cervelli e sarebbe bene avere la loro collaborazione.>

<Pensi che abbiano veramente superato la velocità della luce?> Insistette Ciruan.

<Solo dalle loro risposte potremo avere o meno delle conferme.> Tagliò corto Controllo, piuttosto pragmatico.

Ciruan doveva riposare, ma non riusciva. Si recò alla sala comune, aveva bisogno di distrarsi, di parlare con qualcuno che non fosse una voce sorta dal nulla! Voleva ubriacarsi!

Vi era molta gente, un caldo brusio permeava tutta la sala. Dalle pareti usciva una musica soffusa ma allegra. Le persone erano vestite con quei curiosi "sai" coloratissimi. Alcuni portavano delle cinture altri li lasciavano scorrere liberi sul corpo.

Ciruan si recò al bar dove trovò una consolle libera. Ordinò al sistema computerizzato una blumarine liscia. Poi un'altra e un'altra ancora!

Non passò inosservata ed un gruppetto di uomini e donne si unirono presto a lei.

Una ragazzina di piacevole aspetto si presentò:

<Sono Vers e questi sono miei amici.> Disse indicando il gruppetto che l'attorniava.

<Tu devi essere Ciruan, credo.>

<Si!> le rispose sorridendo e un po brilla Ciruan <Come fai a conoscermi?>

<Ma credo che tutti ti conoscano Ciruan! Qui al Centro, ma sicuramente in tutto il sistema, sei diventata famosa. Non c'è mai stato un evento simile a quello dei quattro cervelli! Tutti studiamo e conosciamo quello che fai!>

<Già,> commentò Ciruan <hai ragione, è un evento unico e straordinario!>

<Ma, forse, desideri dimenticarlo per un po di tempo, vero Ciruan?> Commentò Vers dolcemente.

<Io sono in forza con un sottosistema di Plutone, vado e vengo dai satelliti al pianeta, un lavoro abbastanza interessante; come sai da qui partono decine di astronavi per le stelle e, qualche volta, ritornano anche! Certo non ci si poteva aspettare un ritorno come quello dei quattro cervelli!....>

Dopo una pausa continuò:

<Io sono femmina da quasi tre anni, presto tornerò maschio, mi sono stancata delle tette! E tu?>

<Anch'io ero maschio ma mi trovo bene nel mio nuovo stato... che ne dici lo andiamo a provare?>

Al tempo di Ciruan non esisteva più alcun tipo di tabù sessuale, fecero l'amore in pubblico senza alcun problema. Fu un momento piacevole per la donna sin troppo stressata, ne aveva bisogno. In seguito si recò nella sua stanza, una buona doccia e qualche ora di sonno la ritemprarono completamente. Fu pronta a tornare al suo lavoro.

Si ritrovò davanti ai quattro cervelli, si sedette vicino a loro e, finalmente rilassata, iniziò un nuovo colloquio:

<Dunque affermate di avere superato la velocità della luce, ma questo è impossibile!>

<No!> risposero i cervelli <Noi ne siamo la prova, l'abbiamo fatto! Nello scomparto di Maja, così si chiama la nostra Astronave Interstellare, dove ci avete trovato, vi è un sistema di registrazione che

potrà informarvi su ogni cosa, capirete che stiamo dicendo la verità!>

<In effetti abbiamo trovato questo sistema,> intervenne Controllo <ma non siamo riusciti a comprenderlo!>

<Occorre che lo smantellate dalle parti di Maja e lo portiate a noi. Il sistema è strettamente collegato alle nostre sinapsi e riconosce soltanto noi. Si è voluto fare così per evitare la possibilità di un intervento esterno ostile, capirete che quando siamo partiti non sapevamo nulla di quello che sarebbe accaduto realmente e di cosa avremmo trovato. Sarà sufficiente un collegamento ad una qualsiasi delle entrate che avete trovato davanti al nostro contenitore, dopo di che potremo trasmetterlo ad una consolle. Pensate di poterlo fare?>

<Si!> Assicurò Controllo <I nostri tecnici hanno studiato con attenzione le entrate e uscite del vostro contenitore, siamo certamente in grado di costruire quella che voi chiamate consolle, sto già dando disposizioni in merito.> Ciruan continuò: <Nel vostro viaggio avete incontrato elementi ostili? Alieni con elevata tecnologia? Mondi ospitali?>

<Abbiamo rallentato ben 77 volte, in alcuni casi abbiamo trovato sistemi solari dotati di pianeti. In tre casi abbiamo trovato pianeti che hanno sviluppato forme di vita, uno era abbastanza simile alla Terra. Non abbiamo trovato forme di vita avanzate, nessun alieno! Una volta abbiamo incontrato il relitto di un qualcosa che assomigliava molto ad una piccola base spaziale, non vi era alcuna forma di vita né i resti di essa. Il relitto era stato abbandonato molto tempo prima e le micrometeoriti l'avevano ridotto piuttosto male. Era evidente che si trattava di un manufatto alieno. Il livello di tecnologia appariva superiore al nostro ma nulla funzionava e non abbiamo trovato niente che ricordasse una registrazione di qualsiasi tipo. Quello che restava delle strumentazioni faceva comprendere che la base era stata utilizzata da esseri molto diversi da noi, forse a base tentacolare, non siamo stati in grado di sapere altro né fare alcuna congettura, era troppo deteriorata. Questo è tutto!>

<Quindi esistono gli alieni!> Sbottò Ciruan.

<Si, certo, ma non è così facile trovarli. Anche noi vorremmo delle informazioni sulla storia della Terra, la vostra civiltà, un po di tutto, è possibile?>

<Certamente> intervenne Controllo <a questo punto siamo in grado di farlo. Terminato il nostro colloquio verrà assemblato presso di voi un sistema informatico, useremo una delle vostre entrate, in questo modo potrete avere tutte le informazioni che desiderate, sarà per voi sufficiente richiederle o ricercare gli argomenti che vi interessano.>

<Perfetto.>

<Quanto è durato il vostro viaggio?> Chiese Ciruan.

<Non lo sappiamo!> Risposero i cervelli.

<Come non lo sapete!> Insistette Ciruan.

<No! Il nostro senso temporale, durante gli spostamenti più veloci della luce, è stato totalmente falsato. Possiamo solo dirti che le 77 volte in cui abbiamo rallentato hanno comportato un passaggio temporale pari a sei dei nostri anni. Non sappiamo neppure dove ci siamo fermati! Non riconoscevamo nulla intorno a noi, nessun valido parametro stellare che ci permettesse di comprendere dove eravamo! Però siamo in grado di ritrovare i siti delle nostre soste grazie ad una specie di imprinting che appare nelle nostre coscienze tutte le volte che superiamo la velocità della luce. E' stato questo imprinting a permetterci di ritornare qui!

Attenzione qui dove volevamo venire, perché in realtà il luogo dal quale siamo partiti è sicuramente molto lontano da qui, sapete bene che il Sole ed i pianeti del sistema, girano intorno all'asse galattico, non sta certamente fermo ad aspettare il nostro rientro, il vostro stesso anno si basa sulla rotazione galattica. Inoltre anche le galassie si muovono e molto più velocemente di quanto si creda. Si muovono gli ammassi galattici, l'intero universo! Se sapessimo quanto tempo effettivamente è trascorso allora forse sapremmo anche ritornare al punto dove siamo effettivamente partiti ma, non vi troveremmo nulla. Il nostro imprinting, però, ci permette di ritrovare il posto **dove vogliamo andare, a condizione di esserci già stati**! E così è avvenuto!>

<Quando parlate di rallentare cosa intendete esattamente?> Chiese Controllo.

<Viaggiare al di sotto della velocità della luce, assumendo quindi massa, velocità e senso temporale

più o meno normali.>

<Il vostro stato di solo cervelli> chiese ancora Ciruan <ha una ragione legata allo superamento della velocità della luce? Cosa è accaduto quando avete superato questo limite.>

<Sei molto perspicace Ciruan!> Commentarono i cervelli <Sì, siamo così proprio per facilitare la transizione oltre la luce. Capirete meglio quando potrete leggere il nostro sistema di registrazione. Tu ci chiedi cosa è accaduto quando siamo andati oltre la luce!..... Siamo morti Ciruan!>

<Morti!> Esclamò.

<Sì morti! E non è stato facile decidere di dare energia per rallentare, cioè non è stato facile decidere di ritornare a vivere! Lo abbiamo fatto ed eccoci qua!>

Intervenne Controllo:

<Desideriamo spostarvi su Plutone, l'idea è di Ciruan. Su Plutone esiste un'antichissima base umana, forse risale al vostro tempo, non lo sappiamo, vi è un centro molto ben attrezzato sia medico che scientifico, dove potremo anche continuare i nostri incontri. Siete d'accordo ad un trasferimento?>

Un brivido, quasi una premonizione, attraversò i cervelli: Plutone, certo, forse era veramente quella l'antica base dell'**Agenzia**?

<Certo! trasferiamoci e presto!> Dissero i quattro.

<Ormai ne sappiamo anche abbastanza per potervi inserire in un sistema robotico autonomo,> continuò Controllo <se siete d'accordo potremmo procedere, riavreste in qualche modo una specie di corpo!>

I Cervelli tacquero per un poco, sembrava quasi di rivivere l'inizio della loro avventura! Poi:

<Avevamo un corpo simile al vostro. I nostri cervelli sono più grandi in forza di un inserimento organico non naturale ma costruito in vitro per poter immettere dei processori di memoria e delle nano macchine che ci permettono di integrarci meglio sia fra noi quattro, sia col nostro nuovo corpo.>

<Il vostro nuovo corpo?> interruppe Ciruan.

< Sì! l'astronave era il nostro nuovo corpo e, da quando ci avete disinserito, ci sentiamo come privi degli arti e di tutto un sistema sensoriale che avevamo in precedenza. Insomma ci sentiamo come se fossimo senza il corpo!>

<Rivolete il vostro corpo, cioè rivolete essere reintegrati nell'astronave?> Chiese Controllo.

<... Non lo sappiamo... dobbiamo decidere, per il momento mantenete la nave integra!>

Risposero i cervelli dopo una pausa.

<Se decideremo diversamente e se è possibile vorremmo riavere i nostri corpi originali, ma supponiamo non esistano più.>

Controllo disse: <Possiamo rifarli se volete, basta una sola cellula del vostro cervello e possiamo clonare i vostri corpi originali! Ovviamente dovremo eliminare l'inserimento organico aggiunto al vostro cervello, dovremo studiare la cosa con attenzione per evitarvi danni e perdita di memoria ma ritengo che se lo vorrete sia possibile.>

<Ma se ci clonate, saremo sempre noi?> Chiesero i cervelli.

<Capisco cosa volete dire> rispose Controllo dopo una breve pausa <siamo in grado di clonare i vostri quattro corpi esattamente come erano al momento della vostra disiscorporazione! Saranno assolutamente perfetti e privi di malattie o malformazioni e senza il cervello! Potremo poi inserire i vostri cervelli all'interno della testa del corpo clonato. E' un'operazione abbastanza complessa ma siamo in grado di farla. Tecniche simili vengono usate in caso di gravi incidenti, non è una novità. Perciò sarete esattamente quello che siete ora e che eravate prima. Manterrete la vostra identità, la vostra coscienza, la vostra memoria. Insomma sarete voi!>

I cervelli tacquero per un poco poi: <Procediamo come hai suggerito al trasferimento su Plutone e l'inserimento in un corpo robotico, poi vedremo...> Ciruan stava rimuginando fra sé e sé, chiese: <Ma se siete stati oltre la morte, cosa potete dirci di questo stato?>

<Capiamo la tua curiosità molto bene, nonché la tua bramosia di sapere... Crediamo che ogni cosa si riduca ad una sola volontà di conoscere: Cosa accade? Chi siamo, dove andiamo? Esiste Dio? Le domande di sempre!!! Non siamo in grado di darvi molte risposte come sicuramente vorreste. Noi

abbiamo viaggiato oltre la morte! Non abbiamo visto Dio! Però sappiamo che c'è ma è su un piano elevatissimo. Abbiamo vissuto una sequenza di paradossi terrificante ed assolutamente incomprensibile per la nostra coscienza umana, non siamo impazziti e non abbiamo ceduto al desiderio di "andare oltre" solo a causa del nostro particolare stato e di stimoli che ci hanno permesso di "ritrarci" in tempo. L'universo come lo conosciamo è solo una parte infinitesimale del cosmo! Dio è tutto, siamo noi, voi, ogni cosa, ed è perfettamente cosciente.

Nella nostra straordinaria esperienza ci siamo trovati in ogni luogo dell'universo come noi lo conosciamo praticamente nello stesso istante, così fa Dio. Oltre la luce è così. A differenza di noi Egli controlla anche il tempo, quindi conosce intimamente ognuno di noi, ogni pietra ogni oggetto perché Lui è ognuno di noi, ogni pietra ogni oggetto ed è cosciente!

Tutto è vero, tutto è reale nell'infinito. Nel passato del nostro tempo, ma anche nella nostra stessa epoca, quando qualcuno moriva si guardava verso l'alto, verso le stelle, verso l'infinito e, per consolarci dicevamo, è là, fra le stelle... Una volta si poteva pensare che fosse una speranza istintiva, oggi noi sappiamo che, in qualche modo, è proprio così!

Viaggiando oltre la luce si riconosce l'infinità dell'universo e del cosmo. Non è pensabile un universo che possa finire. Cosa ci sarà oltre? Oltre c'è sempre qualcosa. E' la coscienza dell'infinito. Tutto è vero! Tutto accade, è accaduto e accadrà! Ma i nostri piccoli cervelli non possono concepire il concetto di infinito. Non possiamo comprenderlo, solo teorizzarlo, ma comprenderlo no! Vorrebbe dire comprendere Dio! Cercare di comprenderlo, come accade inevitabilmente viaggiando oltre la luce, oltre le stelle, oltre la morte, può fare impazzire le nostre piccole menti! E' stata questa la nostra fortuna! Abbiamo dovuto ritrarci per evitare di impazzire davanti all'infinito! Ritrarci, quindi tornare! Ed ogni volta è la stessa cosa, ogni volta che si va oltre la luce ci si trova nella medesima situazione e occorre ritrarsi, quindi occorre tornare, siamo obbligati a tornare! Se non lo facessimo il nostro status di morte diverrebbe definitivo e... diverremmo Dio! Oppure, come Arun teorizza, rinasceremmo in un nuovo corpo o in un nuovo stato!>

<Arun?> Chiese Ciruan.

<Cavolo non ci siamo presentati: noi siamo Arvin, Arun, Jennifer e Anna. Sono questi i nostri nomi!>

<Permettetemi un'ultima domanda poi vi lascerò tranquilli e darò disposizione per inserirvi la consolle e permettervi di conoscerci meglio. Il passo successivo sarà inserirvi nel corpo di un robot e trasferirvi su Plutone, noi ci risentiremo là a meno che, per qualsiasi ragione, non vorrete interpellarmi. Io resterò sempre a vostra disposizione, per cui vi basterà chiamarmi in qualsiasi luogo siate perché io vi risponda!>

<Ti ringraziamo molto Controllo, bene procediamo ma prima spara!>

Controllo restò un attimo interdetto, poi chiese: <Cosa intendete per spara?>

I cervelli, per la prima volta risero! La cosa confortò molto Ciruan "E' evidente che sono umani!" Pensò. Poi dissero:

<Scusaci Controllo, volevamo dire: facci la tua domanda!>

Un computer, per quanto complesso, può dimostrare perplessità? Bene Controllo diede proprio questa impressione, comunque chiese:

<Quando siete arrivati in vista di Plutone e avete iniziato ad inviare messaggi, la vostra Astronave è come apparsa dal nulla, è questo l'effetto di quello che definite "rallentare"?>

I cervelli restarono in silenzio per qualche secondo, poi:

<No! siamo arrivati prima noi! La nave è arrivata dopo, siamo noi stessi che l'abbiamo chiamata!>

5

Fummo integrati con una consolle che riuscivamo a "leggere" e, così, potemmo avere accesso ad una banca dati che ci diede una vastissima informativa sulla cultura umana del tempo. Restammo collegati continuamente per un'intera settimana! Fummo così a conoscenza che l'uomo aveva colonizzato tutto il sistema solare e diversi sistemi stellari posti nell'arco di sei anni luce dalla Terra! La civiltà umana ci sembrò piuttosto statica. Ogni cosa veniva regolata da sottosistemi informatici e robotici avanzatissimi, all'uomo restava ben poco da fare. Questi sottosistemi, a loro volta, erano integrati in Controllo che appariva come la mente generale di tutta la cultura umana e no! Una specie di Dio informatico che, come Lui, interveniva molto, molto di rado! Gli uomini erano, nel complesso, soddisfatti del loro stato e abbastanza indolenti. Pochi sentivano la necessità di fare qualcosa di più, di evolversi. Quei pochi si mettevano a disposizione di Reclutamento, un sottosistema che valutava le capacità dei candidati. Di quei pochi un numero limitato veniva accettato da Reclutamento e, in genere, erano elementi eccezionali che avrebbero potuto essere utili alla società umana. Molto raramente venivano reclutati effettivamente e quasi sempre da sottosistemi. Essere chiamati direttamente da Controllo, come era accaduto a Ciruan, era un fatto più che straordinario!

Altri personaggi fuori del comune erano i Coloni! Cioè coloro che decidevano di emigrare su altri sistemi stellari. Ma anche questi si portavano dietro tutti i sistemi roboinformatici possibili e, spesso, tornavano indietro. Alcuni pianeti su stelle lontane avevano poche decine di uomini e migliaia di sistemi robotici! Il viaggio alle stelle comportava anni in ibernazione e pochissimi erano disposti a farlo!

I pianeti non venivano terra formati, si costruivano cupole, città sotterranee, basi protette! Il solo pianeta terra formato, in epoca addirittura preistorica, era Marte!

Il nucleo di Marte era stato riscaldato e un fantastico sistema catturava al meglio i raggi solari. Marte non era più freddo. L'acqua contenuta nel sottosuolo e ai poli era stata scongelata. Ora Marte aveva davvero i canali! L'atmosfera era stata assemblata e liberava ossigeno-azoto grazie ad immensi apparati a base nucleare. Su Marte si poteva respirare. L'aria era però ancora rarefatta, era come essere a tremila metri sulla Terra, quindi andare in montagna su Marte non era facile, oltre i mille metri occorreva un respiratore! Nel complesso il pianeta era più verde della Terra!

Tutti gli altri pianeti, esclusi i giganti gassosi, le lune, anche gli asteroidi, erano stati colonizzati, ma non terra formati. In realtà anche nei tre giganti gassosi esistevano alcune basi, quasi esclusivamente robotizzate ma, a volte, abitate, sia pure temporaneamente, anche da uomini! Pure l'inferno di Venere! Come avevano fatto a costruire città, sia pure sotto cupole e interrate, su Venere era un mistero! Non si aveva memoria storica di una qualsiasi guerra! Lo stesso concetto di guerra era sconosciuto all'umanità. La medicina era progredita a livelli per noi inimmaginabili, un uomo poteva vivere anche cinque o seicento anni! Si erano fatti passi da gigante nella rigenerazione delle cellule, la degenerazione che causava la vecchiaia era estremamente rallentata. Anche se si subivano incidenti si poteva sopravvivere grazie a sistemi di clonazione avanzatissimi. Era possibile rigenerare parti del corpo e trapiantarle, o anche tutto il corpo intero, escluso però il cervello, altrimenti si otteneva un uomo nuovo e diverso. Non si poteva "ringiovanire". Si poteva usare una nuova cellula ricavata dalla "banca cellulare" e clonare così un corpo giovane senza il cervello. Si inseriva quindi il cervello del soggetto in questione, ma avrebbe "ricordato" la sua vera età coinvolgendo con il tempo tutte le cellule del nuovo corpo che si sarebbero "adeguate" all'età del cervello stesso. Il cervello non poteva essere clonato, conteneva i ricordi, la mentalità, la personalità, "l'anima" del soggetto, clonandolo sarebbe "nato" un essere umano nuovo e completamente diverso, per cui mantenendo il cervello originale si arrivava inevitabilmente ad una degenerazione cellulare che, sia pure dopo molti anni, causava una morte quasi cosciente, come se dopo tanti secoli di vita ci si stancasse definitivamente e si volesse "staccare la spina". Quando qualcuno moriva il sistema informatico clonava un nuovo essere umano compreso il cervello. Si usava una "banca cellulare" gigantesca, alimentata continuamente proprio dai corpi delle persone decedute, dalla quale si prelevava una singola cellula a caso e, in poco tempo, si formava un uomo completamente nuovo dell'età fisica apparente di venticinque anni. Nel suo cervello, quando ancora incosciente, veniva inserito un "imprinting" che gli permetteva, una volta "nato", di avere tutte le informazioni di base. Poteva essere usata anche una cellula ricavata dalla persona morta o da un vivente. In quel caso si sarebbe clonato un essere umano fisicamente identico al "donatore" all'età di venticinque anni ma, dal momento che anche il suo cervello sarebbe stato "nuovo", non ci sarebbe stata alcuna degenerazione cellulare ma si sarebbe comunque ottenuto un essere umano completamente diverso, simile solo fisicamente al precedente. Però questa pratica veniva effettuata molto raramente e solo su domanda precisa degli umani che comunque la richiedevano solo in pochissimi casi assolutamente eccezionali. Normalmente i sottosistemi agivano completamente a caso. Il rinnovamento cellulare era garantito anche da interventi sul DNA umano che risalivano a migliaia di anni addietro. Tutto questo faceva si che il processo di invecchiamento venisse fortemente rallentato, mediamente l'età fisica di un singolo umano partiva dai 25 anni iniziali al momento della clonazione, per poi aumentare di nove anni ogni cento realmente vissuti. (Ciruan aveva un'età "fisica" di circa 28-29 anni). Era ovviamente un dato medio, molto dipendeva dal modo di vivere del soggetto. La morte, o la volontà di morire, avveniva di solito all'età fisica di 70-80 anni equivalente appunto a 5-600 anni di vita reale. Qualche raro caso era arrivato quasi a 700 anni! Questo tempo poteva essere allungato e di molto da processi di ibernazione! Era una pratica progredita enormemente. Non si conoscevano limiti ai tempi di ibernazione, ne si erano mai riscontrate conseguenze negative fisiche o psichiche di alcun tipo. Veniva usata sopratutto per permettere ai coloni di raggiungere le stelle, ma non era insolito che anche altri la richiedessero vuoi per "dare un'occhiata" al futuro, vuoi per il desiderio di "avere un'età" da far invidia a Matusalemme, una specie di "moda" non troppo comune, ma qualche volta anche soltanto per "noia"!

Non esistevano bambini! Niente attaccamenti familiari; accadeva però abbastanza frequentemente che si formassero coppie che restavano unite anche per molto tempo. Non era un matrimonio ma piuttosto una lunga e duratura convivenza. Le nuove clonazioni, potremmo dire le "nuove nascite", erano perfettamente regolate per mantenere uno "status quo" nel numero degli abitanti. Non ci si basava solo sul sussequirsi delle morti e delle "nascite", ma anche sulla sia pur lenta emigrazione verso lo spazio esterno alla conquista di altri pianeti al di fuori del sistema solare. Tutti, se lo volevano, potevano accedere alle informazioni, novità, iniziative o notizie. In genere l'informazione non era seguita molto ma il nostro arrivo aveva risvegliato l'interesse della razza umana in modo assolutamente inaspettato. Scoprimmo di vivere una specie di "grande fratello". Miliardi di esseri umani, ovunque ed a qualsiasi ora, seguivano le nostre vicende!

Le antiche Istituzioni erano scomparse. l'**Agenzia** non esisteva più, né la Chiesa, o altre Istituzioni simili. Non se ne aveva neppure il ricordo!

Anche i governi erano scomparsi, l'ultimo era un governo interplanetario che risaliva a ben 21.000 anni or sono! La vita era regolata dai sistemi informatici, non esistevano leggi scritte e la delinquenza era scomparsa. Tutti avevano tutto, non serviva denaro, per cui non c'era niente da rubare. Il sesso era libero non c'erano frustrazioni di qualsiasi genere. L'unico delitto che ancora, sia pure raramente, poteva accadere era l'aggressione fisica fino all'omicidio! Erano casi veramente rarissimi che venivano scoperti immediatamente, non ci si poteva nascondere ad un sistema informatico globale.

L'aggressore veniva fermato da altri uomini, a volte anche con la forza, poi era Controllo ad intervenire chiedendo a tutte le persone coinvolte, anche all'aggressore, cosa fare e, in base ai suggerimenti della maggioranza agiva sempre coadiuvato dagli umani.

In genere l'aggressore, se non vi erano ragioni per comportarsi in modo differente, veniva ibernato e "messo da parte" in attesa di decisioni future che difficilmente sarebbero mai arrivate!

Un altro aspetto era quello filosofico-religioso. In realtà le religioni non esistevano più, non se ne aveva neppure memoria! Vi erano però diverse persone che si ponevano domande a sfondo filosofico e studiavano con molta serietà il problema. Erano coadiuvate da sottosistemi e informavano delle loro riflessioni tutti coloro che potevano essere interessati, ma erano piuttosto pochi. Nel complesso buona parte dell'umanità riteneva come possibile che esistesse un'entità superiore che inglobasse tutto l'universo.

Erano piuttosto vicini alla realtà!

Alla fine decidemmo di spegnere la consolle, ne sapevamo ormai abbastanza!

Poco dopo arrivarono diverse persone che, in breve, ci assemblarono ad un sistema robotico. Evidentemente stavano solo aspettando che terminassimo il nostro studio!

Ci abituammo molto rapidamente al nuovo "corpo". La situazione era molto diversa dalle prime esperienze che avevamo vissuto in un tempo che non esisteva più!

Ci rendemmo conto che il sistema robotico era molto più agile e versatile di quello cui eravamo stati abituati. Ne approfittammo allegramente e cominciammo ad esplorare indisturbati fra i corridoi e le stanze della base.

Non esitammo a uscire e passeggiare fra le rocce di Caronte, ritrovammo le stelle! Ma non solo! Caronte, insieme a Notte, Cerbero, Stige e Idra, i cinque satelliti di Plutone, erano un'immensa base spaziale! Si trovavano ovunque hangar, navette, merce accatastata in strani container, cupole dove i viaggiatori si recavano per i loro affari o per riposarsi e divertirsi, ma, soprattutto, lo spazio dove transitavano o erano ormeggiate gigantesche navi spaziali molte delle quali destinate alle stelle! Andavamo spesso nella sala comune a parlare con gli astanti ed anche nei bar della base dove si scherzava sul fatto che non potevamo bere insieme agli altri, era uno scherzo ma non avremmo disdegnato una buona birra ghiacciata....

Un giorno incontrammo, in uno di questi bar, alcuni uomini che erano appena tornati da una stella lontana:

Ce li indicarono e ci avvicinammo a loro. Questi ci accolsero con grande cordialità, dopotutto eravamo tutti viaggiatori delle stelle!

Uno di loro ci domandò:

<Ma è vero che avete viaggiato ad una velocità superiore a quella della luce?>

<Si, è vero, abbiamo visitato anche molti pianeti, alcuni anche abitabili dall'uomo, abbiamo visto tante cose meravigliose, stelle doppie, giganti gassose, galassie lontane!>

<Deve essere stata un'esperienza straordinaria!>

<E' vero! Presto potrete vedere tutti il nostro "libro di bordo", Controllo sta operando in tal senso.>

<Non vedo l'ora di visionarlo!> Rispose lo spaziale.

<E voi da dove venite?> Domandammo.

<Da Yesi, il primo pianeta di Proxima.>

<Il vostro viaggio è stato lungo?>

< 760 anni! tutti passati in ibernazione.>

<Cavolo! anche voi allora venite dal passato!>

<Potete ben dirlo!, non riconosciamo molto di questa società, sono passati 1.540 anni da quando siamo partiti, non posso dire di ritrovarmi a casa!>

<Per curiosità, quando siete partiti c'era già Controllo?>

<Controllo c'è da sempre! E' l'unico punto fermo che abbiamo, meno male che esiste Controllo! Per noi è molto confortante.>

<Com'è questo pianeta che avete lasciato?> Chiedemmo ancora, in realtà lo sapevamo, era nella banca dati che avevamo da poco "digerito", ma eravamo curiosi di sentire le impressioni di quello spaziale.

<Piuttosto selvaggio, poco più grande della Terra, ha foreste un po ovunque e animali non troppo ospitali! Possiede ben tre lune, con conseguenze notevoli nelle maree degli oceani. Non ha stagioni, mostra sempre la stessa faccia al piccolo sole, per cui un lato del pianeta è molto caldo, tropicale, l'altro è freddo glaciale...>

Continuò a lungo, lo ascoltavamo piuttosto affascinati.

<Ma perché sei partito?> Lo interrompemmo, infatti si sentiva nostalgia nella sua voce.

<Yesi è condannato! Il suo sole è instabile, non diverrà una nova, ma presto diminuirà la sua energia del 20%. Non lo farà a lungo, "solo" per 200.000 anni, ma assolutamente sufficienti a rendere invivibile il pianeta! Proxima è una nana rossa, già di per sé molto fredda, fa parte di un sistema trinario: Alpha Centauri A, Alpha Centauri B e Proxima, appunto. Ha un'orbita di 500.000 anni

intorno ad Alpha Centauri A e, per un lungo periodo, Yesi beneficia del calore dei due soli. E' uno spettacolo meraviglioso vedere i due soli scaldare contemporaneamente il pianeta: Proxima è vicina, solo dieci milioni di km.! Appare come un disco rosso fuoco, più lontana Alpha Centauri, si vede come un piccolo disco argentato.>

<Ma... non si può fare niente?>

<Niente!> Rispose lo spaziale con tristezza <La nostra tecnologia è ancora insufficiente per cercare di imbrigliare l'energia di un sole. La temperatura, nella parte sempre illuminata dal sole, arriverà a zero gradi e questo per 200.000 anni! Quando siamo arrivati su Yesi abbiamo fatto un lavoro superficiale. Troppo eccitati da un pianeta così bello, non avevamo studiato a sufficienza il ciclo del suo sole. Quando la cosa apparve evidente abbiamo ancora sperato in qualche miracolo, ora non c'è più speranza ed... eccoci qua!>

<Cosa pensate di fare?>

<Da parte mia, ma credo anche i miei compagni, voglio passare un po di tempo su Marte e poi sulla Terra per ritemprarmi, poi ripartirò! Spero di ritrovare un giorno un pianeta come Yesi, ma so che sarà difficile e secoli d'ibernazione non facilitano molto le cose!.... Chissà.... forse voi.... chissà potreste cambiare le cose... viaggiare oltre la luce! Chissà....>

Pochi giorni dopo questo episodio ci raggiunse Ciruan che allegramente ci disse: <Che ne dite? Siete pronti per andare su Plutone?>

Cominciavamo ad essere abbastanza annoiati, quindi rispondemmo con entusiasmo:

<Certo Ciruan, partiamo anche subito se vuoi!>

Ci imbarcammo su una navetta completamente diversa da quelle cui eravamo abituati. Totalmente computerizzata, bastava dire la destinazione e voilà! Come chiedere un caffè: voilà! Con la stessa facilità, solo che noi non bevevamo!

Ciruan viaggiava con noi, fu un volo brevissimo.

Diversamente da come ricordavamo Plutone, l'atmosfera era ghiacciata! Però la base dove eravamo diretti si trovava su una delle rare e strane piattaforme caratteristiche del planetoide, costituite da un minerale nero simile al titanio e molto magnetizzato. Queste zone avevano la curiosa capacità di "far scivolare fuori" l'atmosfera quando quest'ultima gelava, per cui la zona si manteneva sgombra dal ghiaccio atmosferico, diversamente dalle altre aree, anche dove sorgevano le città, dove, quando avveniva questo fenomeno, strane macchine, simili a talpe, permettevano di arrivare alle strade e alle cupole.

Dall'alto Plutone appariva ben diverso dal pianeta di roccia, e ghiaccio secco che ricordavamo. La maggior parte della superficie era neve e ghiaccio! Non neve e ghiaccio d'acqua, ma l'impressione era pur sempre la stessa!

L'albedo era fortissimo, nonostante il sole fosse estremamente distante, riusciva ad illuminare come un faro la superficie gelata! Qua e là si riconoscevano delle zone di colore scuro, erano le piattaforme.

La navetta si avvicinava ad una di queste, Ciruan aveva fatto in modo che potessimo assistere molto bene all'avvicinamento, evidentemente aveva una speranza, o forse, una delle sue straordinarie intuizioni!

Improvvisamente, davanti a noi, apparve la base! In buona parte era un agglomerato di costruzioni scintillanti, ben solide e collegate fra di loro. Una vera e propria città nei pressi della quale vi era una vasta area evidentemente adibita a spazioporto. Nelle vicinanze vi erano altre costruzioni di colore nero. Non si distinguevano bene ma si capiva che dovevano essere molto, molto vecchie e parecchio mal ridotte. Ricordavano un poco quella base spaziale aliena che avevamo incontrato nel nostro viaggio per le stelle.

Ci era molto chiaro! Guardammo Ciruan che sapevamo molto tesa e dicemmo: <Ricordiamo perfettamente, la posizione della base dell'**Agenzia** era esattamente questa! Però... non ti eccitare troppo Ciruan,... non riconosciamo nulla di quelle costruzioni!>

<Forse viste da vicino o dall'interno?>

<Vedremo, ma... certo! E' da là che siamo partiti!>

Una volta atterrati fummo accompagnati da Ciruan all'interno del grande complesso.

Avremmo voluto andare subito a visionare l'antica base plutoniana, e anche Ciruan era impaziente ma l'onnipotente Controllo ci aveva subito contattato e suggerito, prima di fare qualsiasi cosa, di incontrare gli scienziati che si erano stabiliti su Plutone sia per studiare la base preistorica, sia per studiare la nostra nave interstellare. Avevano anche installato un vastissimo laboratorio tutto per noi!

Erano tutti riuniti in un grande salone normalmente adibito per momenti di relax e ricreazione. Una volta arrivati ci guardammo intorno, vi era un grande vociare, ma gli astanti alla nostra entrata ammutolirono. Ciruan riconobbe qualcuno, perché esclamò:

<Ma tu...>

Un giovane si staccò dal gruppo, era un po piccolo, specialmente in confronto al metro e novanta di Ciruan, ma piacente e simpatico.

<Si Ciruan sono io: Vers!>

<Ma non eri femmina? per di più non da molto tempo!>

<E' vero, ma, cosa vuoi, come maschio magari.... che ne dici Ciruan? Inoltre sapevo che arrivavi e allora...>

<Niente da dire... mi piacerà strapazzarti un po!>

Disse Ciruan sorridendo e leccandosi letteralmente le labbra. Per fortuna Vers interruppe questa imbarazzante, per noi, pantomima. Si aveva l'impressione che Ciruan volesse "strapazzarlo" subito e davanti a tutti. Noi non lo sapevamo ancora ma era proprio così! Vers salvò la situazione chiedendo:

<Non ci presenti i tuoi amici Ciruan?>

Ci fecero una gran festa, si capiva che avrebbero voluto bombardarci di domande e non ci avrebbero mollato facilmente. Vers era molto simpatico ma pareva più interessato a Ciruan che a noi, un'eccezione in quella bolgia.

Venne in nostro soccorso Controllo che, con il suo solito modo pacato di fare le cose, disse, parlando da tutte le pareti della grande sala:

<Vers, ti prego di fare da anfitrione ai nostri amici e preoccupati che abbiano tutte le informazioni in nostro possesso sul sito preistorico, prima che Ciruan li accompagni là direttamente.>

Si sapeva che Controllo non aveva alcun potere reale e riconosciuto, era una specie di macchina, ma una preghiera da parte sua era un ordine!

Tutti si zittirono immediatamente, Vers lasciò Ciruan e si rivolse a noi:

<Venite, prego.> Ci accompagnò verso un gruppetto di persone che nascondevano dietro di loro uno di quegli strani monitor vuoti dentro che, ormai lo sapevamo, trasmettevano immagini tridimensionali. Ci presentò uno degli astanti, un signore di una quarantina d'anni dai lineamenti orientali:

<Questi è Solan, direttore del progetto di ricerca sul sito preistorico.> Disse.

Non vi era più l'abitudine di stringersi la mano, ora ci si salutava mettendosi le mani sulle spalle e stringendo un poco, Solan usò con noi lo stesso saluto, come se ci vedesse per quello che realmente eravamo, non come un grosso e massiccio robot, poi ci disse con molta cordialità:

<Amici miei, di quel sito non sappiamo un accidente! E' stato ignorato per troppo tempo, Controllo riferisce che potrebbe essere quella la base da cui siete partiti. Se fosse vero sarebbe assolutamente straordinario... ma tutto quello che vi concerne è straordinario!>

Dopo una pausa continuò:

<Per quanto ne sappiamo il sito esiste da sempre. E' chiaramente umano. L'atmosfera del pianeta e il tempo l'hanno conciato da buttar via. Non c'è rimasto granché. Solo alcune strutture esterne, evidentemente più resistenti. E' bucherellato e aperto da tutte le parti. All'interno delle strutture, se di interno si può parlare, non c'è più niente, solo detriti e pezzi di metallo. Abbiamo trovato tracce metalliche che possono far risalire a computer e macchinari riconoscibili ma decisamente arcaici.>

<Anche noi siamo "arcaici"> L'interrompemmo <avete ricostruito questi macchinari?>

<No! Sarebbe stata una perdita di tempo, le tracce metalliche attraverso le quali abbiamo estrapolato la loro antica appartenenza, sono troppo piccole. Gli originali dai quali derivavano potevano essere molto diversi da qualsiasi estrapolazione potessimo fare, possiamo solo

immaginare le loro funzioni ma la forma e le soluzioni possono essere le più svariate, è rimasto troppo poco!... Però.... una cosa possiamo mostrarvela!>

<Che cosa?> Domandammo un po impazienti:

<Abbiamo effettuato su computer una estrapolazione di come avrebbe dovuto essere la base in passato, eccola:> Disse indicando il grosso monitor.

Apparve l'antica base come avrebbe dovuto essere migliaia di anni prima vista dall'esterno. La guardammo con attenzione, poi: <E' lei! Non c'è dubbio!> Un forte brusio si levò nella sala. <Qui era diversa, non c'era questa struttura e questa era più piccola!> Continuammo indicando vari punti. <Evidentemente col tempo è cambiata, ma guardate! Quello era lo spazioporto, cosa ci hanno messo?>

Dove ricordavamo lo spazioporto l'immagine riportava una strana costruzione metallica molto grande, sul davanti non c'erano più gli hangar delle navi ma uno strano spiazzo piatto e anch'esso metallico. La costruzione sembrava.... ma... non era possibile! <Questa costruzione esiste ancora?> Chiedemmo.

Solan ci rispose: <E' distrutta ma esistono parti delle pareti che ci hanno permesso questa ricostruzione.>

<Avete trovato qualcosa all'interno?>

<No! Non è rimasto niente.>

<E lo spiazzo esterno?>

<Ora è molto più piccolo ma esiste ancora. Pensiamo servisse come una specie di pista di atterraggio.> Rispose Solan.

<No! Maledizione no!> Gridammo! avete mai visto un grosso robot gridare? Gli astanti si spaventarono! Ci calmammo un momento poi spiegammo: <Quella era una Chiesa, una Cattedrale o qualcosa del genere e, ci scommettiamo la testa> ci eravamo dimenticati di non avere una vera e propria testa! <quello spiazzo doveva essere una specie di cimitero, avete mai scavato là intorno?>

<No!> Rispose un po intimidito Solan <Come dicevo pensavamo ad una pista d'atterraggio e i sensori non hanno mai comunicato nulla di anormale, ma cos'è una Chiesa?>

<Lascia perdere! Ma dà subito disposizioni di scavare sotto la piastra metallica e fate le cose con molta cautela, là sotto potrebbero esserci dei morti!>

<Morti?> Intervenne Ciruan, <Cosa intendete dire?>

Una spiegazione risultò abbastanza difficile. In tutti i 30.000 anni della loro epoca storica i morti non si seppellivano più. Il sistema di clonazione, il recupero degli organi etc., etc., faceva sì che niente venisse "buttato" (così si espressero quando spiegammo cos'era un cimitero), l'idea di seppellire un corpo la consideravano piuttosto idiota! Però ora avrebbe potuto essere utile.

Ci abbandonarono per un paio di giorni poi tornò Ciruan, insieme all'ormai inseparabile Vers, ed esordì: <Abbiamo fatto quello che avete chiesto, volete venire con noi?>

Finalmente ci portarono al sito, ci fece un certo effetto, non c'era dubbio eravamo partiti da lì! Piuttosto faticosamente riuscimmo a riconoscere alcuni luoghi dove eravamo stati, li indicammo a Ciruan che, insieme sempre a Vers, ci seguiva in silenzio, un poco impacciati dalle strane tute protettive che erano costretti a portare. Più che tute spaziali sembravano tute da footing che li ricoprivano totalmente, da dove ricavassero l'aria non l'abbiamo mai capito molto bene!

Poi ci accompagnarono al "cimitero". Questo luogo non esisteva quando eravamo stati lì, cosa era accaduto nei millenni dopo la nostra partenza, francamente era un mistero e tale restò!

Vers ci spiegò, attraverso la radio della sua tuta:

<Avevate ragione, abbiamo trovato i resti di tre cadaveri riconoscibili, probabilmente ve ne erano altri, ma non è rimasto niente. Li abbiamo portati in laboratorio, volete vederli?>

Non che ci tenessimo molto ma avrebbero potuto darci qualche informazione, sarebbe stato troppo bello se uno di loro fosse il caro amico Hesner! Per cui accettammo! Entrammo in uno degli edifici dove, con gran sollievo, Ciruan e Vers si tolsero le cosidette "tute" restando tranquillamente completamente nudi, evidentemente non avevano portato con loro un ricambio! Gli astanti si avvicinarono salutandoci e ignorando senza problemi i due personaggi senza vestiti.

Uno di loro si presentò e:

<Mi chiamo Glors, abbiamo trovato questi resti.> Ci disse indicandoci delle "cose" che forse un giorno dovevano essere stati uomini, almeno lui ne sembrava convinto in realtà erano solo piccoli pezzettini di qualcosa forse a base carbonio e un po di polvere. Come cavolo erano riusciti a trovarli e a comprendere qualcosa da questa roba era un mistero!

Se uno di loro era Hesner era molto cambiato!

<Non abbiamo potuto avere molte informazioni da loro, è rimasto troppo poco, possiamo solo dire che erano tre donne, non è stato possibile capire la causa del loro decesso; sono morte all'età di 65, 73, e 75 anni, dei vostri anni intendo!>

Beh! Hesner non crediamo abbia cambiato sesso!

<Vi è un solo dato importante. Dalle vostre informazioni questo sito non esisteva al vostro tempo, né in un tempo precedente. La donna morta per prima è deceduta 68.303 anni fa! Se ne deduce che voi arrivate da un tempo antecedente a 68.300 dei vostri anni!>

Glors aveva fatto dei miracoli! Altro che poche informazioni! Ma a quel punto comprendemmo con una lucidità straordinaria! Quelle donne erano morte sicuramente molto dopo la nostra partenza, quando la base di Plutone era già cambiata parecchio, e perché questo potesse accadere dovevano essere passate centinaia di anni! Eravamo tornati su Plutone 70.000 anni dopo la nostra partenza!

6

Controllo aveva recuperato la memoria della nave. Dopo averla assemblata all'apparato dei Cervelli, riversò tutti i dati e così venne a conoscenza di ogni cosa. Ne fece partecipe Ciruan e inserì la memoria nel circuito di informazione dell'umanità e, fatto straordinario, la visionarono miliardi di persone.

Ciruan commentò con Controllo: <E' assolutamente incredibile!>

Controllo non era certo tipo da impressionarsi ma disse:

<Dobbiamo studiare queste informazioni! Dobbiamo iniziare un programma nuovo e costruire altre navi interstellari, possiamo farlo e meglio di come avevano fatto questi eroi!>

Un computer eccitato! Poi continuò:

<Presto solleciterò il sottosistema Reclutamento, abbiamo bisogno di tutti!> Ciruan intervenne: <Sì! Controllo, ma devi anche informare la gente e invitarla a rivolgersi a Reclutamento, dopo questa bomba vedrai che tantissime persone lo faranno!>

<Hai ragione Ciruan, tutto questo risveglierà l'umanità!>

Ciruan e Vers ormai vivevano insieme. Il loro era un rapporto curioso: Ciruan avrebbe dovuto essere la femmina e Vers il maschio, fisicamente si manifestavano così, ma di fatto il loro rapporto era esattamente il contrario! Tra l'altro Vers era ben venti centimetri più basso di Ciruan e questo lo faceva, istintivamente, dipendere dalla donna. Ne trovava, però, una grande soddisfazione. Si trovavano molto bene insieme!

<Ciruan!> Disse un giorno Vers: <Ora stiamo vivendo questa straordinaria esperienza con la venuta dei quattro cervelli da un passato lontanissimo, ci hai pensato bene?>

<Certo caro!> Gli rispose <è come spaziare sulla preistoria, è veramente un'esperienza unica!>

<Ma non solo Ciruan!> Insistette Vers <Quando tutto questo sarà finito, quando avremo compreso tutte le implicazioni di questo avvenimento cosa accadrà Ciruan e quale sarà il nostro ruolo?>

Ciruan restò un attimo interdetta, poi: <Cosa vuoi dire?...>

<Controllo farà costruire delle navi interstellari, delle navi ultra luce. Altri potranno viaggiare per le stelle, per lo spazio e per il tempo, cercare un significato oltre la morte, quel Dio di cui qualcuno parla. Altri lo faranno! E se....>

<Se lo facessimo noi?>

<Perché no Ciruan? Se lo facessimo noi?>

<Non hai paura di morire Vers?>

<Dopo questa esperienza potremmo più vivere come prima? Sì Ciruan! Ho paura e, sono certo, anche loro hanno avuto paura, ma l'hanno fatto!!!>

<Hai ragione! Saremo insieme?>

<Certo! Sempre Ciruan!>

<Allora non avrò paura. ... Ne parlerò a Controllo caro, anzi voglio farlo subito!>

Non ci fu bisogno di molte parole, Controllo, ovviamente, aveva ascoltato, alla faccia della privacy!

<Vers, Ciruan! Da parte mia non vi è alcun problema, anzi ne sono felice! Se mi date il via informo subito Reclutamento, è sempre lui, il sottosistema, che può valutare al meglio le candidature, ma vista la vostra esperienza di prima mano, non credo vi sarà il benché minimo problema, inoltre.... ma chissà che non vi sia anche qualche sorpresa!>

Controllo, a volte, riusciva ad essere molto enigmatico!

Ciruan e Vers si recarono dai cervelli anche per dare loro la notizia:

I Cervelli ne rimasero favorevolmente impressionati, fecero loro i complimenti, quindi Ciruan chiese:

<C'è però una cosa che mi incuriosisce: perché quattro?>

<Perché siamo in quattro? Ma è stata una pensata degli psicologi dell'**Agenzia**... uno sarebbe impazzito subito, due si sarebbero sentiti soli, troppo soli, quindi... quattro! Tutto qui!

Ma tu non sai fino a che punto avevano ragione, se eravamo meno di quattro non saremmo mai ritornati indietro dalla morte!>

<Mi sembra abbastanza logico> intervenne l'onnipotente Controllo <tra l'altro, sulla base delle

informazioni fornite dalla vostra memoria, stiamo studiando come far interagire una nave stellare ultra luce con centinaia di cervelli, anzi migliaia, che viaggino con lei. Credo che ci debba essere un comando e credo sia fattibile: ancora quattro al comando, insieme a migliaia che però non hanno capacità decisionale. La conoscenza e tecnologia attuali sia della fisica, sia della medicina, sia della psicologia umana, ci permetteranno sicuramente di costruire navi ultra luce molto efficienti e di ridurre il rischio di non ritorno. Resta il nodo temporale, per quello temo si potrà fare ben poco!>
<Pensate di far partire migliaia di cervelli in una sola nave?> Chiesero i Cervelli.
<Certo!> Rispose Controllo, <E' più che fattibile ed è anche un metodo straordinario per integrare fra di loro le persone, si può fare e, una volta giunti ad una destinazione, verranno clonati i loro corpi e saranno in grado di colonizzare il pianeta che avranno scelto. La vostra esperienza è stata fondamentale, cambieremo in parte l'approccio della disiscorporazione e inseriremo parametri atti a "diluire" il trauma della morte. Migliaia di coloni collegati tra di loro e con il "comando" saranno un'integrazione straordinaria e agiranno, durante il viaggio, come un corpo solo con conseguenze nuove e fantastiche! Potremo portare anche navette, robot e tutto quanto può essere utile.
Le nuove navi ultra luce saranno molto più grandi della vostra, dei piccoli planetoidi, possiamo farlo!
A questo proposito vi chiedo ancora il permesso di smantellare la vostra nave, potrà servirci per costruirne di nuove con motori più efficienti. Non usiamo più i motori atomici, ma possiamo imparare qualcosa dal vostro acceleratore e dai sistemi di integrazione che vi hanno permesso di fare della nave il vostro "corpo".>
I Cervelli tacquero un poco poi, con tristezza: <D'accordo, fatelo, credo che a noi non serva più!>
Poi aggiunsero: <Controllo, siamo meravigliati dalla rapidità con cui avete "digerito" le nostre informazioni per iniziare un programma di esplorazione e colonizzazione stellare!>
<Digerito?> Chiese Controllo, poi continuò <Si credo di capire cosa intendete dire, a volte la nostra comunicazione è ancora piuttosto "complicata"... per rispondervi devo dirvi che è necessario comprendiate meglio l'attuale società umana. Vi sono pochi stimoli e necessità piuttosto scarse, non manca praticamente nulla! Davanti alle grandi sfide: cosa accade dopo la morte e la comprensione ed esplorazione dell'universo, l'umanità si è trovata la strada chiusa, per dirla con una metafora come spesso usate anche voi. Le eterne domande che l'uomo si è posto, non hanno mai avuto risposte concrete, solo teorie e supposizioni! L'esplorazione stellare è possibile ma i tempi sono lunghissimi e le soddisfazioni molto poche. Questo stato di cose ha fatto sì che la società è stanca...statica. Nonostante gli enormi progressi fatti in passato, oggi le novità sono scarse. Il vostro arrivo ha rivoluzionato tutto! Per la prima volta l'uomo può "toccare con mano" la realtà della morte ed esplorare l'universo! Può vivere tutto questo in prima persona!
Ci stiamo svegliando! E' quindi logico mettere in atto questo programma usando, se necessario, tutte le nostre risorse. La "voglia" dell'uomo di affrontare queste eterne sfide è tornata, grazie a voi abbiamo nuovi orizzonti, nuove frontiere da esplorare e, come sempre in questi casi, l'uomo ha fretta! Il mio ruolo non è secondario, sono in grado di acquisire miliardi di dati in pochi attimi e di mettere in atto qualsiasi progetto ragionevole, inoltre sono qui per recepire la volontà di chi mi ha costruito. Ho una capacità di reazione immediata e so usare le risorse del nostro tempo.>
I Cervelli rimuginarono quanto Controllo aveva detto, pensarono che tutto era straordinario, ma, forse il più straordinario era proprio Controllo! E poi... chi lo aveva costruito? Se chiedevano quando era "nato" e chi l'aveva fatto "nascere", Controllo era molto evasivo, neppure lui lo sapeva! Ricordava vagamente un'organizzazione di cui si era persa ogni memoria. Qualcuno aveva affermato che Controllo esisteva da sempre! Forse Controllo era l'eredità dell'**Agenzia**? Dove sarebbe arrivata l'umanità con i progressi fatti dopo 70.000 anni? Quali frontiere avrebbe superato? Sicuramente sarebbe arrivata molto, molto più lontana di loro!
<Ho una proposta per voi,> esordì ancora Controllo <considerando la vostra straordinaria esperienza, ritengo che un'ulteriore disiscorporazione, cui siete abituati, possa essere effettuata a vantaggio comune. Vi propongo di inserire i vostri cervelli al mio sistema integrato. Diverrete parte di me! In questo modo avrete accesso a tutte le attività umane, sia nel sistema solare, sia oltre. Potrete viaggiare per le stelle, inseriti nel mio sistema, con le nuove astronavi che prepareremo in

base alla vostra esperienza. Intendo mettere allo studio un sistema di comunicazione istantaneo, basato anch'esso sulle nuove tecnologie, ho già diverse idee in proposito e sono certo sia attuabile, ma mi servirà l'inventiva umana per realizzarlo, attraverso di esso sarà possibile monitorare, non solo la Terra ed i pianeti circostanti, ma anche l'attività umana nell'universo! L'apertura mentale che vi coinvolgerà sarà straordinaria ed estremamente ampia. La vostra memoria non è sufficiente per contenerla tutta, ma verrà integrata da me. Se accettate, però, tenete presente due fattori: non sarà possibile tornare indietro! Il sistema sarebbe così complesso e integrato in ogni cosa che un ritorno da parte vostra causerebbe al sistema stesso, quindi a me, ed a voi, un danno estremamente grave! Inoltre per agire desidero chiedere consenso a tutta l'umanità. Questa richiesta sarà effettuata molto rapidamente nel sistema solare, ma occorreranno dodici anni per farla a tutti gli esseri umani attualmente sparsi nelle stelle vicine o in viaggio per altri sistemi. Mi sono permesso di inviare sin d'ora questa richiesta, in modo di accelerare i tempi, indipendentemente da quanto deciderete. Tutta l'umanità è quotidianamente informata su di voi, quindi conoscono bene le implicazioni del caso e la vostra esperienza. Possono anche vedervi, se lo desiderano, durante i nostri incontri e gli studi che ci siamo permessi fare su di voi, nonché ascoltare i nostri colloqui. Quindi tutti conoscono tutto! Se acconsentirete chiederò agli umani del sistema solare la loro opinione. Se la maggioranza rifiuterà non procederemo, se accetterà occorrerà attendere il parere degli uomini sulle stelle. Dodici anni durante i quali potrete rimanere in questo stato, accedere ad uno stato differente, rientrare nella vostra astronave o farvi clonare i vostri corpi. Sta a voi decidere.>
Dopo una breve pausa i Cervelli risposero:
<Controllo, dobbiamo pensarci, la tua proposta è molto allettante e pensiamo di accettare ma vogliamo essere ben sicuri di quello che facciamo, non desideriamo fare degli errori dei quali potremmo pentirci. Al momento ti invitiamo a procedere, ma non dare ancora nulla di scontato. Per essere ben certi di prendere la decisione giusta dobbiamo tornare ad essere quello che eravamo prima di iniziare questa pazzesca avventura, per cui abbiamo una richiesta da farti.>
<Dite!> Rispose.
<Desideriamo essere clonati, riavere i nostri corpi umani, almeno per un certo tempo, poi... si vedrà. Vogliamo viaggiare per il Sistema Solare, rivedere Marte, la Luna, vedere la Terra, è possibile?>
<Sicuramente, ditemi quando e provvederemo, possiamo farlo anche qui, su Plutone!>
<Bene Controllo, facciamolo subito. Ma prima vogliamo farti ancora una domanda.>
<Si? Dite pure.>
<Sappiamo che l'umanità ha colonizzato le stelle, almeno quelle più vicine, potremmo visitarle?>
<Devo spiegarvi meglio a che punto è l'esplorazione stellare, ma per il momento le stelle colonizzate sono pochissime se volete potrete andarci, ma avete compreso che possiamo programmare in tempi abbastanza brevi una flotta di navi ultra luce? Vi consiglio di attendere gli sviluppi causati dalla vostra venuta inaspettata!>
Controllo aveva ragione, l'umanità si stava risvegliando, la possibilità di superare i limiti della luce, della morte, aveva eccitato gli animi. In 70.000 anni il progresso, per quanto lentamente, era stato gigantesco e poi... niente guerre, niente incomprensioni! Si! Controllo aveva ragione, questi uomini ora sapevano che il limite supremo: la luce e la morte, potevano essere superati, nulla li avrebbe più fermati!
Controllo continuò: <Abbiamo colonizzato il sistema trinario del Centauro: tre stelle che, con i loro pianeti, orbitano intorno a loro stesse: Proxima ha un moto molto irregolare ma, in determinati periodi è la stella più vicina al nostro sole: 4,22 anni luce, è una nana rossa! Assurdamente è nei pressi di Proxima che si è trovato il pianeta più promettente: Yesi, ma è stato abbandonato, Proxima è troppo instabile e fredda, il pianeta è condannato a 200.000 anni di gelo! Vi sono altri pianeti nei pressi di Proxima, su tutti (anche su Yesi ed i suoi tre satelliti) vi sono basi umane, ma con pochissime decine di coloni e centinaia di sistemi robot-informatici. Le altre due stelle sono Alpha Centauri A e Alpha Centauri B. Orbitano intorno a loro molti pianeti, le stelle sono simili al sole terrestre e si trovano ad una distanza di 4,36 anni luce dal nostro sistema. Girano una intorno all'altra e, più lontano, orbita intorno ad A anche Proxima! Abbiamo scoperto ben tre pianeti con forme di vita a base carbonio, tutti e tre colonizzati dall'uomo. Come sapete dai dati che vi abbiamo

fornito sono molto numerose le basi che abbiamo sui satelliti e su altri sedici pianeti senza atmosfera o con atmosfera velenosa, ma comunque colonizzati e con diverse città protette sotto le cupole. Vi sono anche otto pianeti giganti gassosi tutti muniti di anelli, tre ancora più belli di Saturno. La popolazione umana complessiva emigrata sulle stelle è di 3 miliardi circa (nel sistema solare, Terra compresa, sono circa 12 miliardi).

Infine siamo arrivati alla Stella di Barnard: il più lontano avamposto umano: 5,96 anni luce dalla Terra. E' una Nana Rossa variabile: vi è un pianeta abitabile posto a 8 milioni di km. dal piccolo sole. Si vive in una situazione infernale, le stagioni si susseguono ad una velocità rapidissima, con sbalzi di temperatura folli: cicloni e tempeste, niente satelliti, vi è un insediamento umano di 200.000 coloni folli e coraggiosi. Ruotano intorno alla Stella di Barnard altri sette pianeti, cinque con atmosfera irrespirabile, due senza atmosfera. Li abbiamo tutti colonizzati, compresi sei satelliti, ma con insediamenti di poche decine di uomini, coadiuvati dai soliti sistemi roboinformatici. Abbiamo inviato altre quattro navi Interstellari in tre destinazioni diverse lontane fra 12 e 26 anni luce. Trasportano complessivamente quasi 40.000 coloni in stato di ibernazione. Nessuna ha ancora superato i 4 anni luce di distanza dalla Terra! Saranno dirottati verso il sistema del Centauro. Occorreranno sette anni per farli arrivare, a quel punto i coloni ibernati verranno svegliati e sapranno della vostra venuta e di ogni cosa che ne è derivata. Inutile far continuare il loro viaggio in ibernazione, a meno che essi stessi non lo desiderino! Il sistema del Centauro, una volta che la popolazione umana locale verrà informata e quando avranno ricevuto tutti i nuovi dati allo studio, è in grado di costruire autonomamente astronavi ultra luce. Per cui i coloni attualmente in viaggio potrebbero essere i passeggeri e l'equipaggio delle astronavi costruite su Centauro! Infine centinaia di moduli robotici stanno solcando il cosmo inviando informazioni di ogni genere!>

I Cervelli compresero che il loro arrivo avrebbe cambiato veramente molte, molte cose!

Quel giorno stesso furono tolti dal "corpo" del robot e vennero estratte le cellule necessarie per la clonazione. In seguito ripresero il corpo robotico, il processo di clonazione sarebbe stato lungo, più di sei mesi!

Passarono quel periodo studiando la storia e la civiltà umana dell'epoca e viaggiando fra Plutone ed i satelliti. Su richiesta di Controllo fecero la supervisione dello smantellamento di Maja. Non fu facile vedere smembrato "il loro corpo"! Furono presi da una grande tristezza, l'ultimo anello che li univa al loro tempo stava scomparendo! Un tempo che non esisteva più! Fecero un lavoro molto meticoloso, alla fine di Maja non restò nulla!

In tutti i loro impegni e spostamenti Vers e Ciruan li accompagnavano continuamente, un giorno Vers gli disse:

<Controllo ci ha suggerito uno studio particolare, vorremmo che ci aiutaste.>

<Di cosa si tratta?> Domandarono.

<Ormai è assodato che voi siete umani come noi e che venite da un tempo molto lontano del quale abbiamo perso ogni memoria.> Continuò Vers. <Ma restano due dubbi: il primo è legato al fattore tempo, alla teoria della relatività che contrae il tempo in relazione allo spazio ed alla velocità. Controllo non ha trovato vie d'uscita, vorremmo discuterne con voi!>

<Ok!> Risposero <e il secondo dubbio?>

<Siamo certi che voi venite non da un tempo lontano, ma piuttosto da uno spazio alieno al nostro? Un'altra dimensione o un altro universo?>

Restarono un momento in silenzio poi: <Anche noi abbiamo avuto questo dubbio, crediamo di no, ma non possiamo affatto escluderlo, ok, proviamo a studiare questi problemi insieme! Se non altro servirà a passare il tempo in attesa di riavere i nostri corpi di carne e sangue!>

Furono utilizzate tutte le tecniche e le tecnologie di quel tempo straordinario. Controllo non lesinò alcun mezzo, qualsiasi cosa venisse in mente era subito pronta! Stranamente, però, Controllo non interagì mai con loro, o era troppo occupato in altre cose o, più probabilmente, era arrivato a qualche conclusione ma preferiva lasciare libera la loro inventiva e intuizione umana. Non ci furono miracoli! Durante la loro esperienza erano accadute molte cose, sapevano che il nostro non era l'unico universo, non potevano escludere completamente di aver in qualche modo "ceduto" e di essere penetrati in un altro universo, ma **sapevano di non averlo fatto**!

Diversa la questione temporale. Non avevano minimamente recepito uno sbalzo temporale così importante. Anche la sofisticatissima (per il tempo in cui era stata costruita) strumentazione di Maja non era stata di alcun aiuto. I progressi fatti in 70.000 anni potevano affinare quella strumentazione e inserire nei cervelli che comandavano le future navi ultra luce una specie di segnale d'allarme sia per il fattore tempo sia in relazione al rischio di piombare in un altro universo. Più di così non si poteva fare!

Poi... arrivò il gran giorno: sarebbero tornati umani!

In realtà lo erano sempre stati, non si erano mai sentiti qualcosa di diverso, ma avrebbero riavuto il loro antico corpo di carne e sangue. Erano abbastanza eccitati all'idea ma... non sarebbero più stati una sola cosa! Non avrebbero più condiviso le loro esperienze, i loro sentimenti, i loro pensieri. Arvin non sarebbe più stato Jennifer, Jennifer non sarebbe più stata Arun, Anna non sarebbe più stata Arvin!

Compresero che in realtà stavano per perdere molto! Il giorno prima della "incorporazione" fecero l'amore come non mai, volevano restare una sola cosa il più a lungo possibile prima della divisione; quella pensata l'avrebbero pagata molto cara!

Anche Controllo lo sapeva, per cui aveva riunito su Plutone i migliori psicologi dell'umanità e, in particolare, aveva convocato Sunset!

Questi era un personaggio curioso, piuttosto ribelle e rognoso. Nato quasi 400 anni prima viveva da solo su un asteroide fra Marte e Giove, una specie di eremita.

Aveva un'età fisica di sessant'anni, (i cervelli avevano mediamente circa dieci anni di meno) e un carattere niente facile.

La convocazione di Controllo non lo trovò impreparato, alla richiesta di collaborare con i Cervelli rispose:

<Cosa cavolo aspettavi? Andiamo fammi arrivare su Plutone, ci penso io vecchio ammasso di circuiti e di latta!>

In realtà la latta non esisteva più e nessuno la usava ma Sunset era uno studioso dei pochi reperti preistorici ancora esistenti e sapeva bene cosa fosse la latta!

Il robot con i quattro cervelli venne convocato nella grande sala gremita di apparecchiature, altri robot e persone dove sarebbero stati "incorporati" nei cloni già predisposti.

<Questi è Sunset> esordì Controllo <D'ora in avanti sarà la vostra guida!>

<Ma Vers e Ciruan?> Chiesero i Cervelli.

<Da questo momento saranno occupati in un altro programma, non preoccupatevi Sunset, in questo momento e anche in seguito, è la persona più adatta per voi!>

<Bene, salve Sunset.> Salutarono i Cervelli. <Salve ragazzi.> Rispose un po bruscamente, <Seguitemi!> Li portò davanti ad alcune grosse vasche, all'interno.... c'erano loro!

<Questi sono i vostri cloni> Disse Sunset <qui fra poco verrete integrati, avrete un periodo di forte disorientamento, vi consiglio di prendervela calma, io sarò vicino a voi per consigliarvi e spronarvi, se necessario, vorrei dirvi di starvene tranquilli ma sarebbe una castroneria. I vostri cloni sono perfettamente sani e dell'età che avevate quando siete stati disincorporati la prima volta, non è possibile ringiovanirli i vostri DNA cerebrali li "ricordano" così, quindi accontentatevi!>

Controllo aveva spiegato che le loro cellule cerebrali non erano uguali a quelle dell'umanità di quel tempo. Millenni di studi e di interventi sul DNA umano, avevano permesso di arrivare ad allungare la vita almeno di otto volte. Il loro DNA era "arcaico", quindi anche con la clonazione e le nuove tecniche avanzatissime, avrebbero vissuto "normalmente" la loro vita e sarebbero invecchiati come nel loro tempo originale.

I cloni non avevano peli, ne capelli, erroneamente i Cervelli pensarono che fosse una caratteristica ereditata dalla mutazione umana attuale, ma Sunset spiegò loro che sarebbero stati come erano un tempo, semplicemente i peli ed i capelli sarebbero cresciuti una volta tolti i cloni dalle loro vasche e Sunset dimostrò molta curiosità per questo fenomeno, sembrava sin troppo entusiasta all'idea di veder crescere dei peli sul corpo di quei poveri umani "arcaici".

In quattro e quattr'otto li tolsero dal loro "corpo robotico". Per un attimo furono tentati di gridare: "fermatevi"! Ma resistettero! Gli inservienti fecero qualcosa e persero i sensi...

7

Dopo... millenni, o forse mezz'ora mi svegliai. Dov'ero? Dov'erano i miei compagni... ero solo, maledizione ero solo!!!

Abituarsi a questo nuovo, anzi antico, stato fu più difficile delle disiscorporazioni cui eravamo stati oggetto già tante volte!

Camminare, guardare, toccare... eravamo come neonati, bambini... camminavamo a quattro zampe, piangevamo come bambini, dov'erano gli altri! Nella mia testa non c'era nessuno!

Dov'erano!

Sunset dimostrò una pazienza eccezionale, non ho mai capito come un personaggio del genere non pensasse di disfarsi di noi con una buona fucilata, o forse a quel tempo era meglio il veleno? In seguito mi confidò che effettivamente l'aveva pensato, ma non soltanto una volta, spesso... L'aveva fermato solo quel fenomeno curioso che lo interessava tanto: la crescita dei peli e dei capelli!

Ci diedero i loro "vestiti": quattro sai colorati ed un paio di stivaletti a testa, niente calze, gli stivaletti di per sé non ne avevano bisogno. Chiedemmo tutti e quattro delle cinture, ci sembrava più congruo. Inutile domandare mutande o reggiseni, non sapevano neppure cos'erano!

Ci si abitua a tutto, anche ad essere degli uomini di carne e sangue!

<Arvin come ti senti?> Mi chiese un giorno Arun.

<Da schifo, mi sembra di essere handicappato e faccio ancora fatica a ricordarmi di mettere una tuta di protezione per andare nello spazio esterno!>

<E' vero! Dobbiamo stare attenti a non dimenticarci che non siamo più onnipotenti, guarda sono pieno di lividi e Anna ieri per poco non si è amputata una mano, si era dimenticata che un braccio di carne non può tagliare il metallo ma più facilmente è il contrario!... Ma tutto ciò è bene, rischiavamo di scordare quello che siamo, meglio "tornare sul terreno" eravamo arrivati troppo alti! Siamo uomini Arvin! Uomini come tutti gli altri, né migliori, né, spero, peggiori. Abbiamo fatto bene a ricordarcelo!>

Niente poteva cambiare Arun!

Stranamente la prima cosa che ci venne in mente fu... fare l'amore!

Fare l'amore quando eravamo collegati fra di noi, era un'altra cosa! Ma tant'è occorre accontentarsi! Vi era un solo vantaggio, avremmo potuto "provare" questi strani esseri del nostro futuro.

Come sempre la più assatanata era Jennifer che, appena fu possibile, "aggredì" sessualmente la prima persona che le capitò a tiro, cioè il povero Sunset!

Questi, (in un'epoca in cui il cambiamento di sesso era la norma e non vi erano né tabù né restrizioni sessuali, anzi!) era decisamente un personaggio piuttosto anomalo! Non aveva mai cambiato sesso, in tutta la sua vita era rimasto maschio! Non solo, era etero!

Prima della disiscorporazione anch'io ed Arun eravamo decisamente etero, a differenza delle nostre due compagne, specialmente Jennifer che non disdegnava affatto il suo stesso sesso!

Ma una volta integrati fra loro i nostri cervelli diventammo un tutt'uno anche nel fare l'amore e non ci dispiaceva affatto!

Per Sunset le cose erano ben diverse e le avance che facemmo io ed Arun lo inorridirono, quindi lo lasciammo in pace. Non disdegnava affatto, invece, le performance di Anna e Jennifer!

La libertà sessuale di questa società ci fece molto comodo e ne approfittammo allegramente! A volte appariva strano far l'amore con uomini e donne senza capelli né pelame di alcun tipo, ma avevano un'energia sorprendente e ci diedero molta soddisfazione. Credo che per loro fosse qualcosa di perverso amare persone del lontano passato, un po come se noi facessimo l'amore con uomini di Neanderthal!

Ma, da parte nostra, trovavamo vera soddisfazione solo quando facevamo l'amore fra di noi. Ci conoscevamo troppo bene e nessuno poteva darci il piacere che noi stessi ci davamo!

Un'altra cosa che feci fu una visita al bar! Cavolo la birra ghiacciata c'era ancora ed era ottima!

I miei compagni non disdegnarono di provare drink e bevande di ogni genere, il tutto sotto l'occhio curioso del personale della base che, appena andavamo in qualche luogo pubblico, veniva in massa ad incontrarci!

Sunset era un ottimo compagno, anche se un po burbero, ed era attento che non ci capitassero problemi ma la questione del bar coinvolgeva anche lui. Il risultato erano sbornie collettive che mettevano in imbarazzo il sistema robotico locale (non Controllo che in queste situazioni badava bene a starsene da parte!).

Mangiare! Un'altra novità! Provammo di tutto e, stranamente, anche Jennifer, nonostante fosse abituata ai cibi insipidi della Luna, non resistette davanti agli strani manicaretti dell'epoca. Qualcosa di buono nel riavere un corpo umano c'era!

Io ero l'unico del nostro gruppetto che non disdegnava fumare una sigaretta. Già nella nostra epoca i fumatori erano piuttosto rari e considerati come dei selvaggi un po ritardati. Beh! Io ero sempre stato un selvaggio ritardato! La questione, però, si era complicata quando fui aggregato al nostro gruppo, nessuno fumava e non ne volevano proprio sapere, per cui ogni volta che desideravo una sigaretta dovevo imboscarmi in luoghi appartati e lontani dai miei compagni. Poi l'addestramento sempre più pressante rese quei momenti ancora più rari. Ovviamente, una volta disiscorporato, non se ne parlò più! Nella nuova epoca dove eravamo piombati, se chiedevo una sigaretta nessuno sapeva di cosa stavo parlando ed i miei perversi "amici" si guardarono bene dall'aiutarmi. Ma insistetti parecchio e il solito Sunset, anche lui un po "selvaggio" finì per arrivare a capire qualcosa. Riuscì, infine, a farmi sintetizzare una specie di sigaretta! Più che tabacco sembrava una specie di marijuana solo che aveva l'effetto contrario e faceva passare la voglia di fumare almeno per tre o quattro giorni!

La questione dei peli ebbe un effetto collaterale che rese felice l'amico Sunset: la barba! Io ed Arun ci ritrovammo presto a dover combattere con questo fastidio. Non fu facile far capire che ci occorreva un rasoio! Sunset pensava che fosse naturale che la crescita dei peli avvenisse in modo del tutto selvaggio. Restava anche il problema inerente la crescita dei capelli, ad un certo punto occorreva tagliarli! Quando Sunset comprese appieno le nostre esigenze lo rendemmo felice! Studiò con attenzione il problema ed alla fine "insegnò" ai sottosistemi il lavoro del barbiere e dei migliori coiffeur!

Presto, sempre accompagnati da Sunset, lasciammo Plutone. Provavamo un po di tristezza a farlo ma eravamo eccitati all'idea di visitare il sistema solare dell'anno 73.000 d.C.!

Sunset ci aveva messo a disposizione una navetta spaziale, almeno lui la chiamava così, in realtà a noi pareva una normale nave interplanetaria con tutti i comfort più lussuosi di un hotel a cinque stelle!

Scoprimmo così che saremmo arrivati sulla Terra in sole tre settimane! Pazzesco, anche per noi abituati a viaggiare per le stelle!

La Terra era più o meno come la ricordavamo! I continenti erano là, abbastanza riconoscibili, così come gli oceani! L'India di Arun, il mio Nord America... tutto come una volta! Solo le calotte polari erano più grandi! In seguito fummo informati da Sunset che i ghiacci si stavano ritirando. Evidentemente vi era stata una nuova era glaciale, ma ora il gelo perenne arrivava "solo" a lambire la vecchia Inghilterra!

Però... le città non esistevano più! La gente viveva in piccoli agglomerati nelle campagne, sui mari, nelle foreste, nei deserti e sulle montagne. Non vi era affollamento!

Le città di quell'epoca venivano costruite su altri mondi, sugli asteroidi, i satelliti e... su Marte! Sulla Terra niente di più grande di piccoli villaggi piuttosto ariosi!

Vi erano giganteschi spazioporti dove atterravano continuamente migliaia di navette silenziose. Gli spazioporti, con le loro gigantesche strutture, erano quello di più vicino ad una città che potevamo trovare!

Atterrammo nel più grande, al centro dell'Africa equatoriale. Non eravamo soli! Non sapevamo come avevano fatto ma trovammo milioni di persone che ci stavano aspettando! Avevano tenuto libera la gigantesca area dello spazioporto, ma non bastava, la vicina savana era gremita di gente venuta da tutta la Terra solo per incontrarci!

L'effetto non fu molto dissimile da quello che avveniva nella vecchia America quando si voleva onorare qualche eroe! Ne uscimmo a stento e... completamente gasati!

Pensai ad Arun quando mi diceva "così torneremo con i piedi per terra!" Illuso!

Non c'erano negozi, boutique o altro, ma scoprimmo che bastava domandare e, attraverso i loro curiosi monitor, si poteva scegliere qualunque cosa che veniva recapitata direttamente in casa dai robot di servizio!

Niente denaro, non esisteva! Molto, molto comodo!

Per spostarsi c'erano piccoli mezzi aerei robotizzati perfettamente silenziosi che usavano un motore per noi assolutamente misterioso simile a quello delle navette spaziali. Girammo in lungo e in largo, dai geli dei poli alle isole dei mari del sud. Arun insistette per andare in India, ma probabilmente restò deluso, i vecchi templi Indù e la filosofia orientale erano scomparsi!

Da parte mia una visitina là dove una volta era Dallas, finii col farla e notai, con molta soddisfazione che Dallas non esisteva più!

Lasciammo la Terra, con grande sollievo di Jennifer che non l'aveva mai sopportata molto, visitammo tutto il sistema: la Luna, innanzitutto, che era diventata un'immensa città per lo più abitata da robot, Mercurio, Venere, dove una colonia umana sopravviveva lottando quotidianamente contro un pianeta assolutamente ostile! Andammo su Marte, era diventato il giardino del Sistema Solare, incredibile, non era più rosso ma verde, vi erano città ma la maggior parte del pianeta era un'immensa foresta! Gli asteroidi e la casa di Sunset. Giove, inquietante e straordinario. Ritrovammo con grande emozione Saturno! Giungemmo fino al lontano Nettuno, anche là trovammo insediamenti di questa strana umanità un poco statica e un poco avventurosa nello stesso tempo.

Poi...Eravamo annoiati. L'esperienza che ci aveva accomunato era stata troppo grande, anche le meraviglie che avevamo visto, non bastavano più. Avevamo nostalgia di quello che eravamo, di Maja, delle stelle! Ricordavamo la proposta di Controllo, occorreva solo aspettare, ma dove? Ne parlammo con Sunset che ci propose Marte. Ci stabilimmo là e Sunset, evidentemente stufo di noi, ci salutò. Eravamo soli, passammo il nostro tempo a guardare i notiziari, coltivare (con le nostre mani, senza robot fra i piedi!) il nostro orto ed il giardino, fare l'amore e studiare. Coadiuvati da un sottosistema portammo a compimento una vasta descrizione storica, anzi "preistorica", relazionando tutto quello che ricordavamo del nostro tempo e della nostra storia come la conoscevamo. Fu un vero bestseller! Sempre attraverso il sottosistema molti ci chiesero surplus di informazioni sui "bambini" e sullo "sport", a quel tempo non nascevano più bambini e lo sport era sconosciuto. Facemmo del nostro meglio per spiegare cos'era una famiglia, cos'erano i bambini e a cosa servivano le "attività sportive". Non ho mai ben compreso se eravamo riusciti o meno e quali conseguenze poteva avere la nostra descrizione sulla società attuale, nel complesso credo non abbia avuto nessuna vera conseguenza, solo curiosità! Spesso "andavamo in città", Marte era veramente bello ed invitante, la gente ci riconosceva e non disdegnava di "provarci" nei loro letti.

La notte, guardavamo le stelle:

<Arvin,> mi disse Jennifer una sera, tenendomi la mano <credi che lassù ci sia Devi?>

Non so perché le era venuta in mente quella piccola ed energica signora. <Si!> Risposi e, con meraviglia seppi che ne ero veramente sicuro!

<E' là e... credo ci stia aspettando!>

8

Tutto era compiuto, il destino o, forse, Dio, ci avevano portato a quell'istante! La nostra essenza, il nostro essere di 70.000 anni prima si era scontrato con il nostro essere di oggi, con Ciruan, con Controllo, con l'umanità di questo strano tempo, come se tutti fossimo in viaggio verso tutti, in una **rotta di collisione** che ci aveva fatto incontrare al momento giusto! Un rendevous, un appuntamento al di là del tempo e dello spazio che, tutti quanti noi sentivamo intimamente. Sembrava predisposto da una forza irresistibile, da qualcosa di infinitamente superiore!

Si stava preparando la prima nave interstellare, era molto diversa dalla nostra "povera" e antiquata Maja. Ma anche lei sarebbe arrivata alle stelle, oltre la morte!

Controllo ci teneva informati sui vari progressi e così fummo messi a conoscenza del fatto che uno dei principali progettisti era Sunset!

<Sunset, non potevate saperlo, è la più brillante mente del genere umano, uno scienziato di prim'ordine. Un sognatore, teorico ma anche molto pratico, con un carattere decisionale straordinario! In tutto il tempo che è stato insieme a voi, vi ha studiato con estrema attenzione e voi, inconsciamente, lo avete aiutato a estrapolare importanti e nuove idee che successivamente ha suggerito di inserire nella nuova astronave stellare! Se esistessero ancora i governi Sunset sarebbe sicuramente il nostro Presidente! I più importanti ed innovativi sistemi inseriti nell'astronave sono di Sunset! Non solo, ha estrapolato tutta una concezione della fisica spaziale progressista sulla base della vostra scoperta inerente un universo infinito ma limitato. Niente di realmente nuovo ma mai provato sino ad ora. Ha cambiato l'approccio scientifico! Da sempre la scienza si è chiesta "come" avvengono i fenomeni, grazie a Sunset si è sviluppato un pensiero scientifico che si chiede "perché" avvengono determinati fenomeni! E' una rivoluzione scientifica e di pensiero senza precedenti! > Ci fece sapere Controllo.

Sunset, quel personaggio un po burbero al quale non avevamo dato poi molta importanza! Eravamo veramente meravigliati!

Un giorno Anna espresse un pensiero che aleggiava nell'aria:

<Non vi sembra strano che un tipo come Sunset si occupasse della progettazione della nave stellare? E.... se fosse.... se fosse un lontano discendente dei fondatori?>

Il suo carattere lo faceva pensare, brusco, deciso e... assolutamente fuori dagli schemi dell'attuale società umana! Né Sunset né noi potevamo saperlo ma... forse....

Nell'astronave ultra luce non vi sarebbero stati solo quattro pazzi, come era accaduto a noi, ma bensì 150.000 coloni! L'avrebbero, però, comandata ancora solo in quattro: Ciruan, Vers e quel colono che un giorno avevamo incontrato su Caronte di ritorno dal suo pianeta condannato: Yesi, insieme ad un'altra spaziale che non conoscevamo.

Avrebbero cercato un pianeta simile alla Terra per stabilirsi là forse definitivamente. I quattro "comandanti" però, avevano intenzione di tornare e forse l'avrebbero fatto. Un pianeta era troppo poco per loro!

Controllo taceva, stava preparando qualcosa di nuovo anche rispetto alla nostra esperienza e, probabilmente, lui stesso e noi, se accettavamo l'integrazione che ci aveva proposto, eravamo una parte fondamentale del nuovo sistema di viaggio ultra luce. Sopratutto pareva che la nostra funzione fosse quella di "integrare" fra di loro le migliaia di coloni e permettere al comando di agire in libertà; il tutto senza che nessuno impazzisca! Per evitare la pazzia occorrevano dei pazzi!

Alla fin fine il tempo necessario per varare la prima nave fu di quindici anni complessivi! Quindici di quegli strani "anni galattici" il cui computo non ci fu mai molto chiaro! Quindi vent'anni per noi... cominciavamo a sentirci vecchi....

Non c'era più l'antica abitudine di dare un nome alle navi spaziali, ora venivano indicate solo con delle sigle. Era arrivato il momento di far tornare una vecchia e obsoleta usanza!

<Controllo!> Chiamammo.

<Ditemi> rispose prontamente.

<Abbiamo una richiesta... Vorremmo che la prima nave interstellare ultra luce avesse un nome, non una semplice sigla, e così anche tutte quelle che seguiranno!>

<Capisco... ma non sarà la prima nave ultra luce, la prima è la vostra: Maja! Non comprendo questa vostra tendenza emotiva, ma la rispetto. Come volete chiamarla?>
<**Devi**! Rispondemmo all'unisono.>
Eravamo su Marte da troppo tempo, nel complesso ci trovavamo bene anche se la notorietà che ci accompagnava cominciava ad annoiarci, ovunque venivamo riconosciuti, sembrava di essere dei divi del cinema!
Era notte, stavamo dormendo, quando una voce nota si rifece sentire dalle pareti.
<Salve amici, come state?> Disse Controllo svegliandoci.
<E' passato tanto tempo Controllo, che novità?> Chiese Jennifer.
<Ho avuto il responso: l'84% dell'umanità si è dichiarata d'accordo ad assemblarvi insieme a me!>
<E il restante 16%?> Domandai.
<Il 15,8% non si è espresso, lo 0,2% ha dato un responso negativo. Ma il dato straordinario è quel 84,2% che ha dato un responso, raramente l'umanità ha mostrato un così grande interesse per il suo stesso destino!>
<Allora dovremo lasciare ancora i nostri corpi ed assemblarci con te?> Chiese Anna.
<Si, se lo volete.> rispose Controllo <la decisione è vostra, soltanto vostra!>
<Ci sono alcune cose che non ho ben compreso Controllo.> Esordì Arun.
<Tu sei il sistema informatico regolatore di tutti i sottosistemi che interagiscono con la società umana permettendole di vivere e progredire. Una volta inserito nell'astronave, come potrai continuare in questo impegno? Inoltre, se ho ben compreso, nostro e tuo compito sarà quello di amalgamare fra di loro tutti i cervelli dei coloni trasportati dall'astronave e impedire che possano "perdersi" o rimanere sconvolti dall'esperienza che li attende. Nel contempo altre astronavi simili vengono costruite ed assemblate in questo momento. Anche loro avranno necessità di avere un sistema analogo per evitare che i cervelli dei coloni impazziscano o si disperdano; ma se è la nostra e la tua esperienza la soluzione per evitare disastri, come potranno queste nuove navi interagire con i coloni?>
<Il nostro compito non sarà solo quello che hai descritto.> Rispose prontamente Controllo.
<Ma dovremo anche studiare meglio tutte le implicazioni inerenti lo stato di morte, cercare almeno in parte di comprendere cosa accade intorno a noi quando saremo in quello stato, e studiare l'universo che ci circonda, fungere da collegamento fra i coloni e i quattro "comandanti" della nave, grazie alla vostra esperienza precedente potremo ritrovare i pianeti tipo Terra che avete visitato, etc. etc...> Dopo una pausa continuò: <Come vedi Arun i nostri compiti saranno poliedrici e molto complessi, grazie al progresso ottenuto nei 70.000 anni che ci separano dalla vostra epoca, vi saranno nuove e sicuramente sorprendenti implicazioni nell'avventura che ci attende. Anche il mio stato particolare sarà utilissimo per studiare e comprendere meglio ciò che ci circonderà. Io sono poco più di una macchina, ma forse proprio questo, unito alla vostra umanità, potrà aprirci nuovi orizzonti, e poi....> Tacque un momento quindi: < Mi chiedi come farà la società umana senza di me. Di fatto io continuerò a interagire e collegarmi a tutti i sottosistemi della società, che implicazioni ci saranno in questo fatto, non sappiamo esattamente ma siamo certi che saranno sorprendenti.>
<Sappiamo?...> Interruppe Arun.
<Si! Sappiamo!> Continuò Controllo. <Non penserai che ogni cosa è studiata e verificata solo da me? Sunset e migliaia di altri scienziati e studiosi stanno affrontando questi e altri problemi insieme a milioni di sottosistemi e da me! Comunque, per rispondere alle tue domande, posso dirti che anche se io continuerò a mantenere i miei collegamenti, ovviamente non potrò farlo a tempo pieno, come ora. Un nuovo sistema si sta integrando insieme a me e mi sostituirà quando partiremo. Potete immaginarlo come una specie di figlio, un nuovo Controllo in tutto e per tutto simile a me e a me collegato. Quanto alle nuove astronavi noi speriamo che la nostra esperienza potrà dare risposte su come fornire anche a loro un sistema analogo. Se queste risposte non giungeranno potremo utilizzare i quattro nuovi "comandanti" e anche il nuovo Controllo, mio figlio se volete, e così via.... Quasi una specie di clonazione fatta all'infinito man mano che l'umanità si spanderà nell'universo. Però Sunset e altri pensano che già il nostro viaggio darà risposte assolutamente inaspettate, c'è

molto di misterioso in quello che avete fatto e che è avvenuto, ne sappiamo ancora troppo poco. Pensiamo che riusciremo a controllare la contrazione temporale, per esempio, ma non sappiamo quali nuovi orizzonti si apriranno davanti a noi con un'astronave ultra luce che, scusate se ve lo dico, è un milione di volte migliore e più avanzata della vostra. La mia proposta è quella di andare insieme ad esplorare l'infinito, conoscere e comprendere la morte e nessuno meglio di voi sa che nell'infinito tutto può accadere, è accaduto e accadrà!>

Io prosaicamente chiesi: <Ma sarà possibile ubriacarsi, fumare, gustare dei cibi, sognare?>

<Ci penserò, non posso garantirti niente riguardo al fumo, ma credo che tutto il resto sia possibile utilizzando meglio i mezzi di sostentamento dei vostri cervelli. Inoltre tornerete giovani! I vostri vecchi corpi, anche se clonati, riportano il DNA originale, state invecchiando! Pensate potrete vivere per sempre!>

Arun intervenne ancora: <Attento Controllo, sempre è una parola grossa!>

<Hai ragione scusa, con voi occorre misurare bene le parole.>

<Ok Controllo> Tagliò corto Anna <so di poter parlare per tutti! Come possiamo rifiutare? In questo modo viaggeremo ancora per le stelle, oltre la luce, oltre la morte, insieme a te ed ai nostri fratelli che affronteranno questa meravigliosa avventura, sappiamo che non siamo soli, troveremo quegli alieni della piccola base spaziale sperduta nello spazio profondo e, chissà quanti altri! L'universo sarà nostro!>

<E' vero Anna, assembleremo migliaia di astronavi interstellari, la galassia e poi....>

<Sembri tu il sognatore Controllo.> Dissi.

<Sì, voi mi avete cambiato, Ciruan e Vers mi hanno cambiato, loro stanno per partire con i loro compagni, io sarò insieme a loro, anche voi?>

<SI!> Rispondemmo in coro, ma poi la solita Jennifer, come 70.000 anni prima chiese:

<Ma... potremo fare l'amore Controllo?>

Nello stesso istante, nelle profondità di un lontano asteroide, scattò qualcosa che assomigliava ad un relè! Fu inviato un segnale alla velocità della luce che si inserì in tutte le particelle subatomiche che componevano Controllo! Subito dopo l'antichissimo sistema che aveva atteso quel momento per decine di migliaia di anni esplose e con lui si disintegrò il piccolo asteroide che lo conteneva. L'**Agenzia** aveva esaurito i suoi compiti! L'esplosione fu registrata ma non si riuscì mai a comprendere cosa l'aveva causata! Per la prima volta da quando era diventato quello che era, il più importante sistema informatico dell'umanità ebbe un'intuizione! Si rese conto che unendosi ai quattro umani presto sarebbe diventato cosciente e rimase interdetto! Poi... rispose:

<Si! Amici miei potremo fare l'amore e per me sarà una nuova esperienza, **forse la più straordinaria esperienza che io abbia mai vissuto!!! Potremo fare l'amore!!!>**

In un tempo del quale ormai nessuno aveva memoria partiva dal Sistema Solare un uomo, colui che aveva fondato l'**Agenzia,** che voleva conquistare le stelle: Wender!

Partiva insieme alla sua compagna in stato di ibernazione, utilizzando un metodo antichissimo e poco sicuro, ma prima di morire voleva... le stelle!

Il primo obiettivo di Wender era il sistema del Centauro, molto più facile da raggiungere!

La sua nave spaziale aveva affrontato lo spazio esterno non senza difficoltà. Parlare di spazio vuoto era un eufemismo! La nave aveva dovuto evitare asteroidi erranti, migliaia di meteoriti e ammassi di polvere interstellare. Ogni cosa era stata prevista e, bene o male la nave spaziale ce l'aveva fatta! Infine, dopo oltre 70.000 anni era giunta in vista del sistema trinario del Centauro!

Il sistema trinario del Centauro consisteva in tre stelle che, con i loro pianeti, orbitavano intorno a loro stesse: Proxima aveva un moto molto irregolare ma, in determinati periodi era la stella più vicina al nostro sole: 4,22 anni luce, era una nana rossa! Le altre due stelle erano Alpha Centauri A e Alpha Centauri B. Orbitavano intorno a loro molti pianeti, le stelle erano simili al Sole terrestre e si trovavano ad una distanza di 4,36 anni luce dal nostro sistema. Giravano una intorno all'altra e, più lontano, orbitava intorno ad A anche Proxima con un'orbita di 500.000 anni intorno ad Alpha Centauri A.

La nave di Wender procedeva in direzione di Alpha Centauri A nella speranza di trovare pianeti abitabili. E i pianeti c'erano, ma erano già occupati dall'uomo!

Controllo, insieme ai quattro astronauti già giunti da uno straordinario viaggio verso le stelle, nonché i futuri coloni ed un corpo di comando, stava per assemblarsi a Devi, la grande nave interstellare quando improvvisamente giunse una comunicazione da Alpha Centauri A!

Un recentissimo sottoprodotto degli studi effettuati per costruire la nave Devi, era la comunicazione interstellare praticamente istantanea, quindi Controllo poteva comunicare in tempo reale! La trasmissione diceva:

"Controllo! I sensori esterni del sistema stanno rilevando una strana anomalia! Sembra una piccola nave spaziale! Stiamo inviando alcuni sistemi roboinformatici ad incontrarla!"

Un'altra sorpresa! Cosa poteva essere questa volta? Un'altra nave interstellare? Controllo chiamò immediatamente Arvin, Arun, Jennifer, Anna e Sunset che era forse la maggior autorità di quel tempo, e li informò di quanto stava accadendo.

Tutti si riunirono in attesa di avere notizie, Anna commentò eccitata:

"Deve essere un'altra nave dell'**Agenzia**, una nave come la nostra!"

"E' troppo piccola! Non può essere!" Disse Arvin.

"Possono avere fatto progressi incredibili dopo la nostra partenza, sicuramente è una nave umana!" Insistette Anna ma Controllo raffreddò gli animi:

"Inutile fare illazioni, aspettiamo di sapere qualcosa di più!"

Nel frattempo i sistemi robotizzati stavano raggiungendo la nave spaziale, quest'ultima, obbedendo alle direttive che le erano state fornite prima della sua partenza, improvvisamente accese i motori e letteralmente scartò di lato! Non poteva riconoscere quei sistemi che per lei erano alla stregua di meteoriti, comunque qualcosa di pericoloso e da evitare, qualcosa di sconosciuto e non previsto!

Controllo venne subito informato dello strano comportamento della nave, chiese consiglio e Sunset semplicemente disse:

"Inseguitela e se possibile agganciatela!"

I sistemi roboinformatici erano molto più reattivi e veloci della nave spaziale, non faticarono molto a prevedere le sue mosse e a raggiungerla. A quel punto l'agganciarono e cominciarono a trascinarla verso un pianeta abitato dall'uomo di Alpha Centauri A. In un primo tempo la nave spaziale sembrò voler fare resistenza ma poi, forse anche per risparmiare il suo carburante, si arrese e spense i motori. Nel frattempo i sistemi avevano potuto monitorare almeno esternamente la nave, inviavano nel contempo immagini relative alla nave e al suo aggancio e fecero rapporto a Controllo che informò i suoi compagni:

"La nave è piuttosto piccola, non si ha la certezza che sia umana, non possiamo escludere che sia aliena. E' mossa da reazioni chimiche, direi che è una nave più che arcaica. La superficie della nave è butterata, segno questo di un lungo e difficile viaggio. Sono stati inviati segnali di ogni tipo verso di essa ma non è arrivata nessuna risposta. Per evitare danni la stanno portando su un piccolo satellite del pianeta "Wordissen", là abbiamo una piccola stazione spaziale. Gli uomini di Alpha Centauri stanno rapidamente inviando sul satellite ogni tipo di attrezzatura per poter studiare questo nuovo evento."

L'inaspettato e sorprendente arrivo della nave spaziale era di per se un fatto straordinario e Controllo aveva provveduto ad informarne l'umanità. Ogni cosa, ogni commento, l'avvicinamento e l'agganciamento della nave nonché il rapporto fatto a Controllo e le riflessioni che ne erano nate, tutto veniva trasmesso attraverso i monitor e miliardi di esseri umani seguivano questi eventi!

All'approssimarsi del pianeta Wordissen all'interno della nave qualcosa si mosse. Il sistema era altamente automatizzato e programmato a reagire quando si fosse trovato un sistema planetario e così era! Iniziò dunque a invertire il processo di ibernazione cui erano sottoposti Wender e la sua compagna Nimba, nel contempo, immise aria all'interno della nave spaziale. Quanto stava accadendo non passò inosservato ai sistemi roboinformatici che, nel frattempo, avevano portato la nave in un hangar dell'astroporto del satellite, ma comprendevano solo che c'era del movimento all'interno della nave, senza poter capire di cosa si trattasse.

Wender si svegliò, Nimba no! La sua compagna non ce l'aveva fatta! Wender restò annichilito. Tutto questo per niente! Tanta fatica, tanti sogni, per niente!

Intanto l'interno della nave prendeva vita e riceveva gli strani segnali che i sistemi roboinformatici continuavano ad inviare. Wender reagì lentamente, quasi svogliatamente. Non riconobbe i segnali, non si diede la pena di rispondere. Guardò gli strumenti e seppe che era arrivato come sperava al sistema del Centauro. Scoprì che dalla sua partenza erano trascorsi oltre 70.000 anni!

Accese gli schermi esterni e scoprì con sorpresa di essere fermo all'interno di un hangar, attorno a se strani oggetti, sembravano robot, ma poi entrarono degli esseri umani!

Avevano strani vestiti, piuttosto alti e senza capelli ma sicuramente esseri umani!

Analizzò l'atmosfera esterna e scoprì che era aria respirabile ad una pressione più che accettabile. Faticosamente si apprestò a uscire, aprì il portello, quasi non riusciva a camminare, barcollando cercò di avvicinarsi agli uomini che lo osservavano stupiti, le gambe non lo sostenevano, rischiò di cadere ma una donna gli si avvicinò rapidamente per aiutarlo.

Wender non riusciva neppure a parlare, la scoperta della morte della sua compagna aveva distrutto la sua anima e la sua volontà, sembrò quasi che i presenti lo comprendessero, tenendolo letteralmente fra le braccia lo accompagnarono in una saletta confortevole dove lo fecero sedere su una specie di divano, la donna che lo aveva aiutato restò con lui, in silenzio, quasi a non volerlo disturbare, tutti gli altri li lasciarono soli. Offrì gentilmente a Wender del cibo e delle bibite e attese.

Controllo vedeva tutto questo e ne parlò ai suoi compagni:

"E' umano, un vecchio stanco, molto stanco. Stanno studiando la nave, hanno trovato dei sistemi di ibernazione piuttosto aleatori. Erano in due, aveva evidentemente una compagna che però non è sopravvissuta, vi sono segni inequivocabili di un fatto: provengono dalla Terra!"

Sunset commentò: "Con una nave come quella devono aver fatto un viaggio molto, molto lungo!"

"Certamente Sunset!" Rispose Controllo "Arvin, la nave ha sistemi di registrazione e informazioni che per voi dovrebbe essere facile comprendere, sembra che risalga al vostro tempo, attraverso i nostri monitor possiamo trasmettere ogni cosa e se volete potete aiutarci a capire."

"Ok Controllo." Rispose Arvin per tutti. "Mettiamoci al lavoro!"

Non occorse molto tempo e davanti ai quattro astronauti apparvero tutte le informazioni contenute nella nave spaziale, le studiarono con molta attenzione e a lungo, nel frattempo nella sua stanzetta lontana Wender, spossato, si era semplicemente messo a dormire, un sonno finalmente normale ma denso di incubi! La donna che lo aveva accompagnato non lo disturbò.

Dopo tre ore Arvin chiamò Controllo, i quattro apparivano molto emozionati, Jennifer aveva le lacrime agli occhi!

"Che accade amici!" Chiese Controllo, come al solito la sua voce sembrava uscire da tutte le pareti, infatti quel formidabile sistema informatico non aveva corpo!

Arvin faceva fatica a parlare, allora intervenne Arun:

"Controllo, ti abbiamo parlato dell'**Agenzia**, vero?"

"Si Arun, allora?"

"Noi apparteniamo all'**Agenzia**, quell'uomo e quella donna sono i fondatori dell'**Agenzia**! L'**Agenzia** un tempo era la più antica istituzione laica esistente! Nata più di 70.000 anni fa! Mille leggende erano sorte intorno ad essa. Era un'istituzione privata, fondata da un eccentrico inglese: Wender. Col tempo divenne un'entità autonoma che viveva con i proventi di migliaia di brevetti ceduti equamente ai vari governi. Il suo scopo era la conquista delle stelle!

Wender era pazzo? Molti lo credevano!

Nessuno sa cosa accadde a Wender ed alla sua compagna, scomparvero letteralmente nel nulla! Avevano ormai oltre 90 anni, forse troppi per quel tempo!

Qualcuno pensava che fossero in viaggio... che stessero raggiungendo qualche stella lontana... Quando noi siamo partiti la loro leggenda continuava ancora...."

Arun aveva come un groppo in gola, non riusciva a continuare...

"Prendetevela con calma" Intervenne Controllo. "Non c'è fretta!"

Dopo un poco continuò Arvin: "Wender, per sfuggire ad un disastro immane che sconvolse la Terra, colonizzò Marte in un tempo dove al massimo si poteva pensare di inviare nello spazio qualche sonda automatica, dopo la sua scomparsa i suoi eredi fondarono colonie in tutto il Sistema Solare e poi... toccò a noi! Il resto lo sai!"

"Volete dire che quel vecchio è Wender? Che ha fatto un viaggio lungo 70.000 anni per arrivare su Alpha Centauri? E' questo che state dicendo?" Sbottò Sunset.

"Si amico mio!" Rispose ancora Arvin. "Colui che mise le basi per il nostro arrivo presso di voi ci ha raggiunti! Voleva le stelle, Wender ha le stelle nelle sue mani! Nulla poteva fermare un uomo come quello!"

"Siamo in **rotta di collisione** Controllo!" Gridò Jennifer!

"Cosa vuoi dire Jennifer?" Chiese Controllo.

"Siamo arrivati noi e siamo arrivati in un tempo dove la nostra folle esperienza può essere sfruttata al meglio. Abbiamo trovato te Controllo e Sunset. Sai abbiamo il sospetto che voi due abbiate qualcosa a che fare con l'**Agenzia**! E poi arriva fra noi Wender, il fondatore. Un mito che neppure noi pensavamo seriamente sia mai esistito! Qualcuno ha voluto tutto questo, non può essere stato casuale, è una **rotta di collisione** preparata da qualcuno più grande di tutti noi, non ho dubbi!"

I suoi compagni annuirono, Anna ne convenne per tutti: "Hai ragione Jennifer, ora più che mai, pensate amici: Wender! Questo non è semplicemente un miracolo è qualcosa di più, la benedizione per il nostro prossimo viaggio. Wender voleva le stelle, tocca a noi regalarle all'umanità!"

Miliardi di esseri umani seppero!

Era tra di loro chi aveva dato una nuova speranza abbattendo i due limiti estremi che da sempre avevano bloccato l'umanità: La velocità della luce e la morte!

Quando Wender si svegliò fu Controllo, che attraverso Arvin ed i suoi compagni ne aveva appreso la lingua, a parlare per tutti.

Spiegò con calma a Wender chi era, come si era evoluta l'umanità, nonché l'arrivo di Arvin, Anna, Jennifer e Arun e il loro viaggio straordinario. Spiegò che quel viaggio sarebbe stato ripreso presto e meglio grazie ai progressi ottenuti in migliaia di anni. Spiegò a Wender dov'era e che l'uomo, sia pure timidamente, aveva raggiunto in ibernazione qualche stella.

Disse: "Wender, tutta l'umanità è onorata di avervi qui tra di noi, io sono onorato! Con il prossimo viaggio avremo le stelle fra le mani, quelle stelle ti appartengono! C'è posto anche per te, vieni con noi!"

Wender, un po frastornato, tacque a lungo, poi rispose:

"Controllo, sono vecchio, vecchio e stanco..."

"Non ha importanza Wender, hai ben compreso che sarai disiscorporato e potrai vivere per sempre o quasi, la tua età non conta!"

"Si Controllo, ho capito bene! Ma... qualcuno se n'è andato, non posso lasciarla sola Controllo, non puoi capire, ma... non posso lasciarla sola! Ho raggiunto il mio obiettivo, sono arrivato alle stelle, che altro chiedere di più! Ma sono solo, ora tocca a voi, il mio tempo è finito, posso soltanto abbracciarvi tutti idealmente, ma sarete voi a donare le stelle all'umanità!"

Un Controllo piuttosto "umano" rispose:

"Wender, negli ultimi anni molte cose sono cambiate, io sono cambiato! Capisco bene tutto quello che hai detto, molto bene!"

Tacque un istante poi continuò: "Sei tu Wender che hai donato le stelle all'umanità, senza di te ancora oggi non sapremmo come fare! Ma... dobbiamo chiederti un grosso favore!"

"Dimmi Controllo."

"Abbiamo bisogno di un tuo messaggio, verrà trasmesso ovunque, tutta l'umanità lo ascolterà. Se lo farai sono certo che l'uomo si risveglierà e che non ci sarà più alcuna frontiera, alcun ostacolo che potrà fermarlo! Ti chiedo questo regalo a nome di tutti gli esseri umani di oggi e di domani!"

Wender restò a lungo in silenzio, poi accettò ma a una condizione:

"D'accordo Controllo, ce la farò vedrai! Ma in cambio anch'io ti chiedo un favore. Vorrei andare su un bel pianeta di questo sistema e finire là i miei giorni, mi resta poco da vivere Controllo, fatemi vedere le stelle lontane che ho sempre sognato!"

Controllo accettò prontamente e propose a Wender:

"Vi è un pianeta nei pressi di Proxima: Yesi, un luogo stupendo, ma è stato abbandonato, Proxima è troppo instabile e fredda, non diverrà una nova, ma presto diminuirà la sua energia del 20%. Non lo farà a lungo, "solo" per 200.000 anni, ma assolutamente sufficienti a rendere invivibile il pianeta! Il pianeta è condannato a 200.000 anni di gelo!

Vi sono altri pianeti nei pressi di Proxima, su tutti (anche su Yesi ed i suoi tre satelliti) vi sono basi umane, ma con pochissime decine di coloni e centinaia di sistemi robot-informatici. Deve passare ancora un poco di tempo prima che Proxima si raffreddi, è il pianeta più bello del sistema, che ne pensi?"

"Un pianeta con un destino simile al mio! Non potevi trovare di meglio Controllo!"

Wender, prostrato dalla morte di Nimba, si trasferì su Yesi. Il pianeta era condannato, ma restava ancora qualche mese prima del grande gelo. Sufficienti per Wender. Fu costruita in pochi giorni una villetta solo per lui circondata da fiori.

Quindi si apprestò a mantenere la sua promessa!

Furono assemblati grandi schermi, tutto era pronto per il messaggio di un mito, di qualcuno che non poteva esistere ma c'era!

Quasi timidamente Wender si alzò davanti agli schermi, aveva un groppo in gola, difficile parlare, gli schermi si accesero e davanti a lui apparvero milioni, miliardi di persone sparse su tutto il Sistema Solare, sui pianeti del Centauro, nelle navi spaziali ancora in viaggio, su tutti i pianeti, satelliti e asteroidi conquistati dall'umanità in 70.000 anni! Erano tutti riuniti nelle grandi pianure dei loro pianeti o negli hangar, o nelle sale delle astronavi, c'erano tutti!

Quando videro sugli schermi quel vecchio stanco e triste che rappresentava un sogno impossibile scattarono in piedi e fu una grande ovazione:

"Wender! Wender! Wender!" Gridavano tutti e ne seguì un applauso che sembrava non finire mai! Wender era commosso, ma a quella vista il groppo in gola sparì, tornò il vecchio leone. Il suo corpo sembrò crescere e ringiovanire.

Il suo discorso fu tradotto in simultanea dallo stesso Controllo che riuscì a dare la stessa enfasi, la stessa emozione che traspariva dalle sue parole, già di per se questo era un fatto straordinario da parte di quello che era un sistema informatico sia pure avanzatissimo!

Wender sembrava guardare tutti negli occhi e con voce forte e decisa disse:

"Amici! 70.000 anni fa nasceva un sogno... un sogno che in quel tempo lontano di cui non avete neppure memoria pareva impossibile, il sogno di un pazzo: conquistare le stelle!

Ma quel folle non era solo! Una donna era con lui e condivideva quel sogno impossibile e presto, insieme, trovarono migliaia di persone, persone come voi, che condividevano lo stesso sogno! Per sfuggire ad un disastro immane colonizzammo Marte che ora è il giardino del Sistema Solare! Non dimenticammo la Terra, la nostra Patria d'origine che, pian piano, tornò a rifiorire.

Vi furono eroi e martiri, molti morirono per un sogno impossibile!

Ora quel sogno è vostro! Onorate i vostri avi e prendete le stelle fra le mani, potete e dovete farlo! Non dimenticate mai che millenni or sono, in un tempo lontano dalla vostra storia, con le scarse possibilità che la tecnologia di allora poteva offrire, qualcuno voleva conquistare le stelle e lo ha fatto! Oggi tocca a voi!

Io e la mia compagna siamo giunti fra voi dalle nebbie del tempo. Lo abbiamo fatto con le poche conoscenze che avevamo, ma lo abbiamo fatto! Spero che il nostro esempio vi dia il coraggio di raggiungere le stelle, conquistare l'universo e vedere la morte in faccia senza paura!

Se io sono qui ora, proprio nel momento in cui alcuni di voi stanno per intraprendere un viaggio impossibile e inimmaginabile, forse c'è una ragione, forse qualcuno più grande di tutti noi ha voluto che ci incontrassimo! Non onorate me, ma onorate i coraggiosi che stanno per guardare Dio negli occhi!

Arvin, Anna, Jennifer, Arun, molti anni dopo la mia partenza una mia discendente: Devi, vi ha fatto affrontare la morte e vi ha donato le stelle! Ora, in questo nuovo tempo, con una straordinaria astronave interstellare che ha lo stesso nome di quella donna energica, sicura e straordinaria state per partire ancora insieme a migliaia di eroi. Io non sarò con voi!

Devo cercare la mia compagna! Forse nel vostro viaggio mi incontrerete, o forse no! L'universo è immenso e io credo che supererò quei limiti che vi avevano terrorizzato durante il vostro viaggio precedente..

Ma anche il tempo è immenso e sono certo che un giorno ci ritroveremo!

Quello che ho fatto mi basta! Sono arrivato fra voi, anche nelle mie mani brillano le stelle!

Grazie eroi, grazie!

E voi che mi state ascoltando, non abbiate paura!

Quei limiti che da sempre hanno frenato l'umanità, stanno per essere superati, niente ormai potrà fermarvi, l'Universo è vostro! Non abbiate paura!"

Un grande silenzio accolse questo breve discorso, poi l'umanità intera si scosse: quell'uomo strano, vecchio, giunto da lontano, per loro era un gigante! Per più di un'ora miliardi di persone gridarono il suo nome!

Poi Wender chiese a Controllo di mantenere anche lui la sua promessa e si ritirò silenziosamente.

Yesi beneficiava del calore di due soli. Era uno spettacolo meraviglioso vedere i due soli scaldare contemporaneamente il pianeta: Proxima era vicina, solo dieci milioni di km.! Appariva come un disco rosso fuoco, più lontana Alpha Centauri, si vedeva come un piccolo disco argentato. Wender morì pensando alla sua amata compagna che non aveva fatto in tempo a vedere queste meraviglie brillare negli occhi di quel pazzo sognatore vecchio di 70.000 anni che voleva conquistare le stelle! Il mito di Wender continuava ancora!

Sunset

(72.931-72.944)

1

<Non vi sembra strano che un tipo come Sunset si occupasse della progettazione della nave
stellare? E.... se fosse.... se fosse un lontano discendente dei fondatori?>
Il suo carattere lo faceva pensare, brusco, deciso e...
assolutamente fuori dagli schemi dell'attuale società umana!
Né Sunset né noi potevamo saperlo ma... forse....

<Sunset è la più brillante mente del genere umano, uno scienziato di prim'ordine.
Un sognatore, teorico ma anche molto pratico, con un carattere decisionale straordinario!
In tutto il tempo che è stato insieme a voi, vi ha studiato con estrema attenzione e voi,
inconsciamente, lo avete aiutato a estrapolare importanti e nuove idee
che successivamente ha suggerito di inserire nella nuova astronave stellare!
Se esistessero ancora i governi Sunset sarebbe sicuramente il nostro Presidente!
I più importanti ed innovativi sistemi inseriti nell'astronave sono di Sunset!
Non solo, ha estrapolato tutta una concezione della fisica spaziale progressista
sulla base della vostra scoperta inerente un universo infinito ma limitato.
Niente di realmente nuovo ma mai provato sino ad ora.
Ha cambiato l'approccio scientifico!
Da sempre la scienza si è chiesta "come" avvengono i fenomeni,
grazie a Sunset si è sviluppato un pensiero scientifico
che si chiede "perché" avvengono determinati fenomeni!
E' una rivoluzione scientifica e di pensiero senza precedenti!>

Anno 72.931, uno strano personaggio di nome Sunset viene a contatto con i viaggiatori che avevano superato la velocità della luce con l'astronave interstellare Maja. Non perse tempo e già l'anno successivo inizia i lavori per costruire nuove, moderne e più complesse astronavi ultra luce! Questi era un personaggio curioso, piuttosto ribelle e rognoso. Nato quasi 400 anni prima viveva da solo su un asteroide fra Marte e Giove, una specie di eremita. Aveva un'età fisica di sessant'anni e un carattere niente facile.

Aveva trascorso la maggior parte della sua vita a studiare il passato. Il periodo storico spaziava per trentamila anni, prima era preistoria e non se ne aveva alcun ricordo.

Sunset studiava la preistoria, aveva trascorso molti anni sulla Terra, su Marte e sui pianeti del Sistema Solare ricercando antichi reperti. La cosa che lo stupiva maggiormente era il fatto che si trovassero pochissimi reperti dell'era preistorica e nessuna particolare informazione! Pareva che qualcosa avesse eliminato anche il più piccolo manufatto che potesse raccontare come viveva l'umanità trentamila anni prima, ma cosa?

Sunset non poteva credere che prima dell'epoca storica la società umana fosse retrograda al punto di non aver lasciato praticamente niente! I reperti rinvenuti da lui e da altri, in qualche modo gli davano ragione, quanto meno doveva esserci stata una società industriale!

Si recò anche su Plutone dove c'era il maggior insediamento preistorico di tutto il Sistema Solare, era sicuro che si trattasse di una base umana ma non ne ricavò nulla se non la prova che l'uomo, in epoca preistorica, era molto più progredito di quanto si immaginasse! Infine la cosa lo annoiò e abbandonò anche Plutone!

Ma c'erano gli insediamenti preistorici rinvenuti nel Sistema del Centauro: durante la preistoria l'uomo era arrivato anche alle stelle!

Oltre ad antichissime costruzioni, addirittura città, non si trovò nulla che potesse dare qualche informazione in più. Sembrava che gli antichi coloni fossero partiti portando con sé ogni cosa! Chi erano? Perché avevano abbandonato il Sistema?

Si era trovata solo una registrazione che qualcuno aveva fatto in modo che si conservasse anche per migliaia di anni. Sunset volle ascoltarla:

"A voi che venite da lontano, forse siete terrestri come noi o forse... chissà! Tanti anni fa i nostri avi sono partiti per le stelle e sono giunti qui. Sono partiti da un pianeta lontano, la nostra casa d'origine. Ora quella casa è in pericolo! Cosa dobbiamo fare? Abbandonare tutto per nostra madre? E' giusto lasciare ogni cosa, i nostri sogni, la nostra vita per aiutare nostra madre? Sappiamo che è giusto, sappiamo che la Terra ha bisogno di noi, dobbiamo salvare nostra madre anche se i nostri cuori soffriranno! Fra poco partiremo, andiamo a combattere per lei, e vinceremo, ma non torneremo mai più a casa, addio Fortuna, addio per sempre, noi ti abbiamo amato!"

Sunset finì per pervenire a tre conclusioni: la prima era che evidentemente erano terrestri! La seconda che l'uomo, in epoca preistorica, aveva raggiunto un progresso non lontano da quello moderno, la terza era che la Terra aveva corso un pericolo terrificante che probabilmente aveva causato la scomparsa di tutti i reperti e le informazioni utili per poter conoscere la preistoria dell'umanità!

La registrazione diceva: *"combattere per lei"*, ma combattere contro cosa? E come?

Occorre ricordare che nel tempo di Sunset non si conosceva la guerra, anzi non si sapeva neppure cosa fosse la guerra!

L'unica cosa che venne in mente a Sunset fu un'invasione aliena, forse animali feroci semi intelligenti o qualcosa del genere, ma restava la domanda: perché non se ne era trovata traccia? Poteva invece essere stato qualche evento cosmico? Il Sole no! Sunset lo studiò a lungo e giunse alla conclusione che il Sole era sempre stato abbastanza stabile. Allora cosa?

Sunset pensava di partire per il Sistema del Centauro ma proprio allora giunse nello spazio di Plutone l'Astronave Interstellare Maja!

Egli venne a conoscere l'arrivo della nave interstellare come tutti ma presto venne contattato da Controllo che iniziò a chiedergli consigli e le sue impressioni.

Non era la prima volta che Controllo si rivolgeva a Sunset per chiedere consigli o anche soltanto per avere uno scambio di opinioni. Quest'ultimo trattava Controllo da pari a pari, come se fosse un essere umano, magari a volte un po rompiscatole!

Controllo, fra le altre cose, spiegò:

"La nave è come se fosse apparsa dal nulla, ha un sistema che definirei "arcaico", la stiamo studiando ma sembrerebbe automatizzata, forse abbiamo di fronte un'astronave aliena! Che ne pensi?" Sunset restò dubbioso, ricordava le sue estrapolazioni inerenti una possibile invasione in epoca preistorica, quindi rispose:

"Controllo, usa la massima prudenza e cerca qualcuno che abbia un carattere molto intuitivo, una persona giovane, senza preconcetti, ma stai ben attento, quella nave, se è aliena, potrebbe essere un pericolo mortale!"

Così Controllo si rivolse a Reclutamento che indicò una ragazza che viveva e lavorava su Mercurio: Ciruan!

In seguito si scoprì che l'astronave era il "corpo" di quattro umani ridotti ad altrettanti cervelli potenziati da sistemi organici e inorganici e che aveva superato i limiti impossibili dettati dalla velocità della luce e dalla morte!

Un'astronave ultra luce vecchia di 70.000 anni e che quindi giungeva da un periodo preistorico lontanissimo!

L'astronave venne smantellata e fu possibile studiare con attenzione come aveva fatto a superare la velocità della luce. Era anche ovvio che non era possibile automatizzare una nave simile, sarebbe semplicemente scomparsa senza ritorno. Era indispensabile una guida umana disposta a morire e che fosse fisicamente e psicologicamente preparata per tornare dal limbo della morte!

Sunset e altri scienziati studiarono i componenti della nave e finirono per concludere che non solo era possibile costruire astronavi come quella, ma che, grazie al progresso raggiunto in 70.000 anni, si poteva fare molto meglio sia costruendo i vari componenti della nave, sia nell'assemblaggio degli esseri umani che ne avrebbero fatto parte.

Sunset era entusiasta! Aveva bisogno dell'appoggio e aiuto di Controllo, voleva iniziare a costruire altre navi ultra luce ma moderne! Controllo diede l'ok, ma non solo, fornì a Sunset pieni poteri nel merito e tutti i mezzi e le capacità della società dell'epoca!

Sunset, Controllo, migliaia di sottosistemi, di scienziati e di tecnici iniziarono seriamente a studiare come fare e come migliorare la nuova astronave stellare, ma non bastava!

Controllo voleva che Sunset studiasse attentamente i quattro astronauti giunti con Maja, la prima astronave ultra luce, anche per comprendere come diavolo avevano fatto a sopravvivere!

L'occasione si presentò quando i quattro astronauti, i cui cervelli erano stati inseriti in un sistema robotico, chiesero di riavere un corpo umano. Furono prese alcune cellule dai loro cervelli e si clonarono quattro corpi identici agli originali. Controllo sapeva che per loro sarebbe stato un grave trauma, Sunset poteva aiutarli e nel contempo studiarli.

La convocazione di Controllo non lo trovò impreparato, alla richiesta di collaborare con i Cervelli rispose:

"Cosa cavolo aspettavi? Andiamo fammi arrivare su Plutone, ci penso io vecchio ammasso di circuiti e di latta!"

In realtà la latta non esisteva più e nessuno la usava ma Sunset era uno studioso dei pochi reperti preistorici ancora esistenti e sapeva bene cosa fosse la latta!

Il robot con i quattro cervelli venne convocato in una grande sala gremita di apparecchiature, altri robot e persone, dove sarebbero stati "incorporati" nei cloni già predisposti.

"Questi è Sunset" esordì Controllo "D'ora in avanti sarà la vostra guida!"

Poi rivolgendosi a Sunset disse: "Questo robot contiene quattro eroi: Arvin, Jennifer, Arun e Anna, fai loro da guida, aiutali, all'inizio non sarà facile, te li affido!"

Effettivamente per i quattro astronauti non fu facile riabituarsi ad avere un corpo "normale". Sunset dimostrò una pazienza eccezionale, ma anche per lui non fu facile, pensò più volte alla possibilità di disfarsi dei quattro con una buona fucilata, o forse a quel tempo era meglio il veleno?

L'aveva fermato solo un fenomeno curioso che lo interessava tanto: la crescita dei peli e dei capelli! I quattro, quando erano integrati fra di loro in un unico corpo, condividevano sentimenti, pensieri, sogni e idee in modo totale. Avevano finito per amarsi in un modo estremamente profondo e Sunset prese nota di questo fatto. Ma l'amore non era soltanto emozione, era anche amore fisico!

Prima della disiscorporazione i due maschi: Arvin e Arun, erano decisamente etero, a differenza delle due femmine, specialmente Jennifer che non disdegnava affatto il suo stesso sesso!

Ma una volta integrati fra loro i cervelli forzatamente diventarono un tutt'uno anche nel fare l'amore! Sunset arrivò alla conclusione che le due componenti: amore fisico e amore spirituale, erano la "chiave di volta" per comprendere come avevano fatto a sconfiggere la morte!

Ma Sunset non aveva valutato bene come i quattro fossero "assetati" d'amore e che, una volta abituati a riavere un corpo, ne avrebbero approfittato allegramente!

Come sempre la più assatanata era Jennifer che, appena fu possibile, "aggredì" sessualmente la prima persona che le capitò a tiro, cioè il povero Sunset! Questi, (in un'epoca in cui il cambiamento di sesso era la norma e non vi erano né tabù né restrizioni sessuali, anzi!) era decisamente un personaggio piuttosto anomalo! Non aveva mai cambiato sesso, in tutta la sua vita era rimasto maschio! Non solo, era etero e le avance che fecero Arvin ed Arun lo inorridirono, quindi lo lasciarono in pace. Non disdegnava affatto, invece, le performance di Anna e Jennifer! I quattro volevano provare ogni cosa e spesso si recavano al bar a bere e fare bisboccia. Sunset era un ottimo compagno, anche se un po burbero, ed era attento che non capitassero problemi ma la questione del bar coinvolgeva anche lui. Il risultato erano sbornie collettive che mettevano in imbarazzo il sistema robotico locale (non Controllo che in queste situazioni badava bene a starsene da parte!).

2

Sunset restò a lungo con i quattro astronauti, li accompagnò per tutto il Sistema Solare studiandoli segretamente e imparò molto da loro. Quindi li sistemò su Marte e tornò al suo asteroide a rimuginare su quanto aveva appreso.

Dopo qualche giorno chiamò Controllo che rispose prontamente:

"Controllo!" Disse. "Possiamo farlo! Possiamo integrare nella nuova astronave migliaia di potenziali coloni, ma, come già tu avevi immaginato, dovranno essere in contatto con un'entità potente. Certo tu e i quattro astronauti andate benissimo, però tu Controllo devi diventare umano!"

"Come umano? Come faccio Sunset a diventare umano, io sono un sistema subatomico!" Sbottò Controllo. "Si umano, puoi farcela, cosa credi che in questi anni io non abbia studiato anche te? Hai sempre più spesso reazioni umane e non te ne rendi conto neppure! Sei un idiota Controllo! Tu sei più umano di me! Non so da dove diavolo sei sbucato fuori e non raccontarmi la favoletta che esisti da sempre, ma chi ha voluto la tua nascita deve avere previsto che un giorno tu ti saresti evoluto e così è stato!"

"Ok! Sunset, magari puoi aver ragione, francamente non lo so! Ma resta il fatto che io non ho un corpo umano, cosa dovrei fare clonare un corpo e infilarmici dentro? Non è possibile lo sai!"

"Non dire fesserie Controllo! Vedi che sei umano? Solo gli umani dicono idiozie! L'occasione è la prossima nave ultra luce. Tu ti integrerai con quattro umani, il tuo corpo sarà l'astronave e sarai in contatto con il comando della nave che a sua volta sarà integrato in te insieme a migliaia di coloni. Se in una situazione come questa non riesci a diventare umano allora io sono una capra!"

Controllo restò interdetto, Sunset aveva ragione! Disse: "Magari hai ragione tu! Ma poi, cosa cambia?"

"Sei tu la capra Controllo! Con tutti i tuoi cavolo di inserimenti subatomici non riesci a capire un accidente: Se vuoi che la nave ultra luce un giorno torni nel Sistema Solare magari con qualche buona notizia, non basta essere "umani", occorre liberare i sentimenti, devi amare Controllo! Amare ed essere amato!"

Sunset non si limitò a questo, parlando con i quattro astronauti aveva recepito molto bene che la loro esperienza li aveva portati a concludere che l'universo era sì infinito ma anche limitato! Era una teoria già espressa in passato ma alla quale non si era dato molto credito. Riuscire a concepire un universo infinito era già di per se un'impresa, pensare poi che sia anche limitato era decisamente troppo per una mente umana!

Ma Sunset, pur faticando a realizzare un simile concetto, ne fece tesoro e nella realizzazione della seconda nave ultra luce tenne conto di questo fatto. Limitato certo! Ma aveva delle aperture, delle possibili uscite, occorreva fare in modo che la nave le evitasse automaticamente e Sunset vi riuscì! Non solo, l'assioma "universo infinito ma limitato" gli fece letteralmente perdere la pazienza! Dalla notte dei tempi il pensiero scientifico aveva sempre studiato "come" avvenivano determinati fenomeni, lasciando il "perché" al pensiero filosofico. Sunset decise che era ora di inserire quel "perché" anche nella ricerca scientifica! Quindi si poteva comprendere "come" facevano i tachioni a superare la velocità della luce, Sunset ed i suoi collaboratori cominciarono a chiedersi "perché" e quel "perché" aiutò molto nell'assemblare una nave interstellare completamente innovativa: Devi! Sunset e i suoi finirono per terminare la costruzione della seconda nave ultra luce dell'umanità: l'astronave interstellare Devi di cui sapeva come avrebbe viaggiato per le stelle ma che avrebbe anche saputo perché lo avrebbe fatto!

Dovettero affrontare mille problemi, molte domande avevano avuto le loro risposte ma ogni risposta generava altre mille domande!

Devi era un planetoide! A differenza di Maja non era affusolata, era rotonda! Grande quasi come Caronte, il satellite di Plutone, aveva un diametro di 1.050 km. e una superficie pari a 3.984.000 chilometri quadrati! Avrebbe portato con sé 150.000 coloni, un comando formato da due uomini e due donne, ed i quattro che avevano formato l'equipaggio di Maja insieme a Controllo!

Sunset si rese conto che sorgeva un problema grave. L'astronave semplicemente era troppo grande con una massa molto rilevante e poteva produrre disfunzioni a causa della sua forza di gravità. Utilizzando i grandi e moderni ciclotroni che componevano l'astronave, Sunset ed i suoi scienziati inventarono un sistema a "respingenti"! La nave, cioè, emetteva continuamente particelle subatomiche che "respingevano" gli effetti della sua forza di gravità producendo in pratica una forza gravitazionale contraria e uguale a quella prodotta dalla gigantesca astronave. Il sistema aveva anche due effetti collaterali che potevano esser utili: le particelle fungevano da protezione, una specie di schermo di energia che bloccava meteoriti e oggetti anche grandi, inoltre, se si toglieva lo "schermo", in pratica se si interrompeva il flusso di particelle subatomiche, improvvisamente la nave avrebbe prodotto un'importante forza gravitazionale che poteva mettere in seria difficoltà oggetti vicini, ma poteva anche destabilizzare asteroidi e piccoli pianeti!

Il sistema di produzione tachionica era stato migliorato e il motore non era atomico ma simile a quelli usati nelle astronavi interstellari dell'epoca.

A differenza di Maja aveva la capacità di trasportare vere navette, sistemi roboinformatici normali e quantitativi enormi di attrezzature. Il problema inerente il rapporto fra la sua massa e quella del generatore di particelle tachioniche era stato risolto!

Utilizzando i tachioni Sunset e i suoi risolsero il problema della comunicazione interstellare che ora poteva avvenire istantaneamente. Questo portò ad ulteriori miglioramenti inerenti la propulsione della nave. Sicuramente era possibile non solo superare la velocità della luce ma tenerla sotto controllo! Sunset riuscì anche a bypassare la contrazione temporale. Vi riuscì studiando quello strano "imprinting" che aveva permesso ad Arvin e agli altri di tornare in un punto prestabilito a condizione di esserci già stati. Evidentemente, sia pure a livello inconscio, tenevano conto del passare del tempo, per questo riuscivano a tornare non nel luogo da dove erano effettivamente partiti, ma nel luogo dove, con il trascorrere del tempo, si trovava realmente il loro obiettivo. Studiando questo fenomeno riuscì a fornire alla nave una specie di "diga" temporale che impediva il trascorrere del tempo senza che l'equipaggio se ne rendesse conto. Un solo problema né Sunset né i suoi collaboratori riuscirono a risolvere: la morte!

Il massimo che si riuscì ad ottenere fu dare agli astronauti un motivo per tornare, ma il mistero rimase e pareva che nulla fosse possibile fare contro la morte. Ma vi erano due fattori che, secondo Sunset, erano in correlazione con la morte: il primo fattore riguardava l'impossibilità di tornare indietro nel tempo poiché il passato sarebbe apparso come una fotografia immobile e fredda; il secondo fattore era inerente quello stato di "fantasmi" che coinvolgeva gli astronauti quando "rallentavano" e si fermavano nello spazio prima di richiamare a sé l'astronave. Ma Sunset non sapeva come sfruttare questi due fenomeni in relazione alla morte e sperava di avere informazioni adeguate quando e se Devi fosse tornata!

In qualche modo Sunset si rendeva conto che l'astronave Devi era un soggetto sperimentale che avrebbe potuto dare risposte assolutamente inaspettate, c'era molto di misterioso in quello che era avvenuto, ne sapeva ancora troppo poco.

Espresse i suoi dubbi a Controllo che rispose: "Lo so bene Sunset, nessuno di noi potrebbe tornare, non sappiamo nulla, siamo ignoranti, abbiamo solo scalfito un qualcosa che è infinitamente più grande di noi, ma è nella natura umana accettare sfide impossibili. Fra le stelle ci attende una nuova frontiera, certo questo fa paura, anche a me Sunset! Ma cosa dobbiamo fare, fermarci?"

Sunset non aveva risposte, ma accadde qualcosa di inaspettato!

Giunse una comunicazione da Alpha Centauri A!

La trasmissione diceva:

"Controllo! I sensori esterni del sistema stanno rilevando una strana anomalia! Sembra una piccola nave spaziale! Stiamo inviando alcuni sistemi roboinformatici ad incontrarla!"

Un'altra sorpresa! Cosa poteva essere questa volta? Un'altra nave interstellare? Controllo chiamò immediatamente Arvin, Arun, Jennifer, Anna e Sunset che era forse la maggior autorità di quel tempo, e li informò di quanto stava accadendo.

Tutti si riunirono in attesa di avere notizie, Anna commentò eccitata:

"Deve essere un'altra nave dell'**Agenzia**, una nave come la nostra!"

"E' troppo piccola! Non può essere!" Disse Arvin.

"Possono avere fatto progressi incredibili dopo la nostra partenza, sicuramente è una nave umana!" Insistette Anna ma Controllo raffreddò gli animi:
"Inutile fare illazioni, aspettiamo di saperne qualcosa di più!"
Nel frattempo i sistemi robotizzati stavano raggiungendo la nave spaziale, quest'ultima, obbedendo alle direttive che le erano state fornite prima della sua partenza, improvvisamente accese i motori e letteralmente scartò di lato! Non poteva riconoscere quei sistemi che per lei erano alla stregua di meteoriti, comunque qualcosa di pericoloso e da evitare, qualcosa di sconosciuto e non previsto! Controllo venne subito informato dello strano comportamento della nave, chiese consiglio e Sunset semplicemente disse:
"Inseguitela e se possibile agganciatela!"
Vi trovarono un vecchio ancora vivo e quella che evidentemente doveva essere stata la sua compagna ma che non era sopravvissuta. Avevano utilizzato un sistema di ibernazione poco sicuro, la loro nave era a semplice propulsione chimica! Qualcosa di mai visto! Provenivano dalla Terra!
Sunset commentò: "Con una nave come quella devono aver fatto un viaggio molto, molto lungo!"
"Certamente Sunset!" Rispose Controllo "Arvin, la nave ha sistemi di registrazione e informazioni che per voi dovrebbe essere facile comprendere, sembra che risalga al vostro tempo, attraverso i nostri monitor possiamo trasmettere ogni cosa e se volete potete aiutarci a capire."
"Ok Controllo." Rispose Arvin per tutti. "Mettiamoci al lavoro!"
Non occorse molto tempo e davanti ai quattro astronauti apparvero tutte le informazioni contenute nella nave spaziale, le studiarono con molta attenzione e a lungo.
Dopo tre ore Arvin chiamò Controllo, i quattro apparivano molto emozionati, Jennifer aveva le lacrime agli occhi!
"Che accade amici!" Chiese Controllo, come al solito la sua voce sembrava uscire da tutte le pareti, infatti quel formidabile sistema informatico non aveva corpo!
Arvin faceva fatica a parlare, allora intervenne Arun:
"Controllo, ti abbiamo parlato dell'**Agenzia**, vero?"
"Si Arun, allora?"
"Noi apparteniamo all'**Agenzia**, quell'uomo e quella donna sono i fondatori dell'**Agenzia**!
L'**Agenzia** un tempo era la più antica istituzione laica esistente! Nata più di 70.000 anni fa! Mille leggende erano sorte intorno ad essa. Era un'istituzione privata, fondata da un eccentrico inglese: Wender. Col tempo divenne un'entità autonoma che viveva con i proventi di migliaia di brevetti ceduti equamente ai vari governi. Il suo scopo era la conquista delle stelle!
Wender era pazzo? Molti lo credevano!
Nessuno sa cosa accadde a Wender ed alla sua compagna, scomparvero letteralmente nel nulla! Avevano ormai oltre 90 anni, forse troppi per quel tempo!
Qualcuno pensava che fossero in viaggio... che stessero raggiungendo qualche stella lontana... Quando noi siamo partiti la loro leggenda continuava ancora...."
Arun aveva come un groppo in gola, non riusciva a continuare...
"Prendetevela con calma" Intervenne Controllo. "Non c'è fretta!"
Dopo un poco continuò Arvin: "Wender, per sfuggire ad un disastro immane che sconvolse la Terra, colonizzò Marte in un tempo dove al massimo si poteva pensare di inviare nello spazio qualche sonda automatica, dopo la sua scomparsa i suoi eredi fondarono colonie in tutto il Sistema Solare e poi... toccò a noi! Il resto lo sai!
"Volete dire che quel vecchio è Wender? Che ha fatto un viaggio lungo 70.000 anni per arrivare su Alpha Centauri? E' questo che state dicendo?" Sbottò Sunset.
"Si amico mio!" Rispose ancora Arvin. "Colui che mise le basi per il nostro arrivo presso di voi ci ha raggiunti! Voleva le stelle, Wender ha le stelle nelle sue mani! Nulla poteva fermare un uomo come quello!"
"Siamo in **rotta di collisione** Controllo!" Gridò Jennifer!
"Cosa vuoi dire Jennifer?" Chiese Controllo.
"Siamo arrivati noi e siamo arrivati in un tempo dove la nostra folle esperienza può essere sfruttata al meglio. Abbiamo trovato te Controllo e Sunset. Sai abbiamo il sospetto che voi due abbiate

qualcosa a che fare con l'**Agenzia**! E poi arriva fra noi Wender, il fondatore. Un mito che neppure noi pensavamo seriamente sia mai esistito! Qualcuno ha voluto tutto questo, non può essere stato casuale, è una **rotta di collisione** preparata da qualcuno più grande di tutti noi, non ho dubbi!" I suoi compagni annuirono, Anna ne convenne per tutti: "Hai ragione Jennifer, ora più che mai, pensate amici: Wender! Questo non è semplicemente un miracolo è qualcosa di più, la benedizione per il nostro prossimo viaggio. Wender voleva le stelle, tocca a noi regalarle all'umanità!"
Miliardi di esseri umani seppero!
Era tra di loro chi aveva dato una nuova speranza abbattendo i due limiti estremi che da sempre avevano bloccato l'umanità: La velocità della luce e la morte!
Wender non visse a lungo ma lasciò un forte messaggio a tutta l'umanità.
Sunset aveva la sua risposta! Chiamò Controllo e disse:
"Andate! Non fermatevi mai! Affrontate l'ignoto come ha fatto quel grande vecchio! Guai a voi se tornate a mani vuote! Assemblatevi a Devi, io vi aspetterò!"
Sunset non sarebbe partito con l'astronave ultra luce Devi, voleva attendere il suo ritorno per valutarne le conseguenze, poterla studiare e nel contempo migliorare le prestazioni delle successive astronavi e del loro equipaggio, intendeva partire al comando di una delle astronavi ultra luce da lui costruite e che, per desiderio di Controllo, avrebbe portato il suo nome: Sunset!
Nella realizzazione del grande progetto per esplorare l'universo Sunset non era solo! Con lui c'erano milioni di sottosistemi coordinati da Controllo e da suo "figlio", cioè dall'entità subatomica identica a Controllo e da lui voluta per sostituirlo durante e dopo la sua integrazione nell'Astronave Devi. Ma non solo, collaboravano con Sunset ben quattrocentomila fra scienziati e tecnici, nonché settecentomila cittadini tutti chiamati da Reclutamento che avevano accettato con entusiasmo questa nuova sfida dell'umanità. Nell'anno 72.948 l'astronave Devi partì per il suo straordinario viaggio!
Sunset aveva iniziato la costruzione di ben sei altre astronavi, analogamente sul Sistema Centauro si era iniziata la costruzione di altre due navi ultra luce, cinque sarebbero partite, ma una lo doveva aspettare! Però Sunset non poteva attendere il ritorno dell'astronave Devi, pensava che sarebbe tornata presto, molto prima di quanto aveva fatto la vecchia Maja, ma quanto prima? Sunset era molto anziano, potevano trascorrere secoli, forse millenni, e lui non ci sarebbe stato più! Allora fece la cosa più logica, si fece mettere in ibernazione e diede ordine di essere risvegliato al ritorno di Devi. Fu una precauzione inutile poiché passarono solo nove anni. Sunset era là ad aspettarla! Devi tornò ma... non da sola!

Sunset guardava al passato con estrema attenzione, lo studiava, cercava di comprenderlo ma, proprio per questo, finiva per proiettarsi in avanti.
Sunset e milioni di uomini e donne come lui erano diretti verso il FUTURO!!!

www.ingramcontent.com/pod-product-compliance
Lightning Source LLC
Chambersburg PA
CBHW051142030726
47504CB00004B/1004